海派文献丛录·电影系列

张伟 主编／孙莺 编

影人忆旧

上海大学出版社

图书在版编目(CIP)数据

影人忆旧/孙莺编.—上海:上海大学出版社,
2022.8
(海派文献丛录)
ISBN 978-7-5671-4509-2

Ⅰ.①影… Ⅱ.①孙… Ⅲ.①散文集—中国—当代
Ⅳ.①I267

中国版本图书馆 CIP 数据核字(2022)第 135823 号

责任编辑　黄晓彦　司淑娴
封面设计　缪炎栩
技术编辑　金　鑫　钱宇坤

海派文献丛录
影 人 忆 旧
孙 莺 编
上海大学出版社出版发行
(上海市上大路99号　邮政编码200444)
(http://www.shupress.cn 发行热线021-66135112)
出版人　戴骏豪
＊
南京展望文化发展有限公司排版
上海颛辉印刷厂有限公司印刷　各地新华书店经销
开本710 mm×1000 mm　1/16　印张29.25　插页4　字数465千
2022年9月第1版　2022年9月第1次印刷
ISBN 978-7-5671-4509-2/I・663　定价110.00元

版权所有　侵权必究
如发现本书有印装质量问题请与印刷厂质量科联系
联系电话:021-57602918

拓宽海派文化研究的空间

（代丛书总序）

中华文明源远流长，绵延有序；各地域文化更灿若星汉，诸如中原文化、吴越文化、齐鲁文化、巴蜀文化、闽南文化、关东文化等，蓬勃兴旺，精彩纷呈。到了近代，随着地域特色的细分，各种文化特征潜质越来越突出。以上海为例，1843年开埠以后，迅速发展成为西方文化输入中国的最大窗口和传播中心。这里集中了全国最早、最多的中外文报刊和翻译出版机构，也是中国最大的艺术活动中心，电影、美术、音乐、戏剧、舞蹈等，均占全国的半壁江山。它们在这里合作竞争、交汇融合，共同构建了上海文化的开放格局。从19世纪末开始，上海已是整个中国，乃至整个亚洲区域内最繁华、最有影响力的文化大都会，并与伦敦、纽约、巴黎、柏林等城市并驾齐驱，跻身于国际性大都市之列。

一部近代史，上海既是复杂的，又是丰富的。从理论上讲，上海不仅在地理上处于东西方文化碰撞的边缘，在思想上也处于儒家文化与商业文化的边缘，因而它在开埠后逐渐形成了各种文化交融与重叠的"海派文化"。那种放眼世界，海纳百川，得风气之先而又民族自强的独特气质，正是历史奉献给上海人民的一份宝贵的文化遗产。近代上海是典型的移民城市，移民不仅来自全国的18个行省，也来自世界各地。无论就侨民总数还是国籍数而言，上海在所有中国城市中都独占鳌头，而且和其他城市受到相对单一的外来族群文化影响有所不同（如香港主要受英国文化影响，哈尔滨主要受俄罗斯文化影响，大连主要受日本文化影响，青岛主要受德国文化影响），作为世界多国殖民势力争相聚集之地的上海，它所接受的外来文化影响是最具综合性的。当时的上海，堪称一方融汇多元文化表演的大舞台，不同肤色的族群在这里生存共处，不同文字的报刊在这里出版发行，不同国别的货币在这里自由兑换，不同语言的广播、唱片在这里录制播放，不同风格流派的艺术门类在这里创作演出。这种人口的高度异质化所带来的文化来源的多元性，酿就出了自由宽容的文化氛围,并催生出充满活力的都市文化形态,上海也因此成为多元文化的摇篮。若具体而言,上海的万国建筑,荟萃了世界各国重要的建筑样式——殖民地外廊式、英国古典式、英国文艺复兴式、拜占庭式、巴洛克式、哥特复兴式、爱奥尼克式、北欧式、日本式、折中主义式、现代主义式……形成了世界建筑史上罕见的奇观胜景;戏曲方面,上海既有以周信芳、盖叫天为代表的"南派"京剧,又有以机关布景为特色的"海派京剧";文学方面,上海既是"左翼文学"的大本营,又是鸳鸯蝴蝶派文学的活跃场所;就新闻史而言,上海既是晚清维新派报刊大声鼓呼的地方,又是泛滥成灾的通俗小报的滋生地。总而言之,追求时尚,兼容并蓄,是近代上海发达的商品经济社会中一种突出的社会心态,它反映在社会的方方面面,戏剧、文学、美术、音乐等领域无不如此。回顾这段历史,我们应该有更准确、更宽容的认识。

绵远流长的江南文化,为海派文化提供了营养滋润,而海派文化的融汇开放,又为红色文化的诞生提供了特殊有利的发展环境。近年来,有关海派文化的研究发展迅速,成果丰富,宏文巨著不断涌现。我们觉得,在习惯宏观叙事之余,似乎也很有必要对微观层面予以更多的关注,感受日常生活状态下那些充满温度的细节,并对此进行深度挖掘。如此,可能会增加许多意外的惊喜,同时也更有利于从一个新的维度拓宽近代上海城市文化的研究空间。我们这套丛书愿意为此添砖加瓦,尤其愿意在相关文献的整理研究方面略尽绵力。学术界将论文、论著的写作视为当然,这自然不错,但对史料文献的整理却往往重视不够,轻视有余,且在现行评价体系上还经常不算成果,至少大打折扣。其实,整理年谱、注释著作、编选资料、修订校勘等事项,是具有公益性质的学术基础建设工作,所花费的时间和精力,若论投入产出,似乎属于亏本买卖,没有多少人愿意做;且若没有辨伪存真的学术功底,是做不来也做不好的。就学术研究而言,一些基础性的工作必不可少,所谓"兵马未动,粮草先行"。我们真正需要的是沉下心来,做好史料工作,在更多更丰富的材料的滋润下才可能有更大的突破。情愿燃尽青春火焰,在给自己带来快乐的同时,更为他人提供光明,这应该是我们今天这个社会大力提倡的!

是为序,并与有志者共勉。

张 伟

2020年7月9日晨于宛华轩

前　　言

起心动念编《影人忆旧》这本书,缘于任矜苹。闲翻1925年的《电影周报》,读到任矜苹忆明星杨耐梅、王汉伦、张美烈和摄影师董克毅的从影旧事,部分如下:

> 耐梅女士在民国十一年的时候,她很羡慕银幕艺术。有一天,她和她的女友路过贵州路,看见明星公司门前的街灯,她便走进门去要求参观。那时明星第一剧《滑稽大王游记》尚未开摄,正在室内练习,当时就由我和周君剑云来招待他们。①
>
> 民国十年,交潮勃兴,董君之父,供职于大同交易所。因言于理事长,收其子为学徒,使习书写市场传票之事。暇时,画犬鸟以自娱,下笔多有画意。画家张光宇君见之,谓郑君鹧鸪曰:"此可造材也。"郑君等乃购画册赠之,君乃大乐。后交潮崩烈,大同由余创议,改组为明星影片公司,君乃入制片部,习剪接洗片之职。某日摄影时,君见场上之布景,入于摄影箱中,幅幅俱成画像,遂请于总理张君石川,改习摄影。②

杨耐梅和王汉伦是中国早期电影发展史上绕不开的两个名字,无论是从影经历还是一生过往,都见证和代表了那个时代的女性在电影行业中的辛酸和悲哀。

杨耐梅,生于1904年,其父经商,家境甚丰。耐梅少艾时颇荡检逾闲,在务本女校读书时即以擅交际而出名。1922年,杨耐梅加入明星影片公司,先后拍摄《玉梨魂》《采茶女》《少奶奶的扇子》等影片。杨耐梅成名后,为军阀

---

① 任矜苹:《耐梅女士入电影界之小史》,刊载于《电影周报》1925年第2期。
② 任矜苹:《摄影师董克毅君》,刊载于《电影周报》1925年第2期。

张宗昌看中,以重金诱之,遂合,颇遭非议。其父怒之,深觉有辱门楣,登报与杨耐梅脱离父女关系。

报人唐大郎曾忆杨耐梅:

> 耐梅之跅弛不羁,举电影女星,仅此一人而已。尝游沪上,荡一舟乎中流,偶内急辄弛其下衣,泄于舟中,舟上人多,亦不顾,其放纵如此。惟能放纵,故其才调亦复惊人。演艺之美,为后来者不逮;亦习歌,歌尤婉亮可听,识者谓非耐梅有放纵情怀,便无此造诣。今之女星,不肯牺牲色相,拍大腿便以为耻辱者,若如耐梅知之,必操广东上海白曰:"阿弟,倷米勒,老娘当年,决不拘拘于这种小场化也!"①

1928年,杨耐梅创建耐梅影片公司,拍摄并主演无声片《奇女子》。有声片兴起后,杨耐梅息影,移居香港,据传言,晚景颇凄凉,以致沦落到乞讨之境地。1960年,杨耐梅病逝。

王汉伦,生于1903年,苏州人。与杨耐梅不同,王汉伦出身世家,曾就读于圣玛利亚书院。16岁时父病故,王汉伦被长兄许配给东北本溪煤矿督办张桂卿,遂退学远嫁关外。后因张桂卿在外与日妓有染,王汉伦与之离婚,返回上海,在时评洋行任英文打字员,与任矜苹偶然相识,由任矜苹介绍与导演张石川,任《孤儿救祖记》女主角,一炮而红。主演影片有《玉梨魂》《苦儿弱女》《一个小工人》《弃妇》等。1929年曾创办汉伦影片公司,拍摄《盲目的爱情》。

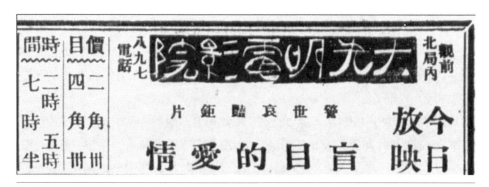

《盲目的爱情》影片广告,刊载于《大光明》1933年3月2日。

---

① 云裳:《妇人科·杨耐梅》,刊载于《力报》1942年3月24日。

1930年，王汉伦告别影坛，学习美容美发术，在霞飞路巴黎大戏院隔壁开设了汉伦美容院。1933年与王季欢结婚，然因婚后不谐，遂离异。1949年《申报》曾登载新闻云"亭子间内之褪色影星王汉伦，环堵萧然，殊无长物，铺于床上者，为草席一条"，说二十年前名噪全沪的明星王汉伦，于今住食都成问题。其所居之处遭房东逼迫搬迁，因无力迁居，于是修书一封缮呈上海市长吴国桢请求救济，时《申报》记者去王汉伦住处访她：

> 王汉伦所居为一亭子间，宽不及丈，室内凌乱异常。据渠称，居此已六年，六年中在沪江美容院为人美容，借谋糊口，与电影界早已隔绝。此一垂垂老去之红星，与人谈及往事，常不胜唏嘘，自谓前尘如梦，不堪回首。①

1950年，王汉伦应编导孙瑜之邀，在影片《武训传》中客串慈禧太后，"文革"中，饱受摧残，后病逝于上海，安葬于苏州横塘青春公墓。

任矜苹之所以写这些影人的旧事，因他们都是新人影片公司的艺人。谈及新人影片公司，得先说明星影片公司，其前身即董克毅之父所供职的大同交易所。1921年，恰逢上海证券交易热潮，张石川、任矜苹、张巨川等人于1921年10月筹建成立了大同日夜物券交易所。然大同日夜物券交易所尚未开业，便遇信交风潮，上海的股票交易所纷纷倒闭，导演张石川遂改弦易张，重操旧业，与任矜苹、郑正秋、周剑云、郑鹧鸪一起成立了明星影片公司，1922年3月开幕，设址即在原大同交易所内。大家各取所长，任矜苹负责宣传与交际，郑正秋任编剧，张石川任导演，郑鹧鸪任剧务，周剑云任文书与发行。

为宣传明星公司的影片，任矜苹与顾肯夫、程步高同年4月创办了晨社，社址在天津路320号，并发行了《晨星》杂志，任矜苹自任主编。明星公司所摄制的影片《孤儿救祖记》于1923年上映时，《晨星》第3期即以特刊的形式介绍影片的拍摄、片花、剧情、影人生活等内容。

作为明星公司第一部故事长片，《孤儿救祖记》票房甚佳，获利丰厚，任矜苹借势邀请上海总商会之袁履登、方椒伯、劳敬修等社会名流投资入股，成立

---

① 《王汉伦仰屋兴嗟》，刊载于《申报》1949年3月16日。

大同日夜物券交易所股份有限公司广告，刊载于《新闻报》1921年10月20日。

了明星影片股份有限公司。袁履登等人任董事，张石川任总经理，任矜苹任协理，郑正秋任剧务主任，周剑云任发行主任，张巨川为会计主任。

眼见张石川、郑正秋借《孤儿救祖记》名利双收，任矜苹不免心动，将包天笑的原作改编成《新人的家庭》剧本，自任导演，陈寿荫任助理导演，卜万苍任摄影师，主演为杨耐梅、张织云、王元龙、张慧冲、王献斋等。此片的噱头在于众多文人名流和影人的出镜，如邀请上海十大影片公司的二十位影星合演，请报界画坛名人如严独鹤、包天笑、毕倚虹、陈小蝶、丁悚、郑曼陀、杨清馨、张光宇、张振宇等友情客串。

任矜苹拍摄《新人的家庭》时，剧作家周世勋曾去片场探班：

> 昨夜，奥村三条等过访，邀余同往该公司作一度之参观。是夜所摄者仍属跳舞场之一部分，场内布置颇有秩序，设备极肖海上之咖啡馆，两旁设客座。耐梅、王献斋均衣丽服列席其间，赵琛饰招待员。导演任矜

苹、陈寿荫对于摄影颇为谨慎，几次试验方开始摇动影机，摄入镜箱。或谓摄影过慢，未免太不经济，而余则认为不经济中已大经济矣。该片摄影者为卜万苍君，关于配光之强弱，颇为留意。余在场将近半小时，而所摄仅一幕耳。①

时日本作家谷崎润一郎在文艺消寒会之晚宴中与任矜苹相识：

  在消寒会的宴会上，认识了一流的电影导演任矜苹君。他说："这次制作了《新人的家庭》的新影片，请来看吧。"我于第三天去法租界帝国剧院②看了这部电影。中国的电影与日本相比，还有很大距离，可以说还很幼稚。但是，在舍弃本国的长处而一味去模仿西洋这一点上，在低级、庸俗这一点上，不过是以五十步笑百步而已。③

谷崎评价《新人的家庭》的演技、剪辑、导演技巧等，不比日本电影差，唯摄影技术和灯光的使用方法要差一些。

《新人的家庭》在卡尔登大戏院上映仅二日，票房已达二千余元。同时上映的明星新片《空谷兰》亦卖座鼎盛，票房收入累计达十三万元之多，创下当时国产影片的票房巅峰。任矜苹见拍电影如此赚钱，遂起自立门户之意，且当时拍摄《新人的家庭》时，因长时占用摄影棚而与拍摄《空谷兰》的导演张石川发生矛盾，相看两厌，索性一别两宽。

1926年4月1日，任矜苹脱离明星影片公司，与其兄任锡藩④创办了新人影片公司，将导演陈寿荫和程步高、摄影师经广馥和竺清贤罗致旗下，与王汉伦、杨耐梅、韩云珍、毛剑佩、李曼丽、蒋耐芳、王元龙、赵琛、邵庄林等影人签约。任矜苹则身兼导演、编剧、招股、营销数职。

---

① 周世勋：《参观〈新庭〉摄影记》，刊载于《申报》1925年9月2日。
② 即霞飞路恩派亚大戏院（Empire Teater英文之意为帝国戏院），后改为嵩山电影院，现已拆除。
③ 谷崎润一郎：《上海见闻录》，刊载于《文艺春秋》1926年5月第4卷第5期。
④ 任锡藩亦为影界闻人，1923年曾任张慧冲所创办之联合影片公司总经理，1925年与顾肯夫一起创办了公平影片公司，1926年与任矜苹同创办新人影片公司，1928年创办锡藩影片公司和九星影业公司。《战地姻缘》《双剑缘》《理想中的英雄》《玫瑰党》《剑锋寨》《漂流侠》等影片即为任锡藩的影片公司所出品。

新人影片公司开拍的第一部影片为顾肯夫编剧的《上海三女子》，杨耐梅、蒋耐芳、韩云珍主演。任矜苹之子任潮军，时年八岁，亦在影片中饰演角色。任潮军此后入影界，主演《方世玉》系列影片，成为当红武打童星，即由此片始。

为宣传《上海三女子》，任矜苹在营销方面动足了脑筋，如与北冰洋饮冰室合作，只要在饮冰室里消费满二元者，即赠送价值一元的《上海三女子》头等座电影券一张。

任矜苹长袖善舞，交游广阔，行走政商两界，在慈善团体、帮会组织中亦享有盛名，如曾任一品香番菜馆协理、全国道路建设协会征求委员长、民生女校校董、上海建筑材料物券交易所股份有限公司协理等，还是杜月笙的恒社成员。时人皆以为任矜苹拍电影只是玩票性质，然纵观任矜苹一生，牵绊最深的却是电影界。自明星影片公司始，历新人影片公司导演、艺华影片公司顾问、电影协会秘书、中国联合制片公司顾问、大上海影院总经理，创办了《晨星》《电影杂志》①等电影杂志，撰写了大量与电影有关的文章，一手捧红了王汉伦、杨耐梅、张美烈等女明星，成就斐然。

导演张石川亦为奇才，自1913年与郑正秋合导中国第一部故事片《难夫难妻》始，一生拍摄了一百五十部影片，其中1930年的《歌女红牡丹》是中国

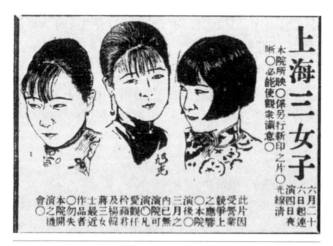

《上海三女子》影片广告，刊载于《申报》1926年6月27日。

---

① 1924年，任矜苹创办了《电影杂志》，自任主编，顾肯夫、朱瘦菊、程步高为编辑。

第一部有声影片。《影人忆旧》收录了张石川《一束陈旧的断片》和《〈歌女红牡丹〉不是一桩偶然的事》,张石川的回忆里带着沧海桑田的惆怅:

> 那时候的中国字典上,还没有创造"导演"一词。
> 在拍戏过程中,纪录工作情形的"场记"这"行子"是没有的,服装、道具,一切都没人管。所以银幕上常常发生这样的事:在观众看来,完全像魔术一样的,甲的衣服,一眨眼之间,倏的到了乙的身上;乙手里拿着的道具,又蓦然飞到了丙的手里。因为拍戏的时候,他们有意无意地弄错了。
> 这就是卅年前的电影——中国的最初的电影。
> 这有点像讲笑话不是?在时间的裁判下,有多少事物不成为"笑话"呢?但愿以后有什么不是笑话,那就好了。①

《影人忆旧》分辑为六部分,包括"影人琐记""导演手记""斯人已逝""影人鸿雁""影人素描""影人忆旧",或追忆,或怀念,或忏悔,或痛惜,或心碎。尤以"斯人已逝"所收文章最动人,周剑云写郑鹧鸪,蔡楚生忆聂耳,乾白挽艾霞,沈兹九哭沈西苓,紫虹寻阮玲玉之墓……唯岁月最无情,亦岁月最深情。在时间里,所有的过往都会消失,趁还有记忆的时候,写出来,说出来,画出来。

如田汉的《病与朋友》,记述了音乐家张曙生前身后之事。1942年12月,曾创作《日落西山》《丈夫去当兵》等歌曲的音乐家张曙在桂林被空袭的炸弹炸死在街头,死状甚惨,据为其收尸的杨伊说:

> 张曙先生躺在地下衣服还整齐,身上也没有什么大伤,就是抬起的时候,右手是炸断了的,只有一条筋肉连系着。他的女公子头被炸掉半边的,就像一个破开的柚子,里面的柚瓣给挖去了,只剩了一块柚子皮。常任侠先生见了这惨状,"哇"的哭了。我们大家都哭了。叶浅予先生给拍了一个照……②

---

① 张石川:《一束陈旧的断片》,刊载于《万象》1944年第4卷3期。
② 田汉:《病与朋友》,刊载于《野草》1943年第5卷第2期。

1943年,田汉与一众好友学生步行数十里去祭奠张曙:

> 山峰的影子遮荫了半个山坡,小溪里水都干了,还有水牛在里面滚。丛葬的墓上受着数十条牛群的践踏,曙弟墓上已经坍下去几块了,墓上的草也给吃残了,沫若写的墓碑依然只有"曙父女之墓"几字还可辨认,"音乐家张"的一段一半埋在墓前的泥里了。我和也非、黄浚两同志合力把这一段从泥里扒出来,勉强合在"曙父女……"上。①

逝者匆匆为过客,生者寂寂度长年。

这样的追忆,在《影人忆旧》中俯拾皆是。以忆旧慰长夜,当歌,当哭。

《影人忆旧》这本书,花了三个月时间细细整理,从惊蛰到立夏,足不出户,唯书房窗前浅浅一抹绿色,和无处安放的忧伤。

是为序,亦为后记。

孙 莺

2022年6月25日

---

① 田汉:《病与朋友》,刊载于《野草》1943年第5卷第2期。

目 录

影 人 琐 记

赴杭摄影记	王侃如	3
湖上开心记	胡亚光	6
北行琐记	欧阳予倩	8
南通杂记	芳 信	12
粤游琐记	欧阳予倩	19
歌舞琐谈	丁 悚	24
我的自白	貂斑华	28
我脱离了茫茫的苦海	徐莘园	32
山村的十日	陈醉云	35
关于"小姨年"的我感	严次平	39
"八一三"以来的生活自述	程步高	42
云裳日记	陈云裳	45
塞上行之一	黎莉莉	51
出国以来	王 莹	57
我的自白	严 华	62
我与白云	李绮年	64
从影日记	李丽华	70
日记三篇	白 光	73

导 演 手 记

洛阳摄影记实	程步高	81
摄制《战功》的经过	陆 洁	95
导演家与方言	唐槐秋	97

影演员最低的限度	陈大悲	99
我编《天涯歌女》的感想	欧阳予倩	104
我办影戏公司的失败谈	徐卓呆	107
我在电影界	红 蕉	110
为影难	罗明佑	114
几幕我爱写的影剧	孙 瑜	117
导演《野草闲花》的感想	孙 瑜	120
《歌女红牡丹》不是一桩偶然的事	张石川	123
电影杂碎馆	孙 瑜	126
重游好莱坞	陈炳洪	130
一束陈旧的断片	张石川	139
摄制《故都春梦》之拾零	黎民伟	142
歌舞有什么不好	黎锦晖	145
自我导演以来	郑正秋	149
摄制《桃花扇》琐记	欧阳予倩	154
苏垣纪行	蔡楚生	157
当我的影子徘徊于银雾之街时	吴 村	175
开心公司之回忆	徐卓呆	178
一九四〇年马来亚华侨剧运概述	金 山	180
对摄影师的重新估价	黄宗霑	186

斯 人 已 逝

伤心的回忆	周剑云	193
我所认识的艾霞	乾 白	199
埋玉记	丁 羊	202
我所知的聂耳	周 耀	214
聂耳和我们一群	蔡楚生	217
不要以悲哀来纪念鲁迅之死	欧阳予倩	224
怀正秋兄	周剑云	227
阮玲玉之死	费 穆	238
刘继群先生从影成功史	严次平	241

忆亡弟西苓	沈兹九	245
病与朋友	田汉	250
忆人民的音乐家张寒晖	王林	260
无字无碑的阮玲玉之墓	紫虹	264
霸王号失事！不幸罹难之方沛霖	《电影话剧》特写	267

影人鸿雁

悲欢离合的生活	侯曜 星侣	273
读了陈遯凡君的来信以后	卢梦殊	276
民新摄影场参观记	卢梦殊	279
关于电影的一封信	李萍倩	284
龚稼农致滕树谷	龚稼农	287
张若谷与卢梦殊的通信	张若谷 卢梦殊	291
新春的日本电影	侯枫	295
给某女明星的一封信	姚莘农	298
一封信	苓	301
未付邮——致曹禺书	成己	303
两封信	青苗	306

影人素描

影人小史	任矜苹	317
谈谈卜万苍	欧阳予倩	322
我与电影界几个闻人	潘毅华	324
访蝶记	笔花	326
雪蝶解约经过谈	雪蝶之友	328
我和中国旅行剧团	陈绵	330
对云裳女士过去的回忆	易健盦	334
银坛回忆录	郑逸梅	341
在金焰住的亭子间里	严次平	343
怀念洪深	《中国影讯》编辑部	345
我所见的马徐维邦	秦瘦鸥	348

怀念蔡楚生先生	周钢鸣	350
我的干妈顾兰君	金 巽	354
中国女明星的轨迹	银衫客	358
听石挥、秦怡对谈	刘子云	370
黄宗霑跟镜头	《电影论坛》编辑部	372
皇室觐太子记	褚 秦	383
拍照失望记	树 文	387

影 人 忆 旧

我如何入此门中	史东山	393
献丑	周 璇	395
受了银色的洗礼	龚秋霞	398
我的从事电影的经过	黄 侯	401
我演戏的经过	赵 丹	404
演剧生活的回忆	金 山	408
我的影星照片拍法	陈嘉霞	410
我的生活琐语	王熙春	412
我在沪半年来的回忆	陈云裳	417
我的奋斗	薛觉先	421
燕燕曲	陈燕燕	427
上海给我的印象	童芷苓	445
我的话	舒 适	448
我从事影剧的小史	林墨予	450

影人琐记

赴杭摄影记

王侃如[①]

任矜苹君近以全力为明星影片公司导演《新人的家庭》一片，各报早已宣传得满城风雨，毋烦余之重为介绍矣。

五月十六日，任君与一部分演员，赴杭摄取外景。余承任君之召，亦偕往焉。既归，任君丐余撰《赴杭摄影记》，以实《电影杂志》。顾余素健忘，且又事冗，当时六桥三竺间之形形色色，忘已过半，兹姑就记忆所及者，拉杂书之，以供读者一粲。

此次所去者，计十六人。午后六时三十分，由上海北站开车，一路暮色苍茫，晚风袭人。枯坐车中，殊觉沉闷，乃相将为沙蟹之戏。任君素有"沙蟹健将"之称，余知非其敌手，故未入局。初杨耐梅女士邀余为顾问，而连战皆负，继则任君倩余为代表，竟为之大胜。以余一人佐杨则负，佐任则胜，赌虽小道，然亦有幸有不幸也。凡人在快乐之时，每不觉光阴之迅速，当吾人沙蟹之兴犹未尽，而车已抵杭州之城站矣，乃相将下车，雇车往西湖饭店。

翌晨九时，任君等驾汽油艇往觅摄剧地点，历二小时，得康庄及紫云洞二地。康庄为保皇首领南海先生所有，地甚幽僻，庄前植怪树一株，尤饶别趣。紫云洞则万峰相接，高插云霄，绿林成荫，风景绝佳。任君得此胜地，为之大快，亟返馆，约其余诸人赴杏花村午膳。因人多，分两桌而食。菜殊平常，唯炝虾甚可口，以是连食六盆之多。虾俱新鲜，既送入口，犹欲鼓其余勇，在吾人口中，做最后之一跳，于是吾侪遂高耸两肩，竟学虾跳，而就中以王元龙君所跳之姿势为最佳。菜价每席五元，两席应计十元，加以零费至多亦不过十四五元耳，乃杏花村之发票，竟开至二十一元余，未免大刨任君之黄瓜儿矣（杭人称敲竹杠为刨黄瓜儿）。一餐之饭，竟费去两小时。既毕，遂即化妆，驰

[①] 王侃如，江苏人，毕业于民立女中。曾主演《别后》，在《新人之家庭》中亦有出镜，署名王素筠。

往紫云洞摄影。迨《情话》一幕摄毕,而光线已不足,乃返馆小憩。

是晚,"明星"杭州股东赵君等设宴于城内聚丰园菜馆,为吾侪洗尘。约七时,吾侪遂应召而往,席间觥筹交错,笑谈杂陈,直至十时始尽欢而散。

十八日,天色黯然,细雨如丝,吾侪之工作,遂不克进行。枯居馆中,长日无聊,遂由卜万苍君发起叉麻雀。叉未数圈,耐梅女士即为王元龙君代战,任君旋亦邀余相代,而耐梅女士反对甚力,盖其既欲为王君赢,而又恐余为任君输,于此可见其待友之善矣。既而卜君因连战不胜,遂倩张织云女士相代。女士对于麻雀并不甚精,而席尚未暖,即和勒子一副,亦可见其手气之佳也。及麻雀终局,即进午膳。

杨耐梅,刊载于《银星》1927年第12期。

王汉伦,刊载于《明星特刊》1926年第17期。

饭后雨仍未止,而各人又觉无聊。王元龙君购一扇来,请各人题七言一句。卜君首先挥毫,书"对面湖山入雾中"七字,任君继亦书"出了杏村大家跳"七字,盖形容吾侪在杏村大嚼炝虾后之神态也。任君既书毕,耐梅女士即写"杭州勿是生意经"七字(按:勿是生意经系女士之口谈,言勿高兴也),后耐梅女士以为不雅,遂将扇面撕破,于是王君遂另配一扇面来。卜万苍君为书"留声机器又开了"七字,张织云女士怪其书法不恭,重将扇面撕破,于是王君又受一次损失。及第三扇面来,倩请各人书一姓名以留纪念,盖鉴于诸女士撕劲甚佳,不敢重乞题诗矣。

至四时许,雨稍止,吾侪遂偕往放鹤亭游玩。一路山清水秀,风景如画,较之寄居妖气弥漫之洋场中,雅俗不可同日而语矣。比返,重往葛岭,拾级而上,颇多天然美景,惜时已薄暮,不及畅游。迨至万家灯火,始相偕归馆。

十九日,云淡风轻,天又放晴。清晨六时,即起身化妆,驰往摄影。至午后一时,全部告成。遂踌躇满志,遄返旅馆。略事休息,即整理行装。至五时,遂驱车赴城站。未几,汽笛一声,又载吾人归上海矣。

原载于《电影杂志》1925年第13期

湖上开心记

胡亚光①

日者老友倪子古莲,造余画室,气急败坏,匆匆走相告曰:"开心来杭摄片矣,特来相邀,子其有兴观光乎?"余曰:"善。"握手而别。

午膳既毕,买车而往,道出涌金门,遍询于父老村妇,始至有美书画社,开心行宫也。入门,询阍者,以"已赴钱王祠摄片"对。于是复前行,沿湖滨而南,则见朱垣碧瓦映于眼帘者,非钱王祠耶。围而如堵者,非观者耶。飞奔而进,一跃而入,则徐子卓呆已面团团迎面立。呆曰:"余等未为外人道,子何知之?"余答以"古莲来告"。一言甫出,门角里一古装涂面乡人起立曰:"古莲在是,亚光识之否?"为之悚然。

步入寺门,僧服经担,狼藉遍地,和尚六七人席地而坐,其盛况殊不减班禅活佛来杭时也。熟视众僧面,类皆严肃可敬,无酒肉气,且泰半受戒,额上九星,罗列井井,望之俨然。而尤可奇者,中有类似方丈者一人,迷离扑朔,颇肖班禅,其真欢迎班禅耶?和尚之神工化妆,殆可乱真,大有鱼目混珠之妙。余初尚疑信参半,以为真伪杂陈也,继询卓呆,始知皆冒牌也。额上九星,皆伪也,剃者剃也,画者画也。众人中有一蓬首垢面、破冠敝衲之丐僧,跳踉其间,状至忙碌,鼻架罗克镜,口衔茄立烟,不伦不类,颇堪发味,盖汪子优游之"疯僧济公"也。时而导演矣,手持幕表,奔走指挥;时而主角矣,则去其烟镜,小扇徐徐,飞升作法矣,汗下如雨,力竭声嘶。余曰:"众人开心而汪子似独自苦也。"

卓呆则洋装粲粲,警笛鸣鸣,初亦似任副导演也,继则剥其衣,易僧服,去革履,易僧鞋,涂粉画眉,顷刻毕事,复以粉点额凡九,又宛然一受戒老和尚

---

① 胡亚光(为胡雪岩曾孙),名文球,字亚光,浙江杭州人。初从张聿光习西画。1922年与施蛰存、戴望舒、张天翼、阿英等在杭州成立兰社,从事新文学活动。1923年创办亚光绘画研究所、杭州暑期绘画学校,培养美术青年。抗日战争爆发后移居上海,在肇光中学等处任劳美教员,并任《新闻报》"每日漫画"专栏特约作者。

开心影片公司最新摄制之《济公活佛》影片之一幕,刊载于《天津商报图画半周刊》1930年第1卷第22期。

矣。余笑曰:"六根清静否?"呆答曰:"一根难静。"相与抃掌。

是日所摄,约分数幕,一为"门角里捉和尚";一为"撕当票";一为"追活佛";一为"封灵隐寺",等等。观此片段,已足捧腹,他日全片告成,合座哄堂,定可预卜焉。

久之,寺门阖,余随开心朋友鱼贯出,纷纷登舟。舟凡三,一舟载五六人,一时趣闻百出,谑浪滔天,为湖山生色不少。同舟者当以卓呆体最肥,湖心荡漾,各以自危,幸尚有所谓班禅活佛者为之衡,左之右之,幸而得不倾。摄影师某君颇天真,富稚子气,直立舟中,觅取影材。未几,金乌下,玉兔升,傍杨柳岸,相将登陆,摄取斜阳一角,伪作月景,盖利用天然耳。斜阳无恙,雷峰何处,令人不禁兴无限沧桑之感矣。

时已晚,乃兴辞而归,开末拉之声,犹不绝于耳云。

原载于《开心特刊》1926年第4期

北行琐记

欧阳予倩[①]

明星公司欲直接推销其出品于北方,遂嘱洪深、予倩携《空谷兰》新片至京津为之宣传。浦津路以战事中断,不得不遵海道。"招商"停驶,"太古""怡和"均患人满,仅购得"大阪"商船票,于二月二十二夕登舟。妹婿唐有壬、女弟畹璠,适将返都,族弟立南复由金陵转学工大,相约偕行,不虞岑寂矣。行李待发,而洪君适病,石川、剑云二君约予至洪君处,见其精神尚好。据云饮食不慎,偶中植物之毒,腹痛欲裂,受注射已渐解,乃就床前语予以所计划十余事,条理明晰,既备且周,语若贯珠,层次无稍紊,以艺术家而富事务才如洪君者,殊不多见。吾尝与田君寿昌论洪深,谓与其为剧本家,不如为导演;与其为导演,不如为舞台监督。寿昌许我为知洪深,洪君或亦以为然也。洪君既病,予遂先行,相约会于天津。

是夕登舟,送者有田寿昌、张巨川、周剑云、唐槐秋、卜万苍、姚本一诸君,姚孟瑢女士及吾弟剑侪夫妇,吾妻韵秋、侄山尊,亲朋判袂虽小别,不无黯然。女弟畹璠,恋母情深,登车涕泣,舟中握别兄嫂及诸女伴,相对汍澜,其幼女佶人,今方三龄,尤念外祖母,坚欲登岸,益增离绪矣。

吾等所定为八号室。及上船,易住七号。室中四榻,吾与有壬夫妇已占其二,后来两男客,又持七号票与舟人争执不相下,结果一刘姓者居八号,其一黄姓者粤人,竟并入七号。方购票时,公司坚言男女除夫妇外不能同室,予以家族故特别通融,然至此容其他男客加入,显见非理。予抗议无效,觅船主尚未归船,大副则已熟睡,只得暂任之。至次日,黄姓者始迁居八号,得稍舒适焉。予旅行极惯,航海尤多,然每多晕眩,此次虽无风,亦颇摇动,予尚能勉

[①] 欧阳予倩,原名立袁,号小草。湖南浏阳人。早年留学日本,入早稻田大学等。1907年与曾孝谷、李叔同等组织春柳社。1911年回上海组织春柳剧场,与梅兰芳并有"南欧北梅"之誉。后任南国艺术学院戏剧系主任。1932年加入左翼戏剧家联盟(简称"剧联")。抗战爆发后,去桂林任广西艺术馆馆长。

强进食。有壬夫妇,则坚卧不动;女仆林妈,呕吐狼藉,病不能兴矣。而甥女佶人,强令抱之上楼,否则大哭。唯盼其睡熟,百端诱之不肯睡,亦无可如何。幸立南丝毫不晕,为吾等传递茶水果饵之类,以止其哭,岂料其花样翻新,不仅哭而已也。

移居八号之黄君,香山人,毕业于美国加利福尼亚大学,现为工程师,应梁燕荪之聘往天津。其人独能英语,喜笑谑,辞令甚妙。刘君者,名导,字达义,上海某地产公司经理,为天主教信徒,闻予族弟立南为金陵大学生,以为必教徒也,促然作英语问之曰:"生命何自来?"立南未及答,彼曰:"生命自生命来耳,盖舍此无答案也。"刘君又痛论救国非天主教不可,黄君则作犹移折中之词曰:"或然。"

欧阳予倩,刊载于《明星》1936年第5卷第11期。

邻室有密司脱与密昔司陈者,以意度之,必蜜月中夫妇。密司脱陈服西装,戴罗克银镜,密昔司陈则御红色旗袍,剪发垂及肩际,二人殊少出室,别具中国餐,共餐于室中,故莫或与之语。复有英国人兄妹,亦颇似傲岸,不解酬答,后来方知为苏格兰乡村中人,初次旅行,辞令非所长,其兄每晨尚向座客道早安,其妹始终默然,低头微笑而已。其余尚有法人夫妇,夫戴头绳帽,极似喇嘛僧,妻脸长足愧杨瑞亭,拍入影戏,应推珍品。更有俄籍犹太人一人,通眉连鬓须,颇似旧戏中之李七,然服饰华美如裙屐少年,予始颇讶其肤之多毛,后方知其为毛皮商也。

刘、黄二人,每以密司脱与密昔司陈及英人兄妹为谈助,呼陈则曰"蜜月",呼英人则曰"乡下大姑娘"。俄人从旁助兴,演绎愈广,离题愈远,于是俄人思及一笑,话其言曰:"有一俄人狎一妓,赁室于某旅馆,与妓约灭灯不闭门,妓许之。及妓睡熟,其人潜起售票于楼下,以偿其夜度资且有羡云。"刘君问之曰:"君曾售几票?"曰:"三票。"语次视我等作狞笑。时予方据案抄剧本,以罗马数字标幕首,黄君见之曰,欧阳君正为君记账也。

舟至青岛,登岸雇马车,绕市内外一周。公园及海浴场极为可爱,青岛炮台为东方著名要塞,德国当日借杀一教士为口实,以暴力夺胶州,置巨炮守之。曾几何时,不过供人游眺,其储械驻兵之处,均在地底。入其中,阴森无比。吾自前岁往大连经过此间时,即欲用为背景,作一小说,人事倥偬,亦遂忘之,恐终为腹稿矣。归船时,见舱客已满,自青岛至天津者,有日人二、美人五,其四为学生,颇喧闹。日人中有一人颇能谈,饭时彼此道姓名,遂成相识。据云彼颇畏风浪,不敢多饮食,然大菜馋吻,不自知其如水之就壑也。

船主着制服,即坐其旁,彼不知其为船主也,问之曰:"君亦往天津乎?"

船主答曰:"舟中之人,无非往天津者。"

彼又问曰:"君自上海登舟者乎?"

船主笑曰:"仆舟人也。"

彼亦笑曰:"吾辈皆舟中之人也。"(日语"舟人"与"舟中人"有别,但其人多误听,故可笑。)及彼知为船主,急起谢罪曰:"原来如此,失敬失敬。"

予素好笑,见其憨状,极力忍之,致食物未能消化,不能不谓之为"大蚀本"矣。

饭后彼约有壬手谈。有壬让白子与之,彼略不谦逊,结果大负。次局易子又负,遂舍有壬,与我挑战,又败之。次日有壬受二子,仍大胜,受四子五子又胜,彼遂问有壬去初段几何,有壬告以分先或初段受二子,彼骇然曰:"原来如此,何不早言?"(日人围棋程度以段计,九段为国手,初段至九段相差,不过四子)

青岛原定停泊四小时,不意所装酒精,临时发生不能起货之交涉,致延长八小时。船主又省煤,不肯放足马力。行近大沽口,忽遇大雾,阻二十四小时,但稍催趱,则雾起以前,可以进口,故船主谈及,亦颇表示歉忱。当雾未起时,人人只盼无风,及遇雾难行,则又盼风如渴,于此足见人类之弱点。

舟在雾中,汽笛频鸣,警钟不断,卧而听之,其声凄厉。

廿七日午后,羲阳渐见,全舟大悦,继而雾复合。黄君忽奔告予曰:"天必晴,雾必散,吾辈可前进矣。"予问何以知之,曰:"蜜月已登楼,乡下妓娘开金口矣。"有一美国学生又来告黄君以蜜月之事,谓见密司特与密昔司陈昨晚夫妇同浴,刘君谓此雾之所以起,黄君则谓此雾之所以散,聚讼纷纭,莫衷一是。

转瞬雾散，竟应黄君之言，刘君于是宣传教义，谓天心不可测，非敬神不可。予即问昔者犹太人为俄人所虐，今俄人为犹太人所支配，前者为人事，后者为天心乎？抑后者为人事，前者为天心乎？刘君曰："犹太人不足道也。"予曰："耶稣非犹太人乎？"曰："耶稣神也，其慎尔言。"

舟至大沽口，见积盐如山，沿岸土室，居住者多半晒丁，女子多衣大红布衣，浓脂厚粉，有如旧剧之化妆。白河河身极窄，故两岸人物，见之甚晰。河曲几平行，自河口至天津，共计七十余曲，船身之长大及过深者，不能入口，于是不禁忆及中山先生北方大港之计划。

欧阳予倩导演、黎明晖主演之《清明时节》，刊载于《良友》1936年第120期。

舟已泊岸，有壬先往觅旅舍，予等于舟中候之。及其归，已夜十时，而息游别墅、国民饭店、大北饭店等均已客满。闻洪君已到，住利顺德，欲往从之，洪君适来迎，遂同宿于利顺德。洪君乘怡和船，迟大阪船两日出口，先其一小时到，予见其精神已完全恢复，欣慰之心，又自不待言也。

原载于《明星特刊》1926年第11期

南 通 杂 记

芳　信[①]

想不怀旧的人,在这个世上,恐怕难找到一个。谁都知道,回忆已往,并无补于现在;依恋过去,未见得有利于将来。但,今日每易记起昨日,今年每易记起去年。成年时,往往会思念着童年时的情景;衰老时,往往会追忆着少年时的悲欢。哪怕是前情如梦,哪怕是往事如烟。过去的一切,总喜欢把它一页一页地重温着,不论它是凄凉的,或是热闹的,是悲哀的,或是愉悦的。所以秋风起时,你就容易想起你当年在故乡和你幼小的伴侣攀折桂花时的情景;春花开时,你就会想起你当年和姊姊妹妹在后花园中追蜂逐蝶时的乐趣。当你孤单地在黄昏时草地上散步,你就曾记起当年傍在你手边,时时把眼儿温存你的人儿;当你独自在西楼看月时,你就会忆起坐在湖滨杨柳底下,和你喁喁私语的对手。北风严紧,炉火不暖的时候,你还容易想起时时慰问你的寒暖的慈母。想得伤心时,出几滴眼泪;想得快活时,颜面稍松地笑笑;想得苦恼时,微微地发出几声叹息。

这样想时,究于过去了的现在有何好处呢？倘使你现在是得意时,想到过去的欣愉,还可以得个安慰;倘使你现在的遭遇较起旧时的不如,那你想起当时的盛况,你该怎样地惆怅呢？不过,这回忆虽是万般地使人感慨,但总觉得这是多情的、欢娱的,值得人去追恋的。也有许多能够完全把过去的情景忘却的人,那只是天生的英雄,像我们这样的凡人,是万万比不上的。实在说,我的性格软弱得很,或者可以说是我这人是无出息的,我有时为了在旧书中翻着一皮枫叶,我会出神出鬼地半日不响,把夹这枫叶到书中头头尾尾的情形想了出来。或是于朋友的谈话中,听着那能够把旧情勾上的,我会默然

[①] 芳信,1902年出生于江西省南昌市,原名蔡方信,曾用名方克勤。1926年进上海民新和艺华影片公司当演员。1927年东渡日本,在东亚语专学习英文。翌年回到上海后,参加了田汉领导的南国社,与夏莱蒂等办《火山》月刊,又与朱维基等办《绿》月刊,提倡唯美主义文学。

地凝视着,一直要到他发觉我在发傻,突然地问我"你在想什么"为止。

唉,依恋过去本没道理。但,我说过了我不是英雄,够不上他们的本领,能将自己的过去,像用揩布拭去桌上的灰尘一样地抹净。我也曾立过主意想办,但我往往失败了。我并且也知道怀旧的感情是很浅薄的,像他们说我的话一样地浅薄。没法想,旧事要涌上心来,好像江潮要涌一样地不可遏止,我怎能禁它不涌呢?话儿虽是浅薄,到了非说不可时,就是浅薄,怎又好忍住不声呢?即使是你能百般地柔和,万般地忍耐,到了境遇一定要你感今悼昔的时候,你怎能不有所感呢?她不爱你了,她偏偏留有几块赠给你的罗帕;亲友死了,他的遗像时时触入你的眼中。哦哦,你人到这样的遭遇的时候,你想不哭,不和人谈谈,你能平安地生活下去吗?我不能,我不能!

秋风已在户外诉怨,凄切的蟋蟀却已唱倦,残月映着西天凄惨,炉火不温,案头的瓶菊开残。哦,想起一月前在通州拍戏,欢聚时的情形,叫人不万分地凄寂,是不能的呀!

那时虽说没有经过多大的欢乐与悲哀,我以为值得追记的事情很多。在我个人短促的生涯中,我是觉得那些时日是很可宝贵的,是应当作点文字来纪念的。同去的有那么多同伴,那么多的同伴中又有那么多有趣的,所做的又是自己欢喜干的事,在那里耽搁的时日也很长久,况且那里的风光又甚宜人,就是不善吊古悼今的,有这几种种牵住你的记忆,你就是想勉强地把当时的情形忘去,事实的印象,也会一幅一幅地自然呈出在你的眼前。我在这时,只有来写这篇《南通杂记》,以作怀旧纪念。

花月不常,人事多变,有谁能除去这万古存留永世难泯的悲哀呢?

旦画亭花旦画画

南通州之有狼山,犹之乎山东之有泰山,江西之有庐山。山上有一座古庙,庙的周围树木阴森。庙里有一个宝塔,塔高几十层,登上塔的最高一层,俯视下面的小河、村落,真能使人觉着宇宙的伟丽、人类的丑小。因了这样秀丽的风景,每到山上游历时,都要到塔上去观瞻一番。

几日天阴且雨,同伴都耐不住逆旅的寂寞。导演予倩先生提议到狼山游历。当他把狼山的胜景略说过一遍以后,大家都赞成他的主张。同游的约十九人。雇了两辆汽车,约二十分钟,就到了那里。车停在山下,我们便步行上山。

山路崎岖多险，许盈盈那日穿着一双舞靴，这时，那对靴却失去了在舞场中的效力了。她时时地喊着滑，我只好搀着她走。人多口众，东扯西拉地胡说，就是雨儿淋在身上，地下泥泞难行，但都是快活的。

我一面走时，一面采集不同样的花草插在我的帽子上。刚到山腰，我的帽子，已满插着各样不同的花朵与野草。许盈盈染上我那带花的病疾，也模仿着我，选了几枝长的芦苇拖在她那横的S头上，惹得众人哈哈大笑。险一险，她几因滑脚而落地，幸亏我搀扶得快，周医生就笑得按住腰说："小生扶稳些小旦呀！"

我听了，便操着老戏里边的道白，说一声："请恕小生这个！"大家又哄然地笑出，我手上可被责罚了一下。是的，只怪自己口多，怎么不该打呢？

雨儿愈下愈大，离到山上的路程还远，欧阳、许盈盈、我就在半山上的亭子里歇下了。我的帽湿很重，取下帽上的花朵一数，计有三十几枝之多。我不是铁头，到底支持不住，我便选了几朵奇丽可观的带上。许盈盈拉着一枝在山下店家内买着的洞箫，呜咽地吹着，欧阳那时拿了导演时用的一枝铅笔惊龙走蛇地在墙上画着一个梳头的女子，手里拉着一枝洞箫吹着，旁边还题了一句："旦吹亭花旦吹箫。"

我就说："密司许，你看密司特欧阳替你画的！"

许盈盈走近他的身边看见他的画和字，她便夺过他那导演时用的铅笔在墙上画着，并且不许人当时看着她画些什么。她画了一个人头戴着呢帽，眼架着眼镜，手捏着一支笔想画。旁边还有一行小字："旦画亭花旦画画。"

我看他们闹着，我高兴极了，我便把我那顶满带野鸡毛似的花朵的帽子做一花旦抛球的姿势，往空中一掷。欧阳看我像疯了一样，他就笑着说："三旦大闹吹画亭。"

芳信，刊载于《民新特刊》1926年第2期。

九岁姑娘叹身世

我第一次看着杨依依,正是天将断暗,在汽车中看到她的。我隐约地看出她的眼睛是黑而圆活的,她的面是成银杏形的,她的发儿剪着齐肩,她穿的是银灰色的旗袍。她的样子就像一只刚刚会飞的翼翅未老在花荫中轻飞的蝴蝶。我看了她这样甜美动人的情形,我就笑对着她,她便时时地把头伸入许盈盈的怀中。我觉得这小姑娘真是非凡,我就老着面皮问她:"我做你爸爸,你愿意吗?"她忸怩怕羞不肯说的态度,虽和其他的女儿一样,但她最后很大方地答应了我:"愿意!"我听了这话,不知不觉地把她的小手捏了过来,轻声地要她喊我一声"爸爸"时,我突然"心跳"几下,眼睛好像酸痛着。

自从把她接到公司居住以后,我自己简直欺骗自己,把她看成了我自己的亲生女一样。

到了通州,戏拍完了以后,我就要捧着她跳着跃着,好几次,亲亲热热地叫"大女"。在许多人中她也把我看成和她有自然亲爱的关系。我只要稍微隔开了她一些时候,没有伴着她,她便要嚷着找寻我。

她每当外景拍完归寓,约莫六七钟的样子,我就要抱她到我的怀里,头儿靠着头儿,像雏鸡傍着母鸡在笼中栖息一样。我一方面轻轻地拍着她的腰背,一方面说着引她入睡的语言,不到一刻钟的工夫,她便在我的怀里呼呼入睡了。当我口轻轻地唱着,手有节奏地拍着她时,我的幻想就要生起两翼,随处乱飞乱游了。哦,我真不妨对你说,我觉得我自己就是一个爱惜儿女的慈父。有几次,我因唱催眠歌竟把眼泪滴落在她的头上。唉,我就要在她那睡着的绯红的颊上,亲上一个甜蜜的吻。

她拍戏时,又真得人怜爱。要她哭,她的眼泪就可以因你几句酸楚的话说得滚滚而出;要她怒,她就可以把嘴唇突出,好像她是受过训练、学过表情的女戏子一样。这样,还不应当得人的怜爱吗?

她的样儿既可得人的痛爱,她的聪明又可受人的夸羡,谁又不会爱她,如一粒夜光珠一般的宝贵呢?

我们那天上狼山游历,正值那天庙里不知是哪一位菩萨的生日,所以朝拜的信男善女,络绎不绝地上行下往。周医生提议抽签,从来不对菩萨叩头下跪的我就和欧阳允诺了。欧阳先抽,那副端正的样子,如今想起了,真觉得未免太滑稽了。我跪在地下,心里默祷了一回,便抽了三张神签,一张是问事业成功的,还有两张问什么的,想来你们也猜得出。不讲罢,讲得太明白了,未免有点难以为情。

哦,小女主人公知道了,等我们抽完签后,她便溜溜地走到她的义母周医生的面前问,好像是问要花几个铜子才可抽签。她们咕噜了一回,只见她一跑一跳地走近蒲团,顺势跪下,端着签筒,口里不知念几句什么,有几句听得清的,是:"要保护我妈清吉,我爸爸也好。唉,我自己唔知怎样的下落……"她的头儿虔诚地低下,似乎菩萨有甚吩咐,我真忍不住不笑,我就轻轻地拿拿欧阳的衣服:"妹妹在问自己的身世呢!"

欧阳就高声嚷着:"好呀,九岁姑娘叹身世。"

她大概听懂了这话,羞得两脸好像血泼了一样,随即钻到周医生的怀里。

唉,我自己不知怎样的下落……

白鱼入舟

我们住在南通州俱乐部,这是南通州的一家最洁净、设备最完美的旅馆,它是在城外的中公园和南通湖的旁边。我们有闲的时候,愿意的就在公园中去散步,或是向公园里的人花二三毛钱租了一只小艇,三四个人荡着船到湖心,让它东游西荡。这样的生活,好像白鹭般的净洁,又好像仙鹤似的闲散。公园里的两只划子,几乎俱为我们雇使。

在大都会耽留久了,一时遇着这样寂静平和的所在,湖光清丽,绿杨垂青,是会如同未曾饱食的穷汉忽而走进菜饭馆中一样。所以,当我们的工作完毕以后,老是三四个人一伙,五六个一群,东一组,西一组,有的去到湖滨谈心,有的去划船寻乐。

一日的午后,夕阳临时的半面,还可在树梢间隐约看见。我们八个人分着两组,把两只划子通都雇来,去到湖心取趣。那呈长形的那只船上,有邢少梅、鲁少飞、顾梦鹤、李乾初四人。呈长方形的那只就有辛夷、李锡金、梁林光、我。我们议定两只船比赛快慢,从中公园的船坞所一直划到过桥向西一家红墙人家的屋旁,并且公推邢少梅为发口令的司令。不论哪只船谁胜谁败,败的那只就要罚出五元以做给胜者的奖金,这罚金的用处就是吃。当一切的条件讲妥了以后,两只船上的人儿就都准备着,像要上马杀贼一般。

邢少梅的口令一发,这八个健手就勇猛地打着水前进。有时,呈长形的那只快过呈长方形的,有时呈长方形的快过呈长形的。当最后五分钟,两船快待决定胜负的时候,呈长形的那只的船头正在那只呈长方形的身腰的地方,看看呈长方形的要胜时,忽然"哗啦"一声水响,人就像在梦中碰了老虎似的吃一大惊:一条扁棍一样长、头儿尖尖、重约二十斤的大鱼就跳上船来。那只呈长形的那只船的舱里,大家都惊嚷着:"一条大鱼,一条大鱼!"

鱼入我们的船内,跃了几跃,辛夷一桨打了过去,它便马上不能动了。我们的竞赛,结果得了这样的一个奖品,大家就像到北冰洋去探险的,忽然发现着一种稀世的宝贝一样地快活。我们收桨归寓,红烧了这鱼下酒。

吃时,又是笑声,又是闹声。有几个不肯吃的,据说:"白鱼入舟,必有佳兆。仙物也,岂可乱吃?"于是那几位肚大的朋友,可就叨光不少了。

捉拿共产党

我们吃鱼的次日,通州的报上就登载着这项消息。事为张三爷所知,可就不好办了。几个从来不曾和"革命"二字发生关系的人氏就被认为过激派和共产党了。当日三爷就有话儿传下,说欧阳带了许多党徒到通州宣传过激,应当于两日内出境,否则当严拿重办。我们得着这样的信息时,还在拍戏里最后一场。唉,这对于我们真是一个晴天的霹雳。好,我们只好收拾机器,揩净面上的油彩,同时托人进张三爷的王府去疏通。结果是,疏通的人回来报告说:"他们不是来宣传过激是来做什么?他们的人来得那么多,个个差不多都穿西装。他们带来的印刷物上尽是勾勾点点,和现在一般过激党用的文字一样,他们还又带了许多机器来。我和予倩是熟人,要不,真对他不客气。他尽管在上海闹,为什么连这里的命也要革?"

不错,我们带去的Camera像枪炮,我们《特刊》上面的文字是像宣传过激党办的报,上面只有勾勾圈圈。我们的人是去得不少,而且穿西装的也多,所以三爷便认定我们为过激党了。

在这样暗无天日的情形之下,我们胆战心惊了两三日。许盈盈吓病了,予倩急得束手无策,我们公司的人两三日不敢出门。因为张三爷已有言在先,他说了要我们出境之后,我们还要留在通州,如果出了什么意外,他是决计不负责的。哦,我们想请欧阳的旧友李厅长去作说合,哪知三爷因见李厅长请过我们一次接风的酒,他便认定李厅长也是我们的同党,是嫌疑犯。

我们无法可想,只好停止未完的工作折回上海,而我们这位三爷还在说:"他们不是宣传过激,为什么这么心虚,戏也不拍完就走?"

三爷呀,你是对的,你是好的,请原谅了我们这批冒牌的革命党人!你老修修定世!

原载于《民新特刊》1926年第3期

粤游琐记

欧阳予倩

十一月十七日,我随同李任潮主席、陈真如军长乘法国邮船从上海动身,一路上天气很好。软软的北风吹着南行的一叶,不知不觉到了香港。

同房的是真如的秘书长孙希文先生,他是安徽怀远人,颇擅诗文,而词令精妙。由他介绍认识一位光明甫先生,听说是桐城才士,其所作《前出塞篇》有"大野一鹏落,长城万马号""夜深云起甲,风紧月生毛"之句一时传诵。他生得魁梧奇伟,剃着个光和尚,穿着件青布袍,抵掌雄谈,有上下纵横之慨。可惜外国船上只有冷水,非到钟点没有热茶,于是我们发起自己泡开水冲茶喝。希文取出水瓶,我取出茶叶,因为没有茶壶,只好拿茶叶放在水瓶里面。

一按铃,洋人来了,我说英文他不懂,他说法文我也不明白。做了几个手势,他点头示意拿着水瓶就去了。一会儿拿了来,我们故意不开盖,好让茶叶闷出些味来——因为他们两位都是欢喜喝浓茶的。约莫有一刻来钟倒来喝了,淡而无味。我说:"茶叶太少了!"他们两位因为茶叶是我的,又是我亲手放的,不好意思说淡,倒说也还不坏。我到底不放心,取开木塞对准光朝瓶里

欧阳予倩与王莹在东京,刊载于《大众画报》1934年第12期。

一望，连一根茶叶都没有。洋茶房做事总算地道，水瓶可更洗干净了，虽然牺牲些茶叶。但是他们二位所说的不坏，倒显得出一种社交的方式。

我坐海船照例晕船，便不晕也不能多看书，四处跑跑谈谈，一天也就莫名其妙地过了。有一天，我走进吃烟室，遇见两位北边先生正在下围棋。一位年长有胡子的受五子还是胜利。那个对手看他有如国手，他也就志得意满地带着轻蔑的微笑。他们完了，就问我下也不下。我呢，平心而论，围棋的功夫比那胡子略高一点儿，一拿子我就想杀他一个荒盘与那弱者吐吐气——这是我不应该，哪里有初见面的朋友就是这样不客气的呢？但是，我似乎犹有童心，未免只顾乱来。果然，我的长蛇阵出了破绽，反被他赢了去。他便对我笑笑说："先生的棋下得不错，甚为勇敢。"我明知道他是有心取笑我，不过他这句话和他那得意的表情，颇为戏剧的，我不破坏这舞台的空气，也就很满意地一笑而罢。

欧阳予倩（坐者）与芙蓉草在《嫦娥》中的扮相，刊载于《星期》1922年第33期。

我的《潘金莲》剧本在船里也颇引起些议论。有一天晚上，真如先生介绍我对大众讲了些关于戏剧的话，并将《潘金莲》的内容叙述了一遍。听者似颇满意。真如读近代的小说戏曲颇为不少，他对于两性问题，说《海上夫人》最为公平。他对于莫泊桑、萧伯纳、嚣俄[①]、哥德等的作品都批评得很中窍要。他研究内典极有心得，所谈出世法、世间法是整个的一件事，颇为精密。他最喜读《出家与其弟子》。在军人中文学趣味如此丰富的，我倒头一次遇见。

同船还有万籁天先生和某君两位拳术家，我看见他们在甲板上一来一往地练拳，可惜我没有知道

---

① 即法国作家雨果。

有一位就是万籁天先生的兄弟,所以没有攀谈。当他们练拳的时候,有位宋先生拿着自动摄影机(爱么机)摄了好几百尺影片,但是他摄影的时候开着发条,让它一次走完,又到房中去换一百尺,我以为太不经济了。

　　船到了香港,行李由海虎舰运回广州。李主席赴过港督的宴,当天下午就搭火车回去了。我们在英皇酒店住了一宿,次日晚间方乘港渡进省。英皇酒店原来是英国人开的,因为亏了本,顶给中国人,就有许多要人去投宿,听说现在维持得很好。到香港住在这间旅馆的客,有一桩便利,就是行李可免检查——香港关税自由,不过检查烟土和军火,可是受检查的非常麻烦,连袜子都要一双一双抖开看过。但是检查员也很想交情,只要旅客来得漂亮,给他们面子,也就可以免验。大约十件行李三个洹上总统①的人情,就可以证明行李中无有挟带,件数多的可以先开谈判,倒也公道得很。英皇酒店,颇能替客代办一切,所以住在英皇那里的客可以不受检查的麻烦,这是老旅行家告诉我的。

　　我到香港第一个见着涂开舆先生。我到新中国报馆去,想不到旧命不要的新命王大哥在那里当主笔。我和他们吃了两顿。连类而及地又认识许多新朋友,便吃一个不停,差不多两日之中六顿,顿顿是酒席和大菜,三蛇会、大鳝王、山萃、狗鱼,一一地挨次尝着;响螺之类,是不算稀奇的。广东人甚么都封王,大白鳝——我疑心是海鳗——叫大鳝王,鞋子做得好的叫鞋王,会弄蛇的叫蛇王,满街一看,只见无数的王,而最鲜艳夺目的招牌挂着戏剧大王梅兰芳,也是王中之一,可是如广东人视王为极平常的称呼,决不可以误会是封建思想反革命的表现。所以畹华在广东称着戏剧大王,许多革命巨子都觉得很妥当,还有许多老先生吟着"旧人只有何戡在,不堪回首忆前朝"之句,登在梅讯上,总理信徒也不免点头击节说:"好诗,好诗!"

　　畹华在香港,听说戏院里拿出钱来登广告,分各报为五等,《新中国报》列在三等,大家弄得异常无趣。以致第二三四五等不甘自居第一等,又不好意思自居,真是妙哉!可连累着唱戏受了影响了!

　　纯广东人不懂京戏,香港尤其不行,所以前回艳秋失败,此次畹华也不甚佳。在广州呢,因为官多,懂官话的也多,京二黄可以唱唱。纯广东人他们看畹华的戏说是"睇公仔","公仔"就是泥人儿或是画中人的意思,"睇公仔"就

---

① 即银元,洹上总统指袁世凯,洹上指袁世凯家乡安阳河。

是看人儿,因为他们不懂唱白只能看看扮相,若是扮相差点的,便连让他们当"公仔"睇的资格都没有。广东戏从来没有花脸,所以看见金秀山说好,没有武戏所以极端赞美朱桂芳,甚至于说只有朱桂芳最好看。我听见许多看客一进门就问:"有打没有?"妙哉妙哉!

有一天港督去看畹华演《散花》,港督一进门,老板就让《跳加官》,加官条上写的是"大英国皇帝万岁""大美国政府万岁",真令人不寒而栗。到广州某要人去看戏,也跳了加官,革命的社会能不忘帝都的国粹,可佩之至!

畹华此次到广东总算轰动一时。有人便想拿《天女散花》《嫦娥奔月》一类的戏作标准来改良广东戏,说是要派广东人到北京去入科班受教育。这种高见,这种主张,不是革命策源地的名家如何梦想得到。我才知道革命的民众,要求的是内廷供奉的艺术!想必现社会的生活苦闷,可以由嫦娥带到月宫去,天花着衣,可以度一切含灵苦厄!其实呢,许多反动分子,处处呈其活动,对于戏剧不过略示端倪。广东当局也颇为注意,一般的民众,尤其不能谓然,我曾经劝畹华推翻一切专配遗老胃口的戏,他颇以为然,但是他左右那些附庸风雅的准遗老恐怕未必放松罢。即如《跳加官》一类的事,畹华他本只专管唱戏,哪里顾得着?那些做起居注的侍卫们,他们的存心用意就不得而知了。这也就不忍心再说!

广东戏本是汉调,由湖南人传过来的旧戏的剧本,完全和汉调一样,而且胡琴的过门还带着些湖南味,只因言语和交通不便的关系在当时便容受得不充分。广东伶人,自取便利,渐渐地就起了变化,一天一天与原形相远近,来又掺入些《粤讴》和《龙舟歌》一类的小曲,格外变得不可捉摸。但是在广东人,却因其以渐推移,不甚十分觉得。不要说广东戏,就如上海的二黄新腔、

欧阳予倩戏装,刊载于《春柳》1919年第1卷第7期。

九音联弹之类，何尝不是从京二黄一步远如一步？艳秋有些新腔，我们会哼哼的，听了知道他的转折，不是青衣专家就说他有时不像西皮，有时不像二黄，搞得神妙莫测，我敢断定不出十年京二黄完全没有了。何况二黄在广东历史并不深，又有言语的隔阂呢？——如闭口音入声强断、阳平降低等类。

广东戏不但是腔调变了，作派也是一样，旧戏的格律破异得七零八落，举动多趋于写实，却极其粗乱而不调和，行头完全以意为之，抓着甚么就是甚么，可以说是莫名其妙。

旧的拆毁了，新的建不起来，青黄不接，正在彷徨歧路，撑持门面的只有些新情节，可是情节终有穷尽，没法子只好东拼西凑，甚至于有拿整个的影片抄下来演的，我看他们也难弄得很。

原载于《南国月刊》1929年第1期

歌 舞 琐 谈

丁悚[①]

在过去的几年,似歌舞最盛的时代。那时候的我,也不知被哪一种的歌舞厌恶了之后,对于歌舞的兴趣和情感,忽然地降低到冰点零度以下,从此纵有良好的歌舞集团的表演,都不愿再去观光一次,怕再受一种坏的印象,所以它们的沿革和兴替我全不去注意。

在过去的几个月,有属于联华影业公司的歌舞组,为了该公司抗日救国会筹措基金起见,在黄金大戏院公开表演,那时我恰有几天的空暇,就重作冯妇地尝试尝试。不料,几度观光,便把我从前一种厌恶的印象完全消灭,并且继续地连看最后表演的一天。归来之后,再把许多灌有唱片的歌舞片全数买来,每天开唱,从此我个人对于它有些陶醉了,并且很愿用我热烈的态度来拥护它。此后又继续地看了不少的类于联华的集团公演,现在姑且把我个人的爱恶,作一种不大公允的批评,好在本文我所赞美的,于团体、于个人,可以说素无来往,而且大都不曾相识的。我现在是把艺术立场来说的,决非是感情用事来褒贬,这是我所要声明的。

歌舞的组织,重要部分当然不外编剧和制曲、人才和舞术,然而音乐的调子和乐器的完备实为歌舞的灵魂。有几个歌舞集团使人们失望的症结,也关于上述的数点的不健全,或者它们的环境不好,或者是过分地超重于营业化的缘故,使它的立场点受极大的影响。所以我说要使歌舞受社会上的重视,非提高歌舞的地位不可。近来竟有牟利商人投中下流社会所好,把很秽亵的玩意来诱惑观众,那真是愈趋愈下,或者整个的歌舞要受极大的影响。

我看到的歌舞并不多,所以我认为满意的很少很少,有许多的歌剧大有

[①] 丁悚,字慕琴,浙江嘉善人。画家,曾在在上海美术专门学校教写生画,后受聘于上海英美烟草公司广告部。常为《新闻报》《申报》《时事新报》《上海画报》《三日画刊》《福尔摩斯》等刊物作漫画及插图。

重新编排的必要。像《特别快车》，寓意很好，音乐调子也动听得很，在舞台上用四个小孩子表演，倘使不明了词儿，一定瞧不出它的好处。像《娘子军》的表演，那就很能得到观众的兴趣和精彩了。《我要你的一切》所犯的毛病，和《特别快车》一样；《飘泊者》(即唱片中的《我愿意》)、《卖花女郎》《百花仙子》等都很好。

最能动人视听的，当推《舞伴之歌》，它的寓意极其平凡，不过是劝人跳舞而已，但是照歌舞本身而论，可说最为可观。它的性质很像旧剧里的《小放牛》《打花鼓》《探亲家》，载歌载舞，真使人有麻醉的可能。那次主演的是薛玲仙，可以说好到极点。就是后面的四位——胡笳、张静、杨枝露、韩国英，都能胜

《月明之夜》中薛玲仙与黎莉莉，刊载于《安琪儿》1930年第38期。

任愉快，有相得益彰之妙。我对此剧的印象最深，我的倾倒薛玲仙，也以此剧为最甚。此剧的舞态极为整洁，并不纷繁，而动人视听当推《舞伴之歌》为第一。有一天我在另一场合，也有所谓《舞伴之歌》，只有两人对舞，歌唱每人轮唱一段，而舞术的不中式，令人难受，可以说完全不是那么一回事儿。

我在另一个报上替《舞伴之歌》叫过屈。这段歌曲，胜利公司灌有唱片，有新旧两种，都是王人美主唱的，有人说新的好，我以为旧的好，新的声浪果然响亮了，但是味儿远不及旧的。旧的数人同唱的一段，多么好听，唱到"好巧妙，好逍遥"两句，乃是主角在台上表演时，身体忽然向后一退，其声浪之婉妙，诚非笔墨能达其万一。新的完全没么动听了，我家中两张都备，已经详细地比较过。

《公园》一剧，太松懈，不大可取，和梅花团的《仙宫艳史》太杂乱，同犯一个毛病。

还有歌舞剧切忌太长，像《葡萄仙子》《三蝴蝶》《小小画家》等等，虽然已是轰动一时，我总以为不取。不过有一般的观众的目的都是醉翁之意不在酒的居多数的，再说在舞台上的清唱，虽然加以一种表情，似乎总不大够味。有一次见梅花的钱钟秀唱《不见去年人》，有某某两集团，一个唱《休息五分钟》，一个唱《落花流水》，它的好处，完全表达不出，真是乏味得很。

歌舞的人才，我以为身体健美的为第一要素，痴肥臃肿，或峻峋瘦骨，那都不及格。至于肤色也须要有相当的条件，不像其他的歌剧，有剧服蔽体的可以掩丑。其次歌喉的嘹亮也是重要的条件，这是任何人都知道的。

关于唱片中的动听，像《舞伴之歌》《最后的一吻》《特别快车》《爱的花》《我要的一切》《追回春来》（以上王人美唱的），《桃花江》《醉卧沙场》《红颜军士》《娘子军》《休息五分钟》（以上黎莉莉唱的），《太平年》《谢谢毛毛雨》（以上薛玲仙唱的），《我愿意》《等一等吧》《甜蜜的梦》（以上胡笳唱的），《七情》（是张仙琳、徐粲莺、龚秋霞、张绮、黄昏等所唱），剧意和音调都是并皆佳妙、百听不厌的唱片。王人美宜于慷慨激昂音调急迫的歌曲，薛玲仙嗓音最甜，黎莉莉则清亮，各有长处，我都欢喜听的。

关于台上的表演，我以为薛玲仙、王人美、黎莉莉、胡笳、徐粲莺、龚秋霞等，都是上驷之才。人家说张绮、张仙琳、张绷都不坏，但是我没有见过，不敢妄加月旦。有许多的她们，因为居于配角地位，不能尽其所长，而且名字大半忘记，只能俟诸将来再细细地评论吧。

《月明之夜》中沈明玉、梁友贤、丁爱媛，刊载于《图画时报》1927年第399期。

有许多具有艺术相当程度的批评者的朋友,对于我所胪举上述的诸女士,都表极端地同情的。不过男的角儿在舞台上表演,似乎总不大耐看,在唱片里的声浪又很动听,倒是一桩很奇怪的事呢。

　　还有一桩事,我认为怪可怜的,有许多集团的几位小姐,小的还不过六七岁,也要她做种种惊人不人道的表现,很冷的天气穿了略以蔽着前后胸的纱衣,不但场子上没有取暖的设备,有时四周的窗户还洞开,而且日夜不辍地歌唱,把一条娇的小嗓子,唱得哑不成声,真令人不忍终场。谁无子女,孰令至此呀?像这样的歌舞,有请当局严重取缔的必要。

原载于《时代》1932年第2卷第8期

我的自白

貂斑华[①]

一、我像胡蝶

今日,"貂斑华像胡蝶",显然也是我的罪状之一了。我像胡蝶,如果是真,在普通的意义上,似乎是并没有什么责任的,因为我既不能限制自己生理上的构成不像胡蝶。胡蝶的容貌也不是和商标似的,在商标局注过册,不许有别人像她,这样像与不像有什么关系呢?但是,这是不能这样说的,原因是胡蝶是红星、是名人,你像她,你便是假冒,你便是出风头,你便是不要脸。

但是,先生,你们得找出问题的中心。我像胡蝶,是我自认的呢?还是那些好意的先生们的抬举?别人要这样说,我有什么办法?至于我自己,对不起,恕我不识抬举,也许是"敝帚自珍",我像胡蝶,这真是我的耻辱。固然,胡蝶女士有其崇高的社会存在的价值,但谁也不能强迫我一定去拜倒哪个。

这真是最好的证据,你看,现在竟有人在说我"学"王莹了。他们捏造了我的签字,来一套什么"灰暗""黑暗",以便加我"东施"的罪名,其实,这是何苦呢?先生们喜欢胡蝶、王莹,不妨自己去认之为祖母或干娘,何必强说我像她们、学她们呢?

不过话又说回来,这还算是先生们的好意,先生们不是又说我"是"谈瑛吗?唉!貂斑华难道就不能"像""学""是"貂斑华吗?

二、照片明星

据说我已成了"照片明星",而且那还是一九三五年《影国大事》第一桩。

[①] 貂斑华,原名吴明香,后改名吴佩珍,导演孙师毅替她取艺名貂斑华。主演过《寒江落雁》《秋扇明灯》《天伦》《貂蝉》《潇湘夜雨》等数部电影。1941年因肺结核早逝,《阎惜娇》为其最后一部电影。

我希望这是对的,因为,如果真是这样,影国真可"平静无事",你看我拍了几张照,便算是最大的事了。我早已说过,我有什么权利禁止别人给我拍照呢?拍了一张照,又怎能禁止别人不翻印而为十张、百张,以至满地飞呢?这岂特我是如此,哪一个电影演员不是如此呢?且不说影片公映时公司分送演员的照片,电影刊物为招揽定户分送"明星"的照片,各文具商店出售"明星"的照片,就是街头巷尾也多是"阿要明星牛肉"?"阿要明星香糖"?二个铜元吃一块牛肉或香糖?上面还有一张明星相片(似这类照片而论惭愧,我还没有"沁入"呢)。

这又岂止明星照片是如此。记得一二年前,中山先生的照片被商人滥用为商标,中央党部还下过禁令,而事实上用的还是仍有。我是谁?无法禁人给我拍照,更有何法禁止照片满地飞呢?

三、我的慷慨

许多好意的先生们,对我许多的话中,最使我"受之有愧,却之不恭"的是说我"太慷慨"。我在"受宠若惊"之余,反躬自问:究竟我做了多少慷慨

陈嘉震诉貂斑华诽谤罪于1935年10月12日在地方法院开庭,结果貂罚金50元,是日旁听者甚众,图为貂出堂门前之留影,左为其所乘之汽车,刊载于《青青电影》1935年第2卷第9期。

的事呢？朋友借钱，我没有钱可出借；有什么事叫我帮忙，我没有用处；为了赈灾，我也没有"不惜牺牲色相，为灾黎呼吁"，甚至连乞丐的舍施我也不多。我究竟何德而有此佳名誉呢？

说我"太慷慨"的先生，说吧，我请你上餐馆吃过饭呢？还是请你上舞场跳过舞？

不过，如勉强说我慷慨，我确也有慷慨的地方。你看，我知道有人要出卖照片，我做了他照中材料；有人卖稿写不出东西，我任他去造谣，做他写稿中的题材；有人因刊物没有销路，捏造我的签字，我也随他；甚至有人在情场失意，转而想"画饼充饥"，聊胜于无，捏做婚约及订婚谣言，我也不去严格地辩正；再如某舞场设计为了"生意经"，而捏造我将做舞女，以为其舞场宣传，我也成全了他"卖空空买"的生意，这些，我真太慷慨了啊！

四、关于舞女

在所谓订婚的谣言以后，说我已不容于所居的公司，好像女演员脱离影艺有一定的归路似的，必然的前途是我将做舞女。这消息，有许多报刊载，有的竟以很大的标题刊出，我真感谢那些为我设想周全的先生们，因为在我自己，不但不晓得出了影界可以去做舞女，就是公司将不容于我，我也还没有想到呢！

本来，在这个年头，世界大战什么时候爆发，地球是否会毁灭，尚是不可预知，个人的得失进退，自然更无所谓了。个人的努力固可以胜过环境，而环境的力量却常较个人为大，我想努力于影艺。是的，我可不忌讳地说，我想有成就。但在恶势力的包围中，也许我的一切都会被牺牲，公司之是否容我，自然是更说不上了。一个女演员即使不是不见容于公司，而是为了别的原因而脱离了影界，换一种职业，本来是一件极平常的事。去当舞女，我不知道是《圣经》上还是什么"法律"上规定，舞女的社会等级，为什么要受那些"在舞场里待舞女比待自己的娘还好的"先生们的卑视侮蔑呢？就是娼妓大盗，大家所视为卑陋可恶的人，在我看来，也许比藏在"文人""艺术家"等外衣内，而尽干着"损人利己"的勾当的那些绅士们，要崇高些呢！

到了某一个时期，如我的环境只许我去走那条路，我是无法选择的。但是威胁或希望我去当舞女的先生，告诉你，也许会使你失望，我什么事都会做，但决不会去舞女，当然不是看不起舞女，而是我能力不够做舞女，不会给舞场老板挣钱啊！

附来函

老滕：

　　因为病，好久不见你老，也好久不见"外史氏"了。奉上拙稿一篇，敬请你赐一块豆腐干空白，不会不肯罢？祝你好！

貂斑华（七日）

原载于《电影生活》1935年第4期

我脱离了茫茫的苦海

徐莘园[①]

本刊编者谨按：

电影演员为了生活和环境的关系，有不少人传染了吸鸦片的不良癖好。现在徐莘园君正当他主演拒毒影片《翡翠马》的时候，在向观众作艺术的说教以前，自己毅然以最大的决心，戒除了那不良的嗜好。这里我们很高兴地发表了他向社会的勇敢的自白，希望从徐君开头，凡有同病者，都能把自己从茫茫的苦海中拯救出来！

鸦片烟这件东西的迷人，比金钱与女色还要厉害，要是吃上了瘾的话，真

徐莘园与谈瑛在《夜奔》中的剧照，刊载于《明星》1937年第8卷第6期。

[①] 徐莘园，毕业于湖南法政大学，曾在民国初年的湖南出任过地方官员。后因对戏剧感兴趣，与陈大悲、顾无为、欧阳予倩等人合办戏馆"豫园"，专演京剧和新剧。后入长城和明星影片公司。上海沦陷后，徐莘园远走香港，加入唐槐秋的中国旅行剧团出演话剧。以主演徐欣夫电影的"陈查礼"系列侦探片而出名。

是害死人不见血,也是慢性的自杀。十三年前,我在湘鄂两省军政界里做事,身体很胖,十六两秤足足有一百七十斤重,人家都叫我徐胖子。后来因为案牍劳形,加之大病之后,精神不振,自不谨慎,所以将鸦片烟吃上了,嗣后越吃越增加。老母的训诫、朋友的忠告、妻室的规劝,一概都只当耳边风。自从来到上海加入了电影界以后,那是更不必谈了。每每因拍戏辛苦,或是通宵达旦的工作,故此从来没有停止过。

哪知道这件东西,有时候高兴必要多吃两口;有时候不得意也要多吃两口;事忙的时候,很辛苦,必要多吃两口;事闲的时候,很寂寞,也要多吃两口。年深日久,这件东西,差不多就是我的生命了,须臾不能离,片刻不可少,不独从前肥胖的身体变成了皮包骨瘦,而且人家都以"老枪"的台衔加在我的头上。如是事业上发生了阻碍、名誉上受了影响、身体上受了伤害、金钱上受了损失,种种情形,都是因为鸦片烟的缘故。明知故犯,哪知道这件东西的魔力确实地伟大,无论是何等聪明的人,偏要向这条黑暗路上去走。现在烟禁森严的时候,有了这个嗜好,真是太不自由了!

我还记得有一次,同正秋先生、胡蝶女士到南京去登台演话剧。这次的苦头,真吃得不大不小,买又买不到,吃又无处吃,每天喷嚏、呵欠、眼泪,同时来个不止。而且遍身骨节酸痛,背上好似冷水在淋。

正在要命的时候,有个朋友送来一瓶戒烟药水,那时无法,便拿这瓶药水来比瑶池甘露。但是每天做戏一点精神也没有,虽不是死人,也就算个半死人了。这个痛苦吃了之后,不久又到杭州去拍外景,听说此地禁烟非常厉害,于是托人去想办法,花了很多的钱,据说可以夜晚去吃。跑到那里,提心吊胆,吃了两筒臭烟灰,既不能抵瘾,又耗去了这笔钱,哪知受了一次大骗,上了一个大当,这是第二次受的教训。如是,鄙人自己恨自己,常常想戒烟,就是没有相信的医院。

这次承同事王征信兄写了一封介绍信,要我到跑马厅路平民疗养院去戒烟。于是鄙人下着决心,带着信,于五月二号到平民疗养院,遇见该院杨钟甫院长同杨锡栋医生。承他两位医生诊断之后,说鄙人的烟可以包戒除根,而且很够交情,只收半费。当时开了药方,配好药水,吃过十余日,精神上自觉比吃烟舒服。两星期已过,自己很想赶快地戒脱,询问医生,据说如果要快,后来不反瘾,只有用自然血清做泡的法子。当时我就承认,想尝尝这个做泡的味道。第一次在我肚皮左边将药敷好了,医生嘱咐:"十二个钟头之后,在敷药的地方要起一个水泡,不要弄穿了,再到医院来,将泡中的水抽出,用针打入屁股上。"到了第二天,果然如法炮制,毫无痛苦。第二次又在肚皮的右边,做了一个泡。哪知当天晚上,接到公司一张当晚十时《热血忠魂》拍戏的通告。鄙人心里一想,太不凑巧了,按时间计算,拍戏的时候,正是水泡长成的时候,可是我死人也不管,按时到了公司。哪知道,虽然只有二三个镜头,倒拍了一个通夜。现在《热血忠魂》里面开幕头一个演说的镜头,就是那晚我肚皮上带了一个水泡拍戏的镜头。第二天,再到医院照第一次一样手术,弄好了回到家中,不独一点痛苦没有,而且精神焕发,神气活现。

我对朋友说:"今天我的神气可以打死一只活老虎!"心中的高兴,了不得的了不得。饮水思源,不得不感谢这平民疗养院的两位杨医生,同时还要感谢我的好友王征信老哥,这样看来,才知戒烟确实是没有痛苦的。这是鄙人亲身经历的事实。

戒烟之后,本来应调养一星期,适逢张石川先生导演的《大家庭》与徐欣夫先生导演的《翡翠马》同时开拍,都是有声片,两本戏里面,都有我的角色,一连拍了十天十晚戏。哈哈!精神抖擞是小事,而且对白里面没有"吃螺丝",这是鄙人最得意的事。

现在呢,鄙人这个祸根是老早地拔除了,不独金钱可以节省,而且身体非常自由,于是想到我从前的一班黑籍同胞们,当这烟禁雷厉风行的时候,何不也早点下个决心,将这杆杀自己的短枪抛却了,换一杆长枪来杀敌人,岂不快哉!岂不快哉!

原载于《明星》1935年第2卷第1期

山村的十日

陈醉云[①]

四月十二日,晴

天气热如初夏,初闻杜鹃声。

四月十三日,阴晴不定,晚有阵雨

友林兄弟二人,来助园中耕作,播下四季豆、春萝卜、黄蜀葵。见苋菜已萌芽,即撤去覆稾。又自作苗圃一区,播下翠菊、午时花、松叶牡丹等春莳花种。身上流汗多,颇思洗澡,孰料黄昏后"山雨欲来风满楼",顿须添衣。

四月十四日,阴

晨起,巡行梨树间,搜捕臭桩象,但见被害的梨树嫩梢,而不见这可恶的东西。转而至桃树间,杀了几十只象鼻虫,间有逃去者,意犹未尽,再于李树上歼灭了一批卷叶虫。也时时于枝叶间见到不少瓢虫,心中辄深喜欢,如遇故友。正因要想保护它们之故,使我不忍用除虫药水,致良莠不分地累及无辜(按:瓢虫能吃蚜虫等害虫)。

陈醉云,刊载于《小朋友》1931年第483期。

---

① 陈醉云,浙江上虞县人。现代小说家、诗人。曾任神州影片公司编剧。

四月十五日，晴

村中采茶小姑们，群携新焙茶叶求售。货既细嫩，味亦隽美，价每两一角，算不得贵，求诸龙井，当在二三角之间也。初意原想买二三斤，送送友人而已，不料来者纷集，不便却拒，虽三两一包，四两一筐，并无大批货色，但聚少成多，竟购下了七八斤。已把袋中摸得空空如也，而她们还说明天还有几个人要拿茶叶来哩。瓮中米粮尚无着落，却花闲钱来买茶叶，既欲使她们不感向隅，也得多赠几位朋友，倒也不失为一桩乐事。

四月十六日，阴

戴了一顶草凉帽，用硫酸铜碱液喷射葡萄。棚架高，喷雾器小，颇不方便，还少不得备一副强力的大喷雾器。用这药液防治梨树上的赤锈病，已见功效，但不知能否防止葡萄上的炭疽病。倘果能用它代替"波尔多液"，则价钱要便宜到五倍以上，实是一种经济办法。一到黄昏，照例在灯下看报。吃罢晚饭，已经九点。脑中颇觉纷乱，因到后门口听蛙声，暂时悠悠然，但不久仍感沉闷，今夜又将大大失眠了！

四月十七日，晨有浓雾，雾后晴

昨夜辗转不寐，闻杜鹃叫得很凄切。前人以"不如归"形容杜鹃鸣声，据我听起来，似以"子规"二音为近。布谷鸟还没有来，我宁愿听它们那种"割麦插禾"的愉快的声音。在黎明前四时，又听得从山寺中传来的钟声。于甜睡之余，闻晨钟之声，那是颇为飘飘然的。但在失眠之余听之，似亦漠漠无兴味也。起来之后，觉得看书也没精打采。抛了书，记得梨树叶子间有被赤锈病传染的，乃在家庭小药库中，检得碘酒与疥疮药水，用毛笔蘸着，去在病斑上分别涂抹，以试验它能否灭除病菌。

午饭后，照例午睡，但不久被人唤醒，是一个姓周的送花籽来，说是他兄弟从南京励志社采得。唯各籽已混杂一处，不管它，且笼统地种下去再说。

四月十八日，雨

今天原定往余杭长乐桥，参观杭北林牧公司，因雨，即作罢。

四月十九日,阴

上午,水亭来,说:"阿慈有田五亩,押在裕生堂药铺,价一百五十元,年可收租谷二石五斗,现拟转换户头,托我问问,不知你可有意否?"我即加婉却,告以我"一不放利,二不放租"的主张。下午,阿慈自己又来相劝。我说:"我靠着笔耕过活,从不作积贮之计。倘若宽裕的话,遇到田地多的人家愿以余田出让,我倒也想弄几亩自己种着吃吃的饭米谷田。但放租放利的事情,我是坚决不干的。"他不了解我的话,以为放租放利,不论乡村中人和城市中人,都算体面事情,有何做不得。我想透透彻彻地解说给他听,却因年来此间的地主富农对我恶感已深,不愿徒招怨尤,因即以各有各的信仰为譬,表示不能改易主意。他乃默默而去,仍然带着不了解的神情。因思住在乡间,自然环境给我以愉快,而社会环境却给我以痛苦,觉得思想行动处处和他们相背驰。例如男女交际,在我以为事极平常;但在他们看起来,则以为行迹不检。反之,像放租放利,在我是认为极不应该的事情,但他们却以为行之而无愧。颇想撰一对联以自明,但只有上联,却对不出下联。那上联是:"小节不拘,大节不苟。"

四月二十日,晴

傍晚时,品泉、光德、一斐、庆亭等来访。留他们共饭,开瓮中自酿村醪,复采园中新结早豌豆及豌豆嫩叶,分别煮之,并以笋干、笋豆、落花生、炒蛋,供佐酒之需。虽无鱼肉,却还薄具田园风味。也没有特别煮饭,即吃我们晚间所常吃的菜烧饭汤。

四月廿一日,雨

昨夜睡前,尚有月光;夜半后忽闻雨声,间以雷声。惦记着苗圃上未加覆盖,便不能入睡。午饭时,见燕子来梁上筑巢,看它们一点一点地衔泥,一点一点地衔草,辛苦缔造,颇不容易。我国除虫事业极不发达,除灭害虫,鸟类实居首功。益鸟之需保护,确为迫切问题。右邻住有两个客籍人,专以捕鸟以业,所捕画眉、绣眼、黄头、竹鸡等鸟,多时每日达数十只,既害农事,亦伤生趣,对之久生憎恶。今日乃决意写一信给乡长,请他会同警察机关,前往取缔。

在细雨蒙蒙之下，庭院中绿意益浓。记起门前溪边我所手值的杨柳，因往探视，则完整的只剩得五株了。去年春间，也曾种过十几株，都被人摧残净尽，现在只有希望这五株能够日益壮大。

晚间，本村东岳庙中放映教育影片，因细雨不休，持伞往观，究减兴味，遂不往。

原载于《青年界》1937年第12卷第1期

关于"小姨年"的我感

严次平[①]

有人说今年是电影界里的"小姨年",是的,有地位的导演先生们都在竭力捧着他们的小姨上银幕,成大明星,在电影圈里这真是一种好现象,抬头了许多的新人,我们愿望着,祈祝着这几位新人——小姨们的成功!

露了头角已久的导演徐欣夫先生的小姨顾兰君小姐,我见过她的近作《生龙活虎》,演技是非常地成功。她在中国旅行剧团的《群莺乱飞》中客串一个少妇的热情奔放,演得也很适合。

其次是前辈导演陈铿然先生的小姨路明小姐,她是电影圈里一年以内的新人,她在陈先生《弹性女儿》片中的演技是给与我们很好的印象。路明小姐是新人中成功了的一员,尤其是她天赋的美妙歌喉!《双双燕》的歌词,印

影片《生龙活虎》剧照,刊载于《明星》1937年第7卷第6期。

[①] 严次平,毕业于上海美专,与赵丹是同学。曾主编《女神》图画月刊、《青青电影》等刊物。严次平是明星严华之弟。严华即周璇的前夫。

着每个观众的脑海里。

还有邵老板醉翁先生的小姨陈绮霞,她也是一个很有希望的新人,她在《女同学》《黄浦江边》中已完全告诉了我们了。

以上的三位,在她们饰演的戏中,都成功了,的确是小姨年中的好收获。

可是话又反了过来讲,一部电影,只是注意着一个女主角的成功,我相信并不算是成功。然而事实上,中国的电影作者,多半是如此地想着,像明星公司的捧牢着胡蝶,这就是一个显证。虽然,成名了的女主角确有较多的号召力,因此导演先生们往往是只注意在女主角一个人身上的戏了,而不注意到配角身上。其实一部的影片,决不是一个女主角的力量,而能使全部的片子成功,配角应该同样重要注意到的。即使是一个不重要的临时演员,也应该认真地注意到他的演出的;此外注意布景、灯光种种,这才能成为一部真正完美的影片。

事情就在这里发生了,因为导演先生有了对象,或是爱人,或是夫唱妇随,像程步高的专导演谈瑛的戏,文逸民的专导范雪朋的戏。二年以前的天一公司老板邵醉翁,导演的专是陈玉梅任着主角。导演先生在导演着自己人戏的时候,总是免不了有些偏心的,把自己的爱人或妻子多拍了几个镜头,或者把整个导演的精神放在自己人的身上,而对于配角演员们的演技忽视了,可是他却不去想想自己的妻子能否饰演片中主角的戏。

每一部影片都请自己人主演,自己导演,这片子不留心常会失败的,或者正是女主角倒未会捧上,自己导演的地位和名誉而因此毁灭了,女演员因了饰演着不合自己个性的戏,而也会没落的。

当郑正秋先生在世的时候,因了想捧小秋成名,而他老是每部戏中编着胡蝶与小秋合演。这或许就是郑老先生的一番苦心,想以胡

路明,刊载于《青青电影》1939年第4卷第24期。

蝶的号召力,来连带地使小秋成名,可是结果——小秋的矮而胖与胡蝶的美而秀,相较太远了,因此反减少了观众对小秋的良好印象,而同时也就是失去了小秋目前的地位。倘若当时的郑老先生不以胡蝶来配小秋的戏,以适当的女演员与小秋合演,或许小秋今日还有他银幕上的地位和观众,这是亦未可知的。

再以徐欣夫先生导演的《生龙活虎》来讲,女主角小姨顾兰君的演出是很成功,可是徐欣夫疏忽了其余演员们的戏——缺少紧张和迅速的演出,这正是导演先生偏重了自己人的一大主因。

总之,"小姨年",或是"情人年""妻子年",希望导演先生们给与适合个性的戏给她们演,不要偏重于一个主角方面戏,不必每一部戏都给与你的小姨或情人、妻子来演饰主角。

最后,我深深地钦佩着新华公司的老板张善琨先生,他对于他的太太童月娟,直到现在,还没有给与她演饰过一部戏的主角。童月娟小姐,她在舞台已负着名坤伶的盛名,跃上银幕也将有四年之历史了,在摄影场里的经验和银幕上的演技,是足够饰演了一部影片主角的资格,可是张老板他没有这样的主张,我们可在排名上看出总是胡萍、王人美等排在童月娟的前面,像《桃源春梦》影片中,给韩兰根、刘继群的名字排在前面,这真是一个大企业最能干的办事手腕啊!

原载于《青青电影》1937年第3卷第5期

"八一三"以来的生活自述

程步高

七七卢沟桥事变,继之上海虹桥事件发生,不久我在病中,听到"八一三"的枪炮声,闻到"八一三"的火药味……

一部分艺人们深知艺术是宣传的利器,遂分批到前线或后方去工作。我焦急了,幸而病渐好了,在十月一日晚七时,在梵皇渡搭车离沪。瑛坚决地送我,微笑着对我说:"为国珍重。"她微笑着,终于屏不住流泪了,俯着首哭了。车行,远望她呆立着,手挥着,好像微笑着,但是她泪一定流着。她背后,淞沪满天的烽火照耀着,隐约地听见战士们的杀敌声,我心中虔诚地祝他们的胜利,及瑛的平安。

途中遇空袭数次,远闻爆炸声,寒夜坐田野中达数小时,满腔热忱,亦不觉所苦。次日抵京,工作凡两月,遇空袭凡数十次,积久经验丰富,凡各种机声,敌机多少及远近,都能一听便知,躲避有方。我欢喜看所以从未躲避过,常说给它炸中了,我是中头彩,不中我总是一条好汉活着做工作。十一月底离京赴芜湖,雇得一条煤轮,泊江心中,夜半于狂风暴雨中,一叶扁舟破大浪,衣尽湿。卧甲板抵汉口,即搭轮过宜昌西上,经三峡秀丽,心境怡然。然每以南京战况及瑛平安为念,过酆都悉南京陷落,不禁为之泪下,越二

程步高,刊载于《中华》1936年第42期。

日抵重庆。

重庆为新都，各事都在发动中，渐呈蓬勃之气。苏联新大使卢干兹将来新都呈递国书，经数日之奔走得林主席之允许摄制有声影片，以便国内外宣传用。余正满自欣喜，于呈递国书日六时即起身齐备一切。忽得瑛书，爱子小鸭病故，悲痛万分，泪簌簌下。我子二岁有半，刚会呼爸呼妈，在轰炸中在苏州由外祖母带逃来沪，在途中几被炸死，遂得疾竟一病不起。我希望他在炮火中长成，不幸他死了！我含着泪，心痛着，带着技术人员去工作，并得大使之宣言，悲喜交集，为爱子流泪凡月余。

重庆终年迷雾，不见天日，真是闷煞人也。颇觉离前方太远，听不到枪炮声，闻不着火药味，工作不够紧张，对抗战效力很少，努力无方，无限寂寞，闷恨兼至。适老友阳翰笙君自汉来渝，云政治部行将成立，同志都属老友，工作紧张，待遇却很菲薄，为着工作，遂于四月初离渝来汉，参加工作。

汉口为全国抗战中心，一切都发动于此，散布到各方面去，国内外的一切动静，亦在汉口反映出来，抗战的一动一静，人们都感觉到。我投入这环境中，呼吸着这环境中的空气，一面紧张地工作，一面学习又锻炼，知识一天一天加强，身体一天一天变好。日未出即起身，深夜才睡觉，个个精神焕发，没有疲倦。工作紧张，心头痛快，物质上吃些苦，那也不觉得。每逢纪念必发动扩大宣传，那更忙碌，发觉工作是一种快乐，越忙越有趣，无事反寂寞。

敌机常来集中轰炸，数次都未命中，弹片尽落身旁，得不到头彩，总是一

《到西北去》摄影场景，程步高与徐来，刊载于《电影画报》1934年第11期。

条好汉。回想轰炸机的笨重声,炸弹投下的"嘘嘘"声,炸弹爆裂的"霹烈"声,此种刺激人们情绪的经验,实不易得之。一个小资产阶级在抗战中脱离了本位,以吃苦为荣,以努力为快,在艰苦的历程中,不屈不挠,锻炼自己,教育自己,修养自己,体质的转变,心理的向上,回想起来,历历在目,清夜思之,甚觉津津有味。瑛说:"PK是爱国的,为他的工作,我情愿忍痛让他离开上海到内地去,但在情感上说,我是不愿他离开的。"她了解我,我感激她,我要最少使得良心上得到安慰,我愿在抗战中当一位无名小卒。

一九三八,除夕,于香港

原载于《电影》1939年第20期

云裳日记

陈云裳

九月十三日

　　日间在摄影场上拍《苏武牧羊》忙了一整天。傍晚回家,理应好好地休息了,但贪玩的我,忽然想去看电影。很早地吃完饭,和妈妈、妹妹、书记徐小姐一同全体出发。看得很高兴,连疲倦也忘掉了。走进家,我还在和妈讲解戏情,手舞足蹈的。但一进小客室,我就呆住了。小客室是在四楼的,室中情形有些和我们出去的时候不同了。她们三人还瞧不出其中有些改动过,还尽着问我:"你为什么呆住了?"我说:"有贼光临过了。"这样大家也就发觉了,但壁上的挂钟、桌上的无线电都好好在着。我眼快,瞧见琴上边壁上和另外二处的三帧照相不见了。再仔细地查一查,什么东西都不缺少,就只少了三帧照相。这个贼倒是奇怪。这三帧都是我心爱的照片,其中一张,已没有底片,不能添印了。我当时竟懊伤得哭起来。

九月十四日

　　早晨醒来,还想着昨晚的事。依情形看来,这三帧照片是隔壁人家由屋顶爬过来偷的。平日我在家的时候,常常有三五个中学生模样的男孩子,骑在隔壁人家的屋脊上向我们这里探望。这三帧照片已觊觎了好久,就趁昨晚大家出外,四楼无人进去的当儿,就轻易拿去了。我最痛心那张不能添印的照片,不知道那位仁兄,能否发发慈悲还给我。我的书记替我到隔壁人家去问问,并无下落,影迷们要照片的手段,可谓高明了。

九月十五日

　　《潇湘秋雨》公映三日,各报评论尚佳,私心颇慰。接到了许多影迷们的来信,都是来贺我《潇湘秋雨》的成功。真使我惭愧得很。其中有一封,更使

陈云裳与妹妹,刊载于《电影世界》1941年第16期。

我感动。来信说是他从来不看中国电影的,原因他以为中国电影毫无价值,自从被友人拖去看《潇湘秋雨》后,才打破了成见。这许多好意的来信,更使我对于演戏不敢稍有松懈了。

九月廿三日

这两天没有戏拍,每天很空,反觉得人懒懒的。我爱工作,我爱忙,却不爱空闲。人太闲了,就没有精神。

下午从英文先生处回来,恰巧Mr. H来找我。前几天我曾对他说过,我很想弄几个名种的狗玩玩,所以他今天特来带我去看。我打了一个电话,叫明晖姊来陪我同去。到了那边,几个外国人带我去看了很多种狗。有的高大得怕人,差不多到了我的腰部以上;有的小巧得怪可爱的。我们讲定下星期再来决定要哪一只。

九月廿五日

今天上午是虞洽卿路上国联大戏院开幕日。上午试映《乡下大姑娘》,我和妈也去看。戏院内的布置和设备倒真不错,座位也很舒服。看了门口,决计想不到里面竟是这样地富丽堂皇。戏院内的糖果部主人就是我的代理人严次平君,他也在场,殷勤地招待,一定要请我们吃冰淇淋和糖,他们的巧克力糖味儿不错。

看完《乡下大姑娘》,该轮到四阿姊童月娟的约了。今天她请妈和我到她家去吃中饭。她正也在戏院,便一同前去。很客气地预备了不少的菜肴,大饱口福。饭后谈谈说说,到了五点多钟才回家。不料一进门口,楼梯上拥满了大批女学生,在那儿嚷叫。她们以为我在里边躲着不出来,木栅门又关着。有几个已经从木栅门上爬了过去在和佣人吵闹,有几个正爬在木栅门上。她们见我回来了,都停住了对我抿着嘴笑。爬在木栅门上的几个,欲下不能,爬在上面又不好,涨红了脸,不好意思得很。我请她们爬了下来,让佣人们开了木栅门放她们进去。问她们的来意,大家却不响了。其中一个隔了半天,才说是大家要看看我。

"那么现在你们不是看见了我吗?"我回答说。没有一个人开口,都相视而笑,也不走。静默了好久,那个开过口的女学生才羞答答地说:"没有看够哪!"这倒让我感到不好意思了。不知道怎样回答才好。后来我对她们说:"恐怕各位府上都在等着你们了,还是早些回去,下次来玩吧。"这才一个个带了满足的微笑,安安静静地下楼去了。怪有趣的。

九月廿八日

近几天家里弄得一塌糊涂,简直没有立足之处。

我初到上海,租屋的时候,没有家具,本来预备购买。明晖姊对我说,她的一个朋友,要到香港去,家具没处安放,就借给我用。现在她的朋友回来了,我就还了家具。另外自己买了二堂,价值四千余元,虽不是很好,也还可以用得。我就趁着换家具,连带屋子都收拾一下,重新油漆一度。妈说油漆还好着呢。我因为下次家具摆好后再油漆,很是麻烦,所以没有听她老人家的话。因为油漆,家里弄得凌乱万分,脏得很,人也坐不住。我除了拍戏外,就往别人家里跑,不是在四姊童月娟那里,就是在大姊黎明晖那里,连报纸都三天没有好好地看了。

九月三十日

下午明晖姊来,说要带我去看跑狗。我到了上海,因为忙着拍戏,跑狗的玩意儿还没有见识过。我拖了妈妈一同去。到了那边,虽然时光还早,人已不少。我作壁上观,偶尔也买一二张玩玩。跑狗场中赌客的形形色色,煞是好看。有的赢了,高兴得发狂;有的输了,铁青着脸,把票撕了,踏在脚下,重重地踏着,轻轻地骂着。神经都紧张着,乐和悲都被那几只狗操纵了。甚至孤注一掷者的命运,还握在那几只狗的脚下。情景可笑又复可怜。我们看了一会儿,就出来,总算跑狗也见识过了。

十月一日

雨下得大极了,白日和黑夜一般。不过半日工夫,马路上就积满水。我家门前这一带地势较低,已成了小渠。公司中不能拍戏,我又不能出去。坐着看书吧,光线太差又不行。窗门关得紧腾腾的。平台上的几盆花,都给暴风雨吹坏了。不曾早些把它放到屋子里来,真是可惜。下午门前的水更大了,路上一个人也没有,街上静悄悄的只是雨声。这一天最寂寞了。

十月二日

雨仍下着,不过已经小得多了。丝丝的微雨,感到是暮秋的天气,真是满城风雨近重阳了。街上的水还是不退,不过人声却多了。公司里仍旧不可拍戏。我很想出去逛逛,但生怕水深,车子要抛锚。在家里谈谈话,看看书,又混过了一天。

十月三日

天总算晴了,路上水虽然仍未退,公司里却打了电话来要拍《苏武牧羊》。我乘了车子出去,像划船一般地。车子走过,水泛起了白浪,一圈一圈地闯到行人的身上。走路人卷起了裤脚,鞋子拿在手里,涉水而过。水深的地方,看他们真有些站立不稳。到了公司里,丁香花园内都是水。摄影场里还好。韩兰根叫我坐上他的小汽车,开到化妆室内去。据说他的车子,就在前日雨中抛锚,经人推回来的。那天殷胖子也在里面。韩兰根曾埋怨他说:"要是没有你,我的车子决计不会抛锚的。"殷胖子还不服气呢!

原载于《青青电影》1940年第5卷第41期

一九四一年×月×日

下了整天的雨,并且夹杂着霰子,打在玻璃窗上,像小石子般的叮叮作响,我在家里料理杂事,下午静静地坐着读读书报,听着雨点打在窗上,发出节奏的音调。

空气变得非常沉寂,任何杂声都被雨掩住了。妈在睡觉,我的书记也已出去,室中只余下我一个人,我翻书也轻轻的,好像生怕扰乱这静止着的空气。

　　傍晚——其实时候还早,不过这阴霾的天色,令人有傍晚了的感觉——天下起雪来了。一块一块的白雪,前拥后挤地堆将下来。下雪,对于生长南国的我,真是一种奇迹。去年冬季,我曾见到过一次;今年冬已过去,不料又下起春雪来,而且又这样地大,煞是好看。我希望它下得再大些,能够积起来,那才好玩。这样的一个思想涌上我的心头,使我惭愧得脸也红了。不知有多少的人蹲在街角里静待冻毙,我倒有闲情逸致坐在和暖的家里赏着雪景?我太自私,明天我必得捐一笔钱,虽然这数目或就不能予人多大帮助。

　　正在思潮起落的当儿,一阵电话铃声,我猜着是明晖姊找我讲话来了。拿着一听,却是燕燕姊的。她带笑带说道:"下雪了,你很喜欢罢!"我还没有回答她,她又说道:"我的两只小狗也喜欢得跳跳蹴蹴呢。"我才知道原来她在讨我的便宜。她在那边却大笑起来了。我们又谈了一回,才挂断了电话。这时候妈也起来了,书记也回来了,坐着谈一会儿。又是电话响声,这回是严次平先生的,他约我明天到兆丰公园拍照,如果天晴的话。

×月×日

　　卧室里很明亮,我以为天出太阳了,不曾留心却是对面屋顶上的雪照耀过来的光,但是天却真的晴了。午后严先生来了,同来者尚有秦泰来先生及银花摄影社的陈文楠先生。严先生为我介绍后,我们并不多停留,就开车前去。我自己当车夫,坐在我后面的陈先生,不住地赞着我开车的技术,说又快又稳,这说得我太好了,未免有些不好意思。

　　到得公园里,我们便买票进去。因为天冷且湿,游人很少。枯瘦的树枝,却被雪堆得臃肿了,地上滑得很,到处可以见到一层层的薄冰。雪在开始融解,冷得很。走过河边,风像尖刀般地刮到脸上,面部起了麻木,浑身也哆嗦着。赶快走过了这条河,才止住了冷栗。园里不时可以见到三三两两的画家,带了画具作写生画,手虽然冻得通红了,却好似并不觉得,好像被当前的美景所迷住,不再有冷的感觉。还可以见到徘徊着的游人,是诗人吧,皱着眉,或是点着头,沉思时的紧张与索得后的满意。那一种神态,使旁观者会得暗暗地好笑。还有拿着摄影机的人却也不少。

　　随便地拍了几张照后,我们便到那个亭子里去休息,坐着喝一些茶,使全身暖和些。

记得在一年前,我和爸爸姊妹们,常到这儿来游玩吃茶,这个景象并没有消逝,而爸爸却已与世长别,独自在荒凉的墓里,度过寂寞的日子,不禁黯然。他们三人不明白我神色不对,便开始向我谈话。我们又坐了一会儿,又各处走走。半路遇着一个带摄影机的广东同乡,他用本乡话和我攀谈起来,以同乡的一点,要求我让他摄几张照片。我难以固辞,就给他拍了几张,他志得意满地道谢而去。

今天园里游人很少,并且都是各有目的,做着自己的事,很少注意到旁人,我也免去了被影迷们包围,我又把帽子戴低了些,更不容易让别人认出了。

我们就走过刚才看见的一画家,看见他已经快画完,显见来得也好久了。我便提议着回家。

原载于《电影新闻》1941年第175期

塞上行之一

黎莉莉

> "当我们看见白馒头黄金瓜,不由得跳下毛驴,半偷半抢地买了一根,放在衣袋里,不吃都舒服。"
> 本文系从作者致罗静予先生私函中摘出,其纯朴真实有如其人。

七月底离家,四天炎日下变成了小黑炭,但精神甚为健旺。八月二日抵榆林,四个半月沙漠中的生活,已把我们更变成了乡下人。当我们进榆林时,似乎就有乡下人进城的感觉。三十几个银色战士,骑了小毛驴排成一长列,榆林人用一种很奇异的眼光注视这一群不伦不类的队伍。当我们看见了白得可爱的馒头和黄金瓜、老玉米,我们都会齐声叫着它们的名字。真是久违了,尤其是我感觉它们特别诱惑了我这饿鬼,不由得跳下毛驴,半偷半抢地买了一根老玉米,放在衣袋里,不吃都舒服。

在榆林逗留了一个月,应各界的邀请,又演了三天戏《中国万岁》。虽然感到无聊,因为住所比内蒙古舒服多了,加之每天排演,吃啰,玩啰,一个月很快地就过去了。

从榆林起程是八月三十号,这次的工作,的确受到天公的捉弄。来时正值风季,拍戏受了很大的阻碍,回来又恰巧遇着雨季,沿路桥断车坏,困难非常,走不上一里,就得下来修桥补路,推车拉车,我们已证明骑牲口比坐汽车快得多。因为它们总回头以很骄傲的神气向我们这群"工人"示威,行了十几个钟头,

黎莉莉,刊载于《影坛》1935年第1期。

才走了七十里,当晚宿在李家沟。

八月三十一日

黎明即起,仍然向前路进行,桥梁几乎无一完整者,大家弄得精疲力竭。行了七十余里,才到达镇川堡,已是夜深一时。是晚,臭虫、跳蚤,用了游击战术不时麇集着。这群可怜的游子……一向失眠的我,焉能例外,又开始旧调重弹。

九月一日

昨天大家真的辛苦了,八时许才起身。速战速决,一切整理好了,去团部吃了早餐。开始动身,已是九时。车大路狭,无法开出城去,费了九牛二虎之力,把马路石头都拆毁了去。但今天的路更是难走,而且危险异常,几乎翻车,当晚宿在四十里铺。

九月二日

天未明,我们已启程。在离绥德二里之遥,一个牧羊童子告诉我们,城里正发出警报。于是大家下车,躲在山脚下及高粱地里。一个钟头后解除了,刚进城又发第二次,再进城已是十二点了。吃过中饭又来了警报,连着三次,都幸好没有下蛋。八路军王司令留我们住一夜,并且开了个谈话会欢迎我们,夸奖我们坚苦奋斗的精神、吃苦耐劳的勇气……其实我们自己感觉非常惭愧,这里已与前次经过时大不相同了。天未明,雀子的嘈杂声中,我们告别了生气勃勃的绥德。

九月三日

事实告诉我们,这二段公路确是经过了。所以我们能很顺利,很早抵达清涧,除了苍蝇多得惊人外,实在找不出它的特长。

九月四日

上午六时动身,抵永坪只下午四时,时间尚早,但已不能继续前行。饭后我们在附近小河中洗衣洗澡,几天来积下的臭味便一扫而光。我们把洗过的衣服,在汽车上拉了一条绳子,真好像外国的马戏班。晚上大家在院中大唱其戏。这里不知为什么人家这么少,除了城内有几家吃食店外,几乎是看不到女人。据云此地狼甚多,晚上会到人家去偷猪吃,胆小的同志,一夜不敢睡觉。队中多发下一支蜡烛,应先生嘱大家小心提防。

九月五日

今天要算出发来最惊险的一天,山上的石头,被雨水冲得倒了下来阻着路,不能前进。然而又无其他路好走,只得用锤子开山打石头。依时间来计算,觉得太不科学了。然而这是一个很大的冒险,下面七八丈的深渊,当汽车开过,这刚够一部车过路的地方,我蒙着眼睛,不敢看。大家的心都在极度的紧张中。客车总算脱了险,第二部车比头部要重得多了,危险性也更大。结果,人力还是克服了困难,当车在悬崖上有两次很大的波动,我吓得不自主地叫了起来。两车过后,泥土已全部塌了下去,不能再过车了。大家的神经经过极度的紧张的刺激,也很快地恢复了,兴奋地迫切地盼望快点到达延安。于是快车加油,嘉岭山上的宝塔,已映现在我们的眼帘了,虽然一天的颠簸,加之昨日未能安睡,甚为疲乏,但却又万分兴奋。吃过晚饭,又步行十余里,去参观青干团演《雷雨》。看完已两点多,走回住所已四点十分。我过度地兴奋,看书看到大家起身九点多我还没合眼。的确,我已健壮不少,但还是感到疲乏。

九月六日

今天是国际青年节。虽然一夜未睡,为了内心对于这充满朝气的所在,不愿放弃一刻学习的机会,勉强支持,和大家一齐去参观大会。会在非常热闹中开始了,一列列年轻的队伍浪潮似的涌到会场,我们可以在这里看见各种不同的行列,有乡下小脚的妇女,有八九岁的小先生,领着四五岁的小队伍前进。

九月七日

我的浅薄与低能使我对于人生起了很大的怀疑,我的身体是这样地不健全,我对人生发生厌倦。当我想要消化一样新的知识与学问,总是如是健忘;当我要想重新振作起来,不被时代所淘汰,想到自己衰弱的身体,使我气馁。唉,我不愿再想、再写什么了。

九月八日

如果我还没有完全绝望成为有用的人的话,那么,我的机会,可以说来临了。今天是值得纪念的一天,我遇见了我崇拜的一位女作家了。她是非常和蔼可亲,而且对我又特别好。我对她说,我很喜欢文学,要求她帮助我指导我。她是何等爽快地就允许了我。如果这不是空想,我是多么地幸运呵。

九月十一日

座谈会上遇见了许多老朋友,谈到许多问题。晚上开跳舞会,我没有感到兴趣,独自一人开了小差。

九月十二日

我们今天离开延安,内心有着说不出的感慨。今天要算出发以来最顺利的一天了,走了二百七十里,下午七时抵洛川,住在洛川学校内。臭虫跳蚤又开始进攻了,终夜未能放眠。

九月十三日

今日精神甚好。上午出发前,本县县长同一些不知名的公务人员设宴饯别于昨晚臭虫进攻的战场上。我对于请客,已发生莫大的反感,所以两个菜后,又开了小差。等大家吃完已将近中午,车行至中部,因桥梁坏损,只能走河中。河中流水湍急,五号车行至水中,浸在河中,不能自拔,费了几个钟头的时间,才拖了上来。然机件已略受损坏,不能继续前行。当晚宿营地点在戒烟所,烟民五六十人,情形凄惨。我临时做了慰问、劝勉和鼓励的工作,她们对我也甚为亲热。

九月十四日

车已修好,刚行至河中又开始搁浅,等二次拖出,这所谓的铁骆驼,勉强支持着它沉重的身子,喘着气爬了几十里,终于失掉了活动力病倒在宜君了。当然,我们不能为了它而耽搁行程,决定将它暂留宜君,将三部合成两部先走。

九月十五日

这是值得我们骄傲的,在几分钟内完成了梳洗打铺盖、吃饭的工作,我们自命为机械化部队,一切齐备了。车开出尚是五点整。今天太狼狈了,天公和我们作对,滴沥不停地落着雨,路上泥泞不堪,人和铁骆驼,均寸步难移。在前无村庄,后无小店中,此地离金锁关还有十五里,进退两难,只好停在山中。但是性急的很不愿久等,就在泥泞路上步行,居然也行了十五里。我们这些懒人,只好就挨了一夜,饿了一宵。

九月十六日

一年一度的中秋佳节,引起了我无限的怅惘。一些已经过去抓不回来的欢乐,又映在我的脑中,我只写了篇短文,作为纪念。今天本来是无希望了,但事又出人意料。上午十点左右,关中得到了我们这一群他们眼中的艺术家遇难的消息,立刻派了二十几位弟兄来拯救我们。费了九个钟头的工夫,才把车从烂泥中拖出。到达金锁关时,已届燃灯时分了。虽然这地方是很简陋的,我们又吃着简陋的菜蔬,然而还是欢乐,猜拳饮酒十分热闹,大家仍睡在汽车里,度过了佳节。步行的十五位同志又离关步行,此间去同官约三十里许。

《大路》中陈燕燕与黎莉莉,刊载于《电影世界》1934年第2期。

九月十七日

　　一切整理好，已经九时了。下午二点到达同官，遇见步行的同志，谈到他们的狼狈情形，看见他们用各色的毯子披在肩上，真好笑。

　　雨仍下个不停，在同官住了四天，真太无聊了，大家都归心似箭，焦急万分。会议之下，决定先骑牲口走。每人一个牲口，连载行李。骑牲口比坐车，另有风味，同时可以看看正在建设中的陇海路基，在静息之下，已造好几里，中国的抗战建国之有希望，随地可见。抵耀县，已在苍茫暮色中了。

九月二十三日

　　昨晚仍未能好好安睡，早餐后，预备睡觉，但汽车已赶至耀县，立刻打好行李，今天预备赶至三原。马路仍是泥泞不堪，行至天里，又遭搁浅。步行五六里，才找到破旧不堪的一间小学校，做了临时宿舍。上帝呵！你太狠心了，怎么不让我这烦躁的脑筋休息片刻呢？

十月十七日寄自西安
原载于《中国电影》1941年第1卷第1期

出国以来

王 莹

片断之一：在越南

编者先生预备有系统地在这期里介绍各地一般剧运的概况，于是也要我写一篇关于马来亚的剧运情况。我在马来亚虽然有一年多的居留，但因环境上的种种限制与不便，从未有参加到当地的剧团里去工作的机会，也没有时间能更多地参观他们的演出。因此，写起来不免有疏漏与不中肯之处，反不如写一点两年来在海外工作中一点亲身经验的断片，来得或许是更亲切而实在些。我就先从我们在欧战后几经惨遭厄运的越南写起，而聊以塞责吧。

到达了越南

我们的剧团离开香港的时候，是一九三九年夏尾。因着在港时曾几次地遭受到敌方的阻挠和破坏的缘故，使得我们在海外工作中，得到了些可贵的经验，同时也提高了政治的警觉性。因此，在赴越南的时候，我们为了相当保持行动的隐秘性和能无阻地到达目的地起见，全团便分了三批和两路线去越南的。

在几天的海程中，为了担心着经过海南岛时发生意外，以及渴望着能够更好地在另一地域开展工作……种种的打算和挂虑，使得我们的精神也异常地不安与兴奋。

我们终于平安地到达了越南，而且很顺利地全部集中到西贡。跟着来的是工作的布置——我们要在陌生的地方打关系，想法布置我们的阵地，极快地争取演出。和这同时，也有一种意想中的恶势来袭击和阻挡我们，特别表现得明显而当时为越南侨胞所注目的，是几家汪派的大小报纸几乎是几星期连续不断地在我们未上演前展开了谣言攻势，甚至在茶馆酒肆中也散布党羽，作着种种的毁谤与诬蔑，当时真有风雨满城之概。而我们，知道还有更坏更有力的实际的阻力摆在我们面前,经验告诉我们:一切在争取公开工作为第一要义,我们的武器不是在辩驳是非,而是要在舞台上在无数的侨胞面前摇旗呐喊,以血腥的事实通过戏剧的表现,使观众对客观的真实有更深的觉醒而积极参加到抗战营垒里来。同时我也要以实际的工作来答复敌人的进攻,因此在未上演前我们始终埋着头奔波而守着缄默的。

于是便在很多的热情侨胞们写信或是亲自跑到我们住的福建公所来询问了:"为什么你们不说话?""侨胞们十分关心着呀!"

甚至比较前进的越南几家最大的报纸也公开写着评论道:"中救剧团诸君!你们为什么给汉奸骂得不开口?你们说话呀,我们将是你们有力的后盾!"

然而我们呢,却仍然在缄默着。整整有一个月,我们在贫困和外力的压逼中,努力争取我们的公演。在这热带的殖民地上,我们曾从这一家走到那一家,这个社团走到另一个社团。当时帮助我们最力的是越南救国会及总商会,终于在广大的侨团和侨领的热烈支持下,以十大侨团的统一战线的联合姿态主持了我们在西堤的大规模筹赈义演。

第一晚的风波

我们的第一炮是在海外演出时改过了很多剧名的《台儿庄之战》,在这里自然也不能例外,改为《鲁南之光》。剧场是西堤一家比较大的放映电影的中国戏院。一切卖票收入开支,都是十大侨团的主席团办理的,我们只负责后台与演出。在公演的第一天,每个人都十分地快乐和兴奋,而剧院门口更是拥挤着如潮的人群,八点开幕六点便宣告满座了。

总算是达到了目的了,在化妆时大家都深沉地透了一口气,好像是长久的窒闷都吐出来似的,感到了轻松。然而这时主席团的几位负责人却来后台和我们低低地说:"我们已经什么都预备妥了。万一发生麻烦,我们是可以应付裕如的,请你们安心演戏。"听了这话,本来的几分安心也变成了挂虑了。

第一晚的观众,差不多所有华侨社会的领袖和闻人及社团负责人都到了。正八点时国歌嘹亮地响着,观众都从座位上肃立了起来。音乐奏完后,丝绒面幕接着慢慢地拉开了舞台——一个北方的春天,鲜艳的桃花,乡野,蓝色的天边,都如画似的呈现在观众的眼前了。热烈的掌声,一阵接着一阵地响着,我知道那不单纯的只是艺术的激动,而是一种极深切的祖国眷恋的热情的激动。台上的戏在进行着,而台下的观众一点声息也没有地认真地看着

（这据说是过去演话剧时所没有的）。戏演到第二幕时，那是一个夜景，充满了寂静凄凉：一株垂地的枯树，教堂，微暗的下弦月，远地犬吠和钟声，混合着少女的祈祷与赞美歌的凄凉的呜咽。可是敌人的铁蹄却把这境界冲破了：杀戮、狂虐，无限的惨痛压在演员和观众的心上。正当我——饰着大姐儿——受着暴敌虐待而抱着老母痛哭时，忽地听到台下前排观众上有一位侨领站起来说话了："停一停，停一停！闭幕，闭幕！"幕还来不及闭，就看见主席团的侨领们伴着几个穿黄色制服、肩上饰着亮的黄铜徽章的法国官吏和着越南巡捕，极严重地由舞台正中跨上来了。我们立在我们的原位上像木人似的没有动。"各位！切不可慌乱，大家请坐，"主席之一向着观众们用手摇着大声说，"静等我们的解决呀！"这时我们才看见楼上楼下全场观众们都一致地立起来了！他们不是因了这突变想走出戏院，而是想走上舞台来保卫台儿庄上这受着两重磨难的同胞！

幕静静地闭上了，台上的灯光也暗了下来。

"这是什么人？"那法国官吏用严厉的语气开头就指着一个敌兵问着。经过了翻译后，我似若无其事似的玩弄着我头上的发辫回答说："这是中国的土匪。"

"怎么，"他表示了不信任，"土匪也穿制服吗？"

"是的，"我们毫不思索地回答着，"中国的土匪是和外国不同的。"

接着再问了许多问题后，这些官吏们便在后台各处巡视了一回，在毫无所得下便向着主席团和我们说："我们是同情你们的，但是你们要了解我们是第三国的地位，只要不使我们发生困难，不要涉及某国，我们是准许你们上演的。"这时才看见那凶残的脸上露出了一点人性的微笑。

一场风浪好容易过去了，整整耽搁了有十分钟之久，沉重的皮鞋

王莹，刊载于《时代》1936年第9卷第2期。

声有节拍地从台上走下去,侨领谨慎地赔着笑脸,剧场里一点声息也没有。在这静寂中,所有中国人的血似乎都凝结在一起,呼吸都一致起来了!如果当时令我们停演的话,我想那情绪的鼎沸是无论如何也不能抑平的。

当幕重又拉开时,差不多有三分钟的时间,演员站在舞台上,等候着台下热烈掌声的止息。这时,我们所有人的感觉,并不是在舞台和剧院里,更不是演员和观众,而是在汹涌狂涛的大风浪里同舟共济的患难弟兄们。

戏演完后奏着胜利曲,观众长久地停留在剧院里,许多社团的代表们都陆续地到后台来慰问我们。主席团的一位负责者并且告诉我们:"今晚的事件是敌方总领事向法当局交涉的结果,而那些官吏们都是从西贡赶到堤岸来的。"

这第一晚的难关渡过后,我们一连公演了十六天,每天日夜两场,星期日为了多容纳观众和增加募款收入起见,连演三场,剧目:多幕剧有《台儿庄之战》及《正义万岁》;独幕剧有《保卫祖国》等。观众最喜看的是《台儿庄之战》,因为那里面有面对面的斗争,有胜利的场面,有英勇的中国兵——这是华侨最愿意看的——因此,《台儿庄》演的次数也比别的戏为多。

在这几十场的演出中,当地各青年宣传团体和演剧队,都派代表参加了。他们和她们更注意的是演剧和舞台技术以及后台的管理工作等,因此至公演时,后台的工作差不多当地的每个单位都派有二人或三人担任着实际的工作。至于演剧方面,几个多幕剧的群众演员也是当地青年同志担任的。而这些社团的工作者大半都是商店学徒、学生、工厂工人,因此白天不能来参加实习和排演,要到晚间才能来。在演出前的几晚,我们是住在福建公所,热闹极了,总是拥挤着几十人在诚恳而虚心地排练着,他们正如一群游击战士似的力竭声嘶,坦白而热烈,和我们无一点隔阂地融合在一起了。

十六天的演出,观众的数量统计四万多人,越南人的知识分子差不多每场都有很多的人来看戏,而华侨的观众则更是热烈,看到兴奋时,他们常常会站起来高声呼喊的。比如《台儿庄》第二幕演老百姓奋勇打杀鬼子兵时,他们常常喊着说:"好!一个拚一个!"而脸上也常常是挂着眼泪的。

就在这时候,越南的局面一天一天地紧张起来了。一天,街道上忽然贴满了布告,人们的脸上都显着了慌张,一堆一堆地聚集在布告旁纷纷地谈论,那植着大树的街道两旁的防御工事也加紧地在挖掘了。于是连晚的防空演习,不断的谣传,法当局公布的战时紧急法,及法国妇女的疏散,越南老幼的忙着往下搬移,欧战爆发了!而华侨社会也因侨汇和当局的种种战时措施感到了不安和骚动,而我们也就遭受到了直接的影响,至最后几天的观众和收入也大大地减少了。

说到筹款的成绩,因欧战的关系,不免与理想距离稍远,但较之香港则又不可同日而语了。以多寡的统计来说,实际上也还是中下层出钱最多,一般的劳动侨胞常常是节省了吃饭钱买一张票子来看戏的。就在我们戏院门口,一个卖冰水的小贩,他也自动花了五元钱买一张券,而且坦然地说钱是给国家打日本的,就应当尽力!假如是向一个拥有几十万块钱的富翁,你向他请捐献百分甚至千分之一,那困难的情形就不可想象了。当然的,富有者慷慨捐输的也有,但究竟是少数。

《赛金花》中王莹剧照,刊载于《中华》1936年第48期。

公演结束后,我们便集中全力准备去马来亚工作。马来亚是居留华侨最多,也是抗战后海外捐输成绩占首位的所在。我们明白要去马来亚恐怕比去越南要困难更多,一方面是欧战的影响,另一方面是敌人将更不会放松我们了!因此,对外我们始终没有说明我们离越南后的动向(除了救国会少数负责人外)。同时对那些日汪爪牙的狂吠也暂时守着缄默,直到我们全体到达了星洲后才正式展开了笔墨的反攻。

上面这些是一点很凌乱的片断摘录,关于我们在越南和华侨社会接触的经过、工作的开展、团体生活以及华侨爱国的种种义举和到达星洲前后所遭遇的种种艰难……等待有机会再写给关心我们的读者。

    注:"正义万岁"即"民族万岁",但殖民地上是不可以有"民族"二字存在的。

原载于《电影与戏剧》1941年第1卷第3期

我 的 自 白

严 华

这真是一件意想不到的事,在我感觉到,也是做梦都不会料到的。我同周璇的结合,荏苒已有六年之久,平日相处,我始终是非常地爱护她,而她亦同样地爱护我,做梦也不会想到,她这次竟会持着"虐待"的要挟而出走,甚至于提出"离婚"的要求。

似万箭穿透了我的心般,从出事后那天起,而最使我痛心的是,她竟会公然登报说我虐待她,甚至文字中还有"遍体伤痕……"的字句。

当然,周璇既坚持着要离婚,在她没有醒悟之前,必然是很难挽回的。但是,对于她所说我"虐待"的一点,在这里,我无论如何须要向全上海注意这件事的人们,作一坦白的表明,并且,不管我们"离婚"或"和好",为了爱护周璇起见,我有着许多塞在心胸中的话,要在这里倾吐一下。

对于各报所刊的"严华虐待周璇"一点,我不愿意欺骗每一位读我这篇自白的读者。我可以凭着我的良心来说,我绝没有错待过她的地方,"虐待"二字,根本离得太远。反之,我对于她的爱护是无微不至,对于她的衣食住行,甚至于拍戏,都是无时无刻不在关切着的。

每天早晨,我先起身。当我洗刷早餐毕赴厂办公之前,我总是摸摸她的脸,告诉她一声:"我去办公了。"然后,她再慢慢地离床。

因为她的身子并不怎样强健,所以对于拍戏,我总是劝她少演些,借使身体多得休养。去年我们的远东钢针厂成立后,我们俩都非常高兴地感觉到我们应该好好地在事业上努力。记得那时她还对我说过一句话:"要是远东厂能发达的话,我想不预备再拍影戏了。"那时的情景,"互爱"的程度,简直是达到了顶点。

在出走前的一个月中,她的行动忽然有些异样,是常常同剧艺社里的韩非接近,曾经为他介绍进国华合拍《夜深沉》。每逢拍戏完毕,总是由韩非伴送她回来。起初我亦不以为然,后来,她的行动格外来得明显了。于是在某一次,我是很诚恳地向韩非说:"以后可以请不必费心伴她回寓。"同时,我也劝过周璇,告诉她:"你的名誉,现在等于是你的'金嗓子'一样,是金的名誉,希望自己要留心些,不要毁坏了这金的名誉才好。"并且,她的母亲亦对她说过:"你要认清了目标做人才对。"

但是,想不到从那次后,周璇就显得很不欢心的样子。出走前的一星期中,我因为远东钢针厂工作忙了些,不去多作顾问,哪里料想得到事情就此霹雳般发生。

记得出走前的一天,她曾经到过房爷那里去过一次,所以这次她的出走离婚,是否是为了爱韩非,或者是还有人在作祟,我是不敢说。但我知道,这次事情的发生,并不是单方面的。

周璇与严华,刊载于《电影生活》1940年第8期。

还有一点,外界不明了的人,也许以为我一向把周璇当作一颗摇钱树。其实,这话根本错误,我现在有着很好的工作,有着并不过薄的进益。在事实上,要是周璇不拍戏的话,我们两人亦尽可很安逸地生活过去。正因为并不靠周璇的拍戏薪水过日子,所以我常常劝她少拍影片。逢到公司征求拍某部影片时,总是由我为她辞去的,一方面,是为了予她较多休养的时期;另一方面,在名誉上,出品太多也并不是一个好的办法。

因为我始终爱护周璇,所以不管是"离婚"是"和好",我并没有其他任何条件,我只希望周璇能跳出"可怕者"的手掌之中,否则,她的前途,她的一切,都将在这"可怕者"的手掌中葬送。

原载于《影星专集》1941年第1期

我 与 白 云

李绮年[①]

在这里最感荣幸的是有一篇李绮年小姐自白稿,内述其到上海所遭遇到种种,与最近诉讼公堂的打架案件的内幕,及其对电影、对话剧之感想。写来与一般艺人之从艺历史感想的公式化是不能相提并论的,它充满着真实性,因为是用泪用血写成的,我们希望读者不要以其他的艺人作品作同样的估计。虽然在辞句方面及文字方面有许多缺陷(我们原封未动给予刊出,但有许多别字,我们在后面括弧内尽能力改正),但是却是一个被社会欺侮的女艺人心的呼声,用她不容易的方式表达出来。

——《影剧界》编者

我到上海来,已过了四个年头了,我坦白地说在这四年的过程中,我经过的一切,是我做梦没想到的。五年前,艺华公司小主人严幼祥先生到过几次香港和我谈,要请我到上海来演戏。我本来是很忙的,除了拍电影之外还要登台,所以不能来。最后因为很多亲友劝告,就答应了到上海来。本预备演完了两个戏就走的,后来因人情难却,就续定了三年合同。不料艺华公司竟不依合同进行,而且还种种地对不起我,使我多年来爱好的电影事业,而变成了心恢(灰)意冷,由此脱离了影界,再也不愿回去。我很爱演舞台戏,所以在这一年多就完全过舞台生活,可惜演出全不能合我的理想,因此我又从(重)回电影界,至于将来演出如何,只希望社会人士给我公正的批评和指导,我是极诚意地期待着。

但是很不明白为什么有很多人毫无理由在骂我,甚至说我在香港打死人和严幼祥同到上海来之话。我要是在香港有犯上杀人的行为,怎能够到上海

[①] 李绮年,原名李楚卿,广东人,粤剧花旦,曾参演《昨日之歌》《生命线》《风流寡妇》《花香衬马蹄》等影片。

来哪？并且我从香港来只带来一位书记、二个佣人，这件事情差不多全上海的新闻记者、摄影记者先生们，都可以知道，因为他们到船上去的。又说我在香港的出名，是靠着用"寡妇"的名字，而又风流，所以出名。其实我在香港怎样，在上海的人也许不大知道，并且我也没有和外界联络，这是我的错误，故此他们对我都不认识，当然不会了解的。

本来"文""艺"是携手，我应该常常接近文化的先进，让诸位可以了解我、指导我，就不至于常常受到冤屈，可惜没有这个机会。我实在太孤单了，我现在可以说是没父母，没兄弟，没姊妹，没亲戚，没朋友，流落异乡，常常受到冤屈的一个人。有人说我是卅岁的半老徐娘，依赖着人工技术的梳妆，还是一朵鲜花的样子。鲜花的样子？那可笑话，依赖着人工技术的梳妆，写这篇的先生一定不认识我，不然不会说这样的话，因为我平常就不爱擦粉，就是擦也马糊（虎）得很，怎么叫依赖着人工技术的梳妆？这不是太无稽吗？我卅岁不是秘密的，谁都知道的，因为我是中国人，所以一向习惯这样说，要是十足年龄我只有廿八岁。不管我几岁，这是我自己的事，对于国家、社会毫无防（妨）碍，对于演戏更无防（妨）碍，只要我有力量的一天，我就可干一天，我所愿干的事，就是我的戏剧工作。

又说我误佳期，李绮年嫁人之谜，这是没意思的话，我真觉得好笑。我既不是靠着嫁人过活，何必非嫁人不可呢！洪深先生说得好，他说："一个人的归宿，不一定要结婚，只要自己所希望的目的地达到，就是自己有了归宿了。"对，他说得真对。

我在没到上海来之前，到过许多地方，认识了许多被人公认为文学家的人，他们说的话真有价值，使人听了永远忘不了的。而我内心里感觉得很惭愧，因为他们指导我许多事情，我并没有做到。并且结婚是建设在爱情上的，如觉得有一点不满意，还是不能结婚，与其婚后后悔不如婚前解决的好。

前年由（有）多年来爱着我而没见过面的文学家——沙蕾先生，我们的爱是在信上谈的，且是友爱，并不是恋爱，他真正给了我纯洁的敬爱。而我呢，并没有接受。唉，我们许久不能通信了，他替我写过剧本，还有很多诗，我永远忘不了这个朋友。他关怀我，他知道我到上海来没有人照应，他就写信来介绍我认识了他一个妹妹，是在上海学医的，前年由他妹妹介绍我认识了徐医生，我俩都真诚地相爱着，而至去年我俩就订了婚。可是最近我知道我不能嫁给徐医生了，因此我们自愿解除婚约，徐医生写给我的财产，我自愿奉还，我们以后还是很好的朋友。可是未婚夫妇的名义，从今天起是不能存在了。以后希望各界不要再提起我与徐医生的事情，我就感谢之至了。

劝我嫁人的朋友们，是好意，我是应该感谢的，我也没有说过永远不结婚，但是我理想的对象，自然是要合我的理想。我也不愿多说了。情愿天下人负我，我不愿负天下人。不过，我要说明的，白云并不是我的爱人，至于罗舜华无理取闹的行为，她自己已经成（承）认是错了，在法庭当面向我赔罪，说一切请我原谅。我也原谅她了。并且我始终发誓说："我要是有爱白云的心，和跟白云发生过什么不清白的关系，我就不得好死，没好结果，一出门就给车轧死。"我这样地发咒，并以我人格担保，我绝对不会爱白云那种人。我要爱一个人，最低限度他是受过高深教育，有良心、有人格、有真正的学问。同时我要是有爱白云的意思，我是用不着告罗舜华和《光明日报》。

去年夏天我在绿宝登台，白云在红宝登台，绿宝是天天满座，并且加座位加到没地方加；白云在红宝登台怎样，我不知道。当时有一张《光明日报》，登了一篇《李绮年与白云正式同居》的文章，我觉得太侮辱我人格了，所以我要告那间（家）报馆。后来有友人出庭和解，该报也登了错误启事，我也就不追究了。

可是莫名其妙的人还要随便地说，那是不负责任、没道德的人，请他们还是顾全一点良心说话。至于罗舜华说我破坏她家庭幸福，打她耳光，说这等无聊的话，没有良心的。她良心上应该责备自己，打人、害人，这等下流行为不是有人格的人干的，我是不会干。

但是世上不自量的人真多。我认识了一位蒋有建夫人，由她介绍我认识了她一位朋友朱太太，这又是一个无聊的东西。因为她说很喜欣（欢）认识艺人，所以蒋太太才给我介绍，谁料那位朱太太拿人名誉来开玩笑，尽说我跟她的丈夫发生了什么关系。其实她的丈夫什么样子，我一点也不知道。并且我最恨的就是家里有妻子的男人而到外面去胡调，同时我也忠告那些太太们，不要随便地说话。丈夫爱上了别人，不是一件名誉的事，也许自己有不对的地方，说出来总是一件不名誉的事，何况呢是瞎造谣言，不是更对人格道德有损吗？

就说我跟罗舜华的话，当然是我倒霉，不明白的人还是不明白，连我在法庭上的讼状，也给听错了，说我在洗澡房穿着晨衣出来。罗舜华与她的男佣人求见的时候，我在看书，我是穿的晨衣，我进洗澡房去换件衣服才见他们的。我又不是生病,又不是在化妆间,又不是在演戏,为什么会穿晨衣见人?又说老妈子称呼我"太太",我跟谁结婚,佣人要称呼做"太太",不是太笑话吗?又说,我说的是广东国语,写那篇文章那位先生,我认识他,他说的话并不是国语,所以人家说的国语对与不对,他都不知道,他只知道我是广东人,因此他就说我说的是广东国语。那么上海人说的就是上海国语了;各省各县的人,说的国语,就变成各省各县的国语了,那国语就太多种了。

其实国语就只有一种。说起国语,我真觉得有趣极了。有一位上海朋友,请我吃饭,他用上海话问我,他说:"李小姐,侬个国语讲得邪气好,侬是北平人吗?"我说得不好,我不是北平人,我是广东人,我跟他开玩笑地说:"我怎么会说得好哪?人家说,天不怕地不怕,最怕广东人说官话。"那位先生一听我说完,他就说:"嗳,听下去,倒像广东人讲国语。"怎么会知道人家的国语准确不准确呢?他不过听我说完,我是广东人,他就随便地说说罢了。又有一次,我在红宝演戏的时候,我的同乡陈惠莹要看戏,就买了一个位子,坐在观众位子在看戏。有一位宁波人和一位上海人在说话,有一个在说报纸上登载我是广东人,我的国语说得不好,又一个说报纸上的话不一定是对的,那个说:"怎会不对?她是广东人。"两人在辩得最厉害的时候,惠莹实在忍不住了,用宁波话、上海话说他们"神经过敏",问他们:"在台上另一个演员是什么地方人?"他们说:"一定是北平人。"惠莹又用国语问他们:"你们看我是什么地方人?"他们又说惠莹"一定是北平人",

李绮年在《生命线》中的剧照,刊载于《图文》1936年第1期。

惠莹真快要笑死了。惠莹把他们骂了一顿，因为惠莹的国语是跟我学的，台上跟我演戏的那位同事也是我广东同乡，同时他刚在学国语，尖团字都分不清的。他们反而说他和惠莹是北平人，这种人真是心里（理）作用，所以我祈望着人们说话应该要评（凭）良心，负点责任才好。

　　再说我跟白云认识，是在五六年前我在香港的时候。有一天，姚萍求见，同时他还带一个朋友，说是姓杨的，什么名字我已经忘了，就是现在的白云。当时，白云拿了一本纪念册，请我签名，说是我的影迷，同时还请我介绍进影片公司。我家里除了一个车夫和一个男佣人之外，都是女人。我住两所房子，姚萍住我一所二楼内的一间小房间，那间房间是罗慕兰住的，虽然和我相隔只有一层楼，可是讨厌男人的我，除了车夫和一个必须用的男佣人之外，我家里就整日整夜锁上铁门，不许没必须有要事的男人进来。认识我的朋友，都知道我的皮（脾）气。白云从那次到过我家来之后，就没有让他来过，只是在路上碰见过几次，他和我打招呼，我已认不出他是谁了。

　　民国廿九年七月廿一日，我到了上海，就有很多人来看我，白云先生也来了，承他的好意送给我许多鲜花。因为艺华影片公司里有几位职演员是他认识的，他来看他们，就顺便来看我。因为当时我住在公司里，同时他还请我们介绍他到艺华去拍戏。艺华公司本来是很欢迎的，后来不知怎样的，他们又谈不成功。白云请我和惠莹到米高美吃过一次点心，又请我们到一家湖南菜馆吃了一次饭，他的妻子罗舜华也在的。后来因香港事变，我为着有家归不得，艺华公司对我又很不好，我就生了一场大病，也不愿意再拍电影，天天在家里休息。白云在广东、南洋一带都知道我能演舞台戏，所以他就第一个请求我和他组织一个旅行剧团。同时也有很多人要请我演舞台戏。可是白云天天买了许多鲜花或糖来看我，我为人情难却，也就答应了他们同去。谁知到了苏州，演了两天戏，才给了我一千块钱。我们干戏剧工作的人，当然不完全为了钱，但是志同道合是要紧的，我觉得没合作的可能，所以和陈丽云、沈璐他们回到上海来，我就没跟白云他们到各处去。当时白云很生我的气，说我不同他们去，而害了他们全体不能去。过了许多时候，他们才能走，罗舜华也没去。我自己在上海演了几个戏，罗舜华常常到我家来请我介绍她加入我的剧团，当时她是很客气的，说佩服我的艺术，愿意跟我学习。可是我跟绿宝、红宝的经理说了许多好话，我在绿宝演了两次，红宝演了两个多月，我都请经理先生帮她的忙，可惜并没有成功，他们都说她国语说不好，不会演戏，性情不好等话。我也不能强勉人家用她,这都是事实。我与白云、罗舜华的关系就是这样。

常常有骂我的文字,我看得多了,说今天我跟这个同居明天我跟那个同居,连我自己都不知道的事情,他们会造谣,造得很像的。我都不值得生气,我更不值得辩白,可是说我跟白云同居,我就生气了。我虽然不希望嫁于富贵人家,可惜从来就没有一个小职员或穷青年向我求过爱,因为他们没有勇气,没有接近我的机会。

我现在已经是一个孤儿,我愿意永远孤单,我把一切看得很平淡。什么叫恋爱?实在没有意思,所不辜负我的只有我的事业,只有她才是我真正的爱。

过去的我对不起人,更对不起我自己。我现在不是求人怜爱,不过心里实在太难过,多少年来所受到的冤枉实在忍不住,才坦白地说说。希望看见这篇不通的东西的人们,都能谅解我就好了。

白云,刊载于《青青电影》1939年第4卷第16期。

我只觉得,我过去的一切都是错的。昨日事,昨日死,今日事,今日生。我要重新做一个人,我还年轻,我有魄力,同事中与我同年,比我年纪大的都很多,就没人去批评她们的年龄。其实批评人家年龄,也是最没意思的事,瞎造人家谣言更没意思。比如说我是风流寡妇,那当然是结过婚死了丈夫而又风流的人啦!我有生至今自愿嫁给一个人,可是现在也不用再谈了,我并没有结过婚,怎么会在香港已被人称为"风流寡妇"呢?这话只是上海才有的。因为我到上海来演过一部反风(封)建的电影,叫《风流寡妇》,因为很受欣(欢)迎,后来又改编了舞台话剧,也是很受欣(欢)迎,所以很多人拿"风流寡妇"的头衔加在我头上,实在受之有愧。祈望着,写稿的先生们别这样地称呼我,我不愿意嫁人,我更不愿意做寡妇,我只希望我的能力做得到的多做一点对国家社会有益的事情就好了。

李绮年写于民国卅二年十月廿日
原载于《影剧界》1943年第2期

从影日记

李丽华[①]

开场白

说起来真是惭愧得很,从出娘胞胎以来,始终没有执过笔杆,写过任何日记一类的文章。然而我自己承认自己是进过学校读过书的一个女孩子,可是我生性疏懒,对于读书这玩意儿简直不放在心上,因常常听到我妈说起:"女子无才便是德,做姑娘的并不一定要在书堆里去找如意郎君,将来长得像模像样的时候,难道还怕没有人家来量珠聘去吗?"我终受了我妈的影响,所以把读书当作很平淡的事情,到现在不会执笔写文稿的缘故,就为了这个原因。不过我该永远记着我妈的话,因为她老人家的眼光毕竟是"锐利"的,像我现在的环境和命运,也应在这几句话,想起来真是使我好笑,也使我一辈子忘不了。

昨天《中国电影画报编辑》×君特地来访我,叫我替他的报上写些日记稿子。我的妈呀,这玩意儿我实在吃不消。第一,我已经在开场白里声明过了;第二,要我执笔写些东西,简直像魁星菩萨的笔一样,叫我如何落纸呢?这样想了一想,总觉得不好意思,如果是推却不写,未免把自己估量得太"无用"了,好的日记是写一天所做的经过事情,并不要我怎样地挖空心思长篇累牍地写出来。于是便决定替他写,从今年一月一日写起,把我所记忆到的事情,完全搬将出来,好得是我自己的事情,即使有些出入的地方,也不会给人

[①] 李丽华,北京人。1937年,应上海艺华影业公司主持人严春堂之邀拍片,在《女烈传》中饰主角。1940年正式进入电影界,1948年到香港,1970年宣布退出影坛。共拍摄140余部影片,代表作品有《三笑》《啼笑姻缘》《吕四娘》《假凤虚凰》《故都春梦》《扬子江风云》《万古流芳》《秋海棠》《武则天》《梁山伯与祝英台》《八国联军》等。因主演《故都春梦》和《扬子江风云》分别获第三届、第七届台湾电影金马奖最佳女主角奖。

家见笑的,并且我有几桩值得记载的事情,都已预先把它记录过了,万一有遗忘的话,不是可以作为参考吗!说了许多空话,就此带住吧!

三十三年一月一日(废历十二月初六)

睡到下午二时起身,不料正在吃饭的时候,忽有个信差送来一封电报,我就问他:"是不是东京姓周的打来的?"他回答我的话却出乎意料,原来是一个影迷从黑龙江打来的,拆开一看,他自称为"小黑龙江",称我为"丽华仁姊女士大明星阁下",简直把吃下去的饭都喷出来。

四点钟敲过以后,妈叫我吊嗓子。这时恰巧纪玉良进来,两人便合唱了一出《四郎探母》,刚唱到"莫不是,思故土,心猿意马"时,女佣人阿宝进来叫我去听电话,原来张淑娴小姐约我到××酒楼去吃夜饭,正是"却之不恭,受之有愧"了。

一月二日

上午,谢家过房爷派人来说,叫我去做陪客,我只好一口答应。便急忙忙地赶到××理发馆去做头发,那个"七号"的小六子手脚真快,只费三刻钟光景,头发做得交关①像样,使我十分满意。做好头发马上回家,这时谢家的汽车早已停在门口,我便跟了我的妈坐上汽车,一直驶到赵天摩路二五〇号谢家去。

这天他们请×局长吃饭,我是陪客身份,当然坐在贵宾的一桌。我的过房爷坐在我的下首,他向×局长替我介绍,我才知道这位×局长是主持锡箔捐税的。我便和过爷房商量,想在宝康里开爿锡箔庄,将来要请这位×局长替我免税。但这句话既已出口,乖乖不得了,自己想到是错误的,原来我是基督教徒,今生今世与锡箔无缘,如果想在锡箔方面捞钱,上帝一定要加罪于我,只好把手帕遮住嘴巴,闭上了眼睛,默默地祈祷上帝饶恕。阿门!

吃过饭,开了一个跳舞会。谢家的二位千金小姐都会跳舞,起初她们姊妹俩跳了好几只,后来她们又轮流跟我跳,不料那位局长也要求我跟他跳舞,哪里知道他的气派甚小,起初把我搂得紧紧的,接着又想表演贴面孔,真是邪气贼腔!后来被我眼睛一弹,他总算没有露出恶形恶状的姿态。

---

① "交关"为沪语,"相当""非常"之意。

音乐停了以后,我便上楼去干"正经"。这样一来,大家都走散了,我就跟了我的基本保镖——妈——辞出了谢家。

当天下午四时,周曼华打电话给我,请我去看陈燕燕主演的《两地相思》,约定五时在大光明花楼座上碰头。我本来没有看过试片,究竟苦到怎样地步,当然要去观光一下。

我就和我的妈准时赶到大光明的楼上,看见"小鬼头"(热络称呼)周曼华笃笃定定地坐着,我便向她招呼,闲谈了十分钟光景。《两地相思》也开映了,看到陈燕燕小姐为刘琼先生吃了很多苦头,使我流泪。这时"小鬼头"周曼华便发表宏论,她说刘琼为什么要冤枉陈燕燕,这样一比,男人大都是没有良心的。我等她说完以后,索性吃吃她的豆腐,我的嘴便凑向她的耳边说:"曼华,你说刘琼既然没有良心,我想介绍阿舒给你'配戏',你表示欢迎吗?"不料"小鬼头"的手就在我的大腿上狠命地扭了一把,着实有些痛得麻辣辣的。

原载于《中国电影画报》1944年第1卷第1期

日记三篇

白　光①

一九四九年，二月七日

雷电华影片公司的上海经理，郭先生打电话来请我赴宴，说美国R. K. O.来的P先生，在南京路JOSEPH照相馆的柜窗里，看见了我的照片，很希望见见我。我满口答应了，任何能使我打进好莱坞门的机会，我都不肯放过的。P先生人很好，请我到他们停泊在黄浦江的船上晚饭，谈了很多中外影界的事，他愿意尽力地介绍我去好莱坞，叫我挑些最近的照片，让他带到美国去。说到照片，我自己简直可说没有，像是照过很多，可是自己能保存起来的就很少，不是摄影记者照了没有给我，就是都被影迷要了去，还是朋友们留着的照片倒比我自己多，可是谁也不愿割爱，再还给我派派用场。好在前些日子，中国电影器材供应公司的黄先生请我照过些五彩的中国时装照片，我打电话请他送我几张。照片送来了，没一张使我满意。叶子挑出了几张，她说都不错，都很好。我决定就用她挑出来的那几张，因为我自己也同意。希望外国人能满意我，欣赏我，请我去好莱坞，我可学好多东西，增长好多知识，不但能够比中国高很多倍的薪水，而且，那也是我的梦想，一旦实现，我一定高兴。不过如果像黄宗霑一样，一点肩胛也没有，那我又白高兴一场。我自己有着很强的自信力，如果一旦能让我打进好莱坞的门，我不会默默无闻的。

C. K.回美国快两个月了，一封信也不曾来过，一张圣诞贺电直到今天连回来的影子也没有，看样子也许不回来了。像目前的中国情势，不回来是很

---

① 白光，原名史永芬，河北涿州人，1921年生于北平。1937年，白光到日本东京女子大学攻读艺术系，在《东亚平和之道》中担任女主角。从影后，改用艺名白光。她曾先后拍摄过20多部影片，成名作是《桃李争春》。

龚秋霞、白光、李丽华,刊载于《新影坛》1942年第2期。

可能的,即使来,中航公司也都往广州迁移,广州生活没上海舒服,他又不愿去。那么,我猜想一定是他家里的人留住了。其实也对,住上海的人,都想往安全的地方逃,他回来也不过是时间的关系,把上海未了事如房子等料理一下,还是要走的,我何必苦苦为他担心呢?爱情真是奇怪的东西,多少男人在我手中溜去,没一点怀念,没一点惋惜,只有C.K.我觉得我们间的快乐日子还没过够,我们当中还有好些东西隔膜着,谁也不曾了解过谁。互相猜疑,致使我们间的感情一无进展。

好几天没接着妹妹的信了,自从共军进驻北平以后,我想他们一定很平安,没有什么灾难会到这些可怜人的身上。我有些挂念父亲,他太老实了。弟弟是否回家过的年呢?弟弟长得更高大了吧?母亲也一定牵记着我,年卅夜的饺子我没吃着,每年到阴历年前后,我总想家,想得特别厉害。S也有好久不来信了,年青男人的感情像潮水的涨落,热情的时候,两天一封信,如今是一月两封到一封,再过些日子,也许他忘得干干净净,好在我的心不会再为这样的"儿戏恋爱"而破碎。

二月八日

《风流宝鉴》已拍完,王引、黄河也都要回香港去,他们一点广告也不做,连个路牌也不画。尔光的《谍海雄风》拍了半年多,还没有拍完,真给他拖累了,今天拍几个镜头,又不知要等多少日子,才挨着他的戏上摄影场,也怪可怜的。一人的资本拍部戏,还拖上半年,他自己花钱叫苦不算,我们演员的精神也被他拖得有气无力了。去年一年内,我拍了八九部戏,没完的又拖到今年。真烦,拍来拍去,没拍上一个好剧本,怪谁呢?怪大家穷,拉不出大资本,写不出一个好剧本。写有好剧本,老板怕花钱搭布景找演员,花了出去,找不回来。又碰着这么个好年头,今天不知明天,谁都过着"做一天和尚,撞一天钟"的日子,找几个人东拉西凑地又是一部戏,观众嫌票贵,老板嫌本钱大,演员嫌累,大家都不讨好,我想为中国影界一哭。《清宫秘史》我认为还好,也是我最近仅仅看过的一部中国影片,即使我自己演的戏,我都不愿看,看来令人失望,自己的戏不好,但自己的看戏程度却是很高的。

　　百代来电话,叫我去练歌;严老六的《杀人夜》无法逃脱,还是要我拍,而且还有两支歌,陈歌辛做的《等待着》《窗外雨淋淋》,诗样的歌词,优美的旋律,但又该有人骂了:"白光唱来唱去怎么尽是唱的这些呢?"我自己也不想唱,我恨不得唱"杀呀!起来呀!往前呀……"即使我这样叫,不喜欢我的人,还是要骂我靡靡之音;喜欢的人,随便我怎么哼怎么唱,他们还是喜欢的,崇拜的影迷们的来信,千篇一律是赞美我的歌声、演技,甚至于崇拜我的"浪漫派作风"。什么是"浪漫"?我自己还弄不清楚,我的一切,都是随其生活

白光,刊载于《环球》1948年第30期。

之自然。什么是严肃？什么是浪漫？那些都是做作，我爱生活得自然。

晚上和叶子同赴《前线日报》马社长的宴请，有《和平日报》之罗社长、《益世报》的苑社长、《新闻天地》之发行兼主编卜先生，还有一大堆新近从日本来的新闻界人物。我和叶子的意思，本想从他们口中得到些真实的新闻，谁知他们谁也不提到这上面，都轻描淡写地开到玩笑上去，正合我的口味，太严肃了的场所，没什么意思。卜先生还说到叶子的写作上，说她能够写，但不应把我做写作的对象。其实也不是她要写，也不是我要她写，是那些问她要稿的编辑先生请她写，而且题目都先定好了的，她只好对题下笔。卜先生说，我是被人耍的猴子。有什么关系？猴子耍人，人也好耍猴，都一样，我不在乎。

二月九日

本来今天要去百代灌唱片，灌昨天练的那两支歌《窗外雨淋淋》《等待着》，早上醒来就听见雨声，今天的情景倒真应了《窗外雨淋淋》这歌名。逢到这样的天气，我身体特别不舒服，腰酸骨痛，通身不得劲。叶子从前还笑我像老祖母一样，谁知她上次也腰痛得直不起身来懒得出门，连跳舞看电影都打不起精神来。百代也没来电话催，大概乐队没到齐吧！还是在家看看书喝

《珠光宝气》剧照，白光、王丹凤、陈娟娟、衣雪艳，刊载于《电影杂志》1948年第29期。

喝咖啡。叶子被人请去SENET跳舞,她玩儿的时候总比我起劲,晚上回来又俯在桌上写稿子,真不知她一天到晚写些什么。即使是斗米千字,也活不舒服,何况还没有那么多!女孩子赚钱路子尽多,她偏走上这条倒霉的路。其实她是对的,我也应该鼓励她,希望她有点小成就。她自己却梦想着在写作上成功,但她写作的对象范围是渺小得可怜。她写风花雪月,正如导演要我演荡妇一样,只是为了迎合一部分人们,他们被生活搅昏了头,需要这样的东西来消遣他们的时光。怪不得卜先生说我们是被人耍的猴子,猴子也会作弄人的,即使是阿Q又何妨?

原载于《青青电影》1949年第17卷第4期

导演手记

洛阳摄影记实

程步高

我们的大陆影片公司,既定夺了赴洛阳拍摄军队的影片,接到洛阳吴将军来电后,即行整备行装。带摄影机二架、底片六千尺、呆片镜箱四只、软硬片共四十打及行李等。同行者有总理兼摄影张君伟涛、置景徐君绍宇、照相朱君锡蕃及职员等,余任导演之职,亦随往。即于八月十二日晚间十时半起程,戚友及本公司职员到站送行。未几汽笛一声,车轮齐转时正夜间十一时三十分,而于扬巾呼别中,车已加速度地离上海站而去了。

车行,我们赴洛的摄影日记的第一页,即开始发现字迹。现为便利起见,用日记的方式,把赴洛摄影的经过,依其自然的发展,记录于后,为读者诸君一告焉。

车声愈响,车行愈速,时正午夜,月明星稀,举头高望,有"明月当头前路长"的感想。车声隆隆,与同人等的谈笑声相混,而于谈笑正浓的时候,亦不与车声如狮吼地狂闹于四周,后见车站一个一个地过去,知去上海一些一些地远了。清气自车窗进来,适足引人入睡。刻睡醒来,时已为十三日上午五时。探窗见旭日东升,东天作水红色,而单独的晨星及浑圆的孤月,正作鱼白色而隐现于天空,好像见旭日而要逃去的样子。

至五时一刻,于晨餐中车过镇江,至七时三刻,即与沪宁车暂时告别。因赴洛阳摄影,故军警一路放行,免查行李。即至江边待渡,既卜渡船,朱君锡蕃即在船沿上为同人合摄一影,留作纪念。未几船行,自此由江南而已至江北了。

八时半至浦口,遂津浦车的卧车中,车甚整洁,为沪宁车所不及。安置毕,因去开车时尚远,同人即在站上稍立纳凉。至九时二十分车行,时已赤日当空,天热更甚,车窗中虽有风入,但风中饱含热气,暑炎逼人,催汗如珠出,令人难堪。无奈下车窗,则又闷甚,而于闷热之中,引人入睡,于车声隆隆之中,遂在卧车中,共入睡乡了。醒后觉肠已空,及入餐车进饭,饭后作谈笑,以消此闷热的行程。

至午后五时一刻,车至徐州,遂出津浦车。而于津浦车的开行时,同人适出车站迁至车站近旁旅社,以待夜间十时的一班陇海火车。晚饭后,即至车站上车,车甚简陋,虽头等车亦不甚适意,车中无电灯,只用洋油灯,暗淡无光。车于十时十分离徐州站,车行缓慢,遇站皆停,愈觉车之缓慢与路之辽远了。时虽夜间,因地带大陆性,故暑气多由地间还射出来,加以车中油灯红光,愈觉热气的丰富。车窗外用铁条作栅,视之有如囚车。回想往年土匪猖狂时用以防御的,今土匪已静,防具犹存,令人思之,犹有惧色。车中多军警,来查问者不知几多次,而我的熟睡及清梦,常为彼辈所打断,怎不令人讨厌呀!

连日薄薄风尘,饮食无定时,屡在闷热的空气中,度火车生活,故疲倦日甚。车中又奇热,加以苍蝇众多,虽倦亦不能熟睡,乃于倦眼中,从铁栅车窗内,于清爽的夜色中,见车行缓慢,两旁杨柳成荫,车过作啸啸之声,竟有风声鹤唳、草木皆兵的一种思想。倦甚入睡。

至十四日上午七时,车至开封站,计停一小时,八时始开车。十时至郑州车站,午后二时三刻至洛阳东车站。因时间已晚,先迁入洛阳大旅社休息,即行打电话至巡阅使署参谋处。一面接洽后,一面张君与余雇洋车向巡阅使署往。署距车站约廿五里,泥道崎岖,洋车左倾右折,约六时至使署。遂由兵士引至参谋处,时已过办公时间,适参谋长又公出,遂由石、钱二参谋出见,并留余等晚餐。九时出署回寓,临行时,二参谋邀余等明晨五时来见巡阅使及张参谋长,以便接洽拍摄程序。再会一声,洋车在归途上进行,披星戴月,凉风钻襟,车慢归心愈急,愈急愈觉车慢,故至栈时已午夜。

在小会议中,决定明日进行事宜,后以明日赴署时早,上午五时须起身,故遂作竟夜谈。是时天忽起阵,雷雨交作,至三时前,雨稍止。至三时,张君、徐君及余三人,遂整装起身,时正深夜天黑,路不见人,街道作深黑色,路旁电气路灯作红色,灯光如豆,外蔽黑尘及灰沙,光线遂远不及丈,幸有雷电的闪闪引导余等的洋车进行,及惊醒余等车中的倦睡。是时城门尚闭,遂呼关而进,时已云散天青。车向西行,回顾时见东方的一线曙光,作鱼白色。

五时至使署,见巡阅使、参谋长后,即招待至使署工程营居住,张参谋长出门相送。迁移事毕,午后即整具外出,先摄风景片,于是正式的摄影日记,就此开始了。

十五日

午后一时，同人因军队拍摄事宜及日程，尚需预备及规定，遂趁着余暇，雇车向洛阳桥出发。天奇热，车行泥尘上飞，适与面上汗相结合，泥作黄红色，面亦遂作黄红色了，好像摄影时的化妆，同人相顾，作嗤嗤笑。

先至新洛阳桥，原名天津桥，是桥为吴巡阅使所建，成于去年六月，后为洛河水涨冲断。摄影机装毕，先把几个远景拍后，因欲摄得桥上桥名，遂把摄影机涉水而去。水浅不及膝，但河泥烂滑，足入不易出，足滑不易行，约过十余丈，始至目的地。先把桥名拍摄，后又拍摄桥下急流，毕后仍由原路涉水上岸摄桥断处，后又负机由桥断处爬上桥面，摄桥上路景，毕后爬下。

远见旧洛阳桥只存一个桥洞，破旧已极，孤立江中，因距离太远，不能摄入，遂问车夫是否可以走近桥边。车夫答不可。同人不信，以车夫嫌路远不肯去。同人以洛阳古迹不能不摄，乃舍车携具行，跋涉田间，约七八里始达目的地。田土疏松，高粱茂盛，步行不易，加以天热奇甚，故至目的地时，已汗湿衣衫了。

至江边，又为江水所隔，水深数丈不能涉，故只摄得洛阳桥远景。回顾新洛阳桥，已在六七里外，适在反光中，遂持摄影机摄其远景。细察地点，无可再摄，遂负机返。计此步行约十余里，所摄得者，只为影片上数十尺的洛阳桥，映演时间只有一分钟，而计拍摄时，步行前后所费，计一时余。拍摄影片的辛苦，有为常人所不及料，而此等辛苦，在摄景中尤为众多。不怕此等辛苦，才能摄得目的物，至于成绩的好坏，尤为第二事了。

摄罢时已五下，即乘原车回营。第一天的摄完毕了，晚间议定明晨赴龙门拍摄风景片。

十六日

晨五时起身，即雇洋车赴龙门。龙门为洛阳名胜，即夏禹治水的地方，离我们的出发地约有二十五里。一路由卫兵护送，路辽崎岖，洋车东摇西摆，不易前进，约一时余，只到了南门渡口。看见过渡情形颇有趣味，张君遂装机拍摄，把过渡情形中有趣味者，择优摄取。后见一骡夫牵骡越水而来，因其不穿衣衫，不可摄入，遂请其穿了衣衫，重演一遍，就摄了进去。

摄毕，先把洋车越水摄至渡船上后，我们由渡夫负至船上，船行近彼岸，同样把人车越水运至岸上,时已九时了。车行路更不平,腹已震得空空,遂在路上大吃生梨。腹饱受洋车的震动,愈震愈痛,路愈不平,震动更甚,腹背多痛。而在我们的猛进中,一时亦不觉得十分厉害。晚间回来后,腰腹背的痛就发觉了,我的腹背,差不多痛了二日。

午后一时,始至龙门,腹空已久,车夫停车先进饭,同人便吃了几个鸡蛋暂作果腹,即行开始拍摄事宜。

考察龙门形势,见两岸高山壁立,一水中流,拍摄不易,乃设法把摄影机运至渡船上,再使渡船停于江中,先拍龙门内的形势;后移动镜头,摇摄龙门右岸,后摄龙门左岸;又江中小孩游泳状,摄毕上岸,把右岸上许多可摄的地方沿路摄入;最后拍龙门桥一景,时已四时,天又奇热,遂取山水狂饮,毕即上车行,向关夫子庙进行。

余见车夫之背,汗流如水,赤日逼人如烈火,余觉闷热已甚。车行未几,余车忽落后,稍觉有异,乃下车询问,车夫以身不舒服为答。余乃步行,车夫后随,至关庙前,同人早已入庙,余即奔入四汇。遇见张君后,即把关夫子墓及墓四周的景物一一拍摄,颇觉很有精彩的地方。拍毕外出,又把关夫子庙及关刀一一拍摄。

摄毕,在庙中烹茶,与卫兵闲谈。据兵士言,去年龙门道上,土匪遍地,曾由官兵打死二千余人,午后三四时,路不能行。今年土匪虽已肃清,但现在绝对不可说没有。出时表视之,时已六时又半,急携具出庙门。至门车夫来说,谓有一车夫现已发病,视之则为我的车夫,同人以时晚急于回寓,又闻兵士言土匪事,觉非急行不可,乃出痧药及钱票,嘱人代为医治,同人即急登车而返。

时已夕阳西下,夜色渐浓,车行泥马路中,路旁高粱丈余。据兵士言,多为土匪出没之处,亦为土匪藏身之所。当时风过高粱作啸啸声,闻之愈增惧色。车行二时,始至渡口,时已天黑路不辨人了!急于惶急的黑夜中,作第二次之过渡。既至彼岸,离城已近,而绑票之心,因此渐失。至营内时已十下了!参谋出迎,笑问路上平安否?同人以平安答。后闻参谋言,于同人未回前,已三次打电话至龙门,沿路军队探听同人路上消息,并嘱其沿路保护,深恐有意外的发生。

十七日

上午,因连日拍摄疲倦,遂在工程营中拍马队及营长办公状况。下午二时，又进见张参谋长，议定明晨拍摄幼年军队，至于拍摄次序及方法，准允同人选择及调动，同人满意回寓。十时上床，以待明晨七时的拍摄。

十八日

三时起身，五时石、钱二参谋来，同人为之拍一小段影片，六时半即由二参谋引导至大操场，遂把影机装起，双方拍摄幼年军大操。拍呆片的亦东奔西走地不停着，差不多把幼年军操法中的精彩处，多一一摄入，共摄了一千多尺。此次因军士之要求，所以觉着拍得不甚经济，且因地位上的关系，机位少移动。

摄毕，时适报巡阅使来，同人即请巡阅使允许同人为其拍片。巡阅使一口应允，即摄得了一个特写、一个中景，及张参谋长等等，最后巡阅使及随员行走状，亦拍摄入内。后以距离过近，故请巡阅使重走一次，巡阅使又一口应允，同人就满意地拍得了。

摄毕，又照幼年军大武术，巡阅使先在旁观察，后又从旁指挥，故军士操练精神，更见焕发，而同人所摄得影片的内容，更见美满了。摄毕，同人上前向巡阅使道谢，巡阅使亦赞许同人来洛拍摄的勇气。当巡阅使出操场时，同人正在整具作回寓计。午后无事休息，以待明晨续拍。晚间天忽起阵，风雨大作，风起时飞尘蔽天，雨下时泥泞满地，同人深为忧虑。雨止，黑云仍停留不散，同人多以奈何奈何相问答。未几，云散天青，同人始转忧为喜，拍手相应，多谓宝贵的明日，或不止虚耗于天雨了。

十九日

四时起身，即探首由窗隙观天，见天作灰黑色，犹误以为天尚未明，推窗一望，见满天乌云，厚不见日，遂把同人的满腔热望，一时打散而失望了。正在静坐闷谈中，见石参谋来，笑谓同人曰："使署李教育长兼参谋长有要事欲与贵公司诸君相商，规定午后二时，请同人进见，以便商议一切。"同人闻而色喜。到时张君及我由石参谋导见，李教育长人极和蔼，办事精细而迅速。巡阅使即为其受业弟子，见余等入，笑容可掬，寒暄毕。参谋长即笑谓余等曰："贵公司此次来洛拍片，巡阅使极为欢迎，因贵公司纯为中国人所组织，究非外国影片公司所能及。至于秋操一节，本定留为贵公司所拍摄，时间虽近，虽不甚遥远，然而在秋操时，操法多先行规定，同时多方举行，不能尽行拍摄，又不能任意调动，所以于拍摄上总觉有些阻碍，不能任所欲拍。故为贵公司进行上便利计，并为拍摄上顺利计，巡阅使现已定夺，将秋操典式，特行试演，以便拍摄。且在拍摄时军队的操法及行动，准由贵公司诸君任意指挥，以利摄时的进行，并答贵公司来洛的盛意。"余等闻言大喜，心想此等机会，实属难得，满口道谢。未几李教育长即出摄影节目单，当时规定拍摄日程。

余等以所带影片行将摄毕，即以此事禀告李教育长，并谓可电上海速派人带片来洛，以便应用。李教育长深以为是，电稿拟毕，即由使署参谋处代发。商议已妥，规定明晨开始拍摄第三师《大武术》《劈刺》《刺枪》《器械操》诸节，后即告辞出，李教育长送诸门外。回寓后预备一切，入睡时已午夜了。

二十日

上午九时，由石、钱二参谋导至李教育长处，即由李教育长偕乘大号汽车，携具先至大操场，时军队已整队静待。下车后，即由李教育长先行指挥一切，把第三师武术营兵大武术，先行试操一遍。张君看定地点后，即行开始拍摄《大武术》，内有真刀真枪等等打法。《大武术》拍毕，即摄《劈刺》《刺枪》等，操法极有精神，可于银幕上见之。

后乘汽车至器械操操场，仍由李教育长先行指挥一切，把各种操法先行试演一遍，然后依地位上的便利，一段一段地拍过去。先拍阶梯，兵士跳下的形式与精神，实为罕见；次拍长桥，兵士有爬上有跳下，动作复杂，秩序整齐；次拍铁杠，兵士尽其平日的技能，把多种难能的动作，多于几分钟内尽量酌其好身手；次摄秋千，高有数丈，操练时有自下爬上，有自上跳下，实属难能可赏；后摄木马，兵士多勇横直跳而来，并演出许多翻跳姿势；后拍木城，高亦数丈，为练爬城墙之用，拍时先由下攀绳而上，后复由城上跳下。

摄毕，即上汽车，由李教育长导往小屯。下车时见炮兵步兵已整队以待。李教育长即将炮兵野战情形详述一遍，并先试演一次。摄影地点择定后，炮兵即开始动作。先作出阵实况，至阵地后，把目标对准后，炮兵即开始开放大炮，其声如雷，地为之震。余等摄影地点近炮，故地雷声响甚，共放十数响，共费数百金，如临大敌，多被张君摄入了。当时步兵在炮兵后守阵，亦被摄入。远景摄毕，即移机拍摄大炮近景及炮兵官长近照。后由李教育长导至小屯村间，拍摄炮兵出发情形，因表演的逼真，故村中居民，多疑为出战，相顾失色。

影片中装甲车,刊载于《电影杂志》1924年第6期。

摄毕,又转至村前,以村前小沟为背景,先拍炮兵出村的雄壮神气,后把影机移转,摄炮车越水急去的盛况。此节摄毕,未几工兵来,即在小屯南空地上,先作工兵出阵情形,后在战地掘壕沟,约有一小时之久,余等静立以待。当时天气奇热,汗如雨下,赤日熏蒸,使人头痛神昏,至下午一时,始行摄毕。

仍由汽车送回寓内,未几即觉疲倦已甚,而于拍摄时,因一鼓勇气,故反觉手脚轻健,一无所苦。晚间计算影片,只余数百尺,即报告李教育长明日暂停拍摄,待上海的来片。李参谋长约定明晨十时来余等寓所,为其拍摄近照。是日所拍影片,同人极为满意,所以渴望上海来片的稳度,比诸"望眼欲穿"的一句话更甚了。

二十一日

因影片只余六百余尺,故暂停作大规模兵操的拍摄。幸上午九时上海来电,谓已派人带片来洛,同人闻而乐之。

十时,李教育长及随员来,少事寒暄,张君即携影机在外待候,我在室内为李教育长作面部的化妆,毕后即行拍摄中、近、特三景,以便插入片中,所有随员等,亦行拍摄,至十一时始毕。

遂与李教育长座谈电影事业,席中李教育长言:"外国影片中如有华人之加入或外国人所摄之中国影片,必极力取中国人之丑,公开地映演于世人之前,使外人对中国多生厌恶之心,并赏轻视之实情。所以现在中国自制影片公司,急需将中国人之美德,中国人固有之美德,由银幕之介绍,贡献于世人,不特可为国家增光,亦为中国电影界发一奇彩。贵公司深有此意,而使署亦极表同意,深望贵公司向前猛进,为中国在电影界吐一口气,为中国在国际间吐一口气。"谈至二时始行分别。

午后无事,久闻上清宫为老子炼丹之处,为洛阳名胜,亦为中国古迹,离寓约十五里,路途荒野而迂曲狭窄,车不能行,往岁亦为土匪繁盛之区。乃在营中装战马六匹,张君、徐君及余及卫兵三人上马而去。先去考察是否有拍摄之价值,于马蹄得得中,常在狭路高粱田及山坡上进行,路又不平,马行亦不易。越一时半,始至上清宫。周游一周,细殊有否摄成影片之价值,深觉庙宇陈旧的奇特,古木参天,很有运诸银幕之必要。闻去岁英美烟公司来洛时,本拟前往拍摄,后以路途难行,影机不易带往,因而作罢。余等即定明日来此拍摄影片,则上清宫的古迹,即可普及于世人的眼帘上了。出宫由原路归,因路途难走,迷路者三,沿途又无人可问,只得东寻西撞,所幸马入归途,好像亦有(Sweet Home)种心想,多狂奔而去。张君善马术,当领头马,余随之,徐君以连日倦过甚,因而落后,但归寓天已黑了。

二十二日

续片未到,暂停作长时间的拍摄,午前与参谋辈作闲谈,徐君等至车站迎接上海公司来人。午后张君与我乘暇赴司马懿坟,坟近车站,预计坟景摄毕,顺道至车站,以便迎接。遂乘洋车于一时出发,至二时半始至目的地,近坟处路甚狭曲,车不能进,乃下车携具步行,约有三四里。天奇热,路不平,器又重,上上下下,多增疲劳。坟大如土山,周约里余,高又余丈。余等在坟下摄毕,见坟上有小径,壁立难上,余等因欲摄得墓顶及墓前山景,乃将影机分开,携负地带至墓顶,真是十分不易。摄毕回下,因坟路壁立,人体向下,比诸爬上,更难下行。后遂携具步行至洋车处,急至车站,时已四时了。见车站已呈寂寞之气,余前问站警,云车已到。急上车回营,见晚宴席上,已增一人,见为袁君铁梅,已带底片六千尺来此了。后袁君因上海事忙,不能久留,即定明日早车回沪。饭后徐君及余即进见李教育长,报告上海来片事,张参谋长以时晚军事会议,一时不及召集,故明日拍片事宜,实属不及预备;又一通值军官考试之期,无暇外出指挥一切,故只得作罢。星期日则为休息日,故拍片一事,准下星期一重行开摄,谈毕即告别而出。

二十三日

上午九时，重装战马六匹、马骡一只，以装摄影器械。因路狭车不能行，加以路远而不平，满地硬泥沙石，不能携负而往，于上午十时出发，往者为张君、朱君及余，及三卫兵一骡夫七人在烈日中进发。随后又迷路者再，故至目的地，时已午后半时了。下马将影机装后，即自外摄入，随路把有趣味的景物，多时或远或近地拍摄。所紧要的，就是老子殿、老子像、三青殿、三青像。到了殿后，拍翠云洞，即为老子炼丹处。本拟拍些洞内景象，但为洞中暗黑所阻。毕后由洞内石阶走至洞上，洞上地点为洛阳诸山最高点，故四望山景，多在翠云洞坐下，空气清洁而高爽极合卫生，设为炼丹处，亦甚相宜。以地势而论，则洛阳临下，一览无余。据卫兵言，以一营兵守之，虽以六营兵攻之，亦不能入。洞上若架大炮一尊及机关枪一架，则可打尽四周了。昔日征土匪之时，以此处为大本营，土匪虽炽，因洞上炮弹枪丸的厉害，死者无数，匪遂以平。言毕余等即在洞上将山景摇摄一下，毕后出宫，负机至二里外，将上清宫全景远摄数十尺，重携具回至宫门前，装置完毕，上马归去，时已夕阳西下了。稍有微风，略爽胸襟，马于狭曲不平难行之归途上，总是得得地疾驰着，遇有小浜，辄跳跃而过，至近营时，马遂狂奔而去，觉得爽快异常，下马时已天黑了。

二十四日

为星期日，因停摄军队，重又进行风景影片，遂进城至城隍庙，见建筑布置，富有幽静庄肃的美意，可摄入影片，遂装机，将建筑壮丽之庙宇及幽静古稀的树木依次拍摄，至于迷信意及神怪的物景，多避而不用。

在庙中稍息后，即进行拍摄洛阳大街，面市盛况。遂将影机装于城中十字街口，先摄东大街，次摄西大街，后摄南大街，至北大街一段。因在十字街口，取景不甚合宜，遂携具至北大街繁盛区域，定摄一下。计自来洛以来，见车类繁多，有新有旧，旧如骡车、牛车，新如汽车、人力车，多未摄入。走至东门外，见各种车辆多络绎不绝，拍片之念，油然而生；后见东城上之鼓楼居高临下，甚合摄影地点，鼓楼现为警察分署驻扎所，遂派代表询分署长。分署长以事关重大，一时不肯应允，先行报告总署长，由总署长报告省公署，后由省公署转问使署司令部，司令部回电应允，余等即携具至鼓楼上，但时间已费去一时了。机装鼓楼上的正中,把很长的街道多打入镜内,等待半小时,始摄得多辆汽车出城去状,但欲摄得车辆回来,又费一小时之久。而骡车、牛车反而绝无踪迹,静待二小时,亦不见车影,无奈即出城至周公庙,适于途上遇见牛车七辆,即装机于其转弯处拍入片中。时已夕阳西下,人亦疲甚,呼车不得,步行数里,始得乘车而返,于是素称休息日的星期日,遂于精疲力尽的忙碌中过去了。

二十五日

上午九时,乘汽车由李教育长偕行,先至兵拍操场,摄拍骑兵各种操练,甚为详细而精密;后摄轻乘,其操法多精彩处,则目标一段,尤为好看。先摄远景,后拍近景,而人马直望影机冲来,有多次几为冲倒,可是有些危险,但能冒此等危险,才能摄得良好的影片。后摄马队大冲锋一景,张君为精益求精,遂不避危险,偕余携镜至马队前面,马队对面疾驰冲锋而来,可是危险,但心中只存着拍得好片的热望,当时反而勇气百倍,不觉丝毫危险。所有马队多向镜头冲来,狂奔乱跳,几把余等二人及镜架一齐冲倒踏坏,而此段危险的代价,即为银幕上的一段对面冲锋的雄壮气象。随后即拍马队跳沟,戎马跑跳如飞,煞是勇武。最后拍摄马队官长,以便插在此节影片的前端。毕后上汽车,至骑兵营前小村,操演骑兵陆地搜索,先摄骑兵整队而来,后摄骑兵入小村情况及出小村情况,最后拍摄马队休息,得侦探报告,整队出发。拍毕回寓时已午时二时了。

二十六日

仍于上午九时,由李教育长乘汽车偕往,先至西车站,拍摄步兵进入阵

影片中骑兵,刊载于《电影杂志》1924年第6期。

影片中炮兵,刊载于《电影杂志》1924年第6期。

地,机关枪随后进入步兵阵地,步兵亦装起子弹,瞄准向前开放,同时机关枪亦装子弹开放,枪声接连不断,如临大敌,与真战简直完全相同。其后步兵又望前进,机关枪亦随进,乃开枪作战。是日所费去机关枪子弹一千颗,枪子二千粒,在旁拍摄时,耳闻枪声,眼见枪烟,身入枪林弹雨中,做战斗时的摄影的生活。步兵射击毕,即上枪刺做冲锋,口呼前冲,杀气阴森,令人心寒。最后把机关枪及官长拍几个近照,而机关枪拔队回营时,亦摇机摄入。

此处摄毕,重上汽车,由李教育长导至营市街西空地上,拍摄野战医院真景。医院分数部,有系统地连续着,分收容部、检查部、诊断部、治疗部、转送部、大手术部、调剂部,我们就依着次序地摄去。最初拍摄抬架一节,接着前述步兵机关枪战时伤兵抬送医院一段。回想当时余等立近战线,机枪虽真放,但无真敌,故实无伤兵可言,所以当时兵士多不肯假装伤兵,多为强迫而行者,见之实觉发笑。最后拍摄医院官长等,以便补充影片的开端。随后又携具越马路而去,至田间,拍摄露营炊饭一节,从炊饭至吃饭,多远远近近地摄成影片,毕后即乘汽车而返,今日的摄影功课又完了。

二十七日

拍摄大阅兵,是日李教育长代表巡阅使作阅兵典式,故于九时前,即派三

影片中步兵操练,刊载于《时报图画周刊》1924年第219期。

参谋官来与同人接洽,十分诚重。至九时即乘汽车导至大操场,时已军队整队立待,排成阅兵式,远望人山人海满目皆兵,比诸西宛阅兵,相差无几。张君选定地点后,即装机静待。未几军乐声作,远见飞尘中,李教育长及随员多乘骏马而来,多一一摄入。官长至阅兵台,即下马稍息,复上马作检阅一周。摄影地点即在场中间,复以官长惊行过速,机转不能快,所以摄得不甚满意,所以即把影机移至场角请官长重演一次,就把检阅式很好地摄得了。官长重又下车,走至场前,作阅兵状,拍得了后,同人即与官长合摄一影,以留纪念。随后即移机至别一地点,拍摄军队进行,精壮气勇,一种严肃之气饱和于阅兵之空气中,军士在旁作乐助势,更见雄壮。进行一节摄毕,即行补摄军乐队及官长近像。毕后回寓,时已午后一时了。三时见李教育长,议定明日拍摄水雷、地雷、炸弹及陆地行军等节目,后日拍摄巡阅使起居影片。

二十八日

天雨,停止拍摄,在闷静中,度过长如小年的一日。

二十九日

天放晴,同人狂喜,仍乘汽车由李教育长导至飞机场。先摄飞艇,毕后又乘车至洛阳西站。时地雷已埋好,余等置影机于铁道上,下令电炸机一动,轰然一声,地为之震,见地雷三枚已炸发了。毕后即继摄炸弹,炸弹力强,轰

影片中机关枪连,刊载于《电影杂志》1924年第6期。

然一声,弹片越余帽顶而过,几为所中,不觉为之一惊。后即乘车至某桥处,拍摄步兵进入阵地。随后又至七里河,先埋水雷三个,动令一下,即听轰然一声,水雷炸发,烟高数丈,耳为之聋。摄毕即乘车返寓。午后余进见教育长,商议军事影片节目次序,约有二小时之久。拟定明晨五时,拍摄巡阅使办公状况。

三十日

三时起身,天尚未明,五时半携具至李教育长办公室,稍坐即回。李教育长导至使署前门,静待巡阅使作便装骑马来署。未几即来,遂携影机摄得。巡阅使下马后,在镜前走二周,无奈离镜太近不能摄入。与同人稍谈,即入署换军装出巡阅使室,多一一摄入;而巡阅使室亦顺便拍摄,唯光线不足,镜头又不能发展,所以摄得不甚满意。随后又至署前空地,拍摄国旗、巡阅使旗、陆军旗及第三师旗。后由李教育长乘汽车导至军官讲习所,拍摄讲堂实情,此为余等拍摄影片的终结了。

毕后乘车回至李教育长办公室作座谈,后由使署设筵饯行尽宾主之毂,三时向巡阅使辞行,双方多致谢意,后至参谋长及教育长处辞行。随后即乘使署汽车由李教育长及参谋等十数人送至车站,于脱帽致敬的严肃分别中,车载同人上归途了。

于归途之上,又把火车经过山洞的情形摄得,日记遂以告终。

然可成为尾声者,就是在归途上,适值江浙风云紧急之时,沿途车站及两旁,多为实弹待发的兵士,风声鹤唳,草木皆兵,在紧张的惶恐的战争空气中,脑膜上摄了许多时事影片。

完于沪宁车上,九,一
原载于《电影杂志》1924年第7期

摄制《战功》的经过

陆 洁[①]

《战功》影片并不好,不过勉强还像一张影戏片子。《战功》中有一事值得提出来告诉观众的,使是王元龙、张织云二君在剧中兼饰四个要角。在外国片子中一人饰二角,并不稀奇,二人饰四角,却也少有。

我们摄影场上是没有玻璃棚的,因此我们的布景大受风雨的摧残,所受的损失不必提,出版期因之也迟了好久。

黎君明晖以善演"葡萄仙子"著称,我们便请她在剧中的游艺会里表演出来,这一场布景里,我们请到了各界男女来宾六七百人,这是觉得十分荣幸的。

《战功》中的游艺会,六七分钟便可映完,但是我们却足足拍了二个礼拜,因为饰演众仙子的弟弟妹妹们,都在学堂里读书,除却礼拜日是不能来的,所以第一个礼拜日雨,第二个礼拜日又是雨,直到第三个礼拜日才得拍成。这一场布景因二次遇雨而所受的损失约达千余元。

《战功》布景中有一场很大的画室,我们便加入了一种应时之点缀品"模特儿"。我们摄制此幕的时候,特请了朱应鹏、张光宇、王荣钧等几位大画家来做我们的顾问,以免闹出"外行"的笑话来。此幕共摄三种:(一)裸体而披以轻纱;(二)半裸;(三)披衣而仅跣其足。本来拟征集观众诸君的意见择用一种,现因时间局促,不及征集诸君意见,故决定暂用第二种。

[①] 陆洁,上海嘉定人,字焕章。曾到新加坡谋生,精通英语。第一次世界大战后回上海。1922年与人合办中国第一本电影刊物《影戏杂志》,任翻译和编务,首创"导演"等电影专业名词和术语。1923年开设办理电影广告业务的"商社"。1924年参加大中华影片公司,编撰《人心》和《战功》电影剧本。1925年,任大中华百合影片公司导演,先后参加拍摄《小厂主》《透明的上海》《殖边外史》《美人计》(前后集)《可怜的秋香》《柳暗花明》等影片。1931年,任联华影业公司所属二厂经理,1937年任联华摄影场经理。1939年负责合众、春明、大成三家电影公司的行政管理。1946年任文华影片公司常务董事兼厂长。

《战功》导演陆洁,刊载于《电影杂志》1925年第12期。

  《战功》在剧本、表演、摄影、布景等各方面的弱点很多很多,愿诸君有以教我,以匡不逮,不胜幸甚。

原载于《新新特刊》1925年第1期

导演家与方言

唐槐秋①

记得我住在法国芳登不诺（Fontainebleau）的时候，曾经看见一个英国导演家，带着许多演员，在该地的旧皇宫里，实地摄取拿破仑时代的一段历史戏。这戏里面的主人翁，当然是那天下闻名妇孺皆知的拿破仑大皇帝。做这主角的人，化起妆来，倒有十二分的像我们时常在书上或明信片上看见的拿破仑肖像。听他口里说的是英国话，我知道他一定是个英国人。但是这戏里还需用着许多扮兵士的演员，这些演员却都是在法国临时找的法国人，并且他们大都不懂英国话。那位导演先生，对于法语，又不甚精通，于是乎，当时就闹出许多笑话来。

那天有一段最要紧的戏是大皇帝战败于滑铁卢（Waterloo）后，要逐放到参德陆岛（Saint-Helena）去的时候，辞别芳登不诺皇宫的一段悲剧。这一段悲剧，就是在芳登不诺旧皇宫的正门内大坪里实地拍的。只见那位导演先生，用出全副精神，指挥着数百演员一一排好，各站各位，要拍一个远镜全景。号令一声，大门开处，只见大皇帝昂头而出，走到旗官面前（扮旗官的是法国人），那旗官本应将旗子放下，让大皇帝打个半跪，在旗角上接个吻，做个很沉痛的表情，再向前走。不料大皇帝刚到旗官面前，那导演先生在上面用法国话大叫"扬旗"，演员本来只听导演的命令，那旗官听得导演叫"扬旗"，自然将旗子连忙扬高。大皇帝跪在地上，正要拿旗角来接吻时，不意旗子忽然举得高高的，攀拿不着。这时候，那导演先生，更加接二连三地，拼命地叫着"扬旗"。旗官听了，以为旗子还举得太低，只好再往上扬，旗子举得愈高，导演先生叫"扬旗"的声音愈响。可怜那大皇帝跪在地下，愈加攀不着旗子了。闹

---

① 唐槐秋，湖南省湘乡县人。青年时期曾去法国留学，攻读航空机械工程专业。回国后从事戏剧工作。1926年参加田汉创办的南国电影剧社，和田汉、洪深等人往广州，参加欧阳予倩创办的广东戏剧研究所。1933年创办中国旅行剧团，成为中国最早的民间话剧团体，1947年解散。

了半天，做戏的和拍戏的都莫名其妙。这时候只见导演先生盛怒之下，飞跑前来，大骂旗官胆大，竟敢同他开玩笑。后经说明，导演先生才知道是自己弄错，将"下旗"二字，误成了"扬旗"二字，于是乎全场大笑。一幕悲剧竟拍成了滑稽喜剧。

拍这段戏的时候，我正在旁边看着，所以觉得非常有趣。但是过后一想，又觉得导演家真不易做，尤其是中国的导演家难当。何以呢？即专就方言说，欧美的导演家，只要不到外国去摄影，在本国内的言语大概都可通用。我们中国就不然，即在本国，要是不精通好几省的语言，事实上就定要大受困苦，这是我还在法国的时候的感想。

去年回国，加入电影界，至今将近一年，事业上的成绩，虽然还没有一点，但是上海各大电影公司的情形，或者也可略知一二。其中方言之最难者，第一要算民新公司。因为民新公司，除却上海话、北京话之外，还要会说广东话呢。

予倩二哥为该公司导演《三年以后》，戏中有"不要脸的跳舞"一幕——何以叫"不要脸的跳舞"呢？就是全体跳舞的人，专拍脚，不拍脸——他要我去凑双脚，我只好应命。这天晚上，就便参观他的导演工作。看了半夜，不觉有感。因为演员中，广东、湖南、江苏及北方的人都有，他们的言语概不能统一。亏得他是方言家，对于什么地方的人，就能说什么地方的话，并且有时仅因摄影方面的术语，中国现在尚无相当的译音，为便利起见，对于摄影师，他还要用两句英语。我看他活跃了半夜，方言说了许多处的，倒还没有闹出甚么笑话。到了最后，戏中有"男女两人对看"的一段表情，演到要"对看"的时候，他用上海口音，叫声"看着"，因女演员是上海人，男演员也有听上海话的能力，导演时说上海话，当然没有危险。不料那位没听惯上海话的摄影师竟误听着上海口音的"看着"二字，为英语之Cut，忙将机器停住。予倩二哥正在注意演员的表情，忽然听见机子停住，急问何故。摄影师答道："你叫我Cut，我当然Cut。"少顷大家悟到错误的缘故，只好相视而笑，重新再拍，可是他再也不敢叫上海口音的"看着"二字了。导演家对于方言，真有十分注重的必要。以这个意思，质诸导演家，不知也以为然否？

原载于《民新特刊》1926年第3期

影演员最低的限度

陈大悲[①]

银幕艺术在艺术的宫殿里是一位年龄最幼的小妹妹，欧美各国的银幕艺术尚且在很幼稚的时代，何况中国呢？

看了远东运动大会之后，就去参观小学生的运动会，当然觉得小孩子们的所作为幼稚得可笑。但是眼看着胜方儿童的高声鼓噪，大喊我们赢啦！又看见失败者泪汪汪地尖起了小嘴唇儿的那种光景，便觉得幼稚也有幼稚的可爱处。中国人自制的电影片，如果单单显得有稚气，如果有一种天真烂漫的稚气，那么虽然不值得黄头发蓝眼睛先生们的一笑，又何尝不可以得到国人的同情呢？小孩子就是小孩子，小孩子有稚气，是当然的事，有甚么可羞可耻！

最可怜的就是大多数的国制影片，引人不满之处并不在于他们的稚气，不但没有小孩子的稚气，有些时候我们竟感到有一种充满了隆冬色彩的暮气。"少年老成"或许是国人所称羡的美德，但是呱呱坠地的婴儿伛偻作龙钟老人态，难道也能算得是福相吗？

我友欢场先生尝说"五年之内决不愿再看中国电影片"，我也决计在这五年之内不作中国影片的批评。因为在这萌芽的时代，对于银幕艺术期望心过高的人，难免有求全责备的言语在无意中流露出来，满腔热血难免激成一篇消极的批评。消极主义的批评足以阻遏尝试者的冒险精神。在一种艺术萌芽的时代，消极主义的批评的确是有害的，所以我决计在五年之内对于任何

[①] 陈大悲，杭州人。早年就读东吴大学，加入春柳社。1921年与沈雁冰等组织民众戏剧社，同年11月发起组建北京实验剧社。1922年接办《戏剧》月刊，创办人艺戏剧专门学校，任教务长。1928年任职南京政府外交部。1935年组建上海乐剧院。1936年组织南京新华剧社。1944年8月在武汉去世。著有《爱美的戏剧》《戏剧ABC》《表演术》等理论专著，创作有《浪子回头》《美人剑新剧》等剧本、《红花瓶》《人之初》等小说，以及《到上海去》等电影剧本。

影片不下批评。至于泛论中国影片的不满人意处，也只许包括我所已见的影片，也许有真正艺术价值的片子我还没有见过呢。所以自信已能尽忠于艺术的尝试的朋友们，听了我的话，尽可不必灰心，也许你那得意的作品我还没有领教过呢。

十三年七月间，我在上海实验剧社里遇到一位旧相识，他问我爱不爱演电影，并且告诉我现在上海已组成的制片公司已有二三十家，正在发起的还不知道有多少。他又告诉我，他自己演过几回影剧，自信将来在银幕上很可以大大地发展。

我问他觉得演电影这件事难不难。

他摇摇头说："不难！不难！只要演惯了就不难了。"

"你能够演甚么呢？"我问。

"我能够开汽车、骑自行车、骑马、打对子、游泳，凡是电影里用得着的玩意儿，我差不多样样都会。"

"你会演戏不会？"

"我不会演戏，我只会演电影。"

"你看是演戏难呢，还是演电影难？"

"嗳，演电影容易得多呢，演电影用不着唱，用不着口才，用不着嗓子，用不着当着许多人面前红脸，演电影容易得多。"

"我知这电影里重的是表情，是动作。你的表情是在哪里习练的？"

"我……我……没有习练过，演电影与演戏不同，演戏是要你一个人上场去演的，没有人能够在你上场的时候帮助你的，演电影就省事多了。你演的时候，导演员可以指导你，教你坐下就坐下，教你站起就站起，教你笑就笑一笑，教你哭就皱皱眉头，擦擦眼泪。你的一举一动，都可以跟着导演员的手势与口令照样做去，就没有错儿啦。"

"那么你不成了一个木偶了吗？"

他以为我看轻了他的事业，向我勉强微笑，打算找一点别的话来谈谈。

我就问他："你对着镜子练过表情没有？"

他很诧异地问："甚么样的镜子？"

"就是寻常照脸用、穿衣用的玻璃镜子。"

"要镜子做甚么？"

"请你等一等，我先问你，你演电影的时候，你自己脸上做的表情是怎么个样子,你自己知道不知道?"

"我知道,我知道自己怎么样哭、怎么样笑,只要导演员满意就得了。"他很不高兴地这样回答我。

"我知道你能够做哭的表情,又能够做笑的表情,但是哭到甚么程度,笑到甚么程度,你自己有没有把握?"

他皱紧眉头想了一想,凭他这一种神气就可以证明他是个一能够做表情的人。他向我说道:"你研究过演戏,没有研究过演电影,不知道演电影与演戏完全是两件事情。"

我当时也觉得再问下去愈问愈不客气,难免有伤和气,还不如不谈的为是,于是乎就不谈了。过后想来,我愈想愈觉得演文明戏的新剧,大家不知道镜子的神秘作用是可以原谅的,因为文明戏的始祖们多半是抱现身说法主义的化妆演说家,虽然有几位不能够到台上去高谈阔论到力竭声嘶程度的朋友们偶尔也讲究一点表情,但是做表情做得精致细腻到了无可再好的地步,尚不如把双目一瞪,说几句愤世嫉俗的痛快话,容易得到观众的掌声——也就是容易增加包银。演影剧却是除了心灵与肉体的动作外,没有别的事了,嗓子是绝对地用不着的,哑巴都能够演的;演电影简直是哑巴演给聋子看。聋子看哑巴戏,无非是看他的表情,哑巴的长处也就是善于做表情。以表情为唯一的手段的影剧演员,竟不知道照脸与穿衣用的镜子里面藏着他的金矿银窖,这真是在艺术宫中犯了罪过,而且是无可恕宥的罪过。

人出娘胎来就会哭的,吃了几个月的乳就会笑的,如果能笑能哭的人都可以称为演电影的天才,遍天下都是天才的艺术家了。有这样的误解在那里作怪,难怪有许多素来与艺术毫不相干的人自称为天才,自称为明星。而上海地方一般爱做投机事业的资本家就以为上海滩上的天才已是取之不尽用之无竭的了,唉。

北京有一回某大学的学生开游艺会演剧,当晚有一个不识时务的人到后台去批评一位扮女装的先生演得过火。那位先生听见了,立刻把头上戴着的发套摘下,板起面孔向桌子一掷道:"老爷不干了,你去打听打听,老爷们都是大学校的学生,不是戏子。我们是'爱美的(Amateur)',不是营业的戏子。"

自称"爱美的"而不甘心与戏子平等的大学生,尽可以发这种威风,尽可以不问演剧术是甚么东西,因为在游艺会场里看戏的人不是同学们的亲戚,就是同学们的朋友,而且演戏的大学生们只有赔本没有拿钱。

演电影的先生们却不能摆这个昂首天外的架子了，制出电影片来不为卖钱而专为自己过戏瘾的这样的阔举动，想必在我们这穷国里是很少很少的吧。既然是为卖钱而制片，那么演员就是演员，没有甚么"爱美的"与职业的阶级高下之区别了。

电影演员的职务是甚么？就是用表情、姿势、动作等表现出编剧者所想象的人格来。想象中的人格是无法给观众看见的，所以必须要用"我的心灵与肉体"把他活描出来，并且留下这活描的影给观众去看。演的时候虽然要服从导演员的指挥——因为银幕的艺术是一种合作的艺术。但是演者是我，而不是导演员，我不是木偶，当然不能带了一具躯骨去全凭导演员的摆布。导演员如果不把我当木偶，也决不至于要我完全由他去摆布。

我不知道爱国心热的先生们看了我们银幕上的这些国货之后作甚么感想，我不知道参与过这种工作的先生们看了之后作甚么感想，我个人看了之后总觉得惘然若有所失，我总觉得有不敢说而又忍不住不说的苦楚，我总觉得这里面不是幼稚的病，倒是缺乏稚气的病，是小孩子患了老头儿的萎弱症。我只看见银幕上的男男女女老老少少坐又坐不稳，站又站不稳，走又走不稳。他们的坐，仿佛不是因为自己要坐，仿佛是奉命而坐的；他们的站也仿佛是奉命而站的；他们的走路也仿佛是奉命而走的。有许多许多人不知怎样时时刻刻免不了一种丧魂失魄的模样，有许多许多人好像心里只想到把这心不愿做而又不能做的事赶快做完了似的。

很少很少看见一个人坐在那里，或者站在那里，或是走路走得好像眼前的事是他自己的事，是他出于心愿的事，是除此以外别无他事的事。

且别提怎样怎样惊心动魄的表情了，且不谈怎样怎样出神入化的动作了，就连这坐、站、走最普通的三件事，尚且做得不稳，还有甚么可说的呢！

所以不稳的缘故，就是因为缺乏演剧人所不可不备的资格——就是心的定力。心里没有定力，一切的动作、姿势、表情，全都有虚伪的色彩了，全都有行不由衷的色彩了。

心的定力怎样才能得到？

心的定力要在对于自己的身体有完全的控制权之后才能得到。要在对于自己的表情动作，一丝一毫没有怀疑之后，才能得到。没有定力的表情是白做的，是不能叫人相信的。何以故？因为演者自己先没有相信自己故。自己不能相信自己，偏指望他人能够相信，这不是欺人，简直是自欺。没有一个甘心自欺的人能在银幕上立定脚跟的。

心里有了定力，然后能够不怯场、不怀疑、不受外界一切的拘束，然后能够显出这一具躯壳里面有一位完全主权的主人。这一位主人的真的表现，才是观剧的群众所甘心听命的，才是观众所心往神移而不能自已的好伴侣。一卷影片里这样的好伴侣一位都没有，便叫人感到行尸走肉跑来跑去，其味等于嚼蜡，怎能不叫人失望呢？

骑自行车、骑马、游泳等，是技术而不是艺术。演员所必要的是演剧的艺术，演员的第一要务是演剧，而不是骑马与游泳等。

演剧艺术的第一步就是心有定力，心有定力是电影演员起码最起码的资格。

现在银幕上的许多中国"明星"已有几位能够超过这最低的限度，有几位能够符合这最低的限度？这最低限度的表象是甚么？只不过是坐得稳、站得稳、走得稳而已。很容易的，是吗？

原载于《开心特刊》1926年第4期

我编《天涯歌女》的感想

欧阳予倩

我为甚么编《天涯歌女》？也不过想替一种被压迫者说一句公平话罢了。现在的人，对于阶级的迷信太深，以为阶级高的人，身份不同，只要身份高贵，他便做些恶事，都可原谅——所谓道德法律，是专为平民而设的。譬如北京，人说是首善之区——决没有人说是首恶之区。在一般人眼中看去，所以称为首善之区的，是因为有几个最高阶级的人物，占住在那里，并不是因为北京有许多一致向善的平民啊！那些大人先生，以为他们有天赋的权利，可以随意胡为。但是他们要极力维持风化，崇尚道德，所以对于一班平民，绝对地吹毛求疵。在施者呢，以为他是首善的人物，应当雷厉风行地表示首善。在受者呢，以为自己身份卑微，只好听其摆布；更有那些舆论先生们，无不仰承特殊阶级的鼻息，也决不肯替平民说一句话的。我曾经知道有某某伶人枪毙了，某某说书的游街了，为甚么呢？为的是一种莫须有的恋爱问题，即如最近某伶的被杀，人人知道是冤枉，当局也知道是杀错了——就算是真与某姨太有关系，也罪不至死，何况是冤枉——咳！以堂堂督军，杀个把平民算甚么！也怪不得，有些报纸用很轻薄的口吻去调侃死者，而对于军阀暗示同情，更有那些自命文人学士之流，以为特殊阶级的先生们，是学问道德的护法，拼命地讴歌颂祷，希冀从冷酷之中得到他们万一的同情。不管他们的钱怎样非法不道德得来的，只要有钱，就可以指挥舆论，号召名流；不管他们的势力，是做强盗，做流氓，或是蝇营狗苟得来的，只要有势，便可以裁制一方，吸引士类。他们没有钱的时候，尽管是众人眼中的强盗流氓，一旦有钱有势，便是伟人君子。到了忽然处在君子的地位，自然要享些清福才是，于是头一个被蹂躏的就是女子。他们对女子的方法不过四种——嫖、钓、买、抢——无论哪种方法都是对的，都有人表同情。譬如嫖，不必说是很普通的，可是大人老爷们看着妓女是他们的禁脔，他们为自己发泄兽欲起见，便奖励贩人卖淫。倘若妓女有所自由恋爱，便说她是品行不端；倘若妓女嫁了一个平民，便说她是自轻自贱。汉口有一个妓女，被某资本家娶去做妾，她不愿意，她情愿嫁与一个汽车夫，一夫一妻地过活。去年热天，到晚上，还是九十七八度，她的丈夫，同她驾着汽车去乘凉，不想翻了车一同死了，一时许多大人老爷们个个拍手称快。说是："该死！该死！报应！报应！"又有一个八十一岁的富商，用重金去娶一个二十一岁的妓女，做第七房的姨太太，他以为有钱，总没有买不动她的，谁知她自愿嫁一个二十四五岁的武生，相约在上海相见。这消息被人知道了，在没动身以前，被警察局拿了去。那警察厅长仰承财主的意旨，用木棍将那武生的脚骨打断，说是："打断他的脚，就是打碎她的心。一可以维护法律的尊严，二可以整顿一方的风化，三可以警戒一般青年妇女，一举而三善备焉。"是的吗？

至于"钓膀子"，本来是句极糟的话，好像那些浮荡子弟、无业游民，专想去结交些富室女子，骗些钱用，那本是无耻之尤。可是，好些个衮衮诸公，行之有素，对于那些青年男女正当的恋爱，反倒要任意加些恶名。

说到买呢，范围最为广大。金钱的势力，好像是无限制的。可是买得了人的身，买不了人的心。何况如今民智昌明些了，谁肯随便让你买？譬如有名的某女伶，她不愿意做姨太太，她自愿嫁与一个二路小生，这是她的自由意志，她的正当办法；尽管许多报上说她忘恩负义，许多名士说她甘居下流，她自有她的主张和勇气，可是幸喜她的对手不是十分煞风景的人物，不然，就要被抢去监禁了。总之那些大人先生们，无论对女子如何蹂躏，如何发展兽欲，许多人都说是千古佳话，一代美谈。平民男女正当的爱情，也是伤风败俗，还有甚么可说的呢？中国近十年来受尽了军阀的苦，多数的平民都恨军阀，其实军阀并不能自己上台，都是人民捧上台的。一般

《天涯歌女》剧照，刊载于《银星》1927年第7期。

人的心理，都去承认他是特殊阶级，承认他有特殊势力、特殊权利，他又安得而不横行？何乐而不享受？

  我从许多小地方，证明中国人奴性太深，我很悲哀。我最近又从许多大地方，证明中国人奴性渐除，我很欢喜。这出《天涯歌女》，不过是借个题目描写一种平民的反抗，自愧才疏，没有能够十分有力。我所希望于观客的——于表同情于李凌霄之时，尤其要深深地感觉到吴侬意的悲哀；于痛恨张武嗣之时，尤其莫放过那些趋附的贺客；高绍游固然有精神，葛锐夫亦自可爱，那画师的态度，是超乎恋爱，或是极深的恋爱，我也不知道。至于李奎禄夫妇，请不要骂他们下流无耻，这正是漂亮人物的标准呵！

原载于《民新特刊》1927年第5期

我办影戏公司的失败谈

徐卓呆[①]

影戏公司是一种事业，非一心一意去经营它不可。像我那么半娱乐地办影戏公司，第一步就错了。不过我不是不能自己谋糊口的人，影戏公司既养不活我，而我影戏的瘾又非常之大，那自然只有一面自己去谋糊口之道，一面再兼营影戏公司了。

我们最初的第一片，费用极少，而且在大家正是十分之九是制造爱情片

开心影片公司《隐身衣》剧照，刊载于《紫葡萄》1926年第19期。

---

① 徐卓呆，原名傅霖，号筑岩，别号卓呆，吴县人。光绪末年赴日，为中国最早的体育留学生之一。徐卓呆爱好戏剧，在日期间，加入春柳社，曾出演《猛回头》等剧，尤擅滑稽表演与创作。1914年加入新民社，曾连续一个月每日表演一出自编"趣剧"，有《遗嘱》《谁先死》《约法三章》《广告结婚》《嫉妒交换》等30余出剧目。1917年，徐卓呆与欧阳予倩受张謇之托赴日考察俳优教育，回国后于《时报》开辟专栏，宣传新戏剧。徐卓呆还与汪亚尘合办开心影业公司，拍摄《雄媳妇》《临时公馆》《济公活佛》等十余部滑稽电影。编著有《影戏学》一书。

的时代，忽然来一下滑稽片，观众换换眼光，似乎比较容易得到彩声，因此人家都以为我们是成功了，哪知竟是失败。

因为我们这第一次，虽然也有近一万尺片子，但是内容是三种短片：《隐身衣》三本、《临时公馆》三本、《爱情之肥料》三本。卖拷贝时非常困难，片商都说滑稽片是小剧，只能映在正片之前，不能做正片用。虽足映二小时，然而买了去除搭映在正片之前外，别无办法。所以这种片子与新闻片无异，与广告片无异，你们何不去摄长片呢？

为了有这些理由，片子便卖不出价钱。第二次我们学会了门坎了，摄了一部长滑稽片《神仙棒》，片中用"屈力克"极多，观客当然欢迎。不过我们卖拷贝时又有困难，片商都说，滑稽片宛如酒席中的小碟子，当不得正菜，你们有八九本之多，既不能拆开一二本映在他片之前，又当不得正片，于是片价仍旧很低。不过我们后来晓得，买这本片子去的人，都是大发其财的。

我们又失败了一次，第三次便再摄短片《怪医生》《活招牌》《活动银箱》三种，共计八本，这一次的结果，比第一次更坏，于是我们决定断不能再拍短片了。

第四次，我们换一个方面，拍古装片子，与新舞台合资摄《凌波仙子》《红玫瑰》二片。我们以为古装片子从未有过，一定可以出风头，哪知大不然。有的说老戏派太足，有的听得"古装"二字，连内容如何也不问，就绝对地不愿买了。这一次失败得最厉害，拷贝卖去极少。我们也想不到歇了一年之后，古装片会盛行的，可惜我们的已成旧片了。

我们连失败了四五次，便从经验上再换方针，决计拍时装滑稽长片了，便是《雄媳妇》。这一片销路要算最好了，价钱也卖得大些，不过开销极大，因此账簿上虽觉热闹，而收入与支出相抵，还是不能获利。

此后忽然有人来定片子，一方面要定《济公活佛》，一方面要定《奇中奇》，我们就不管三七二十一，两面都答应下来。《奇中奇》只有上下两集，《济公活佛》是只管拍下去没有穷尽的。我们拍到第四集，就发现一种大缺点，这种一本一本连下去的东西，发行上非常不便。譬如有人要租映我们的片子时，首集《济公活佛》如果不在家中，那么二集三集四集，只好一齐搁起来；若使是四部独立的片子，那就没有先后之分，任何一片都可以先映了。于是我吃了这亏，便停止续拍《济公活佛》了。

去年春天，忽然我们营业部的人说，古装片不能再拍了，实在没有销路

开心影片公司《神仙棒》剧照,刊载于《游艺画报》1926年第39期。

咧,于是再摄一部时装片《千里眼》。不过《千里眼》摄成后,正是古装片热闹得异乎寻常时候,自然生意平常。

我们到此方始觉悟影戏饭实在不是我们吃的,于是由全体股东议决出盘,居然一个月后就有人盘去。

我们的损失也很大,资本自是第一项;第二项就是自己的吃饭问题上,被影戏公司耽误不少;第三是精神损失,为着明天要拍戏的事,往往隔夜一夜睡不着,到明天一早不见太阳光时,真比什么都着急;第四是自己个人的金钱损失,影戏公司本来是用钱极阔绰的地方,我们个人出入在阔绰的地方,个人经济因之也无形中阔绰起来了。

除了以上损失之外,所得的也不少:第一是我得到一个荣耀的导演的头衔,我打算将来死后,可以放在牌位上,不过我的导演很没有名气,总不免有桂花导演之诮,因此不敢留在牌位上了;第二我儿子得到许多废片,可以大做其西洋镜和香烟匣;第三我家里多了许多洋铁盒,可以放放东西。

得失相较,因为不能上算盘去算,所以我至今自己也没明白抵得过呢抵不过。

原载于《电影月报》1928年第2期

我在电影界

红　蕉[①]

我自信是一个爱看电影者,看了电影还懂得分析某部分的好歹,所以曾经常常大胆地评过电影。我又居然能执了一枝笔,写几行胡说八道的东西,算是小说,骗过许多书贾的稿费,也骗过许多读者的时间与精神去阅读而都被我蒙过,以为我是能作小说的,并且误会作小说者一定懂电影,一定能评电影啊,因此发生了一桩大大的差误了。有几家影片公司托人来给我说,或者亲自来地道,要我在有关系的报屁股地盘上,写一些捧中国电影的文字,或者作一两篇捧的东西在某公司自己出版的电影特刊上。我在当初,我都一一答应照办。我要声明,这并不是我贪了他们几张试片参观券、一本影戏特刊,或白吃一顿大菜,只因我一来是拗不过朋友的交情,二来是我的确很爱中国电影,乐得说几句不负责任的恭维话,使一般吃中国电影饭的人得到一些美誉的安慰,而兴趣更浓,努力向上地工作。与我环境相同而为电影公司尽力宣传者很多,大概与我的宗旨也相同。

但是,有了弊病了。几家电影公司不免误会了一些,以为这是叫作"宣传",也是营业工作之一,十分重要,觉得常去请教这辈报馆记者和小说家宣传,生怕别人嫌得麻烦,自己也心有不安,不如索性请了一位职员,专门做这项工作,既亲切,又勤恳,有百利而无一弊。于是各公司请了一位说大话的先生——说得难听些,就是吹牛先生——美其名曰"宣传主任",这政策一实行,果然很见功效。

在这个时代中,我就被民新影片公司雇用了去,给他们想种种方法,专门

[①] 江红蕉,原名江铸,字镜心,笔名红蕉、老主顾等,江苏吴县人。肄业于龙门师范第二校。1919—1920年间襄助友人创办华商实业银行,在报刊上发表小说《交易所现形记》《私生子》《姊之名誉》《继女在病中》等。曾任《新申报》附刊《小申报》《家庭杂志》等刊物的编辑。著有短篇小说集《江红蕉说集》《红蕉小说集》,长篇小说《大千世界》《灰色眼睛》《嫁后光阴》《江南春雨记》等。

宣传出品的如何优良,内容组织的如何优美,于是我便踏进了电影界。

老实说,这是广告术之一,任何国家的商界是应当有的事,不把自己的优点宣传给一般人知道,自己的商业又何能有兴旺?我抱了这宗旨和目的便从事于此。

在前年的时候,很有一种风气,差不多无论何人,一踏进电影公司,不问他是有无电影上的经验与学识,差不多演员也可以做,导演也可以做,编剧也可以做——摄影洗片,究竟真价实货,冒充不来,所以大家还不很想尝试——真是一进这门,立刻万能了。所以在这时候,曾有人劝我充临时演员——再恳切些,要我充当某一片的主角,编一个剧本,或自己去导演,我都一一婉谢,虽然是十分感谢他们的美意。在我亦怦然心动的时候,我觉得自己面嫩,生怕脸上擦了粉,拍到镜头里去的是一种极不相当的态度,而放映到银幕的时候,观众有认识我面目的,大家都喊起来道:"这是江红蕉啊!"所以我绝对不敢尝试,我宁可被别人骂我所宣传的不忠实。但是我自信为民新公司宣传——吹牛——还有分寸,我一方面要顾到我自己的信用,也顾到公司的信用,这是我拿定的宗旨,因为宣传过了分,被人瞧出破绽,其弊比不宣传还要不如。

我现在已和民新公司脱离关系,有人劝我说:"你为你自己的面子起见,应当说因为别处事忙而自己辞职的。"但是我想我脱离的事实并不如此,何必吹牛?我别处的事情,固然很忙很忙,然而我每天到公司只有两小时,何尝不可抽一些时间去走一遭呢?我的确是被公司方面解雇的,其原因则为的是公司方面要节省开支,同时被解雇的也有不少人,当然不止我一个,而且不但是民新公司,其他公司,我所知道的很多,这当然是电影界全体的大势,也是中国战争不息、各业都凋敝的现象状态之一,这是无可如何的事。无论何业,自然还要想在极经济的状况下努力与时势的环境奋斗,以求恢复发展。所以被解雇的人,我以为应当还要继续帮助他已脱离的团体。

我以为中国电影的不能和国外电影抗衡,一半是事实上的实力,一半还是胆小而不努力的缘故,从前阿猫阿狗都要加入电影界——我就是阿猫阿狗之一——待到不得已而脱离了以后,有一小部分者(或者是没有,我不能含血喷人)竟设法破坏电影界;有一大部分者抱了隔墙看火的态度,不干他的事,我觉得这是很可遗憾的一件事。我们更不必讳言,中国电影的大势确不如前三年的环境了,但是我还相信中国电影一定有它的立脚点,不会一败涂地。

至于这立脚点在什么地方,是什么东西,怎样去找到它,那是要大家——不限于现在的电影界——仔细、平心静气、坚毅去研究的。因为现在的现状是误走了道路,误认了目标,走路的方法也不对,这三桩原因,至少总有一桩。有了一桩,便足以误事。

话要说回来了,照此说来,宣传是要不得了,无用了。不然,宣传还是要宣传。中国电影在国际地位上、国际营业上、国际文化上等,是怎样地重要,现在已怎样找到了准确的目标、妥善的方法,去改进到极优良的程度,而招尚未加入电影界的经济与人才来合作,这是宣传先生的事了。不过这项宣传先生,总要于电影艺术上确有些经验者才要得。

我从未发表过,我竟尝试过电影工作,就是去秋为蜡烛影片公司[①]担任过布景的职务。这件事情,是十分地有趣,这动机完全是该公司的股东徐卓呆与汪仲贤二君,知道我家庭里的器具,常常调换方式布置,以为我担任了布景,一定可以愉快胜任。而我呢,也觉得十分新鲜,所以也就应允了。不过和他们有一个条件,是不得在外宣布江红蕉是某剧的布景员,他们也允守秘密,所以竟成为事实了(如今因为我已脱离电影界,并且无再入电影界之必要,所以在此自己宣布这秘密了)。

蜡烛影片公司《三哑奇闻》剧照,刊载于《红玫瑰》1927年第3卷第49期。

---

① 蜡烛影片公司为蒲伯英、徐卓呆、汪优游等人于1927年创办的影片公司,所拍摄的第一部影片为《三哑奇闻》。

这一件职役，完全是被兴趣所驱使而做的，并且汪、徐都是好朋友，所以敢轻于尝试。于是构图设色、监督木匠搭造、租借器具、自己装灯、挂画、铺地毯，什么都觉得兴趣很浓厚，居然帮助把《三哑奇闻》一本戏拍成，而汪、徐二君当面从没有指摘过我哪里不合的地方，总算半路出家，没有闹出笑话来。但是在这一个月之中，我得了不少的经验与教训，不少的困难与辛苦，因此我在民国十六年"双十节"《民国日报》上，写了一篇《批评电影应谅恕者》，是告诉一般忠实的电影批评家，也谅恕些实地工作者的辛苦与困难。一张片子中的不妥之点，决不是一个人的事，也决不是极容易所能修改避免的，有时还有限于经济、人才的关系，无可设法的。我感觉到一张电影片从造意起，一直到放映为止，繁复到极点，真是极不易为的事。

　　电影公司，就是一个雏形的全世界，而且是包含古往今来的全世界，繁复极了；这是一件娱乐的事业，但是你们切莫看轻它，要敬佩扶助，使它发扬昌大，因为与人生有极大的关系。

　　我在电影界时间很短，职务很轻，经验既少，学识更谈不到，不过因有这若干时间的观察与经过，便把感想到的写在这里。一得之愚，自以为还很公平的，想贡献给电影界及与电影界有关系的诸君子。

原载于《电影月报》1928年第2期

为 影 难

罗明佑[①]

美国电影之于今日，其重心已由无声而移至有声，其国内之著名制片公司，已声明此后不再制无声片。于是世界各国影业之仰给于美国者，一时相顾失色，尤以最幼稚、最衰落之我国现时影业，顿陷手足无措之境。演有声片乎，则装置一完善之机器动辄三四万，而有声片价值之昂，比无声片贵至九倍，且欧美之歌曲说白，非吾国人皆能领略；演无声片乎，则以后之无声片固不多，即使有之，亦只系由有声底片勉印一无声片以充数，以此而失却片中唱白之精彩，自难引人入胜；演中国片乎，则近日上海所有之国片制造公司，十之八九已沦于破产，即最老牌之某公司，仅借一连台数集之神怪影片，以号召下级民众，更难有所希冀。此情此景，则中国之今日营影业者，难乎不难。

然影业之难，不自今日始矣。尝见影院偶有演范朋克、卓别麟、罗克等大片之时，虽素不看电影者，亦闻风而来，影院之座，一时为满。而一般人才于是以为影院之利必倍蓰，是未知范、卓、罗之片，一年之中能有通几何耳，是未知范、卓、罗之片其来价又几何耳，是又未知当其演普片时之门可罗雀耳。虽日计有余，而月计不足，岂可常乎？而国内投机者流，则每利用常人贪图近利之弱点，以一时之盛状为举例。又为时髦之说，以为集资之口实，不得察者信之，倾囊投资，不转瞬而败。故影院虽日多一日，而停业转倒亏累者更日甚一日。试仅就平津之著者而言之，北平之开明、中天及青年会电影部，天津之天升皇家（即现时之大华）、春和、新明，莫不因赔折而归停顿，开幕至今，几易其主管者矣。

[①] 罗明佑，广东番禺人。1918年就读于北京大学法学院。早年曾在华北、东北建立电影院20余家。1929年，赴上海与民新影片公司合拍影片《故都春梦》。1930年发起组建联华影业公司。编写电影剧本《海上阎王》《国风》等。1935年因经济破产退出联华影业公司。1937年赴港，主持中国教育电影协会香港分会，后主办《真光》电影半月刊，宣传抗战影片。20世纪50年代脱离影坛，从事传教工作。

或谓北方近来百业萧条，赔折难免，非战之罪。然即以上海而论，素称为吾国影业之中心，向以百业发达闻于时，就去年统计，全沪仅卡尔登、上海院、北京院及另一二家之小规模影戏院稍获微利外，余皆亏累者有之，易主者有之，总观其总账，其盈余者不及赔累者数十分之一，而投机者滔滔，投资者梦梦，可不慨哉！

或曰，然则影业固不可为乎？曰，得其道则可为，不得其道则不可为。夫欧美影业之发达，一日千里，即近年来日本影院越二千家，尚有蒸蒸日上之势，我国地大人众，岂能例外？抑吾闻日本七年前，其影业之衰落，一如现时之我国，因此而破产者，比比皆是。后同业中感联络之必要，设会公开讨论，议定约章。其最著之议决，为限制高抬购买外片之价，及提倡自制影片之两方案，至近年果大著成效。最近调查，日本影院演本国片者占十分之八五，其演外国片者亦一致行动，决不受外国片商之操纵。以视我国现时一般营影业之当事，仅图竞胜于一时，而虚掷股东之血本者，适得其反。忆去年沪中一家某影院，竟标价至五十万以购一家外国公司一年之出品，其得失自不待言。噫，该院使移此巨款，以开拓内地，以制益世之影片，足以打破内地沉闷之民众生活而有余，岂仅一二外人受其赐也哉？

参观美国环球影片公司的罗明佑，刊载于《良友》1934年第100期。

或谓此多财善贾也，然此语决不能以之例影业，多财者未必能胜也。即如本埠①曾经关闭之皇家电影院（即今大华），其主人为俄赖夫君，该君富数百万，为旅津外人之最富者，竟不能维持其所创之院。上海光陆大戏院之主人沙门君，产地遍沪，资达千万，而该院自办数月即转租与人，事实俱在也。或又曰，此该院无佳影片耳。是又不然，哈尔滨有富翁葛斯比者，为价值百万

---

① 此处指天津。

之马迭尔大旅店及珠宝行之主人,亦自置有影院数所,欧美佳片,无不一一在其掌握,然竟以历年无法经营,约不佞代其管理。自去年与本公司联合营业后,营业始胜于前。又平津英商平安电影院,十余年来,影片丰富,称霸国内,即不佞创办之真光院,亦向仰给其影片。以上之院,不可谓无佳片矣,然皆以经营不得其道,俱以亏累闻。自年前归本公司经理后,始得睹其利。此又事实固俱在者也。凡此种种,皆所谓不得其道。

得其道如何,不佞之见,曾于《华北影声》第一期之《河北开幕特刊号》有所论列,兹不复赘。简括言之,电影者,实国家社会事业之一种,无定志、无宗旨而仅以图目前近利为目的者,决不可与言影业,亦决难持久不败。总而言之,为影难。

  《影戏杂志》编者按:罗君为国内影业界巨子,平津之有影院,君实首创之,惨淡经营,亘十余载。然抱负非凡,尝谓影业足以救国,其所持宗旨之正大可知矣。兹承以所著见投,秉其生平对于经营影业所得之经验,为国人告,用亟以之介绍于读者。

原载于《影戏杂志》1929年第1卷第5/6期

几幕我爱写的影剧

孙 瑜[①]

> 宇宙是一个大的舞台，一切男女，便是排演的角色。
>
> ——莎士比亚

一天凉月，照遍了燕山万叠的崇岩峻岭，寒风夹着飞沙，正吹着呜呜作响。看啊，万千根闪烁不定的火把，杂着万千人众工作的喊声，在群岭最险处，好像一条蜿蜒飞舞的火龙。看啊，这是秦始皇修筑万里长城时候的盛况。伟大的秦始皇，他吞并了六国，叫天下人一齐俯首帖耳，拱拜在他铁蹄之下，是何等地威风。他一心要把天下变成秦家儿孙万世的家产，苦心孤诣地去焚书坑儒，修边筑防，将天下人的膏血去修造万里长城，作他私邸的一带围墙，是何等地深谋，是何等地远虑。但是——当他骑在御马上边，笑饮着美酒，醉拥着妖姬，看着千万人流血工作的时候——他的眼光忽然无意中移落在几个工人的身上，他们几个人静寂无声，很迟缓地，轻轻把一个死了的工人，葬在一个小坑里，随着将泥土把尸身掩盖了，又在小土堆上放了一块大砖，作死者的标识，似乎说："人生不过尔尔，这样也算是罢休了。"可怪，那时秦始皇忽然好像受了沉重的棒创，他脸上的笑容慢慢地消灭了。武功、威荣、安乐，眼前都变了漆黑，一阵可怕的心思——死——拂过他的胸中，只看见他苦着脸忽地惊呼了一声，手中的碧玉酒杯，跌落在马前粉碎——这一声苦脸的惊呼啊，也就是我最爱写的一幕影剧。

春风吹软着小溪里绿油油的水，微起了无数的皱纹。那时，朝霞初露出

[①] 孙瑜，重庆人，原名成玙。毕业于清华大学文学系，后在威斯康星大学、哥伦比亚大学和纽约摄影学院学习文学、戏剧和电影。1927年回国，加入长城影片公司和民新影业公司，编导《渔叉怪侠》和《风流剑客》。20世纪30年代初，转入联华影业公司，执导《故都春梦》《野草闲花》《野玫瑰》，与蔡楚生、史东山合作编导抗日影片《共赴国难》。导演影片有《天明》《小玩意》《大路》《长空万里》《火的洗礼》《武训传》等。

孙瑜,刊载于《中华》1936年第45期。

酣绛的美靥,映着溪边的桃花。临水梳洗、粉衣贪眠的蝴蝶,还在花上做甜蜜的梦,却慢慢地被笑语声惊醒了。邻村里赤脚的阿哥正和拖着双辫的阿妹坐在溪边大石上,指天画地地乱讲。阿哥手扶着桃树的根,笑问阿妹说:"阿妹,我喜欢你,你可喜欢我呢?"阿妹听了,抬起她天真烂漫的秀脸,她黑漆流活的双瞳里,微露出惊异的神色。她不明了,她自然是喜欢阿哥的,何必问呢?她玲珑的心窍,忽觉着一种初次的、神秘的、温柔的震荡,脸上似乎染深了桃花的绛霞,她只管用两只洁白的足,踢着静止的溪水,把落花一首诌不成章的诗句搅散了。她忽然站起来跑了,跑到远处一株桃花背后藏着,伸出头笑向阿哥轻喊:"阿哥,我是喜欢你的。"喊完,她红着脸飞也似的跑了——这初次的女儿的爱之吐露啊,也许就是我最喜欢写的一幕影剧。

　　叮咚合拍的钢琴,咿哑宛转的环珴琳[①],呜喑迷荡的莎琐锋[②],一齐醉人心魄地轻奏着。软红浅绿的灯光,扑鼻芬馥的凉风,吹拂着对对舞侣的衣袂。她穿着蝉翼般薄的轻纱,踏着闪耀缀珠的高底缎鞋,笑倚着她一般雄于资阔于势的男友们同舞。香槟、汽车、歌舞、谑笑……全是她日常的生活,似乎安适极了。在她一人傲居的小屋里,朽旧的小桌上,满满的男友送来的鲜花、糖果和照片,床前、箱上和台端,乱堆着重重叠叠的美衣、舞鞋——这些,她都不去看一眼、动一下,她却痴痴地寂坐在月光偷照着的床前,望着手里持着的一面小镜。她的深深眼腔里,渐有脂粉掩盖不住的黑印和皱纹。十几年前弃她而去世的父母,隐约现在镜中,向着她慈笑,似乎在说:"女儿啊,愿你长远安

[①] violin,小提琴的音译。
[②] Saxophone,萨克斯管的音译。

乐，永无忧愁。"她痴痴地将镜子放在胸上，瞑目地紧抱着。当她闭目的时候，几滴无人看见的泪珠，不觉随着她涂满了脂粉的脸颊流下——这几滴无人看见的泪珠啊，也许就是我最喜欢写的一幕影剧。

　　残照曚昽，隐约罩着镇头河街上的长桥。桥上行人，桥下归舟，幢幢地，徐徐地来往。归鸟哑哑地啼着，都各寻旧巢安歇了。独有一条躯干魁梧、浓眉巨眼的大汉，默默地倚着桥栏，下瞩着流水不动。他头上包着蓝布的头巾，破碎了的短裤露出他壮黯的筋肉，背上倒插着一根粗重雪亮的鱼叉。过路的人，看见他衣装奇特，有时停足问他，他却操着一口湖南的土话，淡淡地回答一两句。有人说，他是镇里新来到的一个吹箫的乞丐，自说他会在大海里叉取大鱼，大家都笑说："可惜我们镇上只有一条小河啊。"许多小孩子们时常跟着他跑，笑骂他是"乡下佬""阿木林"。他真是一个怪人，他饿了没有吃的，有人好意赏他一碗冷饭吃，他反而睁眉怒目，置之不理。他真是怪人，他一人倚着桥栏，望着暮日，总把他的大鱼叉轻轻抚弄，忽地仰天哈哈大笑，惊吓了桥上的人——这几声无意识的惨笑啊，也许就是我最喜欢写的一幕影剧。

原载于《电影月报》1929年第10期

导演《野草闲花》的感想

孙　瑜

《野草闲花》一片，自从去年十二月初间率队到北平与《故都春梦》同时摄取雪景以来，直到今年八月，才算把最后的一幕照完。在这大半年期内，完成了两部片子，我个人所得的感想也很多。

第一个感想最奇特了！它发生的时候，却偏在我导演完最后一幕戏的最后一个镜头之后（我记得是一个炎热的夜里，阮玲玉和金焰正在那个骗人的舞台布景里，表演"万里寻兄"合唱歌词）。摄影机刚刚停了，刺眼如针的电光灯，还在沙沙地响着，我把剧本一掷，不禁也学阮玲玉和金焰，高唱那歌词最后的一句："喜泪流，共谢苍天！"

实在说，《野草闲花》一片的完成，是经过无数的波折和困难的，虽然应该谢天谢地，但是同人等坚强的毅力和奋斗的精神，实在是此片竣工的要素。记得去年九月中，我编写《野草闲花》分幕后，因为人选上、销路上数种的耽搁，未能决定摄制与否。后来终于在去年十一月底才决定筹备摄制的。

十二月初间，我担任华北电影公司与民新合作第一片《故都春梦》的导演，率同摄影队十四人到北平摄外景，于是同时预备摄取《野草闲花》楔子中十六年前西北雪地灾民一幕。我们在北平等下雪，等了一个半月，仍是晴天朗朗，毫无雪意。女演员们哭闹着想要回家。旅馆内的费用也一天比一天高加起来，华北公司总理罗明佑先生，知道雪景对于《故都春梦》和《野草闲花》两部片子，都是很重要的，所以仍旧等了下来，结果把北地大雪和坚冰之伟景，终于收入镜头了。

《野草闲花》剧内的几个主要角色，都是我依照剧中人的个性严格地选择配成的。因为这本片子颇趋重于个性之描写，我选来的几个主要演员，自己都有坚强的个性。因此，导演的时候，未免有时要感觉困难了。但是，还可喜慰的，就是他们能有机会尽量发挥他们的天才和个性，做出几段很好的表情来。

大概是我太贪多，太不怕麻烦了吧！《野草闲花》片内，观众还可以看见小狗、小猫、小鸡、小鸭做戏。不解人事、不懂人话的小动物们，也不知费去了我多少的心血！

美国有声电影崛兴，悠扬的音乐，醉人的歌声，是何等地有趣！国产影片公司，一时很难办到摄制有声影片的一步。但是音乐对于一个影片成功上的关系太重要了！片中喜怒哀乐的表情，在影戏院中如有适当的音乐伴奏起来，感人更加两倍不止。我从前导演的《渔叉怪侠》和《风流剑客》两片，在大点的戏院内开演，总要先和戏院里的音乐师预先讨论试验配乐一次。这本《野草闲花》有国内各大影戏院的赞助，于是才决定为全片配成有声。片中就把舞台歌剧的五段唱歌，当作了本片的主题歌，是特由主角阮玲玉和金焰主唱的。

《野草闲花》剧照，刊载于《新银星与体育》1930年第3卷第23期。

《野草闲花》描写现代大城中一个女伶遭社会阶级观念所压迫的悲抑，背景是号称东方纽约或东方巴黎的上海。因为上海太欧化了，所以片中的人物、布景、动作，只要有受欧化熏染可能的，我都让他欧化去——但是此片并非宣传欧化，也非批评欧化，不过描述现时大城生活的几幕戏而已。

我编《野草闲花》，确是受了小仲马《茶花女》的影响。全剧并没有甚么新的、高超的思想和惊人的情节。女性常多是牺牲的，舞女、歌女、女伶等不幸的女子们，自古以来，无论中外，供给世人以不少的悲凄资料，岂单是《野草闲花》片中的丽莲一人而已吗？至于全剧情节，有几位朋友在公司试片室内看完后告诉我说，很有《七重天》的风味在里面。我听了很奇怪，后来细想起来，觉得他们也有道理：第一，男主角金焰，相貌很似《七重天》里的查理法累尔；第二，《七重天》内有剪发一幕，《野草闲花》内有烫发一幕；第三，《七重天》片终时男主角的两眼瞎了，《野草闲花》片终时男主角的歌喉也受伤不再登台鬻歌。其实呢，是我自己太喜欢《七重天》了！并不是我成心要去模仿

《七重天》,却是《七重天》无形中影响了我!

  谈到导演一层,我真惭愧得很。我没有魁伟的身体,没有宏大的声音,没有流利的口齿,更没有那一种时刚时柔、俾嗔俾喜,驾驭演员的坚硬而圆活的本领。但是我决不敢怕难!决不敢自馁!我的缺点很多,我随时总想法去补救,我肯把我的心、身、血、汗交给艺术之神。我只拿我对艺术上的一片血诚来感动我的演员!他们有时很肯原谅我,更使我的勇气长了百倍!在现时荆棘照目、山石荦确的国产影片的途径上,勇气是何等地需要!国产影片的组织、营业,以至编剧、导演、布景、服装、摄影等项,都在很粗糙的时候,全在同志们大家努力一番,互相鼓励,齐来奋斗,做国产影片复兴的运动!

  在本年四月半的时候,我因为消化不良,肠部出血,曾一度病倒,住医院月余。当时我很恨我的身体的不济,后来病好出院,略事调养,即导演《野草闲花》的内景和在上海所摄的外景。病后的精神很差,又遇着炎热炙肤的暑天,更在玻璃棚里摄照几幕很复杂很纷乱的大布景。我们的汗珠在脸上、身上成一条一条的河道,我们的两眼被灯光烤炙发红了,我们的头昏痛而发眩!热吗?苦吗?痛吗?……我们何必去管它!国产影片正是在奋斗的时期中啊!

原载于《影戏杂志》1930年第1卷第9期

《歌女红牡丹》不是一桩偶然的事

张石川[①]

我是不会作文章的,而且向来也不作文章。既是这样,为什么这一回也要来凑凑闹热呢?其中自然有个缘故,就是我们这一次作成功的这部《歌女红牡丹》真是吃尽了千辛万苦,本来我们做电影事业的人,吃些苦有什么稀奇,尤其是我自己,自从把身体献给了电影事业之后,常常是连做十六七个小时工作不停的。不过这一回不是我一个人吃了千辛万苦,连累着参与合作这部《红牡丹》的全体同志,都吃了许多苦。因为这许多同志吃了许多苦,我虽不会作什么文章,也不能不胡乱地写些出来,替那一班吃苦的同志们诉诉苦哩。

我们同志中的那位庄正平先生,实在是我们中国电影界的忠实同志,他的学问、他的艺术,是我们绝对佩服的。他因为外国发明了有声电影,料定它不久就要到中国来,他就早和我讨论了。我因为我们中国的电影到现在还不过是一个未满周岁的小孩子一样,怎么会叫他开口呢?当时我对那位庄同志说,只要吉人天相,我们能好好地把这个孩子养大,等他到了三岁四岁,终要开口的。庄同志听了我的那种滑稽论调,也就一笑置之。果然不多几时,外国有声电影来了。它这一来,真是气势汹汹,横冲直撞,不但把我们未成岁抱在奶妈怀里的中国电影不放在它的眼里,并且将他们自己的横行全球数十年的无声电影,也自相残杀,杀到一败涂地。那时我们的许多电影同志,虽不曾开口大呼,也个个在那里指手画脚地发起急来。于是我们也和那位庄同志日夜计划,要使那未成岁的孩子,提早开口。但这不是一件容易做得到的事。虽经我们和庄同志四处奔走,各方设法,环境上种种困难,还是没有成功。后

[①] 张石川,原名伟通,字蚀川,霞浦霞西村人。1913年与郑正秋合导中国第一部故事片《难夫难妻》。1922年发起创办明星影片公司,任总经理。一生拍摄150部长短故事片,其中1930年的《歌女红牡丹》是中国第一部有声影片。

来忽然遇到了我们向有联络的一位法国奶妈,她说可以用科学方法,能够使未成年的孩子,提早开口。不过先要检验孩子的体格是否强壮,向来培养他的保姆是否相当,否则虽有科学,也无能为力。后来那法国奶妈把我们那孩子一验之后,就大为赞成,说那孩子不但体格强壮,而且培养得法,如果用科学方法,一定可以开口。那时我们非常欢喜,就同那位法国保姆合作起来了。

所谓同法国保姆合作,用科学方法使那孩子开口,自然就是我们同百代公司合作创造中国有声电影了。中国有声电影既然有了办法,我们当然就大忙特忙,开始工作。第一步入手,先要一个剧本,那有声电影的剧本,更加难编。但看外国的有声电影到中国来的这许多片子,哪一部可以称得起于社会有益的,哪一片可以说是于人生有利的,所以我们中国第一部有声影片,不编则已,要编就非得有些主义才行。后来经许多同志讨论,结果认定编一部描写女伶生活的那种故事,还是那位庄正平同志自告奋勇,担任去编,不久他就题了戏名,就是《歌女红牡丹》,后来他又好几个连日连夜,才把剧本写好。我们就把他编好的剧本,召集了全班同志,排练起来。一连又排练了十几个连日连夜,才把那个剧本排练纯熟。剧本一纯熟,我们就赶着置布景,开始拍戏了。一开始拍戏,连着又是几十个连日连夜,开拍这部《歌女红牡丹》。一方面也是连日连夜地和百代公司合作,制作这出全部对白歌唱有声的《歌女红牡丹》影片。从开始编剧起,到这部《红牡丹》全体告成止,共总做了有一百几十个连日连夜的苦工。在这一百几十个连日连夜里面,我们为了制音方面,前后失败了有四次之多,到第五次才算大功告成。那四次失败的时候,我们全体同志,有时真急得要哭出来,有时真急得走投无路、真是吃了千辛万苦。我们虽然吃了些苦,后来总算把那中国第一部的有声影片造成功了,何必还要替同志们诉什么苦呢?不过我们还有一件很难得的事,就是这一次我们摄制这部《歌女红牡丹》的全体同志,大大小小,共有一百多个。这一百多个同志,在这一连一百几十个连日连夜的工作时期中,自始至终,个个都是勇往直前,精神抖擞。其中虽经一次一次的失败,还是始终没有一点灰心,没有一个口出怨言的,仍是大家抱着百折不回的志愿,向前做去。而且个个都是一样地抱着很有把握的态度,后来才把这部起死回生的《歌女红牡丹》做成功,真所谓有志者事竟成了。不过要有这样一班同志,都是一心一德的,那真不是一件容易的事,我怎样可以不写出来,替他们表扬表扬呢?我们明星公司有了这一班一心一德的好同志,不要说是一部《歌女红牡丹》,就是十部百

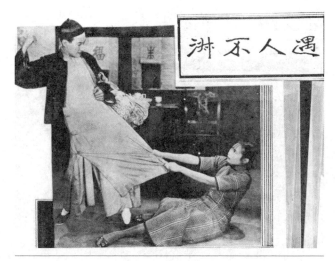

《歌女红牡丹》剧照,刊载于《〈歌女红牡丹〉特刊》,1931年。

部千部没有不会成功的。爱观国产电影的观众们,等着瞧吧。所以我说《歌女红牡丹》的成功,不是一桩偶然的事。

还有一句补充的话,就是我写这篇东西,不过是费了不到二个钟点的工夫,因为这些事实,都在我的肚里,把它写出来是很容易的。不过我的文学太不行了,只怕不能登在那光明灿烂的特刊上去。好在我的那位正秋老哥和这位剑云老弟,他俩都是文坛老手,就请替我修改一下,一定不会叫我这初出茅庐的作家,贻笑大方罢,哈哈。

  正秋、剑云同声曰:"石川这篇处女作,写得忠实极了,诚恳极了,一点也不用修改。"

原载于《〈歌女红牡丹〉特刊》1931年

电影杂碎馆

孙 瑜

开张大吉

电影杂碎馆开张的前一夜,世界上任何人——包括杂碎馆老板在内——都不知道第二天有一杂碎馆要开张。事实的经过是这样的:那一天夜里,有两位素来不看日历和寒暑表的仁兄,闲来无事,约着到街里去逛逛。一位穿的是夹衣夹裤(他就是我们未来的杂碎馆老板),一位穿的是少衣单裤(他只能当杂碎馆未来的伙计)。他们正走着,忽然从街角吹来阵阵冷风,吹得两人不约而同地把头往领子里一缩,牙齿捉对儿厮打,铮铮有声,周身的骨头好像浸在冰窖里,只管索索地抖个不休。这种奇怪的感觉,一时倒把我们的两位聪明的仁兄弄糊涂了。朝前一望,汽车里飞驰的小姐们已经穿了貂皮大衣;朝后一望,无数的从前曾经穿过大衣的小爷们,正在忙着把草席、蒲包、报纸、破布和其他能够保持温度的法宝,用麻绳紧紧地向衣上裤上乱捆乱加……于是我们的两位聪明的仁兄,恍然大悟,两人不约而同地互相告诉说:"这一定是冷了!冬天来了。"

穿夹衣的那一位仁兄(据说他生得像哈台)忽然福至心灵,他告诉穿单裤的那一位仁兄(据说他像劳莱)说,现在可以做一种生意,仿效北平的羊肉馆,煮他几大锅羊杂碎,肝肠肚肺,皮骨俱全,热腾腾,油腻腻,加上葱花,蘸了酱醋,佐着烧酒,卖给那些不穿皮大衣的人吃。花最少数的铜钱,吃最御寒的热品,生意一定极好……于是,穿夹裤的仁兄出资,穿单裤的仁兄出力,杂碎馆就择定第二天黄道吉日,在《现代电影》杂志新落成的大厦的一角里,开张大吉!

十多年的中国电影,现在不过如此。许多冷了的心,应该需要吃一点助热增力的羊杂碎吧!

电影杂碎馆里所卖的东西,自然是杂乱无章,毫无系统的:里边有大肠,有肚子;有技巧的理论,有生活的素描;有羊头,或许也有狗肉;有酸,有甜,

黎莉莉、孙瑜、陈燕燕合影,刊载于《影画》1934年第1卷第8期。

或许也有辣。来到小馆里吃杂碎的,请不要希望吃海参、鱼翅、燕窝,因为小馆里没有。但是,假若你的心冷了,那就敢请你降趾小馆里来暖和暖和吧!

在这一段开场白的后面,小馆的敝东顺便预祝我们的房东——《现代电影》——努力向前好好地干!

我的使命

假如我是一个传道的牧师,我不妨戴着老光眼镜,两眼发出慈悲的光,吐着银铃似的声音说:"为人类!"

假如我是一个时代的伟人,我不妨跳下飞机,在许多欢迎的人们的视线上,吐着洪钟似的声音说:"为国家!"

假如我是一个教育巨子,或者是一个实业头脑、文学健将、批评先进、艺术大家……我都不妨堂堂皇皇地宣布出各人的使命、主义、立场……

但是我不过是一个电影杂碎馆的小伙计。有人问起我的使命、主义、立场等,我都摇头不懂。那人着了急,问我:"你当杂碎馆小伙计,是为的甚么?"我想了一想,回答说:"为自己!"

那个人听了我的话,除去连忙劝我低声之外,并且还责备我太忠实,太不识相了!后来他问我是不是完全"为自己"。我又想了一想,回说:"也不尽然。譬如说,我请你吃一碗热腾腾的羊杂碎,你就可以不冷了!"

于是,那一位抱着绝大希望的朋友,认我是孺子不可教也,一言不发,头也不回地嗒然而去。

理想与梦想

有一晚,我一个人躺在破床上乱想。无意之间,忽然发明了"理想"和"梦想"的分别是甚么。我想:"理想"一定是睁着两眼想的,"梦想"一定是闭着两眼想的。

世界上从古到今,常有一种"怪想"发生。我想,那一定是睁着一眼、闭着一眼想的。

我想,世界上"梦想""怪想"的人太多,"理想"的人太少了。

譬如世界永远是春,一切是爱,人类以至一切生物,都能在乐园里长生不老等,这就近于"梦想",因为我们休想活在这个世界上看见这一天。

譬如世界都是机器,人人都是没有个性的齿轮,没有丑,也没有美,没有痛苦,也没有快乐……也是近于"怪想",因为那是未必适合于我们的。

"理想"在比较上说来,有存在的价值,原因是它不离开现实。它不去追求事实做不到的梦境,也不去强迫施行时代环境所未必相合的新发明。它是抱着绝大的同情心的观察,就现实上作为人类求幸福的努力。

不必说得太远了,也不必希望太大了。单就我们中国人来说,痛苦多,快乐少,当然是有改善的必要。但是我绝不劝人不自私,事事专为他人而不为自己,但是不可太自私了,以致妨害他人。我绝不劝人不哭不笑,事事机械化,毫无情感,因为人本是感情的动物,如果拼命去封锁它,也许要爆发而毁灭了你。我不反对人吸烟喝酒,但是你不应叫烟酒麻醉了你,而丧失了你的健全的身体和青春的朝气。我不反对人爱美、作诗,但是你不要只知道世界只有美和光明。总起来说,人究竟是人,是动物,我们不要希望太高了,超出了他能力以外。我们不要希望把中国人人都造就成礼让的圣贤或者是穷凶极恶的侵略家。在目前,我们先只希望做人要像一个人,有个性,有公德,有健康,有朝气,尤其要紧的是有团结的精神,能自卫,能保持人格……然后再谈其他。

"模仿"与"时髦"

据科学的观察,人类——猿猴、猩猩的表兄弟是一种富于模仿性的动物,只消看看初生小牙齿的幼儿,不用人教,自己就会学大人简单一点的动作和声音,我们知道"模仿"是人类天赋的一种本能了。

"模仿"是人类进化史上一页必然的过程。没有模仿，决没有我们现所在所谓文化，决没有团体，决没有因合作而存在的所谓社会国家等等……世界就是一盘散沙。所以，"模仿"未尝不是一件好事。

"时髦"两字的意义，和"模仿"两字在表面上看起来是差不多的。譬如：讲卫生的甲先生吃过饭后必洗脸刷牙，乙先生知道了，也是吃过饭后必定洗脸刷牙……这就是"模仿"了。又譬如：天足的A小姐穿了三寸高的高跟皮鞋到舞场去跳舞，缠足的B太太看见了，也跷着一对三寸高的高跟金莲到跳舞场去时髦时髦。那末，"时髦"和"模仿"好像可以作为同样的解释了。

但是，我们如果把乙先生和B太太为甚么要模仿他人的动机详细地分析研究一下，就可以看出"模仿"和"时髦"两者的不同。乙先生的模仿甲先生在吃饭以后洗脸刷牙，至少有两种动机：第一种是动物的爱洁本能（除去猪，我们都看过猫、狗、鹅、鸭……自己洗脸舐嘴）；第二种是洗脸刷牙对于人的健康的好处。乙先生同时也知洗脸刷牙是好的，所以才模仿甲先生。

至于B太太呢，她的趋时髦的三寸高跟金莲，也有两种动机：第一种是女性爱美的本能（男性也不是全不爱美的，在禽兽当中，雄狮、雄孔雀、雄鸡何尝不比雌的更爱美）；第二种（恕杂碎馆小伙计直言）多半是可怜的、不理智的盲从。穿高跟皮鞋是时髦的，于是大家都穿高跟皮鞋，忘了各人本身对于高跟鞋的利害关系。

我们中国自从和欧美接触以来，直到现代，所有一切的一切，是在"模仿"呢？或者仅是在于"时髦"？

我们中国的电影自有史以来到现在，是在"模仿"呢？或者仅是在于"时髦"？

理想一点地问：有多少电影天才在创造？

杂碎馆小伙计认为"模仿"是无害的，"时髦"是不该的；"模仿"是用理智去选求真善美，"时髦"是糊涂地跟着他人乱跑。我们应该如何地提倡"模仿"而扫除"时髦"？负着指导社会使命而资本技术远落在欧美之后的中国电影界，应如何谨慎地、理智地选择欧美的好处来"模仿"一下？我们应该如何地"模仿"欧美的团体精神、公德心、青春的朝气、为公众服务、求幸福的责任心等，而扫除他们的残忍、贪暴和他们的大礼帽、珠串、高跟舞鞋？

原载于《现代电影》1933年第1期

重游好莱坞

陈炳洪[①]

万星拱照着的好莱坞，无数的影迷们都有着亲临其境为荣的感想。无论什么东西，吃了太多就会感觉乏味或者厌倦起来，但我对于电影一门，虽然尝了好几年电影饭，到现在还是一样感觉无限兴趣。从前到过好莱坞两次，也曾认识很多影圈朋友，这次因趁到美之便，重游好莱坞，与昔日影圈朋友，握手话旧，其快慰可知也。

这次在好莱坞逗留时间不长，最可惜的是两位最相熟朋友——黄宗霑与黄柳霜——都离开了好莱坞。黄君应英国伦敦影片公司之请，已到伦敦为英国摄拍影片，黄女士就于二月间回国，在上海已经见过她了。虽然这次碰不着这两位朋友，幸而好莱坞不是初次到来，路途我都很熟识，更兼在中国设立办事处的好莱坞八大电影公司——米高梅、派拉蒙、华纳兄弟、二十世纪福斯、哥林比亚、环球、联美、雷电华——每家驻沪经理人都敬重本报——《良友画报》与《电影画报》——赐与参观摄影场介绍书及种种便利，这是我不能不在这里声明道谢的。

第一次参观的摄影场就是米高梅。不独在四年前我认识了担任米高梅宣传部的和格（Robert M. V. Vogel），而且米高梅在这时候正在摄制以中国为背景的《大地》，所以我先去参观米高梅就是因为有人熟识，何况有一张关于我国的大片正在那里摄制，更是不能错过的机会。

我没到好莱坞之前，在旧金山遇着《大地》片中担任颇为重要角色的三个华人。一个是饰片中主角王龙的朋友阿清，由李清华饰；一个是刘宅守门人，由罗瑞亭饰；一个是王龙的媳妇，由黄文妫饰。这三位华人在旧金山都有相当职业的，并不是演员，不过米高梅在征求《大地》演员时，稍为合格的中

[①] 陈炳洪，广东台山人，与伍联德同学。曾任《现代电影》编辑、《新银星》《新银星与体育》《电影周》杂志主编、良友图书公司经理。

《大地》中陆锡麒、李时敏及罗瑞亭。罗氏为侨美之富商,在该片中亦饰一司阍人,刊载于《电影画报》1936年第35期。

国人,都被选聘了。另外有一位叫作伍琼兰的,是美国唯一个中国女舞蹈家,《大地》有一幕王龙到茶园选妾,米高梅加插了中国女人跳舞,由伍女士扮演。至于中国茶园内是否有女人跳舞及将来这一幕跳舞会不会被剪去是一个疑问,不过伍女士为了这在银幕上放映时最多一霎间的穿插,她在米高梅受了六个礼拜薪水了。

从这几个华人的口述,知道《大地》已拍好七七八八,他们刚从好莱坞回来,片中男女主角保罗茂尼与露意丝兰娜(Louise Rainer)也拍好他们的镜头,各人离了米高梅到别地方休息去了。

我到好莱坞那天即打电话给和格先生,他约我随时可到米高梅参观。那天与我同往者有《大地》华人技术顾问李时敏,他是上海扶轮会主席李之信的令弟,在洛桑矶南加省大学攻读戏剧。三年前米高梅导演乔治海尔率领大队人马来华摄制《大地》外景时,李君即被聘为片中的技术顾问。

李君与米高梅摄影场部属人员很熟,当我们驶汽车到摄影场铁闸时候,凡有外客进去一定要有一张摄影拍许可证(Studio Pass),由该部主任签字方可进内,不过守铁闸的警察也熟识李君的,所以没有阻碍我,直驶到在摄影场内搭成的《大地》外景。米高梅摄影场极为广阔,除十二间内景摄影棚外(每间摄影棚可容四部片子同时摄拍),另有两处数十亩广阔的外景摄影场。

《大地》外景——农村背景的——米高梅在离好莱坞三十英里的一座高

山，将五百亩地用现代机械造成了一幅中国农村背景。在米高梅外景摄影场的一角就筑有王龙住的茅寮、富人刘宅花园、墟市、草棚等。刘宅建筑甚为宏伟，一切栋柱、云石、大鼎，在银幕看起来是真的，其实我去用手敲了这种东西，才知道是三夹板与原纸皮造成的，外面用一种极似原料的颜色涂着罢了。

在服装部我们看见许多《大地》片中用过的中国衣服，尤其是临时演员用的农人褴褛的旗袍。这种旗袍实在是美国新布料造成的，然后用沙尘灰水把它染旧，因为在中国所购来的旧衣服太霉烂，到了美国有些给虫蛀坏。在一角地方就是保罗茂尼在片中由一个贫穷农夫变为有钱的田主几种变迁所穿的衣服。

最后李君带我到女主角露意丝兰娜的化妆室，照面镜旁边挂着六副假面具。这种假面具用石膏粉造成，是从兰娜女士面部造像的，先用一种胶涂在面上，干了后再用石膏粉使成厚块。由兰娜女士饰王龙妻玉兰出嫁时少女的样子一直到年老，她在片中经过六个不同身份的时期，所以需要六副假面具者。因为每天拍戏时间不能拍完一个镜头，兰娜女士每天都要四个钟头化妆中国农女，化妆技师就照着假面具样子为她化妆那天改扮的身份。这样每次化妆都有了标准，不致今天所拍少女面貌会比昨天所拍过老或过年轻的弊病。

到了宣传部，和格先生已经在那里等候我了。他每天要接见数十个美国各报电影记者，他实在是忙得了不得。我和他谈了几句寒暄之后，他说很对

《大地》剧照，刊载于《电影画报》1936年第35期。

不住，不能亲自招待，我说李君已经带我参观许多地方了。他介绍我见他的秘书摩林带我再去参观几部新片的摄装。

这里我与摩林谈及嘉宝所以神秘的故事。那天嘉宝有戏拍的，我问摩林："嘉宝拍戏可以参观吗？"他说不特我不能，就算老板泰白（璐玛琪希丈夫）想到她的摄影所参观也不能的。他说他在米高梅服务很多年，从来没有碰过嘉宝一面，至于老板泰白也只见过嘉宝一次，就是新合同签字时候。嘉宝之所以神秘，由此可见一斑。嘉宝有无其人，我实在怀疑了！

米高梅摄影场其实不是好莱坞地方，是离好莱坞十英里远的 Culver City，是另外一个市区，与好莱坞完全不同。派拉蒙公司就在好莱坞中心点了。与派拉蒙相隔一块墙的就是雷电华摄影场。再由雷电华行七个"部落"（block，一条街口叫作"部落"）就是哥林比亚公司。派拉蒙摄影为在好莱坞为最老资格的一家。前次参观时，珍妮麦唐娜女士是派拉蒙隶属最红明星，现在她已改隶米高梅了。从前她与未婚夫 Bob Rstchhie 是很相爱的，今次到了好莱坞，她的未婚夫已换了男明星 Gene Raymond 了。至于宣传部主任也换了新人，这次是 Luigi Luhrscai 招待我，他能几国言语的。派拉蒙自从改组后，内部办事人数度变迁，在派拉蒙旗帜下服务很久的要算刘别谦、西席·地密耳。刘别谦已由导演升做制片部主任，前次见他时，我敲了一次门便可进去他的办事室和他握手倾谈了。今次他请了一位德籍女书记，我只和她谈了几句，因为刘别谦那天出外，没有机会碰见他。他最近又想导演一张片，因为他答应各会面要求不再放弃导演，免埋没他的天才。

西席·地密耳在第一号摄影棚忙摄拍他的最近大片叫作 *The Plainsman*，以西方牧场为背景，琴阿瑟（Jean Arther）与加利古帕（Gray Cooper）做主角。地密耳素来以导演伟大布景著称的，他的第一次成功之作 The Squanman 也以西方牧人生活做背景，所以他的新作一定会成功的。地密耳以摄影师出身，导演时每个镜头亲自装配。当我到场参观时，他正把他的头钻在大号摄影机的盒子内（摄影机背以铁盒包裹着，使摄影摇机时的声音不致混离到外面）。他面部汗流如注，可见他工作之忙。他头上光秃，穿一件薄衬衣、黄马裤，精神焕发。平常导演在工作时会很舒适地坐在摄影机后面一张帆布椅指挥着，但地密耳除留心导演戏员动作外，还关心摄影角度，他没有一刻钟停了脚步的，总是在摄影棚各部分随时巡察督率工作。

派拉蒙外景摄影场有一处特别地方，就是全场用了铁丝网罩着，要拍夜景时候，就算白天，就拉了帆布盖在铁丝网上，遮了一切日光，而改用电光摄影。有一外布景是《十字军英雄记》片中用的木船，银幕上看见是浮在海面上，其实在摄影场看见只有一尺深的水吧了！船行时候，就用工人拉着绳子拖船而行，摄影镜头看不见工人的。

米高梅与派拉蒙是好莱坞资本最雄厚的电影公司，他们要拍什么伟大片子都有能力做得到，而且所拍片子都不肯马虎的。普通大摄影场所雇人员职工每过数百，每天应付酬资在六万美金以上。以这样开销浩大的组织，如果收入稍为差一点就不得了。然而亦有聪明的电影商人，就会从开销上节省，这一类电影商人就是Cohn兄弟组织的哥林比亚公司。

哥林比亚近年以《一夜风流》一片而与大公司齐名，不过哥林比亚还是规模较小的公司，不要说没有一个真正明星隶属于自己公司，每张片子主角差不多都要向其他公司商请借来；而且摄影场地方不大，只有三四间摄影场；最近自建一座好莱坞电影场中最新式最广阔的摄影场，我在参观时还没有十分完备。在许多好莱坞靠得住的电影场中，哥林比亚可算作后起之秀。

哥林比亚还有一特别地方与其他公司不同的，就是他们驻沪的经理人是我的旧同学钟宝璇，而不是像其他公司仍聘外国人做经理的。所以哥林比亚的出品，有了钟君与国人的接近，在中国销场还算好的。

外国记者来哥林比亚参观的概由利维（Ely Levy）指导。他兼任外国版翻译员，尤其是西班牙语，因为哥林比亚在南美洲销路甚佳，而南美洲通行语是西班牙文。我那天参观约翰·鲍尔斯（John Boles）与露茜琳·罗斯尔（Rosolind Russell）合演一部新片叫作 *Craig's Wife*，由好莱坞唯一女导演 Dorothy Arzner 导演。片中对白，先用英语对白，最后又用西班牙话说出。两人因为不熟西班牙话，每句要说的话，就用英文串音写在黑板上，黑板是在摄影镜

在哥林比亚摄影场中的约翰·鲍尔斯、露茜琳·罗斯尔及陈炳洪同阅《良友》《电影画报》，刊载于《电影画报》1936年第36期。

头之外，不过两人的眼像是注读黑板的西班牙文吧了。拍完一幕，利维介绍我见鲍尔斯及罗斯尔女士，并合摄一照以留纪念。鲍尔斯甚崇拜中国文化，与探险家安德路甚友善，其家中藏有安君所赠的中国古物。

鲍尔斯本来是属于雷电华的，露茜琳则属于米高梅，两人都是哥林比亚以一片薪水代价而据为己有。上文已经说过，哥林比亚是没有明星的，但因为没有明星，所以省得供养薪水高贵的演员。有戏做就给以薪水，没有戏做则不用费一文的演员薪水。这是哥林比亚特有的政策。甚至哥林比亚得以成名的《一夜风流》，片中克劳黛·考尔白与克拉克·盖博也是从派拉蒙及米高梅借来。联美公司明星朗那柯门最近借与哥林比亚摄拍以西藏探险为背景的 The Lost Horizon，片中用很多中国临时演员。

以上三大电影公司——米高梅、派拉蒙、哥林比亚——在目前都有一批关于中国背景的影片，米高梅的 The Good Earth，派拉蒙的 The General Diedat Dawn、Made line Carrole（与加利古柏合演），哥林比亚的 The Lost Horizon 等，好像中国突然搬到好莱坞来了。因此近数月住近好莱坞的中国人都发了至少一次的电影财。

不独这三间有中国背景的出品，我到华纳兄弟公司参观时，他们也刚拍完了横过太平洋第一次来中国的大飞机 China Clipper 的影片，二十世纪也拍完了 Charlie Chan at The Race Track 陈查礼新侦探案的片子，至于联美的范朋克且亲到中国摄拍《马可保罗奇迹》了！

华纳摄影场隔好莱坞一个山之远，是在 Burbank 的一个市区，是与第一国家（First National）合并的一个摄影场。宣传部主任 Edward Selzec 知我到了好莱坞（恐怕是驻沪华纳办事处预先通知他的），由电话约我早上到摄影场，因为那天下午是美国欧战退伍军人会（American Legion）该年在好莱坞举行大操会，华纳公司放假半天，但职工可以前往参加，他的书记卡尔（Carl Sclaefer）领我到一九三七年出版的《歌舞升平》的摄制场。场内放了一个游泳池，数十个美女正在那里试习（我常听见美国摄影场可以变为普通游泳池，疑信参半，这次亲眼见到摄影棚内临时筑成的游泳池，可容有百余人而只占全场一半地方，可想见其摄影场之巨大）。美女都是临时演员，其身材之健美，游泳之娴熟，诚令我称赏不止，叹为眼福不浅。游泳池一边是草地（假设的），排列十数张台椅，一边就是音乐台，周围还有数十对男女做临时跳舞演员。

当临时演员在这个摄影场摄拍歌舞场面时候,在另一个摄影场就有一组织拍片中主角狄克鲍惠尔与琼勃朗黛儿的戏。报纸上说琼勃朗黛儿最近与摄影师丈夫 Oeorge Burnes 离了婚,她的情人就是狄克鲍惠尔。他们两人形影相随,在华纳摄影场内常见他俩在一起。当午饭时间,各演员都到华纳自设餐室,室分前后两座,前座给中等及临时演员坐的,后座是较高职位的办事员及明星坐的,菜价较贵。狄克鲍惠尔与琼勃朗黛儿也同坐在后座,我与书记卡尔坐在他们的斜对面,我的位置适与琼勃朗黛儿成一四十五度角。

吃完午饭,我们出了餐室,与潘脱奥勃林(Pato Brain,他刚拍完《中国号飞机》一片)、温尼菲力萧(Wenifred Shaw)刚出门口,我就用了自携照相机把他们拍了几张照(摄影场规定本来不准参观的人携照相机入内拍照的,因为我说从中国千里而来,不拍照留纪念是很可惜的,而且在摄影场之外,我答应不在演员拍戏范围拍照的,所以特别准可)。后来在参观《中国之油灯》(Oil Lamps for China,听说此片在中国禁映)及华纳最近百万金名片 Anthony Adverse(佛立德烈马区、奥丽维狄海维伦等合演)外景时也拍了两张照。凯·佛兰丝拍 Stolen Holiday,她原人比银幕化妆更美丽,身材很高,试习剧情时她频频询问导演怎样做,不像一个老练的明星。但她很平和,没有一点明星骄傲气概。在场参观的还有《铁血将军》的欧路·菲林(Errol Flin)、《仲夏夜之梦》的爱妮泰·鲁意斯(Anita Louise),小明星薛琵儿琪逊、琴妙等,他们都是从别个摄影场拍完自己戏走过来倾谈的。

新近与福斯公司合并的二十世纪本来是没摄影场的,福斯公司原有两个摄影场,一个在好莱坞西方马路,一个在白维利山。听说自今年九月起,在西方马路的摄影场将来结束而搬到白维利山的摄影场,旧有摄影场要转让别家公司,或要完全放弃不用了。

在陈查礼侦探片做戏的中国演员陆锡麒(Keye Luke),原籍广东新宁,与福斯订有七年合同,所以他在福斯地位很巩固的。我由他的介绍认识二十世纪宣传部主任 Frank Perrett。我把本公司出版的《秀兰·邓波儿画传》一书给他看,他很称赞我们的工作,他说在美国出版界也难找到一本这样完备的邓波儿传记。后来他领我们去参观小明星琴惠漱(Jane Withers)与瘦长子(Slim Sunmerille)与新进明星 Helen Wood 拍新片。胡德女士生于美洲南方,片中对白要说的南方土音,略与普通英文音浊重些。我特别注意她的化妆,拍呆片的人拿了照相机拍我与陆君正在观察胡德女士的化妆。琴惠漱活泼得很,没有一刻坐定的。休息时她也要在摄影场外与她的Stand in（镜头替身）捉迷藏。她的生动姿态一如银幕上所表演的角色。

因为陈查礼而想起《电影画报》三十期登过二十世纪片中的华籍女演员钟女士，究竟是怎么样一个人？由宣传部查得她的住址及电话，约她到洛桑矶苏州楼中国餐馆茶会。届时她同丈夫来。原来她从前是雷电华公司（Wamter Star）候补明星之一的日本女子Tokio Mori，叫作市冈俊惠，她现在嫁中国人张德邻（听说他从前是上海复旦学生），因此改姓张（原英名Shia Jung好像姓钟的音，故初译她姓钟）。她是生长日本的，幼时来美国读书，父亲是洛桑矶著名的日本医

陈炳洪君在福斯摄影场中与童星琴惠漱及陆锡麒合影，刊载于《电影画报》1936年第35期。

生。她在电影界也有相当历史，前后共已拍片四十多部，一九二九年有声电影始兴，她就回日本拍了一部日本影片。这次米高梅摄制《大地》，她抱着很大希望想扮演一部角色，惜限以国籍问题（因为中国政府派来监制人杜庭修不肯答应日籍演员参加《大地》之故），她失了一个很好机会。

这次重游好莱坞，时间完全花在参观以上各电影公司摄影场，因为时间短促，如走马看花，没有详细考察一番，不过所看见的自己觉得很满意了。离好莱坞那天还遇着一件新经验，就是认识了一位新成立影片公司的经理人Ben Piazza。他与黄柳霜很熟。我由《心恨》（美侨创办的光艺公司处女作）导演董柱石的介绍认识他，约我到他们新组织的Major Pictures摄影场参观。但此公司只由今年六月才成立，现在办事处是借用外间的，在办事处旁看见数百工人正在大兴土木赶筑摄影场及他们最近拉拢的梅惠丝、加利古柏、彭克劳斯比普的私家化妆室，他们预算十月底即可有新片应市。他们的出品已与派拉蒙签订三年发行代理合同，每年八部片子，三年二十四部，摄制资本预

算一千万美金。

这种独立资本的电影公司,近来美国很盛行,其著名如柔姗·高文(Samuel Goldwyn)、Walter Wangs B. P. Schulbery(薛维丝雪尼丈夫)、Emanue Cohen(前派拉蒙制片部主任)都自己拿资本组织公司,唯发行权多归大公司代理。二十世纪公司创办人赛纳克Darryl Zanuch也由自制出品而成名的。最近玛丽·壁克福与前派拉蒙总理拉斯基也成立了Pickford Lasky公司,玛丽不再做戏,今后做一个电影公司老板了。

以上都是最近美国影界的趋势。

原载于《电影画报》1936年第35期

一束陈旧的断片

张石川

和电影发生关系,屈指一算,的确在三十年以上了。三十年,够长的,隔了那么些时期的旧事,回想起来,正好像在脑幕上放映一部陈年宿片,拷贝太老了,一忽儿跳格,一忽儿断片,要连接起来很不容易。没办法,我只好随便挑上一段两段的,在诸位读者眼前"重映"一次,借博一笑吧。

中国之有电影公司,据我的记忆,是在民国元年。有两位留沪的美国人,一个叫作依什儿,一个叫作萨弗,灵机一动,忽然要在中国拍电影。他们跟我原来就认识,所以一找就找上了我。结果就创办了亚细亚电影公司——中国历史上"空前"的第一家电影公司。

我直到现在,还保存着亚细亚电影公司的两张照片——别瞧这老古董,影中人怪模怪样,背景那么简陋,服装那么好笑。它是中国电影史上最珍贵的材料!

我在当初,对电影是十足加二的门外汉。请诸位不要笑我吹牛,不但我

《社会之花》导演张石川与主角白杨、谢云卿合影,刊载于《明星》1937年第8卷第5期。

外行,那时候的美国电影,也还幼稚得可怜。如果现在有办法弄一张好莱坞三十年前的老片子给大家看看,如果有人看了不笑歪嘴,打什么赌我都愿意。大名鼎鼎的喜剧圣手卓别麟,资格的确老,那时候他也经出名了。出的什么名,说来你不信,他还不过是一个乱跳乱蹦毫无道理的"胡闹大王"!

卅年来的电影,进步是可惊的——附带一句:除了中国——那时候,葛雷菲士的"特写镜头"(Close Up)还没有发明呢。那时候,银幕上所见的情景,跟舞台上的场面是没有两样的,永远是"远景"(Long Shot)。

请想想这是什么光景?

亚细亚公司成立了一年才拍戏,演员多数是"新剧家"——演话剧的,或者说是演文明戏的,全都是男演员,没有女的。"男扮女装"不但是中国旧小说中最常见的浪漫故事,在中国的戏剧艺术(旧剧、新剧)上,也是最出色的本领。连近代科学宠儿的电影,到了中国,也"未能免俗"——亚细亚拍电影,

张石川(坐者)在《残春》摄制场上,刊载于《明星》1933年第1卷第4期。

剧中的女角，都由男人演。

  我们"发明"的拍戏的方法是这样的：正秋教演员做动作，我指挥摄影师择地位。摄影机一开，演员做起戏来了：哭哭笑笑，跑跑跳跳，跟舞台上一样。直做下去，直到摄影机里的胶片完了才停止，加了胶片，然后再接着来，刚才在哪儿断，现在就从哪儿起。

  做戏的是"演员"，拍戏的是"摄影师"，我跟正秋算什么"行子"呢？我们不知道。不过觉得拍戏工作中有这种需要，我们就这么做罢了。

  那时候的中国字典上，还没有创造"导演"一词。

  在拍戏过程中，纪录工作情形的"场记"这"行子"是没有的，服装、道具，一切都没人管。所以银幕上常常发生这样的事：在观众看来，完全像魔术一样的，甲的衣服，一眨眼之间，倏地到了乙的身上；乙手里拿着的道具，又蓦然飞到了丙的手里。因为拍戏的时候，他们有意无意地弄错了。

  这就是卅年前的电影——中国的最初的电影。

  这有点像讲笑话不是？在时间的裁判下，有多少事物不成为"笑话"呢？但愿以后有什么不是笑话，那就好了。

原载于《万象》1944年第4卷第3期

摄制《故都春梦》之拾零

黎民伟[①]

此次借演员等往北平实地拍演《故都春梦》,计一行十余人。到平之晨适为十九年之元旦,在平时天寒异常,演员穿春衣在寒风中摄影,每手足为僵。

《故都春梦》一行职员与演员在北平工作时摄影,刊载于《影戏杂志》1930年第1卷第7期。

① 黎民伟,原籍广东新会,生于日本。1911年,在香港参加了孙中山领导的同盟会,组织清平乐会社,演出文明新戏。1913年组织人我镜剧社,拍摄了短片《庄子试妻》。1921年创办民新影片公司。1924—1925年,曾拍摄了《中国国民党第一次全国代表大会》《孙中山先生为滇军干部学校举行开幕礼》《孙中山先生北上》等一批纪录片。1925年拍摄了时装影片《胭脂》。1928年,民新公司在上海建厂,导演了《祖国山河泪》《蔡公时》等片,并担任了联华影片公司的第一部影片《故都春梦》的摄影指导。1933年,当选为中国电影文化协会执行委员。1937年赴香港经营民新公司和影戏院,后弃影从商。

因片中有春景数幕,势不能不穿春衣,然演员苦矣。

该剧有雪景场,在平候月余仍不下雪。时近旧历新年,同人多思返家度岁,焦急异常。阮玲玉、陈可可、蔡真真,且急至相对而哭。华北公司罗经理忧之,乃命编译部编一短剧,俾命其工作,以破其寂寥,故有《自杀合同》之摄制。及南返时,已旧历正月中旬矣。

内子林楚楚,去岁新举一子,爱之逾恒,每日着沪家人电平安一次。某日,未接电报,楚楚忧至废食。及次日,而两电报同至,乃知昨日电报偶生阻碍也。

华北公司罗经理到沪,该剧内景乃开始拍演,罗君每日公余必来指点一切。其重要部分且始终在场监制,殷勤研究,孜孜不倦,可称难得。

某日,导演孙瑜君忽病,罗君乃代导演之职,孙君仍从旁供顾问。该日适导演燕燕房间之各幕,尽一晚而该景各幕告竣。同人均以为神速,实不知该景演员如阮玲玉、蔡真真、陈可可均粤人,罗君操粤语导演,较易得其了解,自较速也。是晚胡蝶及其未婚夫等到场参观,良久乃去。

联华公司发起人及职演员在沪摄影,由右至左:黄漪磋、孙瑜、阮玲玉、梅兰芳、林楚楚、罗明佑、黎民伟,刊载于《影戏杂志》1930年第1卷第9期。

逾三日，孙导演病愈剧，竟晕倒地上，同人大惊，卒移至宝隆医院调治。是时此剧虽已制竣十之八，而罗君以急于出版不得不又庖代导演之职矣。

罗君叔父罗文干氏曾同其夫人到场参观拍演，公司乃映以剧中摄竣之片数幕。彼言甚佳，唯此片王蕙兰饮其夫以白兰地酒，不如饮以绍兴酒之贴切，因北平嗜绍兴酒成风云。闻罗文干氏亦此中健将，故言必称酒也。

饰演片中名妓红玉之骆慧珠，为沪上鼎鼎大名之粤歌女，三月下旬，忽屡至公司催促将其所担任之片段拍演，然孙导演病剧，罗君无奈乃于三月廿八日为摄竣。讵是夜，慧珠即以殉情服毒闻！《上海时报》登载慧珠服毒事，当时虽幸获救，后卒延至四月十日逝世，亦云惨矣。

罗明佑君之令尊罗雪甫先生，适因商务过沪。某日，罗君特偕其来参观拍演局长作弊一段。演者一局长及二僚属，该幕全无女性表演。事后余静中谓罗君曰："岂尊大人老成持重，故君不令其观绮丽言情之幕乎？"罗君为之粲然示可！

原载于《影戏杂志》1930年第1卷第7/8期

歌舞有什么不好

黎锦晖[1]

  我抬起笔杆儿想写写歌舞影片。电铃一响来了客。客冲进大门来就先瞧见我，我俩同时"哇呀呀"叫了一声。我投笔而起："老彭！七八年不见了。"两人亲热得几乎拥抱起来。
  让我介绍老彭是怎样的一位人物，请看他八年前的《述怀诗》之一首：

> 述而不作要不得，别人诬我光偷窃。
> 信而好古了不得，为了三从打出血。
> 要比老彭比不得，志像金钢心像铁。
> 破箱一口走天涯，不怕炎威爱风雪。

（注：老彭曾用"三从"的名义求他夫人抓背，因此吵架而抓破脸皮。）
  好友久别相逢，任情谈谈讲讲，吃吃喝喝，该叹的叹，应笑的笑，用不着虚伪客气，用不着掩饰顾忌。他说到此已经半月，有意不来瞧我，存心打听些消息。先找到别的朋友谈呀，玩呀，进戏院呀，上徐园呀，大世界一连三晚呀，跳舞场当当老杆呀。今天见你了，好！他乡遇故，杯酒言欢。
  我俩越谈越起劲，一谈便谈到"歌舞片"问题上来了。我正要交《时代》之文，恰闻高明之论，且多豪放之语，又都肺腑之言，我就这么述而不作、信而不好古地写了下来，以供同好。
  （注：其时徐园有游艺会表演歌舞。）

---

[1] 黎锦晖，湖南湘潭人。毕业于长沙高等师范学校，1916年加入国立北京大学音乐团。后任《平民周报》主编。1921年任上海中华书局国语文学部部长，编辑国语教科书；同年创办国语专修学校，任校长，举办暑期国语讲习会。1927年创办中华歌舞学校。后创办中华歌舞剧团、明月歌舞团。1940年任中国电影制片厂编导委员。1949年后，任上海美术电影制片厂音乐编导。编有《平民音乐新编》《民间采风录》等作品。

黎锦晖、徐来主持扬子乐队,刊载于《中华》1934年第29期。

老彭道:

歌舞,一切文艺的老祖宗,原始人在没有语言文字的文化以前,就先有这么一套,这话儿在研究人类文化史的专家们,至今并没反对。对哇!歌舞有甚么稀罕?现在,干歌舞的,不论欧美或远东以及各地半开化的民族,虽然歌舞的形式各不相同,但有一个共同的目的,就是借"美的声和美的形"来激发自己与群众的情感。每一个舞姿的静止,就是一个雕刻形象的型,用乐歌结合这些型,便成为歌舞。我说,歌舞的本身是不是高尚纯洁?

提到"肉感",真令人可笑之至!激烈的运动,如跑跳比赛等,谁能穿起长衫去参加?全身披挂的人跳下池子游泳,准得喝两口冷汤。跳舞是周身平均的运动,有时肢体向外开展,例如踢一腿叫脚趾尖踢到额壳上来,例如弯个腰叫后脑勺碰到脚跟上去,那自然要顾到肢体的解放,才能灵便。何况一般的运动都是比赛的,目标是竞胜,完全靠"肉"与"力",谈不到"灵"。歌舞全是谐和的,一切动作、形态,须与神情融合,这是"有灵感"的表现。有人嚷着歌舞只有肉感,而又不敢说一般属于体育的运动也有肉感的表现,显然是"违心之论"。看哪!那橱窗里的石膏裸女像,还有画展会中的人体写生,以及生理学、医学所需的图画,你敢说只是"肉感"?

可怜!所谓前进的知识分子,还不是跟蒙着道学面具的伪君子们站在一条线上吗？在多少文明国以及他们的殖民地的大都会中，凡属参加跑跳运动和游泳的，尽可露着二分之一的肉，呈现于群众之前，尤其是舞台和银幕上演的歌舞，即便露出整个的或十分之九的肉体，决无人干涉。可是平时在马路之中、公共之场，或不是必需裸露肉体的表演与运动——例如演话剧与打网球等，那就不能随便了。这样的规定，至少是顺情合理、正大公平。而我们华夏神明之胄，净仇视歌舞表演中的裸体，徒暴露了思想言论之矛盾，那不过是"偏见"而已！

进一层说，人类应该自尊自重，岂可以将自己视为禽兽而不如？人与动物之别，就是比较地能"运用理智，节制感情"。我中华民族受着四千年礼教大防的束缚，将人体上大部分认为神秘，遮遮掩掩，以免一般没修养的小伙子见景生情，忍熬不住，唯恐偶尔疏忽露出一点儿肉，马上色情激发，风化于是乎伤。这样，人与动物还有何分别？比方说牛马猪羊，一丝不挂，也不致一天到晚冲动不安；还有空中之鸟、水里之鱼，几曾时时见异性的追逐？人啊！人倒一见人肉而即起淫心，所谓人为万物之灵，岂非瞎说而八道乎？

刘大帅玄德要严禁酒器，教民众无器盛酒而因此戒饮。他的参谋长主张划除全国男女的生殖器官，以免有伤风化，马上比证出禁酒器之无聊。大帅哈哈一笑，即作罢论。现如某省当局取缔男女接近之行为，多么笨拙，警察更透着麻烦，真不如痛痛快快实行那参谋长的主张，准可以绝祸根而励末俗，实为德便！其实，在思想清新的人，对于所谓"肉感"的一切表现，不妨认为是"训练群众"一种手段，使群众一见肉便须正心诚意，不可胡思乱想。因为这种肉，是受过了艺术的熏陶，决不是被窝中你所占有的肉团儿。民众，不是该训练吗？如何锻炼体格，使可抵抗自然界寒暑的侵凌；如何遵守纪律，努力节制自私的不良的嗜欲，这些那些，和公开地陈列石膏像、人体画、跑跳游泳等选手，以至于舞台上、影片上有呈现裸体必要的表现，一样地可以锻炼民众。使民众不因直觉面生冲动，不致溺于"肉"而忽于"灵"，对于美声美色加以尊敬，对于歌舞艺术不要固执偏见、人云亦云、吠声吠影，而加以一概抹煞的批评。

再说到歌舞与民气或风俗的影响，除开美国式的 Ballet，本来在动作上"不需要裸"只为着"需要肉"，同时配以近于油滑的撩情弄俏的曲子，这一类的歌舞颇受人指摘以外，其余如古典派、形式主义派、新兴的体操化歌舞，只有人赞美，决无人反对。有人说，我们的东邻的宝冢歌舞剧团，曾在靶子路上海大戏院对过的日本戏场,擂鼓弹弦,演过《东洋三蝴蝶》,不到五年吧,就发达得规模伟大,现在逛过东洋的朋友们,谁不望着宝冢剧院而喟然惊叹呀!

喏喏喏!老黎,努力!哪里管得人家那么多的啰里啰唆,你干你的啰(这几句一字未改,舌尖宛转,声调美不胜书)!你看过前年新颁的课程标准吗?到底教育部的老爷们比较地思想清楚,见识丰富,所以并不因为"歌舞被人弄臭了,也被人骂臭了"而假作惺惺,在体育与音乐课程作业中列上了歌舞与歌剧。

老黎,你得努力,为甚么五年来不见你有新本子出版?为甚么?懒家伙!你干到快死时跟你太太演一次最后的《桃花江》,再爬进棺材里去躺着,岂不痛快!

黎锦晖与夫人徐来、女儿小凤,刊载于《中华》1935年第36期。

咦!歌舞有甚么不好?不好是人干得不好,不是歌舞本身的不好,你那《思乡梦》歌舞片脚本,假如可以做出影片来,敢说孔二先生见了,必定再来吃三个月的雷公素。前些日子吧,我看到《申报电影》刊有一篇《电影上的健美运动》,《大晚报》有二篇《苏联的舞女及其他》,似乎与歌舞艺术拉得拢关系,你瞧过吗?

原载于《时代电影》1934年第6期

自我导演以来

郑正秋[①]

在这个《自我导演以来》的题目之下写文章,确乎有许多材料可以写。不过我是一个十天倒有八天在生病的人,而且家务公事,又忙忙碌碌,常常难得空闲工夫,要提起笔来写东西,头脑实在静不下来。常言道"举笔如举鼎",这句话着实有些道理。想到从前吃报馆饭的时候,日日夜夜要写稿子,以及刚办新戏馆的时候,天天要编新戏,天天要做广告,天天要写说明书,有时候还要做传单,并且夜夜还要登台做戏咧!那个时候的笔杆何其轻,现在的笔杆又何其重哟!

总而言之,现在只好在百忙当中偷出工夫来,匆匆执笔,匆匆着想,匆匆落墨,想到哪里写到哪里,是工是拙,在所不计,见仁见智,听凭读者了!什么修辞不修辞,也是无暇及此的了!

不论哪一桩事业,那做的人,在

郑正秋手稿,刊载于《明星》1935年第1卷第1期。

[①] 郑正秋,原名方泽,字伯常,广东省潮阳人。毕业于上海育才公学。曾以"药风"为笔名在报刊上发表剧评文章。并受聘于《民言报》担任剧评主笔。1913年,编写并和张石川联合执导我国第一部短故事片《难夫难妻》。后创办新民、大中华等剧社,从事新剧活动。1922年,参与筹组明星影片公司,任公司协理兼明星影戏学校校长。次年,编写了电影文学剧本《孤儿救祖记》,是为我国第一部正剧长片。后相继编写或编导《玉梨魂》《最后之良心》《上海一妇人》《盲孤女》《二八佳人》《挂名的夫妻》《一个小工人》《自由之花》《春水情波》《姊妹花》,联合执导《女儿经》《热血忠魂》等影片。

前必定有他的环境，那心里必定有他的希望。导演这一个位置，在戏剧界非常地重要，在社会上，负着有极伟大的使命。尤其是电影戏剧的导演，他的责任格外地重大。一位对于社会有极大贡献的好导演，他要抵得到数十百位学校的教师，抵得到数十百位治病的医生。因为，一位教师，他至多教数十百个学生而已；一位医生，至多治数十百个病人而已；唯有电影，仿佛有分身术一样，不但一处放映这一个片子，甚至同时可以在数十百处开映同一影片，它的力量，是多么重要！它的功效，当然就非常地伟大。不过，你要是一个坏导演的话，那你的罪过就比穷兵黩武的炮手还要厉害到千百倍，比杀人放火的强盗，还要厉害到千百倍。所以，我做导演，往往欢喜在戏里面把感化人心的善意穿插进去的。起初，还有人以为我导演的影片里面，教训的气味太浓厚，说是艺术应该为艺术而艺术，娱乐的影片不是教科书，不必把教训的意味插在里头的。我听了这种话，并不为他摇动。一年又一年地继续导演，一片又一片地继续导演，每一个片子里面，每插得进一分良心上的主张，就插一分，此种一贯的主张，还是始终不变。

近三年来，艺术至上主义逐步失势，为艺术而艺术的议论已经少有出现，电影不单是娱乐，电影应该有教育的意义的说法，已经大行而特行，我于是非常地痛快。不过，我检讨自己过去的作品，对于有益世道人心的一点，却还可以自信。不过，自己承认，言新不足，言旧有余而已。从今以后，年纪虽然一定是一年老大一年，不过思想我一定希望它一日新一日，只怕学识不够，新不上去而已，亦只好新一分是一分罢了。

过去的十年，关于导演的回忆，实在不少，但是，决不是少少的篇幅可以写完，我现在只写导演第一个片子的困难之处，写几句出来吧！

我做导演已经有十年的时间，但是，第一次导演还在二十年以前，

郑正秋，刊载于《明星特刊》1927年第28期。

那就是癸丑二次革命的一年。彼时导演过一部戏之后，就从银幕生活转到舞台生活，所以不说二十年只说十年。回想自我导演以来的种种事，不觉甜酸苦辣的味道以及喜怒忧急的情感，都上心来。导演这个工作，真不是容易做的事情。把整个的故事，零零碎碎，一个镜头一个镜头地教导男女演员表演出来，预备使得观众全神贯注，都受感动，这是导演的责任。像这种很不容易的工作，从什么地方去学习得来的呢？再说句老实话，简直是自己凭着自己的意思，就此大胆地导演起来，既没有什么师傅传授，又没有什么书本子作参考，好比从暗弄堂里暗中摸索，摸出来的罢了。

人家以为我是从演舞台转到电影界做导演的，其实，倒是先做电影导演，再转到舞台上做导演及演员的。在那民国二年的时候，我正在办《图书剧报》，因为和上海小报社的张石川君很有交情，所以他常来跟我谈话。有一天，他来托我介绍十六铺新舞台里面许多有名的艺员，像夏月珊、潘月樵、毛韵珂、周凤文、夏月润等许多人，和美国人依什儿、萨弗等见面。外国人看了新舞台的戏，又请夏月珊等许多演员到礼查饭店吃饭，说是他们拿钱受盘了一个亚细亚影片公司，要请他们拍中国戏片。可是谈到结果，因为价钱不合，作为罢论。萨弗于是变计，托张石川另请演剧人材，自编戏剧来演，石川就此邀我合作。我本来是三天倒有两天在戏院子里听戏的人，对于这种工作，当然十二分地有兴趣，所以一口答应，马上编成功一部《难夫难妻》的社会讽刺剧，就由我同石川联合导演，我担任指挥男女演员的表情与动作，石川担任指挥摄影师镜头地位的变动。初次尝试，结果自然简单之至，现在回想起来，还不免哑然失笑。其实那时候的外国影片，亦还幼稚到极点，同现在比较真是天远地隔，相差不可以道里计了！

后来，亚细亚公司影片断档，中

《小情人》主角郑小秋与倪红雁，刊载于《明星特刊》1926年第11期。

止拍片，我就带了这班演员，改做新剧。因为得到各报鼓吹的力量，居然一鸣惊人，不想竟然就此中兴了新剧。从此一年又一年，继续过了十年的舞台生活。等到明星公司试验成功，正式摄制大部正片，我还未曾脱离舞台生活，仍旧夜夜登台演剧，不过在自己演剧之余，帮着明星公司编剧做字幕而已。后来公司范围扩大，石川一个人导演，大有来不及供给各方面需求的趋势，因此石川就劝我放弃舞台生活，担任电影导演——这句话，还是十年前的事情。我担任导演的第一部片子，就是《小情人》，戏情是写贫富不均的阶级观念，造成一个弃妇与私生子的悲剧。初次去拍外景，因为要选择一家小人家的门口，要做私生子的门口，于是拣到一家小贫人家的门口，由置景主任董天民跟他们商量，起初讲了许多话，终算讲得答应了，不料在他们门上拿白粉写字，他们又大噪起来，一定不准开拍。找到别处，亦是照样拒绝。无论你怎样说好话，他们终归不肯借用，以为拿白粉笔在门上写白字，是不吉利的。他们这样地迷信，把我这个新导演急得没有办法。太阳它是不受导演指挥的，它只顾做它夕阳西下的工作，留也留不住一步。这辈迷信的朋友，哪怕导演对他哭也没有用处。这一次苦头吃了之后，只好收拾起机器，有兴而去，败兴而归。门口的戏，一尺都没有拍到。不过吃一回亏，学一次乖，以后出去拍外景，就此先由置景主任出去看好地方，接洽好人家，然后由我导演带同演员出去开拍，所有困难，居然免去不少。不过不论你走多少远，等到机器一摆，穿着花花绿绿的衣裳，搽着或黄或白粉脸的演员，往那里一站，自然而然会有许多不速之客挤在你们眼前，拥来拥去看热闹的，一个不小心，就给戏里面不需要的人会拍到镜头里去了。哪怕你喊破喉咙，喊他们走开，喊他们退后，张三走了，李四又来，王五退了，赵六又来，这样麻烦，既费时间，又伤底片，真拿他们没有办法。后来，就只好多带职工，分布在镜头所看不见的地段，专门担任拦住旁人的工作，这末一来，困难固然减去不少，不过拦不住的人，仍旧还有，这亦是导演所不能免的一种苦处。还有，指挥演员练戏完毕，机器地位摆好，演员地位定当，反光板一块又一块地打好，费了许多时间，方始可以开拍，不料太阳忽然被乌云遮去，于是导演要叫"开麦拉"亦不能叫出口来，只好全体人员等候黑云的过去，光明的重见。倘然如此周折连连碰到，势必至于预定可以拍完的戏情，还是为太阳光打搅，只好明天再来，这亦是导演不可免的一件不如意事。所以有许多影片，导演预定计划，是要如何如何做法的，结果为环境的限制，往往临时变更，往往因陋就简，草草了事。这种不得已的苦处，亦是每个导演所难免的事实。等到开拍内景，似乎比拍外景要快活得多，但是为布景地位所限，镜头角度不能多变化，使得导演无用武之地的时候，亦未免有之。所以，做一个导演，既要晓得背景色彩的合宜与不合宜，又要晓得灯光的打得到与打不到。在未曾开拍之前，先要把背景的式子预先规划妥帖，才可以免得临时局促，少受限制。

临时演员，人家称为活动背景，导演碰到这辈活动背景，往往难得称心如意。遇到临时演员很多很多的大场面，尤其困难重重，我幸亏每次有副导演帮助，只消像大将军带兵上操一样，传下令去，有副导演去直拨调排，希望成绩十分美满，还是谈何容易！可惜为成例所限，不能一天练习，一天开拍，因此万不得已，往往把大场面免去不用，这就是我避重就轻，与其出乱子不如藏拙的地方。

就说主角配角的一班演员吧，导演熟手，果然省力得多，但是我第一部《小情人》就有四个女演员是初上镜头的角色，一个是倪红雁，一个是林爱文，一个是许飞琼，一个是黄天心，导演的时候，着实费去许多心思。说也大可怪，不怕她平时怎样活泼，怎样眉目生动，怎样谈笑自然，等到一上镜头，面部肌肉，变成铁板板地僵着，眼睛定漾漾地呆着，连走路都会窘得非常，一切举动都会不自然起来。导演碰到这种地方，除去好言好语地讲解，以及自己诚诚恳恳地做个榜样给她看，再平心静气地叫她摹仿，使得她一次又一次地多多练习，此外，就别无办法。

初次导演困难之处，还不止上面所说的一点。留待有闲的时候，再写出来告诉读者诸君吧！

原载于《明星》1935年第1卷第1期

摄制《桃花扇》琐记

欧阳予倩

拍声片我这回还是头一次呢,可是八年前我在日本曾经试收过好几次音,那时皆以芳造氏用的德法列斯的方法,目下收音是比以前进步得多了。中华通的收音在《红羊豪侠传》里已有相当的成绩,这一次《桃花扇》的收音的确又有许多进步,制片部又颇能跟他们合作,所以成绩不错。收音的陆元亮氏,是一个精力旺盛的青年,每天在专心致志地研究着,将来的成就是很有希望的。

摄影师余省三氏是老资格了,他很细心,光线与角度都用得不坏,因为设备的不甚完备,机械还不十分精良,不能使他充分发展才能,可是苦干笨干的他确是一员健将,在一切技术落后的中国,除了苦干笨干也的确没有别的方法。想起以前苏联因为底片不够,便收集许多短片去拍摄,结果制成特出的影片。比起来,我们的物质方面也还不能算十分缺乏,片子的成败,当然要看我们的精力如何。

《桃花扇》剧照,刊载于《美术生活》1935年第18期。

我素来对于影片远不如对戏剧的有兴趣，所以研究不足。第一次摄制声片，不能不承认是个外行，可是声片与戏剧有许多共通之点，所以动手拍了两场戏之后，也觉得高兴起来。

我虽是外行，好在其他部分的负责者全是内行，工作在许多有力的帮助当中进展着，一直没有发生过甚么困难，这是很可感谢的。

演员如金焰、胡萍、顾梦鹤、王次龙、王明霄、周凤文、查天影诸位都是老朋友，他们对于拍戏都有经验，而且国语流利，极为便利。

金焰君演声片这还是初次，其实有声有比无声容易的地方，金君的好处是体格强健，发音雄浑，表情自然。每逢情绪紧张的时候，他的声音有圆润有力的振动，这是由于练习唱歌来的，他有他的天才，可是他并不是一个用苦功的演员，倘若他能更进一步从事于演技的修养，他的成就必能开一新面目。胡萍小姐的演技已经有一部分固定的作派，可是她极力在求新的表现，朝前走着。这次在她拍第一个镜头时，她就对我说她想改变一个调子。《桃花扇》中的谢素芳，可说是与她的性格很恰当，所以她演得颇为高兴，她改变一个调子的话，相信总可以实践的，虽然我对她以前演的片子见得很少。

梦鹤君演的是一个意志薄弱而自命聪明的青年，次龙君演的是一个奸猾的秘书，章志直君饰一军阀，查天影君饰一靠亲戚吃饭的小人，周凤文君饰一个教戏师傅，都很有趣。

梦鹤同时担任四家公司五部片子的角色，可见人家对他的重视，可是我总觉得太多一点，大约以他的才能，每一个片子能专心去演也未可知。

我编《桃花扇》是想表出对恶势力绝对不妥协的男女青年，描写是否恰当，是否充分，是要等观众和影界专家来评判的。这个剧本，是Melodrama式的东西，全部编成并分镜头费了四十天，很嫌时间太促，所以到开拍以后，又改编过两场戏。

导演固然不易，以我这次的经验，编剧实在难，往往为了一个小转折费去三四天，苦思而不得。

镜头无论分得怎样精密，一到摄影场往往因各种关系不能不有所更改，尤其是外景，须要能随机应变，为一个镜头有时真使你睡不着觉。

史东山先生说他一开拍就总是睡不着，真是苦心之谈。

导演、摄影、收音、制片各部分，不能说每个镜头绝无错误，在外国就能不满意便重拍，就中国目下的情形很难办到。不过新华主人就可能范围，他能

《桃花扇》外景,刊载于《电影生活》1935年第3期。

不惜工本重拍,每一段戏拍好,必等印出看过听过才拆布景。重拍的确是一件不快的事,所以工作人员因要重拍随时都警惕着自己。目下片子已经就快拍完了,觉得一切都一天一天比较顺畅起来,常言道得好:"好不好一合手。"大家合手真是难得啊!这回的歌曲是刘雪盦先生谱的,三改其稿而后成。关于音乐问题,我又就贺绿汀、任光两先生请教过,配音的确是目前一个很重要的问题。中国的音乐不足以表现近代的精神,更不足以表现现代的精神,而外国的曲子又不合于我们的情调。怎样去创造新音乐是音乐专家的任务,可见各影业公司应当重视专家,在目前的阶段至少影片是有助新音乐的发展的。谈到此处,想起聂耳之死有无穷感叹!

八月六日,一九三五
原载于《时代》1935年第8卷第5期

苏 垣 纪 行

蔡楚生[①]

四月二十日

夜十时四十分,与君谋、达明、明仲诸兄,以车驰赴北站。余等此行为先遣队,故舍私人行李外,仅携照相机一具。抵站时,人头攒聚,车已生火待发。于人丛中遇谭友六兄与其夫人,兄与夫人方新结缡,日间固曾相约偕作苏游者,今果践约前来,乃大快慰。十时汽笛长鸣,车已蠕蠕出动,劳人草草,我辈又于此寒夜凄其中,悄然离去扰攘之沪渎。

余与谭兄夫妇及孟兄君谋据坐一厢,余虽疲倦,顾以难得偷闲晤对,精神转为兴奋。谈锋所及,逸趣横生,既无误国之嫌,复具排愁之效,于是此短短之两小时旅程,遂消失于不知不觉中。

一时十五分车抵苏州,乃雇马车二乘,载赴旅邸。夜色既深,春寒犹厉,诸人咸以首纳大衣领中,注目夜街,绝少交谈,与顷间在车厢中遍及古今中外之豪情胜慨,似已隔开一个世纪。

车抵苏州饭店,戛然而停。回视此负重致远之辕下驹,瘦骨嶙峋,毛色剥落,羸弱至不忍卒睹。时已汗流被体,气喘如牛,偶一振鬃悲鸣,声已喑哑而无力,想见其局蹐辕下之苦。问之御者,谓不胜千里驱策而已。老弱者,始以充此,为之憎然。侍者既启关肃客,余等遂入。

[①] 蔡楚生,广东潮阳人。自1932年起编导《南国之春》《粉红色的梦》《共赴国难》《都会的早晨》《迷途的羔羊》《渔光曲》等影片,其中《渔光曲》为其成名作,获得莫斯科国际电影节荣誉奖,这是我国第一部在国际获奖的影片。1936年与欧阳予倩等发起成立上海电影救国会。上海沦陷前夕,赴香港编导《血溅宝山城》《游击进行曲》《孤岛天堂》《前程万里》等影片。1946年与阳翰生、史东山回上海,组建联华影艺社(后并为昆仑影业公司)。1947年与郑君里编导影片《一江春水向东流》,被誉为战后电影的里程碑。1948年赴香港拍摄《珠江泪》,被推为粤语片的代表作。

所辟之室为沿马路四十号,友六兄与其夫人亦另辟一室于此。安顿既竟,诸人咸饥肠雷鸣,乃出外进点。归时已钟鸣三下,遂各就寝。

四月二十一日

晨兴,以市声喧嚣,六时即不能再睡。起视天,阳光虽没云翳中,度势当可晴。进点后,乃嘱向导阿七备马。友六夫妇拟游虎丘,遂与我等分道扬镳。八时,我等四骑已离阊门,但见远山送翠,碧草如茵,与去冬来此选择外景时之山枯草黄已恍如隔世。春花三月之江南,其足令人流连有如此者,顾我等殊无暇于效为诗人骚客之搔首吟弄。睹去闹市已远,遂纵辔疾驰,直诣西北之天平山。马蹄翻腾,烟尘滚滚,九时余已抵观音山麓。以拟择一群儿戏作长城激战之背景,特迂道上毁于洪杨时代之姑苏台废址。残阶断柱,泉石犹具园林规模,概可想见当年帝王时代之豪华。终以荒烟蔓草,杂乱无章,此"王气已尽"之地,殊不足以作我《迷途的羔羊》中诸儿英勇之抗战处,故仍舍此而行。

《迷途的羔羊》开拍的第一天,刊载于《联华画报》1936年第8卷第1期。

余等既抵天平山下之范坟前,已汗出如浹,盖以昨夜睡眠时间之不足,故多感疲乏。于是解衣磅礴,略进饮料,以资解渴,并假绿茵为床,青天作盖,于此作短时间之休息焉。

旋复尽阅左右山势。逾午，明仲始策一蹇驴，偕夫役蹒跚将机器送至。此时天已明朗，白云徐飞，远山尽出，乃于左近觅羊数头，从事摄制衬底之照片。比午后三时，诸人已饥肠辘辘，乃复上骑，拟至木渎午餐。途次又摄照片数帧，故抵木渎已逾四时。因亟进餐于石家饭店，菜尚可口，惜价奇昂，顾此时但知狼吞虎咽，即亦不复计此。不意餐毕出视，天已黑云四布，沙飞石走，大有山雨欲来之势。余恐做落汤鸡，乃与明仲及阿七，弃马乘长途汽车先返。而君谋及达明二兄，犹贾其余勇，策马驰归。相差时间仅十五分钟，其跨下功夫，盖有足多者。

晚九时，友六兄夫妇，以不胜旅社中臭虫之缠扰，且以游兴阑珊，遂先返沪。

余等以四十号窗下车夫辈之竟日喧嗔，刻无宁晷，故决迁至二楼十八号中。十八号室既宽敞，代价亦廉，而宁静尤非四十号所可比拟。

四月二十二日

因昨日之过度辛劳与饮食睡眠之不足，故今日起身较迟。天阴，唯可不至下雨。君谋兄至城中向大光明戏院有所接洽。

午餐后，睹天仍无太阳踪影，度势今日已勿能有所作为，故停骑不发。

下午从事筹备摄制下新桥左近广场上之民众逃荒及土匪押解夫役等场面，需用人数计壮丁一百二十人、老弱者八十人、妇孺各占七十人、道具五百七十余件。计划既定，而明日天气是否可放晴，既无从揣测，心中乃不免为之惴惴。

晚七时，于长途电话中，嘱屠恒福君偕温容、佐治、娟娟、阿梅、洪庆、才生等，乘十一时之夜快车来此。诸事既妥，余乃就灯下展纸属笔，续写《迷途的羔羊》杂谈一文，不意以策马故，掌竟僵硬不任指挥，强之始能勉成字形。此殆亦所谓"文武不能得兼"之故乎？惜我文既不成，武复无就，滋为惭沮耳。

十一时就寝。十二时逾三十分，孟兄独赴车站接上海诸人。彼等于进点后抵旅舍，已夜漏三下，余早梦入华胥，但矇眬起与呵呵而已。

四月二十三日

晨七时，全队整装移处停泊于广济桥下之德喜船上。七时三十分启碇，拟赴下新桥拍戏之目的地。顾河小船大，倒行五六里，始得掉头前进。中国交通之不便，于此可见一斑。十时抵下新桥，群众已先集于此，扶老携幼，固天然一幅流民图也。时阳光已从层阴中推出，乃亟事准备。以广场上散聚军营放牧之战马达百余头，殊足妨碍工作，乃就商于主管人，承其允为驱去，盛情可感也。

十一时二十分，已全部就绪，遂开始摄制。人数既众，余为声嘶力竭，诸同事亦皆汗流浃背。以太阳时隐时现，恐误工作，故置中饭于不顾，如是枵腹工作，直至下午四时三十分，太阳已消失于漫天风云中，始获奏凯归来。

船重返广济桥，已在傍晚六时余。我辈乃于万家灯火中，拖其饿乏沉重之躯体，登市楼进其"中餐"。

稍加休息后，于十时重返船上，嘱舟子于次晨三时，以船开赴观音浜，俾可至天平山上工作。

四月二十四日

清晨一觉醒来，推窗外望，拟一赏览观音浜景色，不意见广济桥仍横亘眼前，乃大诧异！时君谋已醒，以此询之，君谋亦异而反质余曰："昨夜春雷撼窗，大雨倾盆，若竟无所觉耶？"余以睡熟不知对。君谋复异而曰："然则半夜舟子于风狂雨骤中，固曾来告不能开船，若亦唯唯称是，是何者？"余聆至是，更为茫然，频摇首作怪状，君谋大笑而余搜索脑系，卒不能得其丝毫印象，真不可究诘也！

君谋以不信余"风原"之理论，昨夜强以首纳窗下而睡，致为寒风所袭，今晨乃拥被大呼头部胀痛，于喷嚏频仍中，想其中心亦正充溢忏悔之情绪也。余虽少不更事，在行旅中，自问于此等处却有三分把握。

晨餐后，春雨如丝，困人欲睡，于百无聊赖中，方执笔写作，忽闻船头声喧，起视见一溪人皆以筐篮缚于竿上，纷向水面捞鱼。鱼率半死，随波逐流，已无复宛若游龙之活泼，故其就网罟者至易，此即俗所谓"河翻"也。虽"乘人之危，君子不为"，顾余少于南中国为学徒时，辄喜以自制手网，于每日凌晨，潜至海边取鱼，以之佐膳，味至鲜美，十年来，每一思及，犹有余羡。故见此不免技痒，乃与诸儿以竹篮分制二柄，前后计取得鱼数十条。以恐有毒，未敢一尝，卒仍恢复其自由，倾于河中，此其无聊与庸人自扰之程度为何如者？思之不禁哑然失笑！

下午二时，与君谋、佐治、娟娟等冒雨乘车至大光明一观《大地之春》。姑无论其内容如何,而其描写家人父子间之真纯恳挚,乃使我数为感泣。导演处理之手段至为超越,演员演技,亦有足多者,此则非我国所能几及矣。

晚以天放晴无望,而睡船上局蹐如辕下驹,乃与君谋、达明二兄迁宿苏州饭店。余独写作至深夜一时始就寝。

四月二十五日

六时,舟子来速余等起,谓天可放晴,于是匆促又返船上。七时船行,好风相送,八时阳光已探首云隙,春山寂寂,波碧似油,令人有置身图画中之感。

途次,出四金向乡人易得母羊一头,及方坠地三朝之羔羊三头,以供拍戏之用。羔羊至洁白娇憨,常跳跃而嬉,每离母则"咪咪"而鸣,母闻亦必应之,并逡巡而前,任儿索乳。嗟乎,即圆颅方趾者亦不过尔尔,谁谓动物无性灵耶?

温容兄籍隶辽宁,既痛亡省之悲,复以关山万重,欲归不得,睹此锦绣山河与小羊依迟母膝,思国思家,不免重有所感。值娟娟为众歌《迷途的羔羊》曲,曲所述尽民间因天灾人祸而至流离失散之苦,温闻之,遂潸然泪下。余虽明知其中怀之悲痛,欲加慰藉,终以不知从何处说起,而木讷不能吐一词。

以船将至目的地,余等亟提前进膳。十一时抵观音浜,余与达明遂一跃上岸,健步如飞,径趋天平山上。三里之遥,瞬息而至。立童子门上眺望,见彼等尚蹒跚行二里外。娟娟与其外祖母以不善爬山,独以舆至。舆夫尽粗线条之女性,闻此辈类负家庭间经济之全责,故父母家恒不令其出阁,俾事生产,是亦苏垣民间之特殊风俗也。

余等于童子门外先摄一景,复整队逾山趋范坟。途次,母羊每不见羔羊则伏跪哀鸣,虽强之亦不少动,置羔羊于前,始欢跃起立,自行就道,其感人深矣。

既抵目的地,时赤日炎炎,白云翻飞,乃依前次所择定之背景,摄取佐治与娟娟陟岵望父之戏。以三时始葳其事,方拟改摄温容躬耕陇亩等场面,忽发觉佐治之服装遗留船上,乃趋屠恒福君驰骑归取,而我等则继续制照片,俾使工作不断。

屠去久久不返,疑其或遇不测,咸为焦灼莫名。望断云山,始见其汗流浃背,喘息而至。讯以何事迟迟,则以胯下骑不受指挥对。盖此公不谙控制,这番乃大吃其苦头也。至是遂继续工作,顷间我等已另觅得一景至佳,以机件须置水田中,故咸赤足奔走。余足着草至刺痛,因跂行如女娘,群为大笑。昔余耕于故乡时,迥无此感觉,十八岁以前,尚常不着鞋屐,且可荷重至百余斤,兹乃如是退化,"生理因生活方式之不同而演变"是诚千古不磨之论也。

六时落日衔山,工作始毕。相与一吊杨柳青惨死之遗址,芳草萋萋,魂兮何处?令人为凄然久之。

六时三十分全队返船。君谋兄赴苏以长途电话达上海,请由祝宏纲君率第二批之演员前来。船七时开横塘停泊。次日拂晓,再赴木渎。

四月二十六日

温容兄以其戏已全部摄竣,且艺华亦正待其返申工作,故于七时束装首途,离群而去。温君天性敦厚,与我等相聚数日,感情乃至契洽,兹虽小别,临就道犹以不能与此行相终始为憾,友情可感也。

上午至八时后太阳始照及地面,而狂风如万马奔腾,摧人欲倒,我等遂从事摄制"长城血战"中之"暴风"及"落花流水"等场面,成绩之优越,率非人工所能几及万一,此殆所谓天助乎?

傍午,君谋兄偕由上海来苏之秦海邮、梁宗及临时小演员杨生甫、张生德、商玉桂、郭福宝、毛福康、沈桂亭等驰抵此间,顾天已湿云密布,无复有工作之希望,遂相与返处船上,共进中膳。

考偕行诸儿之绰号,与其家长职业,颇觉五花八门,因并录此以供一粲:

葛佐治——在上海之绰号为"小广东",在香港为"小肥佬"或"咸虾产"(港人每戏呼西洋人为"咸虾产",唯语气间不无讥讽之意)。其生身父母均西班牙籍,生母已逝,其父续娶粤人,昔曾服务于香港某船坞中,现已赋闲。

陈娟娟——绰号"陈皮梅",父母昔曾执教鞭于南洋群岛,娟娟在襁褓中,父即见背,故今依外祖母与生母而居。

秦海邮——绰号"张果老",其尊人为秦桐先生,话剧界之名宿也。

杨生甫——绰号"洋蜡烛",其父为业包饭作者。

张生德——绰号"戆大",其父为一船伙。

商玉贵——绰号"小江北",其父为某公馆之包车夫。

郭福宝——绰号"百有份",其父为某押头店之店伙。

毛福康——绰号"扫清码子",其父为一理发师。

沈桂亭——绰号"小老头子",其父为一江湖之测字先生。

陈娟娟、葛佐治在《迷途的羔羊》中的剧照,刊载于《联华画报》1936年第7卷第9期。

凡此,均足据为"信史"者。而临时演员中,亦正尽多"迷途羔羊",其家族有至累月不来一加过问者,平常则流浪街头,不可寻觅。以"迷途羔羊"而演《迷途的羔羊》,其胜任愉快,自属意料中事。

下午以春雨霏霏,无事可为,乃召集开会,研究工作,期使光阴不至于虚掷。

四月二十七日

今晨仍阴雨,伏处船中,情绪至为恶劣,乃与君谋、达明二兄,至木渎市购腌大蒜头及葱蒜鲜肉,归嘱舟子炒以佐膳。南人嗜此者百无一二,因是就餐时多为掩鼻,而我等则故故向之大嚼,以示"其味无穷",且扬言此为补肺杀菌、健脾通气之物,不嗜者乃真"屈死"!是虽恶作剧,要亦"言之成理",而一船沉闷之空气,乃赖以冲破焉。

下午以天雨,原定计划既须变更,乃复开会加以讨论。二时,阿七于细雨迷蒙中,偕费穆兄寻至,盖费兄亦为其新作来苏寻觅外景者,他乡遇故人,心中乃至欢悦,惜余以会事未毕,未能离座倾谈,而兄与君谋亦方有事接洽。旋即匆匆离此,与阿七以二骑赴小花山。彼等行后,未逾一小时而大雨骤至,群为焦灼。后阿七来言,彼等果于途次遇雨,衣履益湿;而与费兄偕来之邢少梅君,则以新病未痊,偃卧逆旅中,尤足令人置念。

傍晚，舟子忽谓飓风将至，拟移舟泊新安公所前，余等尚疑信参半，不意船方启碇而风已至，其应验乃有如此者，故我等咸以后梢为"天文台"，凡关天气晴雨者，必先咨询之，始定进止。

四月二十八日

春雨连绵，竟日不息，屈指来苏已将旬日，而工作犹未及半，心中焦灼乃至不可名状。顾处此进退维谷，呼天不应叫地不灵之境地中，亦唯有徒唤奈何而已！

舟子至解人，中晚两餐，于饭菜外，均为益大蒜一器。余等咸认此为舟子"惊人之笔"，大呼"下饭"不置。而不嗜此者乃刺刺而詈，尤以小宁波屠恒福君为最，余乃提其耳而告之曰："阿弟哥，不吃是唔命苦！"群为啒噱不置。

傍晚，我等方闲坐，旧友姜君忽冒雨来访，唯少谈即去，约以次日再来。姜君比方困处家园，其遇固甚蹇也。

四月二十九日

今日天仍无放晴希望，闻舟子言，明日当可见太阳，以今日气压之低郁度之，殊未敢置信也。

君谋兄以有事入城，临行，并许为海邮购鸭肫肝，以疗彼等之饕餮。

傍午，姜君践约来，倾谈逾一小时，并共进午餐。姜君先一日已晤费穆兄，因嘱共为谋一枝栖，竭余等绵薄，是否能慰其期望，此时固未敢必也。

入夜，夜气阴沉，雨声淅沥。愁城坐拥，乃大谈鬼。"洋蜡烛"且谓："隔夜于梦中起便溺，见新安公所前鬼火飘忽，其色惨绿。是时，竟因惊怖而至不能卒其所事。"诸儿聆此，视座间一灯如豆，夜风撼窗棂索索作声，果阴森有鬼气，乃为毛发直竖。佐治尤怯，盖彼日间曾目睹新安公所中停棺达四百余具，一若幽灵已充斥左右者，坚以首纳余怀至不敢后顾，余乃笑而为无鬼论以辟之。顾佐治终不能释然于怀，夜且挟被宿余对榻。甚矣，鬼神惑人之深，无怪愚夫愚妇，日弃其工作，仆仆于上方道上也。

四月三十日

六时起身视天，天犹阴霾无霁状，顾以昨日闻舟子言，今日天必放晴，故仍存一线希望。

果也,八时风行云动,九时赤日已从云罅涌出,乃与达明诸兄,挟机牵羊,度堞楼,跨桥而北,疾趋十余里,于山麓之村落中,摄得优美之风景照片数帧。此为供字幕之衬底用者。十二时返据桥上,拟摄出岫之云,顾云出无心,卒以构图欠佳,只能俟之他日而罢。

一时以后,全队工作于堞楼下,摄得佐治与娟娟于树荫下娓娓倾谈,为顽童秦海邮等所发觉而加以讪笑等场面,收获至佳,终以日落崦嵫,乃整队归船。

综计今日工作虽达十二小时,而始终不感疲乏。以水盥沐,皮肤被风日所吹炙,乃作奇痛,引镜自览,固已俨然一印第安红色种人。诸人咸以此相顾失笑。

船于暮色苍茫中,开赴横塘停泊。

五月一日

晨兴,朝光如梦,探首玻窗外,见太阳方隐约自地平线上升,渔舟鼓棹而过,所谓"烟销日出不见人,欸乃一声山水绿"之诗情画意,乃依稀于此见之。盥洗既毕,立船头四望,但见长空万里,竟无片云,此为一月来不经见之景象也。

五时二十分,与君谋达明诸兄,登上方山觅取诸儿长城作战之背景。得一要塞,与一横亘山腰,蜿蜒百数十丈之泥堤,衬于后者为层峦叠嶂,其雄伟殊不让胡马悲鸣之塞北。取景得此,可谓天造地设。

晨餐后,布置既竟,于是整军经武,令诸儿结束上场。不意飙风陡起,日色无光,顷间蔚蓝天宇,忽已满布白云。余既感久待无益,乃独以一骑,驰驱于上方七子之间,期觅取其他背景。勒马峰巅,纵望三吴,但见锦绣江山,处处皆我画面所需要者,心中为之快慰莫名。比归时,诸兄见云开无望,已早鸣金收兵;余以所获相告,群皆欣悦。

傍晚,偶感无俚,乃约佐治、娟娟、海邮与其他诸儿,相偕至横塘镇上散步。横塘虽具市廛,而远勿及木渎之繁盛,此盖视居民之多寡为比率也。

余以日间骑马时,曾疾驰二十余里,股肤马鞍之磨擦,乃隐隐作痛,故以杖佐行。环顾诸儿,齿皆较稚于我,而天真之态,尤为我早所尽泯者,因嚣然有老气横秋之慨。顾一转念:时不我与,马齿徒增,则又不禁悲从中来。嗟乎!苟更十年而仍如今日之一无成就者,行且索我于枯鱼之肆矣!

五月二日

今日,天又一仍故态,风丝雨片,断续未停。

下午三时,偕君谋、达明、明仲诸兄,趁苏福长途汽车入城访晤苏州大戏院之经理唐君。主人接待至为殷渥,旋复肃客入座观影。君谋兄以有事须一赴车站,四时余即离座而去。余与达明亦未及半而先后昏然入睡。比终场,询明仲以对片之印象如何。明仲笑而不答。强之,始谓即吾公司中之废片,加以剪接,较此恐亦差胜一筹。余与达明均不置信,顾以未窥全豹,即亦无从臆断。

六时,余等驱车抵阊门,君谋兄亦赶至,视时间尚有十分钟可作犹豫,乃购蜜橘一袋、报纸数份。事毕,遂乘六时十五分之苏福长途汽车,仍返横塘。

五月三日

今日为休沐日,天虽阴,而有闲者游兴尝未少杀,中外游艇之卜经此者至众,笑语声喧,迎风指点,视彼等固皆天上人也。

傍晚,阿七以马来,余已有髀肉复生之叹,遂翻身上骑,沿苏福长途汽车路,直驰山下。一鞭残照,景物如飞,归时,视坐下骑已汗出如渖,而天亦已暮云四合矣。

五月四日

天仍阴雨。余竟日伏舟中写作,未一登陆。偶见岸上善男信女结队赴上方山者络绎不绝,异而以询舟子,舟子谓:"今日为上方山老爷娶陆姓如夫人之吉日,此辈盖为前往致贺者。"并谓:"陆姓女住上海江湾,病时即言上方老爷将迎娶之,且以死时告家人。届时女果淹然气绝。家人神之,故为备妆奁一如嫁生人。有好事者诣庙中,亦谓庙中已另塑一土偶,且御钻戒,新房铺陈均一如传述,是可异也!"嗟乎!今日何日?"五四"而后,民风犹复如是闭塞,联想及此,能不感慨系之!?

夜,无风,天已较日间为透亮,波平如镜,倒影乱真,疑明日有放晴希望。

五月五日

五时起身,盥沐后即进早膳。七时煦光自玻窗射入,群为欢跃!亟嘱舟子启碇，舟子愀然有顷，谓不旋踵云必复合，行无益也。及午，果又天阴欲雨，余等咸为气沮，舟子谓："请少安毋躁，明日必晴，当可供君等一日工作。"入夜，雨下如断梗，群谓"天文台"之报告，此番恐将不复应验矣。

五月六日

不意今日天果放晴，乃不能不佩舟子于气候经验之丰富。当以电话至苏召临时小演员来此，七时即移舟石湖，登山开始工作。所摄为诸儿戏作长城攻夺等场面，翻腾跳跃，血战竟日，至下午五时始得奏凯归来，而所谓中饭，固未曾有粒米进腹也。

六时，船仍返横塘停泊。入夜，余方将息，偶俯首见地上月色如霜，起看波光莹洁，云影推移，无端思绪忽为潮涌。以伏处舟中，至感局促，乃偕佐治、志良挟电炬，携手杖，驰行于横塘之夜街中。街至窄小而宁寂，唯偶有狗声猰猰，一若为其主人作警告之信号者，惜我辈乃非穿窬之徒耳。街尽登一桥，环山在望，江流悠悠，视我等之船，已远在二三里外，渺小至仅能见其轮廓，以宇宙空阔，竟不信此黝然细点，为我等朝夕伏处之所，此时之情怀，乃益不堪闻问矣！

桥下临水处环以石道可三尺——此为他处所无者。我等徘徊其上时，见篙工方撑一长逾百数十丈之竹排逆流而上，桥洞狭而潮急，竭彼等全力，逾二十分钟始能前进数尺，艰难甚矣！余乃告佐治："即此一竹之微，篙工以一移徙，乃须费如许气力，此后其亦知所爱物乎？"佐治唯唯。夜露既重，春寒袭袂，我等乃复循旧道而返。

五月七日

船于晨间六时开赴石湖。七时，苏州之大批小演员已追踪而至，遂续摄昨日未完之场面。天多云雾，唯尚可不碍工作。十时后，阳光时隐时露，始有不能畅所欲为之叹！如是至下午二时四十分，白云弥漫，阳光尽敛，工作遂入于停顿状态。四时以既无望，乃返船补进中餐，而船旋亦开返横塘。

六时十五分，君谋兄乘长途汽车赴苏转沪。此行为向公司报告经过，及于经济与事务上有所接洽。

夜十时，风雨忽骤，借灯把卷，时虞熄灭，乃弃之就榻假寐。时佐治、娟娟、海邮等，据舱厅中以扑克作"捉乌龟"之戏，相约负三次者以至余榻前伏地效龟爬行为罚。卒之佐治负,遂被群儿拥至,且爬且令作龟叫(未闻龟能叫,此当为彼等所杜撰者)。睹状群为笑不可仰,余亦因是而愁绪尽释。

五月八日

晨起,天仍阴而无晴望。余方陷入沉思,忽闻佐治泣于隔房中,声至凄恻,以彼顷方与海邮嬉,疑或受欺,乃召之来,穷讯之,始得其实,盖此子身世至为凄凉,兹乃以悲怀往事而啜泣耳。余闻之亦为黯然,乃以"徒悲无益,苟能奋进,将来自有出人头地之日"而重慰之。彼亦唯唯,呆坐有顷,清泪忽又夺眶而出,恐为余见,乃返奔入隔房,狂吹其所携之童军步号,欲盖弥彰,其心中之痛苦,似已不堪言状矣。

晚餐后,诸儿复以扑克作"捉乌龟"之戏。佐治与海邮各负三次,咸依约伏地效龟作爬行状,海邮且自谓于爬行外,复益其创制之乌龟表情。余置身影界近十年,竟勿知乌龟之表情作何状态,但视其面部之尴尬,乃为捧腹不止。此于天聪,诚不可及也。

入夜,凉月窥窗,云山如梦,诸人早已就寝,而余犹就灯下属笔为文。万籁无声中,忽闻孤雁悲鸣,划空而过,寂寞荒凉之感,乃排心扉而入,以势不可当。亟灭灯就睡,始得昏然入梦。

五月九日

"五九"又至矣!五月为多事之秋,而《二十一条》之最后通牒,尤为国人所痛心疾首,刻不或忘者!同人以天阴工作无望,乃环坐列数国耻,痛述国难,至为热血腾涌,悲愤莫名!嗟乎!寇深矣,而国人犹复梦梦,其能不为阿比西尼亚之续者几希!?

入晚,天较日间为爽朗,模糊之月色寻且约隐自东方上升,睹此大好山河,苟非流血,势将勿能图存,乃为热泪盈眶,浑不自觉!

五月十日

伏处扁舟,阴雨困人,生活乃至单调,以是殊了无足述者。下午,群久蛰思动,因与君谋、达明二兄,率佐治、海邮,乘三时长途汽车入城,观影于大光明戏院。院中吴森先生遇余等,颇优礼有加,盛意可感也。六时完场,以久未一尝鲜美之岭南风味,因相与至广州食品公司。登其楼,陈设乃至富丽,令人恍如又置身十里洋场中。惜以值星期日，苏垣复无夜市，我等所嗜之菜，多已售罄，乃为美中不足。

九时逾十分，君谋兄以有事接洽，复相偕至苏州大戏院。院中西片《寻子伏虎记》已开映及半，吴森先生复肃客人座，余等以他无去处，且不欲拂地主盛谊，遂入观之。十时散场，于细雨霏霏中，驱车返宿苏州饭店。

五月十一日

晨起，窗口外天犹阴云密布，工作既万无一望，乃不复置念。上午为达明、佐治、海邮等分作画像，以遣"有闲"岁月。下午，彼等皆就榻鼾睡，余独事草拟新作，忽得陆洁先生快函促归，筹思再四，乃草就覆书，为述返徒劳人，于事无补，以示君谋、达明二兄，二兄亦韪余意，遂以快邮发出。晚就浴于松泉，筋骨为之松畅。归时以天雨，地至崎岖泥泞，几为踬仆者再。

五月十二日

以昨夜之风雨载途，疑天放晴无望，故起身较迟。八时后，分草数函致沪上，以报友侪之拳拳。不意十二时赤日竟排层云而出，以春气郁蒸，云乃幻为璀璨巍峨之奇景。于是我等乃亟进餐。餐毕，于二时乘长途汽车驰赴横塘，再登船转趋石湖。卒以时间过迟，仅摄得一超五十尺之风景画面，及十帧风景照片，此虽足以差强人意，但已群为懊丧不置。

以天明日当充可供充分之工作，乃大举筹备，为养精蓄锐计，并提早就寝，期为竟日之奋斗。

五月十三日

不意今晨天复转为阴寒，原定计划，遂尔无从实现。十时，天虽仍为云翳所蔽，但已较晨间为爽朗，十一时且能偶见稀薄之阳光。召集大队，在势尚不可能，为备万一，临时乃变更方略，就原有队伍，乘十二时长途汽车赴木渎，期补摄堞楼下未毕之戏。十二时三十分抵步，阳光已探首而出，急奔目的地，于此工作达四小时，得将补戏全部摄竣，亦幸事也。

此时船已来泊桥下，乃附之拟返横塘。途次经东跨塘，见西天落霞灿烂，群峰隐约，余以是极适宜于作歌中背景之用，亟令停舟，与达明兄及明仲、阿梅、洪庆、才生等，于晚风飒飒中，挟机疾趋数里，攀藤附葛，径登黄山头之巅摄得绝佳之晚景近百尺,此为意外之收获也。归途经桥上,复见一江如练,直贯广袤无垠之原野中,时余晖犹在,水波不兴,一帆方自天边御风徐至,景至幽绝,乃复收入镜机,备供采用。比抵横塘,新星闪烁,盖已夜矣。

五月十四日

十时天甚明朗,恐云开时措手不及,君谋兄乃返苏城坐镇,以免小羔羊辈之往返徒劳。而我等之船则开赴石湖,坐候天霁。逾午,阴云复合,遂告绝望。

饭后,与达明、恒福诸兄信步至半山之治平寺。寺久失修,黄墙多已剥落,衬以门前之大树婆娑,乃觉古趣盎然。款关而入,略览佛厅,复登湖山堂。堂面石湖而建,碧波万顷,尽呈眼帘。槛外列松柏杂树无算,山风入户,萧然有声,几疑置身三秋景色中。沙弥以山茗献客,香冽为沁心脾,味之殊异凡俗,所谓清浊之分,盖在是乎?环顾壁间,悬时流之笔迹几满,疑主持僧亦为附庸风雅者。顾以我等自顶至踵,一无雅骨,即亦不复置意。偶过禅房,见窗外绿竹千竿,幽花四布,列嶂如屏,倒影入砚。阴念彼秃头苟许我于此下榻,作一月之勾留者,即不皈依三宝,亦当买花献佛,旋以毕我生应无消受此等清福之日,遂为哑然失笑。

比下山,沿石湖而行,抵舟旁,回首见奇石杂踞山下,峥嵘突兀,俯仰生姿,以长日无事,乃嘱工役为备灰泥,掺水捣糊,而自缀"迷途的羔羊"等字于庞然大石上,以供摄为片首之用。既藏其事,虑顽童来此毁去,乃相约守至日暮始归。

君谋兄自城中乘马来,余期熟阅左右风景,乃复乘之而绕行于上方之背。途次见一村庄,大树数株,绿荫如盖,矮屋参差错落于瓜棚菜畹间,衬以小桥流水,乃觉风景天

《迷途的羔羊》海报,刊载于《联华画报》1936年第8卷第1期。

成，无须斧凿。余为流连忘返者达二十分钟，旋以村犬追吠于后者达四五头，徒留扰此今世桃源之宁寂，乃复策马而行。讵以贪于览胜，竟迷途于一山麓，幸遇樵者，始得依所指腾跃而归。日既云暮，而我等之船，遂亦放乎中流，返泊旧处。

五月十五日

船于晨间复赴石湖，以阳光忽隐忽现，难期为长时间之工作，乃先将城中来此之大批临时小演员遣返，而专一于准备昨日所预期摄制之片首。负石采花，经营达二三小时始行就绪，以天复不予见助，竟待至午后二时，始得摄竣。至是，遂偕全部工作人员，率同由城中招至之老弱二十余众，跨桥而东，于水村旁龟裂之泥地上，候摄"旱灾拔草"等场面。四时阳光数度透露，遂抢为摄入。以残阳可待，于是复贾其余勇，鼓棹至五福桥登陆，挟佐治、娟娟，徒步六七里，赴东跨塘摄取"望父"一景。虽仅得十六尺，而成绩至佳，乃不觉奔波之为苦。归途改沿苏福长途汽车路而行，夹道皆山，静如太古，林木蓊翠，晚烟轻笼，令人为之悠然神往。途次以八百文向乡人易得蚕豆一篮，豆方离杆，至鲜嫩可供生食，一入城市，其价即无复如是之廉，而味亦必较逊，因叹此口福为不可及。抵横塘，一船灯火已亮，诸儿咸逆余等欢呼，盖彼等于船首盼望已久矣。

五月十六日

昨晚以此间存片不多，虑告匮乏，君谋兄乃赴苏以长途电话向上海接洽。今晨返此，余以天复阴霾，意志消沉，故犹高卧未兴也。

午后，达明兄等分赴黄山头及宝带桥等处游览，余以方事写作，未与偕行。三时天忽少霁，而达明兄等亦已倦游归来，遂令舟子拔碇赴石湖，于上方山顶，从事摄制照片之工作。直至斜晖尽没，倦鸟归林，始挟机登船，开返横塘。

五月十七日

晨餐及半，天忽放亮，君谋兄即弃箸登陆，乘长途汽车赴苏催集临时演员，船亦立发石湖。比抵目的地，拟抽暇先摄照片，而阳光迄未露出，待至逾午，群谓无望，乃入舱进膳。不意甫举箸而云裂光露，余大呼抢拍，群亦争先登岸，前后计见阳光四次，以云飞至疾，每次仅露二三秒钟即逝，以极度迅速之手段处理之，亦仅摄得照片三帧而已。此后风紧云稠，更趋无望，而苏城数十小演员，又为徒劳往返！天之厄我者如是，夫复何言？

五月十八日

二十余日来，以受天气之簸弄，几于无日不处逆境中，心绪已至恶劣，而今日气压忽低，郁闷至可令人窒息，于是群情焦灼，更为不可名状！午后，君谋以不复能忍，乃倡言返沪，并以此征余意见。余以为山九仞，兹已功亏一篑，苟舍此而归，于心殊有未甘；且今日天气突然反常，非大雷雨，即为转晴之朕兆，曷再俟一日，以观其变。君谋兄亦韪余意。旋以今日已勿能有所作为，乃将船开赴苏城。四时抵步，复以长途电话商于陆洁先生，陆先生之主张亦与余等暗合，遂决仍作一日之勾留。诸儿以久未就浴，乃赴松泉大事洗刷。晚八时，君谋、达明二兄邀余亦赴松泉，余方为文，迟一时始追踪前往。比返船埠，已逾午夜，视天群星灿烂，万里无云，料明日当可放晴，乃亟发登船就寝。

五月十九日

不意以昨夜之神经过度兴奋，辗转反侧，竟彻夜未曾交睫。倚枕筹思，虑天晴抵目的地过迟，二时乃起，嘱舟子以船开赴横塘。船抵南新桥，舟子忽褰帷来告，谓天已雨，拟不再进。起视果已细雨纷飞，乃如冷水浇背。顾以余信今日必晴之念至坚，卒不为动，而仍令前进。六时起身，雨旋止而天亦泛白，复催舟子移泊石湖。七时抵步，阳光果不负余望而探首云际，乃于极度兴奋中，挟原有队伍上岸工作。不旋踵而苏城之众小英雄，亦已攒程赶至，会师之下，遂作鏖战。同人感，奋勇争先，以一当十。如是历七小时而工作全部告竣，庆幸之余，心乃如释重负！二时进餐毕，君谋兄率大队班师返苏，余与达明兄复偕一小队登岸，于上方山麓山巅，俟机摄取风景及照片，以备选用。直至落阳如丝，昏鸦噪晚，始附君谋兄为余等。

雇就之小船返苏。船远视雪白如一汽艇，盖为灰窑行之供送石灰者，无航，而其小仅足容膝；空江潮急，逆风而上，乃觉冷不可当。比抵西门，始得易乘马车赴旅邸。晤君谋兄，知其他工作人员及佐治、娟娟、海邮等，已由恒福兄率乘六时四十二分钟快车返沪。至是，乃暂觉一身清闲，了无牵罣，虽倦意频催，而犹健谈至深夜一时，始行就寝。

五月二十日

今晨本拟即行返沪，以一切手续均待结束，且陶寿荪先生复约为其摄制大光明及苏州二戏院之全体职员及散场情形，故决迟至下午始行就道。十一时与君谋、达明二兄等携机诣北局，于二院摄就数段后，即赴松鹤楼陶寿荪先生之燕，同座有唐吴诸先生，倾谈至为欢洽。

离松鹤楼，君谋兄以事先返旅舍，余与达明兄等则由吴森先生导至苏州国货公司，并偕参观天台及播音室。室中鸦雀无声，播音者方以吴侬软语，演述《三笑》。我等莽夫，复值天热人困，闻此乃为昏然欲睡。旋以该公司总理张一鹏及陶寿荪诸先生已俟于门次，乃出为摄就一段。

既蒇其事，遂相偕驱车赴西子林。抵门次，以携机件几为阍者所阻，幸陶寿荪先生授以名刺，始得启关而入。盖是园向固不许携摄影机者越雷池一步也。于园中为陶先生与其眷属及亲友等，摄就游园留影后，视表已逾三时，乃亟与陶吴诸先生握别，而遄返旋舍。卒以赶四时之快车已无望，遂改以六时四十二分行。

六时赴站，母羊及三小羊已先俟于此。盖同人喜小羊之娇憨无邪、母羊之温良慈爱，且相依二十余日，其有助于我等正多，故不忍中道相弃，以供屠沽者之视作俎上肉，而携之偕返沪上。车票四头计需二金，小羊无减半例，不平滋甚！入站时，路人咸加注目，迷途得复，诚亦此行之一佳话也。

六时四十二分，汽笛戛然长鸣，车亦蠕蠕出动。回思此一月中，□非焦灼万状，即为辛苦备尝，及今亦已随光阴之飘逝，而成为过往之陈迹，心境乃觉一舒。窗口外，暮云春树，过眼如飞，苏垣转瞬盖已还在数十里外矣。

后记

综计此行，前后适为一月，即来去之时间，亦相衔接，可谓巧合之至。原定计划，至迟旬日即可竣事，初不料以天之阴雨靡常，竟滞留至如是之久！而积一月之苦心经营，数百里之登山涉水，四十余人之通力合作，数千元之巨额耗费，所摄得之底片，仅千二三百尺（毛片凡五千八百余尺，经剪除之后，仅得此数），占银幕上放映之时间为十分钟强。以此戋戋之数，而成事之难，有如此者！世人不察,每以从事电影事业者为嬉戏,或被视为神仙中人,此则恐非其梦想所能及也!

一九三六,五,三十日
——楚廾识

原载于《联华画报》1936年第8卷第1期

当我的影子徘徊于银雾之街时

吴 村[①]

当我的影子徘徊于银雾满街时,似乎闪烁的街灯与飘逸的市招都知道我已把《永远的微笑》摄竣了。三数月来,今夜称欣快的,尤喜银色的雾,笼罩着这静寂的街上和我。

《永远的微笑》的情节,也如笼罩了一层银色的雾似的花草一样,有着浑厚而绮致的气概,在电影价值,决不是平凡的,这我们从剧作者刘呐鸥君的修养与技巧,早已称佩了。虽然这是他的尝试作,但事实上却很成熟,他非只构造故事,而且写了极精密的台本,使我在工作上得到异常的便利和明了。所以这部电影的完成,我只是一个烧菜的小厨子,而刘君却是配菜的大司务。

不过很抱歉,我觉得烧得不佳妙,有些地方过火,有些地方失调,更有些地方先油后酱或先醋后盐,这都归咎我的才学疏浅,绝与刘君食谱无关。所幸的是两位帮忙下锅添柴的伙伴很卖力,否则,这碗菜将拿不出厨房了。

现在我应该把两位帮忙下锅添柴的伙伴推荐给你们,一位是摄影师董克毅,一位是录音师何兆璋。

董君最令我钦服的,是我的见解他很同情,我的意表他很接纳,所以自开摄至完成,我们都极称心,极和洽。我们用功在细微的地方,以满足我们对电影艺术的企图。我们大胆地尝试光与线的新感应效果,最显明的是在紫金山摄制的一些外景,我们充分地发挥自己的本能,其中以一部马车驰过柳堤的摇景最得意,那是特地制就它如一幅木刻,以强调快板的歌声的情绪,虽然等了两天的工夫才达到这一点点的意想,但是我们很情愿,很情愿。

有时,我们觉得须用一些好莱坞已经有过的摄影机械才能够使我们所要

[①] 吴村,原名吴世杰,福建厦门人。1928年后,任上海明星电影公司编导。1941年后,在印尼、新加坡电影公司任编导。导演《天涯歌女》《永远的微笑》《王宝钏》《春之花》《武松与潘金莲》《李香君》等,著有电影剧本《新地狱》《血债》《伯王梭》《第二故乡》《度日如年》等。

制作的画面没有错误,可是我们只好翻翻书本对着那些机械图样兴叹或是做梦。曾有几次因为这种问题的不能解决由兴奋而灰心,由灰心而几欲拖弃工作,然终被责任与志向征服了,我们竭尽思虑去造成不满足中的满足作品,想来真大傻瓜。

何君年纪很轻,又很聪明灵敏,在中国录音师界,他和他的哥哥兆璜是最受称誉的。某日,我们因为讨论收录歌曲问题,从黄浦滩步行谈到枫林桥,趣味的欣感,让我们忘记路途的遥远与脚力的疲劳,我对他的钦佩与对董君一样,真是难得的同路人。

我们感到欧美的电影歌曲已具非常成就而达到优秀期了,如音色的华丽、和悦,与节奏的明快、婉扬,在在都是现代人的最高杰作,我们要推荐它、拥戴它,而极力地编制一首主题歌,尽量地去接近那典型作风。一面请名音乐家欧摩罗先生配管弦谱,并请他的乐队演奏,作为这部电影的序曲。何君对于这件事的欢悦,实不可言喻,因为他在这里可以发挥更进步的录音技巧,假如你感到这序曲很满意,那先要称颂何君的成功才是。

此外如置景师经礼庭、剧务员陈绍明,以及其他有关系职工,都是这部电影的功臣。至于演员,自然是胡蝶女士最值得系念,她以丰富的演技经验来接受我肤浅的理解,固是绰有余裕,她在我眼底的特点是交际修养造就的规则动作,若眼,若眉,若发音,都有修整,也则是所谓已成为"胡蝶型"的了。特别在几场戏可以告诉你们,就是"遇雨""回想"和"弑凶前后""监禁时节",盼望人们切勿忽略她在这里的演技。其他演员,也多超乎我认为满足范围的演出,实在很可自慰。

我自从踏进电影圈,朋友有减无增,连故乡的亲戚也疏远了,不过藏书架上的影院说明书,却越来越厚。因为我觉得"导演"这桩事

《永远的微笑》片场中吴村与胡蝶合影,刊载于《天津商报每日画刊》1936年第19卷第34期。

朋友们并不能诲助我，根据过往的事实，反而多引起人事纠纷，所以我宁愿一个人凭自己的所能所慧去应付我的责任。假如某一时候自觉或被觉力不胜支的话，那我将立刻回避了，至于以前有人故意歪曲我，甚至把我牵强地染成某种颜色。这末太错误了！我对电影有的是"兴趣"，除了"如何可以做得更美丽的梦"以外，并无其他目的。有人看电影为"时代的武器"，我何尝不如是？差的是利用方法的一致问题而已。刀可以杀敌，剑也可以制仇，我之被歪曲，也许就是我以电影为"刀"而他人以电影为"剑"呢。我默祷着从《永远的微笑》以后，我能够做到给自己更安心的作品。

当我的影子徘徊于银雾之街时，我想说这一堆话，以志《永远的微笑》的完成，并明我的心地。

廿五，十二，十，银雾满街之夜
原载于《明星》1936年第7卷第5期

开心公司之回忆

徐卓呆

一星期拍一部戏,并不是今日始,十五年前的开心公司,早已实行了。每一部戏的预算,只有九天,计内景七天,外景二天。请问,一年拍一部戏的,几个月拍一部戏的,它的实际工作时间有多少?荒废的时间有多少?大概大部分都消耗在时间不经济上。同样地拍一万尺片子,真的拍戏时间,到底花不了多少。有几位导演先生,见一切都预备好了,人也齐了,他忽然不高兴,要到跳舞场去了,就此不拍;或者仅拍一个镜头,明天再来,这种情形,很多很多。

开心公司为什么会这样地开快车呢?事前,创办人某君,曾参观日本的"松竹"和"日活"两大影片公司,见他们每星期必定要出两部片子,平均每一部片子,只拍五天,非常经济。所以他们也不肯耗费一些时间。

他们的资本极小,所以他们的宗旨,是无开销主义。平常日子,公司里一些开销也没有,要拍戏的日子,才有开销。好在他们公司既无地方,就在自己家里,又不雇用职员,都是自己人办事,所以平日可以没有开销。到拍戏的日子,开销才来。摄影场是租人家的,大约每一部戏,租费不过花一二百元,他们只用六七天的工夫,人家也很欢迎。那时的影片公司,摄影场上停拍六七天,是很平常的,利用这时间,有一二百元可捞何乐而不为呢?

摄影场是包给人的,计摄影、洗片、印片,一底一面,共一百五十元。价钱虽然便宜,他也很上算。因为实际工作,不过十天光景,别家公司去请教他,拍一部片子要三个月,他就吃亏了。

影片公司最吃价的,有三种人:导演、主角、摄影师。那摄影师的问题,很便宜地解决了;导演先生,由自己担任;男主角也是自己来,不必去请教人;只有女主角是问题。三位股东,自己的老婆既年老而不好用,女儿年纪又太小,于是只好向各方面去物色。好在那时是无声,只要面孔端正,有些表情,就可以派用场,所以女相士某君,大世界的女卖报员,都给他们发掘出来。实在找不到人的时候，就在文明戏里去觅一个配角，都是些有舞台经验的，用这些人，可以节省练习时间，训练起来比外行容易得多。

工作人员都是临时召集的，报酬有一天算一天，演员也是一样，大约最贵的女主角，每天酬五元，算他有七天戏，不过三十五元。其他演员，四元、三元、二元、一元不等，工作人员，平均不过每天二元。到一部片子拍好，然后结账，大概情形如下：

底片一万尺，计一千二百元；面片一万尺，四百元；摄影场一百五十元；摄影一百五十元；演员及工作人员的酬报，三四百元；租家具买物一百元；车钱饭钱等一百元。每一部片子拍成，一共花不到三千元。别说现在听了要当它笑话，就是当时一班同行听了，也都不相信，有的虽然相信，也以为总是不知所云的东西。但开心公司是专摄滑稽片的，独树一帜，自有相当的号召力。他们的所以成本轻，无非在没有开销、节省费用的缘故。

原载于《大众影讯》1940年第1卷第1期

开心影片公司《济公活佛》女主角叶红林，刊载于《中国电影杂志》1927年第1卷第4期。

一九四〇年马来亚华侨剧运概述

金 山[①]

世事在回忆的时候,往往会发现许多巧合的机缘。譬如像我本人,此次去南洋工作,费了许多周章,终于在一九四〇年的一月一日清晨悄悄地登上了马来半岛的北岸。而在同年十二月二十八日的清晨,却又悄悄地登上离马的海轮,启碇返国。屈指算来,头尾恰好一年整。在这整整的一年中,我们虽曾尝过不少艰辛,做过一点微小的工作,但比较起当地救亡青年艰苦奋斗的情形来,实有愧不如人之感。今天,我所要写的是关于马华剧运概况。在我们过去工作于马来亚的一年中,因环境及工作方式的缘故,颇少与当地剧运同志接触(即使有也是很少几次)。现在所写的,只是就个人观感所得。摘要言之,作为关心海外侨运者的参考,至个人观察是否正确,自希识者教之。

马华剧运是跟着整个马华救亡运动而发展的。马华的救运自"七七"抗战起,即呈空前膨胀之势,其间最令人惊叹的表现,是青年们自动组织一种带有神秘性的锄奸团体。他们的主要工作是"抵货",常常有些奸商的店号上被涂上乌油,或摩登少女的人造丝旗袍上突然飞来一只鸡蛋,蛋壳里是饱藏着墨水,当手起蛋落时,旗袍上已染上了朵的乌云。更有些大奸商们在车行途中或闭门家中坐的时候,突被拥进一班侠客似的少年,不问情由,用快剪或剃刀将他耳朵割下一只,割毕,带了耳朵扬长而去。凡此都是抗战初期的现象。在此期中,马华剧运当然也跟着这"抵货"的路线走。当地政府,由于"抵货"与其政策无大抵触,故不加以积极的阻止。

如此者一年。

后来,张伯伦先生的绥靖政策不为侨众所满,马华救运的姿态就起了稍

[①] 金山,本姓赵,名默,字缄可,以艺名行,吴县(今江苏苏州)人。1935年开始参加电影拍摄,主演《昏狂》《夜半歌声》等影片。1946年,金山与盛家伦、张瑞芳等拍摄了抗日影片《松花江上》。

稍变动,马华剧运的领导者也就提出了"反对东方慕尼黑,反对国际调停阴谋,反对有损中国主权的一切协定,反侵略"等口号,从此马华的剧运如在顺风中遇着了逆浪,这逆浪一直发展到一九四〇年末,成为最高潮!

现在,就让我来开始报告马华在一九四〇年的剧运成绩罢。

我们知道马来半岛,除星加坡外,直径五百里,面积五十余万平方里,大小主要埠头一十三个,经常活动侨团五百余,中小侨校近二千所,华侨人数二百五十万强,去其老幼,青年估全数三分之一。侨民居处,上自现代的都市,下至原始的山芭(深山),都有他们的足迹,国语普遍,尤远为香港所不及。在这样一个地广人杂的侨民区域里,我们的华侨青年剧运者,能在一九四〇——他们最感到窒息的——一年中,演出大小话剧一百余次。演出的性质除宣传外即是筹赈。参加演出的阶层包括教员、学生、店员、职业妇女、工人、儿童等。演出剧目有《一年间》《飞将军》《花溅泪》《夜光杯》《凤凰城》《日出》《雷雨》《死里求生》《重逢》《放下鞭子》《烙痕》《民族公敌》《沦亡以后》《盲哑恨》等大小四十二出。演出方式,有所谓山芭演出、街头演出、都市演出、活报演出等(诸凡国内所有之名目,无不尽有之)。他们又自己创

金山主演的《夜半歌声》剧照,刊载于《新华画报》1936年第1卷第4期。

作剧本,如《结局》《虎口中的孩子们》《逃犯一零三》《天下为公》《被迫害者》《救国团》等大小一十六出。尽管演出及写作的水平较差,但配合着当地观众的较为低落的文化水平线来,有如此之成绩,不能不说是一种良好的工作所表现!

在他们的"五月工作检讨会"中,我们看到如下的议决案:

一、依据祖国发展的抗战形势,配合现阶段马华救运的中心任务,从事宣传、教育及组织广大侨众。

二、统一全马戏剧界的组织。

三、争取话剧的主导地位。

四、争取大规模的经常公开演出。

五、提高艺术水平。

六、配合马华新启蒙运动,提高教育程度及文化水平。

此外,他们又曾以"提高艺术水平和戏剧通俗化""戏剧大众化""论山芭戏""论街头剧与活报"等命题,写了不少论文,以补工作实践之不足。在他们某篇论文的结论中,有谓"今后的戏剧运动,不仅要发扬民族的自尊心与自信心,克服一切悲观失望的意识,反对和平妥协,坚持抗战到底,同时要指出在这关键中,我们应该怎样干才能获得真正的胜利"云云。由此观之,我们可以知道,马华剧运者,确是在这一年中,不断地虚心学习,力求进步,以期达到他们理想的工作领域。这种向上的求知的精神,较之一九四〇年在国内的剧人来,也许是"有过之而无不及"罢!

不过,马华剧运也不是完全没有缺点的,正相反,他们的缺点相当多而且相当严重,如果不设法克服,足以影响他们的前途的。现就管见所及,提供几点出来,作为大家参考的数据。

一、我看到他们在每次演出前,都有一位热血青年先在幕前大声演讲一番,如果所讲只是剧情——为的是帮助某些观众的理解力——我很同意,可是事实不然,所讲内容都是异常激烈的,有时竟大呼"打倒某某党""打倒某帝国主义"等刺激口号。这样干法,自易遭忌,于是客气的,演完了戏,把人带走;不客气的,未曾开幕先带人。至于开幕以后的戏究竟演得怎样呢?有时常不如开幕前演讲员的动人,这样岂不是"舍本求末"?便观众听了一大顿演讲,含着一股子闷气回家,你问他究竟是看戏呢还是听演讲?他也莫名其妙。这种作风,会得到两种不幸的结果:第一,使观众对所谓"话剧"产生不良印象。第二,该剧团必将因此而被视为"违法"团体,从而"寿终正寝"!至于演剧时散发传单用以加强演剧的政治意义等行动,虽企图可贵,奈无大补于实际,诚非一个进步而聪敏的剧人所应取法的。我们剧人的主要任务,是利用我们的方寸之地,凭借我们浓厚情感,精练的修养,用我们的姿态、声音,通过那空间的气流,直打进观众的心肺,使他感动,这,才是真正所谓演剧的效果!

二、每次演出的艺术水平都相当低落,导演、演员、舞台技术人员,似乎都需要在基本上更下些苦功。

记得曾有人对我说"这是一种政治动员,只要政治影响达到就成"云云。这是不正确的,所谓"政治影响",自当通过我们的"演剧的效果"而获得之,否则何必演剧? 所以我在此谨向马华剧运同志提出这样一句口号:"如欲巩固马华剧运基础,必先奠定马华剧艺基础!"

三、理论多于实践。我曾读过他们的许多戏剧论文,或检讨过去工作,或拟定今后工作,或论说某项专门问题……其内容似都嫌空泛。这现象同苏联或国内某地的演剧情形比较起来就有些差别,后二者是根据实践建立理论,或根据理论探究实践。前者却是虽有理论,而未曾穷究其实践之果。这变成了一种理论的"高调",而所谓"实践",反成了一条尾巴。尽管文章漂亮,事实却不易兑现,久而久之,"高调"便形成"滥调"了。关于理论与实践的学习问题,我曾在自己的摘记簿上写过这样一小段:"多干少谈,干后再谈,谈后必改,改了再改,改成再谈。"不知马华剧运同志可同意我的说法否?

四、剧目挑选须慎重。关于这问题,我也曾对自己下过这样一句格言:"不理解的我不做!"譬如像夏衍先生的《一年间》、洪深先生的《飞将军》,这两个剧本绝非读了一遍就能获得其中三昧的,尤其是在一个修养不够的导演或演员要拿来率尔操觚,准会失败。沙士比亚的《哈孟雷特》[①]当然是好戏,但可不是任何导演或演员所能演出的呀。所以,作为一个艺术条件未达相当水平的剧团的演出者,为了不枉费每次演出的时间、精力、金钱,为了争取演剧的效果,必须谨慎地撰择适宜于自己的剧本。

五、干部缺乏问题。在星洲或马来亚的各次演出中,老看见几张熟悉的面孔在台上活动,虽然他们每次的名单不同,如今天张三明天改李四的情形

---

① 《哈姆雷特》的不同音译。

常有，但面孔生成，除非特殊化妆，观众总会认得出听得出的。由此就接触到提拔新干部的问题，这问题的解决，不宜局限于书面条文，最好从实践中做起。记得去年"七七"，我们在星洲的一个运动场的中央，建起一座长六十尺宽廿四尺高十六尺的卢沟桥头，桥的顶层及桥栏石狮子的口中，都装上传声器，为的是使桥上二百个演员的对话能传达给全场一万一千余观众听，这二百个演员有的扮学生慰劳队，有的扮廿九军官长或士兵，有的扮农民，有的扮新闻记者，有的扮汉奸……他们在一个总的号令下，各自在他们应守的岗位上演作，有时他们聚集一齐窃之私议，有时埋伏沙包后静观对方（敌人）的动静，有时怒吼，有时笑、鼓掌，有时哭、叹气，有时卧倒，有时冲锋，他们懂得怎样地集中他们的注意力，怎样与"友军"协同动作。因此，那一次的演出，可说是马来亚剧运史上相当值得记录的一页。然而他们却不是什么"老演员""名演员"之流，有好些还是初次登台呢。从这一点可以证明在马华剧坛上并不缺乏干部，问题在于怎样去"提拔"。

六、关于保存实力问题。古人有云："留得青山在，不怕没柴烧！"这话可从两方面解释：消极方面是"明哲保身"的意思，积极方面是"不作无谓牺牲，留着点本儿再干"的意思。我所说的当是属于后者的。篇首已经说过"马华剧运是跟着整个马华救亡运动而发展的"，马华救运，不属本文范畴，不便赘述，但这里有一件不应忽略的事实是：在一九四〇年的一年中，有五百左右的华侨青年被逮押出境，其中自有不少优秀的剧运干部。说起来，这真是一件令人伤心的史话——华侨青年的心胸都是纯洁而坦白的，他们只知道干、牺牲，却不曾精密考虑到怎样干，怎样牺牲。他们很多是比较易于冲动、易走极端、易受愚弄的无邪的天真的青年，他们曾贡献自己的一切，不睡觉、不吃饭、放弃学业职业等，然而所获代价，往往得不偿失！拿演讲的问题来说吧，试想，让一个年方弱冠的戏剧工作者在开幕前的五分钟站出去大声疾呼一番，而当他演戏时反倒嗓子哑了，这是为了什么？为了宣传吗？我不敢完全同意！倘要演讲，最好调到流动演讲队去（演讲本是很对的，但环境、效果、时间、精力等，也都应当顾到）。戏剧是一种独特的宣传武器，它应有它独特的表现方法才对。同时我们也应注意到一个剧人应将大部分时间摆在他艺术的修养方面，使自己的艺术锤炼成真正的武器，不宜将全部时间安放在多方面的社会活动上（这意思并非要他闭门造车）。总之，我们应正确地运用"分工合作"的原则，只有"分工合作"，才能发挥革命工作的力量，才能收得我们应收的成果。

以上是我们对马华剧运的几点忠诚的意见。

马华剧运是有过它光辉灿烂的历史的,虽然这光辉曾一度为乌云所遮蔽,然而它的本身却始终是光辉着的。抗战期中有句时髦话,叫作"自力更生",这句话让我们剧人也来运用一下:我们剧人要自力更生——有了好剧本,有了好导演,有了好演员,换言之即有了好戏,就不怕没观众,也不怕没演出的场所。

本人对于马华剧运同志过去英勇斗争的事迹,致无限敬意!同时也怀着一片深沉的希望,希望他们能自力更生,虚心检讨并接受过去的教训,立定脚跟,看稳步骤,重新再干。为了马华今后的剧运,他们应再干,为了马华今后的救运,他们更应再干!

也许,在不久的将来,我们又有一个见面的机缘,那时候希望我们都能有更多的成就。

一九四一年四月十二日

原载于《电影与戏剧》1941年第1卷第3期

对摄影师的重新估价

黄宗霑[①]

大多数去电影院看戏的人,差不多很少会想到构成一部电影的摄影师的地位和功劳的,有的甚至乎压根儿就不知道有这么一种人物。但是如果观众特别留心的话,他也许会在故事开演前的职员表上看见一行像"摄影指导:某某某"的话吧。或者,他也许有时会在全部影片里找出几个奇妙的、突出的或美丽的镜头来。不然的话,那真是多么可怜,摄影师在电影里面新扮演的角色确是最容易使人遗忘的一个了。

如今,自然电影是一种合作的事业,没有谁能要求着单独地创造一部电影,而且谁都知道大半的观众只是注意到银幕上角色的表演和噱头,很少会注意到那些幕后的构成与技术人员的——其实少了他们电影就不成为电影了。就我所知道的,一个构成电影部门中的摄影师,对于他职务上的全部知识与充分的了解,就是决定拍摄佳片的基本条件。

最初的一些电影,差不多全靠摄影师独个人的力量,他安排好整个的内容与表演,而且是他亲自拍摄与放映的。摄影师实是早期电影制造最主要关键之一。一些我们都看过的极佳影片,差不多全是由导演摄影组工作出来的巨制,我可以举出一个尽人皆知的例子出来,就是D. W.葛雷菲斯和他的最杰出的摄影师比利·毕哲尔(Billy Bitzer)他们两个人合作拍摄了《民族的诞生》(*The Birth of A Nation*)、《忍无可忍》(*Intolerance*)、《赖婚》(*Way Down*

[①] 黄宗霑,1899年生,祖籍台山市白沙西村永安村。1904年,黄宗霑随父亲移民美国华盛顿州。1919年开始涉足电影艺术。1938年,黄宗霑拍摄的《海角游魂》获得奥斯卡奖提名。1948年,黄宗霑回国,在北平拍摄国产电影《骆驼祥子》。黄宗霑毕生拍摄了135部电影,导演过3部电影,总共获得过11次奥斯卡最佳摄影奖提名。1953年,黄宗霑拍摄的电影《玫瑰刺青》摘取了第28届奥斯卡最佳摄影金像奖。1963年,黄宗霑拍摄的《赫德》一片,再次获得奥斯卡最佳摄影金像奖,是首位荣膺奥斯卡金像奖的华人。

East）以及当时许多一流的巨片，葛雷菲斯和毕哲尔并发明了许多"特写""划割"等技术上的应用，使电影有着惊人的发展。又像一些伟大的苏联导演，如爱森斯坦和普特符金，他们始终和同一个摄影师一起合作，在这种特殊的例子里，就是 Edward Tisse 是和 Aratoli Golovnia 二人。丹麦导演卡尔·德莱耶尔（Carl Dreyer），他的《圣女贞德》*The Passion of Joan of Arc* 和一些其他的影片，都是和名摄影师卢道夫·麦地（Rudolph Mate）合作成功的，而后者现在已经受聘好莱坞了。本赫虚特（Ben Hecht）和查里士·麦克阿瑟（Charles Mac Arthur）二人在拍摄 *The Scoundrel*、*Crime Without Passion* 的时候，对于与摄影师李嘉姆斯（Lee Carmes）的合作也是极端地信赖。

从上面举出的几个范例里面，我们看出一点意义，就是自从银幕成为主要的见闻介绍方法以来，有经验的制片家，没有不倚赖摄影师，把他看成为宝贵的艺术之右臂一样。有时我真莫名其妙，现在一班制片家是否理解了这种由长时间证明而得到的原理。

目前大多数的电影，仅仅把摄影师看做一种必需的人员，而没有把他看成为一部电影机械中的一个特别重要的齿轮。通常都是在电影脚本写好了，布景设计妥当了，演员排演熟练了，一切一切都安排停当的最后一分钟，他才被叫上来，开始动手他的工作——把它拍摄成电影。他一些也没有被顾及需要参与商议，或者被允许着有充分的时间使他自己可以对电影中的问题和那些镜头拍摄的可能性研究得更清晰。

从摄影场方面来讲，它并不希望那些出品有着粗糙敷衍的倾向；而摄影师呢，从艺术和预算等观点上，他对一部影片贡献的地方极多。假设一个摄影师在一部影片准备拍摄前一个月就被通知了，他马上就可以做每个镜头分拆研究，并且他可以和导演、艺术指导合作一起详细讨论，这样一部既经济又好的影片就不难获得了。

我想把事实来证明我所讲的吧。就像最近我在占士格尼（James Cagney）的 *The Time of Your Lile* 一片中担任摄影指导一样，我们想到在动手拍摄以前我该做的事情。我邀了导演 H. C. 拍脱尔（H. C. Potter）、艺术指导威尔德爱伦（WiardI hren）两位一道讨论这片中所有的一些摄影上的问题。因为有一场酒吧间的布景需要表现着整个一天的时间概念，我们三人商量着一个计划，如何将剧本搬上银幕变成功电影。经过再三的讨论，我们想出了一个办法，在渐进的几个场面，变更各种灯光的强度，来表示时间的进展过去，每个段落中灯光的布置，我们事先全都计划过。在这样处理之下，我们才开始拍摄，于是我们省去了一大部分临时讨论的不必要的时间，而且我想就是素质方面也会进步些吧？

相反地，在拍摄《肉体与灵魂》（*Body and Soul*）的前三天，我才被通知要担任该片的摄影师。我自然没有充分的时间来了解我在这工作中所处的地位。当我开始拍摄的时候，监制者就告诉我那片中拳击比赛的一段落，假定是在麦迪森方场（Madison Square Gardon）所举行的，但是他并不准备真到那儿去实地摄制这场面，不过仅仅假想到在那儿的一个竞赛一场，而雇用着四个临时演员，就在这里布景拍摄。从一个摄影师的眼光看来，这实是一种既浪费而又不讨好的计划，因为在整个洛杉矶城就找不到一个竞赛场会和麦迪森方场里面相类似的。

既然这样，因为一个拳击比赛场实和一个大仓房差不多，像一个有声电影活动范围一样，所以我建议还是就在摄影场里面拍摄较为省事，而以后观众的反响的热烈证明了我的计划的正确。

我们知道平均一部电影摄制成本大约七十万到一百万美元的样子，而平均拍摄的日期约共八星期到十星期之久，每部片的摄影指导平均约可获得每星期六百元到七百元的酬俸，这样看来，明显地告诉我们只需相对地花费一些多么微少的数目，让摄影师们额外地事先计划讨论好，然后参考他的设计动手开拍。即使仅仅缩短一天的拍摄时间，也就替公司里节省一笔若干的数

黄宗霑与石世盘合影，刊载于《上海漫画》1929年第52期。

目了。所以一个制片机构的组织愈庞大,愈需要更紧凑的全部合作,而此种合作所获得的成果,则远非那种各部门各自计划的成就可同日而语的了。

《电影论坛》编者按:
  谁都知道黄先生是中国人而在美国电影界中获得相当荣誉的。他去岁返国时,曾答应为本刊写稿,这是他的近作。原文系英文,虽然内容纯以美国电影事业为对象,但对我们也很有参考的价值,故特译出。

原载于《电影论坛》1949年第3卷第3/4期

斯人已逝

伤心的回忆

周剑云[1]

老友鹧鸪，一病两月，中西医生，屡治无效，吃了许多苦水，受了无数针灸，终于中华民国十四年四月十四日上午一时二十分钟，抛弃他的亲爱的妻子儿女和多年共事的老友，一句话没有说——实在是想说而不能说——便与世长辞了。这不仅是明星公司的大损失，也是艺术界的大损失啊。

鹧鸪担任明星公司剧务主任，兼明星影戏学校教务主任，每逢开摄新片，还要扮演重要角色，一身数职，不辞劳瘁。他那一种勇于负责、忠于任事的精神，无论什么人见了，都要叹为不是寻常的人所能及的。可惜心雄身弱，积劳

郑鹧鸪在影片《劳工之爱情》中扮演郑木匠。

---

[1] 周剑云，安徽合肥人。1922年与郑正秋等人发起组织了明星影片公司。1928年，他代表明星公司联合其他电影公司组成六合影片发行公司，代理发行了百余部影片。曾执导《狂流》《春蚕》《上海二十四小时》《姊妹花》《生死同心》《压岁钱》《十字街头》《马路天使》《夜奔》等影片。1940年与人合资开办金星影片公司，拍摄《花溅泪》《乱世风光》等影片。1946年后加入香港大中华影业公司。1949年后息影。

成病,血肉的躯体,抵抗不住病魔的压迫,硬生生地被死神拉着去了。可怜他一心要促进中国影戏事业,矢志愿为银幕明星。而今中国影戏已入混乱时代,银幕明星寥若天上晨星,正需要像他这样的人才,来作引路的先导,这个时候,他怎么可以死呢?

鹧鸪是一个极知自爱、极重名誉的人,平素自律清廉,一介不取,故待人接物,重义轻财,服务社会,公而忘私。他无论遇见怎样重大的打击,或是担负着经济上的压迫,或是感受了精神上的痛苦,总是深沉不露,刻苦自励,用尽忍耐的功夫,不肯示弱于人。五年以来,处境很不宽裕,不如意的事情十常八九,而他依然和环境奋斗,丝毫不改常态。但是外强中干,忧能伤人,他虽不肯示弱,而他的身体却不由他做主,乌黑的须发,渐觉星星斑白了,滋润的面容,现出层层皱纹了,我们同他常常见面,也觉得他老得太快,老得可怕,然而总没有料到他今年会死啊。

德国彼德希米得博士到上海来施行返老还童术,正秋因为身体衰弱,首先尝试。后来大家都去验验身体,验到鹧鸪,医生大惊,对石川说:"此人血压太高,若不早治,一旦血管爆裂,即成中风不治之症,返老还童术虽然不敢担保长生不老,对于减低血压,却大有效验。"我们本来已替鹧鸪的身体担忧,听见这样说法,自然格外着急。我们的头脑都很信仰科学,鹧鸪自己也颇维新,不过因为手续费太贵,稍觉为难。当时由石川对医生声明,照定价减去四分之三,费归石川担任。鹧鸪感激朋友的好意,预防将来的危险,遂决定于某日受术。施术的那一天,我和石川及毕君倚虹都在旁边参观,见医生手术甚快,鹧鸪毫无痛苦,但觉就本人原有的青春线剪去少许,重行接上,并不参加补助的药品,不免怀疑而已。时在去年夏天,鹧鸪已为第四人,鹧鸪于九个月后病死。我们不敢说返老还童术即为致命伤,但因鹧鸪之死,可以证明返老还童术尚在试验时期,现在是并无功效的。

鹧鸪于去年冬天即患胃病,饭量大减,无痰而常吐口沫。我曾对他说:"食少事烦,又伤津液,恐日久身体不支。"劝他速去就医。他只到牛惠霖医生处诊过一次,延至今年二月初,渐渐有些支持不住了,历经胡寿康、汪莲石、顾允若、吴寄尘四位中医诊治,忽而痰饮,忽而伤寒,有时吐血,有时便秘,又是面浮,又是脚肿,病状实在太复杂了。两月之间,我虽同正秋常去看他的病,总以为病势虽重,必无大碍。等到十日下午,见他喉咙也肿了,说话也没有气力了,嘴里吐红,腹中便血,唇边舌苔,焦得可怕,觉得病象大变,异常惊慌。

当日黄昏，和正秋两人，把一位七十多岁的汪老先生请来复诊。汪老先生也说棘手，我们更加发急。回到公司再与石川商量，连夜又请博罗医生。博罗也说十分危险，吩咐速送宝隆医院。次日我和石川把他抬上病床，送出大门的时候，他的夫人忍不住哭了，我和正秋也忍不住哭了，明知此去凶多吉少，但是心中还存万一之望。十二日起，气喘甚急，医士反说病象稍好。十三日面上消肿，舌苔转白，我们真以为已有转机，哪里晓得这就是油干灯尽，回光返照呢。是晚十时，我在上海影戏公司聚餐，吉亭以汽车来迎，赶到宝隆。鹓鶵呼吸益弱，眼瞳已不能转动。我急打电话与博罗，请他再来看一次，他回说："无法可想，可以预备后事了。"得此消息，始知绝望。石川、巨川、天涯借得病车来，送他回家。矜苹欲尽人事，又请李梅龄西医来诊，注射一针。气已将断，不能再打第二针。临死时，妻子儿女、亲戚朋友都在旁相送，哭声大震。我见他双目不闭，万分伤心，流着眼泪对他说道："介诚，生死大限，不是人力所能挽回，你的身后问题，都由我们朋友负责，你放心瞑目去吧。"少时目始闭。唉，这是何等凄惨的境地啊。

鹓鶵自卧病以至濒死，神志始终清明，仅最后一天，喉肿难以下咽，舌硬不能开口，但见人尚能认识，颤巍巍地注视着。病中曾小愈两次，都到公司来过，一次是汉口经理张秋侠君来申，同到卡尔登吃中饭；一次是沈诰君新进公司，商量学校课程。谁知他和沈君仅有一面之缘，而和张君竟是最后之一面呢？

又有一次，孙中山先生讣告到沪，我到他家里去探病，请他同至顾医生处复诊，他正坐在写字台边流泪，对我说："孙先生死了，我心里难过得很，今天不去看了。"我那时和他黯然相对，想不出一句话安慰他，也想不出一句话回答他。

十日晚上，他见我和正秋连去三次，连换三位医生，自己知道病象必已转入危境，他和他的家人都有些惊慌了。我到科发药房替他配了药，十一时亲自送过去，表面上强作镇静。但他是何等精明的人，不等我开口，就对我说："剑云，你们这样为我劳神，我很感激，你们没有预先告诉我，就把德国医生请了来，也是为的要我好，救我命，但是外国医院待遇如何，我的身体能否再用西法医治。裴国雄不是死在宝隆医院里么，请你和我斟酌一下，让我好决定。"我沉吟了一下，回答他说："介诚，裴国雄是急症，你是慢症，病源不同，结果当然两样。我们因为你历经四位中医诊治，所开的脉案和所用的药方都不同,一个多月并无大效,这两天反而衰弱了,你痰中带血,便中也带血,我们恐怕你腹内总有一部分坏了。腹内如果坏了那一部分,断非中医所能为力。你的病症虽不是十分危险,但也不能再迁延了,趁这个时候,请西医诊治,或者好得快些。博罗是上海最有名的德国医生,他说你家里地方小,空气不好,上门看不方便,必须住在医院里,才容易见效。宝隆医院设备很好,我们送你进头等病房,你的夫人和你的儿子都可以陪伴你服侍你,我们也可以天天去看你。经济问题,你不用担心,凡事似乎都有定数,大约多用掉几个钱,病就会好了。"他听见我的话,也沉吟了一下,他的夫人和邻居们,还期期以为不可,他却毅然地说道:"我的病,除我自己外,只有朋友可以代我做主,你们不必三心二意,我决定明天进医院了。"唉,谁知在医院里只住了三天,又抬回家去,从此便人天永隔了。

鹧鸪任明星影戏学校教务主任三年,循循善诱,诲人不倦,培植人才约二百余人。病时问疾最勤,死后痛哭最哀者,男生有邵庄林、王吉亭,女生只有萧养素(我不知的,也许还有)。出殡之日,执绋者达三百余人(明星女学生女演员到者尤众,亦最诚恳,文少如君六十四岁,慵仙居士董翰一君五十余岁,皆步行十余里),黑纱黄花,素车白马,助以哀乐,若闻呜咽饮泣之声。鹧鸪不过一个寒士,一个商人,一个艺术家,而感人之深如此,可见他的遗爱在人了。

鹧鸪阅历深,世故亦深,故涉身处世防人之心甚严。但他一双眸子,英明外露,辨人极真,他所防的只是巨猾小人。若是正人君子,他却十分谦恭,十分恳挚,敬之唯恐不诚,亲之唯恐不及,所谓"外圆内方"最足以评定鹧鸪之为人。他因为相貌精明强干,在未能认清人的真伪时,只是虚与周旋,不敢过于亲近;不知他的人,或初见他的人,多不免要错疑他不是好人。其实和他相交稍久,即知他肝胆照人,确是一个能共患难的好朋友。唉,鹧鸪之所以过于谨慎,人之所以错疑鹧鸪,都是世风浇薄之过哟。

鹧鸪自创办大江东剧社,而进春柳,而入民鸣,而与正秋合作,所演的新戏,都能出人头地。组织明星公司后,改演影戏,又能洗尽新剧的做派,纯是影戏的动作,如《报应昭彰》中的张驾云、《孤儿救祖记》中的杨寿昌、《玉梨魂》中的秦石痴、《苦儿弱女》中的方振华、《诱婚》中的席颂坚、《好哥哥》中的刘得胜,或为土财主,或为大富翁,或为校长,或为律师,或为恶官僚,或为军人,或为土匪,他都能将剧中人的"身份""个性"分别清楚,毫不含混。在中国要数男明星老实不客气，敢说郑鹧鸪是空前一人，这不是我一个人恭维亡友，也是国内外观众所公认的。他的艺术已能与日俱进，他却绝不自满，每逢一种新片出版，他自己先看自己的毛病，还要要求朋友看过之后，指点他的毛病，像他这样的虚心，肯为艺术而研究，为艺术而牺牲，我真没有遇见第二个，又何怪他一旦逝世，连南洋的华侨都来电吊唁呢。

鹧鸪长我十四岁，我们认识已经十年了，最初两年，还是泛泛之交。自与正秋、锡兀、琴东诸君创办新民图书馆，他任经理，我任编辑，我二人都下榻于馆中，遇事相商，亲如手足，我自此才认识了他的真面目。我性刚直，他教我圆通；我心太急，他教我涵养；我感触到不如意的事，便要消极，他总劝我积极

郑鹧鸪，刊载于《明星特刊》1925年第1期。

奋斗。他极好学，每晨必写《云麾碑》二三百字，长年不间断。遇有空闲的时间，不是看书，就是作文，一篇文章作成，总要强我替他改动几个字。我的文学本无根底，他偏喜欢问道于盲，举此一端，可见他遇事都是虚心好学，不耻下问了。我和他在新民图书馆同居三年，不但对于职务上商而后行，就是加入团体，为社会服务，也是联袂同往。新民图书馆后因某印刷所被焚而停顿，因交易所风潮而略有亏蚀，至第四年现款用尽，只有存货，势难周转，股东既不肯续添资本，总理也不肯负垫款责任。那时我在北京，他写了一封信给我，说是"由股东会议决，七折八扣地盘掉了，三年心血，丧于一旦，股本不足惜，面子太下不去"。后来我们见面，他于谈吐之间，常引为遗憾，我只好安慰他说："多一次失败，长一番阅历，留得精神在，总有重振旗鼓之一日，我和你都是寒士，现在有什么法想呢？"

明星公司三年以来，常在奋斗之中，鹧鸪常说，石川、正秋、矜苹和我这几个人，真是指臂相连，缺一不可。曾几何时，万恶的病魔，竟把我们的老大哥（鹧鸪在同人中年最长）夺了去了。总办事处一桌四人，矜苹长于交际，正秋专用脑筋，办公的时间甚少，长日伏案者，唯鹧鸪与我。自鹧鸪去世，我每到公司，一抬头，一提笔，即觉少了一个共事八年的老友，叫我怎能不酸鼻呢？

唉，敬佩的鹧鸪老友，亲爱的鹧鸪老友，我们每逢新片摄制或出版的前后，总是六个人聚在一起，日夜工作，详细讨论。今《最后之良心》将出版，《小朋友》将开摄，今天起，我们又做夜工了，六个人变成五个人了，你到哪里去了呢？你的夫人对我说，自你死后，已有三次回家显灵，我们对于灵魂学盲无所知，不敢信其有，也不敢断其无，灵魂如果不灭，你死而有知，为什么不托梦给我们呢？

唉，鹧鸪，你的家庭很简单，你的夫人很贤淑，你病重时，她衣不解带地看护你，你是晓得的；你逝世后，她哭得晕了过去，喉咙都哭哑了。你知道吗？你的大儿子只遗传了你的俭朴，而没有遗传得你的精明；只学会了你的"内方"，而没有学会你的"外圆"。当你临终那一天，我低声对顾夫人说，预备替你做入殓的衣裳，她还问我是什么意思？我看你将要断气，只得对她老实说了，她才恍然大悟，"哇"的一声，搥胸顿足，大哭起来了。唉，鹧鸪，你病重的情景，临死的印象，我永远忘记不了。在这愁闷的阴天，迷蒙的长夜，电灯之下，伸纸挥毫，总觉写不尽满腹的悲哀，哭不完满眶的热泪。唉，唉，故交零落，人到中年，往事成尘，不堪回首，你叫我怎样排遣呢？

四月廿七日，上午四时写至下午三时
原载于《明星特刊》1925年第1期

我所认识的艾霞

乾 白

当我在南京知道了明星公司决定摄制我的剧本《旧恨新愁》,而以艾霞饰演剧中女主角的时候,不由地使我回想到几年前在杨耐梅那儿所会到的一个活泼的姑娘,尽管当时我没有跟她有长时间的谈话过,但她那时候的活泼,已经给我一个不平凡的印象,我是多么庆幸我的剧本的人啊!

后来我到明星公司来工作,在摄影场第一次会到她的时候,她劈头一句话,就是引用我的剧本中的对话:"要爱便爱,爱了便痛快。"她说着这几个字时,是多么地在用着力,但她又接着说下去:"你现在真是变做一个恋爱至上主义者了!可是我是多么地同情于你的说话痛快啊!"其实我哪里是恋爱至上主义者,为了生活,哪里能够去讲恋爱!但她的率直,她的说话时的诚恳态度,至少是又给我加深一层不平凡的印象。

艾霞,刊载于《唯美》1935年第1期。

一年以来,我们见面的机会真是太多了,我们谈话的机会也真是太多了。她高兴的时候就笑,她痛苦的时候就哭,她一点不会做假,她心里感觉到怎样,她立时就会完全地表现出来。至于她为什么会一时高兴,一时痛苦,当然是完全由于环境的客观的关系;因为她的生活,绝对不能平凡,她随时都希望能够使她的生活不平凡,但是事实上,又哪里尽如人愿,因此她也就哭笑无常了。

关于爱情,有许多人对她是十分地不了解而且也不谅解。因此关于她的平日行为,有人说她是太浪漫了,是太随便了,甚而至于说她是太堕落了,然而这乃是她的"真",正是她的伟大。她要爱就爱,她不会做偷偷摸摸的事,她更不会做掩掩藏藏的事,她只要能够满足她的需要,她不管别人的批评,更不管别人的了解与不了解!

唯其是她太率真,太坦白,太不爱平凡,所以生之疲乏,使她感到多量的痛苦。因为她用她那真赤的心对人,而充满虚伪色彩的社会,又随时地都还给她一个失望。但她尽管是一次一次地受到打击,然而她还是勉力地奋斗着,总希望有一天能够做到她所需要的一种生活。

不过,她所要的"需要",偏偏不能让她把握住,偏偏不能使她满足,偏偏使她感到是虚伪,偏偏使她感到是欺骗,偏偏这"需要",又是她自己用整个的身心去寻求的。那末,她因"需要"而受的刺激,又是多么地沉痛!然而她不是与其他跟她同样地位的一些人,她不能像一般人所认为的浪漫,她更不肯像一般人所认为的堕落,她唯有时时地在克制着自己,时时地在忍受着痛苦。

艾霞与闺蜜严月娴、宣景琳在一起,刊载于《明星》1933年第2卷第2期。

还有,她的思想的表现,是极力地在想反封建,但是她的思想的内层,却又含蓄着相当的封建意识的遗传。所以有许多朋友常说,她如果不打破这种矛盾,她的前途是非常危险。她在听到这话的时候,她虽没有绝对地接受承认,但她也没有提出有力的反证,她只是笑而不言,似乎她也明白这种矛盾,是她痛苦元素中的一种。

　　在二月十二日下午,她到公司里来,我们还在一起谈笑,谁想到她回去以后,就会吞烟自杀而成了永诀呢!然而她是死了!她的死,不管是银幕下的观众,不管是文坛上的友人,尤其是我们日常相见的朋友,谁都是十分地惊诧和惋惜,悲怆情绪使得我们谁都说不出话来。她的自杀,当然不会使人同情,但她的不平凡,却永远地保留着在我们的心隙,艾霞小姐!

　　的确,一个人的理想生活,倘使跟现实的人生距离得太远了,或是现实的环境不能容纳理想生活,或是各事看得太透彻了,或是各事看得太不透彻了,总归是痛苦的,总归是不满意于现实的人生的。有勇气的,自然是起来挣扎、反抗、奋斗;没有勇气或是气力不够的,只有逃避现实了。于是艾霞死矣!

原载于《电影画报》1934年第9期

埋 玉 记

丁 羊

我不知怎样地把我对于阮女士的死所感到的一种悲哀吐述出来，我，只有呆然地抱着一颗破碎的心。

谁都不能不相信这像梦中一样，或者，都能说是梦中所梦不到的吧？！

当七日晚黎民伟先生宅中的欢宴，她还是那样地兴奋，我们是很清楚地记得她那愉快而豪放的神情，她那充满热烈情绪的笑靥，她饮酒，她还像醉了样地劝着在座的人们都拼一醉。她也曾把水果一一地扔给黎铿同好多孩子们吃，也曾似疯了样地狂吻着黎铿和铿的小弟弟锡。但，这晚上让我们看见是这样的一个快乐而有生气的阮玲玉，谁能料到明天被我们看见的只是一具遗骸在人间呢！

谁都不能不相信这像梦中一样，或者，都能说是梦中所梦不到的吧？！

在我们听到阮死的噩耗时，那时天是刚刚地黑下去。由老祝（宏纲）把这消息带进了摄影场。那时在拍《天伦》的费穆，他知道了这不幸事件的发生，一种强烈刺激使他的神经立时恍惚起来，但他自己还极力地抑制着自己，所以当燕燕和灼灼一般人过来询问时，他竟摇头说："没什么，开灯！开灯！"依然工作了下去。

不久，老王传了话来："秘书处有通知，在厂工作人员一律停止工作五分钟，为阮女士作静默之哀悼！"

这时，燕燕和灼灼一般人才知道是阮女士逝世了，她们默默地望了望老费，老费也只有默默地望着她们。大家都有着一种恻怛的同情。

作静默之哀悼，全场水银灯多数被熄灭。大家只被笼罩在一盏水银灯光下凄凉地呆着，但此时人们都是怀着一颗极度凄楚而颤跳的心，如何静默得下去？于是，在一群带着悲哀面孔人们的黑影中，燕燕是猛丁地哭出声来了，随着，灼灼也呜咽起来。

"去下妆吧！"等戏完拍之后，老费对演员们说。

燕燕和阮认识那还是在阮去平拍《故都春梦》的时候,燕燕就是在那个时候加入了联华。她们共同工作这些年来,亲爱得像姊妹一样。她们见了面都是欢笑地紧紧地握着手。如果有些天不见,燕燕都是用电话找她谈。灼灼呢?有一个时期简直离不开她。她们像小孩子一样,不断地在床上滚打起来。因为灼灼很怕听鬼故事,阮往往在深夜中偏偏说些光怪陆离的事给她听。于是,她听了就喊,喊了就来掩阮的嘴,以后她们两人就滚起来。她们的相处都是这样有生趣,如今她们这亲爱的阮姐离开她们了,她们是如何不怅惘,不悲伤呢?

她们认为这是生平遭遇的一件最惨痛的事情。当她们下妆的时候,一面下妆,一面呜咽着流泪,她们泪已与洗脸水混合,她们虽然用了自己泪水洗了脸,但她们自己哪里理会呢。

"老费呢?"

"老费呢?"

好些人在找老费,老费失踪了。

"我看见他已经坐车出去!"

"到哪里去?"

"到医院去看阮玲玉了!"信差老李神情很紧张地说。

"是的,他一定到医院去看阮玲玉了。"我自己心中说着,想到自己也有去趟的必要,于是很快地返到办公室去拿大衣,这时办公厅上的电话铃连连地作响,我知道,这是各方来问阮的死讯的。

中西疗养院是在蒲石路,当我还没走进二百零五号房间时已经听见哭声。等到阮尸横在我面前时,心酸得已经不能自禁。这时,林楚楚、王人美、黎民伟先生都在这里,老费也在。阮母哭得晕了过去,人们在齐声地喊叫,这时只有立在门那里的小玉依然地哭,看她一双眼睛,已经充满了一种怕而悲哀的光,可怜极了。大家这样地哭,母亲这样地伤感,孩子这样地可怜,但玲玉她安静地躺在那里是一点不知道的。

约莫总有五分多钟的样子,阮母才苏醒。她深长地叹了一口气,人们的心弦才松下一点来。在这极度凄惨沉寂的空气里,由隔壁传来"当当……"的钟声敲了八下,这钟声被我们在这时听见,非常清楚,非常响亮。

由黎先生告诉我知道,阮女士的遗容已经拍照送厂洗印,我当时退出赶到厂来。当我出疗养院门时,他们正商议着将阮的遗体运到胶州路万国殡仪馆去。

我返到厂里，洗印股门前黑压压地围立了一片人，这都是同人在等待瞻视阮女士遗照的。等这遗照被同人看见时，人的一种凄苦紧张的情绪愈发凄苦而紧张。传达室老王的一声叹息，是人们都能听得见的。

八日之晚，联华同人失去了一个忠勇的女同志，同时，中国影坛丧失一个伟大的艺人，我们认为这是中国影界有史以来一个最大的损失吧！

翌日，虽然昨夜失眠，但起床比每天还早。到了厂里，同人见面，好像都不大欢喜说话，只有每个人的眼睛彼此相顾而极不自然地瞬动着，大家都似有一种莫名的哀感。

这时外方打来询问阮死真相的电话更形闹忙起来，他们都用一种极惊异的口吻来问："阮玲玉是真的死了吗？"其实，许多报纸都是一律登载着足可证明她已死的消息，这死还会是假的吗？实在的是他们太关心了。他们觉得这事太突然，他们也真恨不得这不是事实，但是哪能够。

我曾经接到一个女学校打来的电话。

"你是联华吗？"

"是的。"

"阮玲玉是自杀了吗？"

"是的！"

"还有救没有救？"

"由昨晚已经死了！"

"……"

我因为听不见她答言，又重复了一句：

"由昨晚已经死了！"

沉了一忽才听见她说："我们很多同学都为她哭啊！"

再想同她说一句，那边的耳机已经挂上了。

是的，很多同学都为她哭，这是我们意想得到的啊！而且，全国被压迫的妇女将为她同声一哭，也是我们意想得到的呢。

"老丁，快来看阮的遗书吧！"老殷忽来唤我，随他去了。

老洪在西廊下给遗书拍照，围着了不少新闻记者，他们都是手不停地写。

"人言可畏！人言可畏！她死了依然还是恐怕人言可畏！"这样的遗书，我真不忍再看了。因为我很自信全身的血液将要给我一种更痛苦的感觉，我只可去倚上园圃的竹篱。

新闻记者一年之中不知要看见若干人间惨痛的事,虽然,一个人自杀他们已是司空见惯,但他们看见了这样一个自杀人的遗书,却都有一种异常的悲意了。

同人公推老许把阮女士的遗容用石膏作模以备将来刻像之用。于是我同老许先购了石膏,然后转道万国殡仪馆去。

这时各地来瞻视阮女士遗容的人已经人山人海,这些人是以青年男女学生为最多。阮女士此时早已更换了衣服,并已由一个女美容家化好了妆。因为四周尽是亲友送来的花圈,她像安静地睡在万花丛中一样。她的容貌如生,十分冷艳。

观礼群众的拥挤,刊载于《联华画报》1935年第5卷第7期。

瞻视遗容的来宾都是在阮女士的遗骸前络绎不绝地静静地走过,有不少人为之落泪。我那时悄然地立在礼堂的门外,也不知因为什么,一颗冰冷的心好像得到一点温暖。

不过,那神经已哭疲乏了的阮母和小玉,坐在灵前神情是很凄凉呢。

阮女士之死,自然,联华当局认为是最不幸事。从复兴国片到建设国片,阮女士是共同艰苦奋斗的同志。联华有今日的地位与荣誉,她实有最大的功勋。同时,因为她在同人中很会做人,对谁都是很和蔼,所以同人失去了她,像失去了一个姊妹一样。她生前给人留下的都是良好印象,她死了,我们应如何地永久纪念她,怎样地可以使我们的心灵可稍安慰呢?大家因为秉于这一种同情心,便决计要做的有这几件事:

一、对阮遗作表示敬重。阮女士在联华作品很多,近作《新女性》已经公映,尚未公映的有《国风》。由联华通电全国影院及联华各地办事处,各地影院凡放映阮女士之作品,不得借女士不幸事件为宣传,以示对艺人之敬重。

二、同人为永远纪念女士,除刻像立碑外,并须辟室陈列女士的遗物。

三、为使国人对阮女士之艺术人生有充分之认识,决定由联华发刊纪念专集,对女士生平事迹、作品及其经历做一极详尽而有系统地向社会公布。

四、大殓时,同人公祭。

五、殡葬,全体同人执绋。

六、摄制新闻影片,永留纪念。

大家是坚决地要办这些事,于是分头进行,工作起来。在阮死后的几日,差不多同人多是被埋在忙乱之中吧。

十一日下午五时大殓,联华同人举行公祭。这日观礼的群众太多了,把一条胶州路占据了几里路长。万国殡仪馆的铁门已经不敢再开,维持秩序的路警真有些难以维持呢。

公祭是由黎民伟先生主席,金擎宇先生司仪。黎民伟先生说:

> 兄弟与阮女士原是同事,今天承大家叫兄弟来主席这个灵前追悼仪式,兄弟不敢以联华同人的资格说话,事实上这几天所受的刺激太深,也不能说什么话。要说,只能说几句肺腑之言,希望能是人人心中要说的话。
>
> 今天大家抱着一颗极沉痛的心,来参加阮玲玉女士的大殓礼。我们

在她未曾入殓之前，举行这个简单的追悼式。我们的诚敬，我们的辛酸，不希望阮玲玉女士在泉下知道，但是我们相信，这个几百人的小小集合，是可以代表全中国数十百万爱慕阮女士的男女同胞，向阮玲玉女士的英灵，说一声："阮玲玉在世界上还有这么多的朋友，为什么就毫无留恋地弃世而去？"

在我们的中间，有的是阮女士的亲属，有的是阮女士的知友，有的是阮女士的艺术上的同伴，更有，更有阮女士的广大的观众。难道说阮女士就忍心舍弃了我们？

阮女士的绝代的天才，经过了非常的身世、就她的修养、就她的地位，就她的人生经验，难道就肯这样地轻生？

兄弟今天敢说一句话："阮女士决不是这样糊涂的一个人，她的逃世，不是为了解脱自己，而是一个可怜女子，一个弱者，对于社会上无情的压迫作一个消极的最后表示。所以她要死！"

阮女士的一生，是斗争的一生，她从最低微的地位，挣扎到今日的地位。诸位亲眼看见，自从她死后的第二天起，一直到今天止这三天之中，已经有六万群众，在她的灵前，静静地走过。我相信，还有更多的群众，在精神上，都环绕在阮女士的身旁，这种身后的光荣，就是她在生前斗争、挣扎而得来的光荣。我们大家知道，阮女士演了多少感人肺腑的影片，她伟大的天才、精深的艺术，永远留在人们的纪念之中，而人们也永远受到她的感动。一个艺术家的存在，也许比一个政治家还要有价值；而一个艺术家的死，为社会，为国家，该是怎样的一个损失？

前边说过，阮女士的一生，是斗争的一生，她无日不在挣扎向上，然而无事不使她灰心痛苦；同时，因为自己凄凉的身世、不幸的婚姻，社会又给了她怎样的批评？人言可畏！人言可畏！

阮女士已经看到社会的冷酷无情，尤其是女子的地位在半封建的社会制度之下，是永远没有翻身的一日。她觉得自己的微弱能力已经不能挽救她自己，已经不能改善这个社会，同时也不能拯救多少万万在水火之中的女同胞。所以，她在三月八日国际妇女节的那一天，服毒自尽，用她的尸体，摆在社会面前，向社会要求正义，向社会要求女子的平等、自由！我们今天已不能责备阮女士的轻生，我们只有责备自己，为什么竟看着她受这样的逼迫而死？

> 我们今天对着阮女士的遗体，在这里同声一哭，觉得阮女士的死，是含着一种非常的意义，又不仅是一个艺术家的死了。我们只要常常纪念着阮女士的死，大家努力来解除她所以死的原因，而使社会上从此不再有第二个女子的自杀，那末我们这个简单的追悼式，方才完成了它的意义。

因为黎先生是太伤感了，所以说这番话时，差不多一言一泪。林楚楚、陈燕燕、梁赛珍，还有很多的同人都心酸泪下了。

继由孙瑜先生述阮女士历史及其作品，他说："阮女士灿烂光荣之一生，决非在短短时间中所能讲毕……"

于是，他很简捷地述过阮女士生辰死日及其入学入影界的经历，并把她生平所有的作品，由《挂名的夫妻》至《国风》，共廿九部作品都一一地道过。

之后，他继续地说："阮为人亲蔼和平，在公司中，对高级人员与工人均平等相视，对演剧尤具天才，不论正派反派，少女或老妇，只需服装一改，便表情毕肖……"

这是实在的话，阮是多方面个性的演员，她是天才艺人啊！

孙先生之后，由罗明佑先生代表同人致词：

> 诸位，阮玲玉女士死矣，少顷大殓后，吾国唯一女艺术家，将成永诀。阮死之日，为国际妇女节，死因在遗书中可以看到，不外"以怨报德""人言可畏"八字。归纳之，无非为妇女受压迫之最高表示。盖以阮女士之天才、地位、酬报，在我国妇女界已少觏，但犹不免因被压迫而死，其他妇女之痛苦更可相见。阮适在妇女节牺牲，最堪深忆。余现不必为阮女士表扬，即以彼死后从各地发来之吊唁电信百数十起，以及每日来此瞻仰者六万余人。并敝公司同人，上自兄弟，下至工友，无不一致哀悼，即可证明阮女士之死，决非区区联华公司一家之损失，而系中国艺术文化重大损失。阮适于妇女节自杀，绝非一般自杀可比，实为改造社会而牺牲为妇女解放及社会正义而呼吁，自有其意义。人生原为服务社会而生，非自私自利而生，阮女士之死，并非自杀，实为社会及妇女而牺牲者。

罗先生因为心绪过于紊乱，说到此处便再不能说下去了，于是由费穆先生继续致词。费先生精神很镇定地说：

> 今天，我们的话都说得太软弱一些了，我们应该说一些刚强的，同时是简单的话。
>
> 联华同人听到阮女士噩耗之时，大家的愤慨好像一座火山，而预备把这火山爆发在一切敌人之前，然而这还不免是情感的冲动，我们却要理智地去解剖这事件，我们就可以觉得这无非是残余封建意识的流毒，一切没出息的没落意识所影响。
>
> 我们联华同人的生活，是一种兄弟姊妹的友爱精神的结合。现在阮女士死了，在我们，是丧失了一个姊妹，而在社会，也是丧失了一个集团生活中的伙伴的。
>
> 近几天，很有人在发问，谁杀害了阮玲玉？从这一点上，我们可以下个结论，社会是并不冷酷的。你看，在今天，不是有许多的人热心地跑到灵前来致哀？这一种表现，是人类最美的情操表演。我们可以说，社会是并不冷酷的。杀害阮女士的，是社会中渗入了封建残余的思想，是给残余的封建意识蒙蔽着。
>
> 以后，我们将不顾一切地不避免一切的丑史，不避免一切痛骂，不避免一切的讥刺。如果男子不以财色来作为追求的目标，如果人能有羞耻心……

费先生说到这里，因为时间关系，不能再继续说下去。这是很可惜的，因为如果他能他要把说的话都说了，至少在我们的精神上多得到一点安慰吧。

随着，有来宾袁丛美先生等的致词。

到五时，大殓，由金擎宇先生读祭文，罗明佑先生献花。全体默哀，摄影。

今天艺华、明星及海上影院界也有很多同人来参加致祭。曾与阮女士合作过《归来》的那西女妮姬娣娜，今天也闻耗赶来吊唁。在大殓后，我们看见阮女士仰卧在银色的铜棺里，容颜是冷艳如故，只是瘦削一点了。灵前燃着素烛，炉中香烟缭绕。灵旁悬着阮女士的遗像，栩栩如生。联华同人的花圈是以紫白黄三色鲜花扎成了一个飞机，是具有着极大意义。这整个礼堂围满了花圈直像是一座花城一样，而我们的艺人就安息在这气息之中。

十四日，是阮女士的殡葬期。同人因为早得到秘书处的通知，便早早地都集齐在二厂。这天同人都着深色的服装,联华的旗帜也蒙了薄薄的黑纱。

金焰、吴永刚为队长,同人不分阶级只分身量高矮地列成一大队。我们这是对阮女士做最后一次的送别,自然,每个人怀有的悲哀是更较前为深的。

大家在这里用过饭,然后出发到万国殡仪馆。当我们拐进了胶州路口时,已经被我们看见万头攒动的群众像潮样的起伏着。

因为路警维持得得力,才能让我们由人群中走进万国殡仪馆的铁门。走进,不敢不把铁门赶紧地闭上。

现在还不到发引的时候,大家便在草地坐下来。不久,艺华、天一、暨南、吉星,各影片公司同人还有各界团体的人员都相继来到了。万国殡仪馆中尽是人,已经没有插足的余地,但你只见人走动,听不见人说话,没有嘈杂的声音,空气是十分冷静。

我乘着这工夫去抄写了几副挽联:

韦明之前尚存万难,艾霞而后此又一人

蓝馥清挽

人生如斯,女性如斯,如斯斯已。
讼事不了,人言不了,不了了之。

沈之英挽

另有横披一面,上录《新女性》歌词:

女人的痛苦,更比男人甚一重。

人言可畏,处境堪悲,是非无定评,投井下石逞私愤。
姊若不死,对此恶浊世界,何以为生?
世论尚存,公道未泯,哭声震远近,万人空巷瞻遗容。
灵而有知,睹兹热烈感情,能勿伤心?

梁赛珠、珍、珊挽

人天永别

萧英挽

是非太无凭,百犬吠声杀弱者。

> 舆论别有在，万人空巷吊明星。
>
> 刘之纲挽

联华同人的挽联是：

> 殉于妇女节，殉于人言可畏，一死刚强，竟以尸谏。

还有许多，但因他们要拿到联义山庄①去悬挂。同时，听见我们集队的哨声，我便不能不跑出来了。

这时已到发引时候，全场为之肃然。在低奏的哀乐声中，黎民伟、陆涵章、孙瑜、费穆、蔡楚生、马徐维邦、杨小仲、吴永刚、谭友六、金焰、张翼、郑君里诸先生由礼堂舁灵榇出来，这灵榇由我们的面前而过，人们是很静默地立着，联华的旗帜也随着垂了下来。

联华同人舁灵榇由礼堂出，刊载于《联华画报》1935年第5卷第7期。

---

① 联义山庄为旧上海一处专葬广东籍人的墓地。1924年，粤商林镒泉购今上海大宁路街道共和新路灵石路西端农田荒地10余亩，建园造舍，营造私家坟地。内广植树木花草，环境优美，人称林家花园。上海沦陷时期，山庄被日军侵占，墓园荒芜。中华人民共和国成立初，墓园面积扩至200余亩，内栽植松、柏、枫、樟等名贵树木，墓区常年碧绿苍翠，为上海市甲等公墓。至1956年，山庄埋葬棺柩4万余具。是年7月，联义山庄由上海市殡葬管理所接管，改为市办公墓。1966年坟墓拆废，后原墓园扩建上海鼓风机厂。

灵榇登车之后，开始向墓地进行了。我们的队伍由老金和老吴领导着，联华的旗帜，由张翼执举在最前头。当殡行的时候，那天空中的一群飞鸟在盘旋，它们似有同情的哀悼。

殡仪是极其简单的，仪仗僧道一切俗礼均被废除。除去遗像车、灵柩车和众多的送殡人外，仅有一班孤儿院的乐队在伴送，是极肃穆、极庄严的。

从胶州路到张三桥联义山庄这二十多里路，可以说没有一处不是人山人海吧！总计其数不下数十万人，所经各地都是把交通临时断绝，禁止车辆往来。我们想：阮女士有此光荣，灵若有知，她当如何感谢国人这大盛情呢？

阮玲玉出殡，刊载于《中华》1935年第33期。

因为路人的拥塞，使送葬人都不能进行了，于是在舢板桥都改乘汽车前进。抵达墓地时，已经是三点多钟。

联义山庄的门外满扎素彩，上面横着斗大的"人言可畏"四字。里外的人已经满坑满谷了。

我们这时行动都不能自由，到处是被人群包围着。我们希望找到一个比较清静的地方来喘息一下都不可得。

虽然冠生园的一种可感的盛情给我们预备了很多茶点，但有的同人奔波

进联义山庄，刊载于《联华画报》1935年第5卷第7期。

地已经是不能下咽。

四时半举行葬礼，观礼的群众早已把墓穴围了个水泄不通。他们不能自然地立在那里，挤，挤，挤，把我们挤得都不能每人到阮女士的墓前做最后的告别，只有由黎民伟、陆涵章、金焰三位先生代表我们致礼了。

等艺华、天一、暨南各公司的同人致礼走去之后，我们想离开墓地都不可能。最后我们紧紧地拉起手来，像铁链样地圈成一个圈子才能从人群中冲出到一块青草地上。

"我们回去吧！"这句话从费穆口中很沉重地吐出。老金和老郑只是对他默默点首。

我们依然圈成个大铁链样的从人群中走出联义山庄。这时，天近黄昏了，同人怅惘若失地归来，每个人的心都像浸泡在苦水里一样。

不久，明天，是永远吧，只有她一人凄凉地睡在墓地。

原载于《联华画报》1935年第5卷第7期

我所知的聂耳

周 耀

记得去年暑期我回昆明的时候,他的姊姊跑到我家好几次,要问关于聂耳的消息,恰巧我都不在家。后来我因为要返上海,所以在我要离开昆明的头天晚上,我便到他的家里去。他的家是在一条不大闹热的街上,灯光黯淡,周遭肃静得可怕,经过了数度的寻问,才找着了他的家。

早就听得我的妈妈说过,他的爸爸是一个草药医生,在玉溪的时候,我们两家都是住在大新街,他的爸爸是一个很能吃苦的人,他有一些医病的土方法,而且医好了不少的人,所以在玉溪还有一点儿小名气。为着发展计,他的爸爸把医室由玉溪搬到云南省城来,开聂成春药室于昆明市端士街八十二号,自己为医生,自己为店友,差不多店里的大小事务,都是他的爸爸一人苦心经管。但是不幸得很呀!不久以后,他的爸爸便因劳苦过度去世了。此时聂耳(即聂守信)正肄业于云南联合中学校,他的哥哥——聂守先肄业于省立中学校,他的姊姊——聂惠若肄业于市立中学校,家中发生了一件这样不幸的事,因此他的哥哥和姊姊便失了学。他没有失学的原因,是因为他的妈妈

聂耳与王人美在玩笑,刊载于《电影画报》1933年第5期。

愿意吃苦供给他,并且说,她不愿意让她的家里连一个读书人都没有。

自从他的爸爸死后,他的妈妈便是他爸爸的继业人。他的妈妈能够继续这种职业的原因,又是因为他妈妈平常就很小心地注意他爸爸替病家处方配药的事,所以久而久之,他的妈妈便学会了做医生的本事。

聂耳,原名聂守信,自小就喜欢音乐、诗歌、戏剧。在昆明的时候,他便约了一般爱好音乐的人才,组织音乐团体。而且也很喜欢演剧,昆明只要有什么游艺会或话剧团体的公演,总有他的足迹。我曾看过他饰《女店主》中的杜九姑娘、《克拉维哥》中的玛丽亚及《罗密欧与朱丽叶》中的朱丽叶等。在那时他已经成为昆明市话剧界中的台柱、名剧中的女主角、音乐界中的名手。

在他爸爸去世的那时,他正同着一位女子中学的校花——袁××女士恋得火热,差不多在田间野外、有花有水的地方,都有他们两人的足迹。但是他爸爸的死,是给了一个很大的打击,他于是想往外边来,但是他的家庭经济又不容许他的要求。这时恰巧中央到云南去招学生军,他便乘此机会应征被取,弃了美人,投进军人的生活中去,跟着军队到了很多的地方,如广东、广西、上海、南京、湖北、湖南等处。他因为是一个很聪明的人,所以每到一个地方不几天,他便学会了那地的言语,他能够说得一口流利的广东话,也就是跟着军队走而学得的;但不到一年的光景——民国十八年的时候,他又重回到云南省立师范去过他的学校生活。

第二次的外出,是因为他的哥哥守先和朋友做生意,上海需要一转运事务所,他便乘机活动得这个转运所的主任,设所于法大马路长沙商栈中。后因生意停顿,他便投入了黎锦晖主办的明月歌舞社去服务;但因时常和黎君思想冲突,不久便脱离明月而投身于电影音乐这方面的活动,数年来和许多公司团体发生不少的关系。他到上海后的生活,用不着我在这儿多写,大家都是晓得的。

当我离开他家的那天晚上,他妈妈始终流着泪!她好像要想讲什么,但又讲不出来。他的哥哥和姊姊都在极力地慰劝着他们的妈妈,最后他的妈妈是这样地呻吟着说:"三哥!我已经年老了,可怜他的爸爸又早死,我一生当中,只是渴望着他一个人,我不知道为什么常常在梦中都望他回来,我很怕他在外边生病!我真想见他极了。望三哥到上海的时候,叫他回来一转,再过几年,恐怕他回来也已看不见我了!关于他的婚事,我已经找人替他在进行中,外边的姑娘没有好的,我不要。请三哥告诉他,回来定亲,爱什么好人都有。我要想说的话太多，不知道要说些什么才好。"她拉拉嘴，又哭起来了！我的心在酸，立刻答应："好的，好的。伯母不必心焦！我一定叫他回来。"马上便跑出门来了，他哥哥和姊姊的声音还在后面："妈妈不要着急，他又不是在外边做什么。三哥一定会告诉他回来的，好在我们两个还在妈妈的面前呢！"

  伯母！你心爱的儿子已经死了！我听见他不幸的消息传来，我就更不敢看见你的哭脸了。我现在决定，永远不回家乡，要是你见了我，你叫我对你怎么说呢？

一九三五年八月二日于暨大
原载于《电通》1935年第7期

聂耳和我们一群

蔡楚生

一条容载不到十个人的小船,从石浦的码头上解了缆,随着刚涨的早潮,在轻风送中,漂过了矗立着的海峡,漂入了深碧而柔软的大海的怀抱。

秋云像斑斓的锦蛇,盘踞在海岸线上的青空中。云后透出来的朝光,射在沧溟邈远的海波上,反映出莹晶而圣洁的光芒。靠左,是一派重叠无尽的青山,渔船的风桅,远远地在山下排列着。白色的海鸥,有时散浮在海面上,有时又带着湿羽,冲向天际。海上没有风浪,但,假如因为船身的起落摇荡,而一定要说它是有的,那么,似乎应该说是海体自然的波动。

这样,船在不懂得航线的我们看来,像是无目的地在向前荡去,荡去……

船上除了船夫,载的是六位仁兄大人:周克、君谋、人美、罗朋、聂耳和我。每一个人都因为工作的疲劳而软软地靠着或者是躺着——我躺的地方是在船头,把脑袋枕在一个船上拨水用的木壳上,很清晰地,可以听见木壳下船在进行中激动得哗哗作响的海浪声。这声,正和另一个声浪很协调地在应和着——

原来,我们的"眼睛小小有魄力"的聂耳先生,他始终就没有忘记他是一个音乐家,在我们一同到石浦——一九三三年九月——来拍《渔光曲》外景的七八天中,每次出门,他总带着一把小提琴或是 Guitar 出来,遇着工作完了,看风景好的地方,他就兴高采烈,奏它一曲,而我们也就跟着他的拍子,在山顶、水边,或是草地上,乱蹦乱跳,表演一番谁也不要看的野人舞。直到兴阑天黑,大家这才一窝蜂跑了回来。今天,当然也不能例外,而且他的 Guitar 独奏下的《渔光曲》,因为曲的本身就是"摇船调",在这山明水净、孤舟容与的大自然环境中,更是显得那么入神和动人,而我们不时也跟着那调子哼起来。

我们的目的地是在距离石浦三十几里水程的江窑。因为听到石浦的故老说,那里有着"虎皮纹"的海滩,而且风浪也很大,听上去似乎很适合我们戏中所需要的背景。于是,我们这些先遣队就先到那里去试探一番,要是风

蔡楚生所拍摄的聂耳和王人美,刊载于《联华画报》1935年第6卷第4期。

景对的话,然后再带大队的人马前去。

但船行竟是那样迂缓,行了一个多钟头还不到十里海程。爽朗的秋日,虽然炎威还没有减退,但在海上,却只觉得有如春阳般的使人感到和煦和舒适。终于,我在单纯的Guitar声和着海浪声的协调韵律中,物我俱忘而入华胥的梦境了。这也许可以算是我十几年来,在劳碌生活中挣扎着的最美的一次睡觉。

等我醒来,船还只突过了五里。"眼睛小小"的聂耳,依旧是那么"有魄力"地在弹着他的Guitar;此外,就谁也没有声响。我似乎还留恋在悠悠的梦境中,无心地在注视船夫手里一起一落的划船板上,水滴滴入水面而又散去的涟漪……忽然,我想起江窑不知是个怎么的地方,就向船夫发问:"喂!朋友,江窑听说有虎皮纹的海滩,是真的吗?那里住的人多吗?"

"沙滩是有的,虎皮纹不虎皮纹倒不晓得……"船夫抹了一把汗答。

我知道有点上当了,接着他又说:"那里住的人也不多——全都是些烧磁器的;但是,落壳倒不少。"

"落壳?这怎么解?"又听到这新鲜的字眼,大家的精神有点旺起来。

"落壳,你们都不晓得吗?哼!落壳就是强盗呀!"说着,他那满刻着牛马般生活的烙痕的脸上,闪过一阵阴郁的苦笑。

这两个字眼,几天来在石浦好像也听见过,而且我们也知道石浦这一带的强盗是怎么地遍地皆是,可是因为忙了一点,谁也没有去加以注意;但现在却就成了研究的中心了。

"落壳是什么出典的?为什么强盗要叫他落壳呢?"聂耳操着不纯粹的宁波话好奇地问。

大家都睁着眼睛等船夫的回答,但他却迟迟没有开口,好像是在说"落壳"就是可恶的"落壳",谁还乐意去讲他呢!终于,他拗不过我们频繁的追问,就用他那纯粹台山乡音向们解释。他的意思是说,专门在杀乌龟的,第一趟的手续就是先用器具硬脱落乌龟的壳,但乌龟虽然是无用低能,这时假如给它逃走了,经过多少年的修炼,就要变成"老龟精",而比什么都凶!所以,叫强盗做"落壳",也就是形容他凶的意思。听到这不合逻辑的无稽之谈,我们都不禁笑了起来。

可是,聂耳却对这"落壳"两个字特别引起了兴趣,如果要寻释他对这两个字发生兴趣的理由,那么,应该就是一种年轻的好奇心和憧憬着英雄思想的表现。他把它来代替一种称呼,而成"落壳周""落壳王""落壳孟""落壳蔡"……于是,大家也跟着他这发明,而"落壳"起来。倒把个船夫听得发呆了。这样,一直从海上"落壳"到江窑,到江窑又因为一切都太不高明,只拍了几张照和参观了烧瓷和做模的地方。但"落壳聂"因为那做模的捧着泥坯的边沿团团转,他头昏(脑充血)毛病又要发作,而大骂"落壳",回到石浦。

到石浦,记得只在"火炉头"拍了一天戏,天又遮上一层灰幕。于是"大落壳们"望着海空长吁短叹;"小落壳们"生着怀乡(上海)病,躲在房里痛哭一场。看看真是军心大乱,不可收拾!这时,就幸亏这"眼睛小小有魄力"的"落壳聂"出场,每天他拿"落壳王"的英文课本《天方夜谭》,给"小落壳们"讲洋《山海经》,这才安静了一点。有一天晚上,天气突然又变了,窗外的风呼呼在叫,海啸的声音很清晰地可以听见,"小落壳们"怀乡病的形势,又顿形严重起来,都躲在房里暗暗垂泪。"落壳聂"看洋《山海经》也失掉了效用,就拿出"落壳"精神,召集所有的人,开一个小小的游艺会。地点是在金山旅馆的楼上,不到十尺宽的小客堂中,二十几个人堆满了半个小客堂。开场是"落壳"韩兰根几十年卖不完的《卖茶叶蛋》,接着是"落壳王"来了个什么舞,压轴好戏就是"落壳聂"的《非洲博士》和据说也很香艳的草裙艳舞,把几个"小落壳"笑得捧着肚皮乱跳乱叫。旅馆里的两个茶房,一个是老得门牙也掉了,一个是生着一双斗鸡眼,也偷偷地躲在扶梯口张望,而笑得几乎把两张

"落壳嘴"都笑歪了!

事情也许就是那晚闯出来的穷祸,石浦的军政绅商各界,听知我们的明星们能歌善舞,而且会来滑稽,就联合了在一座庞大的破庙里,开一个什么欢迎大会。不管我们是否"受宠若惊",硬要我们的全班人马出席参加。可是,我们那几套玩意,只好做黄连树下的琵琶弹弹,一切都没有准备,就要到台上去"来一下子",真是荒乎其唐!但怯于形势,我们又不能绝对地加以拒绝!于是,"落壳聂"想出一个法子,叫我在开会时,把演说的时间特别拉长,这样他们就可以不用去丢丑,我也只好硬着头皮答应了下来。

带着莫名其妙的心情,在几支手电筒和灯笼的引导下,我们踏上崎岖黑暗的小街道,默默地跟着会里的人,转弯抹角,去赴这据说是石浦空前盛大的欢迎大会。

穿过一道挂着几块什么机关牌子的破墙,大概这就是会场的大门了。走到天井里,看见黑越越的一个大礼堂中,已经堆满了来赴"盛会"的人们。台上除了开会时应有的简单布置外,还用鲜花扎成了两块匾,匾上分缀着"欢迎联华全体明星大会"和"艺术生命是永久的"的字眼,看了真叫人有点飘飘然。

当我们"全体明星"——不是"明星"的我,当然也只好老着脸皮挤在里面,整队步入礼堂时,就引起千百对惊奇的眼睛的注视和毫不客气的高声的评头品足。我们立到一角落上,静候领导的人给我们安排座位,就听见旁边的贵宾中,有几句讨论"落壳婆"王人美性别问题的妙论:"咦!你看,这人是男的还是女的?"

"恐怕……是女的吧。"

"女的?要是女的,怎么会光着两条长腿,而且那么黑?"

"我听阿大的爹说,这是上海女人的时髦打扮呢。"

"天晓得!"

接着,是一阵几个人掩嘴葫芦的笑声。

"落壳婆"王气得面孔黑里泛红红里透紫;"眼睛小小有魄力"的"落壳聂"也鼓着嘴,表示他的十二分不高兴;我无可奈何地要笑出来。

终于,我们被请到台上去,像荐头店的老妈子一样,排着坐好了。陪我们坐的,听说都是石浦头儿脑儿的人物,真是不胜光荣之至!

接着,会的仪式就开始了:第一,主席用地道的石浦官话宣布开会理由,很博到一阵"一定好"的热烈鼓掌声;第二,由一位戴着眼镜的先生,诵读一篇骈四俪六,相当于祭文式的欢迎词,但我却始终听不出它的内容是说些什么;第三,还是几位地道石浦官话的演说,还是一样博到"一定好"的热烈鼓掌声;第四,就挨到我致辞了。

　　在未离座以前,"落壳聂"的手碰了我一下,伸出两个"有魄力"的指头,意思是要我讲足两个钟头,我会意,很有把握地拍他一下肩膀,叫他"勿要摆拉心浪"①。我就在"落壳孟"的推荐下,像煞有介事地跑到台前去,一个鞠躬未完,池子里就飞起一阵主席领导着的"一定好"的鼓掌声。这时,我大有"关云长单刀赴会"加上"诸葛亮舌战群儒"的气概,从《渔光曲》的作意到渔业的现状和将来,一口气就旁若无人地讲了半个多钟头。但看看台下的情形,起初他们虽然听不懂我的"官腔",却还昂着头,张开"落壳嘴"在"恭聆"。后来简直就当没有听见,自顾自地谈话说笑,或是必必卜卜忙着吃会里送的花生豆。这显然有点不大对劲!他们的目的根本就不是要来听我的说教。心里一个糊涂,我的话也就不知说到哪里去!我带着尴尬的表情,斜过头去偷看坐在后面的自己的"落壳们"。"落壳聂"知道我弄不下去,要溜之大吉,急得涨红了脸,像猢狲吃下了胡椒一样,装手势要我还讲下去。依照这情形,我如果"不顾大局"偃旗息鼓退下来,是立刻就会成为"众矢之的",回旅馆时,说不定要搠他们摆一次"三和土"!于是,我只好暗自叹了一口冷气,振作一下精神,重新从盘古到如今,讲了一大套,讲得台下的情形,越加糟得不像样:他们连最歹的花生豆也拣出来吃完了。全场不是交头接耳地讲话,就是小孩子和大人闹成一片,有的却又呼呼地在打起瞌睡来。我越看越焦急,忽然心血来潮,就把声音提高得像高呼口号一样,想把他们的精神嚷得集中了一点。但讲话的、吵闹的,除了以为我是"有毛病",停下来瞄我一眼,打瞌睡的略把眼睛开来,看见台上还是我这家伙在那里胡说八道,就又照样讲、闹,和打他们的瞌睡。主席虽然明知我"不识相"——拼命在台上"马后"②,眼睛里看出血来,但叨在大家"客客气气",也还没有把我轰下来的本领(这一点是值得骄傲的)。末了,还是我自己看"大势已去",实在"无能为力",就把那一套话,不管听的人注意不注意,"自圆其说"地结束了,鞠躬告退。台下

---

① 沪语,意为"不要放在心上"。
② 淘浆糊之意。

的"落壳们"也许还不知道,但在主席领导着的又来一阵"一定好"的鼓掌声中,他们这才集中了"落壳"精神,来注意底下"明星表演"的节目。

演说真是"可为而不可为",这吃力不讨好的苦差,不但叫我出了一身臭汗,而且使我感到一阵天鹅绒的悲哀!

第一个出场的,是"落壳"韩兰根的滑稽。台下的"落壳们",虽然看他那副"猢狲面孔"有点好玩,但多数听不懂话,也就有点滑而不稽!不过,我们一群里,能到台前去晃一下子的人实在太少,加之我的演说,未能"尽如人意",时间又还有很多,就只能叫他像猢狲出把戏一样,"来了一套又一套",真是惨透!

等他那几套看得我们已经够腻的"得意杰作"耍完,瘦猴的脸上,就很可怜地挂着一串一串的大汗珠。他像猢狲逃回戏箱上面一样,逃到我们的坐处来,一半因为太吃力,一半也是几套"把戏"都全部使出来了,所以,就是打死他,也不肯再到台前去露脸!

这样,就挨到"落壳婆"王人美了。那位戴着眼镜,读过欢迎辞的先生,

《渔光曲》剧照,刊载于《新生周刊》1934年第1卷第21期封面。

又站了出来,用骈四俪六的调子,着实加以一番介绍和推荐,全场就卷起了一阵空前热烈的喝彩声,使"落壳婆"王就是要逃避也是不可能的了。于是,"落壳聂"只好带着满肚皮的怨气,整理他的Guitar,和"落壳婆"王两人一弹一唱,来了一个《渔光曲》。但台下的"落壳们","目的所在",瞌睡也不再打,热烈地要求"落壳婆"王再唱一个别的玩意儿。"落壳婆"不高兴,"落壳聂"也不肯干,我和"落壳孟"就弄得左右为难,团团转。结果因为再三向台下解释也不行,只得做好做歹,请他们再来一个《卖花词》,完了事就拉倒。可是台下的"落壳们"胃口竟是特别好,还是再三要求。我心里也火了,"落壳聂"气得面孔和眼睛通红,满头的筋都暴了起来,他频频告诉我说:"我的脑袋要炸开来了,快要炸开来了!"

他捧着头又不断咕嘟着:"侮辱,侮辱,这哪里是对待艺术家的态度?简直是侮辱!"

等他们再来要求时,"落壳聂"推说他的小提琴弦线已经断了,绝对不能再拉!就由雄赳赳也"气"昂昂的"落壳"谭友六,到台前去来几句骂街式的演讲。根本他们对"官腔"就吃不消,加上"落壳谭"那时到上海还没有多久,一派高腔的广东官话,当然更弄得他们莫名其土地庙,但他们"鉴貌辨色",知道事态已经严重化,就只好睁大了"落壳眼",看着我们大摇大摆跑掉了!

原载于《联华画报》1935年第6卷第4期

不要以悲哀来纪念鲁迅之死

欧阳予倩

十月十九日到公司甚早,步高兄说剑云兄来电话说鲁迅先生去世了,叫我们打听一下如果确实便去拍点新闻片以为纪念。当时大家都像受了一种刺激,我立刻打电问内山书店,据说真的,是清晨五点钟的事。

五四运动以来,鲁迅,谁不认为是划时代的作家?他的读者是那样地多,而没有一个不受他的感动,而且他的作品深深得到国际的同情,这不能不说是中国文化史上光明的一页。

鲁迅出殡,刊载于《新中华》1936年第4卷第21期。

固然，他的奋勉和修养足以使他的才能发展到最高度，可是最当敬佩的是他能始终一致不屈不挠地站在民族复兴运动的最前线为被压迫者呐喊。人家说他老当益壮，其实五十六岁的年纪何尝算老？尽管他为大众呕心肝，以致体力衰减，可是他一丝一毫没有离开他的阵线，而他竟死了！尽管说谁都有这一回事，尽管说精神不死，一个活生生的人一闭眼睡到坟墓里去，从此以后无从读到他更新的作品，从此以后听不见他的说话，站在帝国主义方面反对他的人们未尝不引以为快，在仰慕他爱惜他的人们，又岂能不悲！

中国是不是只有一个鲁迅？从五四运动以来，这许多年，他负起前驱的使命，尽了他的职责；目下的局面尖锐到最后的阶段了，这样严重的形势中是不是需要更多的鲁迅，是不是需要更多的努力？我想今日的文坛斗士虽然才力有禀赋之不同，决没有一个甘于自暴自弃的。

我们带了摄影机，到了施高塔路①大陆新村九号，这就是鲁迅的住家，一所单开间三层楼房，摆着些破旧的家具，经周夫人的同意从楼上到楼下一一摄影。我们很希望这辛苦的斗士有比较舒服的床、比较舒服的椅子给他休养一下，可是他的卧室，在书籍堆积的一间小小楼房中一张小铁床、一张旧椅子、一张旧藤榻上面铺着一条薄棉垫，就这样支持着他的铮铮瘦骨与群魔搏斗，到他最后的一息。

鲁迅未完成之著作之稿件及参考书籍，刊载于《良友》1936年第121期。

---

① 施高塔路即今山阴路。

他还有一间秘密读书室在狄思威路①。四面都是书，中间靠窗一张书桌，对面放着两张旧藤椅，据说这里专为读书，谁也不让去谈话的。我们因为内山先生的介绍，在那里拍了二百来尺片子。当时步高和我对面坐在窗口，谈起一个伟大的作家要很戏剧地摄上银幕，编剧、导演两方面都是异常困难的；随着又谈起《阿Q正传》是不是可以拍成影片，当然是可能的，不过要很慎重研究。譬如高尔基的《布尔巢夫》，许多人都说无从上演，经过洼夫潭果夫的导演，得到绝大的成功，是值得我们深思的。

当我们拍摄卧室的时候，室中的空气，不知不觉感到十分严肃。周夫人亲自将桌上的笔墨、书籍和烟灰缸、茶杯等布置得和先生生前一样，这个时候旁边站着的几位作家，他们的眼泪流了下来，这是何等凄惨的景象！

瞻仰遗容的那两天，每日步行到殡仪馆去的人何止五六千，可以说每个人的情绪是一致的。

鲁迅不过是一个穷书生，他没有势力足以祸福人，他没有养着爪牙去威逼弱者以不得不景从之势，他没有索隐行怪以鼓动青年们的好奇，他只有纯洁的人格、精湛的修养、不畏强御的态度、苦斗不倦的精神，使大众想忘掉他也忘不了！

当下葬的时候有孙夫人和蔡先生、沈先生等的演说，尤其是内山完造氏讲鲁迅的为人和他的作品所与日本青年的影响，听者感动到流泪。内山不是日本人吗？他和中国许多青年办理鲁迅的丧事，其他也还有好几个日本人在终日帮忙，哪一个对他们有丝毫歧视？我们和他们在一处谈话，一处吃饭，又何尝不亲同手足？就是我个人在日本，也有许多青年朋友，无论何时都很要好。国际的仇恨是甚么？我真不懂。倘若没有帝国主义在作祟，倘若强盗和流氓式的所谓英雄不存在，倘若没有野心家在希图权利独占歪曲运用，全世界的人类何尝不可以共同开发资源，平均享受幸福！

今后我们要和全世界的青年们握手，努力铲除阻止人类幸福的种种魔障，奠定大同的基础。一两个人的生死，并用不着过分地悲哀，尤其不应当只用悲哀去纪念鲁迅之死。

十月廿六日
原载于《电影戏剧月刊》1936年第1卷第2期

---

① 狄思威路即今虹口区溧阳路。

怀正秋兄

周剑云

谈论明星公司，先要明了明星公司创造的历史。明星公司五位创办人，是张石川、郑正秋、郑介诚、任矜苹四兄和我。两个是宁波人（石川与矜苹），两个是安徽人（介诚与我），一个是广东人（正秋）。以年龄排行，介诚最长（五十六岁），正秋次之（四十九岁），石川第三（四十七岁），我第四（四十二岁），矜苹最幼（三十九岁）。这五位异姓兄弟，除掉任矜苹兄是五四时代所造就的人物，以前和戏剧运动没有发生关系外，我们四个人，都是爱好戏剧，由理论到实践，才共同结合，发起创办明星公司，不自量力地做了中国电影事业的拓荒者。

明星公司创始于民国十一年春季，最初职务的分配是：石川任导演，正秋任编剧，介诚任剧务，矜苹任交际，我任文书。正秋、介诚兼任演员（介诚艺名鹧鸪），我兼管营业，由石川兄主持一切内部行政。五个人赛如"五虎将"。遇到工作紧张，或有疑难问题发生，我们往往彻夜会商，通宵达旦，这一种合作的精神，表现了我们为中国电影事业筚路蓝缕、披荆斩棘、辛苦奋斗、艰难缔造的热情。因为我们有一颗单纯的共通的信心。

明星公司以《孤儿救祖记》一片奠定了基础，打开了营业路线，正在蓬蓬勃勃、蒸蒸日上的时候，不幸得很，我们的老大哥郑介诚兄忽然积劳成疾，一病不起，于民国十四年四月十四日逝世了，享年仅四十五岁（详见拙作《郑鹧鸪传》及《伤心的回忆》两文，载十四年五月出版的《明星月刊》第一期）。

那年冬天，任矜苹兄因导演《新人的家庭》一片，彼此意见分歧，起了裂痕，终于中道分手，脱离公司。从民国十五年起，只剩下石川、正秋和我三个人继续合作，因而石川兄有"三足鼎共负艰巨，支持公司"的比喻。谁又预料得到在我欧游归国仅仅七天的短短时期中，造物主又把我们的正秋老兄夺了去，三足鼎突然又折了一只脚。前后十年，丧失了两位最亲爱最和睦的老友，以私交言，固然是前尘如梦，不堪回首；以公谊论，也是明星公司和整个电影界不可挽救的大损失啊！

介诚、正秋二兄是明星公司的二位元老，他们的逝世对于公司当然影响很大，给与我个人的怆痛也是不可形容的。我回国至今，整整忙了一年，一把乱头发才忙得有点头绪。流光如矢，距正秋兄逝世，是忽忽一周年了。报本堂祭罢归来，真是禁不住心头酸楚，惆怅万端！

我和介诚兄相识最早，正秋兄次之，在我的生命史上，在我浮沉人海的过程中，在我相识的三千以上而仅仅不满二十位知己朋友当中，他们永远留着不可磨灭的印象。我和二兄是文字之交，是道义之交，也是患难之交。到我离开尘世，放下重负为止，我对于二兄，对于十几位知己朋友，终身感佩，是一辈子也不会淡忘的。

我自幼嗜好京戏，当我还未离开学校，献身社会的时候，最爱读日本东京发行的《民报》与《新民丛报》，和国内的《民呼日报》(其后改《民吁日报》《民立报》)，因为这些刊物宣传革命大义，激发民族思想，介绍新的学识，抨击旧的制度，少年豪气，影响甚巨。那时正秋兄在《民立报》写剧评，适投所好，不觉心仪其人，这是我们的神交之始。我也好弄笔墨，喜论时政，一面读书，一面投稿，花了许多笔名，写了许多文章，寄给《民立报》的徐血儿先生(《时论》主笔，早已谢世)、谭老谈先生(副刊编辑)，《天铎报》的戴天仇先生(现任考试院长戴季陶氏)、李怀霜先生，《中华民报》的汪子实先生(名洋，笔名影生，又号破团。现任公安局督察长汪大燧氏，就是他的女公子)，一篇登载，欢喜若狂，但是因为有正秋兄的珠玉在前，总不敢写剧评！

清朝末年，父亲事业失败，隐居不出。我一看家无恒产，决无资力再受高深的教育，马上离开学校，踏进社会，挑起经济担子，去做文字劳工，自忘浅陋，开始写作剧评。我虽嗜好京戏，却不满戏班陋规、优伶恶习，主张删芜存精，加以改革。继知传统思想，积重难返，旁观者言，无从下手，只得掉换方向，致力新剧，从文字批评到亲身尝试。那时正秋兄已脱离新闻界走入新剧界，毁家兴剧，自办新民(石川兄主持民鸣，二大剧社，俨然对立)。他的热心毅力，竟完成了中兴新剧之功。后来一部分剧人渐渐腐化，秽德彰闻，为社会所唾弃！新民不支，归并于民鸣，正秋兄与石川兄、介诚兄倾盖论交，开始合作，职务的分配，好像是石川兄主持前台，正秋兄主持后台，介诚兄专任演员。有某剧人同隶一社，专横粗暴，趾高气扬，因为正秋兄是忠厚长者，他便倾轧排挤，欺凌压迫，无所不为。那时杭人许菩僧先生办《金声日报》，延我主笔政,同时陈志群①先生(后名以益,前任墨西哥领事,曾因事下狱)办《飞艇报》,由管际安兄编辑,也约我写稿,我便在报上为正秋兄鸣不平,对某剧人张挞伐,凭着几分少年人的豪情盛气,勇往直前,威胁利诱,无动于衷,直至某剧人情虚理屈,离沪赴汉,我才停止攻击。我和正秋兄、某剧人皆不相识,并无恩怨可言,只凭一点正义感,只问是非,不计厉害,虽然结怨于小人,总算做了一件快心之事。正秋兄日读我文,竟生知己之感。

郑正秋,刊载于《良友》1935年第108期。

不久民鸣社也停办了,正秋兄家居养息,转辗托人,要和我订交。那时我任爱俪园藏书楼主任,职务清闲,可以勤求学问,修养身心,有余暇即为《民国·闲话》义务写稿(《民国日报》的副刊,成舍我兄任编辑。成去,管际安兄继之。该报为上海唯一党报,处境艰苦,由邵力子、叶楚伧二先生节衣缩食,维持到党军北伐成功)。民国四年的某一天,我正在悠闲自得,忽由苏石痴、钱化佛二先生介绍正秋兄过访,我自然是喜出望外,正秋兄也高兴异常,二人握手言欢,久久不释,互道相见恨晚,这是我和正秋订交之始!

民国七年,我搜集所有评剧文稿,编辑《菊部丛刊》,正秋兄送来一篇序,他说:"海上多剧盗……我于此太息痛恨也久矣!………海上多书妓……我于此太息痛恨也尤甚!……剑云屡屡执笔伐剧盗,一字之诛,严于斧钺。我读其文,心许其为人,因夤缘识之而订交焉。交既久,益使我敬服不置!……剑云颇能破除情面,好为剧界鸣不平,凭其热诚,发为文章,义侠之气,每流露于字里行间。……"这些话自然是在捧我,但从这篇序里,可以看出正秋兄当时对于剧盗和书妓的愤慨。而我在青年时代被正秋兄看重的一股傻劲,一点

---

① 陈志群(1889—1962),江苏无锡人,字以益。曾任《警钟日报》及《扬子江小说报》记者,后主办《神州女报》。

勇气，一直保留到现在，还没有消失，也许是正秋兄勉励我的好处！

自此以后，我和正秋、介诚二兄，过从甚密。那时石川兄已放弃民鸣社而办新世界，请正秋兄任《新世界日报》社长（正秋兄在新世界的职务，好像是石川兄的总参谋兼秘书长。后来办笑舞台，办明星公司，石川兄都倚正秋兄如左右手，不可一日分离，直到正秋兄逝世为止），正秋兄请我兼任编辑，介绍我见石川兄，这是我和石川兄订交之始。

民国八年，我和正秋、介诚、顾锡文、钱琴东诸兄集资创办新民图书馆，正秋兄任董事长，介诚兄任经理，我任总编辑。脱离爱俪园，和介诚兄下榻馆中，偶因公事，大起争执，但一经解决，即毫无芥蒂。我们三人时常见面，知无不言，言无不尽，良友热情，有逾骨肉，精神上只有愉快，绝无痛苦！

五四时代，我兼任上海学生联合会秘书（会长为程天放氏，现任驻德大使），正秋兄发行《药风月刊》（"药风"是正秋兄的艺名）、《解放画报》，都是我任编辑。那时袁氏盗国，私签密约，学生运动全国响应。我们日著论文，大声疾呼，遥为学生声援，因此时常被公堂判罚。当时的会审公堂，就是现在的第一特区法院，我们每因言论激烈，接到传票，我和正秋兄相偕出庭，面对中国会审官和陪审的日本领事侃侃而谈，正直虽永属于我们，每次却总是判罚三四十元了事，次数一多，彼此不用多问多说，也用不着律师辩护，一接到传票，就预备筹款，将我们笔耕所入凑数照付。为了言论的自由，虽然穷，却决不懊悔。当时的会审官和日本领事，还算客气，并不穷凶极恶。介诚兄则奔走呼号，联络市民，为正义奋斗，行其心之所安，阻挠波折，处之泰然！这是我至今要引以自豪的一段经历！

三年后，感觉书业放账容易收账难，资本愈用愈少，债务越放越多，周转不灵，不易发展，乃决议召盘，放手不干。十一年，始办明星公司。正秋兄是天生的奇人，他的家庭是潮州土商，积资甚富，他生长在那个家庭中，席丰履厚，何求不得，怎么后来会变成这样一位人物？这就是他的奇特，他的伟大，他的异于庸俗者流，他的不可及处！他的长辈是溺爱他的，放任他的。他的学问并无根底，也没有受过学校高深教育，更没有人逼他用功读书，他纯靠自己聪明，自己好学，自己领悟，自己了解，才能够过目成诵，举一反三。

他富有过人的脑力、写作的天才。他不死读书，不尽信书，但能由深化浅，知难行易。他的文章不能讲义法，不能讲格律，但他能够运用艰深的古文、冷涩的经文，写成浅显通俗、美丽动人的句子，杂以方言土语，而自成一家。

他又长于口才，能够随机应变，出口成章。他靠他的聪明，他的天才，登台演讲，扮演新剧，写话剧台词，写默片字幕，写声片对白，都能够抓住广大群众的心理，博得广大群众的掌声。要讲通俗化、大众化，唯正秋兄有此把握。尽管有些人不佩服他，他却因此成了知名的作家。

他对京剧并无研究，却是上海最早写剧评的人，他以写剧评见知于于右任氏（前《民呼日报》《民吁日报》《民立报》三报创办人，现任监察院长），投身新闻界。民元时代之"民字报纸"所有剧评，几乎全为他一人包办，很少出毛病，且大受读者欢迎。尽管有些人不佩服他，他却因此成了剧评家。

他由理论到实践，不顾家人反对、亲友耻笑、士大夫阶级的鄙视，毅然决然，倾家荡产地从事新剧运动。他登台演剧，全凭口齿伶俐，态度诚恳，打动观众的情感，而表情动作，则不暇详细研究。他对欧美日本的戏剧，也未深切探讨，尽管有些人不佩服他，他却因此成了中国土著的戏剧家。

他任导演，十年来始终是写实主义的；所编剧本，寓教育于娱乐之中，力求浅显，感动力量极大。他不懂电影技术，他有的是人生阅历、舞台经验。尽管有些人不佩服他，而他的作品《姊妹花》之拥有最大多数的观众，至今还没有其他影片卖座纪录能够胜过他，他却因此成了最享盛名的导演家！

以他的家庭环境论，若是换了一个人，必然是世袭本行，仍为土商；或者捐官上任，荣宗耀祖；或者饱食终日，无所用心；或者群居终日，言不及义；或者逍遥放荡，无恶不作。这些都是可能的容易走的堕落的路，正秋兄放着现成的路一条都不走，偏能以绝大的智慧把自己从那样的家庭中解放到社会上来，不要做官而做新闻记者，不做少爷而做舞台剧人，不靠家而要自立门户，有钱不拿而要自食其力，有福不享而要写写叫叫、跑跑跳跳，土行不开而要办报馆、开书坊店、办新剧社、开影片公司；而这些又都是劳心劳力，蚀本赔钱的生意！他真是贱土头么？不，不！他是有良心、有志气、有崇高的人格，不愿同流合污、随波逐浪，这才舍易就难，力自振拔，这就是正秋之所以为正秋，决非浅薄庸俗的人所能了解、所能认识的！

正秋兄的为人诚恳、坦白、仁爱、和平、热情、风趣、忠厚、天真，虽到老年，犹有赤子之心，这是大家都知道的了。他还有许多美德，让我列举出来。

第一是求新的精神。他没有受过高深的学校教育，自然不识外国文。但坊间所出的新书，所印的译本，他都要买回来看。每看一种书，遇到我，总要提出来彼此研讨。他常对我说："身体不行，精神不够，学识不足，落伍了，赶

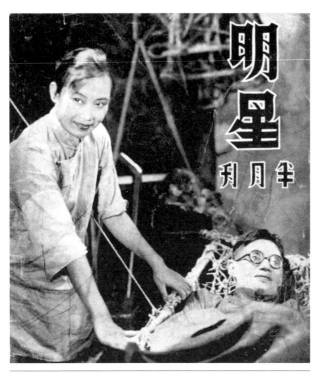

郑正秋导演《姊妹花》时工余摄影，刊载于《明星》1935年第2卷第2期。

不上人家了！"

　　第二是反抗的精神。当袁世凯窃国时，他在汉口办大中华剧社，编无言剧《隐痛》，亲自登台，以血泪与观众相见。事为军阀所知，派卫队将加逮捕，有人劝他改戏，他置之不理。卫队看见群情愤激，恐怕酿成事变，终于不敢下手。后来在上海演《皇帝梦》，捕房亦来干涉，又有人劝他改戏，他照样扮演，绝不理会。包探目睹观客满座，也不敢鲁莽。又有一次，他编了一个剧本，是讽骂张宗昌的，正预备登台上演，为某种人所闻，亲到公司面见正秋，加以阻止。他见某君带着恐吓口气狰狞面目，止不住地愤怒，竟以手杖击桌，声色俱厉地答以非演不可。某君只得改变态度，转为恳求，他才允许取消。去年，我在湖社追悼会说他身不满五尺而心雄万夫，他的确有威武不屈的气概。

　　第三是同情于弱者。他编的新剧，如《恶家庭》《义丐武七》，影剧如《二八佳人》《姊妹花》，都是表同情于弱者，为穷人鸣不平。他自己很俭省，而穷苦善良的人上门求助，无论精神物质，他总愿意尽所有的帮助他们。

第四是提携后进。他对于无名作家、青年后辈，总是和颜悦色、循循善诱，肯给机会让人去尝试，肯耐心和人来研究。他难得发脾气，使得个个人都觉得他和蔼可亲。他能够自拔于家庭，献身于社会，创造事业，自强不息，为人类谋幸福，为社会服务。不入党、不做官、不堕落、不出卖人格、不丧失灵魂，这些伟大的美德，都是后死的朋友们应该念念不忘的！

可惜他的身体终究吃了家庭的大亏，幼染烟癖，中毒颇深，发育未全，即已破身，以致未老先衰，时常生病，终年与医药为缘，四十以后，体力益见孱弱。遇事容忍、退让、妥协，真做到了"与人无忤，与世无争"的地步。偶而不如意，也不过找我诉诉苦，叹叹气。我知道他的志气，明白他的苦衷：他不是退步，更不是落伍，他是身体太弱，力不从心啊！

"九一八"前夜，公司不幸一遇茄生，再遇马克，当局的措施欠缺了一点考虑，真是一棋着错，满盘皆输，五年来就都在狂风暴雨、惊涛骇浪的险阻艰难中打滚。一个经过两年整理，银行里存款在十万以上的公司，一变而为负债累累的公司。正秋兄衰病难胜繁剧，石川兄不便出而应战，只有我身当其冲，种种责任都加在自己肩上，管不到什么难关，顾不着什么危险，只凭一股傻劲、一点勇气、赤手空拳、单枪匹马，一关又一关地冲了过去（当然，外面十几位知己朋友信任我、爱护我、援助我是最大的力量，所以我终身感佩，永不忘记）。每过一关，正秋兄必来安慰我一次，执着我的手，他那微颤的手里充满着热情，先叹一口气，接着说："老弟老弟，好兄弟，好兄弟！你真坚强，你真勇敢！你为公司这样吃苦，这样受气，怎么好呢！"我为什么？别人为名为利，我是为了公司艰巨的历史、朋友的义气、同人的生活、整个的对于电影事业的信心！事到临头，不奋斗求生，难道束手待毙？我对得住十几位爱护我、信任我、援助我的知己朋友么？正秋兄这样安慰我、鼓励我，越发加强了我打仗的力量，一直到现在，我没有畏怯不前，临阵退缩过。

民国廿二年冬季，是公司最难过的一关。某外国银公司因为我反对他们要以三十万元并吞公司的阴谋，拒绝签字丧失主权出卖公司的条约，一面利诱（托人请我不要反对，愿出五百两一月的巨薪聘我为营业顾问），一面威胁（不肯签字，马上请法院封门），惹得我怒火中烧，给了干脆的回答："我一天不离开公司，你休想踏进公司大门一步！即使打到只剩一枪一弹，也不会对你屈服。你剥削我们的公司，我恨极了你！宁可关门，誓不接受这样绅士式的经济侵略！"因为有了这样坚强的斗争，忽然外面谣言四起，传说某银公司以数十万巨金提供担保,请求封闭公司,再行涉讼。那时石川兄大病不能起床,胆小的职员们都卷铺盖搬家具预备逃走,我一看内部这样纷乱,如何应敌?为安定人心计,在差不多毫无回旋余地的短时间中,立刻四处发电向各地分公司催款,又亲自奔走,向知己朋友处借款(潘公展兄代向钱新之先生借到万元,才能凑足数目)到公司发清欠薪;一面请足智多谋的任守恭、杨汉知律师向法院探询真相。感谢贤明的法官,没有允对方所请,于是人心大定,谣言尽息,安然度过了年关。这一回招架的沉着、应付的迅速,是战斗最烈的一次。拒签条约时,多亏杜(月笙)、林(康侯)二先生加以赞助,任、杨二律师保障主权,及袁(履登)先生情愿牺牲自己,挽救公司的热忱,都值得我们敬佩!

捱过了这悬崖削壁的难关,第二天,《姊妹花》在废历元旦公映,营业却出乎意外地鼎盛,收入之丰,开了中国影片未有的纪录。这事情给了我们更多的勇气,当时正秋兄和我召集重要演职员,亲草缘起,一一签名,誓与某银公司奋斗到底。同时发起组织复兴同志会,着手整顿公司。否极泰来,石川兄的病也霍然而愈。

直到我出国以前,打了数十庭官司,才和某银公司和解成立,我也才敢飘然远去。现在某银公司业已停业清理,茄生与马克也杳无踪迹了。

我去春出国,虽然是苏联所邀、中央所命,自己心里也极愿有此一行。不过一方面虽然石川兄已病愈复职,主持有人,许多好朋友又都肯帮助公司,使我无后顾之忧。但蒲石路厂基期满,不肯续租;正秋兄的身体衰弱,疾病缠绵,终究使我带着一颗忐忑的心。无论如何不能够安宁服帖。

我到莫斯科的第一天,即接着石川兄的电报,说有许多重大问题等我商量,催我马上回国。我看了电报,自己在默默地踌躇:如果马上回国,跑来跑去,是专为游历西比利亚铁路、看看雪景、吃吃俄国大菜么?那可真太无意思了!当时我就和旅居莫斯科的戈公振兄商量(祝福他在地下平安,现在这一位热心的好友,也和正秋兄一样到不可知的世界去了),他说:"你办电影公司,吃了许多苦,在困难的环境中筹得旅费,好多年不出远门,好容易来到此地,怎么能够一来就去?"

"将在外,君命有所不受。"

"我打电报请你来,要你看看新兴的苏联,看看苏联的电影事业如何进步,如何努力!还要请你到德、法、英、意去比较地观察一下,最好再到美国去多见识见识,这才不辜负你这一次的千里跋涉!"

周剑云夫妇与胡蝶在法国,刊载于《电影画报》1935年第23期。

我颇以为然,当即决定给了这样的复电:"任务终了,自当回国。"

旅途是长的,时日悠悠,一个月一个月过下去,一国一国地跑,身在国外,而心在国内,起初还能安眠,后来终至于急得不能睡觉。公司会支持不下吗?正秋兄这样病弱的身体,还经得起剧烈的战斗,不会有什么三长两短吗?……我感到了极度的苦闷。云山万里,我真想从迢迢的海外插翅飞回祖国来了!

托天之佑,五个月阔别归来,公司居然买了枫林桥地产,盘了亚尔培路厂基,而正秋兄还能带了白白胖胖的儿子小秋,亲自到码头上来接我。我真欢喜得心在腔子里狂跳了起来!我告诉正秋兄欧游的经过,告诉他《姊妹花》在各国公映都得到赞美,他听得非常高兴。问问他别后的景况,却黯然地说:"身体越发不行了,三日两头病,血吐得更多!今日听说你回国,我高兴得忘了痛苦,所以挣扎了起来,老弟!你这一次一定得到许多新的见识,总算不虚此行罢!"

我看他的面色虽然憔悴,精神却非常兴奋,谁能料到这就是回光返照,是我看见他的最后一次的兴奋了呢!在回国后的一星期中,我曾在新亚酒店开了一个房间,约正秋、石川两兄痛痛快快说了一个下半天,这是我和正秋兄相交二十年,石川兄和正秋兄相交三十年最后一次的谈话。到七月十六日清晨七时,他一句话没有吩咐,就人天永别了。

我们因为正秋兄身体衰弱,只派他一年导演一部戏,实际工作时间不过两个月,都是别人替他预备舒齐了,才请他坐下来导演的。其余十个月,让他在家里休养,有事再派车子接到公司商量,并劝他登报谢绝参加团体,多吃点补药,少出去酬应(他一个月的补药费要六百元,全靠这笔支出维持生命)。可怜他终是一位好好先生,他的儿女多,年纪小,闹嘈嘈的,在家里也不能静养。而各团体的聪明的先生们,不管他登过报,不体谅他精力不支,还是川流不息、门庭若市地登门奉请。他碍于情面,总是来者不拒,有求必应,东去演说,西去出席,一天到晚为人作嫁,忙得不可开交。像他那样风吹颠倒的身体,能够这样奔走劳碌么?他是为他自己的过分的热心所牺牲了。

去年在湖社开追悼会时,某先生登台演说,先把他赞美一番,结论是说了一句空洞好听的话:"社会自会负责。"我不知社会上哪一位曾经报答过他,对于他的家庭负过责来?他的子女入学读书,和别的学生一样缴纳学费,并未听说哪个学校自动免费。聪明人是会利用忠厚人的,好好先生就是这样被人利用了一生一世!而这就是这社会所给予一个热心的人的报酬!

正秋兄生平崇拜孙中山先生,信仰三民主义(不过没有入党),效力党国,不无劳绩。逝世后曾闻少数党国要人、若干文化团体请求中央予以抚恤,但事隔经年,也不见再有下文。正秋兄博爱为怀,爱家庭、爱朋友、爱亲族、爱同乡,族人经营特种营业,贵为富商,有人愿意自动月贴数百元,而正秋兄拒之于千里以外!正秋兄死,子嘉先生重申前议,而正秋夫人仍旧秉承正秋兄的遗志给拒绝了,因为她不能为正秋兄身后盛名之累。正秋兄有骨气,可佩!子嘉先生的尊重友谊,可佩!正秋夫人的深明大义,也一样地可佩!而族人持其招牌获得盈余的却是那样的吝啬和贪鄙!

正秋兄生前敬恭桑梓,事无巨细,皆肯尽力,凡属公益善举,莫不负荷前驱。正秋兄死,乡人振振有词,那热心实在是值得感动的,但"口惠而实不至"则实在又不免使人失望!

正秋兄在两年前,就忧虑着他的身体不久于人世,将来一家大小,怎么得了。我劝他善自保养,不要担心。万一他先谢世,他的家庭就是我的家庭,他的子女就是我的子女,我活在世上,一定负责到底,除非我失败了或者我也去世了。所以当正秋兄陈尸上海殡仪馆,各报记者问我身后问题时,我即答以我和石川兄每月津贴各五十元,公司津贴一百元,再加小秋的薪水(从前是一百二十元,现在是一百五十元),每月有三百多元。公司存在一天,我们活着一天,总可以维持下去。现在他的家已搬进公司居住,房租水电全都免费;

郑正秋先生三位公子：郑小秋、郑二秋、郑三秋，刊载于《电影画报》1934年第9期。

小秋也不像从前那样糊涂，很能努力，很肯用功了。老友死而有知，总可含笑于地下了罢？

　　正秋兄！我们的革新计划，扩大组织，经过许多周折，终于在你逝世一周年后的七月一日开始实现了。这一次我是抱了最大的决心，尽了最大的努力，破釜沉舟，闭城借一来干的。事前曾和石川兄详细商议，全体同志都能团结奋斗，彻底改革，面目一新。如果在这半年内真能做到月出两片，公司真的得救，真的复兴了。事在人为，也许可以告慰你的在天之灵了罢！

　　　　　　　　　　　　　　原载于《明星》1936年第6卷第2期

阮玲玉之死

费 穆[1]

阮玲玉，刊载于《中国电影女明星照相集》1934年第1卷第2期。

玲玉女士的猝然之死，曾引起全国的震疑；而推测她死因的人，大都是结论于婚姻的纠纷而把责任归之于"人言可畏"，换言之，即是社会要对她负责任。

在我，实不忍苛责社会，因为，被社会葬送的人不止阮女士一个；而社会对于人类罪恶生活应负的责任，也不仅是葬送了几个人物而已。

为纪念阮之死，我以为应该在责任问题以外的方面，研究一下阮玲玉究竟为什么要死。我以为应该把阮女士生前个人的修养、思想和生活作为研究的对象，而不是把她身后的功罪是非作为评判的根据。

就我所知道的，阮女士是一个对于人生抱悲观的女子，并且，她的确早存了厌世的心。

---

[1] 费穆，字敬止，号辑止，吴县人。1918年入法国高等学堂求学。自小喜爱电影，工作之余为北京真光戏院之《真光影讯》撰写影评，还曾与朱石麟一起合办过电影杂志《好莱坞》。1930年任天津华北电影公司编译，并在导演侯曜编导的《故宫新怨》中出任助理导演，从此走上电影导演之路。先后执导《城市之夜》《狼山喋血记》《联华交响曲》《北战场精忠录》《孔夫子》《洪宣娇》《水淹七军》《铁骨冰心》《大地回春》《浮生六记》《小城之春》等影片，以及编导《杨贵妃》《秋海棠》《浮生六记》《小凤仙》《清宫怨》《孤岛男女》等多部话剧。费穆与黄佐临、朱端钧、吴仞之并称上海四大话剧导演，而以其居首。

至于她为什么对人生悲观,为什么要厌世,那就成了问题。

我曾与阮女士合作过三部作品,但从没有问过她私人方面的事,也从没有向别人打听过,偶然听到一些,也不加注意。只有她这件"婚姻"的纠纷,却曾引起了我的杞忧。因那个时候,我已观察到阮女士是吃不起这一个打击了。然而,这仍是"果",而不是"因"。婚姻纠纷可以促阮之死,而阮之死志,已至少决定在几年之前。

我对于阮女士之早年生活一无所知,而在她的"晚年",也只有一种简单的认识,这种认识我至今认为是十分正确。那就是:

一,早年的教育不够而在经历方面得到过非常的教训,尤其是在最后三年的演员生活中,使她的思想境界获得莫大的进展。

二,对于私人生活已没有奢望,只求平静安定;反之,在艺术生活的一方面,却有着极高的自期。

阮时常对人说:"做女人太苦。"又常说:"一个女人活过三十岁,就没有什么意思了。"第一句,差不多的女子都会这样说。至于第二句,却有着她特殊的感觉了。

然而,阮演过很多的戏,她对自己主演的戏,必然比别人得到更多。她的思想无疑是颇受自己的作品的影响,因此她更发现了自己生活上的矛盾。

她是一个虔诚的佛教徒,她曾数次到普陀进香。在苏州拍《人生》的时候,一行人曾同去游玩虎丘,归途中,她又在西园进香,在五百尊罗汉面前,每一尊供上支香。我很记得,她曾这样对我说:"不要笑我,我晓得你是不相信的。"其实我何尝笑她,这不过她自己解嘲的话——根本她已自觉在佛前烧香是一件迷信的行为,而她暂时还不能克服这种矛盾罢了。

她对于这种内心的冲突,正如对于生活上的矛盾一样,无时不在挣扎,无时不在斗争。她的自杀的念头有意无意地存在于这种挣扎斗争的搏荡之中。

阮的身死,谁都知道是甚为凄凉。她第一次的爱情给了某先生,而未被某先生所珍视。她见过多少人生悲剧,她尝过多少生活的苦味,以她这样一个女子——感情丰富的女子,她必然会对人生失望。阮又始终不能变成一个冷酷的人物或者是十分乖巧的女子,她把人生看得甚是严肃。她每次饮酒至半醉,常常会对朋友说:"我算不算一个好人?"

因此,每有一件事袭击她的感情,她就立刻悲观起来,她脆弱到毫不能抵抗。

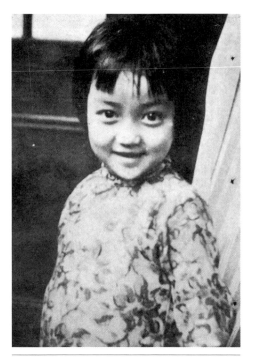

阮玲玉的女儿小玉,刊载于《联华画报》1935年第5卷第7期。

她对于自己,她绝对有权利要求一个比较舒适的生活,一些家庭的乐趣。

她演戏的所得很可以维持一个中人以上的享受,她所缺的是家庭乐趣,因此她和唐季珊先生燕好(这是在她演《城市之夜》以后的事,或者稍为早一些)。据我那时的观察,她和唐先生的家庭生活并不是怎样圆满;或者,她已看到更远的未来,而已有所畏惧。但,她却自安于那种生活,她再不愿突破那种环境而憧憬于更理想的生活。因为,那时她的身心两面都已比较安定而平静,这一点点收获,是她自己苦心造成的局面,她决不肯自己来破坏,不然她将重新堕入精神生活的迷渊。

同时,她对于演剧工作,却是更加地勇往迈进,这是有事实可以证明的。联华的导演和演员之间的关系,是一种"艺友"的关系而不是"朋友",这是一个特点,同时也是缺点。特别是女演员,往往不拍戏就没有见面的机会。阮的私人生活和她的痛苦是不容易被人知道的。阮的讼事直到最后也没有一个同事替她策划应付。这件事,我们至今引以为憾。

婚姻的纠纷!它把阮女士的苟安的生活,渴求平静安定的理想打得一个粉碎。甚至于"我算不算一个好人?"的可怜的疑虑也得到了一个否定的答案:"你不是好人!"于是乎,阮死!

原载于《艺声》1936年第2卷第2期

刘继群先生从影成功史

严次平

一月前,为了想写前辈影星成功史,曾拜访老刘于他的寓所,将老刘所说的从影以来史略都录在原稿草本上,预备一有闲暇,加以整理记于本刊。万万料不到我这篇刘继群的成功史略,会写在老刘去世之后,永远成为他亡后的唯一纪念,而不能给予他过目一次,唉!

——次平附志

刘继群先生原籍为常州,和艺术大师刘海粟先生是本族,海粟先生就是他的叔叔,海粟闻名的是西画,继群爱好的是国画,当他十七岁那年还在苏州东吴中学肄业。

当民国十年的时候,他与南京东南大学的学生侯曜相识,这就是他踏上了电影生活途径的开始。侯曜是华侨,原籍广东,曾求学于旧金山,这时在南京的舞台演剧是负有盛名的,他也是爱好戏剧的一位青年,与老刘相识,真所谓是一对同志。眼见电影事业容易发展,回上海时,就计划创办长城画片公司,而他的好友刘继群,当然是加入了他所创办的公司。

老刘初上银幕的时候,是饰反派小生。长城公司第一部影片开拍,导演者是广东华侨,只会说广东话,而不会说上海话,导演的时候,是用英语

刘继群,刊载于《联华画报》1935年第6卷第11期。

的,而当时拍摄的都是广告性质的短片。

后来的昆仑、百合、商务三公司崛起,他曾进过昆仑公司,又转入商务印书馆的影戏组。在商务,他曾演出二部长片,一部是与王汉伦合演的《弃妇》,这部影片不但是刘继群的处女作(他在其中饰反派小生),而且也是中国电影界有中国影片以来的第一部电影长片。第二部是与杨爱立合演的,而今王汉伦、杨爱立、侯曜诸人都已默默无闻,独刘继群仍活跃于中国影坛近二十年,老刘确实可谓是中国电影界的元老了。

当黎民伟组织民新影片公司,老刘和孙瑜同时被聘,他有时也在杨小仲创办下的昌明影片公司里拍戏。

在民新公司里拍了三四部戏,他主演要角的有《风流剑客》一片。

民国十三年那时,罗明佑在华北计划创办大模范之电影事业,来电招黎民伟去北平。黎即偕刘继群同去,抵北平遇罗明佑后,即被派天津、青岛、济南等处,考察中国电影之发展路线。回沪后,即成立联华影片公司,筹备拍摄第一部之《故都春梦》影片,由阮玲玉、王瑞麟主演,刘在片中任要角。后又继续拍摄金焰主演之《野草闲花》,刘则在每片中必任重要之角色,联华公司之有后来之地位,在中国银坛放着奇异的光辉,刘继群亦有一臂之力。

联华公司正式成立,罗明佑视刘继群为联华之开国元勋,推崇备至,联华每部电影出品,必有刘之参加演出,在联华七年来共计演出影片五六十部之多。

当某年罗明佑发现上海影片公司出品影片中有滑稽丑角韩兰根表演滑稽,笑话百出,认为天才,即聘之加入联华公司,即开拍中国第一部滑稽长片,韩兰根与刘继群为主角《如此英雄》,一胖一瘦之片成公演后,各报名之曰"东方劳莱哈台"。从此韩兰根之劳莱与刘继群之哈台,即被电影界所公认为非常逻辑之一对。继《如此英雄》后之滑稽长片为《无愁君子》,除韩、刘搭档外,有阮玲玉型之梅琳共同演出。

又有《天作之合》的滑稽长片,主角为韩、刘、殷及白璐四人,演出相当精彩,刘继群在影坛上之地位即在那时奠定了。

联华之《除夕》影片中,刘继群以饰一老头子之姿态,而博得一般影评人之好评,所以《除夕》可为老刘的生平得意杰作了。

当沪战时,刘继群与联华的演剧合同尚未满期,而联华却因战事暂停拍片的工作,这时新兴的新华公司正在发展无穷光芒,托韩兰根从中拉拢,与联

《天作之合》，韩兰根、白璐、刘继群、殷秀芹主演，刊载于《联华画报》1937年第9卷第1期。

华商借老刘，拍摄一片，即战后新华第一部出品之滑稽巨片《桃源春梦》，由韩兰根、刘继群、童月娟合演，该片公演，在金城大戏院开映七十余天而卖座始终不衰，打破国产影片卖座之纪录。

后因联华公司当局决定战后暂停摄制，所有演员均告解散，刘继群即在那时候与新华公司开始订定了长期基本演员的合同。

跟着摄制的滑稽长片有童月娟、许曼丽、韩、刘为主角的《六十年后上海滩》，与袁美云合演的《地狱探艳记》等影片，每片公演，卖座必盛，"东方劳莱哈台"之号召力，毕竟不凡。

陈冀青导演的《三剑客》，除韩、刘之外，又参加了胖子殷秀岑，三个滑稽剑客的笑话百出，博得不少影迷的笑声，人多称之曰三位"银坛上的宝贝"亦

243

真名副其实!

《王先生》影片中缺一主角小陈,又延刘继群兼饰,一经化妆之后,与漫画家叶浅予之笔下逼肖无二,演出更属有惊人的成功,已公演的有《王先生与二房东》,最近已摄制完成而尚未公映的有《王先生与三房客》。最近李萍倩导演筹备开拍的《费贞娥刺虎》中亦派有他的重要演出,而戏尚未开拍,他竟与数十万爱好他的观众告别而与世长辞了,中国银坛上的一大损失,而韩兰根亦将长叹我道难行了。

刘先生今年才四十岁,家居上海法租界西爱咸斯路慎成里三号,有兄弟三人,兄已于去年逝世。妻贤淑非常,二十年来夫妇间感情融洽,刘除拍戏外,极少外游,终朝与夫人相聚,出入必偕夫人同行,故此次其夫人之悲痛,实非笔墨所能形容万一。

遗有一子一女,子年十七,正在中学时代,身格强健而肥胖,仿佛乃父之遗影。女年十四,高小程度,正需父培植教导训诲的时候,而老刘竟抛弃子女,走入另一世界,实令人为之不胜感叹!

原载于《青青电影》1939年第4卷第34期

忆亡弟西苓

沈兹九

> 沈西苓先生在中国导演中,无疑是一个不平凡的存在。下面的这篇文章,是沈先生的姊姊兹九先生写的,自然比别人写的来得亲切。她是《妇女生活》的主编,读者诸君中大概有不少人读过她的文章吧。
> ——《影坛春秋》编者

西苓逝世,已经一个多月了。自己为了病,逗留在这异国求医,不能和这个一直同学同游同奋斗的亲弟弟作最后的死别,是终身的遗憾!

不幸十二月十七日的早晨,我拿起报,突然看到"剧作家沈西苓病逝"这样一个标题。立刻全张报的其他消息,变成了模糊一片,而这个简单的消息,却特别清楚,我一读再读三读,终于眼泪模糊了我的眼睛,但是我还是呆望着报,我呆想,也许是误传。希望它不确!

报告噩耗的简电到了,几天后小弟学源报告西苓的病逝经过的详信也来了。这封信,我一读就是眼泪如雨下,直到最近,竭力压制着感情,勉强读完了小弟这封以泪写成的长信。于是我的心头,像被一块非常沉重的东西压着,我想狂叫,我想大哭!终于想借报纸的一角,诉述一点西苓的往事以及这次枉死的经过,和爱惜西苓的亲友同声一哭!

"怪物",是朋友们给西苓的一个不很雅的绰号,西苓很不欢喜人家这样叫他,但是这个"怪物"一直跟着西苓走,知道沈西苓名字的,大多又知道他叫"怪物"。

西苓,究竟是怪与不怪呢?他的日常生活,以至于待人接物,看去确实有些怪,而骨子里一点也没有什么怪,反之是很可爱的。在这个曲直常不分、是非常颠倒的不合理社会中,一个只知道利人、不知道利己的纯朴青年,被人叫作"怪物",倒是一个善意的讽刺。西苓生前似乎也知道,但他始终是"怪",直到最近几年,才不得不"不怪"了一些!

西苓生平最怕穿漂亮的衣服。记得他九岁那年正月初四，母亲替他穿上新做的紫呢长袍，蓝缎花马褂，去外婆家拜年，刚走出门，碰到了两个平日和他玩耍的邻童。其中一个顽皮地对西苓说："松寿（西苓的小名），你今天穿了这漂亮的新衣，是去找穿花花衣的新娘子去了，你已经不要我们这两个穿旧衣服的朋友了，是吗？"西苓听了这话，立刻涨红了脸，一句话不答，返身嚎啕大哭，弄得母亲摸不着他的头脑，劝他不理，骂他也无用。他哭够了以后，才说出他的心事，他说他不愿穿那样漂亮的新衣，使他和朋友们两样。母亲没办法，只好让他穿上旧棉袍去见外婆。他这个"怪"脾气，一直到大没有改。在上海时，他老是等身上的衣服穿得不能再穿，于是跑到吴淞路旧货铺，花七八块或十块钱，买一套他认为还不错的衣服。但是，穿上不是袖太长了，就是裤脚吊起，有时还已经有了几个小洞，可是这样他倒很心妥意似的。到后来他感到在这个社会里，衣冠第一！不然，不但有时狗见了会叫，而且被上流社会人看了，要视为坏党的。所以他也曾花过数十元或百元做一两套合身的西装，不过他是欢喜把它们挂在衣架上或藏起来，到不得已时才穿之。

沈西苓导演《乡愁》时的场景，图中后排起自左至右：王士珍、沈西苓、姜克尼、高倩苹、叶家小弟弟、叶露茜、赵丹。刊载于《文艺电影》1935年第4期。

至于对于吃，更是猫虎①，他认为最上等的美菜是咸菜、咸鱼。欢喜上最便宜的饭馆，在那里随意和车夫小贩闲谈，领略他们的生活真谛。假使工作忙，或在构思一个剧本的时候，简直可以不吃饭，胡乱买个大饼，夹着两根油条，边吃边工作，或一边想一边嚼。有一次西苓正摄了《十字街头》的外景归家，满头是汗，一跑进我的房，见桌上有茶盖碗，捧在手里就向口里倒。我回头见了，急问他："你在喝什么？"他才大叫："喔唷！你这只碗里盛的，不是茶吗？"等他这样说时，半茶碗酱油，已大半到他的肚里去了。原来这时他的身体虽然已经到了家，心却仍在打算下午的外景如何拍，因此会将酱油当茶喝，食而不知其味！

　　西苓最欢喜租房子在热闹的马路旁边，或者肮脏的弄堂里，因为那里，有的是戏剧的材料。房子的好坏全不计较，横竖只要能够放得下一个床，可以伸一伸腰就够了。导演电影，多半在夜里，到天亮回家，就向床上一倒，有时连领带也不松，皮鞋也不脱，睡上三四小时就起来。下午不拍戏，就去上课——上电影院看电影，西苓常称为上课。这堂课要是不够他的味，他就胡乱在椅座上呼呼睡去。有一次他照例去上课，看的片子毫无意思，又在那里大睡特睡，梦着影戏院里面失火，他叫声"快跑"，飞步离座，跑到影戏院门口。职员认得他，问道："沈先生，片子还没完，你就走了，是不是片子不好？"到这时他才清醒，只好假装正经，回说有点事，所以早走。回家后他把这笑话告诉了我们，引得大家几乎笑痛了肚子，我常劝他在床上多睡些时候，免得零星打瞌睡。他认为那样才是废时利用。而且他常说："已经三十多岁了，只想更多看些好的参考数据，多拍几部戏，多写几个剧本。社会太需要我们更加倍地努力，但我工作速率够不上社会的要求。"

　　他很会替人家设计房子如何布置、如何粉饰，既美观，耐用又舒适。

　　西苓写的剧本及导演的戏，常是为痛苦同胞反映阴暗生活的真相，指示出斗争的途径。每部片子，都浓厚地蕴蓄着反帝反封建的情绪。可是《女性的呐喊》只映出了软弱的呐喊，被剪去了斗争的场面。《乡愁》里，开场的一张中华民国的地图被删去了，女主角流落异乡的悲惨生活的描写及对话，都被剪去。至于《上海廿四小时》因反映了"文明"的上海的庐山真面目——即在一瞬间的二十四小时中，就有许多罪恶的、悲惨的、污浊的、淫乱的场面，使

---

① 即"马虎"之意。

他看了想赶快逃出这可怕的地方；同时你会摩拳擦掌，想去打倒那些织成这种罪恶的祸首。可是经过两番电检——市政方面的及租界方面的，将整个片子剪去了三分之二。片子被剪的当夜，西苓真的愤而大哭。他说感到被迫得呼吸不了，只好大哭了。以后在《十字街头》及《船家女》中，他改变了过去用正面描写的作风，而用幽默的手法来表现同一的宗旨。他欲使观众从大笑里尝到苦味，感到气愤不平，以至于鼓起他们的奋斗情绪。这种作风，在那两个片子中，相当成功的，可是西苓总觉得不很痛快。

战后，西苓首先主张到内地去开展电影及话剧事业。他想跳出呼吸都不自由的所在，理想着在内地可自由地呼吸，自由地开展他的电影艺术，蓬勃地开展话剧运动，唤醒并鼓动千千万万的男女同胞。他跟着我军的撤退上海，带了爱人熊辉和一些旧友，一跑就深入到重庆，又到成都。起初弄话剧，不但没有达到理想中的进展，几乎生活不得。于是回到重庆，应中央摄影场之约，由于内地人力物力的不够——特别是胶片等的运往内地不易，加上日机的经常袭渝，大半时间，都花在防空上，两年中他只编导了《中华儿女》一片。去年春天起，他着急起来，想做更多的贡献，所以后来同时又参加了中国制片厂，借此可应用两个厂的人力物力，在短时期中完成两部片子。去冬重庆雾季一开始，他就急忙工作，两地奔跑。身体的是否可以支持这繁重的工作，根本没有顾到！

病起于在中国制片厂两夜工作之后，回家就发热，但晚起晨退，医生将他当恶性疟疾医，后来因大便不通，医生又为他灌大肠。灌肠后，就有两口血吐出来，当夜血崩。这时虽然已经知道是伤寒，为他即行输血，但西苓身体本不很康健，加上医生的误投药石，以致终于不救。

据学源给我的信上说，西苓在断气前，还很清楚，他对学源说，他的病照例是不会死的，他可惜他的朋友都不在重庆，如这次病在陕北，生命是很有希望的。他叫熊辉不必守节，小儿女他放心，学源会替他教养长大，他死了不能瞑目的就是他要做的事业很多，但是已经没有再起努力再起挣扎的希望了。他流出了他最后的热泪而死去了。

西苓，他是抱了一颗纯朴的热情的前进的赤心，和这个他热爱的祖国，和那些他热爱的同胞，遗憾地永别了！祖国正处在严重关头，同胞们还在痛心地看着《风波亭》《玉堂春》等类的旧戏。我想狂叫，我想替千万同胞狂叫我们要看使人兴奋的新戏，西苓，你应该归来，你应该再来编导许多伟大的新

《十字街头》海报,刊载于《明星》1936年第7卷第3期。

戏,西苓归来!

我再也听不到愉快的"阿姊,我回来了"的应声,只听得我自己的泪珠,落到衣襟上的微弱响声!

西苓,他是带了一颗自爱的、廉洁的、爱美的赤心,和这个恶浊的社会搏斗了几年,精疲力尽地逃去了,还在这个社会里挣扎的我,感到分外地孤寂与伶仃!我狂叫:"大弟!你不应该离开我,你快回来吧!"

终于我大伤痛,大痛哭!昏乱中似乎有千万人在叫,不要如此伤痛,我们都是西苓的朋友,西苓虽然不幸死了,我们会加倍地努力。

原载于《影坛春秋》1941年8月刊

病 与 朋 友

田 汉

病

我不大生病,但有时生起病来常常是很厉害的。十一月十二日,因张威兄之约到中正学校去参加开学典礼,那天上午一连三四个钟头的警报时间,解除后,我冒着强烈的秋阳走到凤子那儿,我说:"要到观音山去而身体不舒服。"

"既然不舒服就不必去了。"她说。

"不去又似乎对不起朋友。"

结果她借了舒强的一顶草帽给我。走到观音山,典礼刚刚开始。任潮先生正对学生们谈着立志修身的道理。我虽也想阐发他的意思,就"相斫"与"相助"的两种文学说明在反法西斯斗争中后者的任务。但因心绪不佳,没有说。到杨赓陶兄家里坐了一阵子,喝了几口三花酒,仍是难过。而游艺节目已开始了。我却没有心思看戏,独自溜到二十六号找着木天、彭慧的家,那是在豆棚瓜架的下面的一所颇为幽静的房子,比起我们那儿好得多,但作为一个诗人的住宅仍是太简陋一点。后来杨伊找来了大谈了一阵子,在回去的时候他感慨地说:"中国待诗人太薄了。"

前几天青年文艺社请客的时候,我和彭慧姊说了好几句话,可没有认出是她,她笑我记性太坏。木天和我谈起坪石中大的那次的风波,说学校里虽然对他还算好,并未解聘,他却不愿回去了。木天要我在他们那儿晚餐。我见天色不早,婉谢了,同杨伊君匆匆就归途。我感着异常的疲乏,挣扎着走,走过桃国酒家,杨伊劝我进去吃一碗面,休息休息。但刚一进去我就在桌上晕倒了。

杨伊君给叫了一部车子把我拉到东灵街附近,我还能勉强走到家。仿佛后来老母请熊老板娘子替我扯过痧,我感觉很痛。据说我昏迷中对海男说了许多激励的话,甚至叫了许多口号。海男那天也病了,我父子睡在一个床,呓语连发,呻吟相答,老母的着急是可想的。她老人家有两晚不曾睡觉。

从那天之后我有整整五天没出门,十天没有写一个字。卧病的那几天,糟蹋了好几个可宝贵的机会。首先是关德兴先生的粤剧表演。关先生很大胆地把话剧、电影的手法运用到粤剧里去,他采用了平剧等姊妹戏剧的长处。但他的作品我只看过《王宝钏》上本,觉得他的《别窑》很有特点。但据予倩和孟超诸兄说,他的《戚继光》和《岳飞》都表演得不错,而我都不曾看到,失去了一个对于旧剧改革方法与成就比较研究的机会,真是万分可惜。

其次,我卧病的第二日午后,广四剧场的桂剧改进会为演剧四五队表演桂剧《哑子背疯》等,此议原是我向予倩提起的,因高升、桂林相继为欢迎四五队演出后,大家的兴趣当然落到桂剧方面,曾托我向予倩一言。承予倩兄慨允,并发出了许多请帖,结果我反而没有到,也不能代为招待。那一天谢玉君、方昭媛诸女士都有很得意的表演,我也把欣赏的机会给辜负了,至今无限怅惘。

十一月二十一日,演剧四五队联合少青团、石嗣芬、周葆灵、林路诸兄开音乐会于桂林剧院,我扶病去听了。青年同志们集体的热情和天才的流露,特别是石、周两女士与青年同志精诚无间的合作,使我无限兴奋,觉得桂林毕竟是可爱的地方。回来的时候天色将晚,寒风吹衣。少青团的郑庆光兄怕我冷,脱下他的棉大衣给我披了。第二天午后三时顷我又独自过了大桥,在书店里闲翻,遇了茅盾兄夫妇。他们有事进城,有人在嘉陵川菜馆请吃晚饭,时间尚早,也在书店里消磨时间。我问车子问题解决了没有,他说:"托朋友去设法去了,据说有办法。"

"其实由长沙转三斗坪搭船也很便当的。"

"我也听得说,这条路也好走的。不过到三斗坪要通过一段离敌人很近的路,我不要紧,太太们就不大敢尝试了。"

"路我也能走的,不过从香港来的这一路走得有些太辛苦了,再叫我走路好像不大起劲。"沈夫人辩解地说。

因为在桂林的时候不太多了,我们约好找一天比较闲空的时候畅谈一次,就匆匆地别了。他们到嘉陵川菜馆,我就到对门的津津食堂赴张香池公的约会,他和一位李先生请四五队聚餐,我被请为陪客。

席间谈起晚上大众戏院的会——音乐舞踏大会,他们问我去不去,我和香池先生都不愿去。但四队的张客兄非得让我去,说:"大家去热闹热闹,什么关系!我们来护驾。"

饭后他果然和几位好客的同志挟着我往大众去。大众门前拥挤得很厉害,四五队经过一阵交涉,被指定成单行上楼去。我被张客同志们推在这单行的前头。

"怎么?你也是的吗?"一位挂红条子的职员单单拦住我。他大约是注意我的白头发和西装上罩着棉大衣。

"他也是的。"张客同志说。其实棉大衣上是少青团的证章,那一天我完全恢复了在长沙白相火宫殿的"少年心"。

胡蝶女士其实我是认识的,原不必跟在桂林的"乡摆老"后面挤破铁门也使得。我在上海翻车入仁济医院的时候,胡蝶女士第一个同程步高兄来看我,我至今还不曾忘记。但这一次在香港,胡女士夫妇的行动却不能不使人失望。由香港归侨的报告,我知道许多关于他们夫妇的不利事实,如像她在半岛酒店的对话等等,当时我曾记录那些话,很惋惜地题为"卿本佳人,奈何作贼!"却因对于她还存着一点忠厚,我没有发表。那晚我看了她,觉得这"迷途的蝶儿"终能回到内地来,至少在她个人是一大幸。

胡蝶女士据说要求用扩音器的,而那个扩音器老出毛病,结果第一个歌《夜来香》只得不假借科学文明的助力唱了。

我实在有点替她惨。当第二个《满江红》以前我起身了,而张客按住了我:"下面还有四五队的大合唱,我们支持到底。"

我只得坐下来,因而不能不听《满江红》,这确是一件苦事。

胡小姐简直没找到她的调门,音乐家陆华柏先生拼命地追也没追上,那是一个时代错误的滑稽的东西,许多人用绝大的忍耐听完了。楼下的一部分听众就起身了。扩音器报告:"下面还有四五队少青团的大合唱。"

听众走的走,坐的坐下来,这儿呈现一个无形的斗争,简称"看胡蝶"的和真正来听音乐的。当第一支大合唱有力地结束之后,听众是那样热烈地鼓掌欢呼,久久不止。他们只得"再来一个",大歌手舒模不仅用他的手在指挥,而且用他的全身在指挥。他的头发随着每一激昂的情绪而冲起来,也起着指挥作用。听众的情绪被提得更高了。如雷的掌声也鼓舞了台上的歌唱者。

"再来一个!"

第三个歌唱完时,台上台下,歌者与听者的热情实际融成了一片。那样一个不调和的音乐会依旧形成一种调和,因为新的音乐占了主要成分,也起了主导作用。桂林的观众实际也进步了。

伴着皎洁的月色,随着人潮走向大桥的时候,我带着一种轻快和满足,我的病似乎全好了。十一月廿七日,演剧七队借高升戏院招待各界,队长吴荻舟君邀我说话。不得已,我上了台。"这是我很熟习的讲台,我还可以不太发抖……"但说到要紧的地方,我忽然不记得应该说什么了,我的脑子成了一张白纸,重复了六年前我在长沙某中学演说时的情形。我停止了好几分钟才勉强记起了几句话,总算下了台。才知道我的身体实在没有好。我恐怕是犯了强烈的神经衰弱。

朋友

十一月二十三日,五队的黄浚君来谈,他是奉了他们队长的命令来谈张曙兄的改葬事的。黄浚兄和曙弟在长沙共过很久的事,张曙在紫东园住的时候,领导过一个小小的音乐工作团体,在长沙的新音乐运动起过很大的影响,黄君是能够述说那时情形的唯一的人。曙弟父女之死,到今年十二月二十四日算是四周年了。记得接到他的噩耗,是在长沙财政厅楼上,那时我们正办着长沙火灾善后工作。在瓦砾中寻出了一架烬余的印刷机,在财政厅的堆栈中甚至发现了一批卷筒纸,因此那时我们又有廖沫沙、龙啸岚、刘建庵这一些新闻事业的熟手,因此我们发行着长沙火后第一张报纸——《新长沙报》。我在看过第一轮中央社电稿之后入睡,同睡在我们那一房的有任光、万籁天、龙啸岚诸兄。啸岚司编辑又最能熬夜,我们睡得正香的时候,给啸岚叫醒了。"张曙死了,在昨天敌机轰炸桂林时父女都殉难了。"他交中央社桂林专电给我们看。我起先无论如何不相信。但电文明白,对张曙生平且有简单描写,无可置疑。

新音乐界又少了一个有力的斗士了,我们又少了一个很好的合作者了。

我感觉着聂耳死后同样的心情,我哭了,任光兄们也同样地哭了。第二天我们集合政治部长沙工作队开早会的时候,我把这不幸的消息报告了,并简要地叙述曙弟的生平和他的事迹,许多受过他的熏陶或曾和他共事的青年同志也都哭了,在悲愤的情绪中都誓为曙弟复仇。

张曙的最后一首歌叫《难民曲》,作词作曲都出他一人之手,一开首就有"十二月吃凉水,点点滴滴在心头"的话,他殉难的时候是十二月,葬地又在将军桥右侧山内凉水井。大家后来觉得很有些奇异的因缘。在葬他的时候,常任侠、叶浅予、林路及当时九队诸同志都有过深切的友谊的表示。沫若兄替他题碑,文曰"音乐家张曙父女之墓",在碑的背面细述张曙殉难年月等。我由长沙初到桂林的时候,曾和林路、李也非、洪弟及当时平剧宣传队的同志们同访过曙弟的墓,徘徊于这墓碑之前。

这墓在三年之后是被迁了,由凉水井迁到相隔约一里之遥的大山头,墓碑也被打断了。当我和孟超、章东岩两兄找到这里的时候,在许多像栽蔬菜似的浅埋着的野田中遍寻不见张曙棺冢的所在,孟章两兄都废然思返了。我忽然在靠近小石山边的冢前发见一碑有"曙父女"三字,旁边有"沫若题"的小字。我叫起来了:"在这里!在这里!"

我说不出的狂喜也说不出的惨痛,一代辛勤的青年音乐工作者,在他活着时候,他的最宝贵的日月竟有三四年间消磨在铁窗生活。抗战军兴才稍得伸展他的音乐上的宿志,又不幸与其爱女同殒敌弹,最后连一块埋骨的清静土也不给他,把他迁到这样人迹罕至的荒山之中,墓碑也给打断了。我们怎能自禁其悲愤之泪!我们决心唤起文化界音乐界朋友们的注意,同时用我们的力把张曙的墓迁到比较接近大家的地方去,让他父女有一个比较妥帖的安眠处。

"我想这事好办的,也不花很多的钱。"章东岩兄告警勇地这样说。他那时以文人而经营着一些实业,对新中国剧团等尽了不少的力。张曙在长沙时代和他又有极深的友谊,为着张曙墓被迁,他曾远道到南岳来告诉我,他的帮助是源着我们很大的期待的。却没有想到只隔半年,东岩兄也在暴风雨的一夕做了滩江的羁魂,他现在是安眠在马坪街外湖南公山的松林深处了。当东岩追悼会在湖南同乡会举行时,孟超兄的挽词记得是"遗恨未迁张曙墓,伤心怕续屈原辞",就指的这段故事。当时把曙弟棺冢所在的地名地形记得最详细的是东岩,我们还拜托了那位带路的姓水的农民,代为招扶。于今东岩既下世,记得那地形的仿佛的只有我和孟超,而我不久是要离开桂林的。我恐怕这"遗恨"要成为我们大家的"遗恨",才决心趁五队返柳以前提出迁墓的号召!

起先我想把张曙父女的遗骸火葬了。将骨灰盛在坛子里带到城里来,在七星岩附近找一个地方葬了,树一个新碑。但朋友们对于火葬都无经验,孟超想起和尚是火葬的,便到月牙山去找道安法师。不在。后来遇了巨赞法师[1]说:"火葬的工具是有一套的,现在不知搁在哪里了,但那是人死后马上举行的,不知可否应用到死了四年的尸体。"

后来还是听得张香池先生说,死了四年的尸体用不着火葬,只要找一个捡骨头的,把骨头依次捡进坛子就成。但又到哪里找这捡骨头的人呢? 就算捡来了吧,又摆在什么地方呢? 这地方问题实在也不太简单。

"那么明天不管怎样还是去一趟吧,让大家多有几个人晓得那地方也好。"大徐和许多有关朋友的赞成这意思,以"野祭"的意义分途通知一些朋友。

第二天,十一月廿三日,早晨六时顷有一次警报,我很担心不要把这野祭运动打消了。幸而好,警报旋即解除。我、也非、武沅、海男,还有一位皖南的年轻朋友,向约好的集合地——公共体育场司令台赶去。我没有帽子,幸而是阴天,后来虽出了太阳,因已初冬,还受得了。经桂东路,看予倩作广西公务员打扮和我们一位本家小姐匆匆向大桥那边走去。我和他招呼。他说:"今天什么事? 刚看见少青团抬起一个大花圈到体育场那边去了。"

我告诉他,今天去扫张曙的墓,他表示了他的忆念和悼惜:"我也可以去的,可惜我同田小姐有事要到东江镇去找一个朋友。"

"你不必了,路太远。"

我们别了,到司令台时间五七队同志们已毕集,少青团的同志果然也来了。我对郎团长说:"真是谢谢,难为你们也去。"

"您怎么这样说! 张曙先生是我们大家的。"

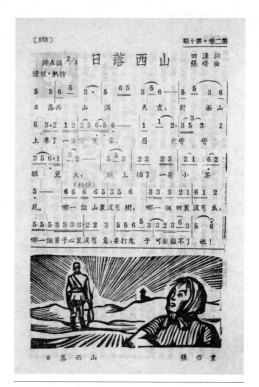

《日落西山》歌曲,刊载于《战时民众》1940年第2卷第10期。

---

[1] 巨赞法师,俗姓潘,名楚桐,字琴朴。法名传戒,后改名巨赞,字定慧。江苏江阴人,1908年出生,毕业于上海大夏大学,1931年在杭州灵隐寺出家。

他的话更使我感谢。在出发前，大家没有放弃一分钟，有的在扎着花圈，周令钊兄在修着遗像，五队的刘但琨在台上指挥着大家练歌，四队的舒模兄帮助着他，但曙弟的曲子除《壮丁上前线》《日落西山》等外，有的他们都已经忘了。

"徐炜到重庆去了，是一个遗憾，不然可以请她唱一个《丈夫去当兵》。"

这遗憾幸而因郁风女士来也补足了。郁小姐虽是一个画家，而她却很爱音乐，凑巧她也很欢喜张曙的曲子，特别是《丈夫去当兵》，她认为这是运用民歌形式最成功的作品。她来，她的三妹米米也来了。最难得的钢琴家石嗣芬女士也来了，她穿着旅行的轻装，黑上衣、长裤、白帆布鞋。

"怎么您也去吗？这太不敢当了。张曙若在一定很高兴的。不过路很远的，走得动吗？"

"试试看。我想能走的，回来我还想邀大家到无线电器材厂听听唱片。"

"那好极了。"

郁小姐并赶到桂西路大街花铺买了一把鲜花，要我写了上下款。我深深地感谢着他们的盛意。

接着孟超兄把巨赞法师也邀来。李凌兄和新音乐社的朋友们也来了。桂林戏院、四维剧社的朋友们热心参加着每一有意义的集会。今天也有李庆堂、王仲英两同志来了。林路兄到得稍迟。"今天你若不来，我要骂你。"我说。实在的，在许多人中，林路兄与张曙有着更深的关系，他们在音乐院是同学，在政治部是同事。

人来得更多了。大徐担心时间太晚，提议及早出发。由我报告了大体的路线，由少青团摄了一个出发的影。我们由体育场穿过桂西路，到环湖路，出西门，沿铁路走。七队的女同志抬着花圈走前，五队的遗像走中间。我们原没有也不敢十分张扬，但回头看那会祭者的线牵得长长的，使我暗替曙弟落着安慰的泪。我们由铁路转入公路经过滑翔机场时，只见大队吊者在十月的日光下，浩浩荡荡，成横队前进，觉得另有一种壮烈的印象。

我的记性极坏，孟超的也不比我好，我深恐带错了路，使大家受无谓的劳苦。幸而好，从滑翔机场的南端，跟着牧者的牛群，越过铁路，走入一个村落。由一条旧石路出村，转入一有石山的牧路，便到了一个三面山峰环拱的草原，孟超、黄浚、也非诸兄远远跟着我，好像曙弟在引着路似的，我很确信地一直到了目的地。

山峰的影子遮荫了半个山坡，小溪里水都干了，还有水牛在里面滚。丛葬的墓上受着数十条牛的践踏，曙弟墓上已经坍下去几块了，墓上的草也给吃残了，沫若写的墓碑依然只有"曙父女之墓"几字还可辨认，"音乐家张"的一段一半埋在墓前的泥里了。我和也非、黄浚两同志合力把这一段从泥里扒出来，勉强合在"曙父女……"上。这新出土的一段，石色潮润，好像死者泪痕犹湿，我们彼此都不发一言，但心里好惨。接着演剧队的同志们来了，把花圈、遗像、鲜花都摆在坟上，也非兄燃放了一挂鞭炮，山谷应声，牛群四散奔逃。后面失去了路的同志们听得鞭炮响，都赶来了，我走去迎接他们。

"瞧，那边又来了三个，猜一猜前面那个是谁？"一位目力很有自信的同志指着草原的远处说。有的猜是郑庆光，有的猜是林路。等他们走近了才知道是林路、安娥、石嗣芬。林路兄原穿着褐色的绒线衫，走出汗来了，把绒线衫脱下来搭在肩上，远望去绝似童子军的头巾，所以有人猜是少青团的郑团长。石女士也是走热了，脱下黑色上衣，把白色绸衫全露出来了，所以连郁风也没有认出。

野祭的仪式在黄浚兄的司仪下热烈而肃穆地进行了，《安眠吧，勇士》的歌组织着我们无限哀伤的情绪：

千百行眼泪浇着你墓上的花枝，
千百双粗壮的手支持着你的遗志。

但曙的墓上却没有花枝只有野草啊！

我感谢了朋友们的盛意，简单地报告了曙弟的生平，评价了他的工作之后，对大家提出了三点要求：

一、设法使他的遗作能于最短期间出版。
二、在他四年忌的时候解决迁葬问题。
三、尽可能地照顾他的家属和儿女。

第三点，实际已不成问题，因此我们着重在一二两点。

杨伊同志继我之后报告了张曙父女桂林殉难的场面，他是亲自帮同把曙弟父女从瓦砾堆中抬上门板的人。"张曙先生躺在地下衣服还整齐，身上也没有什么大伤，就是抬起的时候，右手是炸断了的，只有一条筋肉连系着。他的女公子头被炸掉半边了，就像一个剖开的柚子，里面的柚瓣给挖去了，只剩了一块柚子皮。常任侠先生见了这惨状,'哇'的哭了。我们大家都哭了。叶浅予先生给拍了一个照……"

但这后来被林路兄补正了。据他说:"张曙的衣服虽还整齐,实际他的腹部都炸坏了,肠子也流出来了,脸上炸了许多小窟窿。杨伊兄说那时我们都哭了,也不尽然。至少我没有哭,我流不出眼泪,我满腔是愤怒的火。"林路兄这样说,但他说时显然含着眼泪。

林路兄除这之外,又报告了和张曙在音乐院同学时的情形:"我和他同在×先生指导下学唱,×先生非常器重他,说他可成很好的低音歌手。但我在学校时并不甚认识他,真正和他做朋友是在长沙和武汉的时代,他工作得很好。"

五队队长徐桑楚对曙弟的工作精神做了较详尽的描写,他首先举出张曙先生的组织天才,他说当时参加政治部所号召的工作的歌咏队,一时达二百多单位,第二期抗战扩大宣传周,武汉水上美术歌咏火炬大游行,震动三镇百万军民,便是当时歌咏队的大展览,但没有张曙和冼星海两先生的不舍昼夜亲身领导的数月工作,绝不会有那样的盛况。他又叙述当时四个歌咏队组织和受训的经过:"受训快完毕了,部长没有批准歌咏队的预算。洪深先生要我们即时答复愿不愿改成演剧队,那时我们苦闷动摇极了,完全靠张曙先生个别地说服我们,说就是改成了演剧队,也不妨碍我们做音乐工作。大家感动于他的苦心,认清了我们的前途,答应了改编。这样才有了过去的演剧九队——今日的剧宣五队!"

最后他指出九队到桂林以后,张曙先生怎样帮助他们解决许多实际问题:"他引我去拜访省党部,怕我不晓得回去,在外面等了半个钟头。直到把我们的问题解决为止,他毫不厌烦。他的工作精神实在使我们感动。"

巨赞法师、孟超、郑庆光、李绿永、舒模诸兄先后表示了他们的悼意。"一个不脱离大众,为大众而歌唱的音乐工作者,他的身后始终是温暖的。"孟超兄并有些重要提议。郁风小姐很兴奋地表示了她的感动,说明她在广州学《丈夫去当兵》的经过。我郑重地请石嗣芬女士,她说她不会说话,但经再请之后她也坚决地站起来了:"我不认识张曙先生,关于张先生的生平我知道也很少,但我很幸运地认识了演剧四五队的诸同志,他们都是那么诚恳,那么热情,我佩服极了。后来听说张曙先生与演剧队有很深的关系,特别是五队的创造者。我想四五队既然这样好,张曙先生一定不会错的。听得有今日的会,我决意来参加。听说路很远,我不知能不能走,但我想能走多远就走多远,总尽尽我的心。现在我居然走到了,参加了这野祭,更多地知道了张先生的生平和功绩,也加深了我对张先生的敬仰和悼惜。我希望我能帮助继续张先生的工作。我所能说的就是这一点。"

石女士非常谦逊,但她的诚恳而热情的态度感动了我们每一参加者。很偶然地,她的音乐环境和张曙大同小异,她听得我说张曙至十八岁才看见钢琴,她说她也是十七岁才看见钢琴,而且也是在艰苦的条件下挣扎出来的。

墓前演说之后就在那草原上开始了张曙遗作《壮丁上前线》等三支的大合唱,接着三四挂鞭炮在墓旁的小石山上连续地响起来了。

五队同志那天是被参加者笑为"棘人"的,礼毕之后大家都有些饿了,五队同志对每一参加者发了一包点心,面包、蛋糕等,内容甚为丰富,大家都非常满意。石、郁两女士提议到无线电厂,我们都跟着她们走,大部分有事的都走原路回去了。

在无线电厂,我们会了周厂长,饱听了欧美名曲,我们也被请说话和唱歌,林路兄唱了张曙的《日落西山》,郁风唱了《丈夫去当兵》,并且自己口头伴奏。调门发高了,后来再高不上去,又低下来,许多听者都笑了,但大家都高兴。

在张曙墓前草地上,有一位五队的女同志,大约是雷梅青吧,在对郁风叹息着说:"张曙死了四年还有这许多朋友来纪念他,我们死了不知怎样。"

"什么话!"我听了,这样地止住她,年青的女孩子实在不该这样说,但那天实在使人感伤。固然,张曙有值得纪念的地方,但朋友们实在太好了。

卅一年十二月于桂林
原载于《野草》1943年第5卷第2期

忆人民的音乐家张寒晖

王　林

　　抗战初期，我听说了莫斯科广播出了聂耳的《义勇军进行曲》和张寒晖的《松花江上》，我不仅为我这位朴实的诚恳的师友庆幸，而且为中国人民的音乐家能得世界荣誉而庆幸。我们熟识并不久，"双十二"事变前一个来月，他那时在西安二中教书，有人介绍我们才初次见面。后来当我们一二一二剧团①的团长，我们一同流浪到邠州，到蚌埠，到江苏淮阴，前后总共不过半年多的光景。然而分别后这十年中间，最初用他的歌子做启发群众的宣传，后来一听到那歌声就怀念他、恪记他——以为他还在西安，西安那种黑暗和恐怖劲，不是他那种老实人热情人所能生存下去的。于是熟人们见了面就谈他，就打听他的下落，都愿意把他约到解放区来。

　　不炫耀、不哗众取宠，平平常常、老老实实的张寒晖同志，一见就会给你一个朴素冲淡——淡而远的永久不能忘掉的印象。一个青年演员和他一同工作不到一个月，即常连声喊着"妈妈"谈到他。他从小营养不足，发育不完全，后来又为革命流浪和吃苦，使他早衰，三十岁刚出头就像个萎缩的老太婆了，演戏常饰母亲，对同志又温厚亲切如慈母，于是人们不约而同地都叫他"妈妈"，而且叫得那么甜蜜。

　　"双十二"前，我正抄写一个悲剧《火山口上》，我把梗概跟他一说，他不赞成抗日青年军人被特务毒死，女主角觉悟后打死了杀父之仇的特务和爱人，自己也服毒自尽："革命文学一定要有出路有光明，一个东北军的少壮军人因为要抗日要打回老家去，被国民党特务害死，觉悟了的东北青年女子也服毒自尽，这样没有光明没有出路，我坚决地不同意！"

---

①　一二一二剧团是东北军中一批救亡青年所组织的，开始活动于"九一八"五周年纪念日至"双十二"事变期间，在短短三个月中，演出了《中华的母亲》《回春之曲》《苏州夜话》《打回老家去》等剧。其中《打回老家》为王林所编。

我说:"假若不都死了,就不成纯悲剧了。"

他简直火了:"你受形式主义的毒可太深了,不好不好!"我们这才是初次见面,他对于原则性的问题就是这样严肃、这样不讲情面。

他的脸瘦长,个子很小,皱皱纹很多很深的脸上,昏花近视的眼又带着挺粗糙的眼镜,破蓝布大褂像落魄秀才,饱经风霜寒苦的表情里,永远放射着平凡的温厚的微笑。然而半年相识中只有这一次我见到了他那么发火和那么严肃。大概就是那一回我把他的《松花江上》带回我们东城楼上学生队里去。我们学生队是一群"爱国犯和流浪汉",正在城墙上关着门子(城墙下边就有成天想抓我们的国民党宪兵第一团和特务别动队)高呼抗日援绥,血气方刚,嫌他的《松花江上》太悲哀,不愿唱。这时却由正在奔走东北军自动停止内战援绥抗日的孙志远同志传播在革命朋友中间。

"双十二"事变打开了中国抗战图存的新史页,同时也带来了艺术工作者献身民族国家的自由。张寒晖同志担任了东北军抗日学生军政治部一二一二剧团的团长。不幸这段新史页只是昙花一现,不久黑暗的乌云又压上顶了:为了争取抗日和国内和平,三位一体的东北军、十七路军、中国红军自动退出了西安。然而国民党军队却以战胜者的骄傲态度蹂躏一心抗日救亡的人民。我与张寒晖同志因为整理剧团东西,出城较迟,走到咸阳城北即被国民党李默庵部扣押起来吊了一夜。这一夜正是一九三六年旧历除夕。新正元旦放了我出来,张寒晖同志正在市场里哭丧着脸找我打听我。

我们俩往邠州去时,忽然下起雪来了。从西安到邠州有四五百里地,处处有散乱的、害怀乡病的、一度狂热又骤然悲观失望的士兵和青年。在阴郁的潮冷的夜晚,在荒汉的西北高原上,断断续续地,忽隐忽现地,突然又有引吭高歌地,传出了"中国人不打中国人"和"我的家在东北松花江上"的歌声。

来到邠州,狂热的爱国犯学生、悲愤的东北少壮军人,像热锅里的蚂蚁一般,围着墙上贴的《中共中央致国民党三中全会的三项要求四项保证书》唉声叹气,眼巴巴地望着中国当时时局的逆转,东北救亡领袖张学良将军的被国民党反动派的囚禁和审讯……

有一次开会,忽然立起一个东北口音的青年军人,面色红红的中等个,要求唱个歌。不认识他的人莫名其妙,熟悉他的人觉得奇怪:他怎么会唱歌呢?这位少壮军人涨着赤红脸,走到会场前说道:"我心里实在闷得慌,我新学了一个歌,我给你们唱唱。"于是他唱起《松花江上》来了。他真的不会唱歌,一句合乎节拍的曲调也没有唱对,但是他喊叫似的没有念完词,自己就呜呜地大哭起来了,惹得全场的人都啼哭起来,大会也开不成了。

为了分散西北三位一体的革命力量,国民党统治当局调东北军开往蚌埠,于是我们也跟着转移。命令上指定在西安等火车东开,然而没有一定时刻。一等等了两天,明知道车皮没有讯,却不敢离开。第二天下午又下起小雨来了。阳历四月初一早一晚还相当冷,特别是赶上阴天和西北风。我们这一列车都是眷属——从东北逃跑出来的难民。额外叫人悲痛的是这些人都是妇女、儿童和老人,因为流转的经验和穷苦,转移时什么也都带着:风箱、炉子、盆子、罐子、鸡、鸭、犬、羊、破席片、破盖天……西北风一吹,小雨下起来,小孩哭,鸭子叫,老者呻吟……我们也都抬不起头来了。

站台没有敞棚,火车开来没有定时,我们打开被子蒙着等着,半夜里我冻醒了,小雨还没有停,张寒晖同志冷得直咳嗽,老人叹息和妇女哄孩子声音外,远远的有一个被西北风吹得忽隐忽现的歌声:"我的家在东北松花江上……哪年哪月,我才能回到我那可爱的故乡……"我的眼泪抑制不住了。

来到蚌埠,也就是来到了人家设置好了的陷阱。在宪兵和特务层层的监视下,学生队被迫遣散了。我们以剧团的名义委曲求全地又跟着转移到苏北淮阴,每天半饥半饱地等着,最后仍然等到了一个遣散的命令。发给遣散费四个月,却从三月算起。已经过去两个月了。我们河北省人好说,遣散费很够回家的路费。但是东北军官呢?回家吧,回不去;找职业吧,政府不要。老婆孩子一大堆,还有很多带着父母双亲的,坐食山空,眼看就要绝粮,真是呼天不应,入地无门。于是不由自主地嘴里哼哼出"我的家在东北松花江上……"来,然而一哼哼这个,却又招致了东北同乡们全家抱头痛哭起来,甚至于整天抽搐得吃不下饭去。这时我们又忌讳唱这歌。

我们住在淮河北岸一个小破店里,忍着半饥的痛苦,悲愤着中国时局的逆转、反动派亲日派的抬头和疯狂。张寒晖同志于是见天用手指头敲打着桌子编歌子:"快快地走,不要往后抽;打倒汉奸走狗,一个不要留……"

七七抗战后我到了冀中火线剧社,我们把《松花江上》编到《放下你的鞭子》里当插曲,表演在冀中各地。冀中人民的感情和那歌子接近了,冀中军事首长是吕正操将军,干部多东北人,冀中政治部主任又是第一个传播《松花江上》的孙志远同志。于是"我的家在东北松花江上……"哼哼在广大人民和干部的口边上了。有的音乐工作者嫌它太悲哀。然而悲哀与悲观感伤不同。再一说,这悲哀是日本帝国主义者和他的应声虫——国民党不抵抗主义和国民党反动派以毒攻毒的特务政策所给的。东北军和东北人民在"九一八"以后所受的痛苦,比那个厉害得多。而今天,虽然到了抗战胜利以后,国民党反动派仍在东北扩大内战,继续制造东北人民的痛苦。但是东北人民站立起来了,"哀者必胜",十五六年的悲惨教训,已经使东北同胞深刻体验出来了谁是救星谁是祸首了。

抗战后我们总惋惜张寒晖同志不在冀中,我在战线封锁中更是孤陋寡闻,常常为他的下落和安危而不安。今年旧历年节,我在报纸上见到了他在东方革命圣地的延安参加春节文艺节目的消息,我真是高兴极了,见熟人即说,明知道别的朋友也会在报纸看见他的消息,然而仍然禁不住写了好几封信。

可是,不幸得很,前天在报社里,随手拿起一篇《晋察冀日报每周增刊》来一看,哼,我真是吓了,一怔,《悼张寒晖同志!》,作者孟华同志我也认识。我们从初次见面到后来分别,统共不过半年多,然而在这离别后的十来年中间,愈久而愈加深湛地,我在怀念着他。像他这样的一个朴实的、幼时营养不足、中年流离颠沛久病早衰、光怕别人生活不好而忘掉自己比谁生活也不济的寒晖同志,我怎么会能够忘掉呢?一九四四年陕甘宁边区文教大会上选他为模范文教工作者(见于孟华文中)是恰当的,他的歌曲很多流行全国了(贺龙将军在冀中那时最赞赏的"叫老乡,你快去把兵当"据说也是他作的),但是极少人知道他的名字。他一生默默地工作着,而今又默默地与世告辞了。但是他将像生时给人的印象似的,朴素老实,淡而远地永久留在人的记忆里。

一九四六年五月十八日于河间
原载于《北方文化》1946年第2卷第4期

无字无碑的阮玲玉之墓

紫 虹

小引

在民国二十四年三月八日妇女节的那天下午六时三十分,我们的艺人阮玲玉遗下两句"我一死何足惜,不过是怕人言可畏吧了!"的话,以自杀替她自己辩白,这当然是残余封建意识的流毒,一切没有出息的没落意识所影响。可惜她以"尸谏"之后,社会上的作恶并不因此而消灭,使我们的艺人永远抱恨于地下。当然大家愤慨得像爆发的火山,接着有塑铜像、建墓地、筹阮女士电影艺术奖金等。一年,二年,一直到如今已十年了,一点影子也没见出现,世态炎凉,于此可见。

十年之前,阮玲玉所憧憬着的平静安定是实现了,她冷寂地安息在联义山庄,大概是快要被人遗忘了。

从淞沪铁路的脊背上过去,经过宝山路,都市嚣烦斩掉了一大半,四面是十年前的纪念,孤立的壁,凌乱的瓦砖,孱弱的枝零落地还在荒芜的草野苞着青芽,可怜的羔羊在"咩"地向苍天哀鸣,一条又长又崎岖的泥路,夹着荒漠的田野直通到阮玲玉安息的联义山庄。

联义山庄的门口,矗立着一座高高的牌楼门,两旁扶着黄色的短墙,墙左有一排瓦廊,"丁当"的,有一簇簇的石匠正在纷忙地敲凿着新制的石碑——那些富丽而精细的石碑。

进了山门,拥进眼帘的都是蓊郁的树群,亭阁的钩角高翘在晴空间,东西纵横的都是水泥铺的墓道,石狮子一对对,呆里呆气地蹲在墓前。洋洋的墓志铭,辉煌的金字碑文,却找不到我们的艺人阮玲玉的姓名。山庄又是那么大,墓又是那么考究那么多,跑酸了腿,反复地找了几周,还是没有拜访到我们的艺人阮玲玉之墓。

总算是管山庄的看守好心地带领到一个冷寂的角落里,东转西弯竟连

阮玲玉之墓,刊载于《联华画报》1936年第7卷第7期。

方向也模糊了,来到一处,他歇下脚来。四周都是雕刻的石栏,有石桌石香炉的大墓,甩在旁边的只有一个墓,矗起着两支尖顶的龙柏,挺青葱的,只是没有石碑,也没有石狮子石栏杆,连石桌也没有一只,只是在狭石阶边上,高起四五寸的,大概是一墓。草地有的青青的,也有一簇簇萎黄。在墓前一块二尺方的水泥塑的拜垫,大概是算是唯一的点缀品了吧!墓栽在两枝龙柏的中间,左面龙柏前是一枝枫树,枫叶好像不肯红的,红得很可怜了;右面龙柏前是一棵蔷薇树,比枫树更小,花没有一朵,连叶子也没有一片,不死也不活的,却独多的刺。墓后没有栏杆,衬着一片天,和几枝杂树。领导的看守也不声,也不响,也不走。

"在哪里呀?"

"你要找阮玲玉的墓吗?"

"你领我去呀,怎么不走了?"

"这不是吗?还去到哪里去?"他奇怪地说,"你要怎么样的阮玲玉墓?"他回答得更奇突。

"怎么连石碑也没有一块?这是阮玲玉的墓?"

"你不相信吗?"他调过身来,指着斜对面的双墓,"那不是她家的墓吗?姓唐的!"

一对高大的石碑,后面是两块大理石式碎石子的石墓盖,碑上刻着的红字。

"姓唐的!"心里在念着,"大概阮玲玉不算是唐家的人,连碑也没有立?"

呆在墓旁,简直拣不出一句什么话来回答看守的,凝视着那只高起四五寸的草土,"那下面就是阮玲玉？那下面就是阮玲玉？"心里总有点不相信。

据看守的说:"这就是阮玲玉的墓,不相信也随便你,那么你自己去找吧！你是他的什么亲戚？你以为阮玲玉的墓是怎么样的？我说你连阮玲玉都不见得认识,几年也没有一个亲戚来看过！"

悄悄地独个子又溜了好几个圈子,跑酸了两条腿,看酸了一双眼,没有找到阮玲玉的碑,也很少没有碑的墓,不禁地又回到这毫无点缀的冷坟,瞪着所谓"阮玲玉之墓"的无碑墓旁,望着对面那姓"唐"的,抚着倦了的腿,想着那样冷寂崎岖的归程,真不知所云。

原载于《星光》1946年新第13期

霸王号失事！不幸罹难之方沛霖

《电影话剧》特写

十二月二十一日自沪飞港的"空中霸王"XT104号客机一架，午后在离港三十哩之毕沙岛触山焚毁，乘客及机员全部罹难，电影界名导演方沛霖亦在其内，惨遭不幸。

《仙乐飘飘处处闻》害了他！

方沛霖此次去港，系为永华公司筹备拍摄新片《仙乐飘飘处处闻》。方于上月间曾去港一次，接洽此片开拍事宜。因周璇在沪，工作一时不及展开。同时他在上海为嘉年公司所导演的《同心结》尚未完工，便匆匆赶返，赶拍

新华歌舞组合影：副主任宣刚、主任童月娟、导演方沛霖（后排右），刊载于《明星》1938年第5期。

《同心结》,于本月十八日方始全部完工。阿方哥乃定于二十一日动身去港,而不幸惨遭飞机失事而身死。

方之飞机票为永华公司所买,他原定二十一日动身,而于十九日那天,航空公司曾通知他二十日有机票一张,如方愿提前一日动身亦可。但方因在沪尚有事务,二十日不能成行,乃照原定计划,购得二十一日之机票去港。

购买廿号机票动身的乘客中,有昆仑公司总经理夏云瑚及名编剧家陶秦和名交际花殷四贞等多人,廿日因气候不佳,航机停飞,亦改于廿一日启飞。唯购得廿日机票者,乘103及106两只飞机先飞,而阿方哥则因购的是廿一日机票,故坐104号飞机,不幸恰巧失事罹难。

电影界将发起追悼会

方沛霖在电影圈工作二十余年,最早为布景师,自任导演以来,完成影片已数十部,处女作为周璇主演之《三星伴月》。生平虽颇节俭,但因负担很重,故并无积蓄,遗有妻女六人,身后清寒。香港永华公司方面,因方沛霖此次为该公司拍戏罹难而死,当有所表示。此间电影界及方沛霖之生前好友,将发起追悼会,并筹备义映其遗作,票款收入,作为其家族生活费用。

方沛霖为宁波人,今年四十一岁,寓所在极司非尔路元善里三十四号,其最后遗作为《同心结》,尚有一部《花外流莺》,亦未在沪映过。

又悉,方沛霖此次去港,随带三部剧本,一为《天外天》,二为《虎雏》,三为《仙乐飘飘处处闻》,现亦同归于尽。据唐绍华谓,其中除《虎雏》外,其余二部均为唐之作品,都无底稿留存,则唐绍华亦遭受一点小小的损失,但最使唐绍华痛心的,则是他损失了一位志同道合的朋友了。

未完成的理想

方沛霖在电影界以导演歌舞片著称,过去有部李丽华主演的《凌波仙子》,曾博得美誉佳评,但国产电影限于器材及经济,使他没有一展所长的机会。

这次他为永华导演《仙乐飘飘处处闻》,他有一个美丽的理想,来完成这部耳目一新的歌舞片,因为永华的器材是较新型的,因他在港沪间奔波已多次,不幸"出师未捷身先死"了。

《莺飞人间》片场,背对坐者为导演方沛霖,刊载于《艺文画报》1946年第1卷第4期。

关于方沛霖

方沛霖生平除咖啡外,别无其他嗜好,既不喝酒,亦不吸烟,更不欢喜玩女人,是电影界的模范人物。

方沛霖对美术设计颇有研究,故其寓所中布置,颇具艺术化。

方沛霖此次去港,行前对朋友说,因为前年和去年都没有在家里过年,所以今年无论如何想回上海过年,不料今年的年还是没有过成,诚亦惨极之事。

方沛霖生前努力工作,积蓄无几,其存款存放何处,他的太太都不得而知,去港前家中仅留置日常开销一千元及白米一石余。

方沛霖导演之最后遗作,即为嘉年之《同心结》,此片系一风流喜剧,将于一月下旬在沪公映。

方沛霖早年曾在美术专校求学,后又曾进明星影戏学校受熏陶。导演影片,开始在艺华公司。

原载于《电影话剧》1949年第21期

影人鸿雁

悲欢离合的生活

侯 曜 星 侣

星侣兄：

承你来信问我的生活状况怎样，我现在简单地回答你一句，我的生活是悲欢离合的生活。

记得我《复活的玫瑰》戏剧集中的卷头语，有下面几句话：

> 我愿变一架摄影机，
> 放在悲惨的世界里。
> 照尽一切悲欢离合，生老病死的人事，
> 编成一出人生的悲剧。
> 到人们最痛苦的时候，
> 这一出悲剧，
> 也许能安慰他们少许的悲哀。

我写这几句东西的时候，还在东南大学念书，谁知现在竟成了我生活的预言。我在东大刚刚毕业的时候，有两件职业任我选择，一是从事平民教育，一是从事影戏。当时我很考虑过一番，终归择定了影戏事业。因为我承认影戏能宣扬文化、改善社会，比任何事业都来得重要。

我自从投身影戏事业之后，也

侯曜，刊载于《民新特刊》1927年第4期。

有许多和你一样关切我的朋友写信,或口头上问我的生活怎样。"我的生活是一种悲欢离合的生活!"我也是这样回答他们。但是这句回答,不能满足他们的好奇心,仍然是絮絮地问个不休。在他们的理想中以为影戏的生活是很有趣的、很丰富的、很新奇的,所以很想知道这种生活的内容究竟怎样。我自知这句话也是太晦涩了一点。

现在我把我所谓悲欢离合的生活解释一下。

我在东大是学教育的,同时又喜欢研究戏剧,以为戏剧教育民众、感化民众的力量比任何事业来得大,所以课余之暇,时常邀集几个同志作粉墨登场,借剧中人的离合悲欢浇灌了胸中多少的块垒,同时又给了人们不少的安慰和感动。在东大将毕业的这一年,把所编舞台剧《弃妇》改成影戏,由长城影片公司摄制。其时正当江浙战争,就在炮火声中导演该剧,于剧中人悲欢离合之外,再见了江浙遭难人民的悲欢离合。到现在回想起来,还觉得别有一种滋味。这可算我入电影界的第一步。到东大毕业,我的事业方针决定之后,就正式在长城影片公司供职,就正式开始我的悲欢离合的生活。半年后因好友的介绍,见民新公司较能发展我的怀抱,就辞长城而到民新。

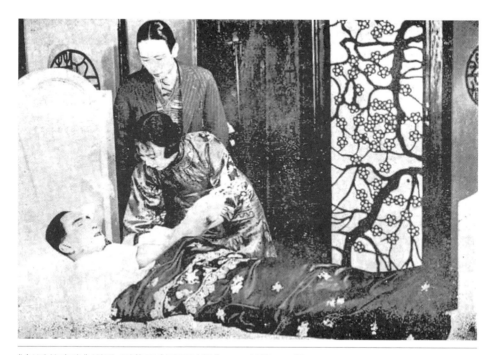

《复活的玫瑰》剧照,刊载于《图画时报》1927年第342期。

我是一个崇拜易卜生的人,所以我所编的剧本也都包含社会问题。例如《摘星之女》是讨论恋爱问题,《春闺梦里人》是军事问题,《一串珍珠》是家庭问题,《伪君子》是道德问题,现在在民新的初生儿《和平之神》是非内战的军事问题剧。爱情几乎为现代剧中一个重要元素,就是《伪君子》《和平之神》这一类的戏剧也少不了儿女私情的份子,所以悲欢离合的事情在所不免。于是导演此等戏剧的时候,不能不体会剧中人的悲哀和欢喜以校正演员的表情。因为表示悲哀并不能以一哭了之,表示欢喜不能以一笑了之。悲哀与欢喜各因程度的不同而表示的方法也不同,表示悲哀有用叹息,有潸然下泪,有咽呜,有掩面痛哭,有悲哀极而反笑;如突然听到恶消息,这时候悲哀的表情不是哭是定睛发呆,或是昏晕。表示欢喜,有用微笑、有笑、有拍手大笑;欢喜到极点时,有时反下泪或狂舞。大概悲哀与欢喜到极度时,常用手脚的表情帮助着我。在摄影场导演的时候,简直忘记了现实的人生,体会着剧中人当时的情形、境地、身份表示某程度的悲哀或欢喜,不然,就无从指挥与校正演员的表情。所以终日跟从悲欢离合的剧情,疯疯癫癫地以他人的悲哀为悲哀,以他人的笑乐为笑乐。所以我说我的生活是悲欢离合的生活。我这种生活,说有趣的确是有趣,说丰富的确是丰富,说新奇也可算新奇,可是有时却很苦啊!

　　余事恕不多讲了。

　　祝你好!

曜

原载于《民新特刊》1926年第2期

读了陈逊凡君的来信以后

卢梦殊

在我们国势零夷的中国,随处都可以受人家的欺凌。不特国际上为然,人民亦复如是。任你如何退让,总难免对方的压力来临;任你如何呼号,亦难得第三者将不平鸣一下。从知公道已没有伸张的可能,自决又没有这们伟大的力量。那政府呢?虚设罢了。军阀么?只有本领驱人民到水深火热里去。是以一年一年地下来,国势愈益凋零,民生愈益困苦,民众愈为强有力者所欺凌,愈为第二国人所蹂躏。住在上海的市民,(吾国人)是和狗不能进公园里去的,将来恐怕连狗都不如!

不信么?然我心里却恝焉唯恐这事会实现。你看现在连吾国的艺术界都已在国门之外,受他人的暴力压逼了。近十年来,吾国人于喘息之余,唯电影尚能稍呈发展之象。然国人虽为共和旗帜下之民,而平民政治之思想未深,又在资产界侵略之下,所为影片,当然脱不了金黄的色彩。所谓赤化,吾敢决其必无,而制片家也无从知其所以。盖制片家大半与铜臭同污,意念所萦,不外黄金白镪,"艺术"二字,已距遥程,即赤化云云,更乌可得而实现。第二国横施压力,阻其推销,不知是何居心。古语说"欲加之罪,何患无辞"。唉!大概是罢。所以我读了陈逊凡先生的来书,惹起我无穷的感慨。

陈逊凡先生的来信说:

主笔先生大鉴:

昨日始接到贵志。查迟到原因,为邮局寄交汉务司检查有无赤化或孙中山国父之学说,此类书籍,都在禁止入口之例。盖当局以为摇惑人心在此类书籍也。而吾国影片,亦受其检查。我所知者,本月一日《一串珍珠》开映于中华戏院,《长城特刊》插图中有"张怀仁入室盗珍珠"一幅,为片中所无者,而该图亦被检查员剪去,其他概可知矣。自吾国影戏来垄开映日盛后,侨胞一律拒观外国影片,荷人戏院,遂一落千丈。垄埠本有荷人戏院四家，现停映者已二，其未停映之二家，观客亦甚寥落。为挽回营业计，大登广告于华文报纸，并译华文说明书，冀吸收侨胞，以振其业。而侨胞终漠然视之也。垄埠土人亦爱观中国影片，前侨胞未有组织戏院时，国产影片在荷人戏院开映，该院大起院租，每晚所收票资，不能抵院租之半。后侨胞自组织影戏院，乃获利倍蓰，荷政府遂用检查手段，败我国产影片之营业，其心可谓毒矣。

  贵志出世，原为指导国产影片之进步，望贵志尽力宣传，使海上诸出片公司联合一致向荷政府交涉，取消不平等待遇。盖侨胞欲观一完全无剪去之影片，戛乎其难也。尤望贵志对于国产影片评其优劣，使海外侨胞知所选择，实所感祷。

  此颂纂祺

弟陈遯凡上
十五，十一，三

从陈遯凡先生的来信看来，我们便知国产影片，是受如此的阻力的。南洋各埠，是推销国产影片的唯一大商场，那么利权攸关，第一要义就是消灭此种阻力。我不懂各影片公司至今仍忍气吞声，不敢有什么表示。岂各影片公司的出品，都含有赤化，该受查吗？不是，此中苦衷，我们第三者已经明白了。这是驻在地的中国公使懦弱、畏怯、渎职，是吾国的政府无能、堕落。所以遇到这事，不敢出面抗议，充耳不闻，熟视不见，一任他人压抑。片商和制片公司既没有这么抗拒的伟大的力量，那只好忍气吞声。可怜国产电影既在国内受了审阅会谬误的批评，复被第二者横加阻力。吾国的电影，无怪其蓬蓬勃勃的气象，反不如前了。

卢梦殊，刊载于《良友》1928年第23期。

弱国无外交，在现在已成天演的公例。像这种的耻辱，在吾国近代史上，已如大洋里的浮萍，看都看不见了。像鲸鱼般大的，好比星罗旗布呢。又怪不得公使们，充耳不闻，熟视无睹了。你们当片商的、当制片家的，还是自认晦气罢，也省得麻烦，或者连残喘都不能苟延呵！

话虽如此，但我们的心潮总不能平的，那说话也当然郁勃不平了。凡物不得其平则鸣，我这篇文，好像树之无声，风激之鸣了。然电影的自身问题，也须得解决一下：

本期卢穉云先生的《设立电影公会之必要》一文，痛陈南洋片商跌低价格，使电影界无伟大的出品。我初以为是，但据陈遜凡先生来信的后段所要求，又似乎不尽然了。陈先生不是要求《银星》里有国产影片孰优孰劣的批评文字吗？就这一种要求看来，南洋侨胞大概上了海上影片公司的当已经不少次数了。俗语说，"见过鬼便怕"，上当多了，信仰心自如寒暑表遇着冷气般，一度一度降下去。信仰一失，就对于其他国产电影，任凭你在广告上将法螺吹得如何响，他总存着个恐怕再上当的心，不高兴再闯进电影院里去。片商血本攸关，怎能不跌低价格呢？陈先生这种要求，实在对于国产电影，有很热烈的诚意的，我们自当遵从，以符陈先生的雅意。但是，我先要向制片家，作一个忠告：

你们须明白电影是一种艺术，须向艺术里头牟利，不能向艺术以外转念头。须知诈术只可用一时，不能用永久，蒙一己，不能骗众人，西洋镜总会拆穿，广告实无能为力。假如你制片时用奇思巧计，以迎合人心，何不竭虑殚精从艺术上着想？因艺术而赚钱，何等光明磊落，以虞诈而获利，又何异于劫财，倒不如去作念秧，还省得一身干净。量力也是一桩要事，大题目的电影，不是不可制，但须先问自己的力量如何。你的编剧者是有充分的学识和经验的，你的导演者也是有充分的学识和经验的，你的演员也是有充分的学识和经验的，你的道具、布景等等都有充分的，而编剧、导演、演员又当。未摄制前，在艺术上、科学上，都加以一番研讨的工夫，摄制时又刻刻考虑，那么大题目的电影，自然得着圆满的成功了。不然，小学堂里的学生们，也会做大题目的文章，不过理由不充分罢了，谁说不是一篇文章呢？

原载于《银星》1926年第4期

民新摄影场参观记

卢梦殊

答复侯曜先生：

　　五四那一天，我因为得到偶然的机会，到杜美路民新影片公司的摄影场去做第二次的参观。事前曾在电话上向该公司的协理黎民伟君请求，得到他的允许。那天又蒙他殷勤招待。在他的诚恳的态度上，使我们于友谊上油然增加了不少良好的热情，为我的生活史上足资纪念的一节。

　　那时是下午二时许，我和伍联德、梁得所兄等到民新公司那里，入门见导演高西屏君，彼此都是Old Face（旧相识），不待别人介绍已然含笑互相握手。高君的苍黑的脸皮，在告诉我们他已在摄影场上受了不少阳光的亲炙。几句

民新公司影片《三年以后》摄制组合影，刊载于《民新特刊》1926年第3期。

纯粹的中山城口音的寒暄语，引诱我的视线集中在他的胁下的一大叠纸儿，知道他正要从事于导演上的工作。总务主任徐公伟君，从办事室里跑了出来，我们便离开高君随着徐君到应接室去。

我们在应接室里从画册上得见到该公司好几出新的作品。伍联德兄很赞赏董翩翩女士的剧照的精美，徐公伟君特地介绍《木兰从军》那一出影剧是时下无双，不只为其公司的伟大新作。大约五分钟后，徐君以其公司的协理李垣君引见我们。略话片刻，他便辞去，因为他要与导演、演员等工作于飞机场。

又五分钟，我们才到玻璃棚去参观，几个工人方从事于布景的拆卸。刚出了玻璃棚便见黎民伟君匆匆地赶来，介见之后，即引导我们参观各部，而且很诚恳地加以详细的说明。从黎君的忠实与活泼的态度上，可以看出他是一个精明强毅的从事影剧的摄制的人才，不禁喟然兴感那么的非彼之罪，但同时又很可惜他只凭着自己一副身手战斗了好几年，不曾得到一个艺术天才者予以臂助。

在连续参观各部分的时候，黎君郑重地向我们声明："民新已有扩展的可能，现址实在不敷办事，于本年预定出片的计划阻碍很多，刻正筹备觅迁占地十余亩的新址。"我听了很佩服他有努力前进的精神，同时更希望他有天才艺术家的帮助，使将来打破中国电影的纪录是他的公司。

最后，黎君引我们见侯导演先生曜。侯先生我是认识的。我们俩初次的见面是在前年广肇公学的教务室里。那时我在广肇公学为国文教授。一天的下午，侯先生到广肇公学那里去谈天，兼及地人两才，即《海角诗人》"上穷碧落下黄泉，两处茫茫皆不见"。所以我一见侯先生的面，顿然记起从前。从前他在广肇公学的教务室里和我们谈时是多么神气与活泼呵。唉！现在他居然是有点《海角诗人》的"诗人"态度了。当然，我不敢对侯先生有甚么批评，或大胆说一句"他已颓废"。然而他引起我的诧异的确是"前后判若两人"。

我们出门了。黎民伟君要我们在照片上留一个纪念，叫我们站在丛树之前，把我们和侯先生、李垣君、黎君自己的影子都摄入一只四方的镜箱里去。末了，我们想登上汽车到长城影片公司的摄影场去参观，侯先生却站在我们面前向我算《电影与文艺》里复生君作的那篇《腐化与恶化》的账。

"你编的那本《电影与文艺》很好呵。"

"唔,玩意而已。"我一听到侯先生的话,心里早已了然后面一定有"但是……"的一句话。当时我一时找不出甚么适当的话回答他,只把上面这不负责任似的话来搪塞。我说了之后,笑嘻嘻地等待侯先生的炮响。

这时,侯先生白皙的面孔上渐渐地染了一些蔷薇之露,微微地泛出一层薄红,唇际和下颏长着的有二分长的疏落的短髭,也在微微地颤动。我心里说:"炮快响了。"

果然,他眨一眨眼睛,提高嗓子这么说:"但是它里面刊的那篇《腐化与恶化》,骂《海角诗人》,骂得太不对了。它说'……诗人,飘泊海滨,后来得到……和大总统的褒奖',不知'海角诗人'正因为反对大总统的褒奖才逃到海角去呢。所以像这样的批评家,我要请他看《海角诗人》十回,使他了解剧情,然后叫他下笔。"侯先生说到末一句,脸上的蔷薇之露,更加鲜明地显现了,唇际和下颏的短髭,也不只是微微地颤动而已了。

"现在的批评是不容易的,除非作者自己批评自己,比较上是好些,更何况复生君那篇文章写得简短得很,当然或许有说得不透彻。所以我从事编纂那本书的时候,有信寄给你,征求你的大作。不过只是一封征求作品的信而已。"

"我不曾接到你的来信。"

"我发过两次信了。或者你忘记。现在我请你关于这一个问题,最好写一篇文章,给我在《银星》上发表。自己批评自己的作品,多少总比别人的透彻的,如果也说得不好,那真是笑话了。"

"我读了《电影与文艺》之后,很想到良友公司的编辑部里去望你,顺便谈谈这件事。可我没有工夫,工作只是包围着我。你现在要我作文章,更没有暇晷了。"

"是的,我也知道你贵忙。不过我总以为自己批评自己的作品总是好些。"

"唔,我可没有空儿,"侯先生摇着头,"但是我很想和复生君谈谈,却又不知道他是谁。最好请你得闲时和他到这里来。"

"也可以,但是什么时候,就不能说定了。"我还是笑嘻嘻地。

"好的,几时请和复生君这里来。不过我还要说,像这么的一种批评,纯然是冷嘲热讽,有失学者的态度,于你也失了指导之功。"

"指导我是不敢说,不过研究确是我编《银星》和《电影与文艺》的主张。至复生君那篇文章,你说是冷嘲热讽,那你不妨做一篇更冷嘲更热讽的给我。"

"唔，不能，"侯先生摇头冷笑，把眼角嘴部的皮肤皱起来，"我是不能，但你以后请不要再登这一类的文字。"

"不，这是各人有各人的主张。"我说了这句话之后，便登上汽车。回过头来望望侯先生，侯先生的脸皮青白了，只两颧和鼻端还保存着一部分的蔷薇之露。于是我在车上揭帽示别。汽车出了民新公司的大门，还见侯先生站在阳光之下，露出白牙齿。

现在我要答复侯先生的要求了。侯先生要我和复生君到民新去，可是我和复生君都是不容易得到空儿的人，恕我们不能约期会见。至于《海角诗人》，我们现在不愿意再去谈它。不是看不起侯先生，侯先生也不必动气。因为复生君那篇文章不是要侯先生动气的，当然也不是要其余的读者动气；若果侯先生再要动气，便不是学者的态度、诗人的本色，而且有失上国大君子之风了。复生君的《腐化与恶化》一文里，有"……却偏有人竭力去传布弱种思想，如《西厢记》《红楼梦》等一类故事"句，在当时侯先生的谈话上，很讪笑这句文章的不对。我在上面忘记写下，据侯先生的谈话上说"《西厢记》是一部反礼教的文学，不是传布弱种思想"，这一句话，我是第一次听到的。《西厢记》不是传布弱种思想尤使我敬佩侯先生读书得间。总之"与君一席话，胜读十年书"，小子谨受教了。

然而"道不同不相为谋"，现在我们还是这么好罢，等到有可能的时候，即侯先生实行"批评我是欢迎的"一句话时，对于侯先生的作品，赞赏或者攻击，我们再出来说几句话。唉！东洋人的利刃割了国民政府的外交官——特派山东交涉员——蔡公时的鼻子和耳朵而后加以杀害了，东洋人的枪炮残杀了几千中国官民的性命和轰毁济南城及其他建筑了。在这状态之下，我们怎么办呢？侯先生，逃到海角去么？

十七，五，十

我们参观了民新之后，便到长城参观去。那里老友很多，特别是趾青兄殷勤招待。在参观上讲来，尤于我们的良好的印象，即为《大侠甘凤池》的露天大布景，我们在那里留恋了一小时。一方面固然是惊叹古蟾兄的独特的天才，一方面又是赞美资本者肯为艺术而花多大资本，长城将来的地位也就可知。然而我现在要声明写上文时的伤心与哀痛了。我们到民新、长城参观是介绍两位东洋人去的。那两个东洋人的一个名岛村礼三的是日本《蒲田花形》的编者，中村进治郎先一月前特来函介绍。不想在参观两公司的前一夜，我们国民政府的外交官蔡公时先生便尔被难,同时又死了我们很多的军民。这种奇耻大辱如何不伤心,如何不悲痛?所以我在写上文时曾三易稿。因为使我不能不写的是答复侯曜先生的要求。

原载于《银星》1928年第18期

关于电影的一封信

李萍倩[①]

编者先生：

蒙你问我的几点，我可以很忠实地告诉你，但我文笔久疏，不能说得很圆满，或许开罪各方面，这也顾不得许多，反正我是忠实地叙述一切。

现在与其说我是爱好艺术而干电影，不如痛快地说为吃饭而工作。的确在九年以前我确实是个沉醉于艺术的迷恋者，因此抛弃了其他一切，投入明星电影学校；可是三个月后，给我的印象，只是失望和无聊，就无形地脱离了。虽是此心未死，怎奈一时无机可乘。不久汪煦昌君创办神州影片公司，集合了一班为艺术而艺术的同志，筹划一切，凭着几个浅薄的脑筋，居然出了不少片子，如《不堪回首》《花好月圆》《佳期》等等，成绩虽属平平，可是同人等都在艺术的正轨上走着，所以问心无愧地继续努力着。可是同人等因不善吹牛自夸，又不会迎合社会心理，结果营业竟到不堪回首的地步。其后《难为了妹妹》问世，固然博得好评不少，但营业的收入，远不及天一的《白蛇传》，于是艺术之神哭坏了眼。

营业不振，公司就发生了变化。在这变化期间，当然出现不少妖孽，于是感情用事的我突然脱离神州加入天一，同时所谓一般同志们都来非难，都说何处不可去而独进天一。而我以为不上梁山，大盗大归，就毅然决然地离开了可爱的神州。

既来天一，倏忽三年——委曲求全地干了三年，虽则改善了不少，可是不如人意的事一天一天地增加，终于借着两性问题而离开了（关于两性问题，将有一篇《艺术与私德》要发表的）。

[①] 李萍倩，原名李椿寿，安徽桐城人。20世纪30年代曾在上海明星公司当演员和导演，后加入新华和华影公司。1947年到香港，任永华公司、长城影业公司导演。从影以来，导演过近200部影片，如《裙带风》《母与子》《绝代佳人》等。

大中华确是很为艺术牺牲的一家公司，但是我进去的时候，正闹着经济恐慌，加以内部倾轧得非常厉害，所以做事处处为之掣肘，这样待了一年，勉强出了三部作品，公司也就改组了。说到此处，我就感觉到中国电影的不可为，每一家公司都有不可言喻的情形。有的专为谋利起见，不管将来的事业如何，一味胡闹。这些固不必论它！有的本可大有作为，可是彼此倾轧竟像政治舞台上的人物一样地糟，终于连公司也给他们毁灭了，像这样干下去，中国电影，就是五百年后，也是不会成功的。况电影艺术，首重合作，不像写小说、作诗文、画画、弄音乐，可凭个人的天才和用功能成功的。但是中国的电影界却一味附虚、欺骗、敷衍，不在实际上用功夫，这样地闹下去，想不没落，怕是没有的事吧。可是话又说回来，像现在的联华确实是中国电影的一支生力军。还望各公司凭着真实的力量再来努力一下。

话又说远了，我出了大中华又为什么重入天一呢？这也许是面包问题吧！可是重入天一的我，却改变了不少，不像以前那样勇敢了。换一句说，就是为吃饭而艺术，一个人饭是不能不吃，不过我呢，也不是专为吃饭，只是在吃饭的可能范围中努力于艺术（但也不是像以前的为艺术而艺术了）。这个也许说得太可怜，但是我知道正不知有多少同我一样可怜的人，不过他没有勇气说罢了。

话虽是这么样说，可是我上进的心并没有磨灭，今后所走路线，要在影戏中指示出人生的矛盾，因为现在的社会和人生无处不在矛盾中，一个人处在这种矛盾的环境里，不见得每人都能明白，他们只是苦闷怨愤，但如何苦闷怨愤，都说不出所以然。我呢，就用戏剧的描写，指示这种矛盾，但不愿表示如何解决这种矛盾的方法。因为各人有各人的环境，各人有各人的个性，断不能以我的解决方法来解决各人的矛盾。但这一点都有人没有明了我，如他们批评《有夫之妇》为不彻底，要知道像李宝珍（该片主角）这种人，她既无学识，更无思想，只充满着传统的旧道德纪念，而同时更富于情感，被社会的恶势力压迫着，才会干出那矛盾的惨剧来。但是像这种矛盾的事实，正不知有多多少少人扮演着。可是有哪一个大胆地能告诉他解决的方法？尤其是在畸形发展的上海。那末，只需演出这段事实，叫他们自己去领会就得了！更要明白，电影究竟并非是信条，它也不是像三民主义似的党义，即使是信条和党义，也是仁者见仁，智者见智，未必各人的见解都同吧！

现在将导演的新片《芭蕉叶上诗》，是一个opera，不过是个热闹而新鲜的

《芭蕉叶上诗》剧照,刊载于《中华》1932年第13期。

玩艺儿,在这个里面却指示出爱与责任的并重,但是民族思想太重了。

拉杂地写了许多,只觉得技巧太拙劣,还不能把所要说的话尽情纸上,其中只有"忠实"二字,请关心我的朋友体会吧!

原载于《电影艺术》1932年第1卷第1期

龚稼农致滕树谷

龚稼农

老滕：

　　我们是在八月十九离开济南到青岛的，现在又离开青岛，转向陇海路上去了。

　　在济南邂逅圣人真是一件意外的事！可惜时间太匆促，那天晚上我又因为工作所累，疲倦得两只眼睛也睁不开，要不然，也许我们会在车上清谈那么一夜的吧？

　　您嘱咐我报告一点关于这次旅行的情形，这原是我所喜欢的工作。不过有一点，就是时间的问题：车开的时候是空的，但车身颠颠扑扑的，实在不能够写字；等车一停呢，照例接着就要拍戏；到了晚上，那疲倦就叫你非倒下身体做一回好梦不可。为了这种种原因，所以我一直捱延到现在才提起笔来，定下心来写这封信。

　　关于津浦路上的情形，徐来已经有日记寄给您了，这里我想就拉杂地报告一点青岛的琐屑的事实。

　　到了青岛，最使我们忘不了的就是那美丽清幽的环境。我想每一个从上海的红尘中来到这岛上的人们，没有不向她种下了深深的迷恋的。那里有海，澄碧的水面映照着蔚蓝的天幕；看惯了黄浦江里那种灰黄的浊流，对此真觉得有"不可同日而语"的感想了。

　　我们一到的第二天，就出发摄影。最先在跑马场拍过了我和徐来主演的《泰山鸿毛》，虽然像乱箭似的观客的目光，使我觉得有点不自然，但究竟平安地对付过去了。后来到了汇泉海水浴场，这才真的遇见了大大的困难。"开末拉"刚刚放下，那一大群一大群人鱼似的水国儿女，就像看把戏似的把我们包围起来，一圈圈，一层层，全是赤裸着手臂与大腿的女士男士。

　　被困在这样水泄不通的人围的核心，任我们怎样申说，也没有得到效果。那天下午的戏终于没有拍成。

朋友们都说，到了青岛而不下水，那是"如入宝山空手而回"一般值得懊丧的。因此，在一天午前十时左右，我和小秋、徐来他们终于到汇泉浴场"下"了一回"水"。因为在上午，侥幸得很，终算没有很多的女士男士，来为我们举行"下水"典礼。——今年我在上海，到游泳池去的次数最少，而这一次在青岛，我却畅快地洗了一场海浴。

在青岛，除了那美丽的环境给我们一个可爱可恋的印象以外，还有一件事情却使我们不能无感。

你跑到中山路去，跑到中山路相近的几条街上去，骤见之下，是会使你疑心那是樱花三岛土地，而忘怀了自己身在祖国的——日本店铺的数量，多得真使人吃惊！

有好几位同事，跑到街上去买东西。他们是在中国铺子里买的，买的时候而且问过店伙："是日本货吗？"

"不，是国货！"

经过这样的盘问买了回来，给内行的人一看，却还是东洋人的出品！据一位胶济路车站长说："青岛不晓得有一个叫什么商场的，那里十家店铺里面只有一家是中国店，而那'有独无偶'的中国店里还免不了要卖日本货！"

在这一种情形底下，我们怎么能漫无所感呢？

每一次旅行，各处那许多认识的与不认识的朋友的热情的赐与，我总亲切地感到。我常常觉得，朋友间的高贵的情谊，是最伟大而可感的！

这一次，我认识了许多新的朋友，也算是值得欣幸的一件事！在泰山的时候，有一位民众抗日同盟军总司令部参谋处长王际通先生，专程写信给我，略谓："素日钦你的艺术，此次名山相值，我们应该尽点地主之谊，略事招待，请于下山之时，到关帝庙一叙……"但后来因为工作的关系，终于没曾去赴约，只写了一封鸣谢的信去。这是我至今还觉得有些不安的。

到青岛以后，更其意外的是，我竟遇到了那十余年不见的中学时代的教师王剑白先生，和表哥戴思韩。久别重逢，又加是异乡邂逅，在彼此握手言欢之中，当时心头的快慰，我这一枝秃笔真是形容不出来呢！

还有，我认识了两位新闻记者——常常为《时报》撰稿的赵鑫兮先生和陈嘉震先生。赵先生跟我们常在一起，谈天的时候比较多，他和我好几次都谈到了您。并且，我从他那里得到了您在北方订婚的消息。

老滕，现任洋圣人有了圣太太了，请准备着！我们回上海时还要向您讨

龚稼农与胡蝶在《脂粉市场》剧照，刊载于《明星》1933年第1卷第1期。

喜酒喝呢。

我在这以前，共只拍过三个戏：一个是在曲阜孔庙拍的《古柏之歌》，是王莹、小秋和我三个主演的；一个是在泰山拍的《泰山鸿毛》，是徐来和我主演的；还有，就是在青岛湛山所拍的一片，我和王莹、张素珍主演的《疯狂的女儿》了。

在以上这三个戏当中，我比较地喜欢《泰山鸿毛》，因为那剧本所叙述的故事、题材是比较新鲜而且现实的。

旅行中最苦的事是没有报看。从出发到现在，我只看见过两三天的《时报》。报贩在内地很少，又因为工作时间的关系，常常买不到报。因此离开上海这一个月，仿佛连世界都隔绝了似的。

听说《满江红》和《春蚕》都试过了片，您去看了没有？《压迫》和《母与子》也听说已经公映，不知道报上批评如何，演员方面对于我个人又怎样。我真想知道。——以上各片当中，《压迫》是我由《狂流》中的刚强的刘铁生而变成庸懦的纱厂工人，个性恰恰相反，做戏的时候很注意，效果怎样可不知道，我希望您也能严正地指教！《母与子》大概是不容易讨好的，我知道。我从来最怕做"吊儿郎当"的角色，而《母与子》中我所饰的正是这一类人。

拉杂写来，已经不少。因为时间的关系，所以只好像记流水账似的写下这琐碎的感想与事实。

不写了。祝您快乐!

弟龚稼农

九月五日,自济南发

原载于《明星》1933年第2卷第1期

张若谷[①]与卢梦殊的通信

张若谷　卢梦殊

梦殊兄：

　　虽则我们差不多每个星期总会谋面一次的,但是,每次的会晤,不是在影戏院逅遇,便是在饮料店坐聚。处于嘉宾满座环境之下,我们难于旁若无人地畅所欲言,倾诉衷曲,常引为一件憾事。

　　今天收到你的来信,知道你已摆脱了一切职务上的羁累,将专心努力创办一种电影月刊,取名《第八艺术》,预料必能运用你以前编纂《银星》全副的精神与丰富的识验,灌注在这个新生的影剧定期刊物,卷土重来,在中国电影界上将呈现出一种生跃的新气象,可喜可贺。

　　我们的相识,是由《银星》为媒介,从通信到文字,从文字交到同事,从同事到知交,现在又将从知交到文字交了——因为你要求我常替《第八艺术》作文章。这几个层级的友情增进时期,前后经过差不多将近两年,在这个短促的七百日内,我们两人的生活,都已历尽了许多的劫数与变化。在我的私人方面,没有什么值得重提的事情。在你方面呢,你虽没有详细告诉过我,但从朋友们的谈话,与你几封短简中,却也可以测知到一二。

　　当你初次脱离了"奥迪安"[②]到"良友"专心编辑《银星》的时候,我原想就写一封信来慰问你的,但是后来,不知怎样地忘却竟没有履行。两月前当你辞退了《银星》的编职,我又预备写信给你,可是又疏忽延误了。现在,忽又得到你出了

[①] 张若谷,原名张天松,字若谷,上海南汇县周浦镇西八灶张家宅人。1925年毕业于震旦大学。曾任上海艺术大学教授、南京《革命军日报》编辑、古巴驻华公使馆秘书、上海《大晚报》记者、上海《时报》记者、南京《朝报》主编、上海《神州报》记者、《大上海人》主编。1933年5月,张若谷到欧洲游历访学。1935年回国后,他将欧洲见闻撰写成文章在报刊上发表,后编成《欧游历猎奇印象》一书,由中华书局出版。抗战胜利后,张若谷在天主教南京教区服务,担任天主教《益世报》南京版编辑。

[②] 指奥迪安大戏院,后毁于战火。

平安公司将致力于《第八艺术》的消息,惊喜交加,这一回总不能再偷懒了。虽则这几天事务所中的事务很忙,但是,决心抽出了一点余暇,写这封信给你——上面的半截信,是在半个月以前写好的,后来因为事忙——近来每天除到事务所从事六小时的工作之外,余下的工夫,差不多都耗费在替《真美善》杂志筹办"女作家号"上——直到今天,才重新继续。但拿起笔仍觉得写不出什么东西来,实然因为要说的话太多的缘故,倒反而一字写不出来,千万请你原谅。

上回答应你为《第八艺术》作两篇稿子,关于《茄荼诺华》(Casanova,即影片《采花浪蝶》)与《日出》(Sunrise,即影片《情海波澜》)的一些感想。现在实然一时交不出卷,大约再要等过几天,第一期恐怕赶不及了。前几天在卡尔登看到两张好片子《血溅鸳鸯》(根据意大利文豪邓南遮的戏曲)与《浮士德》,很受感动。但是,我不敢再预先答应你抒写关于她们的文字了,生怕到了那个时候,仍旧不能交卷,不将使你大大失望吗?

我们每次看西洋电影的目的,无非是想享受一番异国情调的生活,能够看到几张好影片时,心灵上终会觉到一种欢喜与满足,在刚做完了那些"白昼之梦"以后,有时很想把梦中所得美妙的印象记写下来以留纪念。原来的动机,并不想替影戏院做广告做宣传,至少在我每次执笔作电影文章的时候,总是抱着这种态度的。所以在看过几张好影片以后,常常因为隔离的日子久了,当初所得的印象,渐渐地淡起来了,等到后来另外看到别的好片子时,新得的印象竟会把记忆中的旧印象扫除无踪,结果,自然一字无成。这是我所以写不成电影文字最大主因之一。

我承认我这种个人享乐的态度,是犯着自私自利的毛病。假如同你比较起来,像你那样地肯牺牲许多宝贵的精神时间与物质能力,来从事宣传电影的新事业、作文章、办杂志、印书本……而且都是你自己挖出钱来创办的。这种坚毅的精神,怎样叫我不心折服膺呢?你问我要的关于歌剧《蝴蝶夫人》的本事,今天已从旧报堆里捡出,那篇文字是在民国十五年春间写成的,现在寄上供你做参考,里面有许多想增改的地方,因为实然没有空,只好偷懒了。

大作《阿串姐》拜读过了,很想写一些读后感想给你,但是,仍旧是老调……只好等后来有机会时再说罢。

匆匆敬祝你笔健

弟若谷

十月二十三晨

若谷兄：

我的精神正感受着无量数的痛苦，和社会的冷酷的面孔狞然向着我的时候，你那封经过许多日子才写成的信从天飞下，使我一方面感激你对于我的同情，一方面打破我对于人类新近存了一种怀疑的成见。人类的精神本来是互助的，但我为着生活的变化的急促和外来的侵袭的强厉的缘故，使我在无可自解之中骤然存着一种怀疑，以为人类到底是彼此不能同情妥协的，日日都在自卫、进攻和互相倾轧之中，度他们那在世界上有限的时日。

你这封长信一来，就把我这"怀疑"打破了。然而，这只是对于你的说话，这只是对于每星期日的

卢梦殊《第八艺术》创刊号封面，1929年1月第1期。

上午在新雅茶室里一张白布桌子围坐着许多朋友们的说话，对于他人，我还不敢，真的不敢，因为社会的面孔依然是冷酷地在我的面前。大概，就是为了这缘故罢，我这《第八艺术》在怀胎期内就使我感受到无量数的痛苦与艰难，几使它孕而不育。

但是，现在，在编辑上已完了事了。如果印刷公司肯替我赶印起来，这一星期内就可以出版。我办《第八艺术》的原因，在创刊号的《编辑后话》里面已经说过了。其余该告诉你和在《编辑后话》里未曾说及的是：影戏虽已给人们认识它是艺术，但在中国，尚还有许多人对于"艺术"两字莫名其妙。尤其是在吃影戏饭和在影戏院里执笔做事的一班天才们彻底地莫名其妙。他们只凭着自己一副腐化了的眼光和那恶劣的思想与手段硬把影戏神奇而腐臭化。偌大的中国，又是我们生于其时，你想，没有一种刊物出来保障影戏艺术，是一件多么伤心的事！所以，在我过去的日子当中，编《银星》、出《星火》和混入影戏院里做翻译员，做广告主任，原就是想替影戏做一个义务律师，在恶劣的社会里稍许保存它的价值的。不幸给金钱支配了的我，虽已出尽力量

来维护它，终于屡遭挫折，而且又因生活的急促的变化，直接地、间接地影响到我自身和家庭，尤其是在现在给社会的恶魔坑我在残酷的牢狱似的环境里，体验到一切的折磨与苦难。

但是，我这个人是绝对没有前途、没有危险的。同时，我的精神又是绝对抗进，世界上一日有我，纯重腐化的突围中总一日有我的反抗。反抗的战争是光荣的，是胜利的根源，我以后的有生，就为此而燃起生命之火！

《第八艺术》就是我的生命之火的火焰，就是我的反抗的战争的铁军、坦克炮车、飞机与战斗舰。

你来，你请来，请来卷入这反抗的战争的漩涡中，不要自私自利！

关于我以前生活的变化，那是过去的事，譬如昨日死，不必告诉你了。《蝴蝶夫人》，我已根据你那篇舞台剧的本事写了一篇《蝴蝶夫人》。那出影戏的故事，想来和舞台剧一样的。因为它们都是同一的题材——我写到这里，膏药姗姗地来了。不尽的话，留待见面时再谈吧。

祝你康乐！

卢梦殊
十七，十二，十六，黄昏
原载于《第八艺术》1929年第1期

新春的日本电影

侯　枫[①]

季琳[②]兄：

　　时间像天空上的行云似，飞奔着过去，一转眼间，我居留在东京，已经是整整地两个月头了。为了每天到处奔走，忙于酬酢，终于把答应给您写的通讯搁下到现在。真是对不起得很啊！

　　季节虽然是刚进了初春，今天却变态得像个梅雨期的天气，微微的雨，粉似的随风飘。就在这个时候，我躲在这四铺半席子的房间里，开始为您写这一封信。

　　从什么地方说起呢？一拿起笔来时，我的心里便暗自问道。因为实际上可以向您报告，同时也是应该向您报告的事情是那么得多。好吧，现在别的暂且不提，就单把调查所得的关于东京的日本电影来开头吧！

　　东京，是日本的首都，它的本质虽然还存留着古老的气氛，然而，那一袭华丽的都会的外套，到底是披上了。一切的建设与日俱增地渐臻完美。而它的电影事业之发达，也可以说是一种必然的现象哩！因为一般人民的文化水平提高，他们对于美艺的欲求，也就从日常的报章杂志上，伸张到银幕上去。

　　根据警视厅最近所发表的统计，在东京的电影观众，是比前年增加了许多。就是电影从业员也比较地增加了一百六十三人（按昭和八年度警视厅的统计，全数是一千六百二十五人）。计日活的导演十一人，技术人员九人，男

[①] 侯枫，学名侯传稷，后改名侯廉生，广东澄海县人。曾任彭湃的秘书。"四一二"后，逃亡上海，投身戏剧活动，先后加入了暨南剧社、大道剧社、上海戏剧联合会、左联等。1933年秋，东渡日本，在帝国文学院学习新闻与戏剧。1935年春回上海。创编的剧目有《再上前线》《孤军魂》《陈家巷之战》《我们的游击队》等。

[②] 高季琳，笔名柯灵，浙江绍兴人。最初在家乡任教。1937年冬到上海，从事报刊编辑工作，并参加话剧、电影方面的活动。先后编辑过《文化街》《世纪风》《文汇报·文艺副刊》《浅草》《大美报·文艺副刊》《万象》《周报》等。著有散文集《望春草》《遥夜集》等。

日本女星黑田纪代，原文插图，刊载于《时代电影》1935年第1卷第5期。

演员七十六人，女演员四十七人；蒲田的导演八人，技术人员十三人，男演员五百七十八人，女演员一百二十三人；大都的导演七人，技术人员七人，男演员一百零六人，女演员四十人；P.C.L.的导演四人，技术人员五人，男演员十人，女演员十九人；总数共一千七百八十八人。

可是，各制片公司的生产量却见减少。据日本文部省的社教局所统计，昭和九年度所公映的出品，计开日活九十本，松竹八十八，大都九十九本，新兴六十五本，P.C.L.八本，太秦五本，阪妻十二本，右太右卫门十五本，宽寿郎十三本，宝塚九本，共四百十七本，比起上年度来，减少了五十七本（按前年度的出品总数为四百七十四本）。今年一开春，日本的影坛上又活跃起来了，各制片公司的"加油"消息，已无日不见于报章上。看看在日本的国际形势转好的情形下，日本的电影事业也将随之而发达起来。

最近的日本电影所达得我们重视的，是对于新闻片的重视，与不断地提供和努力于《召集令》《光辉的少年日本》《铁路》《海国大日本》等题材的摄取，这种积极的转向，将造成日本影坛一个新的局面。

当然，这是不能不归功于日本政府统制的力量。由于此，日本之看重教育电影，也算是一种必然的现象了。在过去，有一个全日本教育电影研究会的设置，现在又有东京《日日新闻》出来主催，举行一次教育电影的竞赛会，每一个制片厂参加一部片子，而片子则限于有声而未公映者，在五月间结束，公开发表给奖，请由菊池宽、久米正雄、长谷川如是闲、辰彦隆、镝木清方、山田耕筰、兼常清佐等担任审查员呢。

日本电影在演出的技巧上虽然并不见得会比中国强些，然而，拿一般的电影文化水平来比较，那是比中国高得多了，这个自然是由于日本的教育之普及,一般人民的智识被提高了的缘故。而日本的电影也和文艺深深地结合起来。我们在十部日本电影里面,至少可以找出七八部是由目下的流行作品改编的。如菊池宽的《贞操问答》、吉野信子的《女的友情》《一个贞操》、林芙美子的《放浪记》、正木不如立的《木贼之秋》、夏目漱石的《令郎》、谷崎润一郎的《春琴抄》、三上于菟吉的《雪之丞变化》等,作品之不断地电影化,是一种通行的现象。

把镰仓时代、德川初期的社会作为背景,描写历史上的事件或人物,表扬大和魂的精神的所谓"时代剧",在片冈千惠藏和大河内传次郎两个健将的努力底下,也在日本的影坛上保持了绝大的势力。因为

日本女星田中绢代,原文插图,刊载于《时代电影》1935年第1卷第5期。

一般的日本人对于"时代剧"是抱着一种固执的心的。

还有一件日本电影界所感到兴奋的,便是被作为日本电影制作界的新纪录的全部有声的音乐电影《百万人合唱》之获得成功,这部片子的导演是富冈敦雄,并由饭田信夫担任音乐导演,主演者是夏川静江、伏见信子、德山琏、伊达信、北原幸子等。划出日本电影的一条新途径。据说这《百万人合唱》已运到美国开映去了。可是,新近来,这东京市里面却到处是《百万人合唱》的歌声。

窗外的雨声,在打动我的心情。我想这封信就在这里暂告结束吧,横竖以后写的机会还很多。

祝文安!

侯枫于东京三月十七日
原载于《时代电影》1935年第1卷第5期

给某女明星的一封信

姚莘农[①]

您把结婚的问题来征求我这没有结过婚的人的意见,我本来是可以"谨谢不敏"的。不过您既然是这样诚恳地问我,我实在不好意思不供献一点我个人的私见。好在您所要的仅是我的"意见",而不是我的"经验"。

您说您正在彷徨歧途,不知道应该走哪一条途径。还是继续在银幕上努力而拒绝结婚呢?还是结婚而放弃电影生活呢?还是一面结婚,一面仍旧在电影界工作?

这三条途径都没有什么不正当,都可以走得。我实在不能断然地告诉您

卢敦、欧阳予倩、姚莘农、唐纳,刊载于《明星》1936年第7卷第1期。

[①] 姚莘农,本名姚成龙,笔名姚克,安徽歙县人,生于福建厦门。毕业于东吴大学,后留学美国,学习西洋戏剧。20世纪30年代与鲁迅交往密切,译有《鲁迅评传》。1942年创作话剧《清宫怨》,在上海公演,轰动剧坛。1948年改编为《清宫秘史》,由永华影业公司摄制。1949年后定居香港,在新亚书院等校任教。

哪一条是最好的途径。各人的环境不同,思想不同,观点和立场也当然不同。同样的途径,宜于甲的未必一定宜于乙。您是个理智极强的女性,这一层您当然是知道的,不必我来解释。所以,您到底应该走哪一条途径,这必须要您自己来决定,我只能从客观的立场参加一点意见罢了。

在参加意见之前,我先要问您:"您对于电影生活的态度怎么样?"假使您的宗旨是出风头主义,那么我劝您不如趁早结婚,免得日后人老珠黄,风头既不能出,结婚也难求美满。假使您是专为谋生计的,那么您只须把两方面来比较一下,就可以得到答案。譬如您目前在影片公司每月统扯可以有数百元的进款,您的生活比较总算优裕。那么,除非您的未来丈夫能供给您一个更优裕的生活,否则您何必和他结婚?反过来说,假使他能给您一个更优裕的生活,那您又何必一定要恋恋不舍这所谓"黑暗的电影圈"?这都很简单,决不是使您彷徨的主因。

假使我的猜想是对的,那么您的彷徨大概是这新旧过渡时代的矛盾的结果。从前的妇女无所谓"职业",更无所谓"事业"。她们唯一的职业就是做"妻"和"母",假使她们决意要做贤妻良母,那就算是她们终身的事业了。此外,只有奴隶化的职业,例如娼妓制度(那是号称为"世界最古的职业"的),或帮助丈夫做手工和农作之类。真正独立性的妇女职业确乎是近代的事。从十八世纪末英国玛丽·娃尔司束克拉夫式(Mary Wollstonecraft)女士倡导女权运动以来,妇女在社会上的地位虽渐渐抬头,但正当的独立性的妇女职业发达得很慢。直到欧战时,因为多数的男子都下了战场,社会上才有许多妇女走进了职业界,甚至于跑进政界的都有。中国妇女职业的发展更迟,大约在北伐之后职业妇女才慢慢地增加起来。

虽然如此,在目前的中国,多数的妇女仍旧把"妻"和"母"的地位当作职业,以为如此就有了归宿。同时也有不少新女性竭力要求独立性的职业,不肯仅仅做贤妻良母。这种矛盾和冲突,当然是过渡时代所不能避免的现象,而适当其冲的人就感觉得彷徨歧途,无所适从了。

假使这就是您彷徨的原因,那么唯一解决的方法就是您自己决断一下,究竟您一生的职业和事业,应该把家庭来做活动范围呢,还是应该把银幕来做对象?假使您自己觉得有双方兼顾的精力,那么就兼职也未尚不可。否则,您只能把精力集中在一方面。

我所谓"把精力集中在一方面",并不是说您若要在银幕上成功就不能结婚,或结了婚就不能从事于电影。结婚尽管结婚,做电影尽管做电影,只要您的事业方面不受那一方面的阻碍或损害就是了。前进国家的妇女有许多是抱独身主义而专门致力于事业的,但多数还是照常结婚,而在婚后继续她们事业的发展。这种现象在中国女界还不多见,中国妇女多半结过了婚就抛弃她们原来的职业和事业,除通常社交之外很少在社会、政治、文艺等方面活动,这是很不幸的事。

您一向对于电影有极深的兴趣,而且在银幕上也十分认真、努力。为什么要让婚姻问题把您弄得忐忑不定呢?我应该在这里声明,我并不反对您结婚。到了相当的年龄,结婚是生理和心理上所需要的(至少在现阶段的社会状态下是如此)。但您若以婚姻以为您的事业和归宿,而在结婚之后抛弃您的电影生活(那也许是对的,至少您绝对有权利这样做),我以为这是很可惋惜的事。

姚莘农编剧《清明时节》剧照,赵丹、黎明晖主演,刊载于《明星》1937年第7卷第6期。

不论做什么事,假使不取严肃的态度,绝不能做得好。电影何尝不是如此呢?您当然不必板起了脸做电影,您尽管可以随意嬉笑怒骂,只要您精神上严肃,事业绝没有漫不经意、马马虎虎而达到成功的。有少数的明星,今天出一通风头,明天闹一阵恋爱,任性子,趁高兴,往往还没有达到艺术上的成功,就半途而废。这种明星我只觉得可悲,与其如此,倒不如干脆把结婚做归宿。

我刚才说过您是个理智力极强的女性,我相信您一定会寻着一条正当的途径,拨开眼前的雾而见到光明。末了,我希望您不要勉强听从我的话,因为这仅是一个没有结婚经验的人私见,不一定是对的。

上海,一九三六,八,八

原载于《电影戏剧月刊》1936年第1卷第1期

一 封 信

苓

慧：

　　信收到了，怎么这么久不给我写信？上月接连给了你三封信，可不见只字回音，真把我气死了！那时我真想跑来打你三拳，看你还敢这样不？

　　不错，这消息是正确的，新华确预备摄制《红楼梦》了，第一次已决定《王熙凤大闹宁国府》，由顾兰君演王熙凤，梅熹演贾琏，陆露明演尤氏，黄耐霜演尤二姐，李红演尤三姐。将后，林黛玉大概由袁美云演，贾宝玉因为找不到适当的角色，据说预备请陈云裳反串（这仅仅是据说而已，会不会成为事实还很难说，陈云裳说不定会拒演这种好哥哥好妹妹的东西。且顾和袁跟陈极不对，她们很妒忌陈，据传顾曾为此哭过，她们也许要拒绝与陈合作。更且将来排名亦成问题）。

　　对于摄制《红楼梦》，你的意见怎么样？我以为《红楼梦》固然是中国章回小说中极负盛名极为流行的东西，然而在这个时代里，我们却很不需要它。徒然花了很多人力物力财力去摄制这种对于目前毫无利益的影片，那何必呢？且相反地，它会使青年人沉醉入这种幻梦中去，忘去了血淋淋气昂昂的现实，不是吗？据说"电影"这两字，古代是一种箭，是呀！电影真是极好的武器，它有着极大的效力，假使使用得得法，"胶片是我们的子弹，开麦拉是我们的机关枪"。这话真对！好莱坞尚且在作积极的反抗法西斯运动，难道我们反还要放弃了这最好的武器的任务，而去摄制太平世界的反映。

　　古装片是可以摄制的，并且在所谓"孤岛"上，客观环境不允许你拍积极性的片子，因之，我们正好抓住古人，通过正确的观点，尽量灌注现实意识，用精巧的艺术手腕，逃过环境的约束，摄出配合现阶段的片子来。我们祖国丰韵的历史上、传说上、旧小说上，正不知有多少有意义的事迹和英勇的英雄故事呢！就是讲到"生意经"，那么这种影片我以为一定更卖钱的，只要不粗制滥造，《木兰从军》就是好例子。

《红楼梦》剧照,顾兰君扮演王熙凤,刊载于《新华画报》1939年第4卷第8期。　　《红楼梦》剧照,袁美云扮演贾宝玉,刊载于《女声》1944年第2卷第9期。

各公司预告着预备摄制的古制片非常多,但有许多都是才子佳人私订终身之类,迎合一班小市民的极无聊的东西,这真令我们痛心!自然也有几部很好的,那就是新华公司了。譬如最近刚在新光映过的《林冲雪夜歼仇记》,卜万苍编导、正在进行摄制中的《西施》,都是极有现代意义的。

香港影界近来怎么样?它给我的印象很不好,好的影片我们看不到,能看到的却使人恨不得烧一把火了之,像《一代尤物》,你该看过这片子,像什么东西!简直是一连串"肉"作号召的活动照片而已!

十一点半了,他们都从外面玩够了回来,挤了一屋子,吵死人!再谈罢,瑶、珠、明、贤都代我问好!我们在上海的都好。

苓
六月九日

原载于《青青电影》1939年第4卷第12期

未付邮——致曹禺书

成　己[①]

家宝：

　　这讨厌人的秋雨又下了一整天了。

　　雨点打在玻璃窗上，点拖成了线，流，流下去积成小小的一个水滩，无聊赖地伏在窗沿上向外面望出去，一颗心都给纷乱的雨丝给缠住了，偶然地在水滩里照见了自己十分憔悴的脸，记起那些日子在旧书堆里翻出你的一张小照，照片上的颜色，像记忆一般的，也已慢慢地都要褪掉了。这还是你在天津演《财狂》时寄给我的一张剧照，说起来倒十年以外的事了。那时候，我们都还年青，有的是梦想，也有的是热情，为了朋友的一句话，可以跑出几千几百里地去办一件现在想起来几乎是可笑的小事，为了一个戏的演出可以连着三四星期整天整夜地不睡觉！

　　你该还记得我们在清华第一次演出的《娜拉》罢？事先虽然足足地排了一个月，可是演员里面除了吴京和你以外，全是从未上过台的新手。在开幕的前几分钟里，我的心跳动得几乎要从口里掉出来了，手在颤，脚底下也发颤，自己向自己重复地念你告诉我的那句话："不要怕！只要记住了台词的第一句和最末一句就不会错的了。"可是，有什么用呢？出台的时候还不是怀着比赴死刑还难过的心情走上去的！到了台上，你像小鸟般扑到我怀里来的时候，才看清你涂满了油彩的脸上黏满着从头套上落下来的假发，不禁地又笑了出来。我记得这样清楚，因为那是我第一次也是我最后一次做演员的经验，更因为你演了那次戏之后永远再也没有扮过"女角"了。

[①] 李健吾，笔名刘西渭，山西运城人。1925年入清华大学西洋文学系。1931年赴巴黎大学留学。1933年回国。抗日战争期间在上海从事话剧活动。1945年参加筹建上海市立实验戏剧学校，任教授。从1923年开始发表剧本，先后创作和改编近50部剧作，有《这不过是春天》《以身作则》《金小玉》《青春》等。译有莫里哀喜剧27部，并著有《福楼拜评传》《咀华集》和《咀华二集》等作品。

外面的雨愈下愈大了,沉沉的天色像铅一般的压在心上,连气都透不过来,你大约还记得?

那该是个夏天罢,我有事情从北平赶到天津来,你和我谈起说为写下一个戏——《日出》——搜集材料,所以当地各等的妓女班子都想去看看,不知道是不是因了我的怂恿,才去找了黑三型的李×爷一同到一家著名的二等窑子里去"开开眼"。进门之后,先等李×爸躺在烟铺上抽足了福寿膏,房间里才开始有了生气。躲在一边的我,看他们不住地"打情骂俏",只不过觉得姑娘们的言语和举动有些粗野直爽过分。不知怎样一来,有人提议说天气太热了,一定要我们将上下衣服统统脱掉。在她们的手臂都粗过我们大腿的情势下,抗议自然是无效的!在几分钟之内就被她们解决了,总算是给我们留下了贴身的背心和短裤,那种窘极的情形,每次想起来都还是要失笑的!

短短几年的离别,我们四周一切的一切都起了大的变动,怎能不让人有"国破山河在,人事全非"的感觉?就是当时常往来的朋友里面,有的离散了,有的悄然地舍弃了这尘世。就是连靳以,整天咒骂着女人,也曾指天誓日地说决不再娶妻,听说也终于美满地结了婚。假使我得的消息正确的话,你也已经是两个孩子的父亲了。时间飞快地奔过,我们却都一步步走入中年的暗影里去。当这暗影袭来时,年青人的幻梦一个个地被冲破了,以前的一切希望、理想,似乎也随着年纪逐渐地会消灭下去。

你是说要知道一些话剧界的动态的,可是我能向你说点什么呢?我只能告诉你,一切太混乱了,这种一日数变的情形,即使所谓"圈内人"者,也都觉着眼花缭乱,从这漆黑一团里面抽出一个头绪来,似乎也不是几句话可以说得尽的。

真正关心话剧的人都会感觉到目前靠戏吃饭的人都比干戏的多了许多,也感到真正的话剧人才的贫乏,好的剧本的缺少。出钱办剧团的老板们拿演员当作他自己的囤货,囤货自然是为了赚几个钱,于是戏没有演出一个,只见演员们在市场上像货物一样被抛来抛去,于是几个比较有天才有前途的演员为供求的关系就出了黑市!只要有钱,剧本荒更不成题,几位大编剧家书架上有的是陈年宿货,随时都可以拿出来应市,再不然花上三天两夜的工夫也可以赶出一个新剧本来。好在有的是英文原本,管他妈的,将剧中人的原名换成张三李四,再一整理就成至尊伟构了。没有导演有什么关系,随便找一个人来排上三四天就可以隆重上演的;又好在导演名字可以用集体,挨起骂来大家挨骂——也可以说没有一个人挨骂——最可怜的还不是那些花钱来看戏的"忠实观众",非等幕正式拉开以后才发现剧本是东抄西借,导演是莫知所为,装置是七拼八凑,演员在台上吃螺丝开玩笑,灯光效果又是忽明忽暗、若有若无,想想用掉的几十元票钱,又不能不硬着头皮看下去,真可以说是啼笑皆非。这样下去,戏院生意自然不会好的,于是出钱的老板发急,于是靠着老板吃戏剧饭的人自然不得不捐出看家之宝的艺术至上的大纛旗来摇一摇,表示他们之"曲高和寡",表示他们之不在生意眼!老板者只好自认晦气!至于剩下几个真是干戏的人,除了成功之后接受人家放过来的冷箭和嫉视以外,也只有默默地叹口气罢了!原是不想说的,说了出来倒又像是在替人家发牢骚。"天下乌鸦一般黑",黑乌鸦也许你已经看得多了,我在这里唠叨是多余的了。

外面这讨厌人的秋雨还是下个不停,这封信不知道又要到什么时候才能寄出了。

替我向颖如问好。

原载于《万象》1943年第3卷第4期

两　封　信

青　苗[①]

骏祥[②]先生：

那天在海生兄所主持的座谈会上，我本想多听听你的意见，不单是在制片的事业方面，特别是在创作的技术及内容方面。中国新兴的艺术不论是文艺、木刻、音乐、绘画，无一不是为促进新中国的诞生而努力的。如果失去这个积极的意义，不管你的艺术形式如何高妙，都无价值可言。中国的电影和其他的艺术部门一样，也曾经辉煌地努力过的。远在抗战之前，我们就曾拍摄了《春蚕》《狂流》《人道》等。胜利之后，又是雨后春笋一般茁长起来。电影和其他的艺术部门在技术和生产的过程上不同，我们的出版事业已经步入死途，电影则被资本家扼着喉咙，如果没有金条和山姆叔的器材，我们是制不出东西来的。但是我们暂且不讨论这些，我所向你请教的，是关于我们自身的努力问题，从编导到演员，我们怎样给我们饥渴的观众一些维他命，怎样把他们从好莱坞的大腿和彩色的洋毒中解救出来。

我们当然不能否认中国电影界的进步方面，但是混乱远较进步为多。关于蔡楚生、沈浮、史东山诸位的努力以及屠光启诸人的开倒车，那已经是黑白分明，观众是能辨清是非的。值得讨论的是桑弧、张爱玲、李倩萍、石挥诸人的作风，甚至连黄佐临在内。柯灵和师陀，虽然对于现实的发掘不够，但总是

[①] 青苗，原名姚玉祥，笔名完璧、雨霞、白易、司马莹、桑泉、青苗，山西省临晋县陶唐村人。20世纪40年代曾编辑《文艺知识连丛》等刊物。写有短篇小说《马泊头》《涛》，散文《鬼市》，以及杂文、速写等。

[②] 即张骏祥，影剧导演、剧作家，笔名袁俊，江苏镇江人。毕业于清华大学外文系，留学美国耶鲁大学戏剧研究院学习导演，获艺术硕士学位。回国后任教于同立戏剧专科学校。1941年初赴重庆，先后主持中青剧社和中电剧团，同时为怒吼剧社、中华剧艺社和神鹰剧团导演《边城故事》《安魂曲》等剧，创作《边城故事》《美国总统号》等剧本。抗战胜利后到上海，与黄佐临合组观众演出公司，导演话剧《女人与和平》。1947年转入电影界，任中电一厂、二厂特约编导，先后编导《还乡日记》《乘龙快婿》等影片。

白杨与丈夫张骏祥,刊载于《电影杂志》1947年第2期。

懂得生活和艺术的。桑弧的喜剧却是非常庸俗的,张爱玲则是杜思退益夫斯基所谓的"剪去了头发,戴上蓝色眼镜,便自认为是虚无主义者"的陈腐的颓废主义者。有些享乐的颓废主义者说张爱玲的《太太万岁》是一首散文诗,我听见这话不仅身上起了一身鸡皮疙瘩,并且要为中国的电影落泪了。对于中国那些没有什么认识的小布尔乔亚的男女,张爱玲的作品是吗啡饼干,会使你迷醉于颓废的泥坑之中。李倩萍则比之张爱玲还要稍差一筹,但是同是一路货。

记得去年在上海的时候,健吾兄屡次向我推崇石挥。惭愧得很,这位敌伪时代名演员的戏,我是没有看过的。健吾兄特意让我去看他的《归魂记》,我因困于耳疾,实在不敢罔评。到平以后,看了他演的片子,觉得他不过是一个演剧匠人,技术是好的,但没有生命力,因此带些下流、庸俗和浓厚的流氓气味。黄佐临的态度是比较严肃的,可是他离中国人民的生活太远了,他的喜剧更缺乏对现实的针砭。对这一群老搭档,我以为我们应该予以严厉的批评。

中国目前是不是需要喜剧?我认为这问题不必讨论,我们没有放逐喜剧的理由。值得讨论的是喜剧的内容及作风。左勤克的喜剧及锐利精彩的讽刺文章,我们的喜剧家是望尘莫及的,但是左勤克曾经遭受了严厉的评判,因为他过分地夸张了小市民的庸俗生活,过多地宣扬了无耻的卑恶的生活。我们的喜剧家今天不能针砭现实的丑恶，专拿小市民来开心，其恶劣倾向，远较左勤克为甚。我以为中国今天的喜剧，应该像一把锐利的枪刺，并且更重要地把握投刺的方向。我们应该向萨尔蒂诃夫（谢特林）来学习，他曾经用他那锐利的嘲笑鞭挞了帝俄的腐败统治。今天我们社会的腐败，是有目共睹的，我们的喜剧应该像漫画一样揭开那黑色的帐幕，将屠夫的尊容和那淫乐无耻的世界呈现出来，使人民来嘲笑它、唾弃它，用嘲笑的毒液淹死它。希特勒和莫索里尼未被联合国打败之前，早已被一个优秀的艺术家打得落花流水了，这个手无寸铁的艺术家，就是我们大家所熟知的卓别麟，就为了他这种伟大的贡献，我们应该将最高的荣誉献给他。

为什么我们不向这些优良的传统学习，而将喜剧降落在泥坑里，专门迎合小市民的脾胃，将喜剧变为下流而庸俗的，专供小市民开胃的享乐品？听说先生是研究喜剧的，我怀着殷切的希望向先生请教，希望听听先生的意见。

中国的电影历史很短，抗战八年，又像一个断乳的孩子似的拖过了这漫长的岁月。胜利之后，许多话剧工作者转到影剧工作上去，但是风格和形式不统一，对于题材的选择，更表现了非常的混乱。大家都住在上海或香港，和现实生活脱节很远，不能从实际的生活中抓取题材，而只是坐在沙发上用主观的努力来捉摸现实，这样的人工的现实主义总是缺乏血肉和生命的苍白而贫弱，只能反映现实的表皮。《一江春水向东流》是被我们所赞扬过的，但它实际上也是这样的产物。现在的国产片，在内容及手法上雷同的地方太多了，你说这究竟是谁抄袭谁呢？我看谁也没有抄袭谁，大家都困居于上海滩，都过同样的生活，环境也大概相同，那就难免故事及剧作倾向的雷同，你想得到的别人也能想到。人工的现实主义，改头换面的传奇，只有故事而没有生活实感的影片现在触目皆是，大家不想法追求新的天地，却都在这烂泥坑里拥挤。直到现在，我们还没有一部描写农村的片子出现。至于表现农村的深刻与否，那更是谈不到了。

看不见现实的压力和环境的困难当然是不对的，但把一切的责任都推给环境的困难，来掩饰本身的努力不够，那更不对。

对于现实的学习，应该是一贯的、长期的艰苦奋斗。但是我们许多作家抓取现实和写即兴诗一样。吴祖光正在翻着《聊斋志异》，忽然又醉心于北方的农村和窑洞，从一个神怪飘缈的世界《阿绣》到一个现实的农村《脱缰的马》那中间的距离实在太遥远了，正如从南极到北极一样。然而吴祖光先生正如写即兴诗一样，一挥而就。如果他能继续这种大胆勇迈的精神（《山河泪》的摄制）那当然是好的，值得额手称庆的。但他如果当真像写一首即兴诗一样，而又返回到什么《聊斋志异》《阅微草堂笔记》那里去，仍又像什么《风雪夜归人》来一个佳人才子的奇遇，岂不可虑，但我想吴祖光先生总不致如此无聊吧。

《山河泪》我们还未看到，当然不能罔评。但是穗青小说的初稿《脱缰的马》和他的另外几篇小说还存在我那里。这小说是很平凡的，它能被制为影片，实在是一个胆大的尝试。现在一些影剧作者个人生活大都贫乏空洞，如果他们能像吴祖光那样来借取新作家的题材，倒是很好的表现，应该加以提倡的。中国的影剧界现在应该和文艺界做密切的配合，扫荡影剧界一切妖魔丑类和不良倾向，不单在理论上应该如此，而且在创作的实践上也应该如此。中国新文艺的领域内还有更多的灿烂的花朵，如果这些题材及故事能被影剧作者所利用，倒是好的，可惜被利用的是太少了。

永刚[①]先生：

在北平看了你的《舐犊情深》，对于你的努力，至感钦佩。我们的国家现在是一个最悲惨的地狱，饥饿的火舌舐在每一个角落里。纸迷金醉的大上海实际上是一座屠场。在这个疯狂的掠劫之下，贫困泛滥着，而"爱"贫乏了。在屠夫和奴才的手里，是根本没有"爱"和"人道主义"的，而《舐犊情深》却劳力要寻这些人间的至宝，这使我不禁想起那伟大的杜斯退益夫斯基来。他的《穷人》及《被侮辱与被损害的》《罪与罚》，想必对你深有帮助，特别是《罪与罚》中那个失业落魄的父亲，这太重要了。我想凡是读过杜氏作品的人，看过《舐犊情深》之后一定会有同感；你如没有读过杜氏的作品而写出了《舐犊情深》，那就太值得惋惜了，简直可以说是一种不幸。学习并非抄袭，那些伟大的先辈作家是以他们的惊人的艺术创造而帮助了我们对现实及人情的理解。

[①] 吴永刚，电影导演。江苏吴县人。19岁入上海百合影片公司当美术练习生，步入电影行业。1932年参加《三个摩登女性》等电影的拍摄，1934年在联华影业公司编导处女作《神女》，一举成名。1936年在新华影业公司编导《壮志凌云》。抗战时期在上海先后拍摄《胭脂泪》《离恨天》等多部影片。1947年自建大业电影公司，拍摄《迎春曲》等影片。

吴永刚执导的影片《浪淘沙》剧照，刊载于《联华画报》1935年第6卷第10期。

在现实的生活里，至少在我们目前的国家里，唯一过剩的东西，便是掠劫和无耻。我们整个文化界（自然包括着艺术界）便在这种火坑中苦斗挣扎，只有在可耻的电影界里汹涌着混沌的黑浪滔天的逆流。《舐犊情深》在艺术上的成就或失败暂且不谈，但它不是逆流，它没有拥护旧秩序或麻醉人民，它追求着我们国家现在所缺少的东西（爱）。你，一个艺术家做了他本身的事情，是可以欣慰的。

但是我们是不能满足于此的，如果没有不断的进步，那么这种进步便缺乏远景，缺乏伟大的意义。以进步的眼光来看，那么《舐犊情深》，它是在一般性的茫然的人道主义的湖海里翻跟斗，表现主题及选择题材的手法还是很陈旧，比之"联华"十五年前的出品还没有长足的进步。当我坐在影院里看到你的这部片子时，我觉得你的努力实在吃力得很，你汗流满面地要攻打那个凶恶的堡垒，可是你只在堡垒的四周团团乱转，而不攻入奥堂。为什么你是如此贫困呢？因为你的视野未能扩大，时代的进步及进步中所反映的特殊性，你全未能把握，你脱离实际的生活太远。老实不客气地讲，你这个《上海奇谭》实际上是很陈旧的，没有新内容和新生命，流于千篇一律的"朱门酒肉臭"，用舞厅代表淫乐生活的一面，实际只是外形，不够得很，而且早已旧得成了公式和八股。我们的编剧家应该知道：有许多喝血的魔王是并不跳舞和纵酒的，甚至连洋服也不穿，整天在发着什么"四维八德"的高论。只抓取现实的表皮是不够的，必须深入地发掘，然后才能射入更广更远和更多彩的光芒。

吴永刚执导的影片《离恨天》剧照,刊载于《联华画报》1938年第3卷第2期。

如果我们把《舐犊情深》放在十五年前和《人道》同时映出,又有什么不可?

那些在逆流里散布着臭味和毒素的作品且勿谈起,而以目前我们所尊敬所期望的编导家来说,他们并不能满足我们的期望,相反地,处处使我们失望。首先是生活视野的狭小和对现实的深入不够,现实生活中可歌可泣的场面我们未能发现,而永远环绕着上海滩,杜撰些苍白而贫弱的都市的表皮现象,思想力和艺术的创造贫乏到可惊的地步,大家唯一王牌是穿插故事,当然大家都不承认抄袭别人,但表现在作品中的却是过多的雷同,过多的大同小异,不要说故事如此,即在表现的手法上也是如此。《一江春水向东流》中呆板而笨拙的对比,同样地出现在《舐犊情深》里,除了生活的贫乏与努力的不够外,还有什么可解释的?

艺术家的目的并不要观众在剧场流泪,而要他们将眼泪像火石一样埋在心里,如果莫里哀的作品只让我们哈哈大笑一阵就完事,那莫里哀就不值得后世这样隆重地纪念。我们读杜斯退益夫斯基并不一定流泪,但比流泪还悲痛万倍。玛格利特死前对药瓶子微笑,当比她的哭泣更感人肺腑。《舐犊情深》中过多的哭声实在是不懂得艺术的创造法则,不懂得含蓄和从侧面着笔,而一味从正面去追扑哭声,借以引出观众的眼泪。

其次,谈到你所导演的《飞红巾》,那就使人更要捏一把汗。《飞红巾》是碧野的一篇传奇小说,以《乌兰卜浪的夜祭》题名发表于孔罗荪主编的《文艺月报》上,曾经引起舒群诸人的严厉评击。这篇小说的确是空虚的,没有现实生活,完全是一个传奇故事,作家走这样的道路完全是由于生活的苍白和空虚。碧野和布德等人,就因为生活的空虚和创作的态度不严肃,以后又写了许多带有传奇性的小说,但已有许多人批评过了,这里暂不提它。碧野今天已进步了许多,作品比从前坚实了许多,《乌兰卜浪的夜祭》今天绝不会令他满意。不料一向作风严肃的清华却要来拍这部片子。

今年春天,有朋友几次来访,托我找这篇小说,说是清华要拍,我当时还不敢相信;后来过了很长的时候,盛家伦先生又来托我找这篇小说,说已决定拍摄,我觉得困惑了,这证明了一些工作严肃的人也仍在暗中偷偷摸摸去走市侩主义的路子。《飞红巾》既不色情又不是侦探片,何况又是文艺作品呢,但实际上却是一个江湖女侠的翻版本,我不相信清华的诸位先生连这个都看不出。我并不是不分青红皂白来反对侦探和武侠片,假使这种侦探武侠的形式能反映现实生活,又何尝不可以?《洋鬼》不也是侦探小说吗?《第四十一》又何尝不是传奇?《彼得大帝》中不是也带有传奇的情调吗?迭更

《花溅泪》全体演职人员,前排中坐者为导演吴永刚,刊载于《中华》1939年第76期。

斯的小说则更充满了传奇,可见传奇和侦探并不是要无条件放逐它。但据我所知,《飞红巾》却仅止于传奇,只有故事,而没有生命,没有生活实感。清华选择了这样落伍的剧本,则应该受严厉的批评,你既是它的导演,也自应接受这个批评。

三十七年九月于北平
原载于《剧影春秋》1948年第1卷第3期

影人素描

影人小史

任矜苹[①]

耐梅女士入电影界之小史

耐梅女士在民国十一年的时候,她很羡慕银幕艺术。有一天,她和她的女友路过贵州路,看见明星公司门前的街灯,她便走进门去要求参观,那时明星第一剧《滑稽大王游记》尚未开摄,正在室内练习,当时就由我和周君剑云来招待他们。他们看了当时那一种练习,觉得演影戏很有兴味,表示了加入影界的意思。我同周君以女士身材、态度、动作,都适合做一个电影演员,我们把这话告诉她。她便去征求家庭方面同意,下加入电影界的决心。

女士加入明星以后,适有美国戏剧团来沪摄剧,他们知道上海有一个明星公司,托美国人薛弗介绍参观。参观时候,戏剧团代表葛雷谷看见女士,也称为电影人才,要求加入他的影戏中。女士就戏中饰一个富人的女儿,这是女士现身银幕的第一次。

明星公星摄《玉梨魂》,筠青一角,苦不得选,导演张石川君就请女士担任。女士曾熟读《玉梨魂》,故对于描写筠青个性,颇见周密,所以

杨耐梅,刊载于《时代》1933年第4卷第11期。

[①] 任矜苹,浙江宁波人,曾任一品香襄理。1922年,与张石川、郑正秋、周剑云、郑鹧鸪创办上海明星影片公司。1924年,创办《电影杂志》,自任主编。1925年,任矜苹脱离明星影片公司,创办了新人影片公司,并执导影片《新人的家庭》《上海三女子》《小英雄》《风流少奶奶》等。

《玉梨魂》全剧未受热烈欢迎,女士个人表演,却博得许多好评。

《玉梨魂》后,女士又为百合公司摄《采茶女》,女士在剧中饰韵琴,地位虽不甚重要,而公众称誉,竟在主角庄女士以上。

明星摄《诱婚》以前,女士常对郑君鹧鸪说,愿与郑君合演一剧,她自信能够立在郑君对面演剧,表演必更有把握。等到《诱婚》摄成,女士的艺术果有飞腾的进步,于是有许多观众经过这一次观赏,大家都知女士为一富有面部表情的女明星。

《诱婚》以后,女士又接演《好哥哥》,在《好哥哥》中女士饰苏陆氏。苏陆氏的个性和女士以前饰诸角不同,女士表演也就另于一副神情,这是非常可贵的事。

两个月前,我预备导演一剧,为女士谈剧情,请女士选剧中的角色,女士便说:"今次我又要饰一个和以前诸角个性不同的剧中人。"因此她便选了剧中的六小姐。

我所预备导演的一剧,剧名定为《新人的家庭》,现在决定请女士主演剧中的六小姐。六小姐是剧中的一个能言善舞,繁华社会中的交际家,将来成绩,必又另有声色,现因述女士小史,特先介绍一下。

王汉伦女士

王女士汉伦,江苏吴县人,父新三先生,历任安徽招商局制造局总办,家颇小康。女士幼时,延师授课,既而来沪,肄业于梵王渡圣玛利亚书院。性慧,喜英文,而尤注重英语,所交欧美女友极多,交际日广,思想亦为之转移,尝谓人曰:"欧美妇女多能借职业以自给,华人何以独异?余将起而自试,为中国妇女界辟一新生路焉。"然国人多为旧礼教所拘,皆不愿开女禁,女士无奈,乃入外人所设南京路之时评洋行,为行中之助理员。时评洋行者其进烟之一部为英美烟公司所特设,在南京路。复又任事于万国体育会,专司打字之职。旋有邀女士赴香港者,介绍于刘志陆镇守使,任家庭教职,日课刘氏之儿女,后以水土不服归上海。适值影戏渐盛之际,女士乃入明星公司,愿尽力于影戏业。及明星《孤儿救祖记》开摄,女士遂被选饰剧中余蔚如,名重一时。今年,明星议摄《玉梨魂》,女士饰剧中之梨娘,表情益精进。女士年廿五,为人极和蔼,长于音乐,兼善舞蹈,为中国电影界多艺之女演员。

《孤儿救祖记》剧照，郑小秋与王汉伦，刊载于《良友》1935年第105期。

张美烈女士入电影界的小史

民国十三年的冬天，我到联合影片公司去，为《电影杂志》采访新闻，经张慧冲君的介绍，认识了张美烈女士。女士身材颇短小，举动却非常活泼，容貌姿态都适合做一个电影演员。她第一次现身银幕的影片，就是《情海风波》。

她在《情海风波》中饰了一个杨花老四。杨花老四是剧中一个荡妇，表演虽不甚多，眉目传笑，抛帕回顾几处，不独能引剧中人，即幕下观众，亦须受着一个相当的冲动。她演《情海风波》时，对于银幕表演并未经过训练，还没有发挥她表演的天才。后来，

《情海风波》剧照，刊载于《电影杂志》1925年第9期。

她因羡慕电影名家郑鹧鸪君的艺术,就请耐梅女士介绍,就教郑君。郑君见了女士,说她是一个可造的天才。那时《情海风波》尚未出演,便请她在明星《好哥哥》中饰克威的妻子,为银幕表演的试验。

《好哥哥》摄成以后,女士表演很能适合剧中人的个性,导演张石川君亦称许她能体会剧情,因此,女士在银幕界中始成了一个负有声望的女演员。

今年联合影片公司摄《盗窟情人》(即《劫后缘》),请女士任剧中主角,现在已摄成七千尺。比前次初试,女士艺术更有进步,她在剧中不但能体会剧情,且富有冒险的精神。她受群盗追迫的时候,能在高山的顶上,缘索落崖。今日以前,中国女演员之演冒险剧者,以女士为第一人了。

摄影师董克毅君

董君克毅,甬人也,年十九岁。父司油漆之业,少时,随父入工场,见匠人绘壁,常以粗陋鄙之,而自绘则又不类,乃不敢复言。某日见邻童自学归,挟

董克毅在《春之花》片场,与导演吴村(中)、主角孙敏、严月娴(左)合影,刊载于《明星》1935年第3卷第3期。

明星影片公司玻璃摄影棚，刊载于《中国大观图画年鉴》1930年。

有画册，遂以入学为请，因入福建路之大同小学校。三年，无所获益，盖校中课程，每周仅画一小时也。

民国十年，交潮勃兴，董君之父，供职于大同交易所。因言于理事长，收其子为学徒，使习书写市场传票之事。暇时，画犬鸟以自娱，下笔多有画意。画家张光宇君见之，谓郑君鹧鸪曰："此可造材也。"郑君等乃购画册赠之，君乃大乐。后交潮崩烈，大同由余创议，改组为明星影片公司，君乃入制片部，习剪接洗片之职。某日摄影时，君见场上之布景，入于摄影箱中，幅幅俱成画像，遂请于总理张君石川，改习摄影。

当明星摄《诱婚》时，君从汪君煦昌实习。汪君为留法回国之电影家，人极和善，对君尤能尽指导之责。会明星摄《哥哥》，君独任摄影，片成，成绩绝佳，而"真假生死二宝对遇"之重摄，尤为中国摄影界大放异彩。

今者明星玻璃摄影场已竣工，水银灯及煤精灯之布置，亦已就绪。《最后之良心》之内景，即就灯光摄制。君对灯光摄剧，虽未尝前习，然能以日光为比例之推察，配光运机，悉应心手，成绩之佳，更胜于《好哥哥》，君盖富有天才之摄影师也。

原载于《电影周报》1925年第2期

谈谈卜万苍

欧阳予倩

卜万苍,刊载于《明星》1927年第12期。

万苍是我在南通认识的朋友,那时候他正犯戏瘾,唱青衣非常得味,哼几句老谭,也颇可听,但是他一心要唱青衣花旦,所以与我特别接近些。桐衫、吴我尊都是他的哼戏朋友,他借了我的行头,摄了一张武家坡的小影,见着的人没有哪个不说像梅兰芳。以后我们便怂恿他登台,曾经陪我唱了一次《长生殿》中的秦国夫人,娇媚天成,一出台掌声雷动,于是他唱戏的念头又坚决了一倍。谁想不好了,他一天一天发起福来,变了个大块头,魁梧奇伟。虽然外国人称赞好体格,他芳心一寸未常不低首沉吟呢。

他戏迷之外,还欢喜玩汽车,恰好庐寿联昆仲开了南通汽车公司,就留他一同办事。所以他不但很会开汽车,而且还会做汽车的生意。后来寿联第二次从美国回来时候,想办电影,聘了一个美国摄影师,每月薪水六百块,另外还要供给他住洋房吃大菜,而且那个洋人的本领并不高,不过万苍的学习摄影却是从他而起,可以算是万苍学摄影的蒙师。我看中国影片第一次是《孤儿救祖记》,第二次就是《人心》。我看《人心》的时候见摄影者卜万苍,不由得大为惊讶,因为我们分别未久,他已经在摄影界挂起了金字招牌,我想必定是胡闹,谁知出乎我意料,他居然拍照拍得好极了,我才放心。直等到我见着他,才知道他受了许多辛苦艰难才有许多的成绩。目下呢,他兼做导演了,外

卜万苍执导的影片《凯歌》剧照，袁美云、王引、王桂林主演，刊载于《良友》1935年第108期。

边的人必有些对他怀疑的，我与他是朋友，又是同事，不便替他说话，我只希望看《玉洁冰清》的诸君，对于万苍能与我初看《人心》时一样惊讶，又能像我看过《人心》之后一样放心。在我个人是深信万苍的导演绝不是没有把握的，因为他的经验素养到底丰富些。可是万苍这次当导演却窘了我了，我自从演戏以来，就没大演过男角，我只会搽粉梳头点胭脂，哪里会弄许多黑油望脸上胡抹。此次万苍一定强勉派我演钱维德，是个市井小人，非但叫我抹黑油，还得将油漆般的胶水刷在嘴上，再将棕刷般的胡子贴起来，使我的小女儿见着我，吓得藏在她妈的身后不敢出来。平日相见的女友，都摇着头望望然去之，并且演了出来，人家还要"不像不像，糟糕糟糕"，我的牺牲，可真不小。

原载于《民新特刊》1926年第1期

我与电影界几个闻人

潘毅华

余主《申报》之《本埠增刊》时,遽以电影论文介绍于读者,尔时报章之揄扬电影文字者,尚付阙如,迂腐者且讥刺曰:"《本埠增刊》乃载本埠时闻也,欧美电影消息,焉能披露于斯栏,矧纲目复杂之评论乎?"但经久而习见之,反视为常例也。偶而失之,阅者遽驰函诘责。余以囿于杂务,无暇握管,因定例征求。未几,应者纷至,今之电影闻人李怀麟、周世勋、贾观灼、周伯长、李嘉宾辈,胥当时投稿之最热者也。

余友顾君肯夫尝先余创《电影杂志》暨《电影》半周刊等刊物,对于此道,夙具根柢,余尝向之索文,而顾君辄允约而不见其践诺。余识顾君也,由同事裴君国雄之介绍。期年,裴君卒,余仍主《增刊》编辑、广告等职。时顾君适赋闲,相与酬酢,往还较密。先是顾君供职卢寿联君创办之中国影片公司时,虽曾见面,而未把晤,是以不知顾君之怀奇才也。未几,顾君纠集冯镇欧等创设大中华影片公司,假白克路永年里某号之下厢房为办事处,又驰函南通招卜万苍君至,委任摄影技师。盖卜君尝与顾君同事于"中国",于摄影上颇有心得。时唐君世昌亦入《申报》办事,唐君与顾君本系故交,因相过从。此外又有陆洁君亦常往游。每当星期之六,余辄与顾、卜、

陈寿荫与夫人,刊载于《图画时报》1927年第353期。

陆诸君假逆旅相聚，以作消遣，如是者可二阅月。顾君编撰而兼导演之《人心》一片，已云开摄矣，唯晚间皆无事，相与寻乐。余以为馆务所羁，不能与侪辈尽兴。苟有约会，亦非至侵晨一点钟不得自由。但余性好友，即至深晚亦不敢独乐。时友朋中除顾、卜、陆、唐之外，尚有一人，即今日名重一时之导演家陈寿荫君是也。

　　余识陈君，始于雷玛斯之办事房。盖余与雷玛斯善，雷君恒以广告文稿见托，后余以兼任卡尔登广告、编译等职，无暇效劳，于是雷君请陈君继之。尝以陈君之译文示余，数日后，余与陈君晤见。陈君且以在美时所获电影上之成绩见示，凡该邦之报章，有述及陈君之事闻或刊登其小影者，陈君皆剪存之，至此咸一一示余。余见陈君温文健谈，识为奇才，因录其谈话并索取小影一帧，刊登《申报》之《本埠增刊》，且为引见顾、卜、陆、诸君。后知顾、陆、陈亦系故交。盖陈君曾肄业青年会之日校，顾君为其同学也。陆君则以供职青年会故，亦云旧识，唯以久年阔别，已成陌路。未几，陈君亦入大中华为制片总监，陆君追逐左右，勇为襄助。迨《人心》影片出，余又为之设法映于卡尔登，颇着奇绩。不意顾与卜、陆忽以细故龃龉，当时唐君居间和解，最为出力，顾君即以消极而去职，于是陈、卜联为一体，以维持大中华。讵知经理冯君又以亏蚀而自愿解散，陈、卜不得已亦去，陆君愍然忧之，极力奔走于各资本家间，不一月，得人信任，创议改组，迁移公司于新闸路。未几，卜、陈二君应任君矜苹之请，委任摄演《新人的家庭》之顾问，同时陈君又为新华影片公司导演《人面桃花》，顾君则与任锡藩等组织公平影片公司。惜以时运不济，顾君所制之《公平之门》一剧，以枯涩乏味，不得观众欢迎，因又宣告闭歇。今则顾君加入神州影片公司，将为之导演古装剧《卖油郎独占花魁女》。卜君亦应民新影片公司之招，将改任导演之职。闻陈君已与任矜苹君等合办新人影片公司矣。陆君则仍在大中华，已擢升为制片总监之职，而最近该公司所出之《透明的上海》，即陆君导演之得意杰作也。余则亦离报界而入电影界矣。唯庸碌如我，卒不得追逐于诸友之后。回潮二年前事，历历如隔宵，呜呼，光阴荏苒，世事如棋，斯小小之电影界中，亦不禁有沧桑之感也，因泚笔而为之记。

原载于《明星特刊》1926年第11期

访 蝶 记

笔 花[①]

胡蝶与林雪怀,刊载于《时代》1930年第4期。

我识胡蝶,在曾焕堂君开办的中华电影学校里。这时徐琴芳、黄筠贞、萧英、汤杰、高梨痕、周空空皆聚在一起,曾几何时,都一跃而为银幕之星。抚今追昔,却不可不感谢洪深、陈寿荫、汪煦昌、陆澹盦诸君,循循善诱,悉心教导之功哩!

胡蝶是中华电影学校里的杰出人材,当初我们都逆料她一定成功一颗明星,现在果然在中国电影界里占着重要地位。胡蝶首先在友联影片公司饰《秋扇怨》的主角,那时认识了林雪怀,因为他们俩都是粤人。因同乡的感情而结为友谊,由友谊而恋爱订婚。当胡蝶开办胡蝶公司于四川路的时候,记者就往访于闸北某里,那时林雪怀已形影不离地追随着,一种如漆如胶,鹣鹣鲽鲽的情形,正是叫人见了羡煞。在月宫饭店订婚的当儿,哪一个不啧啧称羡呀!谁

[①] 汤笔花,原名汤福源,萧山城厢镇人,生于1897年。1915年考入上海商务印书馆,师从张元济,继又在中华书局、中美图书公司任职。后投身中华电影学校,毕业后跻身文坛、影坛,改名笔花。曾在邵力子、叶楚伧主办的《民国日报》任电影周刊主编。又与何公超、程步高、周世勋创办上海第一本电影杂志《影戏春秋》。20世纪30年代,汤笔花曾任上海南市博览书局经理,及《影戏生活》《罗宾汉》《福尔摩斯》等报刊的编辑。先后编写了越剧《盘妻索妻》《游寺认父》《荒山冤魂》《红杏出墙记》等剧。

想爱河生波，醋海掀浪，近忽闹着解约，这正叫人难以猜测他们解约的理由，因此议论纷纷，不免引起社会人士的注意。报纸载刊，扑朔迷离，也有讽刺胡蝶者，也有庇护林雪怀者，记者为求翔实起见，前天特访胡蝶于北四川路余庆坊。因为多时不见，不免寒暄了片刻，我就向她问起解约的事来，她就对我说道："不提起此事倒也罢了，提起此事，真可比万箭刺心。"说罢，脸上露着不快之状，以下就是她和记者所谈的话。

我是很看得起林雪怀的，因为他的人格、品行都使我爱他，他也真诚地爱我，我们订婚至今，从来没有发生过一句口角。平心而论，我待他并没有差处，他要开晨餐大王西餐社，我就给他六百两资本，其余他有求必应，我没有不供给的，只要他能够一心爱我，也就罢了。谁知他近来对我态度渐渐疏淡。有一天，我在跳舞场里会见他，他非但不理我，依旧拥抱着舞女跳舞，当面侮辱于我，叫我如何忍受？当时我妹子胡姗在旁，也不以为然，其时我就跑出舞场，回家痛哭。想不到雪怀为先发制人计，延请律师向我书面提出解约，这时我正气煞，解约就解约，难道我胡蝶没有第二人爱我吗？不过别的不成问题，就是外间发生种种不堪入耳的谈论，也有毁谤我的，也有讽刺我的，但是我心中不做亏心事，半夜敲门勿出惊，任凭他们去胡说乱道，我总置之不理，将来自有水落石出的一日，社会上自会明白我的心迹呢！

说到这里，她秋波汪汪，好像要掉下泪来，记者就不便往下再问，顺便又问她外间盛传女士曾掌暹罗亲王的颊，有这么一回事吗？她就笑着说道："有的。明星公司欢宴暹罗亲王的时候，亲王就向我拥抱接吻，那时我认为侮辱我，一时气极，就打了他两记耳光。后来才知接吻是他们暹罗国的敬礼，我就向亲王道歉了，他也表示歉意，于是又供给小报上许多资。"

说至此，明星公司的汽车已经开来，请她去收《歌女红牡丹》的音，记者就向她告辞。临行的时候，对记者说道："待慢……请你常来谈谈，或者有许多数据可以供给你哩。"记者遂称谢而别。

原载于《影戏生活》1930年第1卷第1期

雪蝶解约经过谈

雪蝶之友

电影女明星胡蝶和林雪怀婚变的消息，已志大小各报。林、胡本系同乡，他俩订婚在十七年春间。胡蝶喜欢看电影，林雪怀必陪之同往。跳舞场里亦常常看见他俩的俪影！今年夏间，他俩的踪迹一天疏淡一天。这次解约的动机，是由林雪怀延律师以书面向胡提出，记者得悉较详，今特将彼经过情形，写在下面。

《秋扇怨》中林雪怀与胡蝶，刊载于《电影月刊》1932年第12期。

订婚之前，林在友联影片公司当演员，那时胡蝶也在友联拍片，还不十分出名。林、胡因为同乡的关系，时常邀林到她家里吃饭，亲自烹饪，相亲相爱，真非一枝秃笔可以形容哩！后来林在闸北公立医院里患着喉痧病症，危险得很，没有人敢去亲近，胡不顾一切地前去看护，因此林很感激她，由感激而发生情爱，等到林病痊愈，就在月宫饭店里正式订婚。

四川路上的晨餐大王西餐社，系林和其亲戚合办，开设多年，营业很好。林、胡结识之后，一切用度都向晨餐大王支取。后来林因偕胡出游时，没有汽车代步，遂将晨餐大王西餐社出盘，购置利诺牌汽车一辆，自己驾驶。于是他俩出外的时候，总以汽车代步。这样看来，林之待胡也算不薄了。

从订婚到如今，忽忽有两年多了。在这两年当中，二人卿卿我我，情话绵绵，正是"在天愿为比翼鸟，在地愿为连理枝"，林每晚必到胡处闲谈，习以为常。不料最近半年中，二人的态度有些改变起来，言语当中，不免带着几句讽刺。林因胡爱他已久，所以并没有别的疑虑。不过曾经有几次在卡尔登和逸园跳舞场二人不约而遇，林不免对着她说几句讽劝的话，于是由口角而破裂，二人解约的动机，就在这个上面。某星期六，林在巴黎跳舞场拥抱着舞女大跳特跳，刚巧适逢其会，胡也在这个恶时辰上姗姗而来，二人见面，林不理胡，装作不相识模样，胡遂气极，以为林已弃她，其实林哪舍弃她，完全出于误会。那天晚上，林依旧到胡处要求雀战，二人见面之后，并没有特殊态度。直至上月二十六晚上，胡忽对林说道："我俩恩缘已断，今天我放下假面具，说句良心话，现在我已不爱你了！我现在决意和你退婚！不过这是解除名义上的拘束，至于我俩友谊仍旧存在。"

林听了这几句话，不觉昏去，对朋友中说道："我和胡蝶的关系，和过去的情爱，即使她有不得已之苦衷，不能嫁我，那我也可原谅的。如今她猛不防地说出这种话来，令人难堪。至于我平日的行为怎样，那么我和她结交至今已有五年了，难道在这几年当中，会不知道吗？总之是非曲直，将来必可明白。"

上面所述，都系事实，记者特地写将出来，投到本刊，给关心雪蝶解约诸君瞧上一瞧。

原载于《影戏生活》1930年第1卷第1期

我和中国旅行剧团

陈 绵[①]

我同唐槐秋是于一九二二年在巴黎认识的。那时候唐槐秋叫作唐震球,学着航空。我在巴黎大学学着文学。但是我们两人有一个共同嗜好,就是戏剧。不但时常结伴出去看戏,而且有一次我竟自写了一本法文的戏剧,唐槐秋也竟自大胆地导演了并主演了这本戏。

那是在一个秋天,留法的同学们要在"双十节"举行一个国庆大会,唐槐秋便做了这个筹备会的会长。他以会长的名义命令我写一个剧本,他说:"中国人在国庆的日子,要演一个外国剧本,未免丢脸!"我勉强答应了。尽三昼夜的时间,写了一个描写中国学生生活的讽刺剧。这是一本独幕剧,名字叫《烧鸭子》。戏的本身本来没有什么价值,但是经槐秋演来,居然得到法国人士们诚恳的赞许。我也因为这个机会,识认了许多法国剧坛上的人物,得了他们不少的教益。这可以说是我同槐秋第一次的合作。

以后槐秋回国了,阔别十年之后,我们才于民国二十三年在北平重逢。那时候北平的话剧运动正在沉闷极了的时候,北平大学艺术学院的戏剧系早已取消,熊佛西到定县去努力做他的农村戏剧去了,余上沅的小剧院也已成了过去,在准备着出洋考察欧美戏剧。关心话剧的我真说不出心中的苦痛。俞珊虽然在北平,但是没有法子能够演出话剧。我虽在中法大学发起了一个法文话剧研究社,也终于因为报名的不踊跃失败了。在这个时候,报纸上见到了一段新闻,说有中国旅行剧团要到北平来了。以后报上又说这是一个职业化的戏剧团体。我知道了这个消息非常欢喜,因为这种话剧职业化的办法是我向来的主张,而我也很久以来梦想着这样的一个团体出现。有一件事更

[①] 陈绵,福建闽侯人。毕业于北京大学,后赴法留学,获巴黎大学文学博士学位。历任北京大学、中法大学教授。曾参与中国旅行剧团,到各地公演中外著名话剧。创作有《候光》《半夜》等剧本,翻译《昂朵马格》《熙德》《复活》《牛大王》《茶花女》《鲍利斯·戈社诺夫》《伊哥尔王》等剧本。

使我特别喜欢,原来创立与领导这个中国旅行剧团的唐槐秋就是我在法国时的好友唐震球!我们阔别十年,重见的欣欢不是笔能写得出的。

他们的《梅萝香》要在协和礼堂演出了,我的心里是又喜又怕。喜的是我们在法国一同爱好着话剧时的理想实现,怕的是他们有名无实使我失望。当那天晚上,《梅萝香》临启幕的时候,我的两手紧握着在出冷汗,心中浮腾着好像一个也判决的囚徒。《梅萝香》一幕比一幕结实地演出了,我的心也一幕一幕渐渐地定了,等到剧终幕闭,我觉得我的希望好像长了一双又长又大的翅膀。

后来我常到团里去(那时团址在樱桃斜街的抬头庵,我到那里总想着,这回话剧也许要抬头了罢),见这些英雄们刻苦奋斗的精神、虚心研究的诚意,我的心里真是慰快到万分,而尤其使我感动的是他们毫不迟疑地全体把我当作了他们一家的人。

不久,槐秋就向我提出,叫我重译并导演《茶花女》的要求,我也毫不客气地答应了。这个戏我在法国十年之间曾经看过十五次不同的演出,这里的关键我还勉强弄得清楚。经全体三个整月的努力,我们完成了《茶花女》在北平的演出,虽然有很少的缺陷,可是社会对于这个纯西洋式的演法,倒还欢喜。

廿四年的暑假,我随着中国旅行剧团到天津。由天津又到了开封,由开封又到了郑州。在这些地方,人们对于这纯正的话剧,都很重视与欢迎。但是究竟因为旅费太重,所得不敷所出。而在这个时候,我因为中法大学招考的事情,要赶回北平。我预告打了一个电报给石家庄的一个老友毛震东先

陈绵执导的话剧《茶花女》,唐若青主演,刊载于《天津商报每日画刊》1936年第21卷第26期。

生，约他于车过石家庄的时候，在车站相见。届时他果然在那里等着。在这个相见中，我们办成了中旅的石家庄的演出。结果中旅这一次的旅行，截至团体回到北平为止，除去旅费用一切开销外，还净剩了四百块钱。这个冒险的尝试，给了我们不少的安慰，所以我们也就更加努力。等到第二次再到天津的时候，我又为他们编导了一个戏名叫《情书》，是英国莫恨（Somerset Maugham）原著。

以后槐秋到南京去参加舞台协会，把团体的事情交托了给我。在这个时期，我替他们编导了三个戏：

一、《干吗》，又名《天罗地网》，英国戴耳（Jeffrey Dell）原著；

二、《牛大王》，法国德朗司（Georges Delanee）原著；

三、《复活》，俄国托尔司泰原著小说，法国巴大叶（Henry Baaaille）编剧。

这三个戏的演出使团体了结了平津一带的积欠，很高兴地回到中旅的降生地上海。这点点贡献实在算不得什么成绩，不过团体里诸位朋友齐心努力地替话剧预备修路的石头子，实在令我得到很大的安慰。因为这条话剧的大路是欧阳予倩、田汉、洪深、宋春舫、余上沅、熊佛西、应云卫、唐槐秋诸位先进十几年来努力开发出来的，我能够以我的薄力帮助众弟兄们预备铺路的石头

中国旅行剧团在平表演《情书》（陈绵导演）及《油漆未干》（唐槐秋导演），来宾与演员合影，刊载于《图画晨报》1935年第175期。

块子,希望修路的人们使它渐渐地结实了,这是一件多么可喜的事呀。

现在法国萨德(Sardou)原著的《祖国》,这次侥幸地在上海演出了。预备中的有《罪与罚》(Dostoievsky原著小说,法国Paty巴帝编剧),同我一个改作的《马力子》(法国巴钮乐原著),希望在不久的将来交给中旅的弟兄们搬到台上去。

原载于《电影戏剧月刊》1936年第1卷第1期

对云裳女士过去的回忆

易健盦[①]

  这里,是她的老师——一位从小看她长大,有年纪有学问的长者——易健盦(剑泉)先生的一篇写实纪事,把陈女士的当年事迹很透彻地叙述出来,这,无疑地就是陈女士自己的生命史中的一段"戏"!

  世界舞台,芸芸众生都是其中的角色,时代巨轮一息不停地辗去,人们的戏也一幕幕地演进。设使我们偶尔回首前尘,便觉得如烟的往事都是值得回味的"戏"了!

  陈云裳女士现在是百尺竿头更进一步的当代艺人了,大家所习知的只是在银幕上给人家串出来的"戏",但有谁知道她在生命过程中所演的"戏"呢?

  这篇很忠实、很有趣的文章,请读者细细鉴赏吧。

——《青青电影》编者

  事情是这般地过去了!夏天老是亲热地在大地徘徊着,好像期待些甚么似的,从早到黄昏,那酷热的时间,长得令人可怕。人们的热情也和夏天一样,轰轰烈烈地在厮闹着。赵小姐摇着扇子吃冰淇淋,林家妹子蹬着脚儿喊热,陆老太太正在口角风生,谢先生从小划子跳将上来,浇得通身是水。小弟弟们拍着手儿笑,一串一串的茉莉花儿,在娘儿们的襟头上乱晃,纸扇儿摇着,一股一股的香气直透鼻官,蕴藏着无限的快感。这,正是倚澜堂中仲夏一夜。

  妙曼的音乐从台上放将出来,大家跟着一阵低微的欢呼,前幕慢慢地展开了,有趣的事情也摆在面前,台下是狂欢似的喝着彩声,孩子们都招着手儿

[①] 易剑盦,即易剑泉,作曲家,广东鹤山人。1909年毕业于广东礼乐局韶舞讲习所,长期从事民乐创研工作,曾任广东民众教育馆康乐部主任兼省国乐研究会主任。中华人民共和国成立后任广东民间乐团顾问。作有乐曲《鸟投林》《熙如其来》《大军启行》。

大叫:"文姊,文姊!"但文姊却没有作声,只微微一笑,算是回答了。

我记得那夜表演的是舞剧《昌华舞》,正是云裳的歌喉和舞姿的黄庭初写,一般观众都噤嘿着了,连小孩子们都不再作声,只是傻着面孔呆呆地瞧着。一阵的沉寂过去,又接着一阵热烈的掌声,像这样地接二连三,直至剧终。换上健全乐队合奏,再接着又是云裳的京剧《苏三起解》,薛萝馆主来的《解差》。云裳的一副扮相,乐得小姐太太们手舞足蹈。待她换过衣服跑到人丛里来,只一阵的喧笑,把全场的空气闹翻了,从庄严肃穆中,蓦地换上了笑面孔、乐心情、疯狂的态度。她的忽而短衣窄袖,忽而凤髻云鬟,她那张小嘴,台上哭得怪令人难过,台下却教人乐得不支,把小孩子们闹呆了,都感着异样的情趣,一合拢起来,把她围着,高举了一双小手,小足儿只管在地上乱蹬。云裳只弯着了腰儿在他们脸儿上扭了几把,装个鬼脸,接着提起一个食指凑到眼边儿去,对着孩儿们说:"往后我在台上是不许你们叫我的。"这一天的印象,如今还是忘不了。

黄金似的时代开始了——云裳才十四岁,她已经受着社中万数千人们热烈的爱戴,她是最忠实的一个基本社员,她从来没有失过信约,从来不肯苟且一点。她十二岁就加入本社,在游艺部中学习剧艺而外,一切日常应对以至学问灌输、道德修养,都时时刻刻有人教导,有人监督。有人说她的艺术都是我教给她的,其实艺术还是事小,做人却是事大,而且一切的学问见识和修养,都是艺术家必具的条件,艺术和人格是要同在一水平线上发展的,我们向来不肯忽略了这一节。所以,在课余的时候,我尝对云裳说:"我对于你唯一的希望是要你成为未来的中国典型艺术家,这并非难事,只须依着光明途径走去,决没有错。可是典型的艺术家甚么都要比人家强,做事要刻苦,宅心要良善,待人要诚恳,心胸要远大,意志要坚强,品行要纯洁,态度要庄严,非如是不足以表艺术的神圣,若徒知技巧便是艺工,这不是艺术家的风范。"云裳很是首肯,她对于我说的话确有了坚强的信念,她在素社①几年来所有思想

---

① 素社为无政府主义团体。1923年下半年在广州成立。主要发起人和组织者为擎霄。该社的宗旨为研究和宣传无政府主义,并实行改造社会的主张。该社组织较严密,社员须经两人以上介绍、多数社员通过方能加入,社员不得违背本社宗旨,不得跨党。社内设书记、编辑、宣传、会计四部,并拟设劳动运动、学生运动、农民运动、妇女运动、军人运动、社会教育六部。每月召开一次全体大会。出版刊物《好世界》,宣传无政府主义主张。

行动小而至于待人接物，无形地都受着正义的支配，而且受过了素社的洗礼，社中十六则的社训和六个社戒，都已经铭心刻骨，社中一切交际礼仪，从小已自耳濡目染。社里的人们，谁都爱疼她，内子也把云裳当作女儿一般看待，有时替她说些故常，有时替她讲些道理。在倚澜堂成立后不久，她便已成为素社兴味的中心。社中一切集会比赛，瓶花、糕饼、风筝、团年等会，以及各部工作，她都热诚地尽量去参加。

但云裳并不在这个环境里头感觉满足，还是一样沉着地去修习她的学业。有时她为着研求一个句子，或是某一种演艺，整天捧着一本抄誊册子，待到我有暇，便乘着空儿问。这一天问不着时，待第二天依样地整天候着，她那形影不离的母亲，也整天地陪着她。有时因为某一个字句反复地练不上来，屹自哭了，哭了又学，学了又哭，无论是读书或是学艺，她都是这样地刻苦干去。外面的掌声和喝彩，人家的称赞恭维，绝不会摇动了她这种理念。我的内子说："她若果是男人，早已飞黄腾达。"我说："女人也是一样的，切莫小觑了她。"

云裳的学业和事业是一样地相当进展，她是市立师范学校的高材生。她的同学如今当教师的已自不少。她是一个好学而醉心艺术的人。民廿二年，白云山倚云别墅游憩处开幕之后，河南素社新村成立之时，我们自己有了适合的新舞台，而且有了相当的设备装置，剧艺的音乐都蒸蒸日上，这正是繁荣的时候。云裳的剧艺虽然在社登场，却极度的大众化，在她登台之前，到处都有雪片飞来的请柬，整个素社新村都挤满了绿女红男。他们欣赏艺术，绝不需丝毫的代价。

记得那一次是举行元宵的春灯会，在闹花灯的那夜，云裳的八角灯竟获了首选。社员和亲友参加盛会的合起来约有万多人，大家都来看她的灯，整夜地品评，十分兴奋。大家都向我道贺，不说你的学生荣膺首选，便说你的高足弟子艺术惊人，恭维得人心花怒放。那夜云裳表演的三出剧是京剧《霸王别姬》、昆剧《贞娥刺虎》、舞剧《春思》，在那不断掌声中演完之后，大家在月下流连。一位太太说云裳真像天仙下凡，一个又说云裳真个算得如花美貌。我想云裳得到这样好评，或者不是偶然的事，陡然触起"天孙为织云锦裳"和"云想衣裳花想容"两句诗来，于是得了她的同意改名，把"民强"的乳名改作"云裳"，同时社里也发生了通告，说明此事，以后也就叫作陈云裳了。

有一天正是久雨初晴，院子里曝着许多衣服，内子在织手套，云裳恰巧和她母亲来了，就坐在对面的书案上挥毫写字。我打从公事房回来，看得有趣，我说："字画都是艺术的一种，艺术家必定要博学多能，像小说所讲的十八般武艺件件皆能才是，而且应该要学的也不但是字画，就是方言外国语都非去用功不可。艺术应当到处去发展，不必囿于一个地域，艺术是要大众欣赏的，一定要求普及。"她也深以为然，后来替她拜了徐悲鸿先生为师，又拜了欧阳予倩先生的门，都是她好学不倦的表证。

陈云裳与母亲，刊载于《影迷画报》1940年第3期。

从此后就教给她国语，索性要她排演京剧《四郎探母》，让她好注意里面的国语念白，还逐字给她严格训练，一面又教给她会话。如今她的国语大家都说不错，但很惊奇，为甚么未曾出省门一步的人，却说得一嘴好国语？这倒像个哑谜。却不知她在数年前已经修习，并不是临渴掘井的。还有她的英语也是一样精通，不过还未有搬上银幕罢了。我想不久的将来，也要实现。

素社游艺部因为有了云裳，便成为广州剧艺的中心。剧艺和音乐，时时都在突飞猛进。在民廿四年的春间，云裳艺术的成就已经一日千里。她的名字谁都认识，谁也爱听，她时时在路上被围观的人们所窘，有时她竟自晕红了眼睛回来。自此以后，她出入都要人陪伴，人稠的地方，躲在汽车里不肯下来，在大庭广众中反觉闪缩，为的是怕人觑着他。

广东省国乐研究会附设在省民教馆里面，原是谢瀛洲先生的教育厅长任内由省政府办的，内容是整理国乐、研究古乐及祀孔韶乐、改良剧艺等工作。在那年的夏天，一道聘书把她聘了出去充任会里的导师。一颗亮晶晶的证章挂在她的襟头上，也就不得不加倍地为艺术而努力。那时候好些电影公司已经立定了念头要把她搬上银幕去，她只是懒洋洋地不大理会，有时她游戏地给人家试验镜头，成绩却又甚好。于是她便问我对于置身影界的意见，我以为电影原也是社会教育事业，是艺术家应当努力的，但她的剧艺工作还未相当完成，只好稍待。反正年纪尚轻，有的是机会，所以她一面修习电影艺术，一面也还做她的导师,她无论在家或是在外,时常离不了她的"面部表情"。

日子过去得很快,转眼又是总理诞辰。省民教馆的礼堂竖起一面银色牌子,新编的《睢阳血史》初上演了,云裳演张姜。事前准备不过把剧本和剧里词曲、汉调等谱子交给她,还说了一遍字音和身段。她自己回家揣摩一两天,台上排一排,便筹备完竣。云裳演的剧只要有谱子,她的音乐基础十分稳固,任你如何五花八门都可以照样唱出来,这是她基本的记谱法纯熟之故,后来她还自己制曲,成绩很佳。那天在各机关团体人们齐集万头攒动之中,黎景时的《贺兰进明》吃过了狗屎,便是她上场。接连演了三个钟头的剧,头里还已先演了舞剧《芳菲菲》,是谢英伯先生的曲词,我作的谱,纯用尖高的嗓子,她都游刃有余,响彻遐迩。她的舞法是考据唐代歌舞的方法而定的,有时她自己变出一个新花样来,也很中绳墨,十分精彩。自此之后,云裳演的剧日渐新鲜,北剧有十数廿出、改良粤剧有数出、舞剧有七八出,此外小歌剧、昆剧、高腔、吹腔、弋阳以及各方小曲均有独到之处。同时她的修养也有相当地进益,凡亲近她的人都觉得她和平而正直,美丽而又纯洁,像一朵夏日的玫瑰花。

但云裳的声名愈噪,电影界的人们求之愈急。素社有一位缪先生用了种种方法,邀准了她,终于民廿五年的秋季悄悄地上了银幕。在我原是主张她

陈云裳在香港时与公司全体工作人员合影,刊载于《青青电影》1939年第4卷第13期。

投身影界做一番社会教育事业的，但同社的人们却大感失望，他们很怀疑着云裳对于剧艺电影能否兼顾两全。于是我挺身自任担保，说云裳决不离开剧艺，但我并不担保她不会离开广州。果然不久，叫人失望的事情开展了，我两夫妻勉强地送一回车，着实难过。"好好的广州一个绝好艺人，却给香港的人们架了去，多么可惜。"社里的人们这样说。她临去时对于广州也着实有点依依不舍，她还惦着儿童协会的小朋友们，又惦着倚云别墅的泳池、素社新村的花和会说话的鹦鹉。这些事物在广九车辚辚的声中，都变换了空气，改上了颜色。礼拜六的游艺会，也觉着黯然无光，大众着实难过得很。

待到中秋的糕饼大会，我预先给云裳一个信叫她无论如何要回来一趟，为的是失望的人们太没有安心，所以通告里面说云裳是一定回来的。那天新村又挤满了整万千人，所有全村住宅全部开放，任人去穿房入舍吃饼喝茶，各家和素社灯烛辉煌，当中竖起一面十几丈高的大旗，还用电灯砌上一个"素"字，远望全村好像火树银花蓬莱仙境。

那天才吃过早饭，茶社已经坐满了人，各家的园庭已是履舄交错，戏台上高悬着陈云裳《坐宫盗令》《武家坡》的牌子，大家都来探听消息，好像对"云裳回来"这句话是半信半疑。然而她毕竟赶上尾车回来了，她忽然出现在太原别墅的露台上，大家见了乐得要叫将起来。太太小姐们围拢得水泄不通。有些说她肥，有些说她瘦，有些说你要饮水思源，有些说你莫遗忘了我。就那样地闹了一宵，"明朝人去后，桥锁野花开"也就一样地寂寞下去。直到团年会又是依样闹过一天。时代也就渐渐过去了，如今那过去的憧憬真是"六代豪华春去也"，幸是云裳却还花好月圆，而且是鹏程日远，但这种的福慧双修，却不是偶然的事。

云裳的母亲金女士，是一位明贤之妇。她对于女儿过程中应有的经历和各个阶段的完成，十分了解。云裳的成功，半由于此。云裳的父亲星池先生解组家居，好行善举，还有一个妹子，在学校念书，云裳不特是一代艺人而且是一个孝女，她没有弟兄，菽水承欢和妹子读书之费，都独任其劳，无或少缺，"皇天无亲，唯德是亲"，所以云裳是得天独厚。

在最近的过去，还有可述的一件事，且做这一篇记述的殿后。云裳初来香港是应苏怡先生之约，这位先生是慧眼独具而且他对云裳诚恳忠实地帮助她，成就她的事业。接着是霍然先生自从导演《天下为公》之后惊为奇才，因为爱国的热忱所使和业务的关系，互相倚重，霍先生一秉纯正的精神，大无畏的信念立意助她发展,不避患难直到如今,两年如一日,这位霍先生可谓克尽忠于艺术,能人之所不能。艺术原是大众的,爱护艺术与爱护大众原无二致。这是我不能忘的一件事,也是云裳不能忘的一件事,同时我们如果了解了艺术与人生,就可以明了艺术与兴亡。那么对艺术决不可去摧残,而且是要积极地去建设、鼓励、爱护、栽培、灌溉,才是人生应有之义,霍先生这种美举,我想大众都会表同情的。云裳现在的事业,在他人或者以为成功,但在我以为才是开始。既获得大众的同情,应该为大众而努力。同时大众也应该为艺术而努力。

然而"木秀于林,风必摧之",又道是"道高一尺,魔高一丈",艺术也不能例外。云裳往后的成就正多,同时拂逆的境界也自不少,这都是系于大众指顾之间,也非云裳个人的事。云裳是有修养的,只可是"得成于忍"了。

原载于《青青电影》1939年第4卷第28期

银坛回忆录

郑逸梅

电影小生,曩以朱飞为最著名,明星公司各片,由朱主演者,约有二三十种之多。朱翩翩丰度,适合于饰演贾宝玉型之公子哥儿,温存娴雅,为其特长。朱生活殊豪奢,长年开房间于某旅邸,或询其何不家居,则曰家中设备不及旅邸之周全,且夏无冷气管,冬无热水汀,生活甚不惯常,不如多费若干,为旅邸之长年寓客之为得也。

路明今已灿灿明星矣。五年前,陈铿然与徐琴芳夫妇卜居施高塔路,予因商榷一剧本,屡至陈家。时路明尚幼,梳两小辫稚气可掬。某次,路明正进冰结凝①,忽一犬自外窜入,路明受惊,冰结凝覆地不能再进,遂大哭,后经家人重购一盒,始破涕而笑。曾几何时,路明已亭亭为美女子,无怪予之两鬓渐星悴老欲死也。

笑匠却泼林②曾到过上海,唯行踪匆促,一瞥即逝耳。新华经理张善琨暨杨小仲、韩兰根等,且与却泼林合摄一影,明日制版印诸报端,及全市电影界得讯,欲欢宴之,则却氏已东渡扶桑矣,无不认为缘悭不置。

卓别林在上海与马连良合影,刊载于《美术生活》1936年第25期。

---

① 即冰激凌。
② 即卓别林。

友联公司摄《红蝴蝶》，饰剧盗赵大刚一角者，为薛启世。薛本为上海公司基本演员，友联乃借用者，一日摄"山寨恶斗"一场，薛与饰官兵之赵某，各逞技能，挥刀相持，不料偶不慎，赵君之刀，斫及薛之右手，及觉，薛食指已断一节，拇指削去少许，中指斜劈，折骨损筋，血涔涔下滴。薛急将左手紧握，使不致失血过多。一时赵及全公司职演员，无不大惊失措。薛反从容曰："莫慌张，先将我之断指捡出，浸于酒精瓶中，留为纪念，俟稍停血止，当将此幕摄演完毕，再行就医。"后由陈铿然、文逸民等车送宝隆医院，结果一切医药费与其他费用均由陈负担，陈大呼流年不顺。盖事前摄某剧，布景搭设，有失坚固，致一演员从布景楼上坍覆下坠，受伤甚重，陈已所费不赀矣。

原载于《大众影讯》1940年第1卷第14期

在金焰住的亭子间里

严次平[①]

那是将近十年前的事情了,金焰在银坛上还未大红,和王人美合演《野玫瑰》杰作拍摄的时期中呢。当时我才离开学校生活,借住在前辈红女星蒋耐芳女士的外子经广馥兄的公馆里。

目前的大导演吴永刚先生那时正是联华公司里的唯一布景师,吴永刚和经广馥是前天一公司时代的同事,由同事而友好,因此那时候吴永刚每星期五六或公余之暇,必来玩的。

蒋耐芳、吴永刚和我,因了都是爱喝酒的关系,所以碰见面的时候,总是聚在一起喝酒,一喝常是三小时或半天不等,总之喝得大家酊酩为止,而吴永刚就在这时候被电影界同人加上一个"吴大海"的雅号。

吴永刚那时候在联华里和名摄影师洪伟烈、男星金焰非常联络,公司中有"三位一体"之称。那时候我还仿佛是个影迷,常请蒋耐芳带我到联华公司去参观拍戏,或是去访吴永刚,揩油几张电影赠券。当时的联华公司还在霞飞路的福开森路口的民新公司原址,一排低而旧的平房,面前一块空地上搭着一座玻璃的只能拍摄无声片的摄影棚,我去的时候常看见金焰和殷秀岑带着绒线帽子在那里踱来踱去,黄绍芬常穿着一身白色的绒线背心在那里对开麦拉不知弄点什么,在那里也常发现林楚楚和陈燕燕诸人。

有一次是初冬的傍晚时分,我和蒋耐芳又同到联华公司去访吴永刚,我们同在金焰住着的亭子间里喝酒。金焰那时候住在联华公司的后面,卜万苍家里的一个亭子间里,亭子间倒很宽大,书橱连着写字台和桌子,都是他自己设计定制的,怪形十足,一只小型的火炉,四壁上挂着的也是一点怪形的装饰品,有一只小型穿山甲的壳,形状是怪可怕的,二枝猎枪,一只吉它的乐器,此外都是些画,室内还放着一帧未完成的粉笔画的自画像,我在这时候才知道

[①] 严次平,为影星严华之弟,毕业于上海美专,《青青电影》主编。

金焰与记者在家门前合影,刊载于《青青电影》1935年第2卷第2期。

金焰是画家出身的,衣服都挂在门的背后。

那亭子间窗外是一长排平房,金焰雇用了一个女仆,那个女仆,就住在那平房中很远的一间里。金焰要叫那女仆来的时候很不方便,他就用了一只很大的田螺壳当作喇叭,吹起来声音很响,那田螺壳的喇叭一吹,那个住在遥远平房里的女仆听到了那声音就奔跑着来了。

有时候金焰用吹口哨,学着《人猿泰山》里韦斯摩勒的样,"哦……哦……哦"地叫了起来,那女仆听到了也会知道她的主人在叫唤了。

金焰那时候虽然是个独身汉,在他居住的亭子间里倒很整齐,并不凌乱。当我们同跑进他的亭子间里,他就开了窗,吹起口哨来了。不多时女仆来了,金焰叫她烧起火炉来,那时候吴永刚亲自去买酒,摄影师洪伟烈知道今天老金房里来了朋友也进来了。他看见我们正预备喝酒,他就骑了自备脚踏车,到他家里去拿来了二锅子的小菜,我们又开始在酌酩中了。

不多时,金焰先醉了,他提起吉它边弹边歌,唱的是南洋火噜噜的舞曲,不久,他就倒在床上呼呼地入睡了。

当我们离开那热融融的亭子间,带着八九分的酒意,跑出门外,黑暗的天空中正在飞舞着片片的白雪。我奇怪,这初冬的天气,却会突然下起雪来了。

原载于《青青电影》1940年第4卷第40期

怀 念 洪 深

《中国影讯》编辑部

在前几天忽而传来一个不幸的电讯，说是"洪深满门服毒自杀"，虽然并没有说出自杀的原因和后果，可是我们终要替这位戏剧家担忧，同时更引起了我们对于这位戏剧家的怀念。因为他的确是我们戏剧圈的一位勇敢的导师，也是银国里一员有名的上将，曾经立下了不少的汗马功劳哩。

洪深在留学美国的时候，很欢喜研究戏剧。自从回到祖国之后，眼见祖国的戏剧必须经过一番改革，于是他努力于戏剧的革命运动。他第一炮的尝试，因为当时只有职业性质的新剧团体，并没有爱美性质的剧团组织，他就假座了新剧地盘的"笑舞台"，演出了《赵阎王》，由他自己主演，共分四幕。在第一幕里，还挑选了该台几员名角李悲世、李天然等合作，其余的二三四幕，都由他单独表演。奈因把水平骤然提高的关系，使观众难于领会，反而受到一般守旧者的嘲笑。但是他并不灰心，依然鼓起他的勇气，为剧运努力，发起组织业余剧团，加以训练，终于在《少奶奶的扇子》公演中，获得最高的评价，从此开出了剧运的花朵，"洪深"两字的大名，也就为一般青年所拥护。后来又公演《黑蝙蝠》等剧。

他既然努力剧运，对于当时新兴的国产电影，当然也十分地关心，因此他就加入了明星公司，第一次他就编导了《冯大少爷》，打开了国产片上轻快的作风。从此他是替明星不断地产生了《四月里的蔷薇处处开》和《早生贵子》等许多作品，为明星编导部中的一员健将。他非但在编导上非常用力，而且他在自己编导的《黄金与爱情》里，还自告奋勇地担任了主角。和他合演的，一个是张织云，一个是丁子明。张织云是做了他所追求的富家之女，丁子明是做了被他遗弃的糟糠之妻，在演出上是十分深刻。尤其他平日的姿态是十分地诚恳，是十分地庄重；而在银幕上却演得十分地忍心，所以大家都说他在银幕上的动作，刚正和他平日的做人，成了一个反比例。但是最后的结束，他还是因为眼见着被弃的妻子在他面前用枪自杀，使他受不住良心的制裁，而

《黄金与爱情》剧照,刊载于《良友》1935年第108期。

也用了那把枪来向着自己头部开放呢。后来他又编导了一部《铁板红泪录》,是由王莹主演,剧情是暴露着军阀压迫下的四川苛捐惨状。还有《劫后桃花》由胡蝶、高占非主演,描写出当年青岛沦陷中的一个故事。

自《火烧红莲寺》被中央电检会禁止续摄,而"蜡盘片"配音的《歌女红牡丹》大受听众欢迎之后,他主张摄制有声影片。因此明星公司,就推他到美国去购办有声机器。他是个留学生,在那里有许多朋友,所以他很高兴地负起了这个使命,远赴新大陆,在好莱坞考察了一番,带回了两部收音机器之外,还邀来了一位收音的技师。这两部机器,在好莱坞虽然并不是最新式的,但是由他带到中国却还是国产影圈最新的武器,直到如今还在大同摄影场里。"国华"和"金星"的收音,依然照着这两部机器的牌头呢,这也是洪深在银幕史上除了占有编导的一页之外的另一个纪录。

他带回了收音机器之后,就开始为明星编导声片处女作《旧事京华》,发掘了朱秋痕。更由他自己扮演了朱秋痕的父亲,那个角色是一位清廷皇室,眼见宗社将覆服毒自杀,在演技上要比《黄金与爱情》所演出的更其沉痛而纯熟,所以舆论界都给以很高的评价。哪知他为《旧事京华》试片问题和张石川引起了一次小小的摩擦,就此脱离了明星。曾经一度由天一公司邵醉翁邀他合作,但是没有成为事实,就暂时离开了影圈,而过着大学教授的生活。

他的为人是十分的和气,有时说起话来非常风趣;可是他的个性是十分

洪深先生率领"上海话剧界救亡协会战时移动演剧第二队",辗转各地,献身于剧艺救亡工作,刊载于《文艺春秋》1946年第3卷第3期。

坚强,遇到了他认为差误的地方,无论如何,他是不肯放弃他正确的观点。所以他在明星编剧会议上,遇到讨论任何人所编的剧本的时候,总是会得发出了许多评语。虽然在当时好像未免令人难堪,可是到了散会出来,他就会笑容可掬地向你做诚恳的解释呢。他曾经有一次在"大光明"里,为着罗克含有侮辱中国的演出而做正义的抗议,这也就可见他个性坚强的一斑了。

战后他就离开了"孤岛",赶往光明的内地。这次传来了自杀的消息,当然会使爱护这位戏剧家的大众担忧。幸喜他终于得救,那末我们希望他消灭了消极的意念,重新滋生出新的勇气,继续为戏剧界努力。等待胜利到来的时候,我们见到他孔面笑嘻嘻,胁下挟了大皮包地欣然归来呢。

原载于《中国影讯》1941年第1卷第48期

我所见的马徐维邦

秦瘦鸥[1]

我不是所谓"圈内人",对于影剧两界的诸位先生女士们都很生疏,连握过一次手的合计在内,也只寥寥三四十位而已。在这三四十位中间,给我印象最深的就是黄佐临先生、马徐维邦先生和英子女士。

他们三位的个性有好几点是相同的,例如少说话、怕应酬及生活俭朴等等,而尤其使我觉得可亲可敬的是他们绝对不在私底下做戏——那就是对人诚朴、不说假话、不用手段。

我在十年前,就听到马徐维邦先生的大名了。他所编导的《夜半歌声》一片,更是内外行所一致推许的。其后他又编导了好几部相类的片子,因此大家都称他为"恐怖导演"。其实所谓恐怖也者,只是他所导演的那类戏剧或电影的外表而已,论其内容,则无不饱含讽刺成分,较之卓别麟的滑稽片,实无多让。说得清楚一些,那就是马徐先生通过了浪漫主义的手法,借着恐怖的烟幕,来宣泄他个人对于社会的不满和憎愤。如果仅仅目之为卖弄技巧,那就未免太皮相了!

是去年这个时候吧,我因小洛、大郎二位老友的介绍,在福致饭店里初次和这位讽刺导演相晤。当时小洛兄就把马徐先生想拍《秋海棠》的意思告诉我,希望我赞成。我的性格向来是最急躁的,非万不得已决不和人家敷衍,那天我一听是马徐先生要编导,便毫不思索地表示接受,并且还非常高兴。后来就为了这一部片子,使我又单独和马徐先生谈了好几次,彼此都觉得很投机。

他和环境是不大肯妥洽的(这一点我感觉很惭愧),譬如一切无谓的应酬,他决不参加。人家高兴不高兴,他并不顾虑。私生活也相当严肃,大吃大喝大玩的事,永没有他的份,大概除掉抽卷烟以外,他就没有别的嗜好了。

---

[1] 秦瘦鸥,上海嘉定人。原名秦浩,笔名秦瘦鸥。毕业于上海商科大学,曾任报社编辑、主笔,持志学院、大夏大学讲师。著有《秋海棠》《危城记》,译有《御香缥缈录》等。

《秋海棠》剧照,刊载于《新影坛》1943年第7期。

许多人都说马徐的性格很怪僻,这倒是真的。而且依我想,每一个艺术家的性格都是怪僻的,仅仅有些比较显著,有些不大看得出来。

马徐先生本来是学美术的,所以对于影片中布景的装置和镜头的运用,都非常注意,处处尽量发挥美的条件。同时他的性格又特别谨慎仔细,所以每编导一部影片,总得经过很长的时期。这就艺术观的立场来说,当然只有好,没有坏。

《秋海棠》的电影剧本完全是他一个人改编的,当他在今年农历新年里到舍间来把编成的剧本讲给我听的时候,我只提供了二三个很小的意见——这几个意见后来他有没有接受,我可不知道了,因为我自己也声明这并不是必须接受的。

从中华电影联合公司方面,听到了《秋海棠》即将上映的消息,心里非常兴奋。依影剧界许多权威人士观察,《秋海棠》搬上银幕本来就比搬上舞台更适宜些,再加马徐先生长时期的悉心从事,丝毫不苟,它的成绩如何是不难想见的。

万一《秋海棠》影片果能获得预期的成功,那是马徐先生的力量和李丽华小姐、吕玉堃先生等诸位演员的功绩。我所希望的只是马徐先生的年余的辛勤,不要因我那原书的丑恶而白白浪费掉。

这篇东西里,对于马徐先生一些没有捧得太过——虽然他是我的文字知己——这一点我想凡认识他的人是一定会知道的。

原载于《新影坛》1943年第2卷第1期

怀念蔡楚生先生

周钢鸣[①]

在桂林城里的榕湖边上，一个潮湿狭隘的小房子里，摆着一副桂林特制的竹床，床前一张小写字台，摆在向湖开的窗子下，这就是蔡楚生先生到桂林后居住和工作的地方。

那时正是一九四三年的暑天，湖里的蚊飞进窗子里来，扰人不能安心地写作，而竹床上的臭虫也吮吸人的血液，使人不能安睡。蔡楚生兄就在这样郁热而又夹着湖水蒸发的腥臭空气里，两脚蹲在凳子上，写完了他的《自由港》（描写香港战争的五幕话剧）。

我和朋友去看他，他的夫人已带着孩子转到别地方去工作了，所以他一个人就有更多的时间和朋友们聊天。当时我们大家都热心地在读罗曼·罗兰《约翰·克里斯朵夫》，蔡楚生兄从这本书里的英雄奋斗生活，看到了自己的影子，因为他自己也正如克里斯朵夫一样，是一个人从万恶的社会里奋斗出来的。

他一面抽着土制的香烟微笑地告诉我们一段童年的印象：

> 我还记得，在十一二岁的时候，我有一次到了河边，看到河的对岸，金色的阳光正照耀在绿色的草和芬芳的花朵上面，我的心里就鼓起了想游泳到对岸去的勇气。后来我终于跳下河，要游过对岸去，可是在游到河中心时候，真是波涛汹涌，精疲力竭尽了生命的力才游到对岸。当我躺在草原上，我就默默地想到未来的人生，正如在金色阳光照耀下的对岸的草原，多么令我向往，鼓起我要投向它的怀抱去的勇气，这又是多么

[①] 周钢鸣，原名钢明，笔名周达、康敏，广西罗城人。1926年到上海谋生。1932年在左翼文化总同盟刊物《社会生活》杂志工作。抗战爆发后，在《救亡日报》当记者，与凤子合编《人世间》杂志。抗战后到香港负责香港九龙文学界协会工作，编《文艺丛刊》。著有论文集《论文艺创作》《论文艺改造》《论群众文艺》等。

艰难困苦的搏斗呀，但是我终于向着我憧憬的人生彼岸游去了……

在这样的回想里，他追述他童年时代如何在商店里当学徒，如何到上海，在小电影公司做杂役，接着做写字幕广告员（由这时起他写得一笔非常挺秀的行书字）、当场记、做副导演——实际就是由他导演，以及和电影界里许多不好的积习搏斗……他一直是在被人家轻视下沉默地工作着，带着一种农民的顽强性和一副强壮的体格；他始终没有被人家压下去，他的学习方法是在白天辛苦应付职业的劳役之外，晚上一个人悄悄地学习。当他在场记做副导的时候，他每次看电影回来时，他就回忆每场的里面如何构成，戏剧地位如何处理，由开麦拉从甚么角度去摄制，用图表把它们记下来，所以他搜集了很丰富的电影实际制作的资料。因此当他一展开翅膀高飞的时候，他不但有一股充沛的新生活力，而同时也就能翻出矫健多姿的风貌。

但是，他始终是一个农民的儿子，用着沉默的态度、顽强的性格去工作去学习。但他也充满这种自信的机智，常常用一种非常警戒的心情去看这世界，看十里洋场上的一切牛鬼蛇蛇。正因为他在学徒生活、杂役生活时代遭受到许多轻视和过度的劳役甚至迫害的程度，所以他一面警惕着社会的荆棘，同时也就束身自好，不与腐恶的势力同流合污。

所以，一到他能展开自己的大翼，能够用电影艺术来反映人生，来表达自己对于社会恶势力的控诉的时候，他所投予这些社会的恶势力的抨击，真是嬉笑怒骂，绝不容情。而另外呢，在他的作品里表现出多种惨痛的人生，如《都会的早晨》，同情劳动者，颂扬勇于面向人生去搏斗的年青人；《渔光曲》表现人民悲苦的生活和含泪的微笑；到了《新女性》，虽然不是他自己编剧，但却看出他渐渐地更深入都市下层的人民生活；《迷途的羔羊》更显出他对贫穷无告的儿童的热爱，向社会叫出救救孩子们的呼声。

第一个时期过去了，抗战爆发了，他离开上海，到了香港。在这殖民地的城市里，他的生活是陷入了更加艰苦和更加寂寞。在拍了《孤岛大堂》《前程万里》之后，华南的电影界中正泛滥起一股神怪肉麻的逆流，他虽然想抗拒这逆流的恶势力，不愿与那些电影界的市侩合作，但他在香港却不容易在制片人方面找到真诚的合作者，所以他只好沉默下来。住在破烂摄影棚下，傲然地屹立在华南电影界逆流的外面，咽着廉价的面，度着"贫贱不能移"的困苦的日子。在这种沉默中，他清算他自己，意识到《孤岛天堂》《前程万里》虽然是流露了自己向往祖国抗战的热情,但还不能更贴切地表现当时人民的真实生活,因此他决然地搬到渔区去住,聆听疍民在水上流徙生活中所发出的悲惨的《咸水歌》,和他们任日寇炮舰纵横的水上所遭遇的被屠杀被活葬沉入海底的惨绝人寰的悲惨故事。于是,他写出了《南海风云》,表现了南海渔民在怒涛汹涌海洋上和敌人的生死斗争。但是这样壮烈斗争的戏剧,在华南以出卖女人大腿和神怪传奇赚钱的电影老板们,谁愿意出资来拍摄?同时当时的技术条件也限制了导演,不能让他发挥到自己的所理想的制作条件。

所以这部戏,到现在还只是书面的完成,但是在这个时候,楚生兄的生活起了一个极大的变化,在他的生活里降临了一股新的爱情,他碰到了他现在的贤惠的妻子——陈大姐。这爱情酝酿也启示了他新的创作热河,萌长他新的艺术活力。这时他开始写下第一部作品《万世流芳》,这是他前一阶段的剧作的结束、胜利后一创作阶段的开始交替时代的作品,是表现在抗战中如何去抢救下一代的中国的主人翁的作品。他说原是淘某"电影皇后"的要求,为适合她表演而写的剧本。本来要该"皇后"一人演两个人的戏,但该"皇后"只愿演所谓正派的一角,而不愿演另一个被讽刺的人物。这样一来,楚生兄非常生气,理也不理她了,后来才想改请白杨来主演。但戏是大观公司拍了一部分,太平洋战争爆发了,这部片子,又成了一部未完成作品。

他患病后,躺在桂林七星岩下的医学院里,他相信他在战后对中国电影还要献出他的最大的精力,也要朋友给他搜集材料,他计划未来的写作。而每当他写作剧本时,一个人关在屋子里,一面揣摩戏剧的情节,体会剧中人的悲惨遭遇,用全心灵去感受他们的命运。他像疯狂一样地关在房子里,一面写作,一面像剧中人一样地痛苦地哭泣着。《南海风云》《自由港》就是在这样激动的创作冲动之下产生出来的。

蔡楚生在黄浦江边,刊载于《联华画报》1936年第8卷第1期。

湘桂战争爆发了，朋友们把他先疏散到柳州去，后来中制要拍黔桂铁路的外景，孟君谋兄把他接到黔桂路所经的最高的山脉的一个车站——拔贡去养病，这里也是拍《建国之路》的外景的工作基地。他在那万山峻岭的荒寂地区里养病，天天面对着高山和流泉，在高远雄伟豁达的自然界里寄托他对于人生和未来的深思，也开始做整理创作素材的酝酿。

但谁又知道，两三个月之后，敌骑队疾风一样地迫卷而来，使得他抱着病徒步数百里，而且还要自己推着行李车走路。但是当他走在千万人民逃难的行列里的时候，他已忘记了自己个人的生死，却更深深地体会了人民的苦难与辛酸。

在兵荒马乱的贵阳，我们重新相会见的时候，我看到他是更加沉痛地正视现实，否定过去，热望将来。我们也就在这样的沉痛的日子里分别，他到重庆，我们到昆明……

现在，我们又看到他在今天这沉痛的岁月里握起笔写稿，《一江春水向东流》已完成了上半部，下半部亦在脱稿中。我想，在楚生兄执笔奋书的时候，他是在更沉痛地哭泣吧。但他所流的不仅是作者个人的眼泪，而同时正是人民大众的真正血泪！而楚生兄流泪的眼睛所期望的，也正是属于人民的未来的光辉日子啊！

一九四七，三，二三
原载于《中南电影》1947年第3期

我的干妈顾兰君

金 巽[①]

她说,已结婚的叫作"开店",现在我这爿店已经打烊了。至于是否出盘重开,或是永远地打烊下去,目前实在难说。

前言

本刊主人嵩年先生和主编柏霖先生,指定了这一题目要我写,这的确使我感到是一个极大难题。这并不是说这题目难而不易写,而是我不愿写,写了未免有些"十三点"。我以记者身份而叫顾兰君为干妈,原是酒后失撇而弄假成真。同文间为此事已议论不一,使我万分难受,而今还以《我的干妈顾兰君》为题,十三点已极点。

然在嵩年、柏霖二兄坚请之下,笔者固辞不得,且做一次十三点罢!

我们是怎样发生关系的

我认识顾兰君在四年前,然而,在去年的九月初,竟会和她发生"干"的关系,这是我自己也有些莫名其妙。

没有写到顾兰君前,先来谈到怎样发生关系的。

如果,这是缘分的话,可以说是有缘千里来相会。我认识她四年有余,在上海时常碰到,然而却在苏州认她做干妈了。去年的九月三日,新闻界前辈陆先生,还有一位董先生,和我一起到苏州去远足。那时,他们正在金星剧场演《雷雨》。

我们是下午七时到苏州的,进了晚餐,洗了澡以后,就到金星后台去探望他们。

严俊第一个看见我们,他奇怪地叫起来。顾兰君在化妆室里听见声音,也哗啦哗啦地叫起来。虽然前几天在上海还碰见,但他乡遇故知毕竟是可贵

[①] 金巽,《上海影坛》主编。

的,我们好像倍觉亲切。

我们房间开在乐乡饭店,约他们戏散后来乐乡饮宵夜。顾兰君善饮,杨志卿是酒鬼,只有饮酒是最适宜的。那天晚上,时钟已敲过十二点,我们在乐乡大闹到四点钟。严俊、顾也鲁根本涓滴未饮,就是我们五人把二大瓶茄皮倒尽后,还觉得不够。

酒量当然是杨志卿最好,我二杯茄皮下肚已经神志昏迷了,顾兰君也有醉意。一次,我替顾兰君倒满了一杯,要她干杯。"叫我一声好听些,我就喝下去。"她说。我就脱口而出,叫了一声"过房娘",她喝干了一杯。这样,就"干儿""干妈"地搅了起来。这时,我的酒量已经到饱和点,顾兰君也醉了。

他们回去已将是天明了。次日,在金星后台,我刚进门口,她就"Dear Son"地叫起来。顾也鲁替我想了一句洋泾浜Over House Mother(过房娘),我是这样地叫她的。这天起,名分就此决定了。

顾兰君忘不了李英

我的干妈顾兰君,脾气是爽直的,有着丈夫气概,任何事绝对没有扭扭捏捏的女人腔。她的性格是刚强的,她相信自己的事一定不会错,一直要倔强到底,这是她的特点,也是她的缺点。

她与李英就是坏在这一点上,直到现在为止,她还没有忘记李英,尤其是当她喝醉酒的时候,她自己也会说出来。

有一次,她又喝醉了酒,天气很冷,突然地想起买热水袋。她说:"我要买一只新式的生肖热水袋,一只肖马,一只肖鼠。"

"肖鼠的送给谁?送给干儿子吗?干儿子是肖虎的。"我带着玩笑的口吻问她。

她真的酒醉了,脱口而出地说:"李英是肖鼠的,纪念纪念他。"

我敢这样说,顾兰君绝对没有忘记李英。因为,她的脾气是刚强的。

好大胆的妈

我的干妈顾兰君,除了脾气爽直外,还有一个伟大的特点,她敢说大胆话,道人所不敢道者。据说,女人和女人的谈话往往是很大胆的,而顾兰君在许多男女亲友之间,谈话也是很大胆的。

顾兰君有许多大胆的故事、小调、蹦蹦戏……她曾经叮嘱我,这不可以写的,然而,我毕竟写了出来。

她把像我这样的未结婚的年青人,譬喻为摆摊头。摆摊头,就是做零星"交易"的意思。而像她,已结婚的,则叫"开店"。不过,她自己说过:"现在我这爿店已经打烊了。"而老夫老妻则称之为"百年老店"。

朋友问她:"店会不会再开?"

她说:"很难说,也许会出盘而重开,也许永远打烊下去了。"

你说,我的干妈大胆不大胆?

关于恋爱的问题

现在该谈到关于顾兰君的恋爱问题了。其实,这问题是最没有谈的意思了。因为,至现在为止,我可证明她根本没有找对象的意思,当然不必说有没有了。

顾兰君,刊载于《电声》1939年第8卷第2期。

曾经传说,她和军之友社的刘社长很好,一起到张大千家去索过画。索画是有的,所称"恋爱",则完全是谣传了。

顾兰君说过:"几年来所撑起的一份人家都给李英拆光了。现在,非得重新撑起来不可。"

所以,现在她必须先努力本位工作。

本来,她是住在安南路泰威坊娘家的,最近,迁到林森路尚贤坊姊姊顾梅君家里居住。如果不拍戏,每天她在家打牌作为消遣,对无谓的应酬一概婉辞的。

她很欢喜跳舞的。但自香港回来后,只有到过一次新仙林,那是为了捧管敏莉的场而去的。平时,在这种交际场所是绝对不会发现顾兰君的。

顾兰君的戏路

最后,该来谈谈顾兰君的戏路了。并不是娘是自己的好,而故意大捧特捧。顾兰君在中国的女明星中,是戏路最广泛的一位,这是当之无愧的。

她是一位性格演员,演什么戏都能。可以演泼辣的悍妇、风骚的交际花,也可以演慈善的老太婆、温文的中年妇人、规规矩矩的良家妇女,这是从性格方面说。从戏剧方面说,她可以演喜剧、闹剧、侦探剧以及悲剧。这决不是长自己的威风,的确,读者诸君可否再例举一位像她戏路广泛的女明星?导演都欢喜她担任主角,也就是这缘故。因她对任何角色都能胜任愉快。

我的损失

拉杂地写来,已该结束了。最后,我得报告我拜顾兰君为干妈后的损失。我凭空多了许多长辈,像王丹凤、吴惊鸿等女明星,都吃我豆腐,要我叫她们阿姨。想想看,这真是从哪里说起?

有一次,我和周剑云先生在一起吃饭,谈起顾兰君,他手指一扳,他说是四代同堂。因为徐欣夫是拜胡蝶为干妈,胡蝶是周剑云的干女儿,徐欣夫是顾兰君的姊夫,这样算下来,我是第四代了。

又有一次,和柳中浩先生闲谈,柳先生说是三代关系。因为,顾兰君是他的干女儿。

诸如此类的事,多得不可数计,真的我的损失太大了。

然而,有人说,这年头小辈好做,长辈难当。但,我这种小辈实在做不得,损失太大。

我有些懊悔,酒醉后闯下了这件穷祸。总有一天,我会向我的干妈顾兰君算这笔损失账的。

这篇小文,到此告一段落,我写这篇东西,实被主编先生逼得无法,望大家把它当作游戏文章看,勿过分认真,"像煞有介事",那就功德无量了。

《影艺画报》编者曰:

本文作者说是做了一次"十三点",其实本文所述,允称全属"肺腑之言",人说"知父母者莫若儿女",设非为干儿子者,焉知干妈如是之透彻耶?唯若认编者此话系在吃豆腐,那才是真正之"十三点"也。

原载于《影艺画报》1947年第2期

中国女明星的轨迹

银衫客

说也奇怪,中国电影史上女明星为首的一批却不是女人,而是由男人扮的,这其中有一个就是《庄子戏妻》中的黎民伟先生。

说奇怪委实不奇怪,中国戏台上的男扮女早就存在了,黎先生不过是电影界类似梅兰芳的人物罢了。黎先生且又是民初的话剧界元老,那时的话剧是叫"文明戏",因为女角难找,和当日的风气关系,普遍是女由男扮的。就是现在还是电影话剧两栖的欧阳予倩先生,也唱过青衣,而以演《潘金莲》而名噪一时的呢。

本文题目所及,是想追溯一下自有电影以来有过一些什么的女演员人材,罗列出来,提供一份粗略的备忘录。但遗漏是不可免的,笔者只以一个近三十年历史的普通观众资格立言,国产片虽然看了不少,但因未有参加实际工作,观感只是单方面的,错误和不尽之处,由个人负责,并望高明的读者有所补正。

从头细溯去

先叙述一点历史背景。

新玩艺的影戏之闯进老大中国来,约在光绪三十年前后,第一个放映地点是上海四马路青莲阁底下,那些都是外国片。到民二才有美国人依什尔来华与张石川、郑正秋等组新民公司,拍《黑籍冤魂》《庄子劈棺》等短片。民六,商务印书馆也附有拍片部;民九出有《莲花落》《大义灭亲》;民十有《阎瑞生》及《海誓》,后又有《古井重波记》《弃儿》;民十一才有明星公司的出现。

我记得《黑籍冤魂》等初期片有些是看到的,一位父执辈在澳门开一间"海镜",那戏院我是常到的,期间是在欧战正酣之秋,因为年龄太稚关系,留在意识上的印象已是很模糊了,后来还看到一些英美烟公司的中国风景片。

说正式接触到中国片的,恐怕要算张慧冲主演的《莲花落》吧,地点却换了,是香港的香港戏院(那时好像叫东园),年代仿佛是民十二年,我该在小学卒业了,但读的是第七班,因为住近戏院,看戏花钱不多,早已是一个狂热的小影迷了。先从西片入手,转来鉴赏国片,眼光自然会高些,也许是以新兴事业期待它吧,也许是幼稚的爱国心在作祟(爱国教育当日是极强烈的),也许是单纯的爱好新奇,也许还加上国产片所显现的人和事较为亲切,因此好些国片在别些同学认为不足道的,也独自地去欣赏一番了。

以我这样的儿童心理,也许一般儿童都是,男主演是比女主演较有印象的,《莲花落》的女主演人我就模糊得很。这时候的中国片,因为"新",已稍稍成为一种风气了。

中国女明星的前辈,恐怕要推FF女士的殷明珠了。民十她演过《海誓》,十四年又演过《重返故乡》,她的开末拉脸颇不错,因为她是海上名重一时的交际花,自然是以"摩登伽儿"的泼剌姿态出现银幕了。虽然《海誓》在情节的编导上没有什么了不起,但这人的因素是起了作用的,加上报章什志的有意渲染,她的名气自然也就更大起来了。她给人的印象当然还好,这是说外

《莲花落》剧照,刊载于《时装图画周刊》1923年第178期。

型而不是说到她的演技,因为普通人还未注意到这一些。

以交际花来拍电影,恐怕是五四反封建运动刚开始后不久所应有的局面吧,普通大家闺秀是不会这样大胆地尝试的,殷明珠既不是职业演员,便算是票友式的爱美者了。

第二个该要数到王汉伦,民十二年她演《孤儿救祖记》,因为这部片子是第一个奠定中国初期影坛的,自然也把这位女主角的声名地位抬高起来了。

王汉伦据说是一位小寡妇,面貌很端庄,演悲剧尤所擅长,后来《玉梨魂》《弃妇》(十三年制)、《春闺梦里人》(十四年制)、《好寡妇》(十五年制)都是走这一条戏路,尽管有人主张中国电影应多拍喜剧,但事实证明悲剧却有更多的观众,既往如此,现在还是如此,王汉伦便成为当日这方面的宠儿了。

张织云与杨耐梅是可以相提并论的,都一样出现于民十三年,张演《人心》,杨演《诱婚》,两个人虽然戏路不同,但一样拥有观众。张擅演深锁双眉的怨妇戏,杨则开朗而风流轻佻的,这也许是与私下的真实生活有着关联吧。张后来又演《战功》《空谷兰》《梅花落》等,几乎成为压倒一切的首席女星了,在当日看来,从各方面说,她都算是最成功的。

在民国十四年出现的女星却愈来愈多了,如丁子明(《不堪回首》《花好月圆》)、吴素馨(《立地成佛》《忠孝节义》)、宣景琳(《上海一妇人》《最后之良心》)、徐素娥(《情海风波》)、黎明晖(《小厂主》)、韩云珍(《杨花恨》《同居之爱》)。下一年出现的便有周文珠(《马介甫》《儿孙福》)、胡蝶(《秋扇怨》《梁祝痛史》《白蛇传》《珍珠塔》)、徐琴芳(《娼门之子》)、唐雪卿(《浪蝶》)、杨爱立(《苦乐鸳鸯》)、陈玉梅(《唐伯虎》《芸兰姑娘》)等,以上这些都可说是中国女明星中的老前辈了。

这些人多数还生存,年纪都在四十开外了,有些因为年龄关系,或者回家做了贤妻良母,或者是志图别业,归隐者已有许多,甚至沦落到很可悲的地步去。

那时期我最高兴的是丁子明,她是近乎丽琳甘许与珍纳盖纳的,娇小与楚楚动人让人怜爱,演小女子的悲凉身世是最适合不过的。许多部戏中,以与万籁天合演的《难为了妹妹》最有名,后来因此成了正式夫妇,再后来成了怨偶而仳离。晚景的丁子明,据说很凄楚,看来她虽然脱离银幕多年,悲剧还是演不完似的,这里特寄予同情。

吴素馨我最不高兴，可是当日却演了许多；宣景琳虽然是娼妓出身，面貌又不漂亮，年纪也较大，但演技却很杰出；黎明晖别具一型，活泼而又稚气，近似曼丽·毕克福；韩云珍同样是妓女出身，泼辣风骚，一时无两，近似好莱坞的史璜生与普拉纳格尼；周文珠的戏路与韩亦相近似；胡蝶一直红下来，普通人早有认识了，她的长处就是一脸梨花，两只柔荑；徐琴芳只是规规矩矩，无大长处；徐素娥则更不如了；唐雪卿也是以交际花身份而上银幕的，但予一般人印象不深，

丁子明，刊载于《明星特刊》1927年第26期。

也许是《浪蝶》那套片大失败所招致的吧；杨爱立之能别树一帜，大抵是因为很具西洋风味的缘故吧，是她第一人由中国影坛而踏向美国去的，近况如何，早没有人提起了；陈玉梅这位天一的老板娘，本来五官端正，戏也可以演得多少，不幸落在庸俗的编导手里，一直是拘束得不成器了，但她却一度被贿选为电影皇后。

名字还可一提的有倪红雁、傅文豪、吴家瑾、毛剑佩、金玉如等。

在万花缭乱中

民国十五年以后的几年，中国电影更有长足的进展了，所谓女明星，只上一个镜头的也算是，所以多如过江之鲫，委实使人眼花缭乱。这时期想做女明星已成为一种风气，不怕没有女的演员了。

因为名字太多，我想应该一提的还有李旦旦，年青稚气，有好脸蛋，会演戏，可是后来却薄女明星而不为，转做女飞行家的李霞卿去了。顾宝莲是稀少女童角中的一个，借父亲顾无为的关系，演了许多片，如果有人以但二春比之积克科根，但我却不敢以她来比之蓓蓓·柏基（Babe Peggy），因为她之毫无天真却叫人太失望呵。

武侠女明星想第一个便是月明公司的邬丽珠了，她的《关东大侠》由一

361

至十三集,《女镖帅》由一至六集,都疯魔过不少妇孺,尤其是南洋方面的。第二个是夏佩珍,她的《火烧红莲寺》也由一至十八集那么多呢。同类的还有范雪朋、钱似莺等。

阮玲玉在这期间更是彗星似的出现了,她的光芒掩过一切,那是毫无疑问的。

一个分水岭

我想以"九一八"在东北事变以后做一分水岭吧,因为联华公司的崛起,带来更多的人材,而那部《故都春梦》更打开了国片复兴的道路。虽然《故都春梦》《野草闲花》《义雁情鸳》都是摄于十九年,即"九一八"的前夕,但认真打开局面还是国难形势的到来而促成的,于是阮玲玉、林楚楚、陈燕燕、汤天绣、王人美、谈瑛、黎灼灼、紫罗兰、黄曼梨、唐醒图、薛玲仙、黎莉莉、刘莉影等,都是同隶联华麾下的名女星而为观众所认识了,此外还有一位是民廿三在演《归来》的外籍女星妮姬娣娜。

阮玲玉的地位早有定评。胡蝶、陈玉梅、徐来等人的纯盗虚声,是不可夺人的。林楚楚则擅演贤妻良母戏,至今仍有不可动摇的声誉。陈燕燕忒是小鸟,当日颠倒多少男女学生,成为一种青春的象征。王人美是一朵野玫瑰、一只野猫,那一点也没有错儿。谈瑛则以黑眼圈的神秘出名,曾被无聊文人捧为谈瑛年,复员后曾演《衣锦荣归》已更注意借演技来延长她的戏剧生命了。最不幸的是黎灼灼,当日是火一样炙人的女性,现在到粤语片里,却以痴胖与麻木的姿影摇摇晃晃了。紫罗兰的歌舞未有适当的发展很是可惜。黄曼梨本很会演悲剧,但被粤语片商也弄得一筹莫展。黎莉莉本有"甜姐儿"之称,她与陈燕燕、王人美正好代表三种不同型的少女,如今莉莉才从新大陆归来,心胸与眼界定然增进不少,今后成绩只好拭俟之了。

从联华热闹了一阵,过后便移到艺华来了,这公司的成立是在民廿一年底。如果说联华的复兴功劳是在国产片身上注有新鲜的血液,内容与形式都翻了一次身,则艺华更呼应时代的要求,而有意在凄风苦雨中做高声的呐喊了。《烈焰》《逃亡》与《中国海的怒潮》便是这一类划时代的硬性作品。

那里的女演员有最年青的袁美云,从平剧转到电影,是背着许多封建的哀痛的,曾经一个时候很有希望,可惜后来留在陷区,吃上雅片,坐了牢狱以后，虽然还跟外子王引演了两三部片子，但收获却是荒歉得很。

胡萍是从话剧界转过来的，她有湖南女性的蛮劲和现代女知识分子的面影，读点书，写点文章，演戏也行，当时颇有地位，她原是从明星公司不得志而转过来的。抗战一起她便退休了，她是值得人怀念的。

叶娟娟曾在联华及小公司中挣扎许多年，老是当着配角，这等如明星公司的赵静霞一样。不过叶虽处配角的地位，但她倒极吸引人，演娇痴与荡妇角色是最好不过的，后来嫁了人，不久却物故了。

仓隐秋是有"癫大姐"之称的，又号"麒派泼旦"，沉浮许久，又不再露面了。陈娟娟这位最初的叫人喜爱的女童星，也在艺华的《飞花村》里出现过，再后来演《迷途的羔羊》更受人注意了。她现在是位长成的小姑娘，颇能唱，有多少丹娜窦萍的味道，给大中华演了好些戏，片虽然不大好，但她总有多少足道处，年纪还轻得很呢。

明星公司的稍后起人材有梁赛珍、高倩苹、朱秋痕、顾梅君、顾兰君、袁绍梅、严月娴、徐来、王莹、艾霞。

其中徐来是以"标准美人"号召的，其实一点也不标准，只便宜了黄色报纸去做话题而已。顾兰君声誉还好，"金鱼美人"的称号也来得滑稽，她总算有点演技，抗战前夕与金山合演《貂蝉》，想已是至顶峰状态了，但名气大起来还是在沦陷期演大胆妇人而造成的，胜利后所演的那一部《同病不相怜》却太坏了。严月娴是严工上的女儿，本来是演剧世家，有所熏陶的，可惜私生活不长进，一直就堕下深渊去。王莹最初是演话剧的，文章也写得很好（大抵不是捉刀的罢），上镜头的成绩一直使她不满意（因为她最没有镜头面），便大叫跳出黑暗的电影圈，先跳到日本，今又跳到美国去了，听说还用功，这就寄希望于她归国的贡献罢。

艾霞有点近似胡萍，有"叛逆女性"之称，同样也写点文章（好像有本小说行世），大抵因为时代太苦闷罢，她以自杀手段来过早地结束生命。梁赛珍则带着三个妹妹穿插舞场，已更比影坛得意，故早就向观众告别了。

此外，《人间仙子》那部天一公司的歌舞片，出现了三位黎锦晖门下的小姐——白虹、黎明健、胡茄。现在只有白虹还要演戏，黎明健则易名于立群，作了郭沫若的夫人，而那位茄子姑娘呢，早不听到消息了。这类歌舞班出身的姐儿们，还有薛玲仙、龚秋霞、徐籁莺、范里香等，这里只有龚秋霞一直努力下来，且改演老太婆了，这是她的聪明处，成绩尚佳。

黎明健、白虹、胡茄,刊载于《青青电影》1934年第7期。

从艺华到电通,局面又有不同了。电通公司成立于廿四年,是芸芸电影组合中最进步的一个,人材济济,设备亦充足,《桃李劫》一炮就轰响了。

这公司的特色是话剧同人的大本营似的,导演有应云卫、许幸之、袁牧之、孙师毅、司徒慧敏等。女演员有陈波儿、王莹、吴湄、陆露明、王人美、谈瑛、周璇、徐健、王明霄等。

这期间的中国电影是"九一八""一·二八"以后的反拨,而能刺激得起他们跨着健壮的步伐,面向着新路去摸索了。该公司代表作品有《大路》《新女性》《都会的早晨》《神女》《狂流》《春蚕》《逃亡》《自由神》《女性的呐喊》《桃李劫》《十字街头》《马路天使》《风云儿女》《渔光曲》《乡愁》《人之初》《生机》《暴风雨》等。

单从剧名上便可以知道编导者所要表现的所要控诉的便是什么了。这时期中国政治经济环境是外侮与内患交侵,电影界所遭遇的困难自然很多,如何冲开愚昧贫弱、封建蛮霸、颓废落后、萧条不景的空气,早就极为吃力,然而他们是勇敢开路者,终于能够走上前面成为颇光荣的一页了。

陈波儿便是这时期一位最优秀的演员,胜利后听说与袁牧之到哈尔滨再搅电影。陆露明是演大胆女性一类的角色,但一直落到沦陷时期,路子却愈走愈歪,翻不起身了。周璇在《马路天使》饰演一个乡姑娘,立即被人发现了,成了一时的宠儿,加上能唱,至今还有许多戏演,历练已更加深了。

卢沟桥与珍珠港

抗战前夕,风云紧急,山雨欲来,电影界人材仍很鼎盛,颇为出头露角的女演员,有白杨、舒绣文、英茵、白璐、赵慧琛、蓝兰、叶露茜、李丽、蓝苹、许曼丽、夏霞,四川黄氏三姊妹的黄侯、黄美、黄今等。

白杨在战前影坛上以妖冶出名,舒绣文出身话剧舞台,偶尔亦在银幕出现,卢沟桥事变后,她们两人和其他热血的电影演员一样,参加了战地和后方的话剧宣传工作,接着又参加了重庆的电影工作。但是,在战争这大段期间里,两人所得的收获都不在银幕而在舞台。英茵可惜早自杀死了,不然她是挺有希望的一个。白璐不死于战时,却死于战后一次坐升降机的意外,人材的损失,是使人不胜扼腕的。赵慧琛多才多艺,可惜在银幕上只惊鸿一现,不然也大有作为的。蓝兰演电影却不及演话剧的成绩,恐怕是条件所限吧。叶露茜演戏不多,已告退休。北平李丽风头之健不在演戏,而是在演戏之外的,活跃陷区,广交敌伪,据说干的是间谍作用,这只好由别人去做袒护了。蓝苹早已跑向中共区,做了毛泽东夫人。而黄氏三姝却空留一段笑话。

抗战军兴,民族自卫的圣火高燃,以至太平洋卷起风暴,这一段期间又兴奋,又艰苦,又混乱。女演员吃香人物:艺华是"两李"——绮年、丽华;新华是"两陈"——云裳、燕燕;国华是"两周"——璇、曼华。

李绮年原是澳门一位名妓,在香港拍了好些粤语片,被称为"南方影后",而后踏进上海的,天下也打得很顺利,所卖的就是"名妓"那一套。李丽华则年纪轻轻,甚有朝气,在沦陷时期更红得发紫,高踞伪星首席。一句话,小市民高兴这一型的女人。胜利后躲过一阵风声,又再蹿红了,《假凤虚凰》不特在国内闹得天翻地覆,而且也声传海外了,这是一位流俗女演员的典型代表,她的运气比谁都要好。周曼华虽曾同享盛名,但鞭炮一响,她却一直羞于见人,真有幸有不幸了。陈云裳的走红也是从香港跑到上海以后的事了,她是最有西洋风的洋囡囡,《木兰从军》一片颠倒多少影迷,唱得家传户晓,沦陷后一直维持地位不堕,但如今同样不敢出头露面。陈燕燕与周璇却比她们好得多了,战后这两人拍的片至少各有五套,很是应接不暇呢。

战前沉浮在星海里几乎被遗忘的名字有林如心、卢翠兰、郭娃娃、洪莺、梅琳、陆剑芬、汪曼丽、徐素贞、李丽莲、陆丽霞、叶秋心、张美玉、郑一松(郑基铎太太,同为高丽人)、吴素素、邵素霞、闵翠英、黄莺、唐雪倩、王慧娟、汪曼杰、章曼苹、陈绮霞、貂斑华、潘柳黛、杨露茜、王默秋、李琳、张翠英、童月娟、龚智华、胡蓉蓉、严凤凰、黄耐霜等好一大批。

上海与重庆

日敌进占上海与香港两个电影基地以后,于是中国电影便划分两面了,一个中心在自由区的重庆,一个就是在沦陷区的上海。这三年多的经过,影片的产量仍以上海为多,重庆方面因为器械缺乏,话剧几乎代替了电影。

沦陷区中一方面因为人心苦闷,一方面是敌伪的强迫宣传,便弄到局面是中国电影史上最污暗的一页,于是有意无意的毒素片充斥,而有许多艺人也出卖自己的良心了。

红极一时的华影麾下女演员,依次便是李丽华、周曼华、王丹凤、陈燕燕、胡枫、周璇、顾兰君、陈云裳、陈娟娟、李香兰、龚秋霞、袁美云、欧阳莎菲、张帆、李红、张翠红等。名气较小的是王熙春、陈琦、白光、丁芝、言慧珠、童芷龄、张婉、慕容宛儿、周起、路珊、罗兰、严斐、卢碧云、陈畹若、梁蝶、利青云、梁影、沈敏、梅村、郑晓君、司马丹、袁灵云、杨柳、舒丽娟、蒙纳……

王丹凤是一位最年轻的新人,被称"华影四小名旦"之一,有"小云鸟"绰号,神气极足,经由朱石麟提拔而抖了起来的,宜于演拘谨的少女戏,战后仍能有点叫座力。胡枫是舞女出身,人生经验颇多,有"广告美人"之称,战后一套《迎春曲》演来很合身份。

李香兰是满洲映画株式会社方面过来的,颇有特异的地方,但查实是日本人,胜利后便跑回日本去了。媚眼横飞的欧阳莎菲的得志,还是在《天字第一号》吧,她最适合演姨太太戏,与上官云珠□异曲同工。张帆、陈琦与龚秋霞、陈娟娟同称为"四姊妹",这无非是卖钱的噱头。张翠红是在艺华演《观世音》而得到"古典美人"的佳誉,除了空名是不存实际的。王熙春也有"小鸟"之称,原为平剧女伶,登上银幕也颇叫座。白光以大胆胜。汪洋以肉感叫座。丁芝俨然是位作家。言慧珠与童芷龄都是平剧好手,拍片不过偶一为之。张琬、杨柳、舒丽娟俱属反派,蒙纳则更是不讨人欢喜的老太婆了。

重庆方面的制片,全是官营而没有民营,加以战时制片器材缺乏,电影工作已入了半冻结状态。电影演员于是多转到舞台活动,与原有的话剧演员做亲密的结合,打成一片了。当时话剧舞台上有所谓"四大名旦",那就是白杨、舒绣文、张瑞芳与秦怡。同时,由于原有电影女演员除了白、舒等外,多数都滞留沪上,以致抗战山城闹着严重的人才荒,所以在产量不多的影片出品中,逐渐出现了章曼苹、秦怡、康健、林静等一些新人。此外,还有一位曾在舞台上建立过辉煌战绩的凤子,在《白云故乡》中也有过相当的成就。至于出国的,还有黎莉莉和王莹。

复员展望

抗战胜利后,电影中心便分布在上海、北平与香港三处,附属的还有东北、星洲与美洲。其中尤以上海与香港产片最多,以量说,恐怕香港得占首位。新旧人才、忠奸分子都汇同一气了。

战后的白杨,经过了一次民族抗战的洗礼,她的演技以及生活都显然进步得多了。她演戏最多而又最好,《八千里路云和月》与《一江春水向东流》里边的成绩可以说是十分超越的!她成为中国电影女演员中最有希望的一位!她早期生活上的浪漫作风亦已收束起了。复员后的舒绣文,把她从战前到战时在舞台上的光芒,一直带到战后的银幕,她在《一江春水向东流》中所表现的精湛演技,已树起了一面明显的里程碑。张瑞芳在胜利后摄制于东北的那一套《松花江上》便可以全部窥见了,她确没有使人失望。秦怡原于廿七年便在重庆演《好丈夫》,但到复员上海后才显出辉煌,第一套片《忠义之家》,第二套片《遥远的爱》,都给她打下不坏的基础了,她亦是极有希望的一个。

以一九三九年在香港大捧大叫出来的路明,战后所演的《天堂春梦》是够予人好感的。以演过《前程万里》的容小意两姊妹,虽然是"复员"了,但仍无法回复旧观,容小意真实是被掩盖了。

战后电影的新人材,大部分是从话剧转来的,如蒋天流与沙莉(后改钱善珠)和欧阳红樱、黄晨、黄宗英、汪漪、欧阳飞莺、阮斐、吕恩、吕斑、李晶洁、卢碧云、孙景璐、朱琳、田野、于茵、周伟、文燕、李露玲、邵迦、郭蔚霞、何平、王辛、季禾子、黄宛苏（即黄莹）、陈静、海涛、杨静、于玲、柳杰、刘苏等。此外尚有任意之、宇文翠、路珊、夏莲、华梦等等。

这些人中以被称为"甜姐儿"的黄宗英风头最劲，她的戏路特殊，有天真憨态，在《追》一片中，很露锋芒。欧阳飞莺只靠《莺飞人间》一套片成名，她唱歌可说倒比龚秋霞、周璇等一批人好，但表演却失败。

在这里最足一提的是一个年纪实在不大的老旦吴茵，她战时在重庆舞台上有过相当成就，战后凭她在《遥远的爱》与《一江春水向东流》两片中的表演，就够卓绝不凡了！在这些都以话剧训练作基础的新人们，大致上成绩都很不错，她们大多数是从战地演剧队或战时艰苦的职业剧团里出身，她们还保持着那种严肃认真的工作作风和现实主义的演技体系，她们给战后影坛带来了清新的气息。虽然在目前除了黄宗英、欧阳飞莺等三几人已被人熟悉了之外，其余的都还在默默地当着近于无名英雄的角色。但只要是年青的，有朝气的，肯学习的，便都是有前途的！如在《衣锦荣归》《长相思》中的黄宛苏都很不错。即如从旧剧舞台转过来的杜鹃珠，也没有吃亏，都已有一个很好的起点。但最可痛惜的，是小部分从话剧团体锻炼出来的，一转入电影圈里就变了质，这不但是个人的危险，也还是新中国电影的悲哀！

新演员须要有新体系，复员后的远景眺望，电影界非要有一回更大的革命，否则是无法去腐生新的。

一条小尾巴

想来想去，粤语片也有这么久的历史，复员后又突然是这么热闹，它在国片中该占一个甚么位置呢？一笔抹煞是不可能的，但它毕竟局限于地方性，素质又较低，可观的成绩实不多，为了应该补述起见，便特别加上一条尾巴。

这尾巴里的人材也不少，但翻来覆去她们占的镜头较多的先后有（包括战前战后）梁雪菲、李绮年、林妹妹、郑孟霞、唐雪卿、曹绮文、黄笑馨、黄曼梨、陈云裳、容小意、容玉意、毕绮梅、梁上燕、白梨、朱剑琴、白燕、林丽萍、胡蝶影、许曼丽、胡美伦、郑宝燕、王莺、梅绮、梁无色、梁无相、叶萍、大口何、陶三姑、毕婉华、曹敏儿、罗大钳、罗小钳、孙妮亚、华彩凤、张雪英、张凤湘、邓慧珍、周坤玲等。在粤语片的新人中较被人注意的，有孔雀、陈翠屏、陈若何、许明、刘洁花、柳飞烟、李丹露、简文舒、马缨等。从歌舞界或歌坛走上银幕的有紫罗兰、罗慕兰、郭秀珍、胡美伦、紫葡萄、小燕飞、月儿、小明星、金衣、罗玮珍、伍丽嫦、紫罗莲、辛赐卿、梁瑛。而不少舞女也从舞厅踏入了影场，如邓美美、陈白露（欧阳剑青）、陈丽、杜薇薇等辈。

粤语电影与粤剧有它的血缘关系，因为有粤语片差不多就有粤曲，因此在广东的伶与星很多成了合体的，先后如谭兰卿、关影怜、胡蝶影、徐人心、苏州丽、红线女、韦剑芳、白雪仙、梁瑞冰、梁碧玉、小非非、余丽珍、陆小仙、谭玉兰、马笑英、卫明珠等，都曾经或常常在片上露脸。

黎灼灼与路明是两个特殊的人物，因为她俩常常来回在国粤两语的影片之间，而前者更似安于粤语片的工作。

有以"小姐"身份而昂然踏上银幕的那便是李兰与吴丹凤（这里应补充一点，在国语片的阵地里，对"小姐"的兴趣不减于粤语片，所以另一位"小姐"谢家骅也曾一度涉猎影坛）。

粤语片女演员中，一直走红的是白燕，这是入俗眼的缘故，论演技却是极为平庸的。

粤语的话剧工作者一直都做着辉煌的战斗，所以从话剧转到粤语片上的女演员，就成为了战后粤语片的新血液，较有成绩的如崔南波、红冰、莫凤、邓竹筠、苏明等。假如认为方言电影犹有发展必要的话，那末这些新的份子当有她们重大的责任。

再一条尾巴

本文开端说过，最初的中国女明星是由男人扮代的，但时间已过了三十多年了，一切都有了点进步，事情竟然可以倒转来，如今女明星也可以扮代男角了。这里我可以举二十年前，复旦公司任彭年导演的一部《红楼梦》，贾宝玉就是由陆剑芬扮的。无独有偶，沦陷时期华影拍制的《红楼梦》贾宝玉又是由女角袁美云扮的。在胜利后那一套大中华公司的粤语片《西厢记》，张君瑞竟是月儿反串，想也有许多人见到的了。这就叫时代的进步！

原载于《电影论坛》1948年第2卷第3/4期

听石挥、秦怡对谈

刘子云

有的摄影场上空气严肃，几乎不敢大声说一句闲话；有的摄影场上情绪活泼，笑话接二连三地说。这种分别的关键全在导演先生的态度。拍史东山的戏，摄影场上空气冷得像座冰山，史东山（摄影厂上人叫他史老头）两眼圆瞪，四周一扫，全体肃静，打瞌睡不许，谈天也不许。拍《新闺怨》，白杨等着，打灯光拿一本书在看，史老头也不许。只许张开眼想戏情和角色性格，去参观的人说，空气之冷肃，不像拍戏，倒像献祭。

参观石挥导演的《母亲》，摄影场上活泼有趣得多了。石挥最会说笑话，又说又做，说噱弹唱，几乎有相声专家的真传。当然在导演工作上，他是严格而不怕烦，一次次试了又试。但是万一摄影厂上有了休息的空暇，或是等吃饭的时候，石挥会说上一段笑话，笑得你前仰后合，乐而忘劳。

石挥有许多幽默感，常把自己的笑话来说。现在，在摄影场上，他说起他的初恋。听的人一听见石挥的初恋，大家一紧张一注意，不料又是个石派的笑话。他说："我情窦开得早，七岁的时候已经懂得追求妞儿了。对象是我家对门的一个小姑娘，也是七岁，晚上在家里预备功课，竟把贴在墙上的美人图取下来，在背面写满了那小女孩的名字。不料写写竟睡着了，给家里大人看见了……"一个紧张的听众问："怎么，替你去说媒吗？"石挥说："不，挨了一顿打。"

与石挥相熟的演员常会告诉你，听石挥的笑话不必追究事实，最好当它一个笑话听。他们常常会制造出许多笑话来：有一天在赛维纳咖啡馆，张伐拿了一包大英牌香烟抽一支给一个演员，说："试试这根香港大英牌。"那个演员吸了一口，闭了眼品一品说："真上口！"说后，两人都大笑。大英牌香烟又非白锡包，怎有香港、上海之分？他们只是在买不到好香烟之时，以一根香烟引起一些玩世不恭的小游戏罢了。

石挥吃的香烟平常只是国货红高乐，不大吃那些美国烟，后来香烟买不大到，随便什么烟都成。正巧《母亲》的女主角秦怡也是一位香烟的爱好者，牌子也是红高乐。她说："我不知道该买什么牌子，金焰买了红高乐我就抽红高乐，抽抽也不错。"红高乐买不着，她也是什么烟都抽。

摄影场上有了空，秦怡点起了一枝烟，悠悠地也参加了谈话。她说："从前我十四岁的时候，就有一个成年人每天写一封信给我。他知道我看不懂，不但信不懂，那种感情也不懂，但是他还是写，一直写了十年，而且信也写得真好。那些信还留着，看看很有趣。"我听着，再看看她那双大眼睛，我想如果是现在，我也会给她写信，单为那双眼睛就也值得写上十年。但是秦怡又提起一个影迷写的信，只不过是第三封（前两封都是讨照片，而她没有寄），上面说："连写二封信，未见照片寄来，请你考虑考虑。""考虑考虑"四字用得真妙。

秦怡的一根烟烧完了，石挥又递给她一根，她没有要。石挥又在说他儿童纪事："蓝马是我小学里的同学，我们二个人在小学三年级就一块演戏，二人自编自演，编一出叫《五官合作》，老师一看说：'没意思！'后来升到高小，把我们两个人分在两班，一开学又叫我们演戏，我们去对级任老师说：'叫我们演也可以，非把我们编回一班不可。'"

旁边所听的人问："怎么，那么小你们已经学会了拿跷了？"石挥说："当时神气可够大了，谁知道级任老师冷冷地来了一句'爱演不演'（那意思是'不演就算了'）。"于是石挥演剧史里首次的拿跷失败了。

石挥的笑话是北方的、相声的、民族形式的，与摄影厂上所做的布景决不调合。那布景是个洋式屋子，落地大窗，前还有三角支架的大钢琴。说也不信，石挥坐到钢琴前，弹起琴来。你猜他弹的什么？流行歌曲还是北方小调？不，悲多汾的《月光曲》，叮叮咚咚全部协声的乐曲。石挥练过声乐，当然也练过琴，听起来好像有那么三年底子，颇不容易的样子。弹完了，在赞美声后，石挥自谦地说："还能唬唬人吧！"

现在摄影场上灯光打好，又恢复拍戏了，没抽完的烟扔掉，刚听完的笑话也抛开，一心一意又蹟进"陈素珍""何小芬""何先生"这些剧中人的悲剧和喜剧里去了。好，开灯，让电影进行吧！

原载于《世界电影》1948年第6期

黄宗霑跟镜头

《电影论坛》编辑部

好莱坞唯一华籍名摄影师黄宗霑氏于二月底由美返国,首经香港,详情已志上期本刊。他在香港住了一个星期,出席过两次影界欢迎会,并参观了香港各大摄影场之后,才乘车踏入国门,到了广州。

他的老母亲已经从乡下——台山县白沙乡,带着他的弟弟和小侄女们到车站来,挤在一大群新闻记者和欢迎的人群里,等候着这个几十年没有见面享有国际声誉的儿子回来。火车停了,黄氏被一大群人包围着,他从人丛中挤出来,跑到老母亲的面前,抱着她喊了一声:"妈!"老人家喜欢得眼泪都淌下来了。

此后,他和他的堂侄黄兆栋教授一行数人下榻爱群酒店。在广州备受欢迎,三月十三日他又乘轮赴港,十六日乘机飞沪,十八日飞北平,逗留了十几天,又飞南京,再返香港,然后取道马尼拉回好莱坞。打算两个月后,再返祖国,开拍他的《骆驼祥子》影片。本刊记者几度和他直接长谈,获益很多,现拟综合录出他的大小故事和他的成就,以飨读者。这些事迹都是极饶趣味,

黄宗霑与母亲,刊载于《中美周报》1948年第281期。

非仅黄氏个人之光荣,亦属祖国之光荣也。

他的婚姻

占士在美因事业关系,旅美四十四年长时间中,只于一九二九年回过祖国一次,不特家乡没有去,就是广州也无法拜访,虽在盛年(那是三十二岁了),但因事业心重,尚未兴起家室之念。

占士做首席摄影师始于一九二〇年,一路下来,名誉地位蒸蒸日上,要讨个太太,也容易商量的,可是他却一直延至一九三六年,才与一位美国女子结婚,至今还保持很好的爱情,可惜还未育有儿女。

这位太太不是一位普普通通的女子呢,她倒是一位有点名气的女作家,作品能登在第一流的大西洋杂志 The Atlantic 和哈泼什志 Harpers 上边,水平已经很高了。她长于写短篇小说,有名的奥白伦小说年选(*O'Brien's Best Stories of The Year*)是选过她的作品的。据宗霑说,轰动一时的那本《愤怒的葡萄》(即电影《美国之大地》,*The Grape of Wrath*)作者史坦·倍克(J. Stein beck)是和他妻子相熟的,两人同时写一样的题材,即是写加州农民的逃荒。可是史坦·倍克却写得快些,一出版便功成利就,而黄宗霑夫人也只好被压倒了。

他太太现在还从事写作,电影剧本与舞台剧本她是不写的,但她现在要写的就是她丈夫的传记,如果写得成的话,那一定是一本好书,在美国她该是一个最适合的人了。因为宗霑一篇完整的传记从来没有过,而他的身世却这样富有戏剧性的,他一生奋斗的事迹,一定有声有色,听说好莱坞也有人着手要拍他的传记片了,即《一代歌王》(*The Jolson Story*)拍阿路祖信一样。

黄宗霑的传记,本来华纳公司要替他写一篇,又是没有写完,什志上的文章又零碎而不完整的,美国名人录自然有,可惜限于篇幅,只得十行八行。

现在再说一遍黄宗霑的太太吧,她的名字叫桑穆拉·巴勃(Samora Bobb),祖籍是爱尔兰及西班牙人;她有这样的眼光能赏识到这样的一位中国人,可说是高人一等的,没有头脑绝做不到;况且她是一个才女,正因为有这样的一份才气,才与黄示霑惺惺相惜呢。这女人是伟大的,而宗霑又是幸福而几生修到的。

他的印象

民国十八年他回国一次,报章什志是把他热烈地哄传过的。在那时候,中国人才晓得好莱坞有这样一位了不起的摄影师和这样一位了不起的自己人。后来华莱士·比利主演的《自由万岁》(*Viva Villa*)来华放映，别人也就知道这是黄宗霑摄的，果然不错，因为印象深刻，便赏识而铭记起他来了。

未见其人，先从照片就早已认识到他的模样了。但是他的照片模样却是最变化多端的，忽而年轻，忽而衰老，忽而胖大，忽而瘦小，各式各样都有。他是摄影师，却使到别些摄影师对他的轮廓捉摸不定，倒是趣事。

原来他的真实年龄已是五十一岁了，这把年纪在中国当然称得上老人，可是在欧美却不过是壮年有为之秋吧了，"人生四十始"确是一句名言。宗霑当了三十年摄影师，他表示今后生涯上要做一大转换了，导演是他工作之一，希望天能再假三十年，做一番他自己理想的事业，他的雄心仍是万丈高飞的。

在我们看来，他多多少少是吃了资本主义制度的亏了，以他如许的成就，却并没有抓到致富的机会。比如在香港欢迎会中谈及他于一九二二年发明的ZOMMIAR镜头（不必移动摄影机，而可以拍推拉的场面，由四十毫米的特写至一百五十米的远景仍清晰准确），却给一个厂家用很廉的代价收去了专利权。

他没有正确地讲说他的苦闷，然而，他希望自己能创一番事业，自行监制、导演，以后永不再寄人篱下。从这种转变里，我们是看到他如何努力地摆脱好莱坞的束缚了。

他是一个小胖子，未回国时的体重是一四七磅，但回国以后，因为应酬烦忙，吃得很多，他说讲不定比以前那数目更要重一些了。他的身体高度只有五呎三吋，实在比普通中国人还要矮，杂在多是身高六英尺以上的美国长人那里，是极为高矮易见的，可是他却解嘲地说差利卓别灵也不过是五呎四吋的矮子呢。

头发颇长，但已参花灰白，不过还未至太明显。他曾经是一位拳师（而且得过轻量级冠军）底子倒好，所谓两头戬得稳，因为肥，肌肉已有点松弛了。手膀与颈脖都短，脸圆小，嘴巴有点凹进去，与鼻子比较都一样是小，声音低缓，但极健谈，皮肤是棕色，像经过多量的阳光照晒过的，如果不过肥的话，该是健康的了，我看他精神虽然好，但亦容易疲劳的。

他待人接物的态度甚好，不过无谓应酬却要把他忙坏了，然而他因为一入国门，受到如许恩宠，他是无法抵拒的。他的服务精神很好，只要他能够做得到，无不竭力以赴。

他的中国话只能说一点家乡话，可是仍然很勉强，要清楚表达他的意思，还是要靠英语（即他之所谓花旗话）。从各方面看，他都表现的是典型的美国华侨（即我们所谓的金山伯）。但他却是一位最有爱国心的华侨呢，以他名气之大，入美国籍是受欢迎的，可是他不愿意这样做。

他的英文全名是叫占士·黄候，以前有人把他译作黄浩，因为黄字不放在后边，我就奇怪地去问他。他说黄候是他父亲原来的名字，占士·黄候是他外国老师给他起的，以后就将错就错了。因为他老师问他父亲叫什么，既然叫黄候，便把小名占士放在前边了，想不到中国不是这样习惯的。

他的人生观与艺术观

要了解黄宗霑的为人以及他何以如此成功，那就非要了解他的人生观与艺术观不可。普通人只知道他是世界第一流的摄影师，是由于他的摄影好，有特殊的造就才能获致的，这道理自然显浅，但是他的做人方法才是他踏上成功道路的阶梯呢。

他是一位谦虚勤谨的人，一切留美华侨都有此特性的。因为性情和善（也是中国人的一般美德吧），所以能交朋友；更因为自己的身体颇好，所以能刻苦耐劳，有勇气有毅力，是无往而不有利的。

宗霑如今对人最强调的一点，就是朋友至上，亦即俗语有谓出外靠朋友也。宗霑在美国到处都有他的朋友，无论是黄脸皮、白脸皮，甚至黑脸皮的，也都一视同仁。在摄影场，他不特与老板上司为友，即小工、下属他也非常客气的，原因他也是小厮贱役中出身呢。我听他三番四次地说过，朋友是很重要的。他一生得力于朋友很多，他所兢兢努力的就是如何争取朋友，与保持住交情。他的美国朋友很多，而且待他都特别好，那就是一种收获与证据。

虽然也许没有什么理论修养，因为他是一位从实际生活中奋斗出来的人，所以人生观颇为正确与切实，他能努力自己本位的工作，精益求精，做到老学到老是永无止境的。他说过："摄影这部门科学是日新月异的，我一停手便会被它赶过头了。"他是一位机械工人出身，如今虽然成为一位白领的贵族工人（年中收入约有十万美金），但他是绝无骄奢习气的。他在工作上要求进步，在政治上也自然要求进步，对祖国实况只有关怀，却说不上认识透彻。但他表示，他爱德谟克拉西，他更崇拜孙逸仙博士，据说行政院新闻局董显光局长一知道他回国的消息，便马上打电报请他到南京，商量拍一部反共的影片。

他很客气地回电说,他从不高兴草率地拍没有完整的剧本的片子,于是便谈不拢。在美国他没有公民投票权,假定有的话,他的票愿意投给民主党(只是民主与共和两党的话)。

他是一位工团主义者,但他不是一位工运家,他要集中精力在自己的本业上,对好莱坞制片自由被非美调查会干涉事,他是抗拒的,非常不同意的。

因为他要做导演,近来对人与人间关系更要留神起来了。在做人方面他是无大疵议的,做技术家更是使人称赞的,但他要进一步做艺术家了。他的艺术观是如何呢?

在摄影方面与今后的拍片方面,他都是主张现实主义的精神的,一切无益的架空幻想他都排斥,他的观点无疑是从为人生而发出。他的摄影作风早已别具一格,调子是很柔和细致与浓淡强烈的,《香城春梦》是一个代表;角度往往很新奇变化,从《秘密使命》可以见到了。他说他习惯要使摄影配合剧情需要,是写实而不是虚构的。他反对采用背景摄影法,他说只有逼不得已才用它,绝不能把它来骗人。又说电影第一义是以故事为主,一切是为了完成的故事的电影化,这些都是很精辟的议论。

今次要拍《骆驼祥子》不一定要职业演员,他恐怕他们不真,将来拉洋车的祥子是要很有经验与研究的,他自己也要亲自切实学习一番,一切都要保留得真才算是美。美国最近也知道要以真景真人入影片了,宗霑是早把握了这一点的,外景便占四分之三。

他尤足称道的是想发挥中国民族艺术的本色,如实地介绍给世界。《骆驼祥子》的摄成,相信他那艺术家的地位是会确立起来了。

一个人的成长

占士·黄候虽然是一位华侨机械技士,有两重不同之点,则是说一个几乎一辈子在外国生活的中国人,另外便是几乎终生做着机械技术的工作。然而归根结底,他仍然保有他是中国人的东方味道,以及摆脱不掉的农民性格。

何以说呢,首先他是一乡下儿童,所秉承的先天后天是农民方面的。六岁渡美(外国年龄便是五岁),本来可以不受到中国传统的影响,可是美国唐人街的保守成性是极厉害的,这一点占士一定被影响到,所以他有些地方很固执。不过这种农民性的固执倒是好的方面居多,即如爱祖国(爱乡土的扩大)却爱得厉害,甚至拒绝入美籍,又如他努力一件事,那股坚劲是百折不挠的。

四邑人士去美国的多，早已是开发金山的先锋队了，在其中便有一位黄候（宗霑的父亲）。他自然是中国典型的农民，因为在国内生活不下去才走外洋的。中国人到外洋，只有做牛马，出卖死劳力便非偶然了。旅美华侨好一些的是开古玩店与餐馆，或是种植，坏一些的便只有洗衣和做侍役苦力等。黄候却是以一名铁路工人转而营商的，这倒算运气不错了。他有几个儿子，宗霑居中，这六岁儿童的渡美可以猜想得出，必然是以非法的手段，买出生证明或做小"猪仔"而混过去的。

抵美以后，因为父亲已成为商人，好像是开种植园的吧，倒有能力使儿子他入学了，于是宗霑还可以读一点书，主要当然是英文啦。可是好景不长，到一九一四年欧战发生那一年，老黄候却撒手西归了。那时的小黄候年纪只得十六七岁，不上不下，家里遗产不多，便只得自己出来捱世界了。以一个黄脸皮的后生小子，在美国这样势利的国家，有什么好干呢？那只有做西厮一条路了。宗霑对此绝不以为耻，因为能自食其力，任何贱役都值得骄傲的，因此他在美国西北部流浪好一个时候。因为年富力强，少年气盛，为了健身的关系，他在余闲的时间学起打拳起来了。这位小中国人是肯苦练的，上天不负苦心人，有一回终于给他捞回一个美国西北部轻量级的冠军锦标，这名誉倒不是小的。

据说凡是打过西洋拳术的人，鼻子一定要打塌的，现在宗霑的鼻子就不高，也许有点关系吧，何况他本来又不是高鼻子的中国人呢。

他初期做过照相馆的送件人，也许是立下他日后做摄影师的第一个根基吧。后来又做过一家好莱坞著名饭店的侍役，这使他眼界更开了。好莱坞的名流都要来那里吃饭的，结果他给一位影界大亨的拉斯基（Lasky）赏识到了，把他引进摄影场。但是地位却没有提高多少，或者可以说是贬下了，当的是一名打扫的小子。他向比瓦利海尔饭店（Beverly Hill Hotel）告别了。人家说他当过饭店保镖，专打吃霸王饭的，我把这传说问到他，他却一口否认了，以他的坦白诚实，我是相信得过的。

在摄影场，他是精神百倍了，因为学习的机会很多，况且他自小是爱机械与摄影的。说来好笑，这位大摄影师初次使用的沾沾自喜的相机，却是所值一块钱的博士（BOX），这种镜箱是简单到不用校正远近与光暗的，而且他照出来的相片，有脚无头，笑话百出，谁料想得到他后来这样大成功呢？

他只做了两个月，便由什工而变了背镜箱的小徒弟了。以前与镜箱还有一段距离，如今倒可以摩挲一下那宝贝了。再半年，技已大进，首席摄影师认为是个可造之材，便提拔他做摄影师了，这不过是一年工夫左右。不次的擢升，很为异数。更有进者，只三年，他竟高升到首席的摄影师，他的地位便稳定下来了。

据他说，如果在今天，普通一个人像他那样去挣扎，就非要十五年时间不可以了，因为摄影这科学已愈来愈繁复了。他现在说得上是美国影坛摄影师中的元老人物了，一九一七年进影场，至今已有三十年以上的历史了。

第一阶段

宗霑初期工作的电影公司叫拉斯基派拉蒙（Lasky-Paramount Co., ），他最初露头角的一回，是因为他私下替一位女明星拍了一幅呆照，自己认为很满意，于是便把照片放大，恭恭敬敬地送给那位女明星。这一来，倒使她满心欢喜了，旁人替她拍的总没有比这一个中国人拍得好，特别是眼睛方面，她本来是淡蓝色，拍起照来，老是不怎样好看，可是这一回却额外不同，眼睛可以摄成黑色，奕奕有神，当然是增加美丽了。

女明星问："你以后都可以摄得这样好么？"

黄宗霑心里虽然莫名其妙，但不能不点头称是，表示自己确有把握。

女明星又说："以后我的片，都由你拍好了。"

老黄这一惊一喜着实不少，于是急忙忙回到原来拍照的那摄影场，东张西望，找寻那环境有什么特殊的地方。有两个小工正在搬拆布景，快要把一幅黑天鹅绒帷幕搬走，老黄灵机一动，事情就给他猜中了，完全是这个玩意儿反射作用的影响。他于是一试再试，都证明无讹了，凡是淡色眼睛的，给黑丝绒一衬

钟克洛福赠与黄宗霑之照片，上有题字：我很感谢你，我望再有机会与你合作。刊载于《新银星》1929年第7期。

照,无有不加深与发亮的。于是好莱坞许多淡色眼的美女今后在银幕都有出路了,这就是被宗霑的无意发现,这发现是极值得宝贵的。

那位赏识他的女明星名字叫马利·迈鲁思·温特(Mary Miles Winter),在那个时候是极有名气的人物呢,她与有"世界情人"称号之马丽·璧克馥正比赛美色与声誉,同时正因为马丽·璧克馥毅然向派拉蒙公司告别,才找到温特女士来顶替的。

宗霑替她第一次拍的那套片,名字叫《命运之鼓》(*The Fate of Drums*),说起来,那正是宗霑"命运之鼓"被敲响了。

公司为了宣传奇特起见,竟假说这部片是不惜重资,特地去远东聘到一位大摄影师来拍的。

自此以后,果然一帆风顺,二十五元周薪已提高到七十五元了。迨后,八大公司无不向他争相罗致,摄的又是高级的艺术片,他的才技全没有浪费。八大公司中他几乎全都进过,只有一间环球,他还是敬而远之,那家公司规模既小,而拍的片又很随便。伦敦与欧洲、非洲、南美等地他都去拍过片,足迹远走,阅历也更多了。

现在他不时回首既往,有许多自然是津津乐道,有些也不胜感叹的。即如在他未成名的时候,一位同是没有名气的美籍摄影师,无聊时闲谈,揶揄地劝告宗霑,赶快放弃这一门职业,那不是一个东方人可以干的,他说得振振有词:"试问哪一家公司哪一个导演,甚至哪一位明星,愿意给你这黄脸皮小子去拍他呢?这不是一个可怜的永无现实的梦吗?"宗霑听了虽然很懊丧,认为这话果然有一点道理,但转念这又不尽然的,只要技术搅得通,哪怕他们不要,于是他更坚决努力奋斗了。后来那位摄影师更为潦倒失业,弱子病妻无法维持,宗霑眼看此情此景,倒愿意把别人聘他的一份职业让与给那位曾经警醒他的同业,理由是没有他这么一激,他哪会这样振作有为呢?

《骆驼祥子》如何拍

中国名小说家舒舍予,以老舍笔名所写的《骆驼祥子》,早在战前已出版了。这本书是很有英国大小说家狄更斯的风味的,沉痛但又幽默,所写是北平一个洋车夫的遭遇,同时并反映当日北洋军阀的残酷内战,故事是很戏剧化的。两年前才在美国翻译成英文出版,立即哄传一时,这自然是得力于这个美国人感到兴味的题材;另一方面便是美国那有名的每月书选会帮的忙很不少,因为入选之后对推销是很便利的,起码可以卖上二十万册。因为是畅销书,黄宗霑要拍中国情调的影片,这是最合适的了。泛太平洋电影公司虽然是新近成立,但宗霑要拍《骆驼祥子》却已筹备了两个年头。《骆驼祥子》是原书的名字,但译了英文以后便成为《洋车夫》(The Rickshaw Boy)了,片成后在外国也只得仍然沿用《洋车夫》那个名字。

老舍因为他的书已赚了好些美金,还被聘赴美,除书的版税外,如今又有电影的版税了。因为卖给自己人,所以取价廉些,号称五万美金,不过是五折收取而已。这一版权是世界的电影与电视版权,数目是不算多,美国大公司对一个原著的电影摄制权出五六十万也是有过的事。老舍原著是小说体裁,要搬上银幕,非得要一番改编的工夫。好莱坞尽多编剧家,改编是不大费事的,可是为了尊重原作精神起见,宗霑也把老舍罗致起来了。老舍没有编过电影剧本(舞台剧倒编过几个),这一专业得让让别些才子。但他到底还是一位文学家,在襄赞工作上是绰有余裕的,宗霑于是另外给一万五千美元作酬劳费,剧本合同就此订好了。

那个泛太平洋电影公司是怎样组成的呢?自然宗霑是主力,余外便是留美华侨,尤其是挚友郑彼得夫妇,给予他的助力很大。郑彼得是一位普通商人,但对电影事业,却很有兴趣。该公司除了百分之四十是私人筹集的资本之外,其余百分之六十是同银行贷款的,美国有此习惯。

《骆驼祥子》是老舍抗战以前的作品,在老舍许多小说中虽然不是最代表的作品,但已是重要的作品了。说的是一个叫祥子的洋车夫少年精壮,在北平以拉洋车过活,辛苦地积了几年钱,可以买得一部自己的车子了,这等如乡下的雇农一跃而升为自耕农似的,心里多高兴。可是只高兴一阵子,军阀混战发生,他被人拉走,车子是丢掉了,又趁一阵子混乱中便偷跑了,顺手也拖了三条被俘而现在没人照顾的骆驼,结果把骆驼卖了,重过车夫的生活,可是他的绰号却摆脱不掉,那就是"骆驼祥子",老是连起来。这位农民性格的老实人是没有成过亲的,给车店老板的丑怪女儿虎妞看上了,一回灌醉之后,便强把祥子做了她的丈夫,于是祥子开始堕落了,什么好事坏事都干,到头来什么也完了,车也没有气力拉了,年龄与身体都有问题了,最后只有跟人做红白二事,混点残饭吃过日子,结局如斯,真是不胜今昔之感呢。

电影上也是依照原意写一个老实人的成长与被迫堕落的。老舍这部书译给外国人没有丢脸,因为这就是中国一部人生活的写实。所以黄宗霑去摄成这一部片,放映给美国人看,也是没有丢脸的。

宗霑特别怕人误会,所以强调地说,为什么他要选择这样的题材呢?那是因为骆驼祥子是中国大多数老百姓的典型,他能代表中国,他自食其力,他老老实实做一个洋车夫,是一个善良人,可是环境不好,却把他糟蹋了,这是对社会一种写照,也是一种控诉。

占士说,写真正的中国人,难道只写占少数的中国人么?他是不愿的,富人对中国有什么贡献?他不能不怀疑。穷人他倒十分熟悉呢,而且是在人口中占多数,要表现为什么不表现大多数人?他说得是很有道理的。

他说处理这样的题材是很谨慎的,他绝不肯把祥子这老实人歪曲,他的特别他的崇高处演给外国人看,也叫外国人佩服与同情的。宗霑绝不会失掉他艺术家的良心和中国人的良心。

他还打算为泛太平洋公司拍第二部片子,是以美洲华侨发展的事迹作题材的,而第三部片子,是以黄河作题材的。

最高的荣誉

在美国,一切是以商业性计算的,即如你的书能卖多少本,你的电影有多少人看,这样来决定好坏的。同时选举与颁奖也多,团体可以,杂志报纸也可以,甚至个人也可以。自然有许多是颇为严谨与忠于艺术的,但也有拆烂污货。这些假手于专家与批评家,还较高一筹,但也有不是私相授受,一两个人就决定,就是美其名为广泛大众的决定,借多数这美名来取决的。

美国有名的普立芝奖(The Pulitzer Prizes)只奖戏剧,却没有奖电影的。那个会的戏剧鉴定家,早有人说是很外行的。在电影方面,一般要推电影科学与艺术学院的金像奖,他们每年举行一次选举,分门别类很是精细,所选亦很严格与恰当,电影每年是奖一个黑白片与一个彩色片的。以宗霑这样杰出的摄影师,二十年来,他竟一回也没得过奖,这更使人代抱不平吧。

今年黄宗霑才第一次得到摄影奖了,不过那不是金像奖,而是《展望》杂志的,它每年比学院要早办一个月,宗霑的片是《肉体与灵魂》(Body and Soul)黑白的。

按《展望》什志(LOOK)在美国是与《生活画刊》齐名的,销路亦在百万以上,这项选出荣誉也很不少。

这种电影年选,该什志已举行过近十年的历史了,它是奖一年来影界各项杰出的人材,在人方面它论贡献,在片方面它着重娱乐价值与欢迎程度。

从一九四二年起,最佳男女明星便是占士·格尼和姬里亚·嘉逊,华路打披真和珍尼·花钟斯,列达·希和芙和冰哥·罗士比,雷米兰和英格丽·鲍曼(一九四六年奖)。举例来说,一九四五年十一张艺术与卖座都好的影片就是《银汉双星》《阿丹诺之钟》《圣院钟声》《青绿谷》《失去的周末》《合家欢》《欲海情魔》《玉女神驹》《色拉托加车线》《一曲难忘》《长春树》,每部片都赚三百万美元以上的,换句话说,不赚钱暂时说不上好片。

此外监制、导演与摄影各奖一人,童角与新进的明星亦各奖一人。一九四五年的摄影奖是《失去的周末》摄影师约翰·西兹得到,一九四七年便轮到占士黄得了,这是等了多长的时间呀。

国人说黄宗霑是世界或好莱坞四大摄影家,那都是过甚其词的,记得域外权威人士称过他是好莱坞六位最好的摄影师之一,或是十大摄影师之一,那倒近点情理。因为好莱坞几乎集世界人材于一炉,名手辈出,各有奇能,争得一席地是很不容易的。宗霑确有他特殊杰出之处,如果称他为第一流摄影师,那是受之无愧了。

本年二月中,《展望》什志选出之后,便举行正式的颁奖礼了。什志出版地原在爱奥华州的戴蒙尼城,为了方便影城人物,便假近好莱坞的洛杉矶举行。颁奖晚宴的地点,竟是宗霑当过侍者的比瓦利饭店。宗霑当夜感慨无限,几乎滴出眼泪来。全体来宾有二千余人,而华人呢,只他和挚友郑彼得夫妇,眼见这饭店还是老样子,不过墙上已漆了又漆了。宗霑说,到这一天,他才开始被人承认,生命上便应做一个转机了。

原载于《电影论坛》1948年第2卷第3/4期

皇室觐太子记

褚 秦

本刊摄影师马永华打了一个电话给我,说今天要上吾们的电影皇帝的宫里去访三个人。一个是金焰,一个是秦怡,还有一个是谁?他要我猜上一猜,我以为是香港来了什么朋友寄居在皇宫里。可是老马偏说不对,他说这朋友非但住在金焰的家里,而且和金焰、秦怡二人睡在一只床上的。

起先我真被他缠糊涂了,想来想去,世界上绝没有和别人家夫妻睡在一床那样胃口好的朋友,后来一想,我才知道老马又在做我的鬼,他说的一定是那个刚满月的小太子。

我的猜测毕究不错,于是就在十一点之前赶到金焰家里会合。凑巧地,小太子正在浴室里洗澡,他被脱得精光,安放在浴盆里,金焰和秦怡,外加秦怡的姊姊,忙着为这孩子上肥皂。

既来则安,我们到了这儿后的第一个节目,就是看小太子洗澡,认为相当

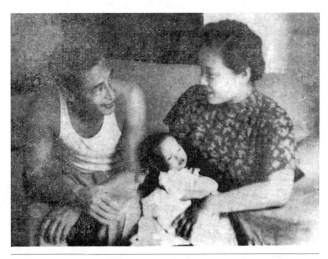

电影小皇帝弥月,金焰、秦怡相对微笑,刊载于《青青电影》1948年第16卷第28期。

精彩。

　　这孩子和别的孩子不同,不怕水,而且爱玩水,这大概是他爸爸遗传给他的天性,因为他爸爸也喜欢水,每年夏天总得到游泳池里去泡。

　　小家伙的胖躯体上给抹上肥皂之后,很滑润,加着他还要在池盆里学"跳高",二只脚不断地跳跃,这一来池水飞扬,弄得他爸爸溅了满脸的水。

　　"这家伙!"老金擦了一擦脸上的水,"真顽皮得可以!"可不待皇帝说完,小家伙又溅了他一脸水。

　　在这孩子身上,足足花了三刻多钟,这个澡才称洗完,擦抹后外加痱子粉,他就被装到褴褓里去,入包之后他的小手和小脚依旧很活跃,尤其二只手,好像在打太极拳。

　　"这种工作很生疏吧!"我和老金说笑话。

　　"不比拍电影容易!"老金抹去了满脸的汗水,显出爸爸不容易做的样子来。

　　"别着急,现在只有一个,还称可以,将来接一连二起来的时候,对不起,可没有那样简单了。"老马是经验之谈。

　　"看样子你已经有好几个孩子了?"

　　"三个。"老马数了一数。

　　"那怎么办呢?"老金身历其境,很替老马担心。

　　"还不是那样过了? 你知道我们今天为什么要来看你?"

　　"是不是吃我的冤家?"

　　"谁要吃你的冤家! 我们想替你拍几张纪念照。"

　　"拍照就拍照好了! 何必要加'纪念'二个字,干吗那样吓人的!"老金不懂"纪念"二个字的意思。

　　"说起来也真够凑巧,咱们《电影杂志》第一期的封面不是他母亲吗?"老马指着孩子说。

　　"对了,是秦怡。"

　　"现在我们是一周纪念,想不到在我们这真是不谋而合了。"

　　"说起来该是双喜临门了。"

　　"对了,双喜临门。"

　　"那末今天这餐中饭该《电影杂志》请了。"老金怕我们吃他冤家就抢在前先说。

"应该,应该,这是喜事,不过你的喜在先,我们的喜在后,论理我们不能专美于前,这个客应该你先请。"

"别循规蹈矩了,我不懂那一套,你看我的孩子像谁?"

"脑袋宽阔,很像你?将来你打算让他学哪一项生意?"

老金想了一想说:"这可难了,出生才只一个多月,我还没有想到这一点。"

"那末现在就请你想一想。"

"硬要我想,叫我怎么想得出来?还是问他妈吧!"

"别往我身上推好不好?"皇后笑了,"我看让他开一爿酒店来得配合你的兴趣。"秦怡说完我们都笑了。因为这分明是指僧骂秃。

"不,不,我不能让他开酒店,假如他开酒店的话,至少有半爿店要送在我的身上。"

"这不更好吗?儿子开酒店,爸爸爱喝酒,这不是投你所好吗?要不然就让他做运动健将,而且该打得一手好篮球。"秦怡又想了一想说。

"怎么总扰到我的头上来!要不要也让他当电影明星?"老金给秦怡说窘了,显得很不好意思。

过了不多一刻,我们就把目标转到这孩子的身上去。据老金说,这孩子就爱洗澡,一天要洗上二个澡,尤其是晚上可不能不洗,假如不洗的话他就要睡不着觉。

这孩子生出来的时候,身上没有痱子,到最近才有痱子,不过很少。他们很担心痱子又一天比一天多起来,要是如此的话,孩子一定要吵,一吵头就疼。

金焰为这孩子的长大,特地买了三卷胶卷,准备着每一个足月替他拍一张照,三卷胶卷有一百〇八张,假使真是每个月拍一张话,足足可拍九年,到那时怕胶卷要走光了。

秦怡因忙着工作,索性让这孩子吃牛奶,这孩也真有趣,吃了就睡,睡醒了就吃,难得拉几声警报。

金焰和秦怡一天到晚指望着的孩子终于有了,可是也苦够了老金,一早到晚得侍候这孩子,除了做爸爸之外,还要兼任奶妈职。最噱的是他那间卧室里全是小孩子用的玩意,尿布像万国旗一样东一块西一块,奶粉罐子触目皆是,他所最心爱的胡琴却冷清清地挂在上面。

金焰和秦怡真是天造地设的一对银色鸳鸯,他们相处得很好,从前有人传他俩有种种传说,这些全是不可靠的,说不定是别人的一种毫无根据的破坏。

秦怡产后的第一部戏是《母亲》，人比产前瘦了许多，以前她就怕自己不会瘦，谁知道在产褥以后一下子就瘦了下去。

我们很喜欢他俩的孩子，因为他俩的孩正和我们第二周年的《电影杂志》一样，是象征前途无量的一个"新生命"。

原载于《电影杂志》1948年第25期

拍照失望记

树　文

上官云珠还未起床！张伐出去拍戏了！穆宏睡在床上生病！项堃、阮斐在表演温功！

记者们最感头痛的就是所访的对象上门不见土地或者睡着病着，尤其是摄影记者还受了天气的威胁。但这些头痛的事，这几天全碰上了，虽然很稀松的事，但我把它记下来，告诉读者，采访是一件并不怎样愉快便利的事。这些缘故很可能影响到刊物出版脱期，因为所想要的照片和数据会因此延误一二天的。

本社的照片部近来要准备一些明星签名照，要编辑部的先生转嘱记者收罗些各大明星的最近最新的照片。这样要求的照片最好去新拍，因此记者同了本社的摄影记者何佐明君一同出发出去"兜捕"明星们拍照。

这一天天气很好，我们两人都在预计今天要拍它五六卷胶卷才歇手。从本社出发，最近的便是上官云珠家，从贝当路永嘉路到巨福路永嘉路只有一点儿路，在路上我们计划好，请上官小姐先在家里拍几张，然后再到巨福路贝当路口的教堂门口去拍几张。

到了永康新邨的九七号门口了，我们差不多疑惑走错了，因为围墙上新近打了篱笆，并且本来的扁铁门也改用了黑漆漆的篱笆门，篱笆上的黑柏油是新涂的，扎篱笆的铁丝虽然被柏油涂没了。但我还可看见篱笆门的一边，露出了一大段粗铅丝，在映着骄阳在发亮，可以证明也是新的，因此才断定这儿是新装用来防盗贼的，因为本来的铁门和墙太矮故而改筑了篱笆。在我们辨清了后，却给一件事僵住了，因为这儿没有电铃，也没有拉门铃的绳子，而且篱笆门敲是敲不响的，里面又没人来往。在这种清雅的弄里，高声大叫，似乎不雅，如果过门不入，那便对不起今天出来的伟大计划。亲爱的读者们，在这种场合下我们非常需要你们告诉一个好办法。

最后记者动了"大侦探"的脑筋，才使一种不大的声音，惊动了里面的人。出来开门的是听差，他说韦小姐（上官原姓）昨天拍通宵，还睡着呢。这无疑是一个晴天霹雳，好在何君和上官很深的交谊，就以他的名字通报进去，果然相当灵验，上官传话出来"接见"。我们便进去在会客室里等了一会，只一会，上官进来了，头发乱蓬蓬，穿了睡衣，和她一提拍照，她便皱了眉，她说："我昨晚拍通宵，所以现在还睡着，我以为你们有什么事情，所以赶着起身，你看我蓬头垢脸的，拍照怎么成？下次拍吧。"

没有办法，只好约着星期日上午再去，第一次出马不利，象征着今天的失望。从上官处出来，就近到和平邨找张伐和穆宏、汪漪去，满望即使今天运气不好，三个人中终可有二个在吧！

和平邨到了，上三楼先问张伐，"张伐先生在吗？"一喊，张伐的太太就在楼梯栏杆旁透出头来："他拍戏去了。"殷红的小口里吐出清脆的声音了。

声音果然悦耳，但事实上给我们是一种打击。扑空！又扑空了一次。穆宏夫妇总逃不了吧！二楼的一个娘姨从一个门口出来，我们问："穆宏先生在么？"同时给她一张卡片。

她也不回答，把卡片拿了，从另一个门里进去，一会儿就出来了："你们进去吧！"

哈！有希望了，我们叫何君门外等着，我去叫他们出来，到外面太阳光里去拍，何君也高兴地把镜箱皮套打开了。我们推门进去一看穆宏躺在被里，上身衣服却穿着，我想今天天气比较冷，他倒穿了衣服在窝被筒。不等我开口，他先说了："傅先生，请坐吧！有事么？"他虽然很高兴地很快地说了，但他嗡嗡的鼻音，总使我感到一点不良的预兆。

果然，等我一提请他和太太汪漪马上出去拍照时，他抱歉地说了："对不起，我不舒服，已睡了二天床了，她出外有事了，下一次拍吧。"

那有什么办法呢，请病人去拍照，似乎说不过去吧？我和何君垂头丧气地出了门。真太倒霉了，上官拍通宵睡着，张伐拍戏去了，汪漪出去有事，穆宏生病了，记者们最头痛的事，今天一起都碰到了。

但是我们呢，都是不屈不挠的人，一定要拍到几张照片，因此决定找张伐去。因为张伐是拍戏去的，有地方可寻。我知道张伐在中电二厂《喜迎春》里有戏，因此便赶到福昌里，中电二厂还没进去，门房已告诉厂里没有人（没有明星），要到晚上才有戏。这一扑空，可把何君的劲扑出了，他说："张伐不在这里拍戏，一定在电工拍《女大亨》。去！找他去，今天一定要拍几张。"

还是我劝他,到电工去路太远,还不是就近到拉都路绿邨找项堃、阮斐夫妇吧!张伐下次拍好了。何君一听,便依了我的意见。

拉都路绿邨也只有一点儿路,很快就到了。敲门进去的时候,天空里飞来一朵乌云,把太阳遮到阴阴的,这又是个不好的预兆。果然!走到房里,嘿!两个人坐在被头里看报呢!好在我们搞熟了的,用不着怕难为情,但拍照又要告吹了,怎么办呢?哼!下一个决心吧!

"项堃!起来起来,今天我们专诚来拍照,看你好意思不起来。"

喝!真有意思,他起来了,一揭被,就下了床,原来他的衣服早穿好了的,不过和太太在温功吧了!

看样子,他马上可以拍照了,但他头发太乱了,衣服也太皱了,请他梳梳头,换换衣服,我们答应替他和他的她多拍几张,但他说:"阮斐下次吧。她还没起床,昨夜孩子吵,睡得晚。"

他也真体贴他爱妻,就依他,把拍两人拍的胶片,都拍一个人吧!

他梳好了头发,走出门,可是一看天,真要命,进门时的一块乌云还没有飞开,阴沉沉的,那怎么成?

怎么办呢,天又下起蒙蒙雨来了,项堃看了我们失望的神情和听了我们失望经过的全部报告,他很同情地安慰我们:"怎么办呢?星期日你们到我家里来便饭,或是天一好,我上午就不出门,你们一来就拍照,拍完照这儿便做。"

我们很感激,但也只好失望地回来了,带的胶片用了一张,那是我在出门时校镜头拍的,自然不能把我的照片洗出交账!读者们自然更不会欢迎把我的照片登去了《青青》宝贵的篇幅,所以交了一个白卷。

后记:

在星期日,上官云珠、项堃、阮斐、石挥、张伐、汪漪,在我们近处的都拍到了,下次我写一篇《拍照幸运记》来告诉诸君。

原载于《青青电影》1949年第17卷第8期

影人忆旧

我如何入此门中

史东山

"天气炎暑,傍晚有风,纳凉庭中,唤弹唱者至听一曲。毋论词章之佳,即情节之妙,觉编者已非凡流。想长长一段故事,不知当初何从着手,既着手矣,尤何从完成此曲折奇特之故事?阅书观剧亦有此感,常耿耿于胸中,不能知其理。"这是我十五六岁时常感念着的一个问题,即是我日记中的一段。

后来,短片影剧流行,我于夏令配克戏院观一剧,已忘其名,觉其于情节描写之中,隐隐似有一种教训,如传记也又如论文,于是稍稍领悟至编故事与作文有相仿佛处,唯作文者直接以文言达论意,戏曲则以情节达论意者也。遍阅小说,觉小说亦有如戏曲之编法者,于是益明其理,唯欲寻思效学,则又不能。

至十八岁,为恋一女,而自恐贫不能蒙其久爱,乃竭力研索得机巧,将胸

史东山在《狂欢之夜》片场给金山、周璇说戏,刊载于《新华画报》1936年第1卷第2期。

中所蕴而羞于直言者写成一短篇小说，投钝根之《礼拜六》中，待其刊发而示之，自此有所蕴辄赖小说以达于女前，而我作小说之胆气渐趋于强矣。

后常观影剧，颇有得益。唯恒见有同此一明星，而在于此剧也觉其表演深刻而切肤，如食梅；在于彼剧也觉其表演虽认真而不深刻不切肤，如隔靴搔痒。细究之下，知戏剧有"记录式"与"描写式"之别，描写式之剧则富有情感，易令人生同情心，能令人忘形，但欲寻思而效学之则又不能。

在日常生活之中，常遇有"何以而使人大笑大悲或大怒者"，遇有其事而记之，即成段段小部之情节。一日，闻我母言及西邻妇为嫌其夫贫而别就所爱慕者事，乃有感而思得二剧意，插以平日所忆段段小部之情节而成全剧，即《杨花恨》《同居之爱》。

我自从入了电影界，老朋友们奇怪我的聪明，遇见了终是恭维。但是我受了他们的恭维，非但不发生"得意"或"安慰"的念头，并且局促不安，一时把脸都红了起来，好像他们都在那里嘲笑我，因为我自觉得对于电影没有下得怎么大的功夫，不过仿佛是天予我的种种机会，得以领悟得一些学理和方法而已。所以我也常对人说，编剧和导演都不是很难的事情，不过难在难得"入门时一秒钟间的领悟"的天然机会，正同为佛法点破的人，一秒钟前还是俗念，突然一秒钟间一个转弯儿，便着了灵性得了道呢。

为《美人计》剧外景到山中，为绵绵雨留住在庙里，闷闷无所为，偶高兴而成此篇，归来时见予倩先生索稿书，限日要交，已过期；忽少飞先生又来催，急无得法，即将此文呈之，谓先生莫责我有命不从，终算不是交白卷！

原载于《民新特刊》1926年第3期

献　　丑

周　璇

我并不是为了"忙",不肯写文章,实在我是写不来文章的。平时,我又不常擎笔杆儿,即使能够写,文句笔法等总免不掉十二分地生疏的啦。《夜城》紫婴先生一定要我给他们写一点东西,这当然是"义不容辞",不过,我这篇字不连句、文不达意的东西,是太糟蹋了《夜城》的宝贵的篇幅了。

我受过相当的教育,在学校里的时候,我对于歌唱和音乐已经发生了相当的兴趣,所以每在下了课或者空暇的时候,不是嘴里哼着调儿,就是去捻着放在第六教室里的钢琴,那时候说出来可真笑死人,连1234几个基本声符多认不出来,常给同学们在暗地里好笑。小学毕业了,父母亲一定要把我送进中学去,好好地再给我读了几年书。可是,我对于死板的书本子,一点儿也提不起兴致来,父母亲的成见又那么地固执,大有"非要读完中学,至少是初中毕业不可"之势,没奈何我又勉强地捧了三年书本,初中总算给我毕业了!

在初中读完之后,我就加入了从前的明月歌剧团。不到两个月,他们解散了,于是就进了金佩鱼先生和严华先生合办的新华歌剧社。那时候,我真高兴极了,一

周璇,刊载于《电声》1940年第9卷第25期封面。

个人达到了她的梦想着的目的之后，怎会不高兴呢！整天价地唱啦！跳啦！真舒服极了！金佩鱼先生给我的印象，也非常之好。虽然，他是堂堂的老板，可是，他一点儿也没有老板的恶劣的习气，见了人总是含着微笑，跟大一点的孩子们握握手，小一点的孩子们抚抚头发，他那和蔼而可亲的态度，真够人欢喜的、钦佩的。严华先生，他是那么真意地诚恳地指教着我，歌唱啦！舞蹈啦！我真感激他。他的态度也正和金佩鱼先生一样地那么和蔼可亲，从来没有得罪过什么人，就是刚进来的新团员，他也一视同仁，热诚地教导着他们。

经过了金先生和严先生相当的考虑和编排，终于在有一天的早晨，我们是勇敢地离别了爹爹妈妈和家乡，跳上了轮船，开始了我们的漂流生涯。这次，我们的目的地是无锡，总算幸运地没有被当地的观众谢绝，意外地竟在我们登台表演那天得到了当地观众的热烈欢迎和赞赏，这在我们是感到相当地惭愧和欢欣的。那戏院里的老板，竟每天请我们吃晚饭啦！送礼物啦！真使他够忙的了。最可笑的是在我们预备动身到杭州去表演的那天晚上，那老板竟流出眼泪来，说是一棵摇钱树被摇去了！

我们到了杭州，也同样地受到当地观众的欢迎和赞赏，这次我们是比较有把握了！因为我们已经在无锡登过了一个星期以上的台，台词和举动都有了相当的练习，所以竟又意外地会表演了十八天，计算起来，整整地有三十六场。至于观众呢！惭愧地说一句，差不多没有一场不客满的。这次表演过之后，我们就回到了上海，最近，还只在今年的新年里，在金城大戏院表演过一回。

后来严华先生退出了新华，我也就跟着他一块儿进了上海歌剧社，从此又开始我的播音生活。最近我又加入了艺华影片公司，片子还没有拍过，可是我很忧虑，毫无艺术修养和银幕经验的我，怎么能够拍戏呢？我是需要着高明者的来指教我啊！

至于，有许多无线电的听众先生们，来信询问我的日常生活，我不妨就在这里来答复一下：我每天早晨七时半起身，起身之后，免不了的洗脸漱口之外，就是念国文和看关于艺术修养方面的书籍；十点钟之后，开始写大楷和小字，看看当天的报纸。这是我每天上午必须要做的工作。吃过午饭之后，有时候到艺华公司去看他们拍戏，有时候跟严华先生一块儿研究研究歌唱，绝少有时候去瞧电影和到什么地方去游玩的。因为，我现在正需要有相当的时间来给我修养和学习。到了晚上就随着上海歌剧社到各电台去播送节目,最迟到十一点钟,我无论如何总得要钻进被窝里去了!这就是我日常的生活,也就是来信询问的各位听众先生们所要知道的吧!

话说得太多了,就此带住吧!

原载于《夜城》1935年创刊号

受了银色的洗礼

龚秋霞

大概是因为天性的关系吧,我自小就爱好音乐和舞蹈。在五六年前,中国的歌舞运动还在萌芽的时代。我记得我正是十四岁的那一年,有一天在报上见到了上海俭德会创办歌舞训练班的消息和招生的广告,我得了家长的许可,竟首先花下三块钱去报了名。从此,我便一方面在仁善女校读书,一方面下午放了学,到俭德会去学习歌舞。

提起了仁善女校,我倒反要感谢它,因为我们的学校是天主教要照例做礼拜,正因为如此,却把我的音乐兴趣引起了。——我后来的热心歌舞,也未尝不是间接受了它的影响。自那时起,便开始了我的歌舞生活,同时,那时候也正是中国歌舞运动的开始。

后来不久,魏紫波女士创办梅花歌舞团(当时名"梨花",民国十八年才改"梅花")。因为人才缺乏的关系,常常拉我去帮忙。她也是一个歌舞迷,俭德歌舞训练班里她还算能演。大家觉得很新奇,与京戏、电影,又有一种不同的风味。就是我们本表演者,也觉得如此。虽说那时的歌舞表演幼稚得可笑,不过初期的观众,和当时的我们反正都是半斤八两,因此我们这种跳跳叫叫的表演倒反受大家的欢迎。

梅花歌舞团表演,刊载于《时代》1931年第2卷第2期。

像这样地久而久之，我们竟无形地成了职业，我也脱离了学校的生活而献身歌舞。

光阴如箭，不知不觉我竟过了五六年的舞台生活，演了一个《铁蹄下哀的性》《杨贵妃》《后台》《名优之死》《青春的悲》等一二十出的歌剧话剧，跑了广州、汉口、重庆、青岛、香港、台湾、大连等等千万里的路程。在我少女幼稚的心田上，曾留过了不少各奇各色的深刻的印象。

五六年的舞台生活，不但给了我人生的旅途上不少的经历，同时使我的事业上也得到很大的训教。我从这许多可贵的经历中，晓得中国歌舞运动不但没有走上正轨，反而因迁就客观环境的关系，江河日下，一天一天走到歧途上去了。同时我觉得本身还缺少修养，因为自己的年龄增大了几岁，发觉自己太空虚啊！虽说过去也受了一些所谓歌舞训练，但是，回忆起来那真是可笑得很。

有一次，我在上海到青岛的途中，这样反复地想过，自己如此空虚，如此浅薄，虽然当时各方对我的空气特好，但是这样反而更使我惭愧，同时我暂时向舞台告别欲求修养的心也更坚定了。我为着不负长者的希望，我觉得更应该立刻脱离，从事我的基本修养。我觉得我因为童年只有读了五六年书，现在常感得"书到用时方知少"的痛苦，所以一方面还想读点书。不过我很抱歉，到现在还没有什么成绩。至于音乐和舞蹈，是我生平最喜爱的第二生命，我当然尽我的力量努力，我现在的教舞蹈的外国先生给了我很大益处，我真不知如何感谢她。我还年青，我应该努力啊。

虽然过去一二年间，有不少的上银幕的机会，但是我不敢尝试，我真不敢轻易尝试呀。虽说我对他们的美意人情是非常感激的。

此次《父母子女》的演出，我

龚秋霞，刊载于《春色》1936年第2卷第8期。

还是第一次地受银色的洗礼。我至今还感得自己空虚,所以我在《父母子女》演出时很恐惧,像我这样没有天才的人,我真不敢轻易尝试呵!我还更怕有负长者之望呢。可是这一次我能在《父母子女》中和闵翠英小姐同时演出,跟她一样,倒也是我生命史很可纪念的一页呵!因此我以后应该加倍地努力。

  我现在已经受了银色的洗礼,我虽愚笨,但我忠实对电影艺术;同时我希望做一个合条件的演员,而不希望成一个所谓大明星,这便是我的誓言。

           原载于《电影文化》1935年第1卷第1期

我的从事电影的经过

黄 侯

说起来，我跳进电影圈虽将两年，可是自从《峨眉山下》开拍以来，所经的困难，诚使我受够了。现在我略述一述关于摄制《峨眉山下》的经过吧。

谁也知道在文化落后、交通不便的四川，为提倡电影文化教育，创办电影公司，本来不是轻而易举的事。但是我为了应社会的需要，代痛苦的民众呼号，顾不了许多，同时又得万籁天先生襄助组织大同影片公司，摄制暴露农村惨状的《峨眉山下》。

自公司成立以后，不到二月，《峨眉山下》即正式开拍了。这时候，许多没有想到的问题，摄影师的技术不够、摄影场的设备不全、黑房和灯光不成等，都发现出来了。在这除了外景部分的选用，内景差不多全部成了废片的当儿，于是我们从全无办法中找出了一个"亡羊补牢"的办法，那就是到上海来补拍内景。

去年九月，我和万先生带了两个妹妹和一批学生到上海补拍内景。万先生与联华接洽之后，联华的厂长陆洁先生为扶助四川的电影事业，同时对于我们姊妹从事电影事业的初衷深表同情，就慨然将摄影场借与我们。我们的内景，慌慌忙忙地在一月内补拍完了。经万先生剪接之后，我带了妹妹、学生与拷贝回到四川，在成都重庆等处公映。观众对于此片摄制的技术方面虽有许多非议，可是在意识上，对这替代他们暴露所受的苦痛和压迫，却很热烈地予以拥护，可算是从困难重重之中得到了尝试的成功，这是可以自慰的。但是留在上海的拷贝自经中央审查以后，因为万先生事忙，不能负责进行公映，我又只好带了两个妹妹在今年四月间，赶到上海，计划公映。可是上海的拷贝有很多错乱，同时须得更换全部的字幕。因此我一面从事宣传公映，一面整理拷贝，与电通公司接洽重拍字幕。幸得电通公司的经理马德建先生见了我们三姊妹为了将四川农村的惨状告诉给都市中的人民知道，从四川千里迢迢跑来上海，人地生疏，予以同情和援助，允许代拍，这真难得。

《峨眉山下》剧中主角黄氏三姊妹，刊载于《天津商报画刊》1936年第17卷第32期。

  《峨眉山下》快公映了。我们经吴邦藩先生的指导，为了使远距四川的上海观众，更具体地明白在军阀割据之下的四川民众的惨痛，亲自登台表演现在四川农村中流行的歌谣。这歌谣现已由明星影片公司收上声带片，已作为《峨眉山下》的前奏曲。

  至于在胶片上附加声带虽发明已久，可是风行于世还是近几年的事。中国是个文化落后的国家，但因近两三年感受了欧美声片的威胁，发觉了默片的末路将到，也渐渐步趋欧美的后尘，摄制声片，同时录音机也有国产的了。在欧美以为野蛮人的中国人，说到聪明，实在不弱于外人，只因为我们中国人得不到政府扶助培植，因此除了极少数的人得到发明的成功，其余的都被环境把他们湮没了。可是在外国就不然了，他们有政府的扶助和培植，对于任何科学都做有系统的研究，很容易得到发明的成功，并且随着试验把机构随时改良，所以中国的录音机不及欧美的精良是必然的。但现在明星公司用的录音机，收音的清晰，早得一般观众赞美了。我想这次由明星公司收音的前奏曲，定为《峨眉山下》增色不少。

  现在，《峨眉山下》可算是一部较完整的片子，但是由其经过给予我的困难和经验，使我明白了如果想要做成一桩事业，不是轻轻易易地一下就可以做成的，不是个人英雄主义所能实现的，必须多数人的力量，不畏艰苦，效张石川、周剑云和已故的郑正秋三位先生苦心创办明星公司一样，才有成功的希望。所以，我们后进者必须以明星公司为模范，仿效他们组织的严密，上下团结一致的精神，才可以有达到实现理想的一天。

我从事电影事业的时间虽是这么短促,然而所受过困难辛苦,却似千头万绪,不知从何说起!所幸上海电影业先进,都很诚恳地予我以莫大的帮助和指导,使我得以克服种种困难,这是我深引为慰藉的。深望全国电影业同人,秉着推诚合作的精神,谋我国影艺的发扬光大,那才是全国民众所期待着的事呢。

原载于《明星》1935年第2卷第6期

我演戏的经过

赵 丹

在中国做一个演员是一件最痛苦的事情,尤其是话剧演员。这里抛开演员的生活保障问题,以及社会上对"戏子"的鄙视给予做演员的人的痛苦不讲,这里需要说的是怎样去学习以及从哪儿学习起的技术(演技)问题。

京戏,有的是科班,只要能参加到班子里,只要吃得了苦,也就能"入门"了。自然,好的京戏演员也还是需要丰富的修养和创作能力。可是中国话剧是没有祖先的,先人既未曾留下遗产给我们,后人也没有给我们著成《话剧入门》之类的书,各人只凭着各人的认识和天赋给我们的一点点菲薄可怜的感应能力,在这儿干着话剧演员的活罢了。有时候我们也偶然地见到些关于演员技巧研究的书本,然而那大半是从欧洲偷窃过来,再掺和着自己的意见而成的东西。因为各人的理解深度不同,有的很难接受,有的即使是能够接受了,但没法将它运用到活的舞台上去。严格讲起来,中国的话剧演员都是半路出家的,几乎没有一个是有了对戏剧相当的认识或修养才来做演员的,只是"兴致所使"(兴致有时可解释做"风头主义"),而兴致是出发于人类的好跳跃的本性而来的。

我开始演剧生活已是很久了。在小学里,那时是六岁光景,不错,我记得是六岁,我校里每星期六都开一次游艺会,而我是被派做游艺会的股长,所以除了编排上演的节目以外,我自己每星期都得上台一次。每逢星期一的早操课的时候,我就怀着一颗战战兢兢的心,等待着星期六的下午的到来了。星期六上午最末一课先生讲的是什么,简直没有当回事,下课铃一响,总是我第一个挤出课堂,一股劲儿地跑回家了。那时不问是什么菜,冷的饭也行,吃了一碗,偷了妈妈用的鸭蛋粉和砚台松烟墨(作为化妆品),又一股劲儿地跑回学校里来了……那时演的总是双簧、独角戏之类的玩意儿,动作也都是采取京剧的多。唯一的化妆的方法,穷人(包括工人、农民等)的脸谱总是黑的多,白的少;有钱的人总是鸭蛋粉多,松烟墨少。

有一次，学校十周年纪念，由教师们发起举行一个规模较大的游艺会，选定一个剧本（后来听说是《孔雀东南飞》），预备让全校的同学联合演出。角色的分配方面也相当有趣味，由每班推出代表两人参加。我是丝毫没有忧虑地被派为代表之一了。说实话，心中也不止尽是喜欢，还带着一副畏惧的心情过着日子，因为自己也觉得代表所负的责任重大的缘故，的的确确有几夜没有睡过好觉。日子也就这样偷偷地过去了，在我将这畏惧的心绪渐渐地习惯了的时候，游艺会的日子也就来到了。直到开幕的前一小时，我还没有知道我所饰的是怎样的一个角色，因为他们绝对没有将我放在眼里，或者可以说，将我忘掉了，从来没有通知过我排戏的时间，也没有给我一份剧本的必要，剧中几个重要的角色全给高年级的人饰去了。眼见就要开幕，我才追在先生的后面："顾先生，顾先生（永远不会记错的，他是姓顾）！我扮的是哪个角色？"

"哎？"他也忙乱得很，"你自己怎么不知道？剧本上不是说明白了吗？"

"请等等走，先生！我根本没见过剧本是什么样儿的。""剧本都没有？该死！那……你就做个工人好了！"

"工人？"

工人应该穿什么样儿的衣服呢？现在鸭蛋粉和松烟墨倒是现成的，老早就准备好了……哦，对了，工人是"穷人"。于是我就将松烟墨往脸上涂，手、脖子，一股劲地通通涂黑，为的是求化妆上逼真。

我做这些可是藏在另一间小屋里，为的是很想出众（那是出出风头的意思）。偶然被那位顾先生撞进来看见，他带着惊奇的声调问："你一个人在这里干什么？"他一定又把我忘了。"我是在化妆一个工人。""什么？"顾先生一下子把我拉起来就往台上推，边推边说，"哪儿像个工人，简直是个小贼……快快！幕倒要闭了，快快！"他话还没有完，我一镇定眼神——眼前五颜六色的，原来我已经站在台上了。不知是被谁一推，我又到了后台了。这时幕已经下了半天了。

的的确确的，我有几夜没有睡好觉。

以上是每个干戏剧的人必经的萌芽时期，完全是为了兴致，在这里，使用"风头"两字最恰当了。

到我进中学后，那也可以说是我刚开始懂得戏而且干得最起劲和兴奋的时期，当然也多亏了我们的中学校长和我爸爸的不少帮助，因为在学校里组织剧社演戏竟遭教务主任和各教员的极力反对并禁止,幸而校长允许我们在校外组织剧社演戏,于是才有"新民"和"小小"剧社的组织。那时所有的舞台工作完全都由我一手包办,自任职员、编剧、导演,甚而至于兼干舞台装置,拿了马粪纸钉钉子做布景。那时有个戏园子是我父亲开的,不收我们任何费用,因此我们的剧社凭了我们的苦干,居然可以每月演出一次。正在这时候,汪优游带了他的班子到南通来演出,我从此便深深地受了他的影响。汪走了后,别人都说我的表演入神,简直活像汪优游,我也常常引为得意。

记得第一次我在演剧的时候,不慎把夹鼻胡子掉了下来,过两天就有人写封信来问我,为什么用那样的胡子。我便马上写了一篇文章在报上答复他说:"汪优游也是用的这种胡子。"而且我的的确确在汪优游的后台看见他是用这种胡子的。虽然那时候的表演是"文明戏化",但在当时已算是难能可贵的了。

以后,渐渐地演变成纯感情的演技上去了,那时期正是"九一八"。那

《落花时节》片场,导演吴村(右),摄影师周诗穆(后),主角徐来、龚稼农、赵丹,刊载于《明星》1935年第1卷第1期。

时上海剧联在市商会联合大公演,我和美专几位朋友参演了一出《决心》,是用近乎表现派的方式演出的(虽然当时没有理解到这方式的问题)。效果极好,高兴得没法形容。尽管有人作批评说幼稚与过火,但总一味地高兴着,因为反正是已经得到最大的效果了。即使在现在细想起来,当时的高兴是应该的而且是没错误的,但是应该高兴的成分就不能不有另外的一种解释了。"九一八"事件本身给予一般观众的打击过深,大家对于救国的观念一天天地坚强起来,对于救国的感情一天天高涨起来,所以在那时的戏,绝对不是印象派的或是象征主义的东西,能够配合起每个观众、每个中国人的情感。《决心》这个戏恰恰是能和大众的热情配合着了,所以过火也不妨,而非要过火才能使观众达到热情的沸点。

美专毕竟是研究专门技术的地方,在美专读了三年书,渐渐地使我感觉到演剧艺术是一种专门技艺上的学识了。现在我应该怎样地惋惜,当年的只凭着自己的兴致和热情去任意地上演每一个角色啊!现在如果要我扮演一个角色,是一件怎样沉重的事啊!首先我必须理解原作者的立场和精神,作者所要求演员表现出来的几点,以及要合观众的印象,角色本身是否被否定或是肯定的,然后才能进而取得角色在故事发展中的情感的转变。把角色的个性特质既把握住,还得顾到是否与整个戏的部分的调和,犹如画中的被作为题材的树或石头,有了物质以外,画家还得看它与整个画幅的调整。最后,也即最难能可贵的一点,是气魄的混合了,如果达到了这境地,趣味也油然而生了。这是一件怎样沉重的事情啊,而且是要如何刻苦用功方能做到的事情啊!

原载于《青年之友》第1卷第7期

演剧生活的回忆

金　山

当二十年前春柳社的几位戏剧先辈从日本回国，公演《黑奴吁天录》等新剧，轰动了整个的上海时，我还是一个童稚的孩子。十年后，南国社假梨园公所公演寿昌先生的初期剧作，那时我已经是一个随军出发的军人了。军队适巧经过上海，我和几位同事便得到观看的机会。记得《南归》一剧是最使我感动的了，演员的雄伟的歌声、优美的姿势、动人的剧词，深深印入我的心坎。从那时起，我对戏剧就起了极大的爱好，常常地希望着自己能做一个演员，甚至于将来终身地从事舞台工作。

十七岁的那一年，我又随着许多灰色的行列从蚌埠开拨到盐城，在那儿的一个大寺院里我们驻扎了。那地方是非常闭塞和保守的，人民不但没有什么娱乐场所，就连最小的书场堂唱之类也都没有的。我每天除了操练和读书之外，也跑跑当地的一个极简陋的民众教育馆，渐渐地便熟识了那里的一位管理员。他是一个受过中等教育的青年，长着一头修长的黑发，肤色很洁白，眼睛微微地有点近视，走路的时候还带有一点女性的姿态。一天，他忽然地告诉我，他是一个话剧的狂热者，而且是以演"悲旦"闻名于盐城的。我听了很兴奋，觉着能在这样闭陋的地方得识一位同志，真不是容易的事情，虽然那时我们对于戏剧的见解都很幼稚。我们常常在一块讨论着选择一个适当的剧本来演戏的问题，恰巧废历新年的军民联欢会迫近了，我俩便决定在那天合演一个戏。

适当的剧本在盐城是很不容易找到的，而许多扮演花鼓戏（湖南土戏）的士兵们都在那儿热烈地排练着。不得已我只好自己编起剧来，编的是个三幕剧，以某革命先烈的一生事迹为题材，剧名已经忘却，只记得我们在上演以前是没有导演的，更无所谓舞台装置以及服装、光影、道具、提示等应有的负责者。总之，我们是尽我们的所有的力量将它搬上了舞台。上演的那一天，用丝绵替代了"皱纱发"，用铅粉和黑墨替代了面粉和眉笔，后台的紊乱情形是可使一个观众挤了进去回不出来的。当戏剧演到第三幕最高潮——革命家

金山主演的《夜半歌声》剧照,刊载于《新华画报》1936年第1卷第4期。

之妻(那位管理员)倒在革命家(我自己)的遗体上——的时候,我偷偷地睁开了眼睛望着台下的观众,有些还在拭泪,有些却指着台上的我们发笑,还有几位士兵兴高采烈地唱"打倒列强除军阀"的军歌,表示他们的欢悦。

这次的演戏,是我的第一次的登台,也是我舞台生活的开始。

以后的三四年中,我随着军队走过了很多地方,即使经历着许多的惊险和阴惨的生活,我也不曾放弃过从事舞台工作的憧憬和追求。一有机会,我便筹备着演戏,而每次都得到士兵们的热情赞赏,这使我更大胆而有自信了。直到最后,团部的长官都不满意于我这种行动时,我便不得不暂时结束了我的军营生活。

在"一·二八"前,我又回到了上海,那些违别多年的景物重又陈现在我的眼前。偶然地遇到一两个旧友,他们都已成为新兴剧运垦殖的一员了,我很高兴地同着他们时常空着肚子到处做着游击式的公演。四五年来,虽常觉得这种生活比较军营的生活更苦和漂泊无定,但也觉得更是难能可贵的了。

现在自己是踏入影界了,觉着和先前的生活渐渐隔离得很远,总希望在摄影场工作之余,再能回到舞台,重度着昔日朝跃的生活!

原载于《新华画报》1936年第1卷第4期

我的影星照片拍法

陈嘉震

如果每一个肯用那冷静的脑子去静静地回顾已往，我相信无论谁都会像发疯一般痴笑起来的。比方像我高兴玩"开麦拉"的人，有时候竟愿意去牺牲一切的，放弃自己的职务，却去给人家摄影，在学校里的时候常常会着开麦拉而受到旷课的处分。

想起来确乎是很好笑，背着一架摄影机老着脸皮去毛遂自荐地去要求陌生人拍照，记得我最初拍照片的辰光，为着自己有着一个特殊个性，老是希望不肯学别人，自己要逞能，这个怪毛病从小就有的，每件事总要做地古怪一点。当我在大学读书，跟老舍先生学作小说，每一个礼拜他要我们大家创作一篇短短的小说，我呢就喜欢用特别的句子。老舍先生他用幽默的口吻对我说："假使你已是成名的作家，那倒是成了一种作风，可是你现在还得学学别人的时候，别人不用的句你还是少用。"可是怪脾气始终改不掉，所以文学我没有学得好，而我的照相也犯了同样的毛病，就是高兴把镜头摆得古里古怪。最初一些明星都不大乐意把她们摄成歪斜的样子，而现在也许稍为有了些所谓名的缘故，反都乐意我这种不正经样子的构图。

拍照片有的时候实在麻烦的，因为我的环境比较和别人不同一点的，就是从前我也是一个电影从业员。如果没有介绍和特别的机会，要想找个成名的影星拍照是不大容易的。在我刚到上海的时候，我到联华公司玩，适巧那天陈燕燕在拍戏，我没有要求我朋友代我介绍，那时候我就偷偷地拍了两张。开麦拉曼是黄绍芬，他可板起脸来问我："你拍得够了吗？"那时候，朋友又在那里，我是非常窘了。而现在呢，黄绍芬成了我很好的朋友了！陈燕燕小姐的照片是我一个人最多不过的了。但是我这个古怪脾气还是改不掉，要人家介绍是最无意识的，我认识那样多的朋友没有一个是从朋友而认识的；同时还有一副清高的性格，别人看我不起我也不去加以理睬，凭她或他是一流的明星。胡蝶小姐就是这样的，最初虽是一个公司的同事，但是大家看见了都

陈嘉震拍摄的上海八大影星,刊载于《青岛画报》1934年第8期。

不招呼的。不过,不久以后,胡蝶小姐的照片唯我一个拍得独多了,然而胡蝶小姐不赞成我的照相画面造成古怪样子。

　　为拍照相我也曾惹起很多很多的麻烦,一部分是已被报纸上笑骂得够了,而还好多除了一两个人晓得。不过别人不知道的事,用不着自己拿着拓子从坟墓中把它盗起来。我自己用人格来担保我自己是不够的,我也不能说什么了。我的"陈嘉震"三个字,并不专靠摄影明星照片而建筑起来,然而我这"陈嘉震"三个字却从摄影明星照片而毁坏的。不过,过去由它过去了,我要更努力把"陈嘉震"三个字建筑起来,我相信时代是残酷的,然而我更相信努力也是残酷的,人像的摄影我始终以奇异的构图里去努力,去拓开崭新的道路。

原载于《艺声》1936年第2卷第1期

我的生活琐语

王熙春

杨柳岸晓风残月

我还清楚地记得,在我故乡南京钟山附近一个小村落里,村口是一流小溪环绕着,溪旁长满了低低的垂柳和白杨。南京的夏天是顶可爱的,温暖的风,爽朗的太阳。三岁那年,母亲就常常拖着我的手,一边跟我揩鼻涕,一边指着那溪旁的杨柳唱一些短歌去逗我欢乐,逗我咭咭地笑。

我渐渐长大起来了,我有了五岁的年纪。大清早就起来,母亲跟我结满了一头的"红鞭炮"(用红色的丝线结成的小辫子),母亲一面结我一面就噜苏要跑到街上来,尤其听到邻家孩子的哨子和笑声。小小的时候,我懂得什么呢?我爱邻家的朋友,我更爱和他们在杨柳荫里捉迷藏。

每天,听小鸟儿在不可知的树荫中啁啾,有时,我们幼小年纪的排排坐在树根上听大孩"精灵九"的说书,怪好听的。有个时候,他故事里出现了什么杨柳精张开血盆大口要追人吃,我们就"哇"的一声站起来跑回家,阿九就一面张着大口扮杨柳精,一面在"哇哇"地叫。

然而,这童年的天真而无邪的生命史,就这样地画上悲惨的一页。七岁那年,说书的大孩阿九,从白杨树上翻下来,翻在溪里给淹死了(溪水虽不很深,但阿九翻下来时却撞晕了的)!

现在,我一见到杨柳就想起故乡,想起这悲惨的一页。

而今,我年年月月都在怀念门前的杨柳。

我爱我的母亲

我爱我母亲,正如爱我的事业,爱我的工作一样。我的母亲有一个壮健的躯体,有一对可爱的不大不小的眼睛,有个可爱的圆鼻子,有一个聪慧象征的嘴唇,有一个……唔,我母亲的一切都是可爱的。

我今天之能够在戏台上、在银幕上那样赧颜地不断地工作，那完全是我母亲的教养的成果。

九岁那年，在一个庙会里面看到母亲唱戏，而且唱的是旦角，那时候我才知道我母亲是当时南京上上下下一致推崇的名角。从那天起，我就觉得母亲真是一个了不起的人物，看她在台上唱唱跳跳的，多么好玩，于是，在我的小小心灵上，就种下了"我能够像母亲那样子就好了"的种子。

但是，我母亲在家里却完全和唱戏时两样，她对我的父亲是顶好的。在那时候，我母亲真是一个最守"妇道"的人。她那么温顺地干着大大小小的家中细务，在家里，我没有见过她练练儿子，练练造工那一类，完全是一个主妇型的。只要窗上一有阳光，她就马上下床，烧水啦，扫地啦，然而第一件要务呢，就是跟我结"红鞭炮"。

直到现在，我还觉得我母亲在今日的社会里是一个典型的母亲，她非常疼爱我，也非常疼爱她周遭里的一切人。

唔，说了一大堆还没有告诉你我母亲的名字，我母亲就是梨园名旦王凤祥！

夫子庙前秦淮河畔

我没有正正式式地入过什么学校，只在十二岁那年在乡里的村塾念过几个月书，除了"天地玄黄"，我可以背得一两遍以外，实在没有学得来什么。到后来，还是把香烟画片的看图识字拿了去问母亲，母亲一面嘻嘻地笑，一面指着我的额说："这孩子怪作怪的。"这一来，我却认得了不少字，一天两天，一月两月，不上半年，我却可写一首短短的日记，像"今天天气好呵，外婆到我家来吃饭，就跑了"。我想，我拿这一帖日记给母亲是欢喜得什么似的，她的眼睛笑得只留一条缝，最后，又是用手指着我的额，说："这孩子真作怪呵！"

在平时，大清早在杨柳岸跳跳玩玩，吃过了中饭母亲就督促我把昨天写的日记重新再写几遍。

有一天，循例地写过了几遍日记以后，一溜烟跑到街上来，偶然在弄堂口里跑过了两个卖唱的，一个是男，一个是女，男的却是个瞎子，他们起先是一面跑一面唱，一面拉胡弦，后来却停在一家门口的石阶上唱《莲花落》。我虽然也常常胡唱戏的，但这一次那两个卖唱的那种凄婉的调子，却深深地感动我，在我小小的心底，似乎埋了很久的一粒种子，在这时候突然地爆开了，又突然地长出嫩芽来,这就是我对清唱的感兴趣。由这感兴趣的嫩芽,经过了一月一年的训练的雨露,在我的生命史上,这嫩芽竟渐渐地长起来,以至于绿叶成荫,这就是我在南京夫子庙前、秦淮河畔那一段清唱的生涯。

在十几岁那年,我开始在天香阁清唱,那时跟我一起清唱的还有现在成了电影明星的张翠红小姐。

"年年月月,岁岁朝朝,铁板铜琶,今生了却来世缘!"几年来,我似乎已真的在铁板铜琶上了却来世缘了。渐渐,我就觉得清唱生涯的前缘已尽,一种莫名其妙的疲倦使我对清唱的生涯开始疏懒,而一种又莫名其妙的兴奋使我对唱戏感到大大的兴致,终于在朋友的怂恿下,投拜到内廷奉的名旦陈德霖的得意弟子黄桂秋门下为徒,学习青衣、花衫、刀马等分门别类的技巧。

从此,我一变了以前的生活,清唱时期是晚睡晚起,但现在却变为早睡早起。一来因为我对这种唱戏生涯发生了兴趣,二来我是下了决心去学习它,看来是非成功了不会罢休的。

民廿五年,我那时是十九岁,就正式地离开了清唱,踏进了舞台。

破题儿踏上了红氍毹

当我第一次在南京新舞台演唱那一晚,听到台下听众的掌声与喝彩声,自己的脸就渐渐地发热,心里身上也像给什么熨得热烘烘。

我在南京唱了将近一年的戏。终于在沪战的序幕后,我离开了南京,循江而下地到了汉口。我虽然不大出门,但几年来的清唱生涯却使我增加了不少见识。不过,到了汉口以后,我才真真正正地认识了话剧,认识了话剧的前辈唐槐秋先生,认识了姐姐唐若青、妹妹若英。而且一有空,我就到中旅剧团那地方看他们排戏,因为我那时候正是他们大伙儿的邻居呢。

在汉口,白天看"中旅"排戏,晚上就登台,因为我爱香妃与文素臣两人的正义感,所以,我唱起戏来,也觉得这两出戏比较有把握,比较得听众欢迎。几年来,不知多少的掌声与喝彩声覆在这两出戏上面了。

除了《香妃》与《文素臣》以外,我常常唱的戏还有《凤还巢》《百花亭》《孟丽君》《新明末遗恨》(田汉编)等几出。

后来,我被聘到长沙,又再由长沙过港赴沪。为的是要马上赶到上海,所以那一次我在香港只逗留了几天,然而,我对香港那明丽的印象却是无法泯灭,看呀!那蔚蓝的天与蔚蓝的海的清朗。晚上,我从住着的旅馆远眺山上的灯,海上的灯,船上的灯,家屋的灯,香港的夜真是一个珍珠的海岛。

而今天,我又踏上我所眷恋的珍珠的岛来了。

水银灯下

"他们等你像大旱之望云霓呢!"我一到上海,由合众公司派来接我的人就这样地对我说,我虽则不是一个太怕羞的,但经他们这样一说,脸就立刻地红起来。

他们一路用汽车送我到一个旅馆,我的心就一路地跳,跳呀跳地一直跳到站在水银灯前。

摄影场上周遭站满了人,他们在指手画脚的:"唔!那个就是演文素臣的王熙春!"

导演朱石麟先生是怪和蔼的,他跑到我的身旁来,轻声地对我说:"王小姐,请你预备好了。"就在这时,我突然地想到姐姐唐若青、妹妹若英和中旅的大伙儿。因为当我第一次看到他们排戏时,我就想到演话剧、演电影。现在,我真的演起电影来了。

我是不是有点着慌呢,为什么我心里仍旧是不住地跳?我知道,唱戏时的表情与做工,完全和水银灯前两样的。我害怕自己无法担任我这角色,假如不留心地又做起唱戏时那样的动作,不是太笑话的事吗?

但是,我这笑话幸而没有出现在大家的面前,朋友的面前,兄弟姊妹的面前,尤其我最爱的母亲的面前。

《文素臣》拍完了,跟着就是《香妃》。

有一天,我偶然从一个镜子面前跑过,我似乎发现了一点什么,这"什么"是我从来没有会过面的,我睁大了眼睛地看它。嗳!原来在我眉梢眼角间已刻画了辛劳后的愉悦的痕迹。

在上海,每天除了拍戏以外,就

影片《文素臣》主角王熙春,刊载于《青青电影》1939年第4卷第12期。

只上上舞场,然而,大半的时间都消磨在家里和朋友谈天和弟弟们耍耍而已。唏!你一定会觉得诧异的,为了什么呢?我还是干脆地告诉你好了,我有四个弟弟,正在上海光华中学念书,最小的一个已经九岁了。

我要恋爱吗

"你的恋爱呢?"常常有人在我的鬓边擦过这句问话。对许多事我都害怕,但对这问话的答复我是果敢的,我不用想,我只是非常随便地说:"唔!恋爱!我根本不懂什么叫作恋爱,其实像我这样的人,有甚闲情逸致去谈恋爱呢?"

我又到这珍珠的岛屿来了

"香港是比上海好的。"我也常常用这一句说话去答复我的朋友。

当我在六国饭店的楼头望着遥远的天边,而三月温暖的南国风轻轻掠过我的鬓边时,我想起,我想起曾经有过什么时候、什么地方也有这样的风掠过我的鬓边,那,就是我幼年在南京故乡时,在杨柳岸展开小手迎着夏天的温暖的五月风。

香港真是一札美丽的诗篇,一幅轻描淡抹的水墨画。

然而一个月后,我又要离开这珍珠的岛屿了。我谨祝福香港永远是一札美丽的诗篇、一幅水墨画,并祝福我的朋友有一个欢乐而恬静的日曜日。

原载于《影迷画报》1940年第6期

我在沪半年来的回忆

陈云裳

"君从故乡来,应知故乡事。"

可是,新村里的小舞台、秋千架、会说话迎人的鹦鹉,这儿却找不着了,抚今思昔,能无故国河山之感?

人好像一头飞鸟,昨天在那里,今天又在这里了。在上海一住便又住上半年。今天,却又飞回来这里——我电影艺术摇篮之地的香港了。

这是我赴上海参加电影工作后的第二次南归,第一次在沪住上一百零几天,南归后居留香港两个多月,第二次在上海可住上了半个年头了。这半个年头中,现在要把一点生活的痕迹记录起来,总觉得有些模糊吧。可是,虽然是

陈云裳、陈燕燕、黎民晖、童月娟和史东山夫人,刊载于《东方画刊》1939年第2卷第7期。

往事如烟,但毕竟是恍然如昨,那么,就凭一点稀薄的记忆,把一些想得起的事写出来好了,同时,也可趁这一个回溯往事的机会,述一点我个人的感想吧。

首先令我想到的,便是我的职业,也是我的工作。第一次南归以前,我刚演完了《木兰从军》和《云裳仙子》两部片。去年秋天,我回到上海,休息不到一个星期,便要再过着天天跑摄影场的生活了,那时,我是主演张善琨先生导演的《一夜皇后》。

《一夜皇后》是写正德皇下江南时与李凤姐发生恋爱那一段事迹,从前,平剧的《梅龙镇》,粤剧的《游龙戏凤》,都是根据这个故事而编写成的剧本,不知有几多位剧艺界前辈曾演过这个戏了。从前我在素社时代,也曾演过《梅龙镇》的李凤姐。所以,这次我再演起李凤姐的戏时,一方面觉得如旧课重温地饶有兴趣,但一方面也越发是战战兢兢地唯恐有失。诚恐偶一不慎,不特自己对不起自己的艺术良心,同时还恐怕见笑于许多平剧、粤剧界的先辈哩。反正这部戏已经公映过了,演得如何,当期待于高明的观众们指示,我自己没有什么可说,不过当我演完了这一部戏时,倒觉得如释重负一般乃是事实。

后来,我再演了两部片,一部是卜万苍先生导演的《秦良玉》,一部是李萍倩先生导演的《费贞娥刺虎》。我这次南归度岁,还是在赶了几夜通宵戏,把《秦良玉》全部工作完竣后才赶赴码头趁轮返港的。返港时,我是和《秦良玉》的片子一同乘芝打德那只荷兰船同归的。归来第二天农历大除夕日,还是在本港的中央戏院第一次看《秦良玉》的试映。

秦良玉和费贞娥都是明末时女英雄,编剧先生把这两个巾帼英雄的故事写得有声有色地披上一件不愿做奴隶的女战士之外衣了,同时还注入些新的血液在旧的躯壳里,已成功为旧形骸新意识的作品,也是所谓旧瓶新酒的作品了。未演戏以前,导演先生把剧本交给我,我天天在念剧本里的台词,有些地方描写得太动人了,有几处对话念起来,简直感动得要使人下泪。

感动而总于下泪,这是一句不折不扣的老实话,在一些说话较为自由的地方怒吼几声,或呼喊出几句有血有泪的警句,这或者不觉得是怎样了不得的兴奋和刺激。反顾一个身处虎穴的人,日常所见的、所闻的种种使人难堪的诸般事迹,和所遭遇的一些无可奈何的环境中,偶然哼出一些血泪的正义感的调子,试闭目沉思,此景此情,感怀乡国,能不感动为之下泪吗?

所以,我总是这样觉得,我从前演了《木兰从军》,后来演了《秦良玉》和

《费贞娥刺虎》,我实在如读了三册书,三册正义感的书,又如读完了三首《正气歌》。

谈到了电影,令我想起了一件事。本来,电影制作的风气素来是由北而南的,华南电影的作风多数是受上海电影作风所影响而改转其路向,这也可以说,上海电影在中国常起其领导作用,华南电影作风唯上海的马首是瞻。如最近古装影片之旺盛兴起,这便是由北而南的一个例证。可是,有一个现象我们不应把它忽略的,那就是华南的民间故事影片的作风,这回却由南而北地吹向上海来了。虽然这个影响不是全部地普遍化,但是上海的民间故事映片正在方兴未艾地发展着却是事实啊。

这是一个不能忽略的问题啊。在这里,我有一个愿望:希望这个作风不可使之蔓延滋长。同时,我还庆幸自己未曾在这个漩涡里打滚,希望以后也一样地不跳下这个潮流中。

在上海,曾在百乐门酒店住了一个多月,后来搬到了巨籁达路新居。这里像一所新邨,空气清新,少有都市嚣烦气味。伏处室中,不知是身在灯红酒绿、纸醉金迷之大上海都市里。不过,这却令我想起已沦陷了的广州河南基立道之素社新村了。这里,有素社新村一幢幢幽雅闲静的房子,也有那饶有园林趣味的天然景色,可是,新村里的小舞台、秋千架、会说话迎人的鹦鹉,这儿却找不着了,抚今思昔,能无故国河山之感?

我的新居里有所清雅的花园,空气常新,鸟声清脆,在摄影场里拖回来的慵倦之躯,可使精神一快。有空暇时,我常和我的女英文教师做室内网球游戏,这是我近来最爱好的一种游戏了。

这里,我要把我那位诲人不倦的教师介绍出来。她是蔡昌先生介绍我们认识的美国驻华商务大臣安立德先生的侄女公子,她和我可以说是一见如故了。她的文学很好,她自动地愿做我的英文义务教师,那正是适中下怀了。因为我很久已有意再来攻读英文,但因职业上的牵掣,致常感有心无力而无法实践我的读书计划,这回无意地得到她充当义务教师,可以说是夙愿得偿了。不可说我的资质聪慧,实在是这位教师先生的教授有方和诲人不倦吧。从前我看美国电影,只能听得懂一部分对话的,现在却解决了从前的困难了。这是很明显的,证明我的这位教师之努力,使我的英文程度进步得多了。

有朋友介绍我日常练习健身运动而购一副摇船机器,这一种健身器,据说是最可以使人体结实的。肌体肥胖的人,可使之结实健美;肌体瘦弱的,也

陈云裳离港时在轮埠留影，自右起：导演汪福庆、陈母、陈云裳、陈妹、汪妻，刊载于《中华》1939年第75期。

可使之健壮日增云。我购得了这副摇船式的健身器后，便天天依照规定时间演习，摇啊！摇啊！在室内摇来摇去，委实是一件饶有兴趣的玩意儿啊。朋友们，愿意使身体结实的，参加我们的"摇船"运动吧。

上海曾经举行过一个明星照像义展赈灾会，这个会颇曾轰动一时，电影界同人，无分男女老幼，都拿出照片来义展义卖，来为在烽火中之祖国尽其涓滴之力。我很感谢一些热心人士，拿出巨款购我一张照片去赈济兵灾难民。由这一次像展来说，可以知道无论什么人都可以运用各种手法去为祖国而服务的。其服务之方式虽异，而求能达其目的者则一耳。我愿意各地的电影界同人，多运用点不同的方法，替祖国多尽点力吧。

两月前，香港有友人至上海，我问这位友人："君从故乡来，应知故乡事。"他首先告我以《贼王子》一片卖座之空前旺盛情形，这使我颇有些难过。在演技上来说，它是我一部平凡之极的作品，怎么还得观众们这样的爱护呢？此后，我将应怎样地加紧努力，以回答爱护我的观众呢？

原载于《青青电影》1940年第5卷第9期

我的奋斗

薛觉先

我的一生不配被写成一篇自传来叙述。我只是这"世界舞台"上的一个角色罢了。但,我凭着我的信念,希望能够引到较好的前途的思想或理想中,虽然在我最后一眨眼的时候,我所看到的是一线微光,然而我也满足了。

忆儿时

百粤顺德的龙江,被一带美丽的小山环抱着,原是一个富庶的农村,在这明媚多阳光的地方,度过了我生之第一阶段。

我记得我父亲的音容是那么和蔼的,但从我母亲的口中,我知道更多的关于父亲的事业,当我在髫龄时候,父亲便抛弃了我们而逝了。

常常在深夜,在黄昏的灯光下,母亲为我们讲关于父亲的一生光荣的事业,她用着怀想的心情,叙述那像一串串珍珠的故事。

父亲在清末的时候是茂才①,也曾随宦到过安徽,但终于解职归来了,在香港以舌耕②为活,那时的华民政务司夏理德先生也从我的父亲学中国语文呢。而伶界中执弟子礼的更多,如蛇仔秋、肖丽湘、豆皮梅等,这或许就是我今日从事红氍毹上的影响。

母亲常常复述着这些故事的,但她的心的创痛是随着而更深了。

之后,我们五个小孩子都在慈和的母亲抚养下而成长起来了。

我应该怎样地来感谢我的慈母,她在艰苦的操持下,负起了教育我们的工作,但是她却从不让我们知道她的辛苦,免得我们纯真的童心受到创伤。

一天,终于我的纯真的心受到创伤了,那创伤使我深邃地永不会忘记,一

---

① 茂才即秀才,是汉代选举科目之一,始设于汉武帝元封五年。东汉时,为避光武帝刘秀之讳,改"秀"作"茂",故称茂才。
② 舌耕指传授学业的人依靠教书维持生活,就好像以耕田来求得粟米一样。

直到了今天。那时我是学习英文了,刚巧是缴学费的时候,而那时的环境却在艰辛之中,但慈爱的母亲却欣然地安慰着我,她却暗地里把簪珥典当,以资应付,这事她没有告许我,然而终于给我知道了。一方我为母亲的慈爱所感动,一方我却悲伤自己命运的不幸,曾经在一个深宵,我流泪到天明。

工作!工作!

十八岁的年龄是希望与梦幻的魔力最大的时期,我和一般早熟读"生活之书"的人都是如此的,我怀着一颗热情与充满美丽的梦幻的心离开了校门,踏进社会的门坎了。

在一个皮革厂里我做起小工来了,那皮革厂的名字是绍昌,在九龙城里的(即今之南洋摄影场当时的一角)。走进这皮革厂后,虽然工作是那么地辛苦,而所得的却那末微薄,但当时我的心情却是愉快非常的。

哪知第一天就遭到了惨痛的打击,这打击像启示我在人生的旅程是曲折的。那天,那管工循例地引导我巡视工厂各部,使我能够明了到工作的步骤,但是一块皮革的制成,是用猛烈的药料使那坚韧的皮革浸润至于柔软,踏进这地方的人都必须换上了另一种抵抗力强的皮靴,其热力可想见了。昂然地走进,怎料足之所践,顿如火炎,幸当时我穿的皮靴,而足部也给烫伤了,设使当时穿的是皮履,那真不堪设想的。而一月所获的薪金,竟不足支付这疗治创伤的药费和履所值。

幸喜我曾经学习过英文,那时的总工目不懂英文,竟因此而擢升我做一个小工目。不久,我又升任书记,这也算是我展开了生活的第一历程。

这工作虽然使我生活上得到了安定,然而却不能满足我的志愿。我常常想,希望有一天我能够把社会的一切的缺憾都填补起来,将以怎样方法来实践我的志愿呢?于是,凭着我一腔热血,凭着我真纯的心,我便决定将我整个的生命都供献给社会了。于是我第一步进上红氍毹上,我希望用这小剧场来将整个世界的大剧场中的一切污点都揭露出来,企望能够把薰沉的人们都走进另一条途路上,这样,我便参加到青年剧团了。

我第一次的演出,因为年龄和舞台经验的条件所限制,我只能饰演小孩的角色。当时,或许是太感动的缘故,我在千百个观众的视线之下,颤栗地走动在舞台上,随着一阵激荡的掌声,我退回后台了,我的心还是跳跃得厉害,而意外地获得了朋友们的赞扬。终在几次的鼓励下,我演出了《做人难》《伤

《英雄》中薛觉先剧照,刊载于《电影月刊》1933年第25期。

薛觉先女装扮相,刊载于《良友》1931年第64期。

心人语》《夜未央》等剧。

做小先生的时候

　　二十二年前——一九一九年,中国正在走向新的一步,展开了五四运动,奠定了中国文化大革新的基础。那时候,因我国在巴黎和会中失败而引起了北平学生的大反响,这时全国青年的热血都在沸腾着,革命的热血在每个年青的脉搏中跳跃着,默契着。

　　年青人是容易接受革命的思想的。那时候我也起了激剧的转变,我知道,如果使中国能够继续着坚强起来,那末非使民众的学识普遍起来不可的。

就凭着这想念,当时便集合了几个朋友组织了一所平民进化学校,那校址就在贫民区里的西环三多里中。

从此我又开始了粉笔生涯了,对一群天真的孩童,我是爱护到如同自己的弟弟一样,我知道世间上他们都是最纯洁的结晶,同时他们因贫困而失掉了许多幸福的。但,这是需要我们的抚育啊!我把整个的希望都付托在这群未来的社会主人翁的身上,因为我的躯干是那末地瘦小,这顽皮的孩子竟给我加上一个绰号叫"小先生"来了。但我从没有因此激怒过,反而欣欣地接受下来,我知道他们都是纯真的。然至今已二十年了,当年的弟子,不少已成立,今日相遇,偶话当年,也不禁为之抚掌而笑。

在那时,我们力倡新学,所以语体文①、国语都采为课程,但是在那封建的残余下,我们是不免受到了抨击的,于是在一般的封建人物和我们邻近的几间书塾的宿儒的口中,我们又被加上了"新人物"的头衔了。但是我们并不曾因此而灰心,反之更加强了我们奋斗的意志,我知道一件事业的收获是需要艰苦地耕耘的。

踏上了红氍毹上

我虽然是在操着粉笔生涯,但我对戏剧工作的兴趣仍未稍减的,暇时我仍从事戏剧研究。那时候,粤剧界的朋友多劝我从事粤剧,也许是他们过分的赞扬吧。他们说:"如果你从事粤剧,那将来定会放一异彩的。"然而在当时一般不良的积习正弥漫了整个的粤剧界,使我感到万分地失望而不敢踏进它的界域中,曾有一时我差不多完全宣告灰心的了。但那时我的好友亚觉君,他是比较了解我,他给予我新的鼓励,他劝勉我说:"我不入地狱,谁入地狱?凭着坚强的意志,环境是会给人征服的。"于是我又重新地兴奋起来了。

在初期我所演出而较满意的只是《宝玉哭灵》《三伯爵》《西厢待月》和《毒玫瑰》罢了。

粤剧固然是有它的特长,但是戏剧的正宗还是在北剧上,于是我远赴上海,希望能够把北剧的精华来填补粤剧的缺憾,几年来,虽然是得不到怎样地成功,然而我亦认为微有所获了。

为了我个性的关系,我选择了小生的角色,因为个性的适合与演出的收

---

① 语体文即白话文。

效是有着联系的,有人常常问我关于这些事,如今我再写下来吧。这是我曾经对一个新闻记者的访问的答话,虽然这谈话的内容大多侧重于电影方面,但是舞台与银幕是同一样的。

这是我谈话中的片段:

中国电影小生人才的缺少,虽是事实,但并非不可以造就,可是单凭一个公司招收一些学员,而只给予一些摄影场的实习经验仍然不够的,它必须要联合电影界整个力量,共策进行,创办一个完备的电影学校,教授他们电影上的全般学术,则不患没有新的优秀人材产生的。但是电影界本身还不能团结一致,这电影学校是难以产生的。

关于上海电影界中的小生的演技自各有所长,但因为人才缺少关系,所以不一定是他能胜任的,而受了合同的限制又不能拒演,则演出的成绩自然要损伤的。虽然一个优秀的小生,可以演得多方面的个性的戏,可是人并不是真的万能。聪明的,他的演戏个性比较广阔;天资稍次的,自然窄狭些。

小生的服装对于表现他的个性与身份亦有很多关系。饰一个贵族的公子,不能以适度的服装衬托,就显得不调和。但一般小生,限于收入有限,又叫他们怎样去考究服装呢?

初试镜头

我初试镜头的时候,那是十五年前的事了。刚巧我到了上海,偶然地和我的妻——唐雪卿小姐认识,她也是从事戏剧工作者。大胆地尝试中,我们组织了非非影片公司,摄制了《浪蝶》,自然那成绩不会满意的。那还是在默片时代,中国电影开始萌芽的时候,不论从技术上或器械上都使人感到莫大的困难。

这一次尝试,却又造成了我一生的幸福呢。在一九二七年,我和唐小姐回到广州结婚了,我应该感谢她,十多年来她给予我的不论生活上或工作上的帮助的确不少的。也可以说,我今日之成就,一半是她的功劳。

几年来,这新兴的艺术也吹向南国了。我重新地又鼓舞起十五年前的兴趣,和天一公司合作拍摄了一部《白金龙》,而收获却使我意外地欣庆。之后我又拍了《荼薇香》和最近上演不久的《银灯照玉人》。

虽然,我全都是演粤语片,但我却对国语片感到莫大的兴趣!我虽然是广东人,但我直觉上是以为演国语片比较容易,国语每一句话,有一句话的力量和语气,运用起来爽快自然,不似广东话强得往往不能自主。这就是粤语片中最困难的地方。

我的演技,朋友们给我过分的爱护,使我加深惭愧着。今后,我将更努力地工作,希望能为我国电影建下了一块路碑。

原载于《影迷画报》1940年第8期

燕 燕 曲

陈燕燕

序曲

江南的燕子呢喃地在啼唤着！

我怎样写出我个人的历史呢？一切的历史，都不外由欺骗与虚伪的豪华外衣交织而成的，个人的历史，更不消说了。我已经被这欺骗的、空虚的人间的历史欺骗了我的全生涯的三分之一了。我不能够再受这欺骗。我便不能够虚伪地用我的历史去欺骗别人。

然而，当夜阑人静，酒醒梦回午夜，当徘徊往事，黯然销魂的黄昏，当春天的乳燕又飞翔在黄浦江上的时候，我又怎能够抑制心灵的跳动，不把我的历史回想一下呢？

我的生地并不是北平而是宁波。我的父亲、我的母亲都是在宁波生长的。宁波的言语，在中国方言土语中，是最特殊的一个地方，"阿拉，阿拉"的宁波地方的土语，较比广东的土语还要厉害十倍，直到现在，我的父亲和母亲，有时还能用宁波土语骂人。计算一下，我的全家离开宁波却已经三十多个年月了。

宁波又是近海而开通最早的一个都市，我不能不感激这个地方，我是生在这里，而又染上了浓厚的宁波女性的性格。柔弱、娇软、妩媚，宁波的女性都是满带着江南海国女儿的情绪的。如果我不是在宁波也带着江南的海国女儿的情绪的话，那也许到现在，在中国的影城里不会有一个名叫"陈燕燕"的姑娘的出现吧。

但我的父亲是一个小商人，很早很早地就惯于在外边五湖四海地经营他的事业了。当我才降生不久的时候，父亲就携带着母亲和我，一块儿向北方移动，移来移去，全家便移动到北京。在北京，我们住下了有很长的年月。

北京救了我

北京叫我自然而然地学会了中国的标准言语——官话,忘却了"阿拉,阿拉"的宁波方言。在许多的燕赵佳人之群里,我之能够侥幸地踏上影城这一条路上去的原因,也是北京给予我的恩惠。

我爱北京的心,胜于我爱江南与我的故乡。北京真是一个好地方,好玩的地方多着呢!直到现在,在我的记忆里还深刻地存在着庞大的北京的影像,我爱故宫的雄壮,我爱南海的秀丽,天桥的庞杂、西山的美艳,我也喜欢。

同样地,我知道北京也喜欢我们这样江南海国的女儿。在新时代摇篮里的燕赵佳人之大群里,江南女儿的数目并不太多,然而,"江浙胭脂"的名气早已给北方人以极深厚的印象了。

我是在北京长大的。北京扶育我,使我呼吸到爽朗的北方的空气,同时北京给我以新的生机,新的道路。我之能有今日,溯源来说,完全是北京造就的。北京救了我。北京把我这宁波的女儿改造成现在的影城里一颗星。

我爱北京,我愿北京能够永远地永远地健康地延长下去。

那时,已是中华民国二十一年了。我在北京,已经长大了。

父亲在商业上失败,像退任的清廉的官吏一样,两袖装着的都是清风,不能东山再起了。为了全家的生活不得不降格低就地找一个别的职业,终于在北京饭店做了仆欧。

这是何其卑贱的一种职业呀,我不能再说什么了。父亲如果不作仆欧而又找不到别的事情可做的话,那么,全家就得挨饿。可怜的父亲不能叫我和母亲沿门乞讨去啊!

每月能够从小赏中领到一笔钱,这就是父亲的月收入了。数目并不太多,仅足以维持一家的生活罢了。好在父亲是睡在饭店里,吃也吃在饭店里,纵然睡的是地板,吃的是客人剩下的饭,但也够了。领到的钱,都作为我和母亲的生活费。

母亲也有一点收入,是在邻近的天主教的教会里替教会里的人缝补一点衣被,这也是情出无奈。为了这缘故,母亲渐渐变成了一个信仰天主教的女性了。我呢,完全是小女孩子,知道什么呢?我也时常跟着母亲到天主教会里去玩,教会里的神父和修道女都很喜欢我,常对我说:"你也信天主教吧!圣母马利亚会护佑你的。"

我笑了,笑他们都会撒谎,早已死亡了的犹太人,怎会护佑我呢?

但后来不知是为了什么缘故,我居然也稀里糊涂地跟着母亲加入天主教,做一个善良的教徒,念起圣经,做起礼拜。早晨起来做早祷,晚上做晚祷,也会划起十字念着"因父与主,及神圣之名"来。

全家只三个人,父亲又时常不回家,两个人信了天主教,家里的情绪充满了天主教徒的气味。这对于我的将来,是无害而有益的,因为精神有了寄托的地方。

我只在小学校里念了几册书,说我是没有受到充分地教育的女性,我并不生气,那时,家庭的环境也不允许我受到充足地教育呀!进了小学校,念了几册书,这已经是父亲的全力了。

到民国二十一年的时候,我已经是十六岁的姑娘了。我不再进学校念书,成天地不是在家里帮助母亲,便是到天主教会里去玩。幼年的时候,我很少一个人在北京城里满处乱跑。这也是我的性格使然,因为我的性格,带着很浓厚的江南海国女儿的柔弱情绪的。

有一天,父亲放假,回家来了。在家里休息,吃完了晚饭,父亲对母亲讲说饭店里最近发生的新闻,这已经是每次父亲回家的常例。父亲讲得很有意思,我也常常听着,为此往往忘了睡觉。

这回,父亲讲的是有一大批上海拍电影的人,有的是导演,有的是管装饰的,一共约有三十多人,为了拍摄一部电影,到北京来拍摄外景,住在北京饭店里。

我也看过几部电影,对于电影,我倒没有爱好与憎恶,只是对于拍电影的人,我有一点好奇的心。父亲讲起有些演员们的时候,还提到那几个很美丽的女演员在内。

"爸爸,我也去看着那些拍电影的,好么?"后来,我忍不住地对父亲这样说了。父亲感到一点意外,他笑了说:"看他们做什么呢?倩倩也要做拍电影的人么?哈哈……"

我羞得红起脸来:"不做,不做,叫我做,我也不做呢,我只想看看他们就是了。"

母亲听了这话,也笑了起来,对父亲说:"我们的倩儿,若能做拍电影的,看她那个样子,能成了不得的人吧!"

我知道这是母亲拿我开心,我生了气,不再提这件事。可是,说起来也很奇怪,临睡的时候,总是想着奇奇怪怪的电影片子里的故事,飞檐走壁的、抛飞刀的、腾云驾雾的,太多太多了,总觉得拍电影的都是些罕奇不得了人,我一定要看看他们。

第二天,父亲回饭店去。吃完了午饭,母亲在院心的老树下洗着衣服。我说:"妈,我要上天桥玩玩去!"

"自己去么?"

"不是,是和王大婶的姑娘一块去!"

王大婶是斜对门住着的人家,她的姑娘和我最好,他们是奉天人。

"那么就去吧!可要早一点回来!别在街上闹事。"

母亲不知我是撒谎。说来可笑,到天桥去做什么呢?我固然爱天桥的热闹,但我也最烦天桥混乱啊!

信主的人是不能撒谎的,特别是对自己的母亲,我不是个爱撒谎的姑娘,因为我知道如果我说"我到北京饭店去看拍电影的去",母亲一定会不答应,也一定说"看那个做什么呢?爸爸会烦你的"。

爸爸并不烦我,爸爸正像妈妈一样地喜欢我。爸爸却不愿我去他们的旅馆里去玩,因为旅馆里的同事,常常拿我寻开心,爸爸就烦这件事。

我绝没有料到这一个"谎话"会把我的命运与生机来一个一百八十度的大转变。

我并没有去找王大婶的姑娘。离开家,就一直往内城去了。我还记得,那天我是穿着洗过的阴丹士林布的青蓝旗袍,白帆布的胶皮底鞋,白线的袜子。没有抹粉,也没有涂脂。梳着两个小辫,辫子上扎着黑色的带子——因为我从小就喜欢淡雅与俭朴。

到北京饭店去,是第三次了。第一次爸爸领我去的,去的目的是在于见识见识饭店的情形,爸爸以为能在那一个华美的旅馆里做事,是值得骄傲的。第二次为了什么去的呢?我记不清了。是和王大婶的姑娘一块去的,大约是为了玩玩罢。就在那次,爸爸同事中,有两个年青的不正当的人,竟和我开玩笑,把我气坏了,爸爸也烦他们。从那次起,我发誓不再去了。这一次去,隔开发誓那次,还不到三月呢!

不想叫爸爸瞧见,可是上了二楼,就被爸爸的同事碰见了。

"老陈哪!你的姑娘来啦!"

他知会我父亲呢!我很为难,想退下去也来不及了。父亲正在不通的通道上呢。看见我就笑了:"看拍电影的来了,是不是?"

爸爸真猜对啦。

"只有你自己来么?"

"是。"

"来吧。"

我跟着爸爸到茶房的屋子里去。说是来得不巧,拍电影的那一大堆人出去拍电影去了。他们屋子就在附近,分为五六间,现在只有两三个女的还在屋子里。

"等一会,我领你去看看她们,可别淘气,别被人笑话啊!"

我说:"好!"

这时,电铃响了,恰巧是她们那个房间按的。爸爸立刻就去了,我在屋子里等。

茶房的屋子也很讲究,壁上还贴着电影片子的美人广告呢!有一张是上海的,现在我还记得是《火烧红莲寺》第二集的广告,胡蝶女士主演的。胡蝶女士的彩画的剧中人的肖像,生动极了。那时,我做梦也想不到在几年之后,我的名字、我的肖像,居然也画在电影广告上,那种广告也贴满在街上、饭店里、旅馆里……

我站在父亲身后,父亲把门轻轻地推开了。一个充满了阳光的华丽的上等房间,鲜明地映在我眼里,我是第一次身临到这样的世界。

我跟着父亲,小心翼翼地进了屋子。

坐在沙发上,悠闲地架着腿,读着《北京日报》的一位姑娘,抬起头来望着我父亲,很快地,眼珠一动,移射到我身上。我心跳,脸也红热起来。

这位姑娘,有一副很端正而又很和蔼的美丽面孔,既不轻佻,也不妖冶,使人初见便感到可亲与可近。虽是拍电影的人,打扮得却和受过教育的良家女性一样。原来明星也就和平常的人们一样啊!她的名字叫林楚楚,后来我才知道。

"这位姑娘,就是你的……"

多么温和的口气啊!她是向着我父亲。父亲在一切客人面前,总是低声下气,对于这位姑娘,也是一样。

"是!她想看看拍电影的小姐们。"

"十几岁?"好感似的眼光,又移到我的脸上,她向我说话呢!

"今年十六。"我害羞地,低着头小声地回答。

"名字呢?"

"陈倩倩。"

"念过书?"

"念过几年,现在不念了。"

"你过来!"微笑地,她伸着手,叫我过去。

我的手握在她的手里。我坐在她的身边,沙发这软软的东西,我坐在边上,坐得有点不大自然,当然那时我是不会像她们那样大方而又自然地坐在沙发上的。

父亲看我和这位姑娘相处得很好,他也感到一点光荣与满意。有客人又叫他了,他嘱咐我一句便离开房子里,屋子余下我、她、还有一位始终在床上假寝着的姑娘。她的名字,现在我已记不起来了。

林姑娘亲切地和我说话,把我当作小妹妹一样看待,问我这个,问我那个,又问我:"你愿意当明星么?"

听了这话,我吓了一跳,我知道拍电影的人就是明星,但我从来没打算做一个拍电影的人,我自己也没有当明星的资格。我不知林姑娘来了这句话的用意是什么,我呆呆地望着她的脸,好久好久没有回答。

末后我说:"我不愿意。"

我回答不出理由来。理由不是没有,主要的是,我的资格、我的环境、我的能力都不配去做明星,那时我本身之与明星的距离,实在又太远了。我更没有做明星的打算。

现在我才明白,人在年幼的时候,对于自己的一切都忽略着。想起来那时我忽略自己也很厉害。我在这一位女明星面前发窘,因为我忘了我的美丽,我的年青,我的身材……

父亲来了。仍然是低声下气地做出茶房的身份来。

林姑娘对我父亲说:"我很喜欢你这位姑娘!可以叫她常到这里来吧!"

"谢谢!谢谢!"

父亲喜欢得几乎拢不上嘴,叫我向她道谢。我照办了,给她们鞠躬行礼。

"明天还来么?"

我说:"来!"

听了这话,林姑娘也很喜欢似的,脸上的笑容更多了。

"等一等!"她叫住了我。我站在门边,她好像才想起来似的,打开手提的皮箱,拿出一个印着花的纸盒子来:"带回去吧!这是上海的巧克力糖,很好吃的!"

"谢谢,谢谢……"父亲不停地替我道着谢。

帮着母亲,在院子里洗衣服,母亲做午饭去了,剩下我一个人在树荫下再清凉没有了。我坐在小板凳上,双手不停地在洗衣板上搓着湿淋淋的衣服。束着的两个短辫子从脑后垂到两颊来了,已经污秽了的水,泡肿了两手和手腕,墨似的水珠混着肥皂的泡沫落在围裙上。昨天的事,我忘却了,等于在翌日忘却昨夜的梦境一样。只是林女士那一副温和的脸和温婉的话句,无论怎样,在我心里也难拂出去。"你愿做明星去么?"可笑极了,穷人家的女孩子怎能配做明星呢?

"倩倩!"

我抬起头来,意外的是父亲又回来了。走到我身前:"等一会再说,跟我到屋里来。"

不在休假的日子,父亲平常是不回家的。不是休假的日子回来,总是有事情要办,难道今天有什么意外的事情发生了么?这样地想着,很快地便联想到昨天的事,我很担心怕闹出什么乱子,可是父亲的脸色却和平日一样平静。

母亲在外屋切着菜呢,不安地跟着父亲进了里屋:"怎么今天……"

父亲不说什么,拉着我的手,默默地尽自望着我。

"倩倩!愿意当明星去么?"好久,父亲才开口说话。

"不愿去!"我并没有说出什么理由来。

"你这孩子,总是这么矫情,当明星去是件正经的事呀。"

母亲还不知道我昨天到父亲的饭店玩去了。她忍不住问起父亲:"怎么一回事呀?叫倩倩当明星去……"

父亲把昨天的事对母亲说了。说完了昨天的事,接着便说今天的事。那位林女士告诉他,她很喜欢我。她和导演们商量了,想提拔我到她们公司里去当演员,叫我父亲今天把我带到北京饭店,她好向导演介绍。因为今天没有戏拍,导演正闲在饭店里。若是我愿做演员的话,起初每月能有二十多块钱的月薪。

父亲对于这个月薪数目喜欢的心理是比较喜欢我去做明星强得多。

二十几块钱,数目虽然小得很,可是在那时候的二十几块钱,比现在上海的一百五十圆的高价还高过得多。

父亲和母亲联合起来说服了我。于是父亲带着我到北京饭店去会见林女士和那一班拍电影的人们。

还是那个屋子,人更多了起来。十五六个人的样子,把床边、沙发、椅子、写字台都坐满了。烟,在屋子里空间飘着,像是薄雾一样。在烟的薄雾里,那些人们,有的谈天,有的背台词,有的看报,有的无言地吸着烟,六七个姑娘围坐在一个方桌前欢欣地说着话,抢着糖吃呢!林女士站在窗前,望着下边的街景。

"才来的么?"慢慢地转过身子,如同一座石雕的女神被移转过来的风情一样,再动人没有的了。一经开口,满脸都是和美的笑容,声音比天主堂里的姑娘更为温和。

"是!"父亲代我回答。

林女士过来了,拉着我的手,她向坐在桌边的软椅里的那一个穿着作业服、结着花领带的中年男子说:"看一看吧!就是这个小姑娘。"

这个中年男子,把嘴里含着的纸烟拿下来,仔细地打量着我。从头直看到脚下,从脚下看到头上,他把我当作了一个艺术品似的,贪婪地用他的眼睛鉴赏着我。后来,我知道他是一个好男子,联华影片公司有名的大导演,名叫孙瑜。

事情弄成功了。从那天起始,我真是上海联华影业公司一名演员了。我很快乐。一切都是林楚楚女士和我父亲商量。我很感激她,因为她太喜欢我。我管她叫林姐,她把我当作小妹妹一样看待。

和那些人们也都认识了。我知道他们有的是演员,有的是摄影师与助手,有的是助导演,有的是管理衣服与道具的,有的是办理拍影片子的行进事务的。他们的姓名我却记不清楚了。现在能够记得住,而且永久也能记得住的共有三个人,第一个是领我走进电影界的恩人林楚楚女士,第二个是孙瑜导演,第三个人是摄影师黄绍芬。

因为是拍摄外景,老远地从上海来到北京,为了节省费用起见,带来的演员只拣重要的。于是《故乡春梦》的外景里出演的演员就不够用了。演员往往扮完了这个角色,又去扮演另一个角色。有时还不够用,就到处雇人。拍完了,给他们钱就算完事。我呢!也因为这个原因才把事情办妥。导演就叫我在《故都春梦》中出演。

我害怕起来,涨红着脸对孙导演说:"我不会,我还得学呢!"

"不要紧,你扮演的角色不太重要,到时候还有人教给你呢!"

如果,读了这篇小说的人们之中有的看见过《故都春梦》的话,那么在那部片子里有一个扮演小丫头的姑娘,举动呆板得如同木偶,那便是我初上镜头扮演的人物了。

为此,我和摄影师黄绍芬也接触起来。他是我记忆中——甚至可以说是生命中永久存在的一个人。那时,他的年龄也很轻,才二十二三岁的样子,面孔很美,头须梳得很齐,穿着合式的洋服,把他那文雅的性格显示得更为真切。虽说也是上海人,北京话说得很为流利,却不喜欢饶舌。

我的脸上涂着很厚的黄粉,眉毛也用木炭画得很浓,口红把嘴唇抹得如同才喝了鲜血。仍旧梳着两个辫子,穿着蓝布的短衣短裤,那样子,倒真像谁家的小丫头一样。

是的因为我当了林楚楚女士的小丫头了,得到在她耳前耳后身左身右。她扮演了一位年轻的阔太太来逛西山,在途中遇见她的旧情人了(丈夫以外的情人)。她和情人说话,叫我躲到溪水边去玩。远远地看见老爷也来了,我就赶快跑过去告诉她。她吃惊起来,她的情人躲藏起来,老爷来了,她还着没事似的"OK"!

与其说导演指挥我或者林女士指挥我才勉强把这处女的镜头平安无事地拍完,毋宁说是摄影师黄绍芬先生指导我才越过去一道难关来得妥当。他是异样亲切地指导我做戏。叫我不要怕,告诉我不要把摄影机放在心里,只管我做戏。对于他那样的态度我只有感激。

不料他在午间吃饭时候,对孙瑜夸奖了我,说我虽然年龄还小,但作起剧来却非常地好,来日的希望也很大——这是林女士间接对我说的。我听了,只是红着脸地笑。

"看样子,他很喜欢你似的。"林楚楚第一次和我开起玩笑来。

在感激一个人的时候,那个人的影子便会在人的心里盘踞着,这样的事实,是不消再说的了。以那时候的情形而言,我感激林楚楚女士的程度,是比感激黄绍芬君稍高一点。

起初,我不愿意马上就拍戏,我甚么也不会,我怕在摄影机前活动。我是打算正式进了公司后,学几个月再拍戏。孙导演命令我在《故都春梦》里扮演一个丫头,这简直是一个大难题。我怕了,但我不能第一次就违反孙导演的命令,那与他的职权、身份、面子上有相当关系。我只好应允。

事后,据林楚楚告诉我,那是孙瑜导演要试一试我的能力,才马上那样叫我扮演一下。

我一点出演的知识与经验都没有,我怎能充分地在镜头前施展我的能力呢?尤其是这是第一次。

想起那个时候,我听导演告诉我的话,拼命红着脸勉强在镜头前做处女出演的情形,至今犹且觉到羞意。说实在的话,在那时,与其说是为了自己的前途才那样地努力,毋宁说是为了顾及父亲的欢心与每月二十块洋钱的收入才那样做下去。

拍完了,孙导演只说我还可以。我已经感觉到无上地荣幸了。以前我是不喜欢做明星,怕做明星的姑娘,从那时起,我不怕了,也喜欢起来。

《故都春梦》的外景拍完之后,这一批外景队就要回上海去。孙瑜先生叫我一块和他们走。我可为难起来了。父亲是不能辞了北京饭店的职业和我母亲一块去上海的,我自己一个人去呢?非唯父亲不放心,我也有点胆怯。

陈燕燕,刊载于《中国电影女明星照相集》1934年第1卷第6期。

父亲和林楚楚女士商量,林楚楚说:"无论如何,你们的姑娘是不能失掉这个机会的。她的将来希望很大,你们自己斟酌着办吧!"

我们全家商量来商量去,最后决定了,母亲和我一块去上海,父亲留在北京。将来如果我在上海有了长进,父亲便可以辞职到上海去。如果我在上海没有什么希望的时候,我和母亲还可以回北京来。

可是第二个问题怎样办呢?

这所说第二个问题,是我的未婚夫家他们一致反对我当明星,便反对我去上海。我应该忠实地把我怎样订了婚的事情解说一下。

他的名字叫刘凤缘,比我大三

岁,是戏班子里一个名伶,媒人在张罗这件亲事时候拿过来的他的相片,我看见过。一张是平照,一张是戏照,人像很为秀丽。清秀的眉毛,含情的眼睛,微笑的小嘴巴,是一个很受女子们喜爱的男子。我私心里也很爱他,父亲和母亲更不用说了。我曾有两次拉着邻家的姑娘到××舞台去,在走廊的座位,在人缝里偷偷地看他唱戏。第一回唱《女起解》,他扮演苏三,动作和声调都不很坏,台下虽没有如雷的掌声,但观众拥挤地望着台上,鉴赏他的戏派的情形,我确实私心骄傲。

不久,我们也就订了婚了,是父母替我主办的,我并不曾反对,实际我即便是想反对这"父母之命,媒妁之言"的婚姻,也没有反对理由呀!他太使我恋爱着了。

我很关怀他的一切。特别是在订婚之后,我很爱听父亲的同事,或是邻家的大婶们讲着关于他的消息。消息越来越多,到后来竟听说他喜欢和一些放浪的女戏子胡调,还有吸鸦片的嗜好,父亲不信,可是他终于也打听出来这消息并不是空构的了。

怎么办呢?

他反对我当明星,反对我去上海,反对的理由太多了。总而言之,他以为既然订婚,我就算属于他们家里之一员,虽然还没有迎娶。再过一二年我长大了,也就可以了。认为我不能离开北平,也不该做什么劳什子明星。他不知道我的父亲已经有了悔意,我也不愿做一个抽鸦片烟的戏子的太太。

他们一家坚持地反对我去上海。经过再三地解说,还是不行,末后父亲动气了,当着媒人(媒人来做说客)的面,拍案大骂起来:"这么不通人理?我又不是把我的姑娘卖给上海拍戏的,让她到上海做一二年事,也算不了什么,迟早总是回来的。现在算不了刘家的人,怎么竟来这一套?混账!"

这一顿大骂发生了效力,刘家再不敢派人啰唆来了。

离开北京,是我年青的生命过程中最大的痛苦。站在窗下的时候,被车载着路过正阳门的时候坐在三等车厢里,望着月台,望着崇立的北京城墙的时候,我都不停地在心里想"就要离开这里了",于是一种酸葡萄似的酸楚,轻轻地敲击着我,伏在车窗,我哭了。

我怎能离开这里呢?夏天的中南海、秋天的西山、天桥东安市场、朝阳门……都是我梦魂颠倒、低徊难忘的地方。

想到这里,内心被强力的悲哀敲击着,正是火车拉着长笛,缓缓开驶的时候。月台上送别的父亲,城壁、车站,渐渐都落后了。

"妈!"我茫然地埋头在母亲的裙上,失声痛哭起来。是时在幼小的心灵上,还有什么比离别更销魂的呢?我没有爱人,北京就是我的爱人。我没有知己,北京就是我的知己。一旦离开他们,伤感是不能避免的啊。

一直到乘上轮船,船在日丽风轻的黄海海上驶行着的时候,离愁才渐渐地被我忘却。

起初,我怕晕船,老是躲在船里和母亲在一块儿说话,不大往外边去。后来,我什么都不怕了。我知道年青的姑娘,只要不是林黛玉式的病美人,是不会晕船的,于是窄小的船舱再也不能羁绊着我,我变成甲板上时常出没的姑娘了。因为我非常喜爱海。喜爱看海,看海上远远的孤帆,看白羽红嘴的海鸥悠悠地划着A、B、C的条线飞翔在船后。

有一次,我从船舱里走出,走向前甲板那边去玩。才走过船舱的通道,便看见有一个男人站在铁栏杆边,背着手立着。他是穿着白色的洋衬衫,洋服裤子,海风轻轻地吹动他的长发、衬衣、裤角。他一点也不动,站在铁栏杆边,默然地望着远方的姿态太雄壮,也太优美了。不久,他缓缓地用手掠一下飞乱的长发,转过身子来。一条视线马上扫射在我的脸上,我没有逃避,于是我和这个男子的视线交接在一起。

他微笑着,一边走过来:"倩倩,也喜欢海么?"

"……"

"我常看见你一个人在甲板看海。"

"……"

"海真伟大啊。"

"……"

我仍然不回答他。什么原因呢?我也不知道。他那雄壮而又优美的背影,在我心里留上了一个永远难于忘却的好印象。这个印象正在我的心里滋长扩大着呢。我还有什么心绪来做普通而平凡的问答呢?

那个男子看见我不作声,他也不再说什么。伏身在铁栏杆上,从容地把视线转到海上。我很想借着这机会离开他,但是,谁知道,我没有把我与这个男子的距离,分得远远的勇气与忍心。

那时我还年青得很,我还不懂得什么叫作"恋爱"。如果那时我是懂得了的话,那么我将更为急促不安,而急想逃开这个场面。实在地说,我是喜欢这个男子的。

和我并不陌生,他的名字就是黄绍芬。

到上海的第二天,落起了霏霏的夏雨,整个的上海被雨雾烟云压得沉闷异常。我的命运,难道也被这些东西涂上色素么?真是不幸得很,当林楚楚女士引导我到联华公司去会见公司主人的时候,那一个胖胖地坐在写字台后转椅上的家伙(原谅我,我不能写出他的名字来,现在对我的态度,完全不同了)。

一点不客气地转着眼珠,轻蔑地上下打量我。我真羞惭,因为那时我的身上既没有绫罗绸缎,又没有珠光宝气,我是布衣布鞋,凭着本来的面目而来的,万不料到果然有这种人看轻了我。

"怕是不能胜任吧!年龄有点太小。"他是对介绍人林女士说的。说完了,他又轻蔑地看我一眼,冷冷地一笑。

这不但是对我的侮辱,同时也是对林女士的侮辱。侮辱我,我不能出声,侮辱了林女士,她是不服的,她处在公司是有地位与身份的人。于是林女士不平地替我向他分辩。这时候,孙瑜导演和黄绍芬恰巧因为有公务也来到写字间,孙先生也替我宣扬了几句。结果,胖先生是屈服了,我的地位也算是定了。不过,总由于胖先生轻蔑我这年青的心理作用,分派我的工作,并不到摄影场去当演员,而是在冲洗室去做一名女职员。

冲洗室是什么样的屋子呢?冲洗工作是怎样的工作呢?这名冲洗室的女职员,怎样工作下去呢?我会不会,能够不能够呢?……这些,我都不明白。

既然做了羊,就凭他割宰吧。

这样,我横了心肠走进冲洗室里去。既去之后,什么都明白了。冲洗室的实在名字叫着"暗房",大概是因为那个屋子永远都暗无天日才被大家起了这个名字吧?工作是把拍成的电影胶片,用药液去冲洗、洗晒、复印、剪接。总之,工作和照相馆里暗室里的情形是无二而一的。于是我变成了一个虽然在白天也与日光无缘的人了。

我真有点后悔了。

白天都在公司里工作,晚上,回到家里来,一看见母亲的笑容,就把白天在暗房里烦恼的心情忘却无余。所说的"家"决不是了不得的所在,一所二楼楼梯旁边的亭子间而已。屋子虽然小,容纳两张床,一个桌子,两个椅子,以及一般家具之外,还有余裕。两边都是玻璃窗,窗下是行人杂沓的街道。

家的地址,距离公司所在很近,上下班都不用乘车,二十分徒步便能达到。

说起来，应该感激一个人，由于有"他"的帮忙，我和母亲才得以找到这样的好地方住。并且，房子钱贱极了，比北平的房子更贱。一月的房租，不过三块钱罢了，自来水、电灯、杂费都算在内。

有时候，我下班了，"他"陪着我往回走。有时候，"他"也到我家里来坐坐。我母亲很喜欢"他"，像喜欢我似的。

"他"有时劝导我，叫我忍耐；有时鼓励我，叫我努力。"他"说的话是那么有条不紊的和那么正经，我不能不听"他"的话。

站在甲板栏杆下的雄壮而又优美的姿影，在我的心灵里，不时地像胶片一样清清楚楚地映现出来。奇怪，为什么我的心都被他的话、他的姿影盘踞满了呢？

我向我自己问："你爱他么？"

"不。"

"你讨厌他么？"

"不。"

"你能离开他而不悲哀么？"

我自己也难于判断到底对于"他"是不是在"爱"着，胡思乱想是没有用的。总之我还年青得很呢。我不懂得什么叫"恋爱"。不过，是我不能让"他"从我身边滑下去，从我心灵里消失了，我需要"他"，比需要神、天父、圣母都还重要，"他"永远不离开我，我的神，这已经够啦！

在母亲的慈爱中，在"他"的慰藉之下，暗房的工作，梦也似的一口气做了五个年间，岁月果然催人呀。五年间的短短时日中，母亲老了起来，"他"更为清秀文雅了，我呢，我的变化，比谁都明显。

五年前，我不过是春园里才伸

陈燕燕与黄绍芬合影，刊载于《电影画报》1936年第30期。

出嫩芽的小草,不过是一只才牙牙学语的雏燕,钢琴的前奏曲,初温柔的梦之起端。现在呢?五个年间中的岁月,把我改造为另一个姑娘,不是倩倩、小草、雏燕了。

我怎样感激"他"才好呢?"他"从我的本来面目上认识了我,从五年前认识了我,五年后他更清楚地认识了我。

"现在!可以从暗房里走向摄影场上了,愿意么,燕燕?"雄壮而又优美的姿态,永久地撩动着我的心魂。我有什么再迟疑的呢?

又靠着他的帮忙,真有一天——祝福那一天——我从监禁我有五年间的冲洗室里推开门,向有阳光、空气、希望、欢笑的摄影场里走去。啊!当演员,当明星的美梦,实现啦!

开始是在《续故都春梦》和《一剪梅》里演了两个最不重要的丫环伺候人的姑娘之类的角色。虽是如此,我很高兴地认真地做了下去,我把我扮演的角色应尽的力量都尽了。没有获得主角一样的掌声与赞词,那是当然的。没有弄到狼狈不堪的地方,这已经等于我得到的无上的荣耀。我不敢有什么奢望。我听信了爱人对我说的话:"积集了很多的小经验,便等于一个大经验;扮演了不同的许多小角色,便等于获得到一个主角角色所应具备的一切知识。"

啊!这样的话是如何地富有道理的呀,唯有能用真实的爱情来爱护我的人,才会说出这样亲切而又真实的道理来。我感激他。

同时,我很傲骄,燕燕有了爱人,燕燕有了这样值得爱的爱人。

在北京拍摄外景的时候,他摇着摄影机,一边却又比导演更亲切地教导我怎样地活动。在日丽风和的黄海海上,站在甲板上,眺望着海天的雄壮而又优美的姿态,留给我心灵上一个难于磨灭的好印象。在人地生疏的魔都大上海,在公司里,他亲切地帮助我,照护我五年多的长时间,他是我唯一的异性朋友,母亲也喜欢他。我还能不爱他吗?二十岁了,我也懂得什么是爱情。同时,也知道迟早我是必须有一个爱人的。

我敢在圣母的教坛之下发誓,燕燕是从心的深处爱着他。

到拍《南国之春》一部片子时候,他给予我的援助太大了,为了我的成就,他再三地和导演与公司当局替我争夺主演的地位。主演争夺成功了,又特意地,由他拍摄这部片子,我知道,他是希望我由这部片子打下"明星"的地位,一举成名。他是如何地苦心替我打算啊。我非努力不可,为了酬谢他的苦心，为了我自己的造就。这样，在《南国之春》里我的小心翼翼与努力，是超过我以后主演的任何一部作品。在拍摄的二个月之间，我几至废寝忘食地处处都在练习做戏。至于黄绍芬呢，为了我，在拍摄上，他是异常地运用着镜头，远景、中景、近景、半身、大写、正面、反面、侧面，处处都把我的特征和美点充分地表现出来。有时，导演先生喊着："OK！"有时，他摇摇头，对导演说："怕是不妥吧，还得重拍一下。"

导演笑他太用心了，他只红着脸笑而不答，点点头又替我重新拍摄。他这样地细心，是过去所不曾有的。

《南国之春》拍完了。冲洗、剪接，他还参加了不少意见。及至片子弄好，在试片室放映，公司里的重要人物——那个胖家伙也在内——都来试看。完全出于他们意料之外，片子映写完了，大家一致的批评是："女主角太美啦！这部片子，一定能多卖座。"

片子在电影院公演了，在上海，在南洋，在全中国各地的电影院都上演了。连做梦也想不到，到处都有良好批评。老板们因此发了一笔财，我也因此增加了一笔很厚的薪水。"陈燕燕"的名字，在青年男女影迷的头脑里，留下一个印痕。

继续《南国之春》，我接力式地主演了《奋斗》《三个时代女性》《母性之光》《天伦》《寒江落雁》《骨肉之恩》……我由这些作品中，获得了不少的优秀舆论，也获得不少青年学生们的爱戴。同时，我得到了一个和我的性格妥适的雅号了——"小鸟"。啊！我是何其荣幸呀。

我又得到很多的影城内的好朋友，韩兰根、殷秀岑、刘继群，这几个乐天派的明星和我结拜为兄妹，在霞飞路冠乐饭店请了客，举行了仪式。现在，我又和黎明晖、华妲妮、童月娟、陈云裳一些大明星，在百乐门结成了异姓姊妹。

布衣粗食的生活永久离开了。我的家，由亭子间改为楼房，我的月薪，由二十元改为四百元。母亲用不到再到灶间去烧饭菜，有娘姨伺候我们。我虽不爱绫罗珠宝，为了明星的交际，我不得不打扮一下，但无论怎样，在可能范围内，我保持了朴素的一贯的风格。花不了的收入，一一地都让母亲储蓄起来。

五六年前，我不过是一个长在北国的南方女儿罢了。

五六年后的今日呢？我，我是什么了呢？

我怎样走上这一条当明星的路径呢？谁领导我进来的呢？谁提拔我，造就我,使我能有今日的这样身份、收入、荣誉的呢?

林女士引导我进了联华;孙导演让我初次拍戏,而后也就完了;黄绍芬呢?从北京到上海,由到上海的第一年起一直到现在,他没有离开过我。我之有今日的成就,源归求根来说,黄绍芬给我的力量最多。我感激他,从心的深处去感激他。但是,我用什么方法,把我对他的感激表现出来呢?他是爱我了。我对于他,也……

北京刘家的婚约被我解除。因为在这五六年间,由父亲来信所说的"刘,不但不长进,烟与赌的嗜好日日加重,终于到了不能在舞台上露面",我能嫁给这样一个没落的瘾君子么?叫我死,我也不能。我和母亲商量,母亲爱我,母亲也不愿有的女婿是那样地没落的人物,于是由母亲作主,写信告诉父亲,向刘家要求解除婚约。

一旦恢复了我的婚姻的自由,我的喜悦,我真不能形容出来。以后,我将怎样地严选我的夫婿呢。我不能再想下去。那一个雄壮而又优美的姿影,在我心灵里扩大得更厉害了。我也很喜欢他。

"和他结婚吧!"还是老人家头脑聪明,母亲心里明白她的女儿的心思。

没有和黄绍芬订婚与结婚之前,我自己曾经走错了一步,闹出一件小型的罗曼蒂克的事件来。

和我一块儿演戏的一个公司里的小生角色的青年——他的名字叫罗克朋(但并不是美国的红星罗朋克),他并不是一个怎样老实的青年,我也不很详知他的底细。只是他有一副讨女人喜欢的面孔,善能装出绅士青年的作风,同时,他还会专门在女性群里混来厮去地使一点小手段。

完全是雾迷了我的眼睛,烟迷了我的理智,我不知为了什么,居然曾经一时地偏向了他。他向我接近,接近到时常在一块儿谈天说笑的地步。老实地说,我虽不是百分之百地爱他,却至少有一部分是喜欢他的。

这一步,几乎走错了路,闹出大乱子来。

我的黄,他恼起来啦!什么他都知道了。他不直接来责备我,他喝了不少的酒,怀着一把从朋友手中借到的手枪,去找罗克朋,要和他决斗。事情是这样闹起来。结果呢?经过朋友、同事再三地排解,罗克朋自知不对,他屈服了。因为从一切方面上说,罗克朋是不应该从同事手中去抢夺一个有了爱人的姑娘。同时,同事们也以为我更不对,一个有了对象的女性,不能再去恋爱另一个男性,尤其是罗并不如黄忠实可靠。啊!我真后悔用的情不专一。

向黄道歉去吧。

严肃轻快的结婚伴奏曲,是在这事件结束不久的以后,在影城内外的来宾拥挤满了的礼堂中高奏起来。我和黄,在音乐声中,在掌声中,在彩纸飞舞中,在喝彩声中,缓缓地举行了华烛大典的结婚仪式。

我有一个与人特殊的地方,是我不善于怀疑,无论对什么事情,对待哪一种人。我不怀疑我和黄结婚是幸福的或是不幸的,也不怀疑这样的两性结合能够维持长久与否,也不怀疑黄对我是否完全出于真诚的爱。总之,我做了新娘,我嫁给黄啦!

短期的蜜月旅行归来后,照旧地,每天还是上公司拍戏。没有戏拍的时候,在家里邀过来黎明晖、童月娟,来叉八圈输赢很小的麻雀;或是黄陪着我,在大上海市内冷静的角落漫步。因为我讨厌繁华热闹的地方,我的黄,听我的话,像我所养的爱犬听我的话一样。

他平日除了摇摇摄影机外,还喜欢踢足球、开车。他有运动界上的朋友,也有交易所里的朋友,不知不觉地,他也学会了买空卖空的标金买卖生意经,他放胆地做了几回买卖,每回都弄得一些利益。我劝过他,他口头说不干了,标金市价一经有了变化,他捉了好机会,又干了下去。如果说我有不满意他的地方的话,那么,就是这一件事情而已。我不愿他往邪道上走。冒险能使人致富,但也会把人摇落到地狱里去的。我们并不穷,我们有很多的储蓄,很多的收入,为什么还要冒险呢?

年月,春梦秋花似的滑着过去了。

去年中联成立了,我进了中联,一直到现在。

说什么陈黄婚变,黄和周曼华热恋,那都不过是海上的小报捏造的谣言罢了。无论到什么时候,什么地步,燕燕不会离开黄的,永久地不会离开的。

原载于《影剧》1943年第4—11期

上海给我的印象

童芷苓

这一次来上海演出,已是第二回。想不到刚从北平出发时,还是冬天,一溜烟又将是冬天了,好像过去的毛一年的日子,也不觉得太长。差不多每到一处是如此的,除了上院子演戏外,大部分的时间全耗在应酬上,有时候真有应接不了的情形。因此睡眠不足,那是我最感痛苦的事。尤其是刚到上海一二月内整天闷在旅馆里,吸不到一点新鲜空气,找不到安静的一刻儿,完全把在北平的生活,改了个样儿。日子久了,各方面的情形也渐渐地从隔膜得到些肤浅的认识,精神也比较安宁下来。现在虽然寄寓在上海,有时我自己也会想到怎样从热闹的环境里,去发现一刻宁静的享受,如到上海近郊去玩一回,或看一些爱看的书,温温旧的功课等。现在我已能把一天的时间分配得了,在上海生活的新的刺激,也淡得多了,所以我该说一句:"很舒服。"

刚在上海演完了戏的一个时期,我曾去南京演出。"换码头能长见识",这是游历家的哲言。苦我很少有丰富的感觉力去观察各地的事物。主观地说,南京一样有上海的热闹和繁华,不过这是表面的一般现象而已。所不同的南京的每一处,总使我有说不出的感觉,就是肃穆和庄严。这些感觉使我深深领悟到首都的伟大,正象征"新中国"的光明。

有一时期,从戏院子散了戏还要匆忙地赶到摄影场去拍戏,这样繁累的工作,后来习惯了,这也许因为兴趣在鼓动着吧。有一天,拍了日夜的戏,回到旅馆里还未阖上两三小时的眼,说明天上杭州去拍外景,其他的人早已动身去了,他们

童芷苓戏装,刊载于《立言画刊》1942年第178期。

预备约在杭州会齐。当时我实在累得支不住,但是,我仍忍耐着与皇后的经理先生们,趁早车到杭州去。

在杭州,我们下榻在聚英饭店。这饭店虽不十分华丽,但是一切设备非常精致,很具有一些东洋风味,而秩序方面,也没有上海旅馆来得嘈杂。本来公司方面决定我们人一会齐就开始工作,幸运得很,天竟一连地下了两天的雨,我就借此机会来过一下安闲的湖滨生活,前几天的积劳,也就此恢复了。到第三天,天还没有全晴,导演先生急着工作,便在阴霾霉云下的西湖中开始工作,时间是分配得非常紧凑,简直有几个镜头根本没有试演就正式开拍,我不知道这是否是一种冒险。总计在杭州住了七天,而实际工作只有二天,大部分的时间却闲在饭店里听雨,要想游玩一下西湖也不可能了。

杭州回来赶着配音,炽热的心情一天天地紧张起来——接着正式要试映了。

童芷苓便装,刊载于《百美图》1939年第1卷第3期。

初次上银幕的作品正式公映了,接着各方面的批评,也给我不少的感受。

自己的失败是必然的,而侥幸的心理总是僭着一个愿望,能使观众对我不有过分的难堪的地方。

我觉得艺术的每一部门的工作者,应该有必要的技术修养才行,单凭自己想象,无论如何是不够的。这次上银幕,完全是"玩票"样的。老实说,我在未跨进摄影场之前,简直对银幕上各方面最基本的观念和认识都没有,一切完全门外汉,所以一拍戏,就随导演的摆布,偶尔自己想有些创造的地方,也唯恐弄巧成拙,还是按步而行吧!有几个动作,我自己也不知怎样来一个开始才能附合银幕的"一切自由,不求过分技巧"的做作。

所以从拍戏开始至完了,我的心头上就有一种矛盾的感觉:对自己的工作能力,的确冒险得太厉害了,但是,我是想从极度的冒险中学得和获得一些经验。

现在有许多朋友问我:"你以后是否想在银色圈里谋一下新的发展?"我的答复是:"尝试,已使我得到更好的教训。"

《蝴蝶梦·大劈棺》和《纺棉花》二出戏的演出,已被人家赏赐我一个新的名词了。

所苦的,我不可能向每一个观众说明一下"贴戏码的主张,可不是我们自己,而却全在于戏院子的经理们"。干脆地说,我只是一个卖艺人,在经理们迎合观众的心理下,叫一个艺人出演不愿出演的戏,这该是最苦痛的事。

现在我是希望在南方的观众们,能从我别的戏里得到更准确的批评。

话说多了,恐怕要开罪人了,还是停一下口吧。

原载于《艺坛春秋》1943年《"双十"国庆纪念电影新闻特刊》

我 的 话

舒 适

这次应大中华电影企业公司邀约来港拍摄《十年上海》这部影片,已经是我第二次踏上香岛了。记得第一次在民国廿八年的岁尾,伤寒症愈,恰巧家父旅居在这里,一则探视久未见面的老父,二则养病在坚尼地台,住了一个多月,度过了阳历新年。

现在虽然是重履斯土,由于第一次未得畅游,所以仍旧觉得新奇到兴趣。

香港无愧是东方一大海港,热闹繁华。也许是在上海住得太久了的缘故吧,比较起来我是喜欢九龙,宽敞的道路,幽静的环境,住在大中华的宿舍里真使我憧憬着昔日学校的生活。

除掉拍戏,间或过海看电影之外,我多半留在宿舍中,翻翻国外国内出版的影剧杂志,伏在木案上复各地朋友的信。也许有人会说这样生活岂不太单调乏味吗?不错,但是我还有一班年青的朋友,有着同一志趣的同志,整天在一起,尤其是宿舍外面空地上新筑的篮球场,更使我感到特别兴趣。篮球是我生平最喜欢的运动,公司当局也非常提倡,并且组织了一个篮球队,和外界也比赛过数次,当然我们的技术比不上一般有训练的球队,好在我们的目的只是锻炼身体和联络感情,胜负是不计的。

"你一个人在外面想不想家?"常常会有朋友这样问我。离开家已

舒适,刊载于《青青电影》1940年第5卷第14期。

经有三个月了,哪有不想家的道理?在胜利后一个很巧的机缘下,我到了台湾,在通运公司做了近半年事,使我增长了许多可贵的知识。但是生活实在太公式化了,枯燥乏味,这是使我重新踏入影坛的最大原因。传说我发了接收财,邂逅了基隆女招待,内人千里寻夫几乎跳海自杀等。又说我参加新六军,已经开到东北,连我自己看了都莫名其妙,总之传说终究是传说。但是半年前我把家搬到台北去却是事实,因为我喜欢那地方,朴素幽静,气候宜人,生活程度低,而现在只有内人和两个可爱的孩子住在那里,正盼望着我早日归去,可是工作未完,奈何?

"书到用时方恨少,事非经过不知难。"看了新出版外国片再回顾一下自己,真是惭愧。一切都太欠缺,太贫乏,距离水准太远了,既然把电影作为终身事业,那唯一的补救办法是发奋用功,充实自己,努力在本位上工作,更希望各方面能配合起来,使国产电影向前不断迈进,以冀与外国片争一日之短长。

原载于《中国电影》1946年第3期

我从事影剧的小史

林墨予①

当我在求学时期，就是个电影迷，但也时常爱看话剧，可是总没有机会，也没有勇气，亲身上台表演一下。

六年前离开学校的时候，我只有十九岁，就进入社会做起职业来，在一家照相馆里当会计，许多机会使我认识了不少艺人。当时"中旅"剧团在上海是最负盛名的，慢慢地，他们演员常来拍照，我也常常去看话剧，就这样很熟识了。因为我是北方人的缘故吧！他们常夸赞我国语好。有一次他们要排新戏了，唐槐秋先生邀我参加串演一个角色，这样好的机会，岂肯放过？于是就在皇后大戏院，初次上了舞台，饰演《绿窗红泪》中一名小丫头。演出后批评都在鼓励着我，于是索性辞去了呆板的职业，正式加入"中旅"做了小演员。

在"中旅"共演过两个戏，不到半年，"中旅"要去华北旅行演出。北平是我的故乡，不用说，我就很高兴地就跟去了。先到天津，后到北平。可惜去了两个月，就被日本的机关认为可疑而抓了去，就此全体入狱。一个月的磨难，先后释放出来，我也就独个儿回到了上海。

当时有几个剧团约我加入，结果我是和绿宝剧场的"中实"剧团订了合同。第一个戏便派我当女主角，这可使我着了慌，仅仅在"中旅"演过两个戏，而且都是不重要角色，忽然要我独当一面，真有点招架不了。记得上演的前一天，一个人躲在布景后面大哭，可是困难终须克服啊！演出以后，我自己仍然觉得在台上强硬得很，就这么一部又一部地演起更重头的戏。《水仙花》

---

① 林墨予，生于1924年。1942年起先后在中国旅行剧团、大陆剧团、华北电影公司、中电三厂、上海大同、国泰电影公司任演员。曾参加《雷雨》《日出》《北京人》等60余部话剧的演出，电影《花落水流红》《红楼二尤》《母女教师》《春雨潇潇》《法庭内外》《寒夜》《红楼梦》等30部电影的拍摄以及数部电视剧的制作。在《红楼梦》中饰演贾母获最佳女配角奖。

《云淡风轻》《错婚》等,整整半年不间断地在舞台上锻炼。

卅二年的秋天,我和"中实"的合同满期了,周曶①同他的朋友刘国权(现任中电二厂导演)组织大陆旅行剧团,邀我参加去华北出演。我想反正到哪儿都是演戏,活动活动也好,于是离开了上海,先后到过济南、青岛、天津、北平。剧团也曾参加过"南艺""南北""蜜蜂"等。我和周曶也许因为志趣相同的关系,到华北半年后我们便订婚了,不过我们仍旧继续不断地在各地舞台上活跃。

敌伪时期沦陷区的话剧是那样不被重视,尤其在华北,从事戏剧的工作者,常常要遭遇到不合理的刁难。譬如旅行时,车站有意地为难,出演前须牵领到各伪机关拜客,剧本检查的严苛,说不定有时无意间得罪了有关的人,马上就来个停演。后来有一次,不知为了什么,被检举思想不良,关进了日本直属宪兵队,两星期的拷问没有结果,便释放出来。以后,我和周曶真灰心极了,演戏的人简直变成了罪人,这真不是干剧的时期,于是我们便暂时和舞台告别。周曶在天津有个很好的家,就这样,在三年前的一个春天,我们结婚了,改换一下生活,倒也很悠闲。但是这个阶段很短很快地就过去了。不久,胜利带给我们无限的兴奋! 终于扬眉吐气,重又回上舞台。

林墨予、周曶夫妇,刊载于《青青电影》1940年第17卷第23期。

---

① 周曶后来改名为周楚。

因为我们的家是在天津,所以我们经常总是在天津的时候多,不过偶而也被约到北平去演一期。去年秋天,当我们正在北平上演时,"中电"三厂约我去拍一部片子,这久已想尝试的水银灯生活,当然不能放过,况且又是老朋友刘国权先生所导演,片名《花落水流红》。两个月全部工作完毕,接着他们定要请我再拍一部《满庭芳》,是由梅阡先生导演的。我自己当然愿意多一些锻炼,也可增一点进步。今年春天拍完了第二部戏,又连续在舞台上干起来。

今年夏天,周匀到上海来,被"大同"约去拍片。同时,张石川先生很希望我能拍一部戏,而我在华北太久了,也很想活动一下。一个月前我便被电召来沪,进"大同"拍摄《人妖》,是何兆璋先生导演的,到现在已经拍去三分之二,不久即可完工,而我也就要赶回天津,因为我们的两个小女儿还留在天津呢,也许不久后我会带着她们再来。

上海是熟地方了,所以老朋友很多。《电影话剧》的主编姜星谷先生,也是我们五六年前的好友,他一直在为影剧效劳工作,这次见到后,他一定要我写点东西,我只好将这几年的经过报告一下给读者与观众们。我不会说些客气话,我只希望今后朋友和观众们,能给我更多的指示!

三十七年九月十日写于上海
原载于《电影话剧》1948年第14期